斯蒂芬·金作品系列

杜马岛

[美] 斯蒂芬·金 著　于是 译

STEPHEN KING　DUMA KEY

人民文学出版社
PEOPLE'S LITERATURE PUBLISHING HOUSE

著作权合同登记号　图字 01-2017-4487

DUMA KEY
by Stephen King

图书在版编目(CIP)数据

杜马岛/(美)斯蒂芬·金著;于是译.—北京:
人民文学出版社,2017
(斯蒂芬·金作品系列)
ISBN 978-7-02-012922-5

Ⅰ.①杜…　Ⅱ.①斯…　②于…　Ⅲ.①长篇小说-美
国-现代　Ⅳ.①I712.45

中国版本图书馆 CIP 数据核字(2017)第 122545 号

出 品 人　**黄育海**
责任编辑　**马爱农**
特约策划　**任　战**
封面设计　**陈　晔**

出版发行　**人民文学出版社**
社　　址　**北京市朝内大街 166 号**
邮政编码　**100705**
网　　址　**http://www.rw-cn.com**

印　　刷　**上海利丰雅高印刷有限公司**
经　　销　**全国新华书店等**

字　　数　**530 千字**
开　　本　**890 毫米×1240 毫米　1/32**
印　　张　**17.25**
版　　次　**2009 年 11 月北京第 1 版**
印　　次　**2017 年 9 月第 1 次印刷**

书　　号　**978-7-02-012922-5**
定　　价　**69.00 元**

如有印装质量问题,请与本社图书销售中心调换。电话:010-65233595

献给芭芭拉·安和吉米

回忆……是一种内心的谣言。

——乔治·桑塔耶纳[①]

人生不止有爱和喜悦，
我为了掘宝来到这里。
要是你想玩儿，你就得付出代价
你知道世界就认这个理儿，
我们来世上一遭，都是为了掘宝。

——鲨鱼帮[②]

① 乔治·桑塔耶纳（George Santayana，1863—1952），二十世纪著名的哲学家与小说家。
② 鲨鱼帮（Shark Puppy），美国摇滚乐队，歌词选自《挖》（"Dig"）。

目　录

如何作画（一）

从空白的表面开始画。不一定非得是纸或油画布，但我感觉以白色为宜。我们称其为“白色”，因为需要那么一个词，其实，它真正的名字是“一无所有”。黑色是指“光明的缺失”，但白色是指“记忆的缺失”，白色是无法记忆的颜色。

我们如何牢记怎样去牢记？这个问题，自从我到了杜马岛后就经常问自己，往往是在黎明前夕，仰头望着无光无明的夜，记起不在身边的友人。黎明前的几小时里，我会思索有关地平线的问题。你必须设定地平线。你必须在白色上有所标注。你大概会说，那是再简单不过的一笔了，可任何重塑世界的动作都是英勇之举。我已经信了。

假想，有一个小女孩，比婴孩大不了多少。差不多九十年前，她从马车上坠落，脑袋撞在了石头上，忘记了一切。不仅是她的名字，而是，一切！后来又有一天，她想起了什么，那足以让她拿起铅笔，在白纸上描下犹犹豫豫的第一笔。地平线，没错。同样，也是一条缝隙，让黑色涌入。

继续假想，那只小手抬起铅笔……犹疑……然后落笔于白色。假想那种勇气吧，重构世界的第一次努力便是将其画下。我会永远爱那个小女孩，不管她已让我付出了多少。我必须爱。我没有选择。

画都是有魔力的，你恐怕已经知道了。

一　我的上辈子

1

我的名字是埃德加·弗里曼特，曾经是建筑承包业界的大人物。那是在明尼苏达州，在我的上辈子里。我是从怀尔曼那儿学到“上辈子”之说的。我很想把怀尔曼的事儿告诉你，但还是让我们先了解明尼苏达州的那部分吧。

要说的是：我的光辉历程走的是堂堂正正的美国男子汉之路。先进了一家公司站稳了脚跟，等到节节攀升到了头，我就辞职了，开始自己创业。离开那家公司时，老板嘲笑我，说我不出一年就会破产。我猜想，每当有精明强干的年轻员工自立门户时，大多数老板都会这么说。

我呢，万事顺利。当明尼阿波利斯的圣保罗一带繁荣起来时，弗里曼特公司也兴旺发达了。时局萧条时，我从不逞强，一向谨慎从事。但我确实会在直觉上押宝，大多数时候，直觉都会帮到我。到了五十岁时，我和帕姆的身家值四千万美元。而且，我俩感情甚笃，多年不渝。我们有两个女儿，等我们的黄金岁月到头时，伊瑟在布朗大学，梅琳达在法国教书，那是她身为外国交换生的一个兼职。出事的时候，我和太太正计划去法国看看她。

我在某处施工现场遭遇了意外。事情倒是很简单：敞篷小货车和十二层楼高的起重机亲密接触时，输的永远是小货车，哪怕是会铃声大作的道奇公羊也没辙。我的右侧颅骨仅是开裂之伤。左侧狠狠撞上公羊的车门支柱，导致三处骨折。也可能是五处。我的记忆力比伤后好多了，但相比于受伤之前仍有天壤之别。

医生说，我受到的脑损伤叫做“对冲伤”，通常会比冲击伤带来更深远的伤害。我的肋骨断了，右臂粉碎性骨折，虽说右眼的七成视力保住了（要是天气好，还能看得更清楚），却永远失去了右臂。

我本会送命的，但我活了下来。理论上，对冲伤会引发精神性损伤症状，一开始确实是，但慢慢消退了。差不多算消退了。等我的精神有所好转时，太太却走了，那可不是差不多，而是完完全全地走了。我们结婚有整整二十五年，但你也知道常言说：天有不测风云。我想，那也不要紧，走了就走了吧，了结就了结吧。有时候，完结是好事情。

我所说的精神性损伤是指一开始认不出别人是谁——甚至不认得我太太——也不知道发生了什么事。我就是弄不明白，为什么我会那么疼。现在，四年后的我已记不得那种疼痛的实感了。我知道自己在忍、在熬，那是能把人撕裂、把人疼死的痛，但现在说来好像只需动动口舌。当时的痛可不是口头说说的。当时就像身处地狱，却不明白自己怎么会下了地狱。

*你先是怕死，然后怕自己死不掉。*这是怀尔曼说的，他一定是知道的；曾身处地狱的他很有发言权。

每时每刻，每一处都在疼。脑袋里好像总有钟在敲，敲得我头痛欲裂；全世界最大的钟表行好像开在我的脑壳里，并永远关在漆黑深夜里。由于我的右眼被撞伤了，只能透过一层血膜看世界，而我几乎不知道身在阴阳何界。所有东西都没了名字。我记得有那么一天，帕姆在房间里——我还在病房里——她站在我的床边。我气急败坏，因为她本该站在另一边，另一边有个像板条的东西，可以把屁股蛋子放上去。

“搬个朋友来，”我说，“坐在朋友上。”

“埃德加，你这是什么意思？”她问。

“*朋友啊*，就是*伙计*呗！”我大喊，“把他妈的伙计拿过来，你个臭婊子！”头痛得能直接把我干掉，而她哭了起来。我讨厌她哭哭啼啼的。她根本没理由哭，她又不是关在笼子里的倒霉鬼，她又不需要隔着模糊的血红色看世界。笼子里的猴子不是她。接着，我的火气蹿上来了。“把*小伙子*拿过来，*病倒*！”我在乱成一团的脑瓜里找不到椅子，*朋友*[①]算是最挨近的一个词儿了。

---

① 椅子是 chair，朋友是 chum，伙计、小伙子都是 chum 的同义词。

我无时无刻不在发火。照顾我的有两个老护士，我称其为“老菜皮一号”和“老菜皮二号”，好像她们都是色情片《苏斯大夫》里的角色。还有个志愿者担当护士助理，我叫她“菱形尿不湿”——我也不知道为什么这么叫，但这昵称同样有性联想。至少，我有。等我有点儿力气了，就开始攻击别人。有两次，我企图刺伤帕姆，其中有一次得手，尽管用的只是一把塑料餐刀，但她的小臂上还是要缝几针。还有好几次，他们必须把我捆牢在床上。

关于我的上辈子，我记得最清楚的是：在昂贵的康复病房里快待足一个月时，有天下午很燥热，昂贵的空调机坏掉了，我被捆在床上，电视里在放肥皂剧，脑袋里有成千上万只午夜大钟在敲，右侧身体疼得火烧火燎，消失不见的右臂痒得很，消失不见的右手手指在抽搐，复方羟氢可待因①止痛剂隔一阵子要停用一会儿（我不知道是多久，计算时间已经超出了我的能力），一个护士从血红视野里浮上来，又一个凑到笼子前看猴子的生物，她说：“你想现在见你太太吗？”我答：“除非她带把枪来崩了我。”

你不会相信那种蚀骨的痛会消退，但它真的会。接着，他们把你运送回家，再用肌体复原的那套把戏制造的痛苦代替原先的疼痛。血红色开始从我的视野淡化。有个专攻催眠疗法的心理学家向我露了两手，教我如何处置幻觉中的疼痛、痒死人的失去的右臂。那就是卡曼。也是卡曼给我带来了瑞芭。当我跌跌撞撞走出上辈子、走进我现在居住的杜马岛时，我只带了寥寥可数的家当，瑞芭就是其一。

卡曼医生说：“在制怒心理疗程中，这是不允许的。”其实，我怀疑他在此事上说了谎，只是为了让瑞芭对我更有吸引力。他告诉我，我必须给她一个充满恨意的名字，于是，虽然她长得酷似露西·里卡多②，但我想起了小时候只要看到我没把胡萝卜吃光就拧我手指头的瑞芭姑妈。拥有她还不到两天工夫，我就把这名字忘了。我只能想起男孩的名字，每一个都会让我更愤怒：兰道尔，罗素，鲁道夫，他妈的凤凰河。

那时候我已经回家住了。帕姆端着早餐进来时，准是看到了我的表

---

① 一种麻醉药物，用于治疗中度至重度疼痛。

② 露西·里卡多（Lucy Ricardo）是美国情景喜剧片《我爱露西》中的女主角，最初的黑白片于一九五一年到一九六〇年在 CBS 电视台放映，曾是当年轰动一时的热门剧集。

情，因为我听得出她克制的语气，她不想让自己爆发。不过，就算我记不起心理医生给我的红色布片制怒娃娃叫什么名字，我还能记得在这种情况下该怎么使用它。

“帕姆，”我说，“给我五分钟控制情绪。我办得到。”

“你肯定——”

“是，就现在，带着你的肥屁股出去，再往上面扑点粉。我办得到。”

我不知道自己是否真能控制情绪，但理论上我就该那么说。我记不起那该死的娃娃叫什么，可“我办得到”这话还记得清清楚楚。我记得，在那段生活的尽头，明知办不到，明知自己被毁了，被加倍地毁了，就像倾盆大雨中的倒霉鬼，可我还口口声声不停地说我行、我可以。

“我行的。”我说这话时的表情只有天知道，因为她一声不吭地退出去了，托盘还在她手里，可茶杯像在跳踢踏舞般撞出响动。

等她走了，我把玩偶举到面前，死死看进它愚蠢的蓝眼睛里，与此同时，深深掐进那愚不可及的软绵绵躯体里，大拇指几乎都看不见了。“你叫什么，蝙蝠脸的小婊子？”我冲着它大吼一声。我从没想过，帕姆和日班护士就在厨房里用内部电话收听我的一言一行。跟你这么说吧：就算内部电话不管用，她们隔着门板也照样听得到。那天，我嗓子不错。

我把玩偶前前后后摇个不停。它的脑袋怦然落下，《我爱露西》剧集里经久不衰的发式、也就是人造头发飞起来。大大的蓝色卡通眼珠子好像在说，哦哦哦，你个死男人！活像古老动画片里的贝蒂娃娃，你至今还能时不时在有线电视里看到呢。

“你叫什么，婊子！叫什么啊，贱货！烂布头骚货！你到底叫什么？快说出你的名字！跟我说你叫什么？再不说我就挖出你的眼珠子，割掉你的鼻子，剥掉你的——”

就在那时，混乱如麻的神智交错碰撞，直到现在——四年后，我在墨西哥圣路易斯波托西的坦马祖卡勒小镇过着埃德加·弗里曼特的第三幕人生戏时——还会时常这么跳接思路。就在那个瞬间，我好像又坐在了货车里，硬夹写字板和放在副驾座脚垫上的铁皮午餐盒相碰，嘎啦嘎啦直响（我怀疑自己是唯一带午饭盒去上班的美国千万富翁，但你说不定能数出一打来），苹果电脑放在我身旁的座位上。收音机里有个女人带着传福音者般的激情尖声高唱，“……红色的！”只有三个字，但足够了。那首歌唱的是，有个可怜的女人发现漂亮的女儿当了妓女。歌名叫《异想天开》，演唱者：瑞芭·麦克英泰尔[①]。

“瑞芭，”喃喃自语的我将玩偶揽在怀里，“你叫瑞芭。瑞芭—瑞芭—瑞芭。我再也不会忘了。”结果还是忘了——隔一星期就忘了——但不再变得如此暴躁。不。我抱着她就像抱着亲爱的爱人，闭起眼睛，在车祸中毁于一旦的小货车也在幻想中重现。我在幻想中看到铁皮午餐盒和写字板上的铁夹子磕磕碰碰，也听到收音机里再次传出那歌声，以同样福音歌般的激情高唱道，“红色的！”

卡曼医生称其为突破性进展。他兴奋极了。我太太看起来就没那么兴奋了，落在我脸颊上的吻仅仅出于义务。两个月后，她就跟我说想离婚。

2

两个月后，要么是疼痛减弱了，要么就是我的心智在处理剧痛时有了长足的进步。头还会痛，但没那么频繁了，极度的锐痛也少了；天字第一号钟表行的午夜狂响也不会一天到晚震荡在我两耳之间了。五点钟，我渴望吞下维柯丁止痛药；八点轮到复方羟氢可待因。我总是迫不及待需要止痛片——只有吞下那些神药，我才不用撑在亮红色的加拿大产拐杖上，连蹒跚的力气都没有，但不管怎么说，右臀粉碎的骨头开始愈合了。

每周一三五，素有“康复女王”之称的卡迪·格林会到位于梦多塔高地的弗里曼特豪宅来帮我。疗程开始前，他们允许我多吃一颗维柯丁，可等疗程结束时，我的凄惨喊声还是响彻大屋上下。我们家地下室里的娱乐间已被改装成康复中心，全套设备一应俱全，还包括无障碍热水按摩浴池。经过两个月的折磨，我可以自己下楼去了，利用晚上的时间加倍锻炼腿部，并开始尝试一些腹部康复运动。卡迪说，睡前运动个把小时会催使大脑释放内啡肽，那样我就能睡得好些。

那天晚上，我正忙着睡前运动——埃德加在搜寻狡猾的内啡肽呢，我那结发四分之一个世纪的太太走下楼来，对我说，她想要离婚。

---

① 瑞芭·麦克英泰尔（Reba McEntire，1955— ）被誉为全美乡村乐坛第一歌后。

我停下正在做的事儿——仰卧起坐——盯着她看。当时我坐在一块瑜伽垫上。她站在楼梯最低的台阶上，然后，万分慎重地走过地下室。我本可以问她是不是当真，可一排排的日光灯下明亮得很，我没必要再问了。毕竟，随便哪个女人的丈夫大难不死，熬了痛苦的六个月，她都不会拿这事儿开玩笑的。我也可以问问她究竟为什么，但我很清楚答案。我看得到她胳膊上细长的白色刀疤，是我用医院餐盘里的塑料刀划的，但那只是最不起眼的一条理由。我也想起来，就在不久前，我让她把屁股挪出去，再往上面扑点粉。我考虑了一下，是否该请她三思而后行？可怒火又腾然而起。那几个月里，卡曼医生称之为“不合时宜的愤怒”就是我最丑陋不堪的好伙计。不过，哼，当时我的感受根本不像是不合时宜。

衬衫早就脱了。右肩下三英寸半就是我的右臂。我把胳膊扭向她的方位——用仅剩的肌肉所能做出的最大扭动。“瞧这儿，”我说，“送给你的中指。从这儿滚出去，要是你真那么想就快点滚蛋吧，甩手不干的臭八子。”

眼泪顺着她的脸颊滑落，可她还试着要笑。那么努力，那么让人毛骨悚然。“婊子，埃德加，”她说，“你该说婊子。”

“我说什么就是什么。”说着，我接着做仰卧起坐。只用一条胳膊做腹肌收缩，简直难于上青天；要使劲拉动身体，却老是向一边歪倒。“我不会离开你，这才是重点。如果是我，我不会离开你。我会在泥巴、鲜血、屎尿和洒得到处都是的啤酒中撑到底。”

“那不一样。”她说，但没想去抹一把眼泪。“那不一样，你明明知道的。如果我大发脾气，我不可能把你一劈为二。”

“我只有一条胳膊，想把你一劈为二也没那么容易。”说着，我加快速度做仰卧起坐。

“你用刀子刺我。”好像那才是重点似的。根本不是，我们俩都知道。

“你说的是一把塑料小餐刀，那时候我差不多精神错乱，而你一直到死都会念叨这句话，就当你的墓志铭吧：‘埃迪用刀子刺我，永别了残酷的世界。’”

“你还想掐死我。”我几乎听不到她这轻声的呢喃。

我停下腰腹动作，张口结舌地瞪着她。脑袋里的钟表行开始运作了，啷当、啷当，敲啊敲。“你说什么？我想掐死你？我从没掐过你。”

“我知道你不会记得的，可你掐过我的脖子。而且，你不是以前的你了。”

“哦，得了吧。把新世纪学说那套狗屎留给……那个家伙……你……”我知道那个词，也看得到那个词代表的男人，可话到嘴边就是想不起来。“那个光头浑蛋，你在他办公室里见他。”

“我的心理医生。”她说出来了，显然，这只会让我更加恼怒：她拥有那个词儿，我不，因为她的脑袋没像果冻一样被撞得粉碎。

“你想离婚，你可以离婚。全都甩在身后，一走了之，干吗不呢？走吧，到别的地方当鳄鱼去吧。滚蛋。”

她上了楼梯，头也没回地关了门。等她走远了，我方才反应过来，我想说的其实是“鳄鱼的眼泪”，到别的地方显摆鳄鱼的眼泪吧。

唉，好吧。差一丁点，就能开始折腾了。这是怀尔曼说的。

到最后，滚蛋的人是我。

3

除了帕姆，我的上辈子没有过别的伴侣。埃德加·弗里曼特有四条成功秘诀（欢迎您做笔记）：借款数量决不大于你的智商值的一百倍；决不向初次见面就和你称兄道弟的人借钱；日头在天时决不喝酒；选择的伴侣绝对、绝对不能是她裸身躺在水床上时你却不想去抱一抱的人。

不过，倒是有个会计师我很信得过，也确实是汤姆·赖利帮我搬了家——所谓搬家，不过是从梦多塔高地带出稀稀拉拉几样东西，再搬进在法伦湖的小房子。汤姆——这个在婚姻游戏中两度败北的衰人——一路上尽担心我了。“现在的情况好比是决赛关头，你不能就这么放弃豪宅呀。除非法官判你滚蛋，你再走也不迟。你怎么能在主场获利的决胜局里弃权呢？”

我才不管什么主场优势呢；我只希望他开车时能留神看路。每当迎面而来的车逼近路中线时，我都忍不住缩紧身子。有时候，我好像在负责副驾驶位下的刹车，一惊一乍地绷紧或重踏脚底板。要说让我亲自重握方向盘，怎么想都觉得不对劲。当然啦，上帝就爱玩儿惊喜。那也是怀尔曼说的。

康复女王卡迪·格林只离过一次婚，但她和汤姆的论调完全一样。我记得她穿着紧身衣裤盘腿而坐，抓着我的腿，带着严厉而愤慨的神色说道："你刚过鬼门关，还丢了条胳膊，可你瞧瞧啊，她想逃得远远的。就因为你神志不清、几乎不记得自个儿是谁的时候用医院里的塑料餐刀划了她一下？打死我也不能理解！难道她不懂吗，意外损伤后的情绪起伏和短期失忆是普遍现象？"

"她懂的是，她怕我。"我说。

"是吗？那好，亲爱的吉米宝宝，好好听妈妈说：找个好律师，让她为如此懦弱无用的表现付出代价。"几根头发从康复中心盖世太保帽下的马尾辫里滑出来，她把头发从前额捋到耳边。"她应该付出代价。好好看我的嘴巴要说什么：这一切不是你的错。"

"她说我试图掐死她。"

"就算真有这事，被单臂伤员掐住喉咙还真能增加尿裤子的经历吗？打起精神来，埃迪，让她自食其果。我知道自己是护士，不该说这些，但我管不了那么多。她不该落井下石。"

"我觉得，除了掐她脖子、用餐刀划她之外，还有别的事情。"

"什么事？"

"我不记得了。"

"那她怎么说？"

"她没说别的。"但帕姆和我在一起那么多年，即使爱情走到了必须消极接受对方的困境，我认为自己还是很了解她的，也相信还有隐情——是的，还有别的什么事，而那才是她真正避之唯恐不及的。

4

搬到法伦湖后不久，我的两个女孩过来看我——该说是年轻的女士。她们把野餐用的劳什子都带来了。我们坐在直通湖水的栈桥长廊，松木味扑鼻而来。我们放眼湖面，小口小口嚼着三明治。那时候已过了劳动节[①]长假，大多数泛舟玩物都靠边放好，准备来年再用。野餐篮里还有一瓶红酒，但我只喝了一点。酒精在我的止痛药物名单之首，力道

---

① 美国的劳动节是九月的第一个星期一。

最大：一杯啤酒就能把我灌醉。我的女孩们——年轻女士们——把剩下的酒分喝了，结果变得晕晕乎乎。自打我和起重机短兵相接后，梅琳达是第二次从法国回来，她不太高兴，还问我，是不是所有成年人到了五十多岁都要来这么一段让人不开心的插曲，活像在退化，而她自己到老了是不是也会如此？妹妹伊瑟靠着我开始哭，追问为什么会到这个地步，为什么我们——指我和她母亲——不能像以前那样相亲相爱。梅琳达说，现在不是伊瑟展示宝宝专利行为的好时机，后者向她竖了竖中指。我笑了。我忍不住要笑。然后我们仨都笑起来。

梅琳达发脾气，伊瑟哭哭啼啼，都不让人开心，但她们很诚实，对我来说，那就像伊瑟脸颊上的小胎记、梅琳达眉宇间直直的皱眉纹一样是我所熟悉的。现在她的皱眉纹还很淡，随着时间流逝，一定会变成一道深深的沟纹。

梅琳达问我接下去打算怎么办，我说我不知道。我不想终结自己的生命，差得远呢，但我知道假如真有此意，我一定会制造出意外事件的假象。我不会把这两位年轻女士抛下，让她们尚在生命伊始的灿烂年华就背负父亲自杀身亡留下的悔恨。同样，我也不会把负疚的重担压在那个女人的心头，那个曾和我裸身躺在床上笑着、听着音响里放《塑料洋子乐队》①、分享同一杯奶昔的女人。

等她们倾诉了心声——用卡曼医生的话来说：完全而彻底地交换彼此感受——留在我回忆中的便是：我们共度一整个愉快下午，翻看老相册，追忆往昔。我想我们又大笑了好几次，但有关那段生命的记忆都不太可信。怀尔曼说，一旦开始回忆，我们都会耍老千。

伊瑟希望我们一起出去下馆子，可梅琳达必须赶在公共图书馆关门前去见朋友，我说我不想一瘸一拐地到别处去；我想读几页约翰·山德福德的新小说，然后就去睡觉。她们和我吻别后——两人和好，又成好友了——便走了。

两分钟后，伊瑟又回来了。“我对琳说我忘了拿钥匙。”她说。

“我估计你没忘。”我说。

“是没忘。爸爸，你有没有伤害过妈妈？我是说，现在？故意的？”

---

①《塑料洋子乐队》（“Plastic Ono Band”）是约翰·列侬的首张个人专辑。

我摇摇头，但这种表态没法让她满意。我能看出来，因为她就那么站在原地，直勾勾看进我眼睛里去。“不，”我说，“从没有过。我曾——”

“你曾经什么，爸？”

“我是说，一开始我是想划伤我自己的胳膊，但突然之间……显然那是个坏主意。我从未故意伤害她。伊瑟，别再提那事儿了。”

“那她为什么还怕你？”

“我想……因为我残疾了。”

她猛地冲进我怀里，力道大得差点儿把我俩都撞倒在沙发上。“哦，爸爸，我真抱歉。这一切实在太可恶了。”

我抚了抚她的秀发，“我知道，但你要记住——也不会更糟糕了。”那不是事实，但只要我够小心，伊瑟永远不会知道这句话只是个善意的谎言。

车道上传来鸣笛一声。

“去吧，”我亲了亲她沾满泪水的脸颊，“你姐姐等急了。”

她抽了抽鼻子，“她又不是第一次着急。你不会过度止痛吧，嗯？”

“不会的。”

“有什么需要就打电话给我，爸爸，我会搭头班飞机赶过来。”

她会的。所以我不会给她打电话。

“说定了。”我在她另一边脸蛋上又亲一下，“把这个吻捎给你姐姐。”

她点点头，出去了。我在沙发里坐下，闭上眼睛。眼睛背后，那些钟一直在敲啊敲啊敲。

5

下一位访客是卡曼，给我瑞芭的心理医生。我没有邀请过他。我已经有了卡迪，专攻康复术的施虐女狂人，感谢老天爷。

卡曼显然只有四十出头，走起路来却像个老人，一坐下来还会气喘吁吁，透过玳瑁架的超大眼镜片端详世界，视线还要刻意越过巨大的肚腩。他的个子非常高，还是个非常黑的黑人，五官体形都大得缺乏真实感。他那双瞪着人的圆圆大大的眼珠子、船头雕像般宏伟突出的大鼻子、图腾画里的厚嘴唇，统统能让人心生崇拜之意。亚历山大·卡曼活像挤在人类仓库里的缩小版的神，也像是五十岁生日前因心脏病或中风而亡的不二人选。

我要给他拿点饮料，他谢绝了，说不会久留，接着把手提箱放在沙发旁，好像反证刚才的话并不作数。他陷进沙发垫的海绵里，好像深及五吋（越陷越深——我很担心那玩意儿的弹簧断掉），看着我，并开始喘气。

“什么风把你吹这儿来了？”我问。

“哦，卡迪跟我说，你打算把自个儿崩了。”他说这话的口气，俨然像在说卡迪跟我说你要开个草坪派对，KK 牌甜甜圈无限量供应。“真有其事，还是谣言？”

我欲言又止。以前也有这么一次，在我十岁的时候。我是在奥克莱尔长大的。有次我在药店的螺旋书架上拿了本漫画书，塞在牛仔裤腰里，再放下 T 恤盖住它。就在我慢吞吞走出门时，一个精明的店员发现我衣服下有拱起，一把拽住了我的胳膊，另一只手掀起我的 T 恤，我非法所得的宝藏便暴露于光天化日之下。她问我：“书怎么跑这儿来了？”之后整整四十多年，我再没有被简单的提问噎得张口结舌过，直到现在。

最终——显然超出了回答所需要的斟酌时限——我说，“真荒唐，我不知道她打哪儿听来这种说法。”

“不是吗？”

“不是。你真的不想来罐可乐吗？”

“谢了，我不需要。”

我站起来，从厨房冰箱里取出一罐可乐。我把可乐紧紧夹在断肢和胸膛之间——可以办得到，但会有点疼，我不知道你们在电影里会看到什么，但断裂的肋骨要疼上很长一段时间——再用左手扳开盖子。我是个左撇子。怀尔曼会说，悠着点，朋友[①]。

“我倒惊讶你把她的话挺当一回事儿，”我走回客厅，一边说，“卡迪是个体能康复师，可不是精神病医师。”坐下前，我停了一下，“事实上你也不是，就纯学术层面而言。”

---

① 原文为西班牙语。下文中怀尔曼言语中的楷体字都是西班牙语。

卡曼张开一只巨手罩在书桌抽屉大小的耳朵后，“我是不是听到……难听的噪音？我肯定听到了！”

“你在说什么？”

“是某人被触怒后自我防御时的富有魅力的原始喊叫。”他假装嘲讽地眨眨眼，但那张庞大的脸孔让这机灵的表情无计可施；他只能演好滑稽戏。无论如何，我明白了他的意思。“至于卡迪·格林，你说得对，她能知道什么呢？她整天就和截肢患者、四肢瘫痪患者、像你这样的因意外事故而残废的人，还有——同样像你这样的——脑部损伤后的康复病人打交道。卡迪干这行已经十五年了，她有的是机会看一千个残疾人追忆逝去的往昔，哪怕一秒都唤不回来，所以她才很可能辨认出抑郁自杀的前兆。”

我坐在软绵绵的安乐椅里，正对着沙发，愠怒地看着他。麻烦来了。人不可貌相啊，卡迪。

他向前欠了欠身……当然，考虑到他的腰身，顶多也就挪几英寸。“你必须等待。”他说。

我目瞪口呆地对着他。

他点点头，“你吃了一惊。是的。但我不是个基督徒，更别提天主教了，在自杀的问题上我的思想很开明。同样，我也信仰责任，我知道你也是，那就让我告诉你：要是你现在杀了自己……甚至自此过后六个月内……你太太和女儿们都会知道的。不管你干得多么干净漂亮，她们一定会知道你是自杀的。”

“我没想……”

他扬了扬手，“还有你的人寿保险公司——赔偿金可是一大笔数字哟，我肯定，他们也会轻而易举知道你是自杀。他们或许找不到证据，但一定会使劲找，不遗余力。从他们那儿会传出各色各样的谣言，最终伤及你的女儿们，不管你以为她们对此事的心理防线有多坚强，都将不堪一击。”

梅琳达很坚强，但伊瑟就不同了。梅琳达发起火来，就会把伊瑟称为“发育受阻的典型案例”，但我不认为是这样。伊瑟只是太温顺了。

“到最后，他们一定能找到证据。”卡曼耸了耸过分宽厚的雄伟双肩，“要付多少遗产税我算不出来，但可以肯定的是，你一生积蓄的一大半将被一笔勾销。”

我压根儿没想过钱的事儿。可现在我的脑海中浮现出一队保险公司调查员的身影，他们到处嗅着我的踪迹。突然间，我笑开了。

卡曼把深褐色的大手摊在制门器似的膝头，露出一丝狡黠的微笑看着我，好像在说“蛛丝马迹我都门儿清”。只不过，微笑到了他那张大脸盘上也毫无微笑可言。他让我笑了个够，然后问我什么事儿那么好笑。

“你是说我太富了，所以不该自杀。”我说。

“我是说，埃德加，现在不行，我要说的就是这一点。我还要给你个建议，尽管有悖于我的实践经验，但在你这个案例上，我有强烈的直觉——和让我给你玩偶的直觉是同一类的。我建议你试试地理疗法。”

“什么疗法？”

“地理疗法是一种康复模式，戒酒患者在后期经常使用。换个地方生活，他们希望能有个崭新的开始。重新开局。”

仿佛有什么闪现了一下。虽不想称之为希望，但我确实有所触动。

“不太管用，”卡曼继续说，“就像某个无名氏老酒鬼说的至理名言，‘你把浑蛋送上波士顿的飞机，在西雅图下飞机的还是个浑蛋’。酒鬼的祸就是酒鬼的福，可惜大彻大悟者寥寥无几。”

“那我还有什么希望？”我问。

“你的希望在远处。我的建议是，拣个离这儿很远很远的地方，然后动身。考虑到你有万贯家产、婚姻告急，其实你很有优势。”

“去多久？”

“起码一年。”他看着我，眼神高深莫测。他的大脸最擅长适宜蚀刻在法老墓穴里的表情，我觉得霍华德·卡特[①]也会考虑使用。“等一年过去，埃德加，要是你想对自己下手，看在上帝——哦，不，看在你女儿们的分儿上——千万要干得漂亮点。”

深深陷下去的他好像已经和沙发合二为一了，现在开始挣扎着把自己拖出来。我上前一步想帮他，他摆摆手谢绝了。好不容易，他总算站

① 霍华德·卡特（Howard Carter，1874—1939），英国考古学家和埃及学的先驱，是埃及帝王谷图坦卡蒙陵墓及覆戴着“黄金面具”的图坦卡蒙王木乃伊的发现者。

直了，比先前更凶猛地喘大气，拾起了他的手提箱。他从六英尺半的高度俯视我，那双醒目的大眼球连同发黄的角膜被眼镜片放得更大了，眼镜度数可真深啊。

“埃德加，有什么事儿能让你开心吗？”

我就字面意思（似乎也是唯一不含潜台词的意思）想了想，说：“我以前会素描。”事实上，还不止素描，但好歹是多年前的往事了。其后的岁月里，别的事起起落落：婚姻，创业。现在这两样都不在了，或者说，正在消失。

“什么时候？”

“小时候。”

我想告诉他，以前我做梦都想进艺术学校，甚至在买得起的时候还收了些应时应景的名画册，但终究没说出口。在过去的三十年里，我对艺术世界的贡献无外乎讲电话时的随手涂鸦，至于那些买来的画册，大约十年来一直放在咖啡桌上，以便给朋友们留下深刻印象。

“之后呢？”

我想撒谎——不想让别人以为我是只知埋头工作的苦力——但还是实话实说了。只要时机恰当，独臂男人就应该说实话。这不是怀尔曼说的，是我自创的。“没再画了。”

“再捡起来，”卡曼给了我忠告，“你需要保护。”

“保护。”我呆呆地跟着念，不明就里。

“是的，埃德加。”他似乎有点惊讶，还略有失望，好像我不能理解如此浅显易懂的概念。“抵御长夜。”

6

过了一个多星期，汤姆·赖利又来看我。那时，树叶开始变色了，我记得店员们在沃尔玛超市里挂起了万圣节的促销海报，我在那里买了自大学以来的第一本素描簿……该死的，搞不好高中以后就没买过了。

那次他来，我记得最清楚的是他有多尴尬，简直是坐立不安。

我问他要不要啤酒，他说好。等我从厨房回来时，他正在看我画的墨水笔画——三棵棕榈树的剪影，宽广的水面，门廊展露一角，引入左侧景深。“不错啊，”他说，“你画的？”

“才不是。是精灵，它们一到晚上就出来，给我补补鞋子，画画应景的画。”

他大笑不止，把画放回桌上，还故意用瑞典口音说，“看起来不太像明尼苏达州哦，亲爱的。”

“我照一本书画的。”我说。精确地说，原图来自房地产经纪人给的宣传单彩图。那是在所谓的“佛罗里达屋”拍的，鲑鱼角，我刚把那地方租下一年。我从没去过佛罗里达，即便有公众假期也没去，但那张图唤起了我心深处的某种萌动，那是车祸后第一次感受到切实的期待，很微渺，但存在。“汤姆，我能帮你做什么？如果是生意方面……”

“实际上，帕姆要我过来和你谈。”他低垂着头，“我不想，但很难拒绝她。你知道，都是老交情了。”

“那是当然。”回首往昔，弗里曼特公司始创时只有三辆小货车、一台履带拖拉机，除此之外只有一堆春秋大梦，而那时汤姆就在了。“那就和我谈吧。我不会咬你的。”

“她已经请了个律师，一往无前地要打这场离婚官司。”

“她要没这么做，反而出乎我意料了。”我说的是事实。我仍然不记得自己曾试图掐死她，但她说起那事时的眼神我记得一清二楚。所以，事情一定会走到这一步：一旦帕姆下了决心，八头牛都拽不回她。

“她想知道，你是否打算聘布仔。”

一听这话，我忍不住笑了。威廉·博兹曼三世是个衣冠楚楚、打着蝴蝶领结的六十五岁绅士，指甲修得无懈可击，是我们公司雇佣的明尼阿波利斯律师事务所里的领头犬，要是他知道汤姆和我整整二十年背地里喊他“布仔”，搞不好脑血栓都要发作了。

“我还没想到这一层。汤姆，怎么了？她到底想怎样？”

他喝了一半的啤酒空杯放在书架上，挨着我画到一半的傻图。他的脸颊上泛起暗沉的猪肝红。“她说，她希望一切不要弄得太难看。她说：‘我不想发离婚财，也不想争来夺去。我只想让他对我和女孩们公平些，他一直都很讲求公平，你愿意把这话转告他吗？’所以，我就来了。”他耸耸肩。

我起身走到起居室和门廊之间的落地窗前，望着外面的湖。很快，我就可以飞到仅属于我的“佛罗里达屋”，且不管那到底是什么货色，反正能把墨西哥湾一览无遗。我在想，那和我现在望着法伦湖会有什么不同，又能好到哪儿去。我想多少会有些不同，而我会为此整顿，至少开始时是这样。有所不同，就可以当作重新开局。等我转过身，却发现汤姆·赖利根本没在看我。起初我以为他肚子疼，但很快就发现，他是在强忍着不要哭出来。

"汤姆，怎么了？"我问。

他想说什么，却只能含含糊糊发出嘶哑的哽咽。他清了清嗓子再说，"老板，看到你这样，我真不习惯。只有一条胳膊。我心里很难受。"

毫无美感，毫无预备，却分外甜蜜，就像一颗子弹直中我心。我想，当时我们差一点就抱头痛哭，像奥普拉脱口秀节目里那些过分神经质的家伙。

想到那档节目，让我重新克制住了自己。"我也很难受，"我说，"但我会好起来的，真的。现在，趁你的啤酒还有汽，赶紧喝光。"

他笑起来，把瓶里剩下的谷带啤酒倒进杯子里。

"我要给你一个建议，你回头转告给她。"我说，"如果她喜欢，我们可以敲定所有细节。DIY 和平谈判，不需要律师。"

"你当真吗，埃迪？"

"是的。你做个综合核算，以便我们有个基础数额可以谈。我们可以把所有财产平分四份。她拿三份——百分之七十五——其中两份是女儿的。剩下的归我。离婚手续嘛……嘿，明尼苏达是个完美无瑕的美好家园，吃过午餐我们就能出去找家大书店，买本《离婚傻瓜指南》。"

他好像很晕，"有这本书吗？"

"我没调查过，但如果没有，我就把你的衬衫嚼烂了吞下去。"

"我以为俗语都说'吃短裤①'。"

"我说的不是吗？"

"无所谓啦，埃迪，你说的办法等于是把家产分光。"

"问我是不是在乎，还是，该说衬衫？我照样关心公司，公司好好的、完整无损，经营管理的人都知道自个儿在干什么。至于家产，我

---

① 埃德加的语词混淆症状将"衬衫（shirt）""短裤（shorts）"以及下文的"在乎（give a shit）"混淆了。

提议自己动手，完成分配，肥水不流外人田，干吗让律师再分走一杯羹呢。只要我们都讲道理，就等于帮自己省下一大笔钱。”

他的啤酒喝完了，眼神一直没离开我。“有时候我会想，你还是不是以前我那个老板呢?”他说。

“那个人死在他的货车里了。”我说。

7

帕姆接受了。我想，如果我把话挑明的话，她会重新接受我，而不是我提出的离婚条件；当我们共进午餐、商议细节时，那种神情一闪而过，如同阳光偶然穿透云层隙缝。但我什么都没说。佛罗里达已驻扎我心，那是新婚夫妻和半死不活的老人们的避世天堂。我相信在内心深处，就连帕姆也知道这是最好的结局——她很清楚从撞毁的道奇公羊里拖出来的那个人不再是她以前共同生活的人了，就连护住双耳的钢盔安全帽也像宠物食品一样被压得走样。和帕姆、和女儿们、和建筑公司共生的日子已然告终，没有任何回旋余地。不过，还有两扇门。一扇门上写着“**自杀**”，正如卡曼医生所言，眼下那是个坏主意。另一扇，便是通往**杜马岛**。

然而，溜进那扇门之前，还有一件事发生在我的上辈子，确切地说，发生在莫妮卡·格尔斯坦的杰克罗素梗犬“甘道夫”身上。

8

如果你们认为我这康复场所是一座湖边木屋，四周一片空旷，只有一条孤零零的土路穿过北边树林通往那里，拜托你们三思后再下结论——我们说的是你最熟悉的城郊。我湖畔的居所位于紫苑巷的尽头，这条铺砌路从东霍伊特大道直达湖岸。离我们最近的邻居就是格尔斯坦家。

十月中旬，我总算听进了卡迪·格林的建议，开始练习步行。日后我会在海岸大道上走，但刚开始时不是，哪怕只是走几步回到家，残损的臀部都会痛得哭爹叫娘（我不止一次眼泪汪汪），但确实走上了正途。有一次短程散步归来时，刚好碰见费佛钮太太撞上莫妮卡的狗。

费佛钮太太开着笑死人的芥末色悍马遇见我时，回家的路已经走完了四分之三。一如往常，她一只手拿着手机，另一只手夹着香烟；也一如往常地开得飞快。我几乎没注意到，也显然没看到甘道夫猛然冲上大路，一门心思朝着莫妮卡冲去，她穿着全套女童子军行头正从街对面走来。我的注意力都在伤骨初愈的臀部。同样一如往常的是，所谓的医学奇迹会免费附送千刀万剐般的错觉，在短程散步的冲刺区让我痛不欲生。

然后就听到车胎尖利嘶叫，还有个小女孩的尖叫混入其中："甘道夫，不要啊！"

刹那间，我无比清晰地看到非现实的一景：差点儿置我于死地的起重机，往昔生活中的一切都被一种比费佛钮太太的悍马车身更鲜亮的黄色吞没了，也不可理喻地看到黑体字飘浮其上，越胀越大，放大到巨大：**链带**。

紧接着又传来甘道夫的尖叫，幻象闪回——我猜想，卡曼医生会称之为恢复的记忆——消失了。直到四年前十月的那个下午，我方才知道，狗也会尖叫。

我跌跌撞撞地跑起来，像螃蟹一般横撇着腿，红色拐杖砰砰有声地撞在人行道上。我肯定，若有人旁观，必会觉得我的模样可笑之极，但没人注意到我。莫妮卡·格尔斯坦正跪在路中央，跪在她的狗身旁，它已倒在悍马高大而方正的车头护栏前。森林绿的制服反衬得她苍白的脸面无血色，制服上还斜挂着一条别着奖章和徽章的肩带。肩带的下方已浸在了甘道夫汩汩而出的一摊血里。

费佛钮太太从悍马车高得可笑的驾驶座上半跳半落地下来。艾娃·格尔斯坦从她家的前门奔跑而来，大叫她女儿的名字。格尔斯坦太太宽松的上衣只扣了几个扣子，脚上什么也没穿。

"别碰它，宝贝，别碰它。"费佛钮太太说。香烟依然夹在指间，她紧张万分地吸了一口。

莫妮卡没理她。她抚摩着甘道夫的身体。她一碰，那条狗又嘶叫起来——那真的是尖声嘶叫——莫妮卡用手背抹了抹眼睛。她摇起头来。我不想责怪她。

费佛钮太太伸手想去拉女孩，又改了主意。她退了两步，靠在悍马高耸的车身上，仰头看天。

格尔斯坦太太跪在她女儿的身旁。“甜心，哦，我的小甜心，别这样。”

甘道夫倒在路上，倒在从它体内流出的血泊里，呜呜叫。现在我又能记起起重机发出的声响了。不是正常的哔噗–哔噗的低鸣（倒车警示装置坏了），而是柴油发动机发出的急剧颤抖的轰鸣，还有轮胎吃进土里的声响。

“带她进屋吧，艾娃，”我说，“带她回家去。”

格尔斯坦太太伸出一臂揽住女儿的肩，想催她起身。“来吧，甜心。进屋去。”

“不带甘道夫我就不回去。”莫妮卡十一岁，但很早熟，可就在眨眼间，她好像又退回到三岁了。“没有我的狗狗我就不！”她的勋章肩带，最下面的三英寸现在完全被血浸透了，黏黏地摊在裙子上，一道长长的血痕溅流到她的小腿上。

“莫妮卡，进屋给兽医打电话吧，”我对她说，“就说甘道夫被车撞了，叫他立刻赶来。你去打电话的时候我会陪着甘道夫的。”

莫妮卡看着我，眼里不仅满溢悲伤，也不止是震惊。那双眼很疯狂。我很了解那种眼神。我常在镜子里看到自己疯狂的眼神。“你保证？对天发誓？以妈妈的名字？”

“我保证，对天发誓，以妈妈的名字。去吧。”

她跟着妈妈走了，一路走一路扭头回望，踏上门阶进门前又丧亲般哭喊起来。为了在甘道夫身边跪坐下来，我必须手扶悍马的挡泥板慢慢往下蹭，老样子，痛苦万分地往左倾斜，尽量不让右臀有任何多余的弯折动作。可依然疼得喊出了声，我心想，要是没人帮一把，我大概再也站不起来了。费佛钮太太是指望不上了，她走到大路左边，两腿僵直叉开，深深弯下腰去，好像要给皇室行礼，然后就吐在了沟渠里。吐的时候，香烟燃到了尽头，还在她手指间夹着。

我转身去看甘道夫。它被撞伤了后腿和臀部。脊骨碎了。鲜血和屎尿从两条断腿间缓缓流泻而出。它抬眼看我，就在那双眼里，我分明见到某种恐怖的希望之光。它的舌头耷拉在嘴外，舔了舔我左手腕的内侧。舌头干得像地毯，而且很冷。甘道夫要死了，但或许还不会马上咽气。莫妮卡很快就会回来的，等她回来，我不想它在她的左手腕上这样舔一下，这样活着。

我明白自己该做什么。没人能看到我这样做。莫妮卡和她妈妈都在屋子里。费佛钮太太还没转过身来。就算有人走到窗边，透过街边矮树丛（或他们门前的草坪）朝这儿望，视线也会被悍马挡住，根本看不到我坐在狗身旁，右腿别扭地支棱在一侧。我有机会，但时机转瞬即逝，如果我停下来思考自己要干什么，机会就会流失。

于是，我用双臂托住甘道夫的上半身，没有半秒停顿，我仿佛又回到了萨顿大道工地，弗里曼特公司打算在那里建造四十层楼的银行大厦。我又坐在了自己的敞篷小货车里。收音机里的瑞芭·麦克英泰尔在唱《异想天开》。尽管没听到倒退警示音，我却突然意识到起重机的声音太响了，而当我扭头看出右边车窗时，原本该有的世界不见了。那一边的世界被黄色取代了。黑字飘浮半空：**链带**。字在放大。我打着方向盘，想让公羊左转，车子却停在原地不动，我便知道一切都太迟了。金属挤压的尖利声响起，完全淹没了收音机里的乐声，并将车厢右侧迅速压向左侧，因为起重机已冲入我的车内，窃走了我的空间，货车开始倾斜。我费力摸索驾驶座旁的车门，但情况不妙。我本该一开始就这么做，可眨眼间一切都太晚了。挡风玻璃像冻牛奶般被撞碎，裂成千万碎屑迸射四方，就在那时，我面前的世界消失了。接着，又回复到工地场景，视像仍在扭曲，挡风玻璃还在飞。飞散？简直像中间弯曲的张张纸牌飞射空中，而我双肘撑在车喇叭上，趴下身子，右臂正在完成它最后的使命。我几乎听不到汽车喇叭声，完全被起重机发动机覆盖了。**链带**仍在逼近，冲撞副驾座的车门，封杀副驾座下的空间，把仪表板震成塑料碎块。仪表板下的储物屉遭遇天蹋地崩，里面的零碎杂物四处飞散。收音机没声儿了，午餐盒咣当当地撞着写字板，只见**链带**寸寸逼来。**链带**就在我的上方，我甚至可以伸出舌头去舔，舔那该死的连字符①。我开始尖叫，因为重压开始了。先是右臂在挤压我的身体，接着蔓延周身，接着骨裂筋断。鲜血像一桶翻倒的热水烘浸在大腿上，我听到有什么东西在碎裂。或许是肋骨。听来像是鸡骨头被踩在靴底。

我把甘道夫揽在身前，想着：搬个朋友来，坐在朋友上，坐在该死

---

① 链带原文为 Link-belt，中间有个连字符。

的伴儿上！你个臭八子！

现在我正坐在朋友上，坐在该死的伴儿上，那感觉如归家般熟稔，但家也不再像家了，因为欧陆一切大自鸣钟在我裂缝丛生的脑壳里轰响，可我记不起来卡曼给我的娃娃叫什么，我能记起的全都是R打头的男孩名：兰道尔，罗素，鲁道夫，他妈的凤凰河。她带着水果和该死的综合奶酪进来时，我对她说了，让我一个人待会儿，我让她给我五分钟就好。我办得到，我对自己说，因为这是卡曼给我的小妙方，唯一的出口，哔噗低鸣的倒车警示音，那是在说，帕姆，小心啊，埃德加要倒车啦。可她没走，而是拿起托盘上的餐巾纸，企图抹掉我额头上的恼怒，我就在这时掐住了她的喉咙，因为在那个瞬间，我认为自己记不起娃娃的名字该归罪于她，每一件事都是她的错，包括**链带**。我是用好的左手掐的。在那几秒钟里，我想要杀了她，谁知道呢，或许我试着去杀她。现在我都知道了，我宁可牢记地球上所有车祸的细节，也不愿去记她在我钳子般的手下挣扎时的眼神。接着我又想到，那是红色的！便松手放开了她。

我把甘道夫揽在胸前，就像以前我抱着婴儿时的女儿，我想，我办得到。我办得到。这事儿我办得到。我感到甘道夫的血像热水渗进了我的长裤，我想，继续啊，可悲的浑蛋，从道奇里滚出来。

我抱着甘道夫在想，活生生被压得半死该是怎样的感觉？车厢扭曲着吞噬你身边的每一丝空气，将每一丝气息挤出你的身体，鲜血喷鼻而出，意识飘忽时还能听到断裂的声响，那是骨头在你的体内断破分裂：你的肋骨、你的手臂、你的臀骨、你的腿骨、你的面颊骨和那该死的颅骨。

我抱着莫妮卡的狗在想，在那种凄惨的胜利感中想：那是红色的！

那个时刻我陷在被那种红色冲破的黑暗里；然后睁开双眼。我紧抓着甘道夫，用左臂将它摁在胸前，它正举目瞪视我的脸——

不，视线穿透过去。穿透了天空。

“弗里曼特先生？”那是约翰·黑斯汀，住在格尔斯坦家隔壁第二栋房子里的老家伙。英国斜纹软呢帽，毛衣背心，看上去他都准备好去苏格兰荒野里徒步旅行了。只不过，那惊惶的神态是在说，今日大凶，不宜郊游。“埃德加？你可以放手了。那狗已经死了。”

“是的，”我说着，松开紧攥甘道夫的手。“你能帮我站起来吗？”

“我不能肯定我的力气是否够大，”约翰说，“要我出手，倒像会把咱俩都拖倒在地。”

“那就进屋，看看格尔斯坦母女好不好。”我说。

“这是她的狗，”他说，“我刚才还指望……”他摇了摇头。

“是她的。”我说，“我不想她出来看到这一幕。”

“当然，可——”

“我来帮他。”费佛钮太太说道。她看起来好点了，烟头也扔掉了。她托住我的右腋，又迟疑了一下，“这样会弄疼你吗？”

会，但总比让我这样瘫坐在地上强，我这么对她说。约翰走上格尔斯坦家的门前小道时，我一把抓牢悍马的保险杠。两人合力之下，我又站了起来。

“我想你没什么东西能盖住那条狗吧？”

“事实上，还真有条破毯子在后备箱里。”

“好。好极了。”

她往车后头走去——这段路可不短呢，你得考虑悍马车身有多长，然后走回来。“感谢上帝，它死在小姑娘回来之前。”

“是啊。”我说，“感谢上帝。”

9

走回路尽头的我家小屋没多远，但一样得慢慢拖着走。等我到家时，甘道夫的血已经凝在我的衬衣上，连手也疼起来，我得给左手起个绰号了，就叫“拐杖拳”。门柱和纱门间夹了一张卡片。我把它抽出来。微笑的女童子军举手敬礼，下方印着这条消息：

近邻好友前来拜访
带着美味可口的女童子军曲奇饼干！
虽然今日未能有幸见到您，
莫妮卡还将改日再访！
回头见！

莫妮卡把名字的i画成了一张笑脸。我揉起卡片，蹒跚地走向淋浴室的路上，随手扔进了废纸篓。我把衬衫、牛仔裤、血点斑斑的内衣全都扔进了垃圾桶。再也不想看到这些东西。

10

购置两年的凌志车停在车道上，但自车祸那天后，我再也不曾坐在方向盘后面。有个住在附近的学生仔每周三次来帮我跑腿打杂。只要我开口，卡迪·格林也愿意帮我到最近的小超市捎点东西，要不就在折磨人的小课开始前开车带我去巨弹超市（做完康复课程我就累趴下了）。要是你跟我说，那年秋天我还会自己驾车，我准会大笑一通。不是因为身体疼痛，而是一想到开车我就会一身冷汗。

可淋浴后不久，我就在这么干了：欠身坐进驾驶座，插入钥匙，点火，倒出车道时还越过右肩朝后看。平时只服两片复方羟氢可待因，可那天我吞了四片粉红色小药丸，赌一把吧，看看它们能不能让我撑住，把车顺利开到东霍伊特路和东岸大道交叉口的“停车买”小铺，最好别发疯，也别撞死谁。

我没在店里逗留很久。那根本算不上正常意义上的杂货采买，而是冲锋逃命——直奔肉类冰柜，然后一瘸一拐地走一长段路，直达“十件以下快速购买通道”，没有优惠券，没有东西需要申报。尽管如此，等回到紫苑巷时，我已全身麻痹。要有个警察拦下，我根本过不了清醒度测试。

没人拦我。我开过了格尔斯坦家，车道上停了四辆车，路边还至少泊了六七辆，每扇窗里都灯火通明。莫妮卡的妈妈拨打了心灵鸡汤紧急热线求助四方，看起来，有不少亲朋好友都快速应答了。他们真棒，对莫妮卡真好。

不到一分钟后，我驶回自家车道。尽管药物作用还在，我的右腿在油门和刹车之间来回移动时仍会抽搐，而且，我头痛——只不过是老掉牙的紧张性头痛。我的紧要问题是饥饿，那才是驱使我鲁莽出行的动机。饥饿，用这个词来形容我的感受似乎还太温和了。我贪婪地想要狼吞虎咽，冰箱里剩下的肉末番茄烤宽面条无法满足我。冰箱里有肉，但不够。

我拄着拐杖东倒西歪地进了屋，在复方羟氢可待因的药力下眼冒金星。我从炉灶下的抽屉里取出平底锅，搁在灶口上，再把旋钮拧到最高挡，几乎听不到煤气点火时该有的“砰”一声。我忙不迭地撕掉一包绞细牛腰肉的塑料包装纸，再把肉扔进平底锅里，等不及打开炉灶旁的抽屉拿铲子，就直接用手掌把肉捣开、铺平。

回到屋里，甩掉衣服，爬进浴池，我完全可以假装把胃里的搅动误认为是恶心——这挺说得通的。然而，等我把肥皂冲洗干净时，搅动已升级为持续、低沉的隆隆低吼，活像空转的大马力机车。药物起到了一点抑制作用，但现在又恢复了，甚至比先前更糟。我记不得这辈子有过如此饥饿难耐的时候。

我把大得近乎荒诞的肉饼翻个身，试着数到三十。我估摸着，在高温中数到三十至少能和人们说的“煎肉饼”的本意擦个边。要是我能想到打开排气扇，吹散肉香，说不定能坚持住。结果，我连二十都没数到。数到十七时，我抓来纸餐具，将汉堡肉饼翻身入盘，就靠着厨房流理台，将半生的牛肉饼送进了肚里，风卷残云。吃到一半时，我看到血水从红肉间渗流出来，突然想到甘道夫举目望我的情景，栩栩如生如在眼前，那时鲜血屎尿从它残破的下肢间流出来，后腿的毛皮全都浸透了。我的胃没怎么颤，只是急不可耐地想要更多食物。我很饿。

饿。

11

那天晚上，我梦到自己在多年来和帕姆同床共枕的卧室里。她在我身边睡着了，所以她听不到有个嘶哑的声音从漆黑大屋下面的什么地方传来：“新婚，将死，新婚，将死。”听来犹似机械装置，但卡在了某处。我摇了摇妻子，可她只是翻了个身。用背对着我。梦最能吐露真相，不是吗？

我爬起来，下楼去，抓着扶栏以弥补右腿使不上的劲儿。抓着那熟悉的光滑扶手时，也有一种怪异的感觉。当我走完最后一级阶梯时，我突然反应过来，不管是不是公平，这是个右撇子的世界——吉他都是给右手造的，学校书桌、美国车上的控制盘都是。我和家人住的房子也不例外，扶手也不例外：在右边，因为我妻子和两个女儿都是右撇子，因为有所谓“大多数”的原则，尽管我的建筑公司是根据我的设计建造了这栋房子。

然而，我的手一直紧紧握着扶栏。

当然啦，我心想，因为这是一个梦。就像今天下午那样，你知道的吧？

甘道夫不是梦，我在心里反驳，房子里那个陌生人的声音比先前更近了些，仍在反复地说，“新婚，将死”，一遍又一遍。不管那是谁，这个人肯定在起居室。我不想进去。

不，甘道夫不是梦。我心想。也许，产生这种想法是我幻觉中的右手。是梦杀了它。

狗是自然死亡，对吗？那个声音是想告诉我这一点吗？因为我不认为甘道夫是自然而然死去的。我以为它需要帮助。

我走进昔日的起居室。我没有意识到自己的脚步在动；我走起来就像你在梦中走，仿佛是世界在绕着你走，潮涌回退，如有某种夸张的视觉特效。就在那儿，坐在帕姆的波士顿老摇椅里的，是制怒娃娃，瑞芭，现在她已长成真人大小。她的双脚穿着玛莉珍妮怀旧淑女鞋，垂在地板上一丁点，前前后后地荡着，往上便是恐怖的粉红色的腿，没有骨头。她用那双空洞的眼睛瞪着我。草莓色的人造卷发前前后后地弹荡跃扬。她的嘴上沾了血，在我的梦里，我知道那不是人类的血或狗的血，而是我根本没熟的牛肉饼里渗出的东西——肉饼吃完后，我把纸盘子上的这东西都舔干净了。

坏青蛙在追我们！瑞芭喊起来，它有尖牙！

12

尖牙！——我挺起身时这个词儿还萦绕在我脑海里，十月的月光凉冰冰地洒在我膝头。我很想大声尖叫，可发出的声音只是一段沉默的喘息。心跳如雷轰。我伸手摸到床头灯，感谢老天爷，还好没把它打翻在地，以前就有过一次，我看到灯座已有一半被推出了台面。收音机闹钟显示，凌晨三时十九分。

我摆腿下地，拿到了电话机。如果你真的需要我，给我电话，卡曼曾这样说过，白天、黑夜，任何时候都可以。如果卧室电话本里有他的号码，我说不定就真打过去了。可是现实再一次验明真身——这儿是法伦湖小屋，不是梦多塔高地的大屋，楼下也没有嘶哑的话音——急迫的情绪过去了。

坐在波士顿摇椅里的制怒娃娃瑞芭，长到了真人大小。好吧，干吗不可以呢？我确实愤怒了，尽管对费佛钮太太的火气比对甘道夫的更盛几分，但我根本不知道长牙齿的青蛙和波士顿摇椅里的豌豆价钱[①]有什么关系。似乎对我而言，真正的问题在于莫妮卡的狗。是我杀死了甘道夫，还是它血流而尽、自然而亡？

或许问题是在于，为什么那之后我变得如此饥饿？或许这才是关键。

如此饥饿地想吃肉。

“我双手抱起它。”我喃喃自语。

你的一只手，你是说，因为你现在只有一条胳膊啦。只有左手完好。

可我的记忆却在说：双手抱着它，复数。要引开我的怒气，

（那是**红色的**）

引向那个夹着烟、打手机的蠢女人，也不知怎么的，该引回我自己，犹如陷入疯癫癫的封闭回环线路……双手抱起它……显然是幻觉，但是的，我的记忆就是那样的。

双手抱着它。

用左肘垫着它的脖子，这样我就能用右手掐死它。

掐死它，把它拖出悲惨境地。

我没穿衬衣睡觉，也就很容易看清自己的断肢。我只能偏转脑袋去看。只能略微摆动一下，不能再动了。我试了好多次，然后仰头看着天花板。心跳慢下来了。

“狗死于撞伤，”我说，“以及惊吓。验尸就能证明。”

只不过，在一个粗心而分神的女人驾驶悍马把狗撞得血肉模糊而死之后，不会有人给这条狗验尸。

我看着天花板，希望此生已经告终。这不快乐的生活却是自信满满地开始的。我觉得那天晚上没法再睡了，但最终还是睡着了。到最后，我们总是因忧虑而殚精竭虑。

那是怀尔曼说的。

---

① 埃德加想说豌豆公主（princess），却误说成价钱（price）。

如何作画（二）

记住，真相隐于细节。不管你如何打量这个世界，不管那将赋予身为艺术家的你的作品以何种风格，真相总在细节之中。当然，魔鬼也在那里头——每个人都这么说——但或许真相和魔鬼只是同一种东西的不同名字。这是可能的，你懂。

再去假想那个小女孩，从马车上摔下来的女孩。砸到石块上的是她的右脑，但忍受创伤痛楚的却是左脑——对冲伤，记得吗？左脑是布罗卡区①之所在，直到二十世纪二十年代人们才发现它的存在。布罗卡区掌控语言能力。受到重创之后，你失去了你所有的言语，有时是暂时性的，有时则是永久性的。尽管所言和所见紧密联系，但毕竟所言并非所见。

小女孩还看得见。

她看到了五个姐妹。她们的衣裙。看到她们从外面进来时，头发被狂风吹得纠结如乱麻。她看到了她父亲的胡须，如今已夹杂灰髯。她看到了南·梅尔达——不仅是管家，也是这个小女孩所知的、最像母亲的女性。她看到南妮洗衣服时裹在头上的披巾；她看到打在头巾前面的结，就在南·梅尔达高高的褐色前额上；她看到南·梅尔达的银镯子，也看到镯子在窗间泻下的阳光里一闪一闪如星光的反耀。

细节，所有的细节，真相就在细节里。

所见一切会不会叫嚣成言语，哪怕是在被毁的头脑里？受伤的大脑？哦，一定会，一定的。

她想，我的头受伤了。

---

① 布罗卡区（Broca）又称前语言区，位于大脑半球额下回后部，是人体的运动性语言中枢。

她想，出了什么事，而我不知道自己是谁。不知道身在何处。也不知道所有这些包围自己的明晃晃的视像是什么。

她想，莉比？我的名字是莉比吗？以前我是知道的。以前我知道该怎么说，可现在，我的词句就像水里的游鱼。我想要唇上有胡子的那个男人。

她想，那是我爹地，我想叫出他的名字，可话到嘴边就成了“了！了！”，因为有只鸟飞过我的窗口。我看得见每一根羽毛。我看到它的眼睛很像玻璃。我看到它的一条腿，像折了一样弯起来，那个词是畸、怪。我头疼。

姑娘们进来了。玛丽娅和汉娜进来了。她喜欢双胞胎，但不太喜欢她俩。双胞胎很小，像她。

她想，以前会说话的时候，我叫玛丽娅和汉娜“大刻薄鬼”，并猛然意识到她又知道这一点了。又是一件回到脑袋里的事。又是一个细节的名字。她会再次忘记，但下一次要是记起来了，她就能记得久些。她几乎很肯定。

她想，我想说汉娜的时候，我说“了！了！”。想说玛丽娅的时候，我说“伊！伊！”她们就大笑，刻薄鬼。我哭。我想要我爹地，可不记得怎么说他的名字；那个词又不见了。词语就像鸟，飞啊飞啊飞走了。我的姐姐们都说话。说啊说啊说。我的嗓子很干。我想说，渴，说出来的是“噶！噶！”可她们只是笑，那些刻薄鬼。我缠着绷带，闻着碘酒的味道，出汗出得臭烘烘的，就那么听她们笑。我朝她们死命地叫，大声地叫，然后她们跑开了。南·梅尔达来了，她的头全是红色的，因为她的头发包在披巾里。她戴的圆圈在阳光下闪啊闪啊闪，你会说那种圆圈该叫做手镯。我说“噶！噶！”南·梅尔达听不懂。于是我又说“屁！屁！”南就带我去便壶那儿，其实我不需要尿尿。我坐在便壶上，看到什么指什么。“屁！屁！”爹地进来了，“这儿嚷嚷什么呢？”他的脸上满是白沫沫，除了一条光滑的长方块以外。那是他用刀片把胡子刮掉的地方。他看到我指的是什么了。他明白了。“她怎么渴了呀。”倒满水杯。房间里阳光明媚。灰尘在太阳下飘浮。他的手连同水杯穿过阳光，你会说那就是“美”。我喝光了水，一滴不剩。喝完了我再叫，但得到的东西比水更好。他亲我，亲啊亲啊亲，又抱啊抱啊抱，我想叫他——“爹地！”——可还是没叫出来。我就变着法儿想他的名字，然后想到了约翰，我脑子里想着约翰，“爹地”脱口而出，他又抱了我更多次。

她想，爹地是我到了这边后的第一个词，这一边全是坏事情。

真相就在细节里。

二　浓粉屋

1

卡曼的地理疗法见效了，但要说治愈我头部的问题，我觉得佛罗里达那事儿只能算是巧合。我去过那儿，这是真的，但我从没有在那里真的生活过。没有，卡曼的地理疗法有成效是因为杜马岛，以及，浓粉屋。对我来说，那些地方自成一界。

十一月十日，我满怀希望地离开圣保罗，但也不存切实的期待。康复女王卡迪·格林来给我送行。她吻了我的嘴，使劲拥抱我，轻轻念叨着“埃迪啊，祝你的梦想都能成真。”

“谢谢你，卡迪。”其实，在我牢记不忘的梦里，是真人大小的制怒娃娃瑞芭坐在我和帕姆共度多年的家中，在月光下的起居室里。那个梦不必成真。

“你到了迪士尼乐园要记得给我寄照片。我巴不得早点再见到你呢。”

“我会寄的。”说是这么说，可我从头到尾也没去迪士尼乐园。海洋世界，博世公园，代顿赛车场，一概没去过。

飞离圣保罗，坐在利尔55喷气机上（功成名就再退休总算有点优势），窗外是华氏二十四度的北部隆冬，第一场雪花刚刚飞下。等我在萨拉索塔降落时，一下子变成八十五度的艳阳天。虽然只需走过停机坪，我还是得借助红色拐杖才能撑到私人飞机航站楼，我都能听到自己的屁股在说：“多谢帮手！”

回顾那个时刻，我顿时百感交集：爱，渴望，恐怖，惊惧，遗憾，还有深层的甜蜜，那只有曾经濒临死亡的人才会懂。我想亚当和夏娃一定深有同感。当他们赤足裸体走向我们如今所处的子弹和炮火齐飞、卫星电视铺天盖地的压抑万分的政治世界时，再回首伊甸园，难道不会如此感慨吗？回首炽剑在握的天使护卫的天国，如今大门已闭合，难道不感叹吗？我相信，他们必会奢望再看一眼那碧草连天的世界，他们已然失去的世界里有甘洌的泉水和慈悲的动物。当然，还有蛇。

2

一连串迷人的岛屿分布在佛罗里达西海岸，美如银色手链。如果你套上七里格之靴[①]，就能从高船岛一步迈上利多岛，从利多岛迈上午休岛，从午休岛迈上凯西岛。下一步就会把你带上杜马岛，长九英里，最宽处不过半英里，位于凯西岛和东彼得岛之间。大部分岛域都无人居住，野生榕树、棕榈和驳骨松毫无章法地繁盛生长，伴着一湾高高低低、沙丘蓬乱的海滩，沿着海岸线蜿蜒延伸。一丛丛齐腰高的海滨燕麦草护卫着沙滩。“海滨草是天然的，”怀尔曼曾经对我说，“但别的那些狗屎玩意儿没水灌溉就没法活。”在杜马岛住的大部分时间里，除了怀尔曼便不再有别的人；只有教父的新娘，和我。

珊迪·史密斯是我在圣保罗的房地产经纪人。我请她帮我找一个清净地儿，但生活设施要尽量齐全。我不能肯定自己是否用了“离群索居”、“偏僻”等词汇，但很有可能。思忖着卡曼的建议，我对珊迪说，我想租上一整年，价钱不是问题，别宰得我血淋淋脱层皮就行。就算我已抑郁至此，还或多或少能说疼痛不止，我还是不情愿让别人占便宜。珊迪把我的要求输入电脑，然后，浓粉屋便冒出来了。真是求到了上签。

但我并不是真的相信这事儿能成。因为，即便是我最早画的那些画都似乎……该怎么说呢……别有隐言。

有某种潜台词。

3

我坐着租的车上岛那天（由杰克·坎托里驾驶，这小伙子是珊迪通过萨拉索塔人力资源中心帮我雇到的），对杜马岛的历史一无所知。只

① 欧洲民间传说中的大步流星靴，一步便能走七里格。里格是长度单位，相当于四点八公里。

知道，从凯西岛去那里可以走一条可开闭的吊桥，位于单独海损赔偿海域内。一过这座桥，我就注意到岛的北角植被呈野生状态，全都长得茂密旺盛，倒还算一片风景（在佛罗里达，风景意味着棕榈和草地几乎从不间断地接受灌溉）。我能看到六七栋房子沿着海岸线零星散布，一路通向南端，最后那栋大屋俨然拥有占地广阔的优雅庄园。

下了吊桥，开上杜马岛还不到一块足球场的长度时，我就看到一栋粉色房屋悬在海湾上。

“就是那栋吗？”我问，心想，*老天保佑就是它吧，我就想要这栋*。“是吧，嗯？”

“我不知道，弗里曼特先生。”杰克答，“萨拉索塔我熟，可我这是第一次来杜马。从没什么理由到这儿来。”他在信箱前停下车，信箱上用大大的红字标出“13”字样。他瞥一眼搁在我们座位当中的文件夹。“就是这儿，没错。鲑鱼角，十三号。但愿您不是很迷信。”

我摇摇头，仍然盯着房子看。我不担心镜子破裂或黑猫穿过之类的邪门说法，但我非常相信……好吧，可能还算不上一见钟情，瑞德和斯嘉丽，那太浪漫了，但要说第一眼直觉？显然是信的。第一次在四人约会（她是另一个家伙的伴儿）上看到帕姆时就是这感觉。我第一眼看到“浓粉屋”时也是。

这栋屋的地基打在最高潮位线的上面，整个建筑向外突出。车道旁，有一块“不得越此界限”的标牌歪歪斜斜地钉在灰色的老木棍上，但我猜那不是给我看的。“你签好租约，就能有一年的使用权，”珊迪对我说过，“就算房子卖了，屋主也不能赶你走，直到你的租期已满才行。”

杰克慢慢地驶向后门……门脸悬在墨西哥湾上方，只有这么一扇门。“我真是没想到，他们竟然允许有人在这么偏的位置造房子，”他说，“大概在旧时代，人们做事的方式和现在不一样吧。”对他来说，旧时代恐怕是说上世纪八十年代。“那是您的车。但愿车子还好用。”

那辆车停在门廊右侧的方地上，门廊上有裂缝，车子像是半大不小的美国租车行里司空见惯的货色。费佛钮太太撞死甘道夫那天后我就没再开过车，所以几乎看也没看那辆车。我对租下的粉红色庞然大物的兴趣更浓。“难道没有法令规定不能挨着墨西哥湾造房子吗？”

“现在当然有，但这地方初建的时候就没有。站在现实立场说，这和海滩侵蚀有关。我怀疑，这房子初建时还不至于这么外突。”

毫无疑问，他说得对。我自己也能看出来，至少有六英尺长的桩基支撑在带纱门的门廊下，那就是所谓的“佛罗里达屋”。除非这些桩基陷入下面的岩床深达六十英尺，否则这地方最终将会坠入墨西哥湾，只是时间长短的问题。

我想着这事时，杰克·坎托里也正在说呢。然后他咧嘴一笑，“不过呢，别担心，我敢肯定你会发现很多预警信号。你会听到它的呻吟。”

“像《厄舍古屋》① 里那样吗？”我说。

他更乐了，“但也许还能撑个五年吧，否则它早被判处死刑了。”

“别那么肯定。”我说。杰克已把车掉头，开到车道门口，以便搬卸行李。没太多东西，只有三个行李箱、一个衣物袋、装有手提电脑的铁箱子，还有个帆布背包，里面装着些简单的绘画用品——大多是速写本和彩色铅笔。告别上辈子，我得轻装上阵。我猜想，新生活中最需要的莫过于我的支票簿和美国运通卡。

“你这话怎么说？”他问。

“能在这儿造得起房子的人恐怕也能搞定 BC 检查员。”

“BC ？是什么？”

有那么一会儿，我没法回答他。我能看到自己说的内容：白衬衫、打领带的男人，头上戴着黄色塑料安全帽，手里抱着硬夹写字板。我甚至都能看到他们衬衫胸袋里的钢笔，还有附带的防墨漏塑胶套。魔鬼都在细节里，不是吗？但我想不起来 BC 是什么名词的缩写，尽管那曾时常挂在我嘴边，就像我自己的名字。忽然之间我就暴怒起来。忽然之间，这似乎足以让我把左手握成拳头，侧手挥向坐在我身边的年轻人那毫无防备的喉结，仿佛那才是这世界上最理所应当的事情。几乎难以违抗。是因为他的提问才令我放下屠刀。

“弗里曼特先生？”

“稍等。”我说，心里想的是：*我办得到*。

就在暴躁难耐的思绪里，我突然想起唐·菲尔德，至少有一半我九十年代（好像是吧）建造的房屋都是他检验的。也突然意识到自己正

---

① 爱伦·坡的经典恐怖小说。

坐得像颗钉子般笔直，拳头紧握，搁在膝头。我明白了，为什么那孩子的语调有点担忧。我活像突发急性胃炎的病人。或是心脏病要发了。

“抱歉。”我说，“我出过一次车祸，撞坏了脑袋。有时候我的脑筋磕磕绊绊的。”

“别去想那茬儿了。”杰克说，“不是什么大事。”

“BC 是建筑物法规检验员的简称。简单说，那些人能判定你的建筑物会不会倒。”

“你是说贿赂吗？”我的年轻新朋友看起来愁眉不展了，“唔，我肯定会有贿赂，尤其是在这儿。金钱万能。”

“你也别太愤世嫉俗了。有时候，那就等于交朋友。你的建筑商、承包人、建筑物法规检验员，甚至还有你那些 OSHA[①] 的伙计们……他们经常在同一家酒吧喝几杯，也都上同一所学校。”我大笑起来，“在某些情况下，还是劳改学校呢。”

杰克则说，“侵蚀加速时，他们宣布凯西岛北头的两栋屋要终止使用。其中有一栋楼还真的掉进海里去了。”

“好吧，正如你所说，我大概会听到这房子呻吟，但眼下看来还算安全。我们把行李搬进去吧。”

我打开车门，下车，伤臀僵直时我又走不稳了。要不是我及时撑住拐杖，准得五体投地趴在浓粉屋的石阶脚下行个见面礼。

“我来搬行李吧。”杰克说，“您最好进去坐一会儿，弗里曼特先生。喝杯冷饮也不会碍事的。您看起来真的很疲乏。”

4

我岂止是疲乏啊，长途旅行把我累坏了。等我把自己安顿在起居室的扶手椅里（如同往常，靠左侧倾斜，把右腿尽量伸直），我愿意对自己说实话：我已经精疲力竭了。

但不想家，起码眼下还没想。杰克来来回回好几趟，把我的包和袋子放进两间卧室中较大的那间，把笔记本电脑放在较小的那间的书桌上，这期间，我的视线没离开过起居室的西墙，一整排玻璃墙，以及后

① OSHA，美国职业安全与卫生条例管理局。

面的佛罗里达屋，以及再后面的墨西哥湾。在那个炎热的十一月下午，那真像一个浩瀚的蓝色星球，平平地向外延展，即使玻璃滑窗墙还关着，我已能听到那个星球温和、平缓的叹息声。我心想，它没有回忆。这想法有点怪，却也怪得令人乐观。说到回忆——还有愤怒——我依然有问题要解决。

杰克从客房走回来，坐在沙发扶手上——我想，确切地说该是靠在那里，毕竟那是个想离开这里的年轻人。“日用品基本上都齐全了，”他说，“还有速食沙拉、汉堡和一袋真空包装的鸡，即开即食的那种——我们管那个叫太空鸡。但愿你听了别奇怪。”

“挺好的。”

“低脂牛奶——”

“也挺好。”

“——和人造奶油。下次我可以给你带点真正的天然奶油，如果你想要的话。”

“你想把我仅剩的那条动脉也堵上吗？”

他哈哈大笑，“还有个小食品柜，里面全都是罐头垃……食品。有线电视接好了，电脑网线也好了——我给你装了个无线的，多花了一点钱，但那才叫酷——如果你想要卫星电视，我也可以帮你装。”

我摇摇头。他是个好小伙，但我只想聆听海湾和我轻声蜜语，用一些不需花费一分钟才能想起来的词儿。我也想聆听这栋屋，看它是不是也有话要说。我觉得，它应该有。

“钥匙都在厨房流理台的信封里装着——车钥匙也在——还有一张电话号码单吸在冰箱门上，你大概会用得上。我在萨拉索塔的佛罗里达州立大学上学，除了周一，每天都有课，但我一直带着手机，每周二和周五的下午五点我会过来，除非我们另有安排。这样行吗？”

“好。”我探入口袋，拿出我的零钱夹。“我想给你些额外奖金。你干得很棒。”

他挥挥手，说：“别啦。这活儿很不赖，弗里曼特先生。报酬高，时间少。再拿你的小费我会觉得自个儿是贪得无厌的癞皮狗。”

这话把我逗乐了，便把钱塞回口袋。“那好吧。”

“您大概要睡个午觉吧。”他说着，站起来。

“大概会吧。”别人把我当老爷爷对待，这感觉真古怪，但我想最好还是习惯起来。“凯西岛北头的另一栋房子怎样了？”

“嗯？”

“你说有一栋掉进海里了。那另一栋呢？”

“据我所知，还在那儿呢。不过，要是来一场查理飓风暴雨什么的席卷海角北头，那准保是蚀本买卖：什么都留不住。”他向我走来，伸出手，“不管怎么说吧，弗里曼特先生，欢迎您来佛罗里达。我希望这儿的一切都能热情款待您。”

我和他握手，“谢谢你……”我犹豫了一下，或许他不会注意到这么短暂的停顿，我的愤怒没有跑出来。无论如何，没有对他发火。“谢谢你做的一切。”

“没事儿。”他走出去时给了我一个疑惑的表情，最不易觉察到的那一点点疑虑，那就是说，他注意到了。或许他留神了，对我。我不介意。我到底是一个人了。当他发动汽车往外开时，我听着贝壳和沙砾在车胎下碾压而过，听着引擎声渐渐消失。越来越轻，几乎听不见，完全消失了。现在，只有温和平缓的海湾的叹息声。还有我的心跳，柔和而低沉。没有钟表。没有铃声，大钟小铃都没有，甚至没有滴答滴答。我深深地呼吸，嗅着常年不用、但每周或每两周定期通风的房子里特有的霉味和微微的湿气。我觉得还能闻到海盐和亚热带芳草的气息，但我还没想出它们的名字。

我几乎一直在听海浪的长叹，酷似某种沉睡中的巨大生物在缓缓呼吸，也一直透过竖在海面前的玻璃墙向外望。因为浓粉屋很高，扶手椅又放在起居室的深处，在我的座位上一点儿也看不到沙滩，倒是有可能看到某条巨大的油轮，从委内瑞拉一路油腻腻地往加尔威斯顿而去。一层薄暮悄悄浮上天穹，水面上的粼粼波光便弱了几分。左边，有三棵棕榈树高耸，剪影衬着天空，阔叶轻微摆动，沙沙有声：那是我车祸后最初素描的主题。不太像明尼苏达，亲爱的，汤姆·赖利这样说过。

看着它们，令我又想画了——酷似强烈的饥饿，但又不是在肚腹里发生的，让我心痒痒的。而且，很怪的是，似乎也让残肢痒起来。“现在不行，”我说，“过会儿。我累得不行啦。”

我试了一次，不行，再试一次，这才把自己从扶手椅里撑起来，我很高兴那个小伙子此时已不在这里，看不到我第一次愚笨地跌回椅子，也听不到我恼怒时孩子气的叫嚷（“婊子养的！”）。站起来后，身子又在僵硬的腰胯上摇晃了片刻，为自己累到这等程度而大吃一惊。通常“累得不行了”只是你们的口头语，但那时候可是对我的逼真描绘。

我可不想到这儿的第一天就摔得四仰八叉，所以拖着小步慢慢地走入主卧室。床很大，我别无所愿，只想走过去，坐上去，一屁股把愚蠢的纯装饰用靠枕扫到地板上去，（其中之一貌似绘有两只腾跃而起的可卡犬，以及让人吓一跳的大标语：**狗才是尽心尽力的好人，有可能！**）然后躺下来，睡上两小时。也许三小时。但我还是先停在床脚的长椅前——仍然是谨慎的慢动作，明白自己累到这个分儿上，腿脚稍有磕绊就会把自己放倒，小伙子把我三个行李箱里的两个都码在这里。我想要的，当然，是下面的箱子。毫不犹豫地把上面那个推下去，我拉开了前袋拉链。

蓝色的玻璃眼珠吐露着永不满足、大惊小怪的神情：*哎呀呀，你个恶心的死男人！我一直在这儿呢！*毫无生气的橘红色头发从发孔里四散开来。瑞芭，制怒娃娃，一身蓝裙，黑色的玛莉珍妮淑女鞋。

我把她夹在断肢和胸侧之间，躺到了床上。在装饰靠枕里扒拉出足够我躺的空间后（最想把腾跃的可卡犬扔到地板上），我让她也躺在我身边。

“我把他的名字忘了，”我说，“我记得一路上是怎么到这儿的，可是忘记他的名字了。”瑞芭仰面瞪着天花板，吊扇叶片静止着，一动不动。我忘了开风扇。瑞芭不在乎我新认识的兼职伙计叫艾可、麦克或是安迪·万·史莱克①。对她来说都一样，她只是一团碎布，塞在一个粉色小身体里，说不定是一些不快乐的童工在柬埔寨或该死的乌拉圭做的。

“怎么了？”我问她。尽管累得不行了，我仍能感觉到老一套惊惶失意表演又各就各位了。令人消沉的愤怒，老样子。害怕这种情绪会陪我到生命的终结。或许，比那更糟！是啊，是有可能！那会把我带回康复中心，那披着鲜艳外套的地狱中心。

---

① 海盗队著名棒球球员。

瑞芭没有回答，没骨头的小婊子。

“我办得到，”我说，尽管我自己都不信。但我在想：杰瑞。不对。是杰夫。接着又是：你是在想杰瑞·杰夫·沃克吧，浑蛋。是杰森？杰拉尔德？伟大的约沙王①？

意识开始涣散。哪怕愤怒和惊慌仍在，却渐渐向睡意屈服。调整频道，定位在海湾柔和起伏的呼吸中。

我办得到，我心想，你得从旁迂回，就像想起BC的意思那样。

我想到小伙子说他们宣布凯西岛北头的两栋屋要终止使用，话里似乎还有别的意思。我的残肢痒死了，疯了的浑蛋断木桩子。假装那是别的宇宙里别人的断臂吧，我还得追查那个名字的蛛丝马迹呢，破线头，断骨头，所有的关联都……

——漂游而去——

要是来一场查理飓风暴雨什么的席卷海角北头——

啊，记起来了！

查理是飓风，飓风来袭时，我瞥了一眼电视里的天气报道，和美国其他地区一样，他们的飓风小子是……

我捡起瑞芭。半梦半醒间，她似乎长了至少二十磅体重。“飓风小子叫吉米·坎托里。我的小帮手叫杰克·坎托里。案子他妈的了结了。”我的手重重落下，再次把她放倒，闭上了眼睛。我大概又听了十秒或十五秒海湾的微息，然后就睡着了。

一直睡到太阳下山。那是我八个月里睡的最沉最香的一觉。

5

在飞机上我只吃了几口零食，可想而知，醒来后我饿得前胸贴后背。平时该做二十五次屈腿松胯动作，可我只做了十二次，匆忙去了趟洗手间，然后就跌跌撞撞地赶去厨房。身子靠着拐杖，但考虑到我这场午觉睡得够久，吃在手里的力比我预想得要轻些。我打算给自己做一个三明治，或是两个。本想找到切片腊肠，但冰箱里只有午餐肉，那也不

① 杰瑞·杰夫·沃克（Jerry Jeff Walker），是位乡村歌手；伟大的约沙王（Great Jumping Jehosaphat），十九世纪美国人用这个短语指代“我的基督耶稣啊！”是委婉的咒骂。这一系列名字都是以J开头。

赖。吃完三明治，我要给伊瑟打电话，报个平安。你还能指望她给每一个尚且关心埃德加·弗里曼特死活的人发个电邮呢。然后我要服下今晚的止痛药，再四处看看我的新居。整个二层楼都等着我去呢。

我的计划没有顾及的变量因素是西面风景的变化。

太阳下山了，但仍有一条明亮的橘色光带浮在海平线上，只在一处因某艘大船的剪影而断了一下。那个剪影活像是一年级学生的画作。缆绳自船首拉到我猜该是无线电塔的高处，绳上的灯光便形成了三角形。灯光照耀之处，夕阳的橘红淡化成麦克斯菲尔德·帕里斯画里的蓝绿色，哪怕我从未亲眼见过他的画作……但我分明体会到一种幻觉记忆[①]，似曾相识，仿佛在我的梦里见过。也许，我们在梦里都会见到这样的蓝天，但即便拥有世间所有的颜色，我们却从来不能在清醒的意志下企图再现那种美。

高高的天空里，在那越来越深邃的黑色中，第一群星星出现了。

我不再感到饿，也不想给伊瑟打电话了。我只想把所见的一切画下来。我知道自己无法捕捉所有美景，但我不在乎——那也是美的一部分。我一丁点儿也不在乎。

我的新雇员（他的名字一下子又成了空白，我就去想天气报道，然后就想到了杰克，案子又他妈的结了）把装绘画用品的帆布背包搁在次卧室了。我带着那只包走到佛罗里达屋，一边笨拙地抱着包，一边还想拄拐杖。一丝俏皮的微风吹动了我的发梢。就在同一时刻、同一个世界里，此处有微风轻扬，圣保罗却是大雪飘飞，我似乎觉得这想法很荒诞——简直是科幻。

我把背包放在又长、又粗糙的木桌上，心想，得去取盏灯来，然后又否决了这主意。我要画，画到看不见、也画不成才作罢，今晚的任务就算完成了。依然难看又别扭地坐定后，我打开包，取出画本。封面上写着：**手艺人**。根据我现有的水准，那种封号就像个笑话。我又探到包袋深处，取出了一盒彩色铅笔。

我画得很快，勾勒，上色，几乎看也不看自己正在画什么。从一条武断的地平面上开始着色，从一边到另一边，用我的维纳斯黄色笔

---

① 原文为法语。

狂野随性地连笔涂抹，时不时窜进船身里（我猜想，这会是世间第一艘罹患黄疸症的油轮），我也不去管它。等我把夕阳光带画得差不多深了——现在光线瞬息万变，飞速暗沉下去——我又抓过橘色笔，打上些阴影，再涂深些。紧接着我回到船上，没有多想便在纸上画了一组有棱有角的黑色线条。那就是我所见的。

画完的时候，差不多完全黑了。

左边的三棵棕榈哗啦哗啦响。

墨西哥湾在我身下看不见的地方悠叹——潮汐又回来了，现在听来并不太远，仿佛经历了漫长的一天，可还有一堆事情要干似的。

头顶上，现在有成千上万颗明星，就在我举目观望的同时，还有更多的星星冒出来。

一直就在这里，我心想，也忆起梅琳达在广播里听到一首非常喜欢的歌曲时常说的：第一声 Hello，我就是它的了。在我简笔草就的油轮下，我用小字体潦草地写上 Hello。在我的记忆里（现在我的记忆力好多啦），这是我有生以来第一次为一幅画命名。既然名字都取好了，这就是一幅好画，不是吗？尽管损毁随之而来，我依然认为那是绝佳的名字，给一个使出浑身解数只为不再悲哀、只为记住快乐是何感觉的人画的画。

完成了。我把铅笔放下，就在那时，浓粉屋第一次对我说话。它的声音比海湾的呼吸还要温柔，但我一样听得清清楚楚。

我一直在等你，它说。

6

那一年，是我自言自语、自问自答的一年。有时候，别的声音也会回答我的提问，但那天晚上只有我，我和我自己。

“休斯敦休斯敦，我是弗里曼特，休斯敦收到？”脑袋伸进冰箱。心想：基督老爷啊，要是这只算日常用品，我实在不想知道要是那孩子决定隆重登场会是什么场面——我坐等第三次世界大战都没问题啦。

“哈，收到，弗里曼特，我们听到你了。”

“哈，休斯敦，我们有腊肠，腊肠有的是，你听到了吗？”

“收到，弗里曼特，我们听得一清二楚。你那边的美乃滋状况如何？”

我们的美乃滋也有的是。我用白面包做了两个腊肠三明治——我长大的那地儿，大人让孩子们从小就相信美乃滋、腊肠和白面包是上帝的食物——站在流理台边就吃完了。又在食品柜里找到了一堆“桌语派”，苹果味和蓝莓味的都有。我开始琢磨要不要更改我的遗嘱，把杰克·坎托里也列进去。

几乎一路走一路掉渣儿的，我蹭回了起居室，打开所有的灯，看“Hello”。画得并不太好，但很有意思。快手涂抹出的晚霞有一种沉郁闷烧如炉火般的感觉，那很令人吃惊。船也不是我看到的那条船，但我的船像幽冥鬼怪，倒也挺有趣。就像稻草人一样粗枝大叶，加上黄色和橘色的交叠，也令它更像幽灵船，仿佛有一道特殊的夕阳穿透了它。

我把这张画贴在了电视机上，挡住**房主温馨提示：请您和宾客不要在屋内抽烟**的标识。我又多看了片刻，琢磨着得在前景画点什么——一叶扁舟，或许，只是为了增强空间感，让遥远的大船有点透视感——但我不想再画了。况且，加上什么新东西可能会毁掉现有的少少的魅力。于是，我转而去打电话，要是电话不通我就用自己的手机和伊瑟说几句，没想到杰克也把电话连通了。

我想，十有八九是答录机吧——大学女生可忙着呢——可电话铃才响了一下，她就接起来了。“爸爸？”声音吓了我一跳，一开始我都说不出话来，她又问，“爸？”

“是我，”我说，“你怎么知道的？”

“回电显示是941区号。杜马岛所在区域。我查过了。”

“现代科技啊，我跟不上趟儿啰。孩子，你好吗？”

“好。这问题该问你，你好吗？”

“我挺好的。实际上，比挺好还要好。”

“你雇的那家伙——”

“他都搞定啦。床铺好了，冰箱里满当当的。我到了这儿，一口气睡了五个小时的午觉。”

这时有了停顿，等她再开口时，听来却比先前更担心了。“你没有多吃那些止痛药吧，有没有？因为复方羟氢可待因理论上就像特洛伊木马。倒不是我跟你啰唆，我知道你都了解。”

“没有多吃，我严格遵照医嘱，服用应有的剂量。事实上——”我打住了。

“什么，爸爸？什么？”现在，她听来差一点就要抢辆出租车再劫架飞机过来。

“我刚反应过来，五点钟该吃维柯丁……”我看了看表，“而且，八点该吃复方羟氢可待因。我惨了。”

“痛到什么程度？”

“吃几片泰诺就行，不怎么疼。至少到午夜没问题。”

“可能是气候转变的作用，”她说，“还有午觉。”

我不怀疑这两点有抑制疼痛的功效，但我觉得不止是因为这些。或许很疯狂，但我想到，画画也有用。事实上，我基本能确定。

我们聊了一会儿，觉察到她语音中的担忧渐渐消失了，取而代之的是不快乐。我猜得到，她一直在接受一个事实：父母双亲真的要分道扬镳了，这事儿不是说说而已，睡一觉醒来也不会烟消云散。但她答应帮我给帕姆打电话，还要给梅琳达发电邮，让她们知道我仍好端端地活在世上。

“你那儿没法发电邮吗，爸爸？”

“可以，但今晚你就是我的电邮，小可爱。”

她大笑起来，吸一下鼻子，又接着笑。我想问她是不是哭了，但转而一想，大概还是不问为好。

“伊瑟？你该去忙你的事了，甜心。我洗个澡就去睡了。”

“好的，不过……”停顿，然后一吐为快，“我讨厌想你的时候要一路想到佛罗里达而且你还独自一人！你洗澡时说不定会跌倒！这样做不对！”

“甜心，我很好。真的。那个小伙子——他叫……”飓风，我想，天气报道，“他叫吉米·坎托里。”还不对，进对了教堂坐错了位。“杰克。我是说，杰克。”

“不是一码事，你明明知道我说的是什么。你想让我过去吗？”

“除非你想让你妈把咱俩都剥了皮痛打一顿，”我说，“我只想让你待在现在待的地方TCB[1]，亲爱的。我会和你保持联系的。”

“好吧，但你要自己照顾自己，不许做傻事。”

“不做傻事。命令收到，休斯敦。”

---

① TCB，“好好照顾自己”的缩写。

“啊？”

“没事儿。”

“我还是想听你保证，爸爸。”

我仿佛突然看到了十一岁的伊瑟，真是可怕而无比怪诞的一瞬间，我看到伊瑟穿着女童子军制服，用莫妮卡·格尔斯坦惊骇的双眼看着我。还来不及闭上嘴，我就一口气说出来了：“我保证，对天发誓，以妈妈的名字。”

她咯咯笑起来，“从没听你这么说过。”

“关于我，你还有很多事儿不知道呢。我城府深着呢。”

“你说了算，”停顿，然后：“爱你。”

“我也爱你。”

我把电话轻轻放回机座，盯着它看了许久。

7

我没有去洗澡，反而走下沙滩，来到海边。当即发现拐杖在沙地里一无用处，事实上，反而是累赘，但我走到房屋拐角时，发现海水仅在十来步之遥。如果我慢慢走就会没事。海浪温和拍来，迎头浪花只有几英寸高。真是很难想象，这样的海水会掀起惊涛骇浪，乃至颇具破坏力的狂暴飓风。实际上，你根本不可能想到。日后，怀尔曼会告诉我，上帝总会因为我们无法想象的事情而惩罚我们。

那是他的金玉良言中较有深意的一句。

我掉头回屋，走了几步却停下来。月光不亮，却足以看清一层厚厚的贝壳——漂流的贝壳——就在外突的佛罗里达屋下面。我明白了，涨潮时，我的新居几乎就像一艘船的前甲板。我记起杰克说过，如果墨西哥湾决定吞下这地方，我会先获得很多预警信号，我会听到它呻吟。他可能说对了……但回到工地，当巨大的机械倒车时，我也理应获得足够的预警啊。

我一瘸一拐地走到倚在外墙的拐杖那儿，然后在厚木地板上走了一小段路，回到门前。我本想淋浴，结果泡了一个澡，按照卡迪·格林教我的鞍马姿小心翼翼地爬进浴缸，再爬出来，在上一辈子里，我俩曾双双穿着浴袍，我拖着一条仿佛没被屠夫斩好的破肉腿。如今，屠场已成过去，我的身体正在奇迹般运作。伤疤会留存一生，但即便疤痕也已渐渐消退。已经消退了。

擦干身体，刷完牙，我拄着拐杖走到主卧室，把大床里里外外拍打了一通，现在，可以抛弃装饰靠枕了。“休斯敦，”我说，“我们有床啦。”

“收到，弗里曼特，”我答，“你就快上床吧。”

当然，干吗不呀？睡了那样一场结实的午觉，我大概再也睡不着了，但躺一会儿也好。虽然历经了下水远征，我的腿依然感觉良好，但后背下方和脖颈各有一处郁结。我躺下来。没戏了，睡着是不可能了，但我还是关掉了台灯，只为了让眼睛休息。我要躺到后背和脖颈都舒服点，然后从箱子底挖出一本平装本小说来读。

就躺一会儿，然后……

我只想到这里，就又沉沉睡去。没有梦。

8

午夜时分，我似乎又恢复了意识，右臂很痒，右手刺痛，不知身在何处，只知在我的下方有什么巨大的东西在*磨啊磨啊磨*。一开始，我以为是机器，但那声音时高时低、时快时慢，不像是机器发出的。不知怎的，那感觉是*活物*发出的声音。接着，我想到了牙齿，但没什么东西有如此巨大的牙齿。至少，在我们这个世界里没有。

呼吸，我想到了，似乎是，但什么样的动物吸气时会发出如此巨大的碾磨声？还有，痒得快把我逼疯啦，上帝啊，从上臂到肘窝一直在痒。我去抓，伸出左手越过前胸，当然，没有肘窝，没有前臂，我什么也没抓到，只在挠床单。

想到这里，我彻底醒了，一下子坐起来。尽管屋里还很黑，却有充沛的星光从西向玻璃窗照进来，足以让我看到床脚，一只行李箱搁在长椅上。那让我幡然醒悟。我在杜马岛，佛罗里达西海岸——新婚人和将亡人的家。我所在的房子是我已认定的浓粉屋，而那碾磨的声音——

“是贝壳，”我喃喃自语，再次躺倒，“房子下面的贝壳。涨潮了。”

我打一开始就爱听那声音，当我醒来，在深黑夜色里听，当我不知身在何处、我是谁或哪些肢体还健在时也在听。那是我的。

第一声 Hello，我就是它的了。

三　画作新源泉

1

随后而来的便是一段康复和适应，从前世转换到杜马岛上的生活。卡曼医生兴许会知道，在这个过程中，大多数剧变都在身体深处进行：国内局部战乱，反抗，革命，最后变成大规模屠杀，上一轮统治者的脑袋落入断头台下的篮筐。我肯定大块头早已见识过这类起义的胜利，也看过失败。因为不是每个人都能一举迈入新生活，你懂的。而那些胜利者也不见得都能发现金灿灿的天堂彼岸。

我的新癖好对这种转换颇有功绩，而且，伊瑟也帮了大忙。我一直为此心存感激。但在她睡觉时去翻她的钱包，我是很羞愧的。我只能说，彼时彼刻，我似乎别无选择。

2

抵达杜马岛的次日清晨，醒来的感觉比车祸后的任何时刻都要棒——但还没棒到让我不吃清晨份的止痛鸡尾酒。就着橙汁吞下药片后，我走出门去。那是早上七点。若是在圣保罗，冻人的空气足以啃掉我的鼻尖，但在杜马，迎面而来的晨风就像一个吻。

我把拐杖靠在昨晚靠过的墙边，再下行走向温驯的微波水浪。在我的右手边，吊桥和凯西岛完全被我的住屋挡住了，不见一丝踪影。左手边——

海滩似乎会永远如此延伸，在蓝灰色海湾和海滨燕麦草之间隔出一长条炫目的白带。远远的，我能看到一个斑点，也或许是一对儿。不然，这片令人叹为观止、可以直接搬上明信片的海滩就是彻底的渺无人烟了。当我面朝南时，看不到别家房舍靠近海滩，唯有一面屋顶，仿佛将一英亩的橘色瓷砖掩埋在棕榈叶间。那便是我之前就注意到的大庄园。我只需用一只手掌就能把它们遮起来，自觉很像《鲁滨逊漂流记》里的鲁滨逊·克鲁索。

我顺着这边走，一来因为我是左撇子，左转已成了我整个生命里最自然的事。二来，更重要的是，因为这边的海景可以尽收眼底。但我没走远，那天还不能进行“漫长的沙滩之旅”，我得确认自己能走回放拐杖的地方，无论如何那都是首要问题。我记得自己掉头往回走时，看到沙滩上自己的足印时大为吃惊。晨光中，每一个左脚印都像盖邮戳般坚定而果断，而大部分右脚印都含糊不清，因为我已习惯拖着那条腿走路，但走着走着，就连右脚印也清晰了。我数着回来的步子，总共是三十八步。那时，我的屁股又火烧火燎地悸动起来，巴不得立刻进屋，从冰箱里抓出一杯酸奶，再看看有线电视能否如杰克·坎托里声称的那样正常播放。

确实能。

3

于是，这就成了我每天早上的惯例：喝橙汁，散步，喝酸奶，看时事新闻。我和罗宾·米德混了个脸熟，每天早上六点到十点她都主播头条新闻。日程很无聊，对吧？但专制统治下的国内劳工的表现也会显得无聊——专制喜欢无聊，独裁者最爱无聊——哪怕无聊的表皮下暗涌着巨变。

伤痕累累的肉体和灵魂不只是像专政的独裁者：它们就是独裁者。没有比痛苦更无情的暴君，没有比混乱更残酷的恶霸。只有当我孤身独处、其余所有声响都飘逝无踪时，我才渐渐领悟到一点：我精神上的损伤并不亚于身躯的残破。我试图扼死二十五年发妻，只因她在我让她离开房间后想擦去我前额的汗珠，这只是最不起眼的一桩事实依据。自车祸发生到分居离异的几个月里，我们没有做过一次爱，连试也没试过，尽管我相信这足以揭示更严重的问题，但这也不是关键所在。甚至连恼人的突发性暴怒也不是问题的核心。

核心在于，某种形式的脱身而去。我不知道还有什么别的说法。我的妻子好像变成了……别人。我生活中的大部分人都感觉像是别人，而令人更消沉的是，我并不太在乎。一开始，我试图告诉自己，我成了一个经常想不起名字的人，甚至连关闭裤门的东西也想不起来该怎么说——链子？链条？拉绳？所以，想起妻子和生活本身时会有异感或许是挺自然的。我对自己说，会过去的，可当这个坎儿过不去，而帕姆亲口说她想和我离婚时，紧随暴怒而来的却是如释重负。因为，别人的异感现在可以成立了，至少对她可以了。现在，她真的是别人了。她褪下了弗里曼特制服，退出了弗里曼特团队。

在我到达杜马岛的第一周里，异感允许我更轻松流利地支吾搪塞。汤姆·赖利、卡迪·格林和威廉·博兹曼三世——不朽的博兹曼——都给我发电邮，我都用超短句予以回复（我很好，天气很好，骨头在愈合），几乎和我真正的日常生活没有相关。他们的联络信函先是放慢频率，再渐次终止，我也不觉得有何遗憾。

只有伊瑟似乎一如既往地在我的队伍里。只有伊瑟拒绝换制服。我从没感觉她变成了别人。伊瑟仍然在我的玻璃窗外，总想探进来。如果我没有每天给她发电邮，她就打我的电话。如果我没有每隔三天给她电话，她就给我打。对她，我也没有撒谎说自己要去海湾钓鱼，或去看看湿地风光。对伊瑟，我说的都是实话，而且是听上去不会觉得我是疯子的那部分。

比方说，我把清早的沙滩散步告诉了她，每天都比前几天多走几步，但没提数步子的数字游戏，因为听上去太傻了……或者说强迫症，用这个术语或许才能表达我的意思。

第一天早上，我从浓粉屋走出了三十八步。第二天，我灌下一大杯橙汁后又走上沙滩，向南跋涉。这次走了四十五步，整个康复期里，我很难得不用拐杖而走这么远。我说服自己相信，其实只走了九步。这种脑筋急转弯就基于数字游戏。你走了一步，然后两步，三步，然后四步，再把你脑袋里的里程表扭回零点，如此反复九次。等你把数字叠加再乘以九，就得到了四十五的总数。要是你觉得这纯属莫名其妙的瞎搞，我也不会和你争。

第三天早上，我哄着自己不用拐杖走出浓粉屋十步，实际上走了五十五，或说大约九十码，来回一趟。一星期后，数字上升到了十七……如果你把那些数字累加起来，就会得到一百五十三的总数。我会在单程的尽头回望我的小屋，看起来好远啊，真把我惊得目瞪口呆。同时也想到不得不徒步走那么远才能回屋，又难免心头发颤。

你办得到，我对自己说，容易得很。不过十七步嘛，没啥大不了。

我是这么对自己说的，但没对伊瑟说过。

每天都多走几步，在身后留下盖戳般的脚印。杰克·坎托里有时带我到贝纳瓦街商厦购物，当圣诞节的装饰出现时，我注意到一个令人惊喜的细节：南行的沙滩足印都很清晰。右脚的跑步鞋底不再含糊，或许回程的最后几步才会被拖得模糊。

锻炼能让人上瘾，风雨无阻。浓粉屋的第二层楼是一整间大屋子。地板上铺着一条玫瑰红色的机织地毯，面朝墨西哥湾的玻璃窗宽阔得惊人。除此之外，别无一物。杰克建议我把需要的家具列成清单，他可以到家具租赁店帮我搬回来，楼下的东西就是在那家店里搞到的……如果我认为楼下的货色还不赖的话。我跟他说，那样办很好，但我不想在二楼摆放什么家具。我喜欢那屋子的空旷。很容易唤起我的想象力。我说，我只要三样东西：普通的靠背椅一把，画架一个，还有一辆赛贝斯克健身自行车。杰克能帮我搞到这些东西吗？他当然能，而且三天之内就置备齐了。从那时起，每当我想画素描、着色，便去二楼，每当天气不适宜外出时，我也会上二楼去做运动。那把靠背椅是我住在浓粉屋时唯一和我休戚相关的家具。

这儿的雨天无论如何也不算多——要不然佛罗里达也不会有“阳光州”的美誉。随着我南行的漫步逐渐拉长阵线，第一天清晨看到的黑色斑点最终扩大成了两个人影——至少，大多数日子里是两个人。其中之一坐在轮椅上，戴着一顶帽子，我认为是顶草帽。另一个便推着轮椅走，然后坐在她身边。他们的身影一般在清晨七点左右出现在沙滩上。有时候，推轮椅的人会留下另一位坐在轮椅里，独自走开，回到轮椅边时手里拿着什么东西，在朝阳下晶晶闪烁。我猜想是个咖啡壶或早餐托盘，也可能用托盘盛着咖啡器皿。他们很可能就住在有橘色屋瓦的大庄园里，八九不离十。那是我在杜马岛上能见到的最后一栋屋舍，在主路的尽头，再过去，路就会消失在旺盛繁密、几乎覆盖大半个岛屿的野生丛林中。

4

我不能完全适应这里的空旷。“理论上，那里会非常安静，”珊迪·史密斯曾对我讲过，但我的头脑里仍是一幅沙滩正午的臆想美景：躺在毯子上晒太阳的恋人们互相涂抹厚厚的日光浴油，学生仔戴着 iPod 耳机玩沙滩排球，小孩子穿着松松的游泳服在岸边戏水玩沙，还有水上摩托在离岸四十英尺的海面上嗡嗡嗡地滑来滑去。

杰克安慰我说，这才十二月呢。“佛罗里达的旅游旺季，”他说，“感恩节和圣诞节当中的十一月，这个城市就死气沉沉，活像太平间。没八月份那么糟，但还是闷得要死。另外……”他抬手指了一下。当时我们正站在写有大红色 13 的信箱旁，我拄着拐杖，杰克一身牛仔毛边短装，印有摇滚乐队名字——“坦帕湾魔鬼鱼”的时髦衬衫，看起来活力四射。“这儿其实算不上是游览胜地。没看到人工训练的海豚吧？你在这儿只能看到七栋房子，数到那边最大的那栋屋为止……然后就只有丛林。顺便插一句，丛林里还有一栋屋，已经倒了，这是我在凯西岛听到的传闻之一。”

“杜马是怎么回事儿，杰克？距离佛罗里达闹市区不过九公里，沙滩这么美，却从没被开发？这是怎么回事儿？”

他一耸肩，“大概是土地产权争议之类的马拉松问题吧，我只能想到这点。需要我帮你去打探一下吗？”

我想了想，然后摇摇头。

“你不介意吗？”杰克一脸真诚的好奇，“如此万籁俱寂？因为，老实说吧，这儿的安静会让我有点神经紧张。”

“不，”我说，“一点儿不介意。”这是事实。疗伤就是某种形式的反抗，恰如我以前想过的那样，所有一举成功的起义都始于秘密活动。

“你每天干点什么呢？如果你不介意我问问的话。”

“早上用来锻炼、看书。下午用来睡觉。我还画画。以后，我说不定会试着正经画一些，但眼下还没准备好。”

“要说是业余爱好者，你那些画实在不错呢。”

“谢谢，杰克，过奖了。”

我不知道他是真的“过奖”，还是从他的立场讲了实话。或许无关紧要。当你谈论画作时，总是个人主观印象，不是吗？我只知道自己被一股力推动着。深藏我心的一股力。有时候会令我有点惊慌失措，但绝大多数时候，那让我感觉太他妈的棒了。

我基本上只在楼上作画，我开始用“小粉红”的昵称称呼那间大屋。从那儿只能看到海湾和延伸的海平线。但我有台数码相机，也经常拍点别的景物，打印出来，夹在画架上（杰克会帮我把画架掉转方向，以便下午的强烈日光能照透画纸），然后勾描照片上的影像。那些快照既无韵味，也无拍摄的理由，但当我在电邮中向卡曼汇报时，他回信说，不受干扰的潜意识会自己写诗。

大概是吧，也大概不是。

我画我家的信箱。我画生长在浓粉屋周围的植物，还让杰克给我买来一本书，《佛罗里达海岸常见植物》，以便我画完时能给它们命名。命名似乎很有帮助——不知怎的，感觉会给画增添力量。那时我已经开启第二盒彩色铅笔……第三盒也整装待发呢。这儿有芦荟，盛放黄色小花朵的匙叶草（每一朵里都有微小的深紫色花蕊），叶子长阔如铲的冬青树；我最爱的则是槐米，《佛罗里达海岸常见植物》中也称其为“项链树”，因为树枝上长着豆荚式的小花，恰如一串串小项链。

我也画贝壳。那是当然了。这儿到处是贝壳，仅在我有限的步行范围内就有多到无限的贝壳。杜马岛简直是用贝壳做的，没多久我就捡回来数十枚。

差不多每天日落时，我都会画夕阳。我知道这听来有点老套，没新鲜感，但恰是因为这样我才画。似乎对我而言，如果能冲破藩篱跳出窠臼，哪怕一次，或许就能抵达一个新的层面。于是，我一张接一张地画，虽能堆成一沓却没有两张雷同。我尝试在维纳斯橙色上覆盖维纳斯黄，但效果很不理想。沉郁如炉火的光芒总是画不出来。每张夕阳画都是涂满色彩的垃圾，颜色仿佛兀自呐喊：*地平线着火啦！我使足劲要喊给你听呢*。毫无疑问，你在每周六的萨拉索塔人行道画展、凡尼斯海滩边随随便便就能找出四十幅比我画得强的。所以我攒了一些夕阳画，但大多数都看不入眼，嫌恶地扔了。

如此一败涂地地画了一夜又一夜，有一天，我再次举目遥望太阳消失时的天穹，只能任凭鬼节的颜色白白铺洒，渐渐消逝，这时我想道：

是那艘船，它让我的第一幅画拥有了一丝魔力的闪耀，让夕阳仿佛穿透其间。大概是吧，但现在的海平面上一艘船也没有；那只是一条长长的直线，最深邃的蓝色沉在下面，明亮的橙黄飞扬其上，并退隐成微妙的绿影，我只能用眼去观赏，却无法用笔复制，再用上百支彩色铅笔也无济于事。

约有二三十张快照散乱摊在画架脚下。视线碰巧落在一张微距拍摄的槐米项链上。凝视中，我幻觉中的右臂开始痒。我把黄色铅笔咬在齿间，弯下腰，捡起槐米的相片，仔细探究起来。日光正黯淡下来，但无妨观看——我称为“小粉红”的楼上大房间能留住最长时间的光线，甚至足以欣赏细节：我的数码相机拥有完美的微距功能。

想都没想，我把相片卡在画架边缘，将槐米项链加进夕阳里。画笔飞动，先是素描勾勒——不过是几组弧线条，也就是槐米——接着就上色：棕色覆盖黑色，再添一抹亮黄，最后将花朵的余下部分上完色。我记得自己如何聚精会神，恰如我初入建筑行业面对每幢楼宇（说真的，连每一次投标都是）的建设或停工时那般投入。我也记得画到一半时，又用牙齿钳住铅笔，腾出手去抓挠那条不存在的右臂；我总是忘记自己已经失去那部分肢体了。每当心不在焉地用左手抱着什么东西时，我经常会伸出右臂去开门。截肢后的健忘症，就是这么回事儿。意识遗忘了，但疗伤渐进中，身体却允许截去的肢体继续存在。

关于那天晚上，我的记忆大都是美妙的，能在短暂的三四分钟里体会到真正的灵光一现是至高快乐。房间里黯淡下来，暗影似乎浮在玫瑰色地毯之上，朝着光芒渐褪的矩形落地观景窗漫游而去。最后一抹余晖掠过画架，我却还来不及好好看一眼自己刚收笔的画。我站起身，一瘸一拐地绕过健身自行车，摸到门边的电灯开关，灯光便从头顶洒下来。再走回椅子，把画架转向自己，然后，屏气凝神。

槐米项链仿佛悬在海平面后方，酷似一种庞大得足以吞噬超大油轮的海洋生物的生猛触角。每一朵黄色小花都像异种生物的一只眼。对我而言更重要的是，夕阳似乎因此而还原，回到某种日复一日我都如此的凡俗真相。

那幅画被我放到了一边。接着我走下楼，用微波炉热了一顿“饿汉烤鸡”速食餐，一口气吃了个一干二净。

5

那天夜里，我在夕阳的底边添上一束束毛线稷，亮橙色的光芒照透绿色，令海平面变为燃烧的森林。之后的一夜，我试着添上棕榈树，但效果不佳，那又是一个难逃的窠臼，我简直能看到摇着呼啦圈的女孩、听到尤克里里四弦琴的乐声，显然是落入了俗套。再其后的一夜，我在海平线上画了一只巨大的海螺贝，落日余晖围绕在旁，令那贝壳恍如皇冠。其结果——至少对我而言——几乎是让人难以容忍的毛骨悚然。我总把那幅画面墙而放，心想，等我次日再看它，恐怕就魔力尽失了吧，然而没有。对我，魔法从未消失。

我用数码相机拍了一张画的快照，附在电邮里，并引发了以下的信件往来，我把它们打印出来，收在一个文件夹里：

EFree19 致　Kamen Doc
12 月 9 日 10:14 am

卡曼：我跟你说过我又重握画笔了。

这是你的错，所以你起码要看一眼附件里的画，再告诉我你的看法。这是从我的住所看到的风景。

直言无妨，别怕让我难堪。

埃德加

Kamen Doc　致 EFree19
12 月 9 日 12:09 pm

埃德加：我认为你好多了。非常显著。

卡曼

又及：实不相瞒，这画惊人的好，像是出自未被发现的达利之手。

显然，你已有所斩获。宝藏有多大？

EFree19 致 Kamen Doc
12 月 9 日 1:13 pm

不知道。很大，大概吧。
EF

Kamen Doc 致 EFree19
12 月 9 日 1:22 pm

那就**挖到底！**
卡曼

两天后，杰克过来问我有没有差事要跑，我说我想去书店买一本萨尔曼·达利的画册。

杰克笑了。“我想你说的是萨尔瓦多·达利吧，”他说，“除非你想要的是那个家伙，写了本书就让自己落入水深火热的境地。我想不起他的名字了。”

“《撒旦诗篇》[①]。”我立刻接口说道。脑子工作起来真像滑稽的猴子，可不是吗？

即便有巴恩斯图书连锁店打折卡——那是我离婚时留给自己的几百万美元之外的好东西，画册还是贵得很，花了我整整一百一十九美元。等我买完画册回来，电话答录机上的“未接电话留言”显示键闪个不停。是伊瑟，一听那口气就知道是偷偷打来的。

“妈妈要给你电话，”她说，“爸，我把好话都说尽了——把她欠我的都算上，再加上我有生以来最甜的甜言蜜语，差点儿就要去求琳了，所以你要答应，好吗？你要答应，为了我。”

我坐下来，吃了一个桌语派，先前还一心期待，现在却味如嚼蜡，

---

① 此书为萨尔曼·拉什迪所著。

一边随手翻阅那本昂贵的印刷图册，一边在心里说——我百分百肯定这话不是原创——达利，嘿，问您好。那些画不是张张都能触动我。看画的时候，我时常觉得那是个有天赋的机灵鬼，画却比闲来无事的涂鸦好不了多少。不过，有几张让我精神一振，还有一两张则像我笔下那蜃景般的海螺贝一样令人不寒而栗。老虎飘浮在斜躺的裸体女人之上。一朵飘浮的玫瑰。还有那幅《天鹅倒影成大象》怪得出奇，我几乎不敢正眼瞧……便翻过几页看别的画。

实际上，我是在等即将成为前妻的妻子给我打电话，等她邀请我回圣保罗和女儿们一起欢度圣诞。最后，电话铃响了，当她说这番邀请不算太明智，违背我的初衷时，我遏制住全力反击、破口大吼我也要违背初衷地接受邀请的冲动，让自己说出口的是我理解。然后是圣诞节怎样？当她说很好的时候，言语中已听不到掩护完毕、亟待出击的那个她。我们的对话本来可能将全家欢度圣诞的计划扼杀于萌芽，但现在态势已转。但回家过节似乎也不是个好主意。

挖到底，卡曼在信里不止说过，还用了粗体字强调。我猜想，要是现在走，恐怕没法把收获挖到底，而是索性夭折。我可以再回杜马岛……但未必能回到最佳状态。散步，画画，彼此滋养。我不知道那究竟是怎样的过程，也不需要知道。

但是伊瑟说了呀：要答应，为了我。她知道我会应允，倒不是因为她是我的最爱（我猜想，琳也知道这一点），而是因为她历来知足常乐，很少要求什么。也因为我听着她的留言时，想起了她和梅琳达来法伦湖畔看我时眼泪汪汪的模样，她哭起来的时候靠在我身上，她问事情为什么会走到这地步，为什么不能像往昔那样。因为万事万物都无法照旧如常，我想我回答了，也可能是过了好几天……或夹在某份传真件的段落里。伊瑟十九岁，已经过了享有最后一个童年圣诞的年龄，但再过一个全家团聚的圣诞节却永远也不嫌老。而且，那也是为了琳。她的生存技巧要高明一点，但她又飞去法国了，独自在异乡，如今的我也能感同身受。

好吧，那就定了。我会回去，会好好表现，而且必会把瑞芭也收在行李里，以防怒火再次突袭。愤怒减弱了，但显而易见的是，在杜马岛除了我自己的间歇性遗忘症和该死的跛足，真的再没什么能激怒我了。

我给租机公司打电话，十五年来我一直是他们的忠实用户，定好了一架利尔喷气机，十二月二十四日早上九点整从萨拉索塔直飞明尼阿波利斯圣保罗国际机场。我也给杰克打了电话，他说很乐意载我去海豚航站楼，并在二十八日再去接我回来。可就当我把一切安排妥当之后，帕姆来电，通知我圣诞计划全部取消。

6

帕姆的父亲是海军退役军官。他和妻子在二十世纪的最后一年移居加利福尼亚的棕榈滩，住在一个安保严格的封闭小区，那儿还住着一对假模假式的非裔美国夫妇和四对同样假模假式的犹太夫妇。谢绝孩童和素食者。居住者必须投票给共和党人，豢养的小型犬瞪着愚不可及的狗眼，必须戴水晶项圈，宠物昵称必以“妮”或“尼”结尾。塔夫妮就不错，卡希妮就更棒，但瑞菲尼就是彻头彻尾的烂名字。经诊断，帕姆的父亲罹患了直肠癌。我倒一点儿不觉惊讶。把一群浑蛋白种人聚在一处，你准能发现癌症四溢。

这些话我自然没对妻子说，一开始她表现得很坚强，说着说着便泣不成声。“他开始化疗了，可妈妈说癌细胞可能已经转……扩……哦，该死的到底该怎么说啊，我怎么和你一样了！”依然抽泣着的她好像被脱口而出的这句话吓坏了，便又谦卑地说，“我很抱歉，埃迪，我真不该那么说，太恶毒了。”

“没关系的，别在意。”我说，“一点都不恶毒。该说是，癌细胞扩散了。”

“是的，谢谢你。不管怎样，他们打算今晚动手术取出最大的肿瘤。”她又开始哭了，“我真不敢相信我父亲会碰到这种事。”

“放松点，”我说，“当今的医疗科技能创造奇迹。我就是最佳范例。”

她不认为我是个奇迹典范，要不就是不想提我的事儿，总之她只是说：“不管怎样，这儿的圣诞计划取消了。”

“那当然。”可真相是什么？我很高兴。太他妈高兴了。

“我明天就飞棕榈滩。伊瑟星期五过来，梅琳达要到二十号。我想……考虑到你和我父亲一直都合不来……”

当岳父大人恶言攻击民主党人时，我俩差点儿大打出手扭作一团，考虑到这一点，我认为帕姆说得非常含蓄。我赶紧答话："你觉得我不想跟你和女儿们一起在棕榈滩过圣诞节吧，你说对了。我会在经济上助你一臂之力，希望你们几个能理解我和那个……"

"我简直不敢相信，都到这时候了，你竟然要把该死的支票簿拽出来！"

愤怒重现，就是那么突如其来。臭烘烘的小盒子里突然蹿出丑怪杰克。我很想说大嘴八婆你干吗不去死。可我没说。部分原因是我不能肯定脱口而出的是大嘴婊婆还是八嘴婊子。无论如何，我知道自己说不利索。

不过，差一点就冲出口了。

"埃迪？"她真是咄咄逼人，只要我稍微配合一下，她就能暴跳如雷正式宣战。

"我没打算拽出支票簿搅和什么事，"我说，小心翼翼地聆听出口的每个字。它们各就各位，完全正确。真让人如释重负。"我只是说，我在你父亲的病榻旁露面不太会有助于他的康复。"顷刻间，愤怒——暴怒——高涨到了让我盲目的地步。我再一次成功地遏止言语冲撞，但此刻的我已大汗淋漓。

"好。我明白了。"她停了停，"埃迪，那你圣诞节打算怎么办？"

画夕阳，我心想，说不定能画对路子呢。

"要是我还是个帅小伙，我相信杰克·坎托里和他家里人会邀请我去吃圣诞大餐。"说得好听，其实我压根儿不相信。"杰克是这儿帮我打杂跑腿的小伙子。"

"你听上去好多了。有劲儿了。你的忘性儿还是那么大吗？"

"不知道，我记不得了。"我说。

"别开玩笑了。"

"笑声才是灵丹妙药。我在《读者文摘》里读到过的。"

"你的胳膊怎样了？还有幻存感吗？"

"没有了。"我撒谎，"基本上已经消停了。"

"好。好极了。"停顿，接着又说，"埃迪？"

"在听呢。"此时，我的掌心里有深红色的半月痕，那是死死握拳的结果。

这次的停顿很长。我小时候，电话线路会有呲啦呲啦的杂音，现在已经听不到了，但我听得到我俩之间隔着千山万水的轻叹。就像海湾退潮时的声音。随后，她说道："我很抱歉，事情到了这一步。"

"深有同感。"我说，等她挂了电话，我捡起最大的一枚贝壳，几乎难以自控地想要砸向电视机屏幕。但我没有，而是蹒跚着走过起居室，打开房门，把它扔向荒芜的小路。我不恨帕姆——不是真的恨——但我似乎仍在痛恨什么。或许是上辈子。

或许只是恨我自己。

7

ifsogirl88 致 EFree19

12 月 23 日 9:05 am

亲爱的爸爸，医生没透露太多，但我对外公的手术不太乐观。当然现在表现坚强的也许只有妈妈，她每天都带着外婆去看外公，使劲地要"积极乐观"，但你知道她的，不是那种相信黑暗中总有一线生机的人。我想过去看你。我查了航班，可以在二十六号飞到萨拉索塔。会在你那里的下午六点十五分到达。我可以待两三天。求你了，同意吧！我还能亲手把礼物给你，不用邮寄了。爱你……

伊瑟

又及：我有特别新闻号外要告诉你。

我有没有三思，或起码考虑一下直觉里的蛛丝马迹？我记不清了。或许都没有去想。或许要紧的只有一点：我想见到她。于是，我几乎立刻回复了她。

EFree19 致 ifsogirl88

12 月 23 日 9:17 am

伊瑟：来吧！把行程定下来，我会和杰克 坎托里去接你，他碰巧就是我的圣诞老爷爷。我希望你会喜欢我的住所，我叫它“浓粉屋”。但有一点：如果你妈妈不知道，或是不同意，你就不能擅自过来。你知道，我们熬过了一段艰辛时光。我只愿那些不堪回首的日子已成过去。我相信你明白我的意思。

爸

她的回复也是眨眼间就到了。她准是在电脑前等。

ifsogirl88　致 EFree19

12 月 23 日 9:23 am

已经和妈交代清楚啦，她说可以的。

也想说动琳来着，但她更想在飞回法国前待在这里。这事儿，你别怪她。

伊瑟

又及：太好咯！！我兴奋死了呢！！ ：）

别怪她。似乎我的“如果如此女孩”① 自从会说话起就一直这么说她姐姐。琳不想去烤肉店因为她不喜欢吃热狗……但你别怪她。琳不能穿那种运动鞋因为她班上的同学都不再穿高帮鞋了……所以别怪她啦。琳想要瑞安的爸爸送她们去舞会……但你别怪她。可你知道糟糕在哪里吗？我从来就没怨她。我可以跟琳说，偏爱伊瑟就像左撇子偏爱左手——全都是我无法控制的事，但那只会让事情变得更糟，哪怕是大实话。或许就因为是实话，才更糟。

① 伊瑟网名 ifsogirl 的中译。

8

伊瑟要来杜马岛、来浓粉屋啦！太好了，她兴奋死了，其实我也兴奋死了。杰克帮我找了个粗壮的女士每周两次帮我清扫房舍，她叫胡安妮塔。我吩咐她把客房收拾好，还问她能否在圣诞节过后的那天带点鲜花来。她笑眯眯地提议说，可以带点“奶油蛋糕”。现在，我的大脑已非常擅长在词汇方面作发散性的跳跃联想，听她这么说，我只花了不到五秒就琢磨出来了。于是，我对胡安妮塔说，伊瑟肯定会喜欢圣诞仙人掌①的。

圣诞夜里，我发现自己把伊瑟的电邮反复重读。太阳西沉，在海面投下一柱绵长而明晃晃的光芒，但起码还有两小时才会日落，而我坐在佛罗里达屋里。潮位很高。就在我的脚下，深浪里的贝壳洄转摩擦，擦出酷似浅浅呼吸乃至密谈般的嘶嘶声。我用大拇指点着附注里的那句话——我有特别新闻号外要告诉你，而右臂——那条不存在的胳膊，痒起来了。我几乎能明白无误、毫厘不差地指出瘙痒的位置。自肘窝处开始，打着旋儿直痒到手腕外侧。越来越痒，痒到我忍不住想用左手狠狠挠一番了。

我闭起双眼，用右手的大拇指蹭响食指。没有声音，但我可以感觉得到，我打了个响指。又用右臂蹭了蹭体侧，也能感觉得到那种摩擦。尽管右手早已在圣保罗医院的焚化炉里烧光了，我仍把手掌压低，抚在椅子的扶手上，用指尖去叩击。没有声音，但感觉却在：指尖皮肤轻触柳条。我敢以上帝的名义对天发誓。

突然之间，我只想画画。

我想要上二楼的大房间，但小粉红此刻显得太远了。我走进起居室，咖啡桌上摆了一摞“手艺人”，我便抓起一本。大部分画具用品都在楼上，但还有几盒彩色铅笔收在起居室书桌的抽屉里，我也过去拿了一盒。

回到佛罗里达屋（我总觉得那儿就是门廊），我坐下来，闭上眼。听着海浪在我身下按部就班，托起贝壳，再将它们摆放成一种新图案，一

① 胡安妮塔有口音，把圣诞仙人掌（Christmas cactus）读得像是奶油蛋糕（creamy cakes）。

次又一次，绝无雷同。闭起眼睛时，磋磨声听来就更像密谈：海水在陆地的边缘开合转瞬即逝的唇齿。陆地自身也是转瞬即逝的，如果从地理学的立场放眼四周，你便会相信，杜马不会长存。这些岛屿没一座能长存；到最后，湾流会将它们全部吞没，新的岛屿会在新的位置浮升而起。佛罗里达的真相或许就是这样。陆地很低，而且，是从海里借来的。

啊！但那声响真让人宁静安详啊。催眠一般。

依然闭着眼睛，我去摸索伊瑟的电邮，指尖触了上去。我用的是右手。接着睁开眼睛，用存在的那只手把电邮打印纸撸到一边去，再把素描本放在膝头。翻过封面，把盒里的十二支已削尖的维纳斯牌彩色铅笔全都抖出来，散在我面前的桌上，然后就画起来。我觉得自己是要画伊瑟——毕竟是我日思夜想的人，不是吗？——然后预感一定会搞砸，因为重操画笔后我连个人影都没画过。结果，我画出来的不是伊瑟，但画得却不坏。或许称不上杰作，不是伦勃朗（就连诺曼·洛克威尔也算不上），但确实不赖。

那是个年轻男子，穿着牛仔裤和明尼苏达双胞胎棒球队的 T 恤。球衣上的号码是 48，对我而言，这数字形同虚设；在我过去的那段生活里，我总是尽可能抽出时间去看狼人队的比赛，但我从来算不上是铁杆粉丝。我也没有颜色适合的铅笔精准地画出深得几近棕色的金发。他的一只手里夹着一本书。他在微笑。我知道他在笑。他就是伊瑟的特大新闻。那就是海贝在潮涌托浮、潮退洛沙时说的话。订婚，订婚。她有了一枚戒指，钻石的，他买戒指的地点是——

我在用维纳斯蓝色笔涂画他的牛仔裤。现在我把蓝笔甩掉，抓起黑笔，在画纸的最下方写下

赞莉斯

这是条讯息，也是这幅画的名字。命名可以增添力量。

接着，一秒都没耽搁，我又放下黑笔，捡起橙色，添上了一双工作靴。橙色太鲜亮了，好像鞋子崭新时的模样，其实那双鞋早已穿旧，但橙色无疑是正确的。

我抓了抓右臂，穿过右臂，抓到了肋骨上。我含糊地轻骂了句“妈

的”。在我身下，贝壳似乎磋磨出了一个名字。康纳？不。这儿有什么不对劲。我不知道这种不对劲的念头打哪儿来，但右臂的瘙痒突如其来变成了一种冰凉的疼痛。

我把这页翻过去，又开始描，这一次只用红笔。红色，红色，那是**红色的！**笔下如有神助，飞快地勾勒出一个人形，活像刀口下流出鲜血。那是个背影，那人穿着一面红色斗篷，似乎是扇形圆领。我把头发也画成红色，因为那看来像血，而这个人的感觉就像鲜血。像危险。不是对我来的，而是——

“伊瑟，”我喃喃自语道，“是冲伊瑟去的危险。是这个家伙吗？号外新闻男主角？”

男主角身上有什么不对劲，但我不觉得那是让我毛骨悚然的原因。有一点，穿红袍的人不太像男人。很难说准，但没错——我觉得……是个女人。所以，或许根本不是什么斗篷长袍，而是裙子？一条长长的红裙？

我把第一张画翻回来，看着新闻男主角手里的书。我把红铅笔扔在地板上，再把书涂成了黑色。然后我又盯着他看，突然以手写花体在他上方写下

蜂鸟

我把黑笔扔到地上，抬起颤抖的双手，捂住了自己的脸孔。我大声喊出女儿的名字，当你看到有人逼近悬崖或在车水马龙间穿行时才会那样喊。

大概我疯了吧。很可能我已经疯了。

最后，我意识到——那当然了——只有一只手覆在双眼上。幻存的疼痛和奇痒消失了。我要疯了的念头——天啊，我可能已经疯了——却萦绕不去。只有一点是毋庸置疑的：我饿了。饿疯了。

9

伊瑟的航班比预订的时间早到了十分钟。她穿着褪色的牛仔裤和布朗大学的T恤，显得容光焕发，我不明白杰克怎么没在二号航站楼就当

场爱上她。她扑到我的怀里，吻遍我的脸，然后开心地大笑，当我撑在拐杖上东倒西歪时又抓牢我。我把她介绍给杰克，假装没看到他俩握手时，小钻石（在赞莉斯买的，我毫不怀疑）在她的左手无名指上闪亮。

“你看上去好极了，爹地。”我们走出航站楼，迈入温暖芳香的十二月的夜色里，她说，“你都晒黑了。上一次还是在莉丽黛儿公园，你们在那儿造娱乐中心。而且你也胖了啊，起码长了十磅。你不觉得吗，杰克？”

“你才是最佳裁判员，”杰克露出微笑，说道，“我去取车。你站久了没事儿吧，老板？要等上一会儿。”

“我没事儿。”

我们站在路边等候，还有她的两个随身包和手提电脑。她笑着，深深凝视我。

“你看到了，是吧？”她问，“别假装没注意到。”

“如果说的是戒指，我是看到了。如果不是参加那种电子游戏大赛得的大奖，那我就该给你道喜了。琳知道吗？”

“知道啦。”

“你妈呢？”

“你觉得呢，爹地？好好猜猜。”

“我猜是……没有。因为她现在一门心思都在外公身上。”

“外公不是唯一的理由，我在加利福尼亚的时候一直把戒指藏在手袋里——只给琳看过，就那么一次。其实，主要是因为我想先让你知道。是不是很阴险？”

“不，甜心，我感动死了。”

我确实是。但我还很担心她，不仅因为她再过三个月才满二十岁。

“他叫卡森·琼斯，是神学院的学生，简而言之——你能相信吗？我爱他，爹地，我就是太爱他了。”

“好极了，甜心。”我应声，但可以感觉到恐惧顺着双腿蹑足而上。*别太爱他了，我心里说，千万别爱过头，因为——*

她正凑近了看我，笑容正在褪去，“怎么了？出什么事儿了？”

我都忘了她的反应有多快，她又是多么了解我。爱能制造心灵感应，可不是吗？

“没什么，宝贝。呃……屁股有点疼罢了。”

“你吃止痛药了吗？”

“其实……我现在加大了散步的量。计划在一月份彻底甩掉手杖。这就是我的新年计划。”

“爹地，那可太棒了！”

“不过，新年计划都是实现不了的。”

“你的计划就不会。你说了要做什么，就一定做得到。”伊瑟皱起眉头，“在这一点上，妈妈从来不喜欢你。我认为这会让她嫉妒。”

“宝贝，离婚已成事实。别再偏袒任何一方了，好吗？”

“好吧，我跟你说点别的事，既成事实的事。”伊瑟说着，嘴唇抿紧了，“自打她到了棕榈滩，已经出去无数次，只为了见那个家伙。她说只不过喝杯咖啡，互相安慰一下——因为马科斯的父亲去年去世了，而马科斯真的很喜欢外公，诸如此类一大堆理由——但我明明看到她用那种眼神瞅着他，我……我真不喜欢！”现在，她的双唇瘪得都快看不到了，我觉得她看起来真像她母亲，像得可怕。随之而来的想法也很怪，却能安慰我心：*我觉得她会好好的。即便这位神圣的琼斯抛弃她，我相信她也会好好的。*

我已经能看到我租的那辆车了，但杰克把车开过来还得有一会儿。接客处的车无不是停停走走。我把拐杖的上端靠在腰间，腾出手来抱了抱我的小女儿，她大老远从加利福尼亚跑来看我呢。“别对你妈妈太苛刻，行不？”

“你难道就不关——”

“这些天来，我最关心的就是你还有梅琳达，你们是不是快乐。”

她的眼睛下面有黑眼圈，我看得出来，不管年轻与否，长途旅行已把她累着了。我想，明天她会睡个大懒觉，那很好。如果我对她的男朋友的感觉正确——我希望不是那样，但又认定是——随后的一年里她还会有很多不眠之夜要熬呢。

杰克已经开到佛罗里达机场的航站楼入口了，也就是说，我们还有点时间。“你带了男友的照片吗？好打听的老爸想看一眼。”

伊瑟的脸一下子亮堂起来，“那还用说。”从她红色的皮钱包里抽出的照片收在透明的塑胶套里。她把封套一掀，把照片递给我。我估计，这一次我没有流露出内心所想，因为她那满心欢喜的笑容（真的有点像傻笑）一丝没改。我呢？如鲠在喉，又好像吞下了一梭子铅弹，总之是人类的喉咙应付不了的家伙。

倒不是说卡森·琼斯让我想起了圣诞前夜的画。这一点，我早有心理准备，尤其是看到伊瑟手指上晶晶闪亮的小玩意儿之后。令我震惊的是那张画与这张照片简直就像彼此的复制品。就像我把槐米、匙叶草或冬青树的照片夹在画架背后那样，好像我也临摹过这张照片似的。无论是他身上的牛仔裤，还是脚下的旧靴子，都像得不能再像了；偏深的金发乱蓬蓬地支棱在双耳后边、覆盖了前额；手里还有一本书，而我已经知道那准是本《圣经》。最切中要害的一点便是明尼苏达双胞胎队的球衣，左胸口分明写着号码：48。

“谁是 48 号？你怎么碰巧在布朗大学认识了一个双胞胎队的球迷？我以为那儿都是红袜队的球迷。”

“48 号是托瑞·亨特①，”她答，瞧着我的眼神仿佛在说，你是天字第一号傻瓜吗？“学生休息大厅里有一台超大的电视机，七月赛季里红袜和双胞胎对垒时，我也去大厅里看比赛，那地方人多得挤死人，才是夏季赛事就那样！不过卡森和我是唯一穿上双胞胎队衣的粉丝——他穿着托瑞的 T 恤，我戴着队帽。所以啦，我们就坐到一块儿，然后嘛……”她一耸肩，后面的故事尽在不言中。

“他的爱给了谁，就宗教而言？”

“浸信会。”她有点挑衅地看着我，好像她刚刚说的是食人族。我自己什么信徒也不是，虽然身在“无信教堂”的首席位置，但我对浸信会教友并无芥蒂。我不中意的信仰只有一种：声称自己的上帝比你信仰的神更神通广大。“这四个月来，我们都一起去教堂，每周三次。”

杰克把车停好了，伊瑟弯腰抓起包袋拎手。“他打算在春季学年休学，加入一次正宗的福音团之旅。这次巡游很地道，福音书啦什么的一应俱全。这个团叫作‘蜂鸟’。你真该听他唱福音歌——简直像个天使。”

“那还用说。”我说。

---

① 亨特（Hunter）英文里是“猎人”之意。

她又亲了我一下，轻轻地吻在脸颊，“我能来这儿真是太高兴了，爹地。你高兴吗？”

“高兴得你都无法想象。”说着，我发现自己已在心里许愿：让她疯狂地爱上杰克吧！那样，一切麻烦都会自动消解……至少能将我心中的困扰一扫而空。

10

我们没办法吃一顿豪华的圣诞大餐，只有一道杰克买来的太空鸡，再加蔓越莓浇汁，配袋装沙拉和米布丁。伊瑟每一道都吃了双份。我们交换了圣诞礼物，并对彼此赞叹一番——每个人都得到了最想要的！——我带伊瑟上楼看看小粉红，并把我的大部分艺术功课都展示给她看。但我画的她男友和那个红裙女人（如果是女人的话）则被束之高阁，藏在我卧室的壁橱顶上，它们得一直在那儿，待到我女儿离开为止。

我把十几幅画——大都是夕照海景——裱在纸版画框里，沿墙脚一字排开。她看了一圈，停下脚步，然后又看了一圈。那时已是夜里，我的超大观景玻璃窗外一片漆黑。海潮正在退远；你只能从持续不断的叹息声中得知海湾就在脚下，海涛就在这里滚滚缓冲沙岸，退去时悄无声息。

“真的都是你画的吗？”终于看完，她问，转身看我，看得我浑身不自在。只有当你严肃地重新评估某人时，才会有那种眼神。

“真的都是我画的。”我说，“你觉得如何？”

“很好啊。或许该说，不只是很好。这张——”她弯下腰，非常慎重地捡起那张橘黄色夕阳笼罩海螺贝、压在海平线的画作。“这张真他妈……对不起，非常诡异。”

“我也有同感。”我说，“但说真的，这也没什么新鲜的，只不过有点超现实主义，把夕阳伪装了一下。”接着，我又万分愚蠢地加以附注：“哈啰，达利！”

她把《海螺贝的夕阳》放回去，又拿起《槐米的夕阳》。

“有谁看过这些画吗？”

“只有你和杰克，还有胡安妮塔。用她的口音来说，这些都是泥塑饼[1]。还有些诸如此类的话。杰克说，那就是说它们怪吓人的。"

"是有点吓人，"她也承认了，"但是，爹地……你用的这种彩笔很容易涂脏的。我还觉得，要是你不想点法子保护这些画作，它们还会褪色。"

"什么？"

"我也不确定。但我觉得你应该拿给那些真正识货的人看看。能告诉你它们有多棒的内行人。"

我顿感受宠若惊，但也有点不自在。几乎有点消沉。"我怎么会知道去哪里找什么人——"

"问杰克。或许他认识一家艺术画廊呢？人家就会愿意看你的画。"

"没错，只要一瘸一拐跳上街，说，'我住在杜马岛，有些铅笔画——大都是夕阳，在佛罗里达海岸最司空见惯的主题——连我家女仆都说它们是泥塑饼。'"

她双手搭胯，脑袋扭到一边。那就是帕姆死不认账、不肯放手时的姿势。每当她心意已定，八头牛都拽她不回，她就会这样。

"老爸——"

"哦，该死，现在我要挨骂了。"

她才不理我呢。"你白手起家时只有两辆卡车、一台二手韩战推土机和两万美元的贷款，却能把生意做到一百万美元的规模。你是打算站那儿跟我说，你真的认定自己没法让几家艺术画廊的老板瞧几眼你的画作吗？"

她的口气缓和下来。

"我是说，爹地，这些画确实很出色，很好。我受过的艺术教育统共只有高中里一堂嘈杂的艺术赏析课，但我看得出好坏。"

我答了几句，但记不清说了什么。我是在想画着卡森·琼斯的那幅狂乱速笔画，此人又名"蜂鸟浸信会友"。要是她看到，会觉得那也很出色吗？

但她不会看到的。无论那幅，还是穿红袍的那幅。没有别人会看到。那当口，我脑子里就在想这事儿。

"爸，要是你一直都有绘画天赋，早些年干吗不画？"

---

① 即"艺术品"的谐音。

“我不知道，”我说，“况且，议题中的天赋是否属实还有待定论呢。”

“那就找个人来告诉你吧，好吗？懂行的人。”她拿起画着信箱的那幅画，“就连这张……说来没什么特别，但确实与众不同。因为……”她摸了摸画纸，“木马。为什么你在这幅画里加上一个摇摆木马玩具，爹地？”

“我不知道，”我说，“它就想在那儿待着呗。”

“你是靠记忆画的吗？”

“不是。我好像没法靠记忆。要么是车祸所致，要么是因为我打一开始就没那种特殊禀赋。”只不过，确是偶有记忆。比方说，印象中突然出现一个穿双胞胎队T恤的年轻人。“我在互联网上找到一张图片，然后打印出来……”

“哦，该死的，我把画抹糊了！”她叫起来，“哦，该死的！”

“伊瑟，没关系的，根本不碍事儿。”

“不是没关系，就是碍到事儿了！你得搞点他妈的油彩来画画！”她又骂了一句，再用手捂住嘴。

“你很可能不会相信，”我说，“但我已经听你骂过一两次了。尽管我想过，你男朋友大概……或许不太会……”

“你说得对。”说着，她沉下脸，接着又微笑了。“但开车时被别人堵的话，他自己也会说些天呀地呀的感叹词。爸，你的画——”

“你喜欢，我就很满足了。”

“比喜欢要严重得多。我完全被惊呆了呀。”她打了个哈欠，“而且站得都快累死了。”

“我觉得该给你喝杯热可可，然后就上床睡觉吧。”

“妙极了。”

“妙在哪个？”

她哈哈大笑。听到她爽快的笑声，实在太美妙了。笑声把这个地方都充满了。“都妙。”

11

第二天早上，我们来到沙滩，手握咖啡杯，赤脚站在浪花里。朝阳刚刚爬上海岛的地平线，从我们身后斜照而来，影子在平静的海面上似乎伸展到几英里长。

伊瑟沉静而幽怨地看着我，“爸爸，这儿是不是地球上最美的地方?”

“不是，但你还年轻，我不怪你有这种想法。在全球美景的榜单上，这儿排名第四，但前三名的名字恐怕都没人拼写得出来。”

她的微笑崭露在杯沿上方，“说说吧。”

“你要坚持，我就说。第一名，秘鲁马丘比丘。第二名，摩洛哥马拉喀什。第三名，美国新墨西哥州石化国家纪念公园。第四名，也就是杜马岛，位于佛罗里达西海岸。”

她的笑更浓了，但一两秒后就倏忽褪去，又像刚才那样用幽深的眼神看我。我记得，她四岁时也这样看着我，问我有没有童话里的魔法。当然了，我对她说，有，哪怕心里明知是谎言。现在我却不那么确定了。但晨风和煦，赤足浸在湾流里，我只是不想让伊瑟受到伤害。我以为她即将被伤害。但每个人都有一份罪要受，不是吗?那还用说。嘭，击中鼻梁。嘭，击中眼睛。嘭，击中腰下，你就倒地玩儿完，裁判员就走出去找个热狗解解馋。但是，你爱的人当真能把伤痛重叠、放大再四处转发。爱之极，便成痛。语出怀尔曼。

“甜心，有什么心事吗?”我问。

“没有，我只是又在想，来这儿见到你让我多高兴啊。我曾以为你的日子会在退休老人之家和那些恐怖的男人酒吧间打发掉，那些蹩脚的酒吧每周四都搞个湿答答T恤欢乐派对。我猜我看太多卡尔·希尔森的小说了。”

“这儿有不少那种酒吧。”我说。

“那么，还有别的像杜马岛的地方吗?”

“我不知道，大概一两处吧。”但根据杰克对我说的，我估计没有别处会像杜马岛。

“不管别的，你该好好享受这里，”她说，“该是休息和疗伤的时候了。如果这一切——”她挥臂一揽整个海湾，“还不能治愈你，我真不知道还有什么能够。只是……”

“这——个?”我说着，在空中作出捏虫子的动作。一家人总会有密语，也包括肢体语言。我的动作对别人毫无意义，但伊瑟一眼便知，哈哈大笑。

“没错，聪明人。美中不足的只是潮涌时的响声。我半夜里醒来，差一点儿尖叫起来！然后才明白过来，那是贝壳在海水里摇来摇去。我是说，我没猜错吧，是贝壳？千万别说不是。”

“正是。你觉得那声音像什么？”

她当真打了个寒战。“我的第一印象……别笑话我……是骷髅大游行。成百上千个骷髅，围着房子行进。”

我从没那么联想过，但她的言下之意我却能领会。“我倒觉得那让人平静。”

她轻笑一声，似乎颇有怀疑。“好吧……就说到这儿吧。仁者见仁。你想回屋去吗？我可以炒几个鸡蛋。甚至可以在蛋液里撒点胡椒粉和蘑菇。”

“我这儿你当家。”

“车祸后，我第一次看到你不用拐杖就能站这么久。”

“我希望一月中旬就能在沙滩上向南漫步四百米左右。”

她吹了声口哨，“走四百米，然后再走回去？”

我摇摇头，“不，不。总数四百米。回程我打算滑翔。”我伸出双臂，假装示范。

她扑哧一声笑出来，开始往回走，但当一丝亮光从南面反射到我们这儿时，她停下了脚步。一闪，两闪。那两个小黑点般的人影又出现在沙滩那头。

“有人。”伊瑟用手打着凉棚眺望。

“是我的邻居。目前，我唯一的邻居。起码，我是这么认为的。”

“你跟他们打过招呼吗？”

“没。我只知道那是个男人，还有个坐轮椅的女人。我认为，她基本上天天在海边吃早餐。那反光的东西，我觉得是托盘。”

“你该给自己弄辆高尔夫车。那样就能呼呼开到那儿，说声嗨。”

“早晚有一天我会走到那儿，说声嗨，”我说，“高尔夫车不适宜孩童使用。卡曼医生说过，要制订目标，然后努力实现。他们，就是我的目标。”

“你不用精神病医生告诉你如何制订计划，爹地，”她说着，还一个劲儿地往南边望，“他们住哪栋屋？是像西部片里的大棚屋的那栋吗？”

“我能肯定，就是那儿。”

“那，没别人住这儿了？”

“现在是没有。杰克说一月和二月间，别的屋子也会有人租，但现在恐怕只有我和他们住在这儿。岛上的其他地方只有纯粹的野生春宫图。植物疯长。”

“我的天啊，为什么？”

“我也一点儿不明白。我想要打探的——好歹试过一次——但眼下我的当务之急是让自己脚踏实地。说真的，你得从字面上理解。”

我们走回屋里。伊瑟又说：“阳光下近乎全空的一座岛——总得有个说法吧。肯定有什么隐情，你不这么认为吗？”

“我是这么认为的，”我说，“杰克·坎托里说他可以去打探个究竟，但我让他别费心了——我是想自己去搞明白。”我拿过拐杖，把胳膊放在不锈钢托架上——徒步在沙滩上行走后，再次仰仗它们总能让我宽慰——然后笃笃撑着它们走起来。但伊瑟没有跟着我。我转头去看。她正面向南方，一只手又遮在了眉上。“来吧，宝贝？”

“就来。”远方海滩又射来一道反光——早餐盘。或是咖啡壶。“或许他们知道这个岛的故事。”伊瑟说着，跟上来。

“或许吧。”

她指向小路，“那小路是怎么回事儿？能走到多远？”

“不知道。”我说。

“你想不想开车去瞧瞧，今天下午？”

“你愿意驾驶赫兹租车行的雪佛兰迈锐宝？”

“那当然。”她说。她把双手搭在窄小的臀部，假装朝地上吐口痰，拖着懒洋洋的南部口音说，“我会一路开到你家小路的尽头。”

12

但我们连尽头的影子都没看到。那天没有。我们的探险开了个好头，沿着杜马岛路往南，结尾却很糟。

出发时我俩都感觉良好。我已让双腿休息了整整一小时，又服用了中午份的复方羟氢可待因。我女儿换上了短裤和吊带露背背心，我非要用白颜料涂抹她的鼻尖，把她逗得笑个不停。“小丑波波。”她对镜而视，说道。她热情高涨，我自车祸后也是第一次这么兴高采烈，所以，那天下午发生的事情无异于晴天霹雳。伊瑟怪罪午餐——吞拿鱼沙拉里的美乃滋酱大概过期了？——我随她去说，但内心里根本不相信是美乃滋过期的错。更像是魔咒到期。

路又窄又颠，修得一塌糊涂。车子开到覆盖岛南的茂密丛林时，路上又多出些高高低低的骨头色小沙包，因为风会把沙从滩岸吹上岛陆。租来的雪佛兰轰隆隆地跌下又爬上，好多次都差点儿熄火，蜿蜒的小路距离海边更近了一点时——也就在我们抵达怀尔曼称之为“杀手宫”①的大庄园之前，沙包越来越厚实，车子也不再是颠簸，而是摇摇摆摆地往前蹭。伊瑟是在雪国学会驾驶的，故而一句怨言也没有，泰然处之。

浓粉屋和杀手宫之间的那些宅子都符合我心目中“丑陋的佛罗里达淡粉蜡笔色”的成见。都是大门紧闭，屋前的各条车道也封路谢客。只有一条车道不一样，用两根锯木条横栏入口，木头上的钢印警告语已经褪得分不清原来的颜色，上面写着：**恶犬恶犬**。过了恶犬屋，便到了庄园领地。一道结实的人工灰泥围墙高达十英尺，上面铺着橙色砖瓦，将庄园完全遮挡起来。映衬在碧蓝无瑕的天空下，只见越来越多的橙色屋瓦以各式各样的倾角出现，那便是庄园府邸的屋顶。

“乖乖我的老天爷啊，”伊瑟说——这变种的“三字经”肯定是她从浸信会男朋友那儿学来的。“这地方该不是贝弗利山吧。”

那道墙沿着崎岖窄路起码东向延伸了八十码。没有任何“严禁入内”的标牌；光是瞅一眼那堵高墙，屋主会对上门推销员和摩门教传教士摆出什么姿态便不言而明了。正中央有一扇对开的铁门，虚掩着。坐在门里的——

“就是她，”我喃喃自语，“沙滩那头的老妇人。见鬼，简直是教父的新娘。”

“爹地！”伊瑟笑着叫，同时也掩饰不住自己的震惊。

妇人真的很老，起码八十多岁了。她坐在轮椅里。不锈钢脚踏板上伸出一双巨大的蓝色匡威高帮鞋。尽管气温足有华氏七十多度，她却穿着灰色两件套羊毛衫。筋脉鼓凸的手指间，夹着一支闷烧的香烟。扣在

① 原文为西班牙语。

她头上的果然是我以前散步时见过的草帽，但散步时我怎么也没想到，那顶帽子竟是这么庞大——俨然是压扁了的墨西哥阔边帽。她果然酷似《教父》结尾时和外孙们在花园里玩儿的马龙·白兰度，绝对错不了。有什么东西放在她膝头，但看起来并不太像是手枪。

伊瑟和我一起朝她挥挥手。有那么一会儿，她没有任何动作。接着才扬起手，掌心向外，摆出印第安人问好的姿势，还咧嘴一笑，足够灿烂，但牙齿全无。她脸上的皱纹如千万褶壑，一笑起来，便像个好心肠的女巫。我连瞥都没瞥一眼她身后的大宅；猛地见到她出现，还穿着酷酷的蓝色跑鞋，皱起核桃般的笑脸……我还没完全反应过来呢。

“爹地，那是枪吗？”伊瑟使劲盯着后视镜看，眼睛瞪得大大的，“那个老太太有一把枪？”

车子有点打飘儿，差点儿就要翻到庄园那头儿去了。我伸手把住了方向盘。“我想是吧。某种枪。宝贝，你留神开车吧。这儿都快没路了。”

她这才掉头，再次面对前方。我们一直在太阳底下开，但庄园高墙下的阴影里，太阳也不见了。“某种枪？你是说哪种枪？”

“看上去……我不知道，箭枪。要不就是别的东西。大概，那是她用来对付蛇的。”

“感谢上帝她笑了笑。”伊瑟说，“而且还是笑口大开，不是吗？”

我点点头，“是啊。”

大庄园是杜马岛的路北端的最后一幢房舍。其后，道路完全深入陆地林间，植物密不透风地簇拥在一起，那种疯长的模样令我先是好奇，继而畏惧，最后仿佛突发了幽闭恐惧症。庞然浩繁的绿色草木高耸入云，足有十二英尺高，圆形树叶上有深朱红的条纹，看似干涸的血迹。

“那是什么东西，爹地？”

“马尾藻。开着黄花儿的那种绿色植物叫做蟛蜞菊。这儿到处都是这些。还有杜鹃花。乔木大都是沼泽松，我想是吧，不过——”

她把车速放慢，手指左边，一边还伸长脖子往挡风玻璃上方瞧。“那些是棕榈树的什么变种吧。瞧……就在那儿呢……”

道路弯弯曲曲地向内陆延伸，路侧的树干似一团团纽结的灰绳索。树根都纷纷努出柏油路面。现在，我们还能开过去，我估摸着，但以后几年里，别的车辆还能开过去吗？不可能。

“勒颈无花果。”我说。

“这名儿够形象的，直接从希区柯克的作品里搬来的吧。这全是野生的吗？”

“我不知道。”我说。

她谨慎地把控，让雪佛兰在高低扭曲的根脉间颠簸着前行。现在的时速顶多五英里。在马尾藻和杜鹃花的密丛间，还有更多的勒颈无花果树。头顶上只见高大的乔木铺展雄冠，遮天蔽日，深浓的阴影笼罩小路。不管往哪边看，都看不多远。时不时地，只有一丝蓝天或一缕阳光嵌进来，又转瞬即逝。就连天空也不见了。现在，我们能见到一蓬蓬放射状的锯齿草、坚韧又柔软的马鞭草从柏油路的裂缝里蹿出来。

我的胳膊开始痒。不存在的那条胳膊。我不假思索地探手去挠，结果无非是挠上酸痛依旧的肋骨，一如往常。与此同时，左半边脑袋也开始发痒。这儿我挠得到，便立刻挠起来。

“爹地？”

“我没事儿。你怎么停车了？”

“因为……我自己感觉不太好。”

我这才发现，她看起来就很难受。面无血色，小脸和鼻尖的白颜料一样苍白。“伊瑟？怎么啦？”

“胃疼。我要对午餐的吞拿鱼沙拉产生严重质疑了。”她匆匆朝我一笑，弱不禁风。“我还在想，我该怎么把我们送出这里。”

问到点子上了。眨眼间，马尾藻仿佛已在飙升于头顶的棕榈树间杀出一条血路，交缠得越发繁密了。我意识到，光凭嗅觉也能确定我们已被草木围绕，黏稠的芳香扑鼻而来，仿佛活生生地直冲肺腑。当然啦！毕竟，那气味确实来自于活生生的植物；左右两侧都被这些生物挤得密不透风。头顶也一样。

“爸？”

痒得更难忍了。那痒是红色的，而充盈鼻翼间和嗓子眼里的臭气则是绿色。那种痒，活像你困于火海、困于焦灼时的感觉。

“爹地，我很抱歉，但我觉得要吐了。”

不是火海，不是焦灼，而是困于车内，她打开车门，侧身而出，半个身子挂在方向盘上，接着，我就听到了翻江倒海的声音。

血色冲上我的右眼，我心想，我办得到。我肯定能控制住。我只需要克制一下。

我得扭过身子，才能用左手打开我这边的车门，再扭身下车。蹒跚而出的我必须抓着车门上缘才不至于倒栽葱地摔进一丛马尾藻筑起的高墙以及一棵半截埋在土里的榕树那交织缠绕的枝干里。蔓生的枝叶和车门那么近，我走到车前的短短几步间就被划了几道。半边的视野

（红）

仿佛血流如注，我知道有根松枝的尖端从手腕处横擦而过——我可以对天发誓，是我的右手腕，而我还在默默对自己喝令：我办得到，我必须控制住，一边听到伊瑟又吐了起来。我也意识到，这儿比先前窄路上还要燥热，尽管绿树的顶冠遮蔽了阳光，却依旧热得没道理。剩余的清醒意识足以让我去想：打一开始，我们都到底在想什么呀，竟然想把这条路走到底。当时一时兴起，只当是消遣。

伊瑟还在掏空胃囊，右手搭在方向盘上。豆大的汗珠渗出她的前额。她抬头看着我说，“哦天——”

“换位，伊瑟。”

“爹地，你要干吗？”

好像她听不明白似的。在那个瞬间，“开车”和“回去”这两个词都突然蒸发了，令我无论如何也说不出口。能清晰地说出的唯有“我们”，也就是英语中最无用的词语，孤自存在便毫无意义。是的，还不止如此。因为，红色就是暴怒，当然啦。

“带我们离开这儿。换一下座位。”心想的却是：你别对她疯狂发火。无论如何千万别大叫大嚷。哦看在上帝的分上，千万别。

“爹地，你，不能——”

“能，我能办到。换位。”

顺从，是顽劣难改的习惯——或许，在父女间尤其难改。她当然是病了。她挪到副驾驶座，我用僵硬愚蠢的笨办法上车：左手搬动那无用的右腿，总算坐到了方向盘后面。整个右半边身子都仿佛接通了低压电而嗡嗡叫嚣。

我紧闭双眼，心中默念：我可以办到的，见鬼，也不需要哪个破布婊子一眼看穿我。

等我再次看到这个世界时，一部分红色——以及一部分愤怒，感谢上帝——已淡化。我调到倒车挡，慢慢往后退。我没法像伊瑟那样半个身子探出车外，因为我没有右臂可以把住方向盘。所以，我求助于后视镜。脑海里，我分明听到鬼喊般的哔噗-哔噗-哔噗。

“千万别开错路啊，”伊瑟说，“我们没法走路。我病了，你也腿脚不便。”

“不会开错的，莫妮卡。”我说，但与此同时她探身车外又吐起来，我觉得她没听到我的话。

13

很慢很慢地，我把车子倒回伊瑟曾经停车的地方，并默默告诫自己：轻松上手啦，只要沉住气，慢慢来，就能稳操胜券。车子在勒颈无花果树突出路面的根结间颠上颠下时，我的臀部肌骨疼得像在被人又拧又撞。还听到两三次马尾藻的枝叶刮擦车身的声音。赫兹车行的人不会高兴的，但他们根本排不上我那天下午的忧心事宜表。

就这样一点点往后蹭，天光渐亮，遮天蔽日的树冠也重被蓝天取代。太好了。我的视野也重回清晰，也没那么让人抓狂的痒了。这比重见天日还要好。

“我看到高墙围起来的大宅子了，”伊瑟说，扭头往后看去。

“你感觉好些了吗？”

“大概好一点吧，但我的胃里还在吐泡泡呢，跟美泰洗衣机似的。”她怪声怪气地笑起来，“哎呀我的天哪，我真不该乌鸦嘴。”她探身出去，又吐起来，吐完后瘫坐在车椅上，一边笑一边哼哟直叫，前刘海一绺绺地贴在额前。“我刚把你的车糟蹋了一把。请告诉我，你家有水管。”

“别担心那个。你只管坐好，均匀地深呼吸。”

她虚弱地给我敬了个军礼，然后闭上了眼睛。

戴着大草帽的老妇人不见了踪影，但两扇铁门现在却敞开着，仿佛她在迎客到来。要不然，就是一早猜到我们需要一个地方掉头。

我没花时间去琢磨这些，只是一把拉过方向盘，扭头转上大门间的车道。似乎看到冰蓝色地砖铺就的庭院、网球场，还有一排庞然的双开门挂着铁铃铛安插其间。一瞥之后，我便转向家的方向开。五分钟后我们就到家了。我的视力完全恢复，恰如那天清晨醒来时一样明净，搞不好还更清亮些呢。除了身体右侧依稀有点痒之外，我感觉很好。

还有一股强烈的冲动，想画画。就算一开始我不确定那冲动意味着什么，但只要我坐在小粉红房间里，画架上摊上画纸，我就能肯定。千真万确。

“我来帮你洗车吧。”伊瑟说。

“你该去躺下歇歇。你看你半死不活的惨样儿。”

她无力地一笑，“半死就挺好的了。记得妈妈以前怎么说吗？”

我点点头，“去吧，马上进屋躺下。我来冲水。”我指了指绕在浓粉屋北侧的长水管。“它们准备就绪，就等着干活了。”

“你肯定你没事儿吗？”

“挺好的。可能你吃的吞拿鱼沙拉比我多。”

她又勉强一笑，“我总是偏袒自己的厨艺。你可真棒，爹地，把我俩送回家啦。我想亲你一下，不过恐怕口气……”

我便亲了她，吻在额头上。皮肤冰凉凉、湿漉漉的。“快去躺下，甜心小姐——这是司令部下的命令。”

她进去了。我走到水龙头那儿，举起水管子冲刷迈锐宝的车身，这活儿不需要干太久，但我还是磨蹭了一会儿，希望给她充分的时间安神。她果真睡着了。我从半开的客卧窗口往里瞄，看到她侧身躺着，睡得像个宝宝：一只手垫在脸蛋下，一条腿蜷起，膝盖都快顶到前胸了。我们总以为自己在变，其实根本没有——这是怀尔曼说的。

或许是，或许不是——这是弗里曼特说的。

14

我被什么制约着、牵动着——或许自车祸后就存留在我身体里，但从杜马岛路回来后肯定也跟着我。我任由它诱引我、撕裂我。我不确定如果自己予以抵抗会怎样，但我连试都没试一次；我很好奇。

我女儿的手袋放在起居室的咖啡桌上。我把它打开，取出钱夹，抽出夹层里的那几张照片。这么做，让我自觉有点无耻，但也只有一瞬闪念。这又不是在偷东西，我对自己说，但显然偷也有很多偷法，不是吗？

她在机场给我看的卡森·琼斯的照片就在其中，但我不想看。我不想看他的单人照。我想看看他和她的合影。我想看他俩像一对恋人那样的合影。找到了一张。看起来好像是在街沿拍的；身后还有一筐筐的黄瓜和玉米。他俩都在笑，年轻，美丽，勾肩搭背。卡森·琼斯的一只手显然是搁在我女儿蓝色牛仔裤的臀部位置。噢，你这个疯狂的基督徒。我的右臂还在痒，像痱子发作那般似有若无，却持续不断。我去抓，抓不到，第一万次抓到我的肋骨。这张照片也收在透明的塑料保护封套里。我把它从中取出，回头瞥一眼伊瑟半掩的卧室门，我紧张得很，活像夜贼第一次出工。然后把照片翻到背面。

我爱你，南瓜宝宝！
"笑脸王子"

我能信任一个叫我女儿南瓜宝宝、还自称为笑脸的求婚者吗？我觉得不能。如此下定论可能不公平，但还是不——我信不过他。无论如何，我已经找到了想要探究的东西。收获不止一人，而是一对。我把照片翻回正面，闭上双眼，假装正在用右手抚摩柯达彩色照相纸上的那对影像。假装，并非我确切的感觉；我猜想，已无需再向你强调这一点了。

过了一会儿——我不知道到底有多久——我把照片放回塑料封套，再把她的钱夹塞到面巾纸和化妆品下面，尽量靠近我刚才找到它的位置。把她的手袋放回咖啡桌后，我走进自己的卧房，去拿瑞芭——制怒娃娃。然后，我一脚高、一脚低地迈上二楼的小粉红，断肢下夹着瑞芭。我想我还记得，把瑞芭安放在窗前时，我在说"我要把你装扮成莫妮卡·塞勒斯"，其实说的是莫妮卡·格尔斯坦。一旦涉及回忆，我们都会耍老千。怀尔曼的真理之一。

杜马岛上发生的事情，我大都记得很清楚，哪怕本不想去记；但对那个特殊的下午却很恍惚。我知道自己坠入疯狂绘画的境地，画画时，不存在的右臂的奇痒也彻底消失了；我说不清楚，但基本能肯定，视野中的浅红荫翳也暂时消退了，尽管在那些日子里红影时常模糊我的视线，疲倦时还会更浓重。

我不知在那种状态里沉迷了多久。大概挺久的。画完后我饥饿难挡、几近虚脱，足见时间挺久吧。

下了楼，我直奔冰箱，就着里面冷冰冰的灯光大快朵颐现成的午餐肉。我不想正儿八经做个三明治，因为不想让伊瑟知道我感觉好到只想吃。就让她以为我们的问题出在变质的美乃滋吧。那样就不用费心探究别的原因了。

我想不出其他合情合理的原因。

吞下半包切片腊肠和半品脱左右的甜茶后，我回到卧室，躺倒，立刻沉沉睡去。

15

夕阳。

我时常觉得，最明晰的杜马岛回忆就是橘红色的夕照天空，底端红透如血，渐渐褪淡到穹顶，阴影从绿变到黑。那天傍晚我醒来时，又是一片夕照天，光辉灿烂。我拄着拐杖，咚咚咚走进大房间，四肢僵硬，缩手缩脚（最初的十分钟总是走得最糟）。伊瑟的房门敞开着，床上空无人影。

“伊瑟?”我喊了一嗓子。

没人回答。过了一会儿，她才从楼上喊我：“爹地? 老天爷啊，是你画的吗? 你什么时候画的这个啊?”

霎那间，大痛小疼全都被我置于脑后。我起身往小粉红走去，尽可能三步并作两步，拼命去记我刚才画了什么。不管画了什么，我已无法置之不理。也许是相当恶劣的作品吧? 也许灵光一现，让蜂鸟福音团骑着十字架，用滑稽手法恶嘲了耶稣像?

伊瑟正站在我的画架前面，我看不到画。完全被她的身体挡住了。就算她让到一边，房间里的光线也很暗淡，仅靠如血夕阳照明，画架不过是一块黑漆漆的长方形。

我打开电灯，暗中祈祷我没有做出什么鲁莽的事，没有让大老远跑来看我是否安康的女儿心烦意乱。听她刚才的语气，我实在无法判定。“伊瑟?”

她转身向我，竟是一脸迷茫，而非恼怒。“你什么时候画的?”

“呃……”我说，“你稍微让开一下，好吗?”

“你的记忆力又玩什么花样了? 是不是?”

“不，”我说，“呃，是啊。”画的是窗外的沙滩，眼下我只能看到这部分画面。“只要我看到，我就能肯定……宝贝，让一让，你像块门板一样挡住画了。”

“还是浑身疼得快散架的破门板儿，对不？”她笑起来。真难得，笑声能让我这样如释重负。不管她在画架上看到了什么，好歹没让她发火，我七上八下的那颗心终于能妥当地放到原位去了。如果她不恼火，我暴怒、并一举摧毁爽心宜人的父女重聚的风险也就相应降低了。

她让到左侧，我便看到了自己在头昏眼花、困顿如眠的状态下画的画。就技法而言，那或许是从法伦湖第一次尝试重握画笔至今最好的一幅画，但我觉得她的困惑不奇怪。我也百思不得其解。

画上，是我从小粉红几乎与墙同宽的落地窗看出去的那段沙滩。海面上随意的几笔光线，连同维纳斯颜料公司称为铬色的阴影，显示出画的是清晨。画中央，有个穿着网球裙的小姑娘。她背对我们，但红色的头发却尽显无遗：她是瑞芭，我的小情人，从我前世延续而来的女朋友。人影勾画得极其粗略，但不知为何，你肯定会觉得那是故意为之，因为她毕竟不是一个真实的小女孩，只是从梦境而来的人。

亮绿色的网球，一只一只地聚集在她踏入沙中的脚边。

还有些漂浮在推向岸边的浪花上。

“你什么时候画的？”伊瑟依然在微笑——几乎算得上是欢笑。“还有，这到底是什么意思呀？”

“你喜欢吗？”我问。因为我不喜欢这张画。网球的颜色不对，因为我没有合适的绿色，但那不是原因；我讨厌它，是因为它彻头彻尾感觉不对劲。让我心碎。

“我超爱啊！”说着，她真的大笑起来，“得了吧，快告诉我你是什么时候画的？”

“你睡觉的时候。我躺下来，但又觉得不舒服，所以我想，还是坐直了比较好。我就决定画一会儿画，看看胃里会不会舒服点。我根本没意识到自己在画那个，直到我上楼来才发现。”我指了指瑞芭，靠着玻璃窗坐在地板上，碎布填充的腿脚伸在身前。

“你想不起什么的时候就冲这个娃娃吼，对吧？”

“差不多吧。不管怎么说，我画了这张画。大概得花一个小时吧。

画完了，我感觉也好多了。”尽管我只依稀记得自己画过，却非常清楚这番话完全是谎言。“然后我就躺到床上睡午觉。故事讲完了。”

“能给我吗？”

我顿感一阵强烈的沮丧，但实在想不出有什么办法拒绝，那既会让她伤心，听上去也会有点疯癫。“要是你真想要的话。不过，真的不算好作品。难道你不愿意挑张别的吗？一幅弗里曼特著名的夕阳图？或是带木马的信箱！我可以——”

“我就想要这幅，”她说，“又有趣又甜蜜，甚至还有点……我说不上来……不祥的预兆。你可以看着她说，‘是个娃娃’，也可以换个角度说，‘不，是个小姑娘——毕竟，她不是站着吗？’真是太惊人了，你已经能用彩色铅笔画得如此精湛了。”她下定决心似的点点头，“我就想要这幅。只不过，需要你起个名字。艺术家必须为作品命名。”

“我同意，但我想不出——”

“得了吧，快想快想，别给我打哈哈。第一反应呢？”

我说，“好吧——《游戏结束》。”

她拍起双手，“完美。太完美了！你还得签上名。我是不是像老板？指手画脚的。”

“你一直都是我的大老板。”我说，“你准是肠胃感觉好多了吧。”

“好啦。你呢？”

“很好。”说是这么说，但根本不是。突然，暴怒的红色又开始出现。维纳斯牌没有那种颜色，但有一种新发明的、黑得发亮的维纳斯黑嵌在画架下的笔槽里。我捡起笔来，把我的名字签在娃娃背影中的粉红双腿旁。在她身后，十几只颜色错误的网球漂浮在温和的小浪上。我不知道那些漂流的错色小球意味着什么，但我不喜欢它们。我也不喜欢在这幅画上签自己的名，但我不但签了，还在画纸上端草草写下“游戏结束”四个字。我不禁想起女儿们还小的时候，帕姆教她们干完不喜欢的家务活时说的一句话，用来描述我此刻的感觉再贴切不过了——

干完了就完了。

16

她又待了两天，那两天都不错。杰克和我送她去机场时，她脸上、手臂上都有些晒痕，像是释放活力的可爱证据：她是那么年轻，健康，幸福。

杰克找来一个旅行用的圆形画筒，给她装新画用。

“爹地，你要保证，好好照顾自己，有事要我帮忙就给我打电话。”她说。

“收到。”我笑着说。

“还要保证，你会去找谁来评评那些画。得是个内行人。”

“好吧——”

她沉下脸，皱着眉头瞅我。她这样子又像是帕姆了，像我第一次见到她时。“你最好向我保证，否则别的免谈。”

鉴于她眉宇间的直纹确证了她是当真的，我便许下了诺言。

竖直的皱纹这才松开。“好，君子一言，驷马难追哦。你知道的，你真该过得好些。有时候我都怀疑你是不是真的相信这一点。”

“我当然相信。”我说。

伊瑟好像没听到似的继续说，“因为发生的这一切并不是你的错。”

我要热泪盈眶了。自己以前也明白这一点，但听到别人大声说出来，那真的感觉很好。别人，是说除了卡曼之外的人，他的工作就是清除潜意识中的伪饰，就像洗衣服时剥除那些顽固结块的讨厌污渍。

她朝我点点头，“你会好起来的。我说啥就是啥，因为我是大老板。”

广播里已反复播报：三角洲航空公司飞往辛辛那提和克利夫兰的559号航班即将登机。那是伊瑟回家的第一程。

“去吧，甜心，过安检吧，让他们检查你鞋子里有没有炸弹。”

“还有句话要说。”

我扬了扬仅剩的那只手，“又怎么了，公主大人？”

她笑了笑：每当我对女儿们的耐心快用完时，总会有这种动作。

“谢谢你没有对我说，卡森和我还太年轻，不宜订婚。”

“这么说有用吗？”

“没用。”

“没错。况且，你妈妈会给你们俩做足思想工作的，我想。”

伊瑟假装痛叫一声，扮了个鬼脸，再大笑起来。“琳也会啊……不过她是因为我好歹有一次比她抢先一步了。”

她又给了我一个用力的拥抱。我深深闻着她发丝的香味，既有香波的芳香，也是年轻健康的女孩儿特有的芳香。放开我后，她后退一步，看着我的全能兼差，他很识趣地站在一旁。“你要好好照顾他，杰克。他人很好。”

他们没有一见钟情——不来电，姑娘——但他还是热络地朝她一笑，“我会竭尽全力的。”

“他还对我保证了，要找个人看看画。你就能作证。”

杰克笑着点点头。

“好了。”她再亲了我一下，这次吻在鼻尖。“老爸，乖乖的哦。把自个儿养好。”然后走进了门，身上挂着大包小袋却依然步伐轻盈。门关上前，她恰好扭头喊：“再多画些画！”

“我会的！”我喊回去，但不知道她有没有听见；在佛罗里达，门快开快关是为了节省空调。顷刻间，世界万物都模糊了，也变得更明亮；我的太阳穴一跳一跳，鼻尖发酸。趁杰克再次假装观赏天空中的有趣物事时，我低下头去，用拇指和食指飞快地抹了下眼睛。有个词徘徊在嘴边却不跑出来。我先想到借（borrow），再想到明天（tomorrow）。

不要着急，不要心焦，告诉自己能办得到，那些滑在嘴边的词语通常都会听话地出来。有时你不想要它们，可它们却非要钻出来。其实这次我要的词语是悲伤（sorrow）。

杰克说：“你想在这儿等我把车开来，还是——”

“不用，我可以走。”我把手指紧紧扣在拐杖手柄上，“只要看好来往车辆就行。我可不想过马路时再被撞一下。那种苦头，我吃过。”

17

回家时，我们到萨拉索塔艺术品和手工艺品商店转了一趟，路上，我问杰克是否认识一些萨拉索塔画廊的人。

“问对人啦，老板。我老妈以前就在一家画廊工作过，叫斯高图画廊，在棕榈大道上。”

“这消息准是对我很有用吧？”

“那可是这儿的艺术界里大名鼎鼎的画廊啊。”他说着，又想了想，“我说的是褒义词的大名鼎鼎。经营者很不错……至少对我妈是不错，不过……你知道……”

“是间大名鼎鼎的画廊。”

“对喽。”

“言下之意，价位很高？”

“那是精英荟萃之地。”他说得很严肃，但当我放声大笑时，他也没忍住。我想，就是那天，杰克·坎托里从我的兼职跑腿儿成了我的朋友。

“那就说定了，”我说，“因为我是如假包换的精英。孩子，来一下。”

我抬起手，杰克便和我击掌为盟。

18

回到浓粉屋，他帮我把新买的战利品搬进屋——五个包，两个盒子，还有一摞共九张绷好的油画布。这些东西就值一千美元。我对他说，明天再把它们搬上楼也不迟。那天晚上，我最不想干的事就是画画。

我不用拐杖，慢慢从起居室走向厨房，本想拼凑个三明治了事，却看到电话答录机上的灯在闪。我想，那一定是伊瑟，说航班刚刚因天气问题或机械故障而取消。

但不是。传出来的声音和蔼可亲，但年事已高，我一听那沙哑的嗓音便知是谁。那双大大的蓝色运动鞋支在她轮椅明晃晃的踏脚板上，这幅图景似乎又浮现在我眼前。

“您好，弗里曼特先生，欢迎来到杜马岛。那天虽很仓促，但能见到您我深感荣幸。我猜想，和您同行的年轻女士一定是令爱吧，我注意到你俩面容的相似之处。您把她送回机场了吗？但愿如此。”

这里有了一段停顿。我听得到她的呼吸，很大声，但又不像是常年烟不离手的人会有的气管堵塞。然后她又开口了。

“全面权衡地来看，杜马岛历来不是女儿们的幸运地。”

我发现自己想到了瑞芭，穿着不像是真的网球裙，脚边聚满了毛绒绒的小球，随着下一浪扑来，还会有更多球。

“希望我们有机会再见面。再见，弗里曼特先生。”

滴答一声。然后便只有我，以及屋下永不停歇的海贝摩擦声。

涨潮了。

如何作画（三）

保持饥饿。这对米开朗基罗有效，对毕加索有效，也对成百上千的艺术家有效——这么做不完全是出于爱（尽管也是部分缘由），而是为了衣食无忧。如果你想诠释这个世界，就需要运用你的胃口。这么说让你诧异了吗？不应该吧。没什么比饥饿更像人性。没有天赋就没有创造，但我跟你说，天赋很贱。天赋总是乞求。饥饿才是艺术的活塞。还记得我跟你说过的小女孩吗？她找到了她的饥饿感，也用上了。

她想，现在不该每天躺在床上了。我去爹地的房间，爹地的书房。有时候我说书房，有时候我说的是古房。那儿有一扇很漂亮的大窗户。他们让我坐在焦黑上。我抬头就能看。鸟儿漂亮。对我来说，太漂亮了，所以令我坐着。有的云朵有翅膀。有的长着蓝眼睛。每到夕照时，我便坐着哭。看到，便受伤。伤害从高耸的蓝天直抵低矮的我。我怎么也说不出我看到了什么，那令我坐。

她想的是悲伤，那个词是SAD，而不是坐（SAT）。坐在椅上（CHAIR），而不是炙烤后的焦黑（CHAR）。她说，在焦黑上的感受，便是坐着。

她想，如果我能让心疼停止。如果我能喊出来，就像“伊伊”那样。我哭喊着央求着能说出我心里的意思。南帮不上忙。我说“颜色！”她就摸摸自己的脸，笑着说“总这样，一直都这样。”姐姐们也帮不上忙。我对她们非常光火，为什么你们不能听我说呢，**大刻薄鬼！**后来，双胞胎来了，苔丝和洛洛。她们互相讲的话很特别，也特别愿意听我说。一开始她们不明白我说的，但后来，苔丝给我拿来了纸，洛洛给我拿来了铅笔，“掐——笔！”脱口而出，这让她俩咯咯笑、噼噼啪啪拍起手。

她想的是，**差一点我就能说出铅笔二字！**

她想，我可以在纸上再现世界。我可以把语词的意思画出来。我看到树，我就画出树。我看到鸟，我就画出鸟。太好了，就像水从玻璃杯里流出来。

就是这个小女孩，头上缠着绷带，身穿粉红色的家居小衫，坐在她父亲书房的窗旁。她的娃娃，诺问，躺在她身旁的地板上。她有一块写字板，板上有张纸。她刚刚画出一只爪子，真的很像窗外已死的火炬松木的树枝。

她想，我想多要些画纸，求你了。

她想，我是**伊丽莎白**。

肯定像是重新找到了舌头吧，即便你曾以为它将永远死寂。还不止。比发现唇舌更好。那是给她自己的一份大礼，给**伊丽莎白**的。就算那些处女作大胆妄为、不可思议，她也一定明白了曾经发生了什么。于是，也想要更多。

她的天赐之礼便是饥饿。那是最好的天赋——亦是最坏的——总是如此。

四　福利之友

1

元旦那天的下午，我从午睡中醒来，睡的时间很短，却让人精神抖擞，醒来便一直在想某种海贝——近乎橙色的贝壳上夹杂小斑点。是不是在梦中见到的，我不知道，但我想要一枚。我已准备好上楼去练画，还想让那种橙色斑贝落在墨西哥海湾夕阳图的正中央，再恰当不过了。

我顺着沙滩往南，开始翻找贝壳，只有我的影子陪着我，还有三两群小鸟永不停歇地在水岸边觅食——伊瑟管它们叫“小鹬鸟”。远处，有几只鹈鹕列队滑翔，又收起翅膀，像石头一样落在水面。那天下午我没想着锻炼，没去监管臀部的疼痛，也没有数步子。事实上，我什么也没想；思绪就如还未在身下永不消逝的*翡翠汤*[1]里找大餐的滑翔鹈鹕。其结果便不难想象，当我最终找到心仪的那种海贝，再回头看到浓粉屋变成了那么一个小点儿时，我是多么震惊。

我站在那里，贝壳抛起又落在手掌里，猛然间感到臀部犹如碎玻璃扎似的疼。疼痛始于胯骨，又如脉冲跳动着向下延伸到大腿。但回首来途，通往住所的脚步几乎都看不见了。我恍然意识到，这么久以来我一直在把自己当小孩哄——或少或多。我和我那愚蠢的数步子小把戏。今天，我忘了要让自己每五分钟就进行一次紧张的小型体能训练。我只是……出来散了次步。像所有正常人那样。

所以，我有一个选择。我可以在回程时依然那样照顾自己，每走几步就停下来，做一套卡迪·格林推荐的体侧伸展动作，那能疼得吓死

---

① 原文为西班牙语，形容碧绿的大海。

人，然后就没心思干别的了；也可以光走路，不做操，像所有没有受伤的正常人那样。

我决定光走路。但起步前，我朝身后瞥了一眼。往南更远处有一张条纹沙滩椅，旁边还支着一把遮阳伞，把椅子完全遮在阴影里，伞和椅子有一样的条纹花样。椅子上坐着一个人。从浓粉屋望过来时，那只是一个小黑点，现在则变成了一个高大魁梧的男人，穿着牛仔裤和白衬衫，袖管卷到胳膊肘。他的头发很长，在海风中微扬。我看不清他的五官；我们还离得太远。他看到我在看他，便挥臂招呼。我也扬扬手，再转身沿着自己的足印开始漫长的归家跋涉。这就是我初遇怀尔曼的情景。

2

那天夜里我上床前的最后一个念头便是：新年第二天恐怕要蹒跚慢步了，臀腿肯定会酸得没法走。但结果没那么糟，我开心极了；一场热水浴似乎就把肌肉里残留的僵硬感都解决了。

所以，第二天下午我自然又去散步了。不设目标；没有新年计划；也不玩数数游戏。只是一个人慢慢走在沙滩上，有时，我和温和卷来的浪花走得太近，便会惊得一群鹬鸟飞上天，活像一团脏云。有时，我会捡起一枚贝壳，放进口袋里（一星期之内，我就会自带塑料袋，以便攒下更多宝贝）。等我走到足以看清魁梧男子身容细节时——今天穿了蓝衬衫，卡其裤，几乎是赤脚——我便再掉头往浓粉屋走。掉头前没忘朝他挥挥手，他也回了礼。

那便是“了不起的沙滩漫步”的真正开始。每天下午，走得更远一点，我就能把条纹沙滩椅里的魁梧男子看得更清楚些。在我看来，他显然有一套例行规律。早上他陪着老妇人，推着她的轮椅从木栈道走到沙滩，但我从浓粉屋看不见那条栈道。下午，他就独自出来。他从没脱去衬衫，但手臂和脸孔都晒黑了，黑得像上等人家里的老家具。在他身旁的小桌上，有一只高脚玻璃杯和大水罐，里面恐怕是装着冰块、柠檬或是杜松子酒、奎宁水。他总是挥挥手；我也总是照样回应。

一月下旬的一天，我走得更远了，我们之间的距离顶多不足两百米，沙滩上出现了第二把条纹椅。桌上还有一只玻璃杯，是空的（高脚杯亭亭玉立，着实有诱惑力）。等我挥手时，他先是挥手回应我，接着指了指空椅子。

“谢谢，但还不行！”我喊道。

“得了吧，快过来！”他也喊过来，“我会用高尔夫车送你回去。”

听了这话，我笑了。伊瑟一直钟情于高尔夫小车，那能让我在沙滩上尽情驰骋，把小鹬鸟们一次次惊飞。“不能打破游戏规则，”我喊道，“但我会如期走到那里的！不管水桶里有什么货色——记得要为我冰镇！”

“你知道就好，朋友[①]！”他随手敬了个礼，“趁这工夫，成全每一天，也让每天成全你。”

怀尔曼说的话我都记得，但我相信是这句话最能让我和他维系在一起，也许是因为我还不知道他的名字、也还没和他握过手就听到了这句话：成全每一天，也让每天成全你。

3

那年冬天，弗里曼特并非只顾着散步；弗里曼特是重新开始了生活。那感觉太他妈棒了。在一个狂风大作的夜里，大浪重重落下，海贝们不再是悄声细语，而是狂躁争论，就在那时，我作出了一个决定：等我确定这种崭新的感觉真实无误时，我就要带上制怒娃娃瑞芭去沙滩，把她浸在炭火燃料里，然后付之一炬。用地道的维京葬礼葬送我的上辈子。妈的，为什么不呢？

冬天里，弗里曼特还在画画，就像鹬鸟和鹈鹕泡在水里那样，我也泡在画里。一周后，我便后悔自己在彩色铅笔画里浪费了太多时间。我给伊瑟写了电邮，感谢她的威逼利诱，她给我的回信中则说，她在那方面无师自通，几乎无需怂恿。她还告诉我，蜂鸟福音团在罗德岛的鲍尔塔克教堂里完成了一次首演——有点像巡回布道前的热身赛，信徒们都乐疯了，又是拍手又是高喊哈利路亚。“教堂走道里有好多人摇摇摆摆，”她写道，“那是浸信会教友们代替跳舞的方式。”

那个冬天，我还频繁利用互联网，尤其和Google成了密友，哪怕

---

① 原文为西班牙语。

只能用一只手敲击键盘。查杜马岛的资料时，我搜到的无非是一张地图。我本可以再深入挖掘一点，再使点儿劲，但心中似有某种暗示，告诉我可以暂时放下此事。我真正感兴趣的是：有何关于失去部分肢体后的奇闻逸事，于是，我挖到了一座宝藏的母矿。

我该事先声明，任凭 Google 让这些故事令我浮想联翩时，就算再离奇、再疯狂，我都没有抗拒心，因为我一直相信自己的奇特经历和车祸有关——布罗卡区所受的损伤，截去的右臂，或二者加起来。我想什么时候看穿着托瑞·亨特球衣的卡森·琼斯的速写就什么时候看，我也很肯定琼斯先生是在赞莉斯珠宝店里给伊瑟买的订婚戒指。超现实的绘画在我笔下越来越多，虽不能给出确切的涵义，但同样能让我信服。过去在电话随记本上的涂鸦根本不能解释我如今画出的夕阳为何总有神出鬼没的味道。

我不是第一个失去肢体却别有所得的人。在美国纽约州弗雷东尼亚的森林里，伐木机砍掉了一个男人的手，又烧焦了喷血不止的手腕，因而保住了他的命。他把那只手带回家，浸在一罐酒精里，收进了地窖。三年后，那只手虽然已不在他手腕下了，他却感觉到寒冷。他走下地窖，发现有扇窗户破了，冬季的寒风径直吹在那个罐子上，那只手还完好无缺地浮在里面。前伐木工把罐子挪到靠近壁炉的地方，寒冷的感觉便消失了。

西伯利亚深处的图拉有一个俄罗斯农夫，从手到肘都被农机吞噬后，余生便以探物为职。当他站在曾经有水源的某个地方，左手和小臂——也就是不存在的那部分肢体——会有冰凉感，还伴有湿漉漉的水感。根据我读到的这些文章（共有三则），他的探物技能屡试不爽。

还有一人在内布拉斯加州，能预言龙卷风的到来，因为他失去的脚会告诉他——脚趾间会有谷物屑。英格兰的某位无腿航海家被同伴当作"人工寻鱼雷达"来用。一个日本人做了两次截肢手术后，变成了一位备受推崇的诗人——在火车事故中失去双臂时，他还是文盲呢，这天赋来得真不赖。

所有这些轶闻中，最离奇的大概当属新泽西州的卡尼·贾佛兹，他出生时就没有双臂。十三岁生日过后不久，这个打小就适应残疾人生活的孩子突然变得歇斯底里，死活对他的父母坚称：他的双臂"在疼，埋在一个农场里”。他说他可以把方位指点给他们看。他们开车上路两天，终于开到了爱荷华州的一条土路，东西南北都是无名之地。那孩子把他们带到一片玉米地，附近有一座谷仓，他看到谷仓屋顶上立着“邮袋”香烟的广告画，便硬要他们挖地。父母挖起来，倒不是因为他们指望能找到什么，只是想要平息孩子的身心困扰。挖到三英尺下，他们发现了两具骸骨。一个是小女孩，年龄在十二岁到十五岁之间。另一具是男性，年龄无法判定。阿代尔郡的验尸官估计这两具尸体埋在这儿差不多有十二年了……当然，也可能是十三年，也就是卡尼·贾佛兹的年纪。两具尸体的身份都无法追查。小女孩尸骸中的臂骨都断了。那些骨头都和身份未知的男性的骸骨混在了一起。

这个故事匪夷所思，但另外两则更让我感兴趣，尤其当我想到自己是如何在女儿的手袋里翻找东西时。

我是在《美国北部超心理学季刊》的一篇文章找到这两个故事的，文章标题为《他们能用失去的肢体探明真相》。文章用编年史的方法记载了两位特异功能者的故事，一位是来自凤凰城的女士，另一位是阿根廷里奥加耶戈斯市的男子。女子失去了右手；男子失去了整条右臂。两人都数次成功协助警方找到了失踪者（或许也有失败的记录，但这篇文章没有提及）。

根据这篇论文，两位截肢特异功能者用的是同一种能力。失踪者的片缕衣衫或手写字迹都能激发这种能力。他们可以闭起双眼，凭借被截去的那只手（此处附有一段密密麻麻的注脚，称之为“荣光之手”，亦即魔咒之手）触摸那些物件，完成视觉化的超能力。凤凰城女士会“看到一帧影像”，继而转述给与她对谈的人。但是，阿根廷人是用剩余的那只手自动涂写出一堆简短、粗暴的符号，来记录这种沟通，在我看来，这个过程和我的绘画有类似之处。

如我所言，互联网搜索出的这些奇闻逸事，我对偶然看到的几宗特别离谱的案例或许有所怀疑，但我从没怀疑过自身：我必定经历了某种异象。就算没有卡森·琼斯的那幅画，我想我也会相信的。很可能，是因为这里万籁俱寂。除了杰克的短暂造访，或是怀尔曼——他是更近的邻居——挥手高呼“*日安，朋友*”！我看不到任何人，也不会和任何人说话，除了自言自语。外部世界几乎完全撤退远离，这种情况下，你会开始清楚地听见自己。不同的自我之间有清晰的交流——表面的自我和深层的自我，我是说，那就是自我怀疑的劲敌。那能置迷惑于死地。

不过可以肯定的是，我决意把我对自己说的这些视为一种实验。

4

EFree19 致 Pamorama667

1 月 24 日 9:15 am

亲爱的帕姆：我有一项不同寻常的遗嘱要对你说。我一直在画画，画的主题都有点怪，但挺有趣的（至少我这么认为）。眼见为实，更容易让你明白，所以我在附件里贴了一两张图。我一直在想你以前用的那些园艺手套，一面写着“手”、另一面写着“拿开”的那种。我很想把它们画在一幅夕阳画上。别问我为什么，这些念头只是凭空而至。你还有那种手套吗？要是有，可以寄给我吗？我会很乐意用完后寄还给你，只要你需要。

我只希望你没把这些图片给任何“老朋友”看。尤其是布仔，如果他真的看到这些东西，恐怕会大笑一筒。

埃迪

又及：如果你不想寄手套给我，也完全没问题。我不过是一时风起。

E

回复是当天晚上来的，也就是回到圣保罗家中的帕姆发来的。

Pamorama667 致 EFree19

1 月 24 日 5:00 pm

埃迪你好：伊瑟当然跟我说过你在画画。它们确实是与众不同。希望这种癖好能比你车祸后的康复期维持得更久些。如果没有 eBay，我想，那辆野马车会依然停在我们房子后头的。你说得对，要求有点古怪，但看了你的图后，我似乎能明白你的用意（汇总截然不同的物事，以便让人们用崭新的角度审视它们，对极了），反正我可以有一副新手套了，那就让你心满意足吧。我会用联邦快递快递给你，只要求一点：但凡有“成品”，要给我发一张小图看看：）

伊瑟说她在那儿度了个好假。我希望她给你寄了感谢卡，而不是一封电邮，可我太了解她了。

还有件事情要告诉你，埃迪，虽然我不知道你会不会喜欢。我把你的电邮和图片附件转发给了赞大·卡曼，你肯定还记得他是谁吧。我想他可能想看看这些画，更重要的是，我想让他读读你的信，看看有什么需要留意的，因为你在信里把“要求”拼写成了“遗嘱”，又把“大笑一通”拼成了“大笑一筒”。最后你写“一时风起”，我看不明白，但卡曼医生说或许是“一时兴起”的意思。

我很关心你。

帕姆

又及：我父亲的病况有所好转，手术后恢复得还不错（医生们说大概把肿块都“拿干净了”，但我肯定那只是他们的口头禅罢了）。他好像也适应化疗了，现在在家休养。已经能下床走路了。

谢谢你的关心。

从这段“又及”，可以见得我前妻不讨人喜欢的那一面：歇着……歇着……歇着……然后咬你一口，“闪身撤退”。但她说得对。我应该告诉她，请在电话里代表民主党人士向病榻上的老人家致以慰问和祝福。该死的癌症就是臭婊子。

整封信就是一组怒气交响曲，先提及我一直没时间帮她修好的野马，再以关心的口吻一一列举我拼错的词。对我如此关怀备至的女人却以为亚历山大名叫赞大。

把因此而来的小脾气发泄之后（如果你要刨根问底，那我就告诉你，发泄的意思是对着空无一人的房子说话，用很大的吼声），我确实把发给她的电邮又看了一遍，是的，我有点担心。但也只有一点。

从一个角度看，说不定只是一时风起的小错罢了。

5

第二把条纹沙滩椅已成魁梧男子桌边的固定摆设了，我再走近一点后，我们经常扯着嗓子喊上几句寒暄之词。这种结识新友的办法堪称古怪，但很让人愉悦。帕姆发来电邮——表面是关心，潜台词却深藏不露（你本该和我父亲一样病重在床，埃迪，搞不好更惨）——的第二天，沙滩那头的伙计高声喊道："你到这儿还要多久，你觉得呢？"

"四天！"我喊着作答，"说不定三天就够了！"

"难道你还打算走个来回？"

"没错！"我说，"你叫什么？"

他晒黑的脸虽已有点赘肉，却依然堪称英俊。现在呢，还有白色的牙齿在闪亮，咧嘴一笑时双下巴就不见了。"等你到这儿了就告诉你！那你叫啥？"

"自个儿到信箱上瞧吧！"我又喊。

"要我屈尊低头看信箱，那得等我死翘翘的那天！"

我朝他一挥手，他也朝我一挥手，用西班牙语高喊"早上见"！然后转头，又去望海面和巡游的海鸟。

等我走回浓粉屋，我的电脑信箱上标志新到邮件的小旗正在飘扬，我看到的是：

KamenDoc 致 EFree19

1 月 25 日 2:49 pm

埃德加：帕姆把你最近的一封信转给我了，还有你的画。请允许我先挑重点说：你如此迅速地成长为艺术家，实在令我大为震惊！我知道你会用特有的插科打诨回避赞赏之词，那就废话少说，只有一句：万万不可停笔！

至于她的担忧，可能没什么大不了的。不过，做次 MRI（核磁共振成像）会是个好主意。你在那里有医生吗？你该做次体检了——从头到脚，从里到外，我的朋友。

卡曼

EFree19 致 KamenDoc
1月25日 3:58 pm

卡曼：很高兴收到你的信。如果你想称我为艺术家（或甚而是“手艺人”），我还能和谁去争呢？目前在佛罗里达，我没有联系过外科医生。你能否推荐一位？还是说，我得通过陶德 贾米森去找？——贾米森医生的手指头最近基本上只在我脑袋里泡。

埃德加

我以为他会认真回复，而我也说不定就此和医生约定时间，但那时候，几个错词之类的语言学偏异还不具有优先权。散步是需优先考虑的事之一，走到条纹沙滩椅便是既定目标，也有某种被优先考虑的地位，但趋近一月下旬时，我的主要任务是互联网搜索和画画。前一天晚上我刚刚画到《海贝和夕阳 No.16》。

一月二十七日，从羞答答等待我的沙滩椅前不足两百多米的终点折回浓粉屋后，我看到一只联邦快递包裹放在门前。里面是两双园艺手套，手背上印着“手”的红字已经褪色，掌心里的“拿开”也褪色不少。多年园艺劳作让它们吃尽了苦头，但依然很干净——我早就猜到，她会把它们清洗过再给我。事实上，我也希望如此。我感兴趣的并非是在我们漫长的婚姻里戴着这副手套的帕姆，甚至不是去年秋天在梦多塔高地的家中戴着这副手套的帕姆——那时候我已经搬到法伦湖去了。那个帕姆是已知的恒量。但是……我跟你说点别的事，既成事实的事，我的“如果如此女孩”曾说过，并压根儿没意识到她那么说话时和她母亲是多么相像，像得近乎诡谲，她已经出去无数次，只为了见那个家伙。

那个帕姆才是我感兴趣的——出门见那个家伙无数次的帕姆。那家伙叫马科斯。那个帕姆的手曾戴过这副手套，再捡起来放进联邦快递的白盒子里。

那个帕姆就是我的实验对象……不过我同时也告诫自己，我们无时无刻不在愚弄自己，简直能以此为生了。那是怀尔曼说的，他经常一语中的。或许不只是经常。甚至现在也是。

6

我没有等夕阳西下，因为我起码不想自欺欺人地以为真的对画一幅画感兴趣；我的兴趣点在于画出信息。我把我太太特意清洗过的园艺手套（她准是在漂白剂里狠搓了一把）拿到小粉红，在画架前坐下。面前有一张雪白无痕的画布静静等待着。左手边有两张桌子。一张用来铺陈我的数码相片和各种各样的小玩意儿。另一张桌子上垫了一小块绿色防水油布。布上摆放着二十来罐颜料、几罐半满的松节油，还有几瓶微风牌矿泉水，是我用来洗笔的。杂乱得很，倒有点忙忙碌碌的艺术工作室味道。

我把手套搭在膝头，闭上眼睛，假装我正在用右手触摸它们。什么感觉也没有。没有疼痛，没有奇痒，也没有手指在抚摩粗糙的旧织物的幻觉。我枯坐那里，希望会有感觉——且不管会是怎样的感觉，但一无所获。就像不需要的时候我却偏偏命令身体去拉屎撒尿。过了漫长的五分钟，我再睁开眼，低头去看膝头的手套：**手……拿开**。

没用的东西。天杀的废物。

别发火，保持平静，我心想。接着又想到：太晚了。我已经火了。对这双手套和使用它们的女人光火了。还要保持平静？

“要平静也太晚了，”我说，看着我的残肢断臂，“我再也没法天堂（heaven）了。”

说错了。总是说错字错句，而且还会天杀的永远这样下去。我真想一掌挥去愚蠢的该死的玩具桌上的零碎，全他妈的撸到地上去。

“平静（even）。”我说，故意压低声音，故意细语慢声。“我再也不能平——静了。我是怪怪的独臂人。”那一点儿也不滑稽（甚至也不太理性），但怒火终究开始消退了。听到自己把话说对是很有帮助的。通常都有用。

我把思绪从断臂转向我妻子的手套：**手拿开**，说得没错。

伴着一声叹息——或许其中有点释怀的口吻，我记不清了，但很可能是——我把它们放在我摆放模特物件的桌上，从松节油罐里取出一支笔，用抹布擦干净，用清水涮一涮，然后瞪着空白画布发呆。难道，我真打算画一副手套吗？为什么，凭他妈的什么理由呢？为什么？

突然之间，想到我一直在画画，我竟自觉荒谬之极。不知为何，这想法似乎能赢来满堂喝彩。如果我把这支笔蘸上黑色，在禁区般的白色空间里落笔，搞不好就能妙笔生花，接连不断绘出干巴巴的小人：十个印第安小小人，为了吃饭出门去，一个自己淹死了，那就只剩九个啦。九个印第安小小人，深夜不寐——

太神经质了。我起身离座，巴不得更快点。突然间我不想逗留在此，不想在小粉红，也不想在浓粉屋，不想在杜马岛，更不想留连在我愚蠢无用、瘸腿又白痴的退休生活中。我说了多少谎话？说我是个艺术家？荒唐！卡曼可以用他专有的电邮文体里的粗体字高呼口号，**大为震惊！不能停笔！**但卡曼最擅长拿恶性事故受害者开玩笑，让他们相信自己过的苍白黯淡、尽力模仿生活的生活就像真实生活一样美好。要说积极鼓舞废人，卡曼和康复女王卡迪·格林是旗鼓相当，联袂出手便所向披靡。他们实在太他妈聪明了，他们感恩戴德的病人大多数都在高呼**不能停笔！坚持到底就是胜利！**我还自说自话，说自己有特异功能？拥有一条幻觉中的臂膀就能看到不可知的神秘事物？那不算荒唐，而是可悲可怜又疯癫。

诺科米斯有家7-11超市。我决定练练驾驶技术，去买一两包六罐装的啤酒，然后喝个大醉。明天在宿醉的晕眩中醒来，一切就会好起来。我不觉得宿醉会让我显得更糟。我伸手去摸手杖，我的脚——左脚，好的那只脚，上帝啊——却还绕在椅腿下。我就这么绊倒了。右腿的力量不够大，没法撑住我，整个人就要跌出去的时候，我伸出右臂撑住了。

当然，只是本能反应……但它确实撑住了。撑住了。我没有看到它——我的双眼死死紧闭，只有当你决定牺牲自己时才会那样死死紧闭——但如果毫无支撑地跌倒，我几乎不可避免地会受重伤，不管有没有地毯垫着。可能会扭伤脖子，甚至可能折断颈骨。

我在那儿躺了一会儿，确定自己还活着，然后跪起来，臀部疼得火烧火燎，并将悸动的右臂平举到眼前。没有手臂。我把椅子立好，再用左前臂撑住椅子……然后将头猛地冲上前去，咬了一口我的右臂。

我感到自己的牙齿在肘窝下留下新月形的咬痕，深深陷进皮肉里。那种疼啊。

还有别的感觉。我感到前臂的肌肉抵在我的唇间。我退回身，喘着粗气。“上帝！上帝啊！发生了什么事！这到底算什么？”

我几乎在期待，期待能亲眼看到一条胳膊在漩涡中浮现。它没有，但它就在那儿，好吧，我探起身，把它伸到椅子对面去够一支画笔。我能感觉到五指在抓取，但画笔纹丝未动。我心想：*就是说，它像幽灵一样。*

我撑起身子，再次坐上椅子。臀部如有万般纠结，但那种疼痛似乎深埋在体内。我用左手抓起刚刚清洗过的画笔，夹在左耳上。再洗了一支，放进画架下的笔槽里。接着洗了第三支，也放在笔槽里。本想洗出第四支，但我决定不再耗时间了。饥饿感，那种高烧般的热浪又将我卷走了。就像我暴烈的怒火那样倏忽即至，又凶猛异常。如果此刻楼下的烟火探测器轰鸣而起，宣布房子着了火，我也不会去管的。我撕去一支崭新画笔上的塑料纸，蘸满黑色颜料，开始作画。

和《游戏结束》那幅画一样，我不记得《福利之友》的真正作画过程。我只知道，那是在一番暴力冲动中完成的，和夕阳一点儿关系也没有。画面上主要是黑色和蓝色，瘀伤的颜色，画完后，我的左臂累到酸痛。手上溅满了颜料，手腕上也是。

画完后的画布让我想起小时候读的平装本通俗小说，尽说些没头脑的浪荡夫人们是如何沉沦的。在那些封面上，这些少妇总是一头金发，青春貌美。但在我的画里，她一头黑发，足有四十多岁。这位夫人分明就是我的前妻。

她坐在床上，床单揉得乱七八糟，除了一条蓝色内裤，周身上下一丝不挂。配套的蓝色胸罩肩带挂在一条腿上。她的头微倾，但毫无疑问能看出她的五官；虽只有寥寥数笔，我竟能用粗犷写意、如同中国象形文字般的几笔黑色传神地刻画出她的神色。画面上唯一的、真正的亮点落在凸起的前胸上：一朵玫瑰文饰。我在想，她什么时候去文的？又是为什么呢？有文身的帕姆对我来说非常奇怪，就和她去米逊山参加自行车比赛一样难以置信，但我丝毫没有怀疑这不是真的；画上所言就是真相，就和穿着托瑞·亨特球衣的卡森·琼斯一样。

画中还有两个男人，都是赤裸的。一个站在窗前，半转着身体。他的身材属于典型的五十岁中产阶级白人男性，我猜想，你随便挑家黄金健身房就能在更衣室里见到一两个：小肚腩，扁屁股，松垮的胸肌。他像文化人，挺有教养。但现在的神态却悲伤之极，恍如大势已去，伊人不再。一副听天由命、无可补救的神情。那就是棕榈滩的马科斯。好像他脸上也有名字似的。去年丧父的马科斯，先给帕姆送咖啡，又送别的。她接受了他的咖啡，别的也笑纳，但不会强求得到他的所有。这些都明摆在他脸上呢。你不能一眼洞穿，但能看到的也绝不止光屁股那么简单。

另一个男人靠在门口，脚踝交叉地站立着，那令他的两条大腿压叠起来，阴囊也就自然而然地前凸而露。他似乎要比窗前的男子年长十岁，但身材保持得更好。没有肚腩。没有救生圈。大腿肌修长紧实。双臂抱合在胸脯下，他正带着一丝微笑看着帕姆。我很熟稔这种微笑，因为汤姆·赖利当我的会计——也是朋友——已有三十五年了。要不是我们家有邀请父亲当伴郎的传统，我肯定会问汤姆愿不愿意。

我看着他赤身裸体站在门道上，看着我妻子在床上，我记起他曾帮我从法伦湖里搬出来。也记得他说*你不能就这么放弃豪宅呀。你怎么能在主场获利的决胜局里弃权呢？*

再想起他热泪盈眶，*老板，看到你这样，我真不习惯。*

那时候他已经和她上床了吗？我想，还没有吧。但是——

*我要给你一个建议，你回头转告给她。*那是我亲口说的。他也转告了。只不过，他做的事情可能不止是口头转告。

我没用拐杖，跛足走到窗前。夕阳还有几个小时才会沉落，但阳光已然大幅西斜，由西向东地在海面上投下红影。我强迫自己直视那耀眼的光迹，几次三番抹去眼角的湿润。

我试图劝自己相信，这幅画可能只是臆造之景，毕竟我的神智仍在努力自愈。但这种劝说只是徒劳。心中的两个自我对峙不下，字字句句都掷地有声、条理分明，我明白自己知悉了什么。帕姆在棕榈滩和马科斯上床，当他提出要更长久深入地交往时，她拒绝了他。帕姆也和我最老的老朋友、也是生意上的拍档有染，或许和他的性关系仍未结束。唯一缺失答案的问题就是：在这两人之中，是谁说服她在乳房上文了一朵玫瑰。

“我得忘记这事儿。”我说着，把血管怦怦直跳的额头抵在玻璃上。在我身后，火红夕阳在墨西哥湾里燃亮。“我真的需要忘记。”

那就打个响指，心里的我说。

我用右手打了个响指，也听到了声音——清脆短促的一声响。“好，干完了就完了！”我兴致高昂地对自己说。但当我再次闭上双眼，却又看到帕姆坐在床上——不知是谁的床上——只穿着内裤，胸罩的肩带搭在一条腿上，像条死蛇。

福利之友。

他妈的朋友，有他妈的福利。

7

那天晚上我没在小粉红赏夕照。我把拐杖靠在屋角，一瘸一拐地走下沙滩，径直走向海水，直到膝头被浸没。水很冷，飓风季节已过去几个月，海的热量也渐渐退去，但我几乎没注意到那究竟有多冷。现在，水波中跃动的光带已成了酷烈的橘色，那便是我盯着看的对象。

“屁股注意，实验开始。”我说，任海水在我身边涌动。我不能靠残腿站稳，便伸出左臂以求平衡。“该死的屁股。”

头顶上，有只苍鹭从渐沉渐黑的天空里滑翔而过，长颈悄无声息地划出抛物线。

“这就是偷窥，纯粹就是窥探私事，而我也付出了代价。”

确实。如果我又想把她掐死，那只能怪罪于自己，不可能再是别人的罪过。别凑到锁眼前偷看，免得让你心烦意乱，我亲爱的老妈以前就这么说过。我偷看了，也心烦意乱了，故事讲完了。现在，那是她自己的生活，她爱干什么就干什么，都是她的事。我的事则是放手，不要去管人家。问题是，我能不能做到。那比打个响指难多了；甚至比用不存在的那只手打响指都要难。

一个浪头涌来，力道大到足以将我拍倒。顷刻间，海水淹过我的头顶，只能在水里呼吸。我挺起身，手忙脚乱。波浪撤回时，又想把我从沙地和贝壳间拖出去。我用那条好腿把自己往岸边拽，就连坏腿也在虚弱无力地踢水，总算没让自己随波逐流。或许在某些事情上我很困扰，但绝对不想自溺于墨西哥湾。对此决不含糊。头发湿湿地搭在眼前，我一边吐出混着海水的唾沫一边咳嗽，连爬带走地趟出海水，拖着我的右腿就像拖着一只浸饱水的行李箱。

终于走到干沙地，我翻身仰躺在地，望着天空。一轮饱满的新月悬浮在黑丝绒般的天幕，就在浓粉屋屋脊上。远远望去，月亮如此平静。而在它之下，却有个男人丝毫无法平静：他浑身颤抖，又悲又愤。我扭头去看自己的断肢，再仰头看月亮。

“不再偷看了，”我说，“今晚启动最新指令。不许再偷看，不能再实验了。”

我说的是真心话。但恰如我先前说的（在我之前，怀尔曼也说过），我们无时无刻不在愚弄自己，简直能以此为生了。

五　怀尔曼

1

怀尔曼和我第一次真正会面时，他笑疯了，以至于坐塌了身下的沙滩椅；而我也笑疯了，笑得几乎昏厥——事实上已经到达半昏半醒、亦即俗称“上气不接下气”的地步。我根本想不到，就在发现汤姆·赖利和我的前妻有染（尽管我手头的证据无法在法庭上立足）后的第二天，竟能如此狂放地大笑，但这其实预兆了即将发生的一切。我们不止这一次相伴大笑。对我来说，怀尔曼意味了太多——尤其就我一生的命运而言——但最关键的一点是，他是我的朋友。

2

“啊呀呀，”当我终于走到他的桌前，面对遮阳伞下那把空着的条纹沙滩椅时，他说，“陌生的瘸子终于大驾光临，手拿面包袋，装满小贝壳。坐下吧，陌生的瘸子。润润唇。这只玻璃杯在这儿恭候多日啦。”

我把手上的塑料袋放在桌上——本来确实是装面包的——向他伸出手，“埃德加·弗里曼特。”

他的手很短，手指粗硬，握手时很有劲。“杰罗姆·怀尔曼。都叫我怀尔曼，大多数人都是。”

我看了看留给我的这张沙滩椅。高靠背、低座兜，酷似保时捷车内的凹背单人座。

“朋友，椅子有问题吗？”怀尔曼挑起眉毛问我。他有一大把眉毛可以上下挑动，半灰而茂密。

“现在没有，等我使出吃奶的力气从这椅子里站起来时，你别笑我就好。”我说。

他微微一笑，“甜心，想怎么活就怎么活。查克·贝瑞，一九六九。”

对着身后的空椅子，我调整好自己的位置，念了几句祷词，再一屁股落下去。一如往常，左倾身体靠在椅背上，不让重量压在受伤的臀部上。我坐得不稳当，但手抓木椅扶手，再用较强壮的那只脚作为支撑点，因而椅子只有一点倾斜罢了。一个月前我要是这么做，准保跌滑在地，但现在的我强壮多了。我能想象得出来，卡迪·格林肯定会鼓掌称赞的。

“坐得漂亮，埃德加，”他说，“还是说，你喜欢别人叫你埃迪？”

“随你挑，我都会应。你那只大桶里到底装了什么？”

“冰绿茶，”他说，“非常冰。来点儿？”

“非常愿意。”

他给我倒了一杯，又给他自己的杯子添满，然后举起杯。这茶微泛绿色。他的眼睛倒更绿一点，罩在皱纹梭织成的细网里。他的头发是黑色的，而且很长，太阳穴的发根处夹杂几缕白发。海风吹拂发梢时，我能看到他右侧发际线上有个疤印，硬币般的圆形，但比钱币小。今天，他穿了一件游泳衣，双腿和双臂一样呈棕色。看起来，他身材保持得很健美，但我老觉得他有点疲累。

“来，先敬你一杯，朋友。你说到做到了。”

“好咧，”我说，“敬我。”

我们碰杯，饮茶。我以前也喝过绿茶，觉得还行，可这杯却让我飘飘欲仙——就像饮下冰凉的丝绸，带一丝微妙的甜香。

“你尝出蜂蜜了吗？”他问，看我点头便微笑。“不是每个人都能品出来的。每桶茶里我只加一小勺。蜂蜜能舒释茶自身的天然香甜。我在中国海域的货船上当厨子时学到了这招。”他举起杯子，斜睨着杯中物。“我们击退了很多海盗，还‘在热带晴空下’与皮肤黝黑的陌生女郎成双结对。”

“听上去像是吹了个小牛，怀尔曼先生。”

他哈哈大笑，“蜂蜜小窍门，其实是我从伊斯特雷克小姐的一本餐饮书上看到的。”

“就是你每天早上推出来的那位女士吗？坐轮椅的那位？”

“就是她。”

话到嘴边脱口而出，我根本没多想自己在说什么——脑子里则浮现出不锈钢脚踏板上伸出巨大的蓝色匡威高帮鞋的景象——我说道："教父的新娘。"

怀尔曼张口结舌，那双绿眼睛瞪得那么大，令我差点慌忙为自己的失言而道歉。可他大笑起来。那是能让你气短而亡的捧腹大笑，仿佛有只狡猾的手偷偷摸摸穿过你的一切防护不差毫厘地挠进你的胳肢窝，其实这种情况很罕见。我不瞎说，他笑得都快爆炸了，而当他看到我根本不知道自己触动了他的哪根神经时，他就笑得更凶了，腹肌都笑鼓了。他想把杯子放回小桌，却笑到失手。玻璃杯径直落地，扎埋在沙子里，就那么杵在那儿，笔直笔直，活像插在宾馆大堂电梯旁的小沙缸里的香烟头。他手指着玻璃杯，笑得越发不可收拾。

"就算我成心想把杯子埋在沙里也不可能做得如此完美呀！"说完，又开始了新一轮大笑，坐在椅子里一阵接着一阵前仰后合，一只手捂着肚子，另一只手按着胸膛。突然间，三十年前在高中课堂里念过的一句诗文闪现在我脑海里，一字一词都异常清晰，简直诡异：人无法佯装激情，也不能假扮剧痛[①]。

我也咯咯地陪着笑，发自内心地笑，因为欢笑会传染，一旦你染上了，就算不知道笑点在哪里也能照样笑得刹不住车。玻璃杯直挺挺落进沙子，怀尔曼的绿茶竟一滴没洒，仍然都在杯里……那倒是真的很滑稽，活像迪士尼动画片里的噱头。但自由落体的杯子并不是引发怀尔曼嚎笑的真正源头。

"我不明白。我是说，对不起，如果我——"

"她差不多就是！"怀尔曼喊道，咯咯不停地笑着，几乎无法利索地说话，"她差不多就是……那种形象！只不过该说是女儿，那当然啦，她是教父的女——"

他笑得东倒西歪，同时还颠上颠下——无法佯装，货真价实的挣扎——就在那时，他的沙滩椅终于耐不住了，"咔嚓"一声，先让他的脸孔突现一副极其卡通化的惊讶表情，继而一松，把他摔到了沙地上。他挥动的手抓住了遮阳伞的细柱，又摁倒了小桌。一阵大风刚好逮住了

---

① 艾米丽·迪金森的诗句。

伞，把它吹得鼓鼓囊囊，好像要去远航，然后拖着小桌就往海滩下跑。垮塌的椅子像刷上条纹的大嘴巴，被咬在中间的怀尔曼不得不扭动身子挣扎而出，但让我发笑的不是他此刻牛眼圆睁的惊讶表情，也不是他突然像滚筒一样跌在沙地上。甚至不是因为桌子被伞牵住，一副急不可待要逃跑的模样。让我大笑的是怀尔曼的茶杯，仍然稳如泰山地笔直坐在沙子里，就在四仰八叉的男人的左臂和身体之间。

顶级冰茶公司，心里的我俨然是在给老派头的迪士尼动画片配音呢，哔—哔！然后，不可避免的，令我想起带来一切惨痛损失的起重机，倒车警铃坏掉的那辆，刹那间，我仿佛看到自己变成迪士尼动画片里的草原狼，坐在已然解体的小货车里，惊吓得双眼鼓凸，两只破耳朵一左一右软趴趴地耷拉，说不定还夹着烟、喷出一小口烟雾来。

就是这番默想让我不可遏止地大笑起来。笑到我蜷缩成一团，像没了骨头一样从自己的椅子里瘫软地滑下去，落在沙地上的怀尔曼的身边……但我也没碰倒那只杯子，它仍像小沙缸里的香烟头那样站得笔挺。不可能有再厉害的笑了，但我竟然笑成了。眼泪一行行滑下我的脸颊，当我的大脑进入缺氧状态时，整个世界也好像慢慢黯淡下去。

怀尔曼，仍在放声大笑，跟在他那张逃跑的桌子后头，靠着膝头和手肘的推动力往前爬。他的手就要抓住底座的时候，桌子却轻飘飘一跃，仿佛感知到他的捕捉。怀尔曼冲着沙地埋下头，缓了缓气，接着边笑边打喷嚏。我翻过身，躺倒在沙地上，也大喘了一口气，尽管就快笑到岔气，但仍接着笑。

我就是这样认识怀尔曼的。

3

二十分钟后，桌子基本上归于原位。桌子本身倒还好，但我俩谁也不敢再瞅一眼遮阳伞，因为一瞅又会乐不可支。一条伞骨折了，现在歪歪地垂在小桌上，活像醉汉在假装清醒。在我的坚持下，怀尔曼把剩下的那把好椅子也搬到了木栈道里头。我就坐在木栈道上，虽然没有靠背，但站起来更容易些（不用说，姿态也更体面些）。冰茶桶也弄洒了，怀尔曼提议再去弄一壶来。我婉言谢绝，但同意和他分享那杯奇迹般没洒的茶。

“现在我俩可是同饮一杯水的兄弟了。”喝完后，他说。

“这是印第安人的结盟仪式吗？”我问。

“不，是《陌生国土的陌生人》里写道的，作者是罗伯特·海因莱因。老天保佑他的回忆。”

我突然想到，从没见过他在条纹椅里看书，但我没提这茬。很多人在沙滩上是不看书的；耀目的光线会让他们头痛。我很同情那些头痛的人。

他又开始笑，还用两只手捂着嘴巴——像个小孩——但笑声还是从指缝间迸出来。“不能再笑了，老天爷啊，不能了。我觉得肚子里的每根筋都快笑抽了。”

“我也是。”我说。

之后的片刻，我们都没说话。那天的墨西哥湾荡漾着和煦的海风，有点咸味。遮阳伞上的裂口在风中扑拉扑拉地响。冰茶桶打翻时在沙地上洇出的湿印也已经快干透了。

他窃笑，“你看到那桌子使劲要跑吗？他妈的小桌子？”

我也忍着笑。我的屁股很疼，腹肌酸痛，差点笑到失去知觉，但我感觉棒极了。“《阿拉巴马大逃亡》。”我说。

他点点头，还在抹脸上的沙。“感恩而死乐队，一九七九年的歌。差不多是那时候。”他闷声笑，笑容再慢慢扩大，变成嘎嘎大笑，再演变为不加掩饰的放声大笑。他抱着肚子哼哼起来，“我笑不动了，必须要停了，可……教父的新娘！天啊！”然后又狠狠笑了一顿。

“你千万别告诉她是我这么说的。”我说。

大笑停止了，但也没有微笑了，他说，“我才不会那么鲁莽呢，朋友。不过……是因为那帽子，对吗？她戴的大草帽。像马龙·白兰度在花园里陪小孩玩儿的时候戴的那顶。”

其实那双帆布跑鞋也不比帽子逊色，但我还是点点头，我们又笑了一阵。

“如果我介绍你时忍不住笑场了，”他说着（当即又忍不住了，或许是想到自己笑场的模样吧，忍在肚腹里的笑突然爆出来），“我们要统一口径，就说是因为我坐折了椅子而笑的，好吗？”

“好的，”我说，“你说她差不多就是，是什么意思？”

“你真不知道？”

“毫无头绪。”

他指了指浓粉屋，从这里望过去，它显得很玲珑。看起来回程是长途跋涉啊。“你认为你的租屋归谁所有呢？朋友？我是说，我肯定你把钱付给房产中介或是度假屋代理公司了，但你觉得租金最终会到谁手里呢？”

“我猜，是转入了伊斯特雷克小姐的银行户头。”

“回答正确。伊丽莎白·伊斯特雷克小姐。考虑到这位女士的年纪高达八十五，我猜你可以叫她老小姐。”他又笑起来，摇晃着脑袋，“我必须停下来。不过说老实话，我好久没这样捧腹大笑了。”

“我也是。”

他看向我——少了条胳膊，半边脑袋毛发稀疏——点头默认。之后的片刻，我们只是远眺海湾。我知道，人们老了、病了都会来佛罗里达，因为这里终年温暖，但我觉得墨西哥湾同样功不可没。只需凝视覆上海面的夕照，温柔而沉静，便足以疗伤。海湾，这个词很浩瀚，不是吗？其涵义覆盖深海、吞没、鸿沟、隔阂……无论你抛洒了什么下去，都会目睹它融化消失得无影无踪，就是这般浩瀚。

过了一会儿，怀尔曼先开口：“而且，从你那儿到这里一路上能看到的房舍，你认为谁是拥有者呢？”他用大拇指朝后一指白墙橙瓦的大屋，“顺便提一句，这栋屋在佛罗里达地图上标为‘苍鹭栖屋’，而我管它叫‘杀手宫’。”

“也是伊斯特雷克小姐的吗？”

“你又答对了。”他说。

“你为什么管它叫‘杀手宫’？”

“唔，如果我用英语思考，就该说是‘非法藏身地’，”怀尔曼略有歉意地笑笑，“因为它看似黑帮头子落脚的地方，山姆·派金帕执导的西部片里常见到的。不管怎么说，你会看到六栋漂亮的房子，在苍鹭栖屋和鲑鱼角之间——”

“我管它叫浓粉屋，”我说，“如果我用英语思考的话。”

他连连点头，“浓粉屋[①]。好名字。我喜欢。你会待……多久？”

① 原文是西班牙语 E1 Rosado Grande。

“我租了一年，但老实说还会待多久我也不知道。我不害怕炎热——我猜他们把夏季叫做恶劣季节——但还需要考虑到飓风季。”

“是啊，我们在这儿都得考虑飓风季，尤其是查理飓风和卡特里娜飓风之后。但飓风来之前，鲑鱼角和苍鹭栖屋之间的那些屋子都会一直空着。就像杜马岛上的其他地域一样。要我说，这岛早该改称伊斯特雷克岛啦。”

“你是说，这里全是她的？”

“情况过于复杂，即便对我这样的人来说也是，我上辈子还是个律师呢。”怀尔曼说，“很久以前，她父亲拥有这个岛，连同一些堪称佛罗里达东部样板屋的房地产。除了杜马岛，他把别的都卖了，那是在三十年代。伊斯特雷克小姐确实拥有岛屿北端的地产，这一点毋庸置疑。”怀尔曼挥臂示意北端的那片土地，日后他还会用“脱衣舞娘的阴户”来形容那儿赤裸裸的单调乏味。“从最奢华的苍鹭栖屋到最充满冒险趣味的你的浓粉屋——这片土地和这些宅邸能带给她大笔收入，几乎都用不完，因为她父亲还留给她和兄弟姐妹们好多好多钱。”

“她还有几个兄弟姐妹在世——”

“没了，”怀尔曼说，“教父之女是最后一个了。”他用鼻子哼了一下，摇摇头，“我绝对不能再这样称呼她了。”这话似乎更像是自言自语，而非对我说的。

“听你的。其实我真正好奇的是，为什么这个岛的其余部分都没开发。想一想佛罗里达的房地产行业一直很兴隆，就会觉得奇怪，我第一天过桥上岛时就觉得这事儿荒唐得很。”

“听你这么说，像是专业人士嘛。埃德加，上辈子，你做哪行？”

“建筑商。”

“现在，那些日子都算过去了？”

我可以打个哈哈，不用正面回答——我跟他还不熟，没必要让自己兜底儿亮相——但我却没有逃避。很显然，这和我们刚刚一起歇斯底里疯笑过有关系。“是的。”我答。

“那在这一世里，你做什么？”

我叹了一口气，把眼光从他身上移开。远在这儿的海湾，你可以把旧日哀愁尽数抛洒，观其毫无痕迹地消泯一空。“还没法说清楚。我一直在画画。”我等着他放声大笑。

他没笑。“你不会是第一个住在鲑鱼……浓粉屋里的画家。那儿确实有一段艺术史。”

“你逗我呢吧。”那屋子从里到外都看不出一丝艺术气息。

“哦，我是说真的，”他说，“亚历山大·考尔德 ① 在那儿住过。凯斯·哈宁 ②。马塞尔·杜尚。都是老早的事了，海滩还没侵蚀到那儿，住在那儿不会有坠海的危险。”他停顿了一下，又说，“还有萨尔瓦多·达利。”

“别大妈的瞎扯了！”我忍不住叫起来，可看到他一歪脑袋，我又羞愧得满脸涨红。有那么一会儿，我感到旧日激愤又汹涌而来，眼看就要堵住我的脑和喉。我办得到，我在心里说。“对不起。之前我经历了一次事故，所以——”我说不下去，住嘴了。

“这一点不难看出来，”怀尔曼说，“除非你自己没注意到，朋友，你的右边身体少了点零部件。”

“是的。而且有时候我会……我不知道怎么说才好……失语，大概是吧。”

“嗯哼。不管怎么样，我没撒谎，达利真的住过。他在你现在的租屋里待了三个星期，一九八一年。”之后的停顿几乎难以察觉，“我明白你熬了怎样一段苦。”

“对此我严重怀疑。”我不想出言不逊，但随着话音落下，这种效果却好像已达成。事实上，我真这么觉得。

之后片刻，怀尔曼没说话。破伞布在风中兀自扑打。我有时间去思忖，本来可能发展出一段有趣的友情，而现在不可能了，但当他再次开口时，语气却是那般镇定和愉悦。好像刚才的小小龃龉根本没发生过。

“杜马岛没有开发，仅仅是因为植物生长过度，这算是一部分原因。海滨燕麦草是靠灌溉生长的，但其余那些狗屎根本没有灌溉就长得那样无法无天。最好有人来调研一下，我是这么想的。”

---

① 亚历山大·考尔德（Alexander Calder，1898—1976），美国艺术家，创作活动雕塑、固定抽象雕塑、绘画及其他艺术品，甚至包括第一辆抽象风格的宝马艺术车。

② 凯斯·哈宁（Keith Haring，1958—1990），是一九八〇年代美国街头绘画艺术家和社会运动者。

“我和女儿去勘探过一次。岛南端看起来彻底是丛林。”

怀尔曼警觉起来：“根据你的状况，杜马岛路完全不适于你开车远行。根本没有路的模样。”

“跟我说说这事儿吧。我想知道，为什么不是四车道宽，路两边附带自行车道，还有每码标价八百美元的公寓？”

“因为没人清楚谁拥有地产权？作为开头，这个解释听来如何？”

“你说的当真？”

“真的很。伊斯特雷克小姐自一九五〇年起就拥有从岛南角到苍鹭栖屋的所有地产，没有连带义务或未付资金。关于这点，是绝对不存异议的。都写在所有遗嘱里了。”

“所有遗嘱？不止一份？”

“共有三份。全都是本人手写，都由不同证人确保公正性，谈及杜马岛时的说法也不尽相同。不过，三份遗嘱都认可伊丽莎白·伊斯特雷克从其父亲约翰那里继承杜马岛北端，不带任何附加条件。自此之后，剩余的岛屿领土归属权就对簿公堂。争执了整整六十年，《荒凉山庄》与之相比都成了小菜一碟。”

“我刚才听你说，伊斯特雷克小姐的兄弟姐妹都死了。”

“他们是死了，但她还有好些侄子、外甥，现在还有侄外孙、甥外孙。恰如舍温·威廉姆斯牌的涂料，他们简直能覆盖地球表面。是他们在争执不休，但他们互相狗咬狗，并不是和她打官司。故人的遗嘱里写得明明白白，她的产权仅仅和杜马岛这块地有关，有过两家土地勘测公司来精细划定了她的私人领地，一次在二战爆发前，另一次则是二战结束后。但那充其量只是为了政府档案记录。朋友，你猜怎么着？”

我摇摇头。

“伊斯特雷克小姐觉得，这就是死去的老爹想要的结果。我也用专业律师的眼光细察过那几份遗嘱了。”

“地税谁来交？”

他似乎很惊讶，接而又大笑，“我越来越中意你喽，小傻瓜[①]。”

“这得归功于我的上辈子。”提醒他的同时，我也已经爱上“上辈

---

① 原文为西班牙语。

子”这种说法。

“对。以后你会心存感激的，”他说，“真聪明。约翰·伊斯特雷克的三份遗嘱和证词都包括同一条款，要设立一份信托基金用来付税。后来，最初管理信托金的投资公司被吞并了——事实上，吞并它的公司也被吞并了——”

“这就是美国人做生意的办法。”我说。

“千真万确。不管怎么说，那笔资金从来没有漏洞或濒临破产的危机，税钱每年按时交付，就跟钟表走得一样准。”

“金钱会说话，狗屎也会走路。”

“这就是现实。”他站起来，双手撑在后腰，活动了一下筋骨。“你想进屋去见见老板吗？现在她应该睡完午觉了。她的毛病不少，但就算活到了八十五，她还是像个小宝宝。”

我想，这当口似乎不太适合告诉他，我已经在自家电话答录机里见识过她的彬彬有礼了——哪怕很简短。“改天吧。等狂笑症状减轻了再说。”

他点头称是，“明天下午再散步过来吧，如果你喜欢。”

“大概会的。先这么说定吧。”我再次伸出手，他握住时，视线落在我右臂的残桩上。

“没装假肢吗？还是说，不在劳苦大众中间露面，你就不会戴上？”

我跟别人解释时用过一段托词——残肢会有神经痛——那其实是说谎，但我不想对怀尔曼撒谎。因为他有只灵敏的鼻子，狗屎屁话的味道他一闻便知，但最重要的原因显然是：我只是不愿意对他说假话。

“还在医院时我就定制了一截假肢，那是当然，其实像是强买强卖，几乎每个人都劝我买——尤其是我的康复治疗师，还有那位心理医生好朋友，他们说，我越快习惯用假肢，也就能越快重返生活——”

“就把整件祸事抛到脑后，继续跳舞——”

“没错。”

“然而抛到脑后并不容易办到。”

“很难。”

“有时候，甚至算不上是正确的做法。”怀尔曼说。

“那倒不是，准确地说，但……”我退却般含糊其辞，把手在空中来回摇摆。

“准备好动身了？”

“是的，”我说，“多谢你的冷饮。”

“下次再来，我再给你弄一杯。我只在两点到三点间晒太阳——一天一小时对我足够了，但伊斯特雷克小姐的大部分下午时间不是睡觉，就在摆弄她那些小瓷人儿，还要看奥普拉的脱口秀，当然是一集不落，所以我有的是时间。事实上，时间多得不晓得怎么打发才好。谁知道呀？说不定我们能有很多话题可以聊。”

“好极了，”我说，“听来很棒。”

怀尔曼咧嘴一笑。笑容更显出他的英俊。他伸出手，我们便又握了握手。“你知道我在想什么？建筑在笑声上的友情一直是求之不得的幸运。”

“或许你的下一份工作是撰写一本中国餐饮中的求福宝鉴。”我说。

“朋友啊，有的是比那更糟的活儿。远远比那个要糟。”

4

回程一路上，我的思绪不由飘向伊斯特雷克小姐，穿着蓝色大号跑鞋、戴着宽沿草帽的老妇人，碰巧（差不多是）拥有佛罗里达的一个私人岛屿。根本不是教父的新娘，而是地主老爷的千金，很显然，也是热衷于扶持艺术的女贵人。我的脑筋又一次出现莫名其妙的松动，怎么也想不起来她父亲的名字（很简单的名字，只有一个音节），但怀尔曼寥寥数语勾勒出的基本情况我都记得。我从没听过类似的故事，当你以建造房舍为谋生手段时，就会看到各式各样安置物产的奇怪方式。如果你想把自己的小王国尽量保持在一种未经开发的优雅姿态之中，我认为，那真是富有创见之举。问题在于，为什么呢？

等我惊觉腿疼得难以忍受时，已经快回到浓粉屋了。我蹒跚着走进屋，凑到厨房水龙头下啧啧有声地喝了几口，又穿过起居室，走到主卧室。我看到答录机上的灯在闪，但那时候没心思去听来自外部世界的留言。我只想解放我的一双腿脚。

我躺下来，看着头顶旋转的电风扇叶慢慢旋转。我没能好好解释自己为什么没安假臂。我思忖着，如果让怀尔曼解释为什么一个律师甘愿担当富有的老小姐的管家？他的上辈子又是怎么过的？是否会比我运气好些？

想着想着，我就沉入了安睡，无梦骚扰，心满意足。

5

醒来时，我冲了个热水澡，再走进起居室，听电话机里的留言。尽管我徒步走了两英里，但四肢没像我预期的那样僵直。明早起来，或许会举步维艰，但我觉得撑过今晚是没问题的。

留言来自杰克。他说他母亲帮忙联系上了一个内行人，名叫达里奥·南努兹，他很愿意在周五下午四五点间看看我的画。他问我，可以把我自认为最佳的作品——不超过十幅——送到斯高图画廊吗？也无需带素描，因为南努兹只想看成品。

听罢，我觉得难受的痒又来了——

不，这样说根本不足以描述我的感受。

胃好像抽筋了，我简直敢发誓，肠子好像骤缩了三英寸。那还不算是最糟的。半疼半痒的知觉充斥了右侧身体，冲涌到不在原位的右臂。我告诉自己，有这种感觉很愚蠢——恍如提前预支三天总量的焦虑。我参与过价值一千万美元的圣保罗市政大厅工程竞标，竞标会上有一个大人物，后来他一往无前当上了明尼苏达州的州长。我也陪两个女儿完成了首场舞蹈表演会、首次拉拉队队长的试演、考出驾照……也经历了一整个该死的青春期。与那些相比，把我的画作展示给画廊内行人看究竟算不算大事件呢？

无论如何，我拖着沉重的步子走上楼梯，去小粉红。

夕阳正在西下，大屋里充溢着炫丽的红光，那种橘红色几乎无法用画笔描摹，但我没有一丝想要尝试捕捉夕阳之美的冲动——今晚不行。但夕阳依然在召唤我，无视我的无动于衷。恰如偶尔翻到一盒旧日纪念品，往昔的爱人在泛黄的照片里召唤你。潮涌上来了。即便在楼上，我都能听到海贝的磋磨声。我坐下来，在乱成一片的小桌上翻找起来——一根羽毛，一块被海水润圆的石头，一只一次性打火机磨损成了无法命名的灰色。现在，我脑海中的诗句不是艾米丽·迪金森的，而是些有年头的乡村歌曲：太阳不是很美吗，妈妈，透过树叶闪闪发亮。当然了，这儿没有树，但如果我想，大可在地平线上画上一棵。我可以搬来一棵树陪衬血红斜阳，让阳光透过树叶闪闪发亮。哈啰，达利。

我不害怕别人说我没天赋。我害怕的是，南努兹阁下会告诉我，我有那么点小天才。恐怕他会把拇指和食指分开几毫米，建议我到凡尼斯人行道艺术展上谋个席位，因为我准能在那儿大获成功，很多游客肯定会为我那些迷人的仿达利之作买单。

如果他真的这么说，真的用拇指和食指捏出一条小缝，真的说有那么点，那我该怎么办？任由一个陌生人的裁决夺走我刚刚建立起来的自信吗？任由他偷走我特殊的新玩偶吗？

“或许吧。”我说。

是的。因为画画不像逛商店。

最简单的办法莫过于取消约会……但是我差不多已经向伊瑟保证过了，偏偏我历来没有食言的习惯，尤其是对孩子们许诺之后。

我的右臂还在痒，痒得都快疼起来了，可我几乎没去留意。在我的左边，共有八九幅画倚墙而立。我转过身去看它们，心想，我得试着挑出哪些是得意佳作。其实我从没如此认真地审视过这些画。

汤姆·赖利站在楼梯口。他浑身赤裸，只留了一条淡蓝色睡裤，裤裆和一条裤腿的内侧有深色也就是湿了的痕迹。他的右眼不见了，那个位置只有一团充满红色和黑色颜料块的眼窝轮廓。干涸的血迹顺着他的右侧太阳穴流淌，斑纹交错，仿佛战争油图，血迹消失在他耳朵上方的灰发里。另一只眼睛凝视着墨西哥湾。狂欢般的夕阳红涌动在他狭窄而苍白的脸上。

我因惊恐而颤抖起来，往后一缩身从椅子上跌落在地。我摆好伤臀的位置再站起来，又大叫了一声，这一次是因为疼。我疼得抽搐了一下，脚一甩，踢倒了刚刚坐着的椅子。当我再次朝楼梯上看去时，汤姆消失了。

6

十分钟后，我已回到楼下，拨通了他家的号码。我是用坐姿从小粉红挪身而下的，屁股落在一格一格台阶上。不是因为我从椅子里跌落时伤到了臀部，而是因为我的双腿颤抖得太凶，我根本不能放心地把自己托付给腿脚。我担心自己会倒栽葱跌下楼梯，甚至后脑勺着地，于是，我用左手死死抓住楼梯扶栏。天啊，我真害怕自己会晕过去。

我一直记得在法伦湖的那天，我转身看到汤姆的眼中闪现着某种不自然的神情，汤姆极力克制自己不要失声痛喊，以免令我难堪。老板，看到你这样，我真不习惯……我心里很难受。

此刻，位于苹果谷的汤姆家的电话铃响起来了。汤姆，结婚两次、离婚两次的汤姆，反对我搬出梦多塔高地的豪宅的汤姆——你怎么能在主场获利的决胜局里弃权呢？他这么说过。他自己倒在我的主场里爽了一把，这个汤姆，如果《福利之友》可以信赖的话……我确实信它。

我也相信，我在楼上亲眼看见的情景。

铃声……一响……两响……三响。

"快接啊，"我含糊自语，"快他妈的接电话啊。"我不知道如果他接了，我又该说什么，但我不在乎。此刻我只想听到他的声音。

我听到了，但只是录音。"嗨，你正在拨打汤姆·赖利的电话，"他说，"我和我哥乔治跟母亲一起出门了，每年一次的出海航游——今年是去巴哈马的拿骚。你觉得怎样，老妈？"

"那我就是巴哈马老妈啦！"拜多年吞云吐雾所赐，传出的沙哑香烟嗓却是兴高采烈的，谁也不能否认。

"对极了，她就是。"汤姆继续说，"我们会在二月十八日回来。您可以留言了……几时留，乔治？"

"听到哔一声后！"一个男声扯着嗓门喊道。

"对！"汤姆大声赞同，"听到哔一声后留言。或者，您也可以致电我的办公室。"他报上了号码，然后他们三人一起喊道："旅行愉快！"

我挂了电话，什么也没说。听起来不像是企图自杀的男子留下的答录语，当然了，他是和最亲最近的家人在一起（事后，这些人总会说"他看起来很好的呀"）——

"谁说那会是自杀呢？"我问着空无一人的房间……又恐惧地四顾，想要确定这儿真是空无一人。"谁说那不可能是场事故呢？甚至也可能是谋杀？假设事情还没发生？"

但如果已经发生，总会有谁致电通知我的。或许是布仔，但更有可能是帕姆。还有……

“是自杀。”这一次，是房子在说话，“是自杀，而且还没发生。那是警告。”

我站起来，拄着拐杖走进卧室。最近几天，拐杖用得少多了，但今晚我想撑着它，真的需要它。

在床的那半边，我的好女孩背靠枕头而坐，那半边本该属于一个真实的女人，如果我还有伴侣的话。我坐下来，把她捡起来，盯住那双大大的蓝色眼睛，偷窥者的眼睛，满是卡通式的惊讶之情：哦哦哦，你个死男人！我的瑞芭，貌似露西·里卡多的瑞芭。

“就像来年圣诞幽灵拜访司考齐，”我对她说，“有些事情可能要发生了。”

瑞芭对此不置可否。

“但我该怎么做？那不像画。一点儿也不像画画那样。”

但其实是，我知道。画画和视觉都源于人类大脑，而我脑中的什么东西已经改变了。我认为那种变化是随伤害而来的，其结果便是和伤害融为一体。也可能更糟。对冲伤。布罗卡区。还有杜马岛。这个岛……什么？”

“大声说！”我告诉瑞芭，“是不是？”

她不置一词。

“这儿有点古怪，而且已经作用于我。甚至会召唤我，这难道可能吗？”

这念头让我浑身战栗。在我身下，海贝随着潮涌潮落汇集轻磕。假想那都是骷髅、而不是海贝实在太容易了，成千上万的骨骸，每当潮水升腾，它们就同时咬牙切齿。

杰克不是说那边有一栋屋塌了吗？我想他是这么说的。当伊瑟和我朝那个方向驱车时，那条路轻而易举地就成了难以逾越的羁绊。伊瑟的肠胃也突然出毛病了。我的肠胃倒还好，但越过路界的花卉散发出刺鼻的恶心气味，我右臂的痒痛也更厉害了。当我提及我们曾打算去探险时，怀尔曼的神情顿时紧张起来。根据你的状况，杜马岛路完全不适于你开车远行，他这么说过。问题在于，我的状况究竟是指什么？

瑞芭继续一言不发。

“我不想这件事成真。”我温柔地说。

瑞芭只是仰头瞪着我看。我是个死男人，那便是她的看法。

“你有什么用呀？”我问着，把她掷向一边去。她蒙着头趴在枕头上，屁股撅起来，粉红色的棉制双腿分叉着，瞧上去颇有几分放荡。哦哦哦，你个死男人！没错。

我垂下头，去看两个膝盖间的地毯，擦抹着脖根。那儿的肌肉绷得紧紧的，僵成死结一般，摸上去像铁块。我有阵子没犯头痛了，但如果这些肌肉不立刻松弛下来，我今晚准会大疼一场。我需要吃点什么，那会开个好头。吃点安抚身心的东西。开一包高卡路里的冷冻食品似乎是好办法——撕去冻肉和汤汁外的包装，扔进微波炉里转七分钟，然后就能像个婊子养的家伙一般狼吞虎咽了。

但我又坐了一会儿。我有很多疑问，大多数都可能超出了我的能力范围，因而无从解答。我认清了这一事实，并接受了。自我一头撞上起重机的那天起，我就学会了要尽量接受。但我想，即便饿成这样，在我放任自己狼吞虎咽之前，必须至少解开一个谜题。床边桌的电话是租屋自带的，迷人的老款式，公主牌，圆盘按键。电话搁在一本指南手册上，那东西充其量只是一本黄页广告。我把它翻到薄薄的白色页码区，心想，应该不会在电话本里找到伊丽莎白·伊斯特雷克，结果却有。我拨通了那个号码。响了两声后，怀尔曼来接电话了。

“您好，伊斯特雷克寓所。”

那个声音无懈可击，根本听不出来那个人几小时前还笑得上气不接下气，甚而笑塌了座椅，刹那间，这变得像是全世界头号烂点子，但我看不出来还有什么别的选择。

“怀尔曼？我是埃德加·弗里曼特。我需要帮助。”

六　豪宅女主人

1

次日下午，我又坐在了杀手宫木栈道尽头的小桌旁。条纹遮阳伞尽管裂了，却仍站在原地鞠躬尽瘁。海风微凉，穿运动衫刚好。在我讲述的那段时间里，小巧的光斑一直在桌面上跳着舞。我讲述，是的——大约讲了一个小时，时不时抿一口绿茶，怀尔曼不断地把我面前的茶杯添满。最后，我停下不说了，顷刻间仿佛万籁俱寂，只有轻声耳语的波浪在沙滩上缓缓涌来又匆匆退去。

怀尔曼准是在前一晚的电话里听出了什么端倪，我的语气泄露了什么，那让他很担心，因为他说可以立即开杀手宫的高尔夫车赶到我这儿。他说他可以用步话机和伊斯特雷克小姐保持联系。我对他说，可以等，不着急。我说，事情是很重要，但不至于危急。至少，没到拨 911 那个程度。确实如此。如果汤姆打算在远航期间自杀，纵使我想去阻止也是心有余而力不足。但我不认为他会在母亲和哥哥尚在身边时就这么做。

我不打算把自己鬼鬼祟祟在我女儿的手袋里翻找的情形告诉怀尔曼；那种事我暗自羞耻还来不及呢。但一旦我开始讲，从**链带**开始讲，我便停不下来了。我几乎把一切都告诉他了，最后谈到了站在小粉红房门楼梯台阶上的汤姆·赖利，面无血色，死了，还少了一只眼睛。我想，我能毫无保留的部分原因是，我没来由地相信怀尔曼不会擅定我该被送往疯人院——哪怕他不具有监护权。另一方面，尽管我被他既和善又刻薄的幽默勇气深深吸引，但说到底他还是个陌生人。有时候——我想应该说是常常——当你要说的事情令人尴尬、乃至近乎疯狂时，说给陌生人听总会容易些。不过，总的来说，我倾诉这些是出于纯粹的释怀的需要：被蛇咬的人才能把毒蛇的齿噬描述清楚。

怀尔曼单手持壶，给自己倒了一杯茶，手势不太稳。我觉得那很有寓意，却也令人不安。然后，他抬腕看了看表，表是用护士特有的方法戴的：表面藏在手腕内侧。“大概半小时之内吧，我必须进去看看她，”他说，“我肯定她很好，但——”

“万一她不好呢？”我问，“如果她跌倒了，或有别的什么状况？”

他从斜纹棉布裤的口袋里掏出一只步话机。很纤小，像手机一样玲珑。“我确信她一直随身携带她的步话机。整个宅邸还遍布了即时呼叫按钮，不过——”他的大拇指指向胸脯，“我才是真正的警报系统，是吧？唯一能让我信赖的警报系统。”

他眺望海面，叹了口气。

“她有阿尔茨海默症。还不算严重，但哈德洛克医生说这毛病一旦埋下根就会迅速恶化。一年之内……”他耸了耸肩，脸色阴沉，继而又阴转晴，“我们每天下午四点都喝下午茶。茶配奥普拉。你干吗不一起进去呢？见见豪宅女主人？我还能为你烤一块本岛特产酸橙派。”

“好吧，”我说，“说定了。你觉得她会是在我的答录机上留言说杜马岛不是女儿们的幸运地的那个人吗？”

“当然是啦。但你假如指望听到解释——甚至，假如还能指望她记得的话——那就祝你好运吧。不过，我说不定可以帮你个小忙。昨天你提到她的兄弟姐妹，当时我没机会插嘴纠正你。事实是，伊丽莎白所有的同辈亲属都是女孩。全都是女儿。大女儿生于一九〇八年左右。伊丽莎白登上历史舞台要到一九二三年。伊斯特雷克太太生下她后两个月不到就去世了。好像是因为感染。也可能是血栓引起的……那个年代，谁能说得清啊？就是在这儿，在杜马岛上。”

“她父亲续弦了吗？”我还是想不起他的名字。

怀尔曼帮了我，“约翰？没有。”

“你不是要告诉我，他在这儿把六个女儿养育成人吧？这也太哥特了。”

“他努力了，还有一位保姆做帮手。但他的大女儿跟一个男孩私奔了。伊斯特雷克小姐差点儿在一次意外里丧生。还有那对双胞胎……”

他摇了摇头，“她们比伊丽莎白大两岁。一九二七年，她俩失踪了。大家只能猜测她们想去游泳，却被回头浪卷走，在翡翠汤里淹死了。”

我们凝望大海，一言不发，那些看似温柔的海浪像欢快的小狗一样跃上沙滩，实则潜伏杀机。接着，我问他，是不是伊丽莎白亲口把这些告诉他的。

“她说了一些，没有都说。而且她也糊涂了，回忆搅和成一锅粥。我找到一个专讲海湾沿岸历史的网站，其中有篇文章提到了那次意外，那一定是确凿的。也和住在坦帕的一个图书管理员通了一两封电子邮件。”怀尔曼抬起手，晃动手指模仿打字的动作。“苔丝和劳拉，伊斯特雷克孪生姐妹。图书管理员给我发了一份坦帕当地报纸的复印件，日期是一九二七年四月十九日。头版头条的标题极其刻板，无比荒凉，让人不寒而栗。只有四个字：**她们走了**。”

“天啊。”我说。

“六岁。伊丽莎白当年应该是四岁，足以理解发生了什么事。或许也足以读懂报纸上像‘**她们走了**’这样简单的标题。双胞胎死了，长女阿德里安娜又跟着他的种植园经理人之一私奔到了亚特兰大……难怪约翰那阵子受够了杜马。他和剩下的三个女儿搬到了迈阿密。很多年后，他又搬回来度过弥留时光，伊斯特雷克小姐在此陪护他。”怀尔曼耸耸肩，“就像我现在陪护她。所以……你能明白吗，一个罹患阿尔茨海默初期的老小姐为什么会觉得杜马岛可能是女儿们的噩运地？”

“算是懂了吧，但是，一个罹患阿尔茨海默初期的老小姐怎么能找到她的新房客的电话号码呢？”

怀尔曼狡猾地瞥了我一眼，“新房客，老号码，俺们这儿的所有电话分机上都有自动拨号功能。”他竖起大拇指，指向身后的豪宅，“还有别的问题吗？”

我张口结舌地瞪着他：“她可以用自动拨号功能给我家打电话？”

“别怪我；这出戏里，我不过是后登台的角色。我猜想是房地产经纪人帮她搞定了这事儿，在电话上设置了所有租赁地产的联系号码。也可能是伊斯特雷克小姐的事务经理人干的。他每隔六周左右会从圣彼得斯堡来这边，看看她是死是活，再确保我尚未偷走斯波德古董陶器。下次他来，我会记得问他这事儿。”

“就是说，她只要按个键钮，就能和岛北的任何一栋房子联系上？”

“唔……是啊。我是说，那些房子都是她的。”他拍拍我的手背，“但你知道吗，朋友？我认为，今晚上你的键钮会神经兮兮地响几下。”

“别，”我想都没想就说，“别拍我。”

“啊！”怀尔曼说着，好像他真的明白了。天知道，或许他真的明白。“不管啦，反正这能解释你收到的神秘留言——不过我还是要告诉你，在杜马岛上，任何解释都会显得无用。你的故事恰好能证明这一点。”

“你这话什么意思？难道你也有这种……经历？”

他正视着我，晒黑的大脸盘上带着我猜不透的神色。一阵寒冷的海风吹来，将聚拢在我们脚踝边的沙粒吹走。风也吹动了他的头发，再次揭露出右侧太阳穴上状如硬币的疤痕。我猜想是不是有谁曾挥舞瓶颈戳向他？可能是在酒吧的干仗。我试图去假想，竟有人要惹毛这个男人？未免太难了吧。

“是的。我有过……这种经历。”说着，他勾动双手的食指和中指，恍如在模仿引言上的双引号。“那会让孩子变成……成年人。也能让英语老师在第一学年有屁话可说……文学课。”屡屡在空气中画出双引号。

好吧，他不想谈，至少现在不想。于是，我转而问他，关于我讲的事情，他信了几分？

他翻了个白眼，靠后坐进椅子里。“别折磨我的耐心，小傻瓜。你可能在某些事上会犯错，但你不是笨蛋。那儿有个老太太等着我……全世界最可人的甜心小姐，我爱她，但她经常以为我是她爹地，以为这儿是迈阿密，以为现在是一九三四年前后。有时候她会抱起一个小瓷人儿，藏到甜蜜欧文曲奇饼干罐里头，再把饼干罐扔进网球场后头的锦鲤塘。我必须趁她午睡时偷偷把它捞上来，要不然，她就会闹个天翻地覆。也不知道为什么。我认为，到今年夏天，她说不定会全天候垫着成人尿布。”

“重点是？”

“重点在于，我懂什么是疯癫，我懂杜马，我也会懂你。我非常愿意相信：你看到了朋友死亡的幻景。”

“不是瞎说？”

“绝不是瞎说。千真万确。问题是，你打算怎么办？假设你不想看到他——我可以说得粗俗点吗？——抢了你的甜面包还往上涂油。”

“我不想。我确实在电光石火的一刹那看到了那种场景……我不知道该怎么描述……”

“电光石火的那个刹那，你是不是很想剁下他的鸡巴，再用烧红的烤面包叉捅向他的眼珠子？朋友，你说的是那种电光石火的一刹那吗？”怀尔曼的拇指和食指已经比成一把枪，枪口对准了我。“我娶过一个墨西哥姑娘，我知道嫉妒的滋味。很正常。就像应激反应。”

“你太太曾经……”我顿住了，突然意识到我不过是前一天才正式认识这个男人。我很容易忘掉这个事实。怀尔曼让人一见如故。

“没有，我的朋友，就我所知没有。她没有骗我，只是让我想死。”他面无表情，“我们别往那儿说，好吗？”

“好的。”

“关于嫉妒的记忆是，它来了，又走了。就像这儿恶劣季节里下午的急雨。你已经熬过来了，这是你说的。也该这样，因为你不再是她的农夫。问题是，对另一件事你该如何是好。你怎样才能阻止那家伙自杀？因为你知道全家出游之后会发生什么，对吗？”

我没有作答，沉默了片刻。我在心中转译那个西班牙语词，试着去理解。你不再是她的农夫了，这么理解对吗？如果是，倒是一语道破某种苦涩的事实。

“朋友？你接下来打算怎样？”

“我不知道，”我说，“可以给他发电邮，但我该写什么呢？‘亲爱的汤姆，我很担心你在策划自杀，请你尽快回复’？而且，我敢打赌，他休假的时候是不会看电邮的。他有过两任前妻，仍在给其中之一付赡养费，但他和她俩都不亲近。有过一个小孩，但幼年夭折——脊柱裂，我想是吧——还有……那什么来着？什么？”

怀尔曼转过脸去，懒散地坐在椅子里，眺望大海，几只鹈鹕正在那儿饮它们的下午茶。他的身体语言用英语也可以理解，那便是厌恶。

他转回身，说：“别绞尽脑汁了。你他妈的很清楚谁了解他。难道不是吗？”

“帕姆？你是说，帕姆？”

他只是看着我。

“你到底说不说话，怀尔曼，还是只想坐在那儿？”

“我必须去看看我的女主人了。她现在应该起床了，也想喝她的下午茶了。”

“帕姆会认为我疯了！该死的，她直到现在还认为我是疯子！”

“说服她。”说完，他又露出宽厚的那一面，“听着，埃德加，如果她像你以为的那样和他很亲密，她就会看到一些征兆。你所能做的一切，便是去试。明白？”

“我不明白你是什么意思。”

“意思就是，去给你老婆打个电话。”

“她是我的前妻。”

“还不是。除非你变心，否则离婚协议书只是一纸法律文本。所以，你才会计较她如何看待你的精神状况。但如果你也关心这家伙，你就该给她打电话，告诉她你有理由认为他正在谋划事故。”

他从椅子里站起来，又伸出手，“聊够了。来吧，跟我去见大老板。你不会失望的。就老板而言，她还真是不错。”

我拉住他的手，让他把我从替代沙滩椅的座椅里拉起来。他的手真有劲。有关杰罗姆·怀尔曼，这也是我永远难以忘怀的一个细节：此人的手劲惊人。通往庄园后墙门的木栈道很窄，只够单人行走，所以我跟在他后头，一瘸一拐不屈不挠地走。走到铁门时——俨然是正门的缩小版，看上去有股西班牙风情，就像怀尔曼时不时冒出来的西班牙语——他转身对我微微一笑。

“琼西每周二、四来这里清扫房间，她可以在伊斯特雷克小姐午睡时侧耳留神她的动静——也就是说，我明天下午两点左右可以去你那儿看看画，这么安排妥当吗？”

“你怎么知道我想要你看画？我一直想鼓起勇气邀请你呢！”

他只是一耸肩，“这很明显嘛，把画作送到画廊让别人过目之前，你想找谁先看看。你女儿和给你跑腿儿的小伙子都不算，没错吧。”

“画廊的约会定在周五。我担心得要死。”

怀尔曼摆了摆手，笑了，“别担心。”又停顿一下，“如果我觉得你画得一塌糊涂，我会直言相告的。”

“那就对了。”

他点点头，“得把丑话说在前头。”说完，他拉开铁门，让我走进了苍鹭栖屋的庭院，这儿也被叫作“杀手宫”。

2

庭院，我之前看过，那天在前门开车掉头的时候，但充其量不过是惊鸿一瞥。当时我所有的注意力都集中在一件事上：把我自己和面色灰白、冷汗淋淋的女儿尽快送回浓粉屋。我注意到网球场和冰蓝色的地砖，但完全没看到还有个池塘。网球场清扫得干干净净，一副随时都能开赛的架势，球场的铺砌色比庭院里的路面深了两度。只需摇一下不锈钢曲柄就能让球网绷紧就位。满满一篮网球靠在网栏边，我不禁一闪念，想起了伊瑟带回普罗维登斯市的那幅画：《游戏结束》。

“找一天，朋友，”走过时，怀尔曼边说边指向球场，他放慢了脚步，所以我才跟得上。“你和我来一场。我会轻松取胜——发球后上网——但实在很想挥拍啊。”

“发球后上网，这是你评估画作的报酬吗？”

他笑了，“我有个底价，但不是打球。回头再告诉你。进来吧。”

3

怀尔曼让我走进后门，穿过昏暗的厨房——工作台像浮岛般庞大，还有一只巨大的威斯丁豪斯烤炉，然后走进静悄悄的大宅内。四壁深木闪亮——橡木、胡桃木、柚木、红木、柏木样样都有。没错，这是一座宫殿，老佛罗里达风格。我们走过一间书架林立的房间，角落里还有一组骑士盔甲阴沉沉地立着。图书室连通一个独立书房，墙上挂着很多画——全都不是寡然无趣的肖像油画，而是色彩明快的抽象作品，甚至还有两幅欧普艺术吸引人的视线。

我们走过廊厅时（踱步走的是怀尔曼，我是瘸行），照耀前方的灯光宛如白色的雨，我意识到，在这栋庄严堂皇的豪宅里，这个区域不过是条富丽的过道，将更古老、也相应更朴素的佛罗里达居室分隔开。那种风格甚至还有个专有名称：佛罗里达薄脆式，几乎从来不用石材，总是以全木建构（有时是木材废料）。

廊厅两旁列满了植株盆景，长条玻璃天顶投下充沛的日光。走到尽头，怀尔曼右转，我紧跟其后，走进一间阔气的凉亭。一整排窗展示出庭院一侧的繁盛花卉——我的女儿们或许能喊出其中一半花朵的名字，帕姆肯定全都叫得上来，而我只能认出紫菀、鸭跖草、接骨木和毛地黄。哦！还有杜鹃。有好多好多杜鹃花。艳丽花朵那边有一条蓝砖过道，看来是通往主庭园的，一只眼光锐利的苍鹭茕茕独立在过道上。它若有所思，又仿佛冷峻凶蛮，但我从没在陆地上见过如此栩栩如生的苍鹭，酷似在思忖接下来该烧死哪个女巫的清教徒老神父，别的粗糙仿制品都没这种味道。

坐在屋子中央的，便是伊瑟和我试图开车探险杜马岛路的那天所见的老妇人。那天她坐在轮椅里，脚上套着大号的蓝色高帮运动鞋。今天，她站着，双手撑在助步器的扶手上，双脚赤裸——又大又苍白的一双脚。她身穿米色高腰家常裤，深棕丝绸宽松上衣有一对滑稽的宽垫肩，长袖垂到手背。这套行头只能让我想到凯瑟琳·赫本在那些老电影里的造型，经典回放影视频道有时会重播的：《亚当的肋骨》《时代女人》。只不过，我不记得凯瑟琳·赫本有这么老，即便她本人真的上了年纪也不至于这么老。

这个房间里的主要陈设只是一张低矮的长桌，有点像我父亲家地窖里用来摆放电动火车的台子，只不过桌面不是有机玻璃的，而是覆着轻巧的木材，看起来像是竹子。桌上密密麻麻排布着房屋模型和陶瓷人偶：男人们、女人们、孩子们、粗鲁的野兽、动物园里的观赏动物，还有些举世闻名的神秘虚构人物。要论最后这种，我就看到一对儿黑脸小人儿，肯定不符合 N-N-A-C-P① 的审定标准。

伊丽莎白·伊斯特雷克以可爱愉悦的表情看着怀尔曼，要能把这种甜蜜神色画下来准能让我得意一番……当然，我不能肯定有人会把我的画当回事儿。我也能负责任地说，我们从来不相信艺术作品中最简明的情感，哪怕在身边就能找到，每天都能。

“怀尔曼！”她说，“我醒得很早，和我的小瓷人们玩得好开心啊！”

---

① National Association for the Advancement of Colored People 的缩写，（美国）全国有色人种协进会。

她讲话带很重的南部口音，瓷人听来就像刺儿人。“瞧，合家欢！”

台桌的一头有一座官邸模型。有大柱子的那种气派豪宅。想想《飘》里面的塔拉庄园，你就能恍然大悟了。要是按伊丽莎白的口音，你就该是慌然大卧了吧。围绕着这座豪宅，摆放了十来个小人，站成一个圈，姿态颇为隆重，好像在举行什么仪式。

“可不。”怀尔曼应声答道。

“还有学校呢！瞧，我把孩子们都放在教学楼的外头了！快过来看！”

“我会看的，但你知道，我可不喜欢你背着我偷偷爬起来。”他说。

“我不想呼叫那个老掉牙的步话机。我感觉好极了。快来瞧瞧。叫你的新朋友也过来看吧。哦，我知道你是谁。”她微笑着，朝我勾了勾手指，让我走近些。“怀尔曼老跟我提起你。你就是住在鲑鱼角的新朋友吧。”

“他管那房子叫浓粉屋。”怀尔曼说。

她放声大笑。香烟嗓很快就笑成了急剧的咳嗽。怀尔曼不得不抢前一步，稳住她。伊斯特雷克小姐既不在乎咳嗽，也不在乎谁在扶她。“我喜欢这个昵称！”咳嗽稍有停息，她便说道，“哦宝贝，我真喜欢！快来瞧瞧我的新教室是怎么安排的……怎么称呼你？我肯定听过你的名字，但可惜，我想不起来了，现在老这样，你是……？”

“弗里曼特，”我说，“埃德加·弗里曼特。”

我跟着他俩凑到桌边；她伸出手，我便握住。没什么肌肉，但和她的双脚一样，尺寸不小。她还没把见面礼仪忘光，尽量彬彬有礼地握手。同时，也用饶有兴趣的欢喜的眼神看着我。我喜欢她坦荡地承认记忆力出毛病了。不管有没有阿尔茨海默症，我精神上、口头上的毛病比她多得多，至少就目前所见而言。

“很高兴认识你，埃德加。我见过你，但我不记得是何时何地了。以后会想起来的。浓粉屋！真够时髦的！”

“我很喜欢那栋屋，夫人。”

“好。我非常高兴它能让你满意。你知道，那是一栋艺术家之家。埃德加，你是艺术家吗？”

她那双坦荡的蓝眼睛正看着我呢，我便答：“是的。”这样说更简单，回答更迅速，说不定也刚好是实话。“大概算是吧。”

“你当然是啦，宝贝，我一眼就瞧出来了。我会问你要一幅画的。怀尔曼会和你砍价的。他是个律师，也是个好厨子，他跟你说了吗？”

“是的……不……我是说……”我糊涂了。她一口气挑起了好几个话题，一股脑儿全说了。而怀尔曼呢，那个坏蛋，似乎正使劲憋着不要笑出声。当然，那也让我很想一笑方休。

“我打算把住过你那栋浓粉屋里的所有艺术家的画都收全。我有一幅哈宁的画，就是在那儿画的。还有达利的速写。”

这句话扼制了我大笑的冲动，“真的吗？”

“是啊！我会带你去看几幅，有一幅杰作尤其不该错过，谁也不该，那幅画在电视房，我们总在那儿看奥普拉。是不是呀，怀尔曼？”

“是的。”他说着，瞥了一眼手腕内侧的表面。

“不过我们没必要准时收看，因为我们装了个神奇的小玩意儿，叫做……”她停下来，皱起眉头，用一根手指头抵在她圆圆的下巴上。“多维？是叫多维吗，怀尔曼？”

他笑了，“是维多，伊斯特雷克小姐，维多牌数字电视。”

她大笑起来，“维多！多滑稽的名字呀？而且我们一本正经的也很滑稽呀！我叫他怀尔曼，他叫我伊斯特雷克小姐——除非有时候我糊涂了，怎么也想不起来，我就会发火。我们好像在戏里分饰角色！喜剧，你知道乐队马上就要锣鼓齐上，戏里的每个人都会放声高歌！”她爽朗的笑声仿佛在印证这番奇思妙想是多么讨人喜欢，但又隐隐有些疯癫的感觉。这段话里的南方口音第一次让我想到了田纳西·威廉姆斯①，而不是玛格丽特·米切尔②。

怀尔曼温柔——极其温柔——地说：“或许我们现在该去电视房看奥普拉了。我认为你该坐下歇歇。你看奥普拉时可以抽一根烟，你知道，你喜欢那样。”

“再给我一分钟，怀尔曼，就一分钟。我们还有个小伙伴在这儿呢。”说完，她又对我说：“埃德加，你是哪一类艺术家？你相信只为艺术而艺术吗？”

---

① 田纳西·威廉姆斯（Tennessee Williams，1911—1983），美国南方著名剧作家，代表作有《铁皮屋顶上的猫》《欲望号列车》。

② 玛格丽特·米切尔（Mar garet Mitchell，1900—1949），美国著名作家，代表作是《飘》。

“艺术当然只为艺术而存在，夫人。”

“我很高兴。那就是鲑鱼角最喜欢的那一类。你管它叫什么来着？”

“我的艺术品？”

“不，宝贝——鲑鱼角。”

“浓粉屋，夫人。”

“它就该叫浓粉屋。你也该叫我伊丽莎白。”

我微微一笑，我必须遵命，因为她显然不是在轻浮地调戏我，她显得相当热忱。“是，伊丽莎白。”

“太好了。我们等一下就要去电视房了，但首先……”她把注意力转回玩具桌，“瞧，怀尔曼？瞧，埃德加？你们看到我是怎样安排孩子们的吗？”

共有十来个小孩，全都面向教室的左侧。低年级学生的入学仪式。

“你觉得他们像是在干什么？”她问，“怀尔曼？爱德华？谁来回答？”

那是一个小口误，但我早就习惯口误了。说溜儿了，你就滑到别的字眼上去了。刚才，我的本名就像香蕉皮，让她出溜了一下。

“课间休息？”怀尔曼反问一句，耸了耸肩。

“当然不是啦。”她说，“要是在休息，他们会在玩儿，才不会排成一列发呆呢。”

“要么是发生了火灾，要么是消防演习。”我说。

她在助步器上俯身向我（怀尔曼不愧是戒备森严，立刻抓住了她的肩膀，以免她失去平衡），在我脸颊上亲了一下。这可把我吓了一大跳，但不是坏事。“太棒了，爱德华！”她高声说道，“那你说说，到底是什么状况？”

我想了想。如果你严肃对待这个问题，就会轻松地迎刃而解。“演习。”

“对啦！”她的蓝眼睛闪着欢欣的光芒，“快告诉怀宁为什么。”

“如果是火灾，他们就会四散奔逃。他们没跑，反而——”

“等着回教室去，是吧。”可当她转身面对怀尔曼时，我分明看到了另一个女人，惊慌害怕的女人。“我又把你的名字叫错了。”

“没关系的，伊斯特雷克小姐，”他说着，轻轻亲吻她的太阳穴，那份温柔令我非常喜欢他。

她朝我微笑。我仿佛在端详阳光破云而出。“只要他坚持尊称别人的姓氏，你就得知道……”但现在她的神思又似乎飘远了，笑容也开始消散，“知道……”

“知道现在该去看奥普拉啦。”怀尔曼说着，挽起她的胳膊。他俩一起把助步器从桌边移开，她便以惊人的速度踏着重步走向屋子那头的门口。他在她身边看护着。

她的“电视房”里有一台超大的三星牌平板电视。房间另一头堆放着昂贵的音响配件。但我几乎看也没看上一眼。我只是盯着挂在CD架上方的画框里的素描，屏气凝神足有几秒钟。

素描只用铅笔勾勒，再用两条猩红色的粗线勾边，大概只是用普通的红色圆珠笔画的——老师批阅考卷时用的那种红笔。表示夕阳的几笔沿着海湾的海平线画开，笔触显得很随意，但并非是不用心。画得真是太对了。天才的缩影，简笔的杰作。那就是*我的*海平线，我从小粉红里望见的海平线。我不仅清楚这一点，还知道这位艺术家也曾经聆听海贝在他身下不疾不徐的碾磨声，同时在白纸上画下他的所见所闻、所思所想。海平线上有一艘船，很可能是油轮。那很可能就是我搬入杜马岛路13号的第一夜所画下的那艘油轮。与我的画风格迥异，但笔下物事的选择近乎一模一样。

画的底端，有一个不经意写上的潦草签名：**萨尔·达利**。

4

奥普拉提问，又和克里斯蒂·艾莉聊起永不过时的减肥话题，此时，伊斯特雷克小姐——伊丽莎白——已经抽上了烟。怀尔曼呈上鸡蛋色拉三明治，味道好极了。我的眼神时不时地瞟向画框里的达利亲笔作，并一直在想——当然是想这句——*哈啰，达利*。菲尔医生出现在屏幕上，斥责两位肥胖的女观众——她们显然是自告奋勇上台去讨骂的，这时候，我对怀尔曼和伊丽莎白说，我真的要告辞了。

伊丽莎白用遥控器让菲尔医生静音，又取出遥控器下面的一本书。她的双眼流露出谦卑的热望，“怀尔曼说，你有时会在下午过来，给我读几页书，埃德蒙，是真的吗？”

我们被迫当即做出某个决定，我便拿了主意。我决定不去看怀尔曼，他坐在伊丽莎白的左边。她在玩具桌边表现出的聪明才智已衰落了几分，就连我也看得出来，但我想，肯定还剩余了一大把智慧。瞥一眼怀尔曼所在的方向，就足以暴露真相，等于告诉她，我是第一次听到这种讲法，那她就会很尴尬。我不想让她难堪，一方面是因为我喜欢她，其次，我猜想随后的一两年里她会遭遇很多很多尴尬的时刻。很快，就不只是忘记名姓那么简单了。

“我们是商量过。”我说。

“也许，你今天下午就可以为我读一首诗，”她说，“读哪首你来定。哦，我是多么想念诗歌啊。我可以不看奥普拉，但没有书读就意味着饥渴，没有诗歌的日子就更……”她大笑起来。那笑声突如其来，让人摸不着头脑，也让我心痛。“更像没有画的人生，你不这么认为吗？你难道不这么想吗？”

房间里非常安静。不知何处有一只钟在滴答地走，此外再无声响。我以为怀尔曼会说些什么，但他一言不发；她也像母亲宠爱孩子一样，纵容他短暂的沉默。

“这事儿由你来决定，”她又说起来，“如果你觉得已经逗留太久了，爱德华——”

“不，”我说，“不是那样的，读诗很好。我很乐意效劳。”

书名很简单：《好诗》。由加里森·凯乐编辑，此人很可能竞选州长并大获成功，我就来自那个世界。我随意翻到一页便看到一首诗，作者叫弗兰克·奥哈拉。诗很短。在我会读的书里，这显然是首好诗，我便开始读。

是否遗忘我们曾经的模样
当我们依然风华正茂
在那硕果累累的往昔

恐忧时间飞逝只是徒劳
我们偷偷耍了点伎俩
险境中数度转危为安

整片草场都像我们的美餐筵席

我们不需要里程表
我们可以用冰和水做成鸡尾酒……

这时，我突然有点不对劲了。声音飘摇，吐字维艰，仿佛口中语词如源头之水涌上眼眶。我抬头说道："请原谅我。"我的嗓音已沙哑。怀尔曼看似很担忧，但伊丽莎白·伊斯特雷克却带着心知肚明的表情笑着看我。

"没关系，埃德加，"她说，"诗歌常会让我这样，一样。不用为诚实的情感而羞愧。人无法佯装激情。"

"也不能假扮剧痛。"我添上下句。我的声音好像是从别人嘴里发出来的。

她露出灿烂的笑容，"怀尔曼，这人记得迪金森！"

"好像是。"怀尔曼附和道。他正凑近了看我的神色。

"你能把它念完吗，爱德华？"

"好的，夫人。

我不会想要更快
或比现在更青春
只要你和我在一起
哦，你是我此生最美好的时光。"

我合上书，"念完了。"

她点点头，"什么是你最美好的时光呢，埃德加？"

"或许就在这里，"我说，"我希望。"

她又点点头，"那我也希望如此。人的希望总是被允许的。埃德加？"

"什么，夫人？"

"叫我伊丽莎白吧。我受不了在人生尽头被当作老夫人。我们能不能互相体谅？"

我点头应允，"我想我们可以，伊丽莎白。"

她笑了，早已盈眶的泪水滑落，落到苍老的双颊，那是被皱纹摧毁的容颜，但她的那双眼睛是年轻的。年轻的。

5

十分钟后，我和怀尔曼又站在了木栈道的尽头。他留了一块本岛特产酸橙派给大屋的女主人，连同一壶茶和遥控器。我的袋子里装了怀尔曼出品的两块鸡蛋沙拉三明治。他说，如果我不带走，它们放在这儿只会馊掉。他没费什么劲儿就说服了我。我还请求他给了我两片阿司匹林呢。

“听我说，”他说，“刚刚那事儿，我很抱歉。我是想先问你的，相信我。”

“放轻松，怀尔曼。”

他点头，但没有正视我。他远眺着海湾，“我只是想让你知道，我没有对她承诺什么。但她现在……很孩子气。也像小孩那样乱加推测，不是基于事实，而是根据她想要什么去推断。”

“她想要的就是有人读书给她听。”

“是的。”

“录音磁带和影碟不管用吗？”

“不行。她说，录音和真实人声不同，好比罐头蘑菇和新鲜蘑菇。”他笑了，但仍然没看我。

“为什么你不读给她听呢，怀尔曼？”

他依然望着海水，说：“因为我再也办不到了。”

“再也……为什么？”

他思忖片刻，最后摇摇头，“今天就算了。怀尔曼累了，朋友，她晚上会睡不着。不睡觉，还瞎吵吵，满心困惑和悲哀，一口咬定自己身在伦敦或圣特洛佩。我看出那种苗头了。”

“改天你会告诉我原委吗？”

“行。”他这声是打鼻子里叹出来的，“既然你可以说你的悲情故事，我估计我也可以，尽管我不会津津有味地说。你肯定自己走回去没问题吗？”

“绝对没问题。”虽然我的屁股抽搐得像台大马达，但我还是这样说。

“我可以开高尔夫车送你，真的可以，但她今天这样子——怀尔曼医生独家诊断术语称之为：兴奋过头就变蠢，她很可能突然想要擦玻璃窗……或是清扫书架……或是不带助步器去散步。”说到这里，他真的战栗了一下。那看似故意要抖落一手滑稽表演，结果却弄假成真。

“每个人都想把我劝进一辆高尔夫车。”我说。

“你会给你太太打电话吗？”

“我看不出还有别的选择。”我说。

他点点头，“好孩子。等我过去看你的画时，你可以把详情告诉我。随时都可以。我可以给随访护士打电话，她叫安妮玛莉·惠瑟尔，早上请她帮忙比较好。”

“好的。多谢了。谢谢你听我讲那些事，怀尔曼。”

“谢谢你给我老板念诗。朋友，祝你好运。”

我起步走上沙滩，大约走了五十码，突然想起一件事。我转过身，心想怀尔曼大概已经走了，可他还站在那儿，双手插在裤兜里，海湾的微风——寒冷得不可思议——将他的灰色长发朝后吹拂。“怀尔曼！”

“怎么了？”

“伊丽莎白，她以前是不是艺术家？”

他沉默了好一会儿。只听得到海潮声，今晚有风推波助澜，听来比往日要响。然后他说道：“这个问题很有趣，埃德加。如果你要问她——我会持反对票——她肯定会否认。但我不认为那是事实。”

“为什么不？”

但他只是说：“你最好赶紧走，朋友。趁你的屁股蛋子还没裂成两半儿。”他朝我挥了挥手，显然是在说再见，然后转身，仿佛追着自己被夕阳拖长的影子，还没等我反应过来，他已消失在木栈道的尽头。

我在原地又呆立片刻，再转身向北，目光落在浓粉屋上，拔腿向家行。真是漫长之旅啊，还没等到家，长得离谱的影子已经消失在海滨燕麦草丛里了，但好歹我是走到了。海浪继续翻涌，屋下海贝的悄声细语再次喧哗起来。

如何作画（四）

从你熟悉的东西开始画，然后再去改造发明。艺术是魔法，无可争议，但不管看起来有多奇怪，所有的艺术都始于日常生活的凡俗鄙陋。普通的土壤里萌发出奇葩异朵，你别感到意外就好。伊丽莎白懂得这一点。没人教过她；她是无师自通。

她画得越多，看到的也越多。她看到的越多，她想画的就更多。事情便如此发展。她所见愈多，曾遗失的语词也愈加踊跃地回归：先是她从马车上跌落那天就已懂得的四五百个字词，然后再增多、越来越多。

爹地甚感惊奇，因为她的画进步神速，笔触愈加成熟。她的姐姐们也很惊讶——大刻薄鬼和双胞胎（阿黛不在，阿黛在欧洲，和三个朋友及两个值得信赖的伴护在一起——后来她下嫁的那个年轻人：爱莫瑞·包尔森还没出现）。保姆兼管家对她的画深感敬畏，称她为"会奥比巫术的小女孩"。

看护她的医生提醒过，在这个小女孩运动和兴奋时一定得非常谨慎，以免高烧骤起，但到了一九二六年一月，她已经带着画板把岛南端走了个遍，画板和画纸整个儿裹在"布丁封套和大纽扣里"，她什么都画。

到了冬天，她发现家人对她的画厌倦起来——先是大刻薄鬼玛丽娅和汉娜，然后是苕丝和洛洛，接着是父亲，最后连南·梅尔达也看腻了。她会理解吗？天赋一经挥霍就会丧失吸引力？也许她懂，用孩子特有的直觉，她能领悟到。

随后而来的是由他们的厌倦派生出的结果，她一心想让他们看到奇迹，在她所见的基础上予以改造和发明而制造出来的新成果。

她的超现实画作便诞生了：起初是头冲下的鸟群，然后是走在水面上的动物，再画出微笑的马匹——那幅画让她有了点小名气。就是那时，有些事改变了。就是那时，有种黑暗的东西溜进来了，把小莉比当做了它的通道。

她开始画她的洋娃娃，一画，娃娃就会说话。

诺问。

等阿德里安娜从欢乐巴黎回来，一开始，诺问总是用阿黛的高音兴高采烈地说着法国腔，问伊丽莎白要不要玩扮家家，还让她梳头头睡觉觉。有时候，诺问会唱安睡曲哄她睡觉，画着娃娃脸孔的画便散放在伊丽莎白的床单上，画上的脸孔又大又圆，除了嘴唇是鲜红的，只有一种棕色。

诺问唱，雅克兄弟，雅克兄弟，睡着了吗？睡着了吗？

有时候，诺问给她讲故事——把各种童话混成一团，却妙不可言，故事里的灰姑娘穿着奥兹国里的红色拖鞋，鲍勃西双胞胎在魔法森林里迷了路，走啊走啊又找到了一间糖果屋，连屋顶都是薄荷糖。

但后来，诺问的声音变了。不再是阿黛的腔调了。诺问听起来不像伊丽莎白认识的任何人，就算伊丽莎白叫它去梳头头睡觉觉，诺问还是不停地讲。起初，那声音大概还挺悦耳。大概挺滑稽的。怪怪的，倒也有趣。

后来，情况变化了，能不变吗？因为艺术是魔法，并非所有魔法都是纯如白雪的。

哪怕对小女孩，也一样。

七　为了艺术而艺术

1

起居室的酒柜里有一瓶纯麦威士忌。我很想灌一杯，但没有。我想等等，或许先吃一块鸡蛋沙拉三明治，顺便盘算一下，该对她说什么，但我也没有那么做。自古华山一条路，要上就上吧。我把无绳电话从佛罗里达屋里拿出来。玻璃门百叶窗都关紧了，可还是冷得要命，但那种冷也不错。我心想，冷空气或许能帮我保持冷静。或许，看夕阳沉下海平线、映出金光闪闪的波澜也会让我冷静下来。因为那时我很不冷静。我的心怦怦直跳，双颊滚烫，伤臂痛得无以复加，我突然在真正的恐惧中意识到，我太太的名字出溜了一下，怎么也想不起来了。每次我在脑海中挖掘线索，跳出来的词儿总是 peligro，那是西班牙语里的“危险”。

我明白了，在给明尼苏达打电话前，还有一件事情需要做。

我把电话搁在沙发的厚软垫上，拖着脚步走进卧室（现在得用拐杖了；上床睡觉前，我和我的拐杖必须形影不离），取来了瑞芭。只要往她碧蓝的双眼里看一眼，帕姆的名字就乖乖重现了，我狂跳的心终于慢下来了。我又走回佛罗里达屋，断臂下夹着我心爱的小女孩，她那无骨的粉红小腿来回摆动。我再次坐定。瑞芭松松垮垮地坐在我的膝盖上，我调转她的方向，让她的屁股嘭一声再次落下，这时，她的脸正对西边的阳光。

“瞪着太阳看太久，你会瞎的，”我说，“当然啦，这才是有趣之处。朋友，这是布鲁斯·斯普林斯廷一九七三年左右的歌。”

瑞芭没有回应我。

“我应该上楼把它画下来，”我对她说，“为该死的艺术创造该死的艺术。”

没有回答。瑞芭的大眼睛通常都是在向全世界宣布：她被美国最恶心的死男人缠上了。

我抓起无绳电话，在她眼前晃几下。“我办得到！”我说。

瑞芭一言不发，但我觉得她的眼神透露着怀疑。在我们身下，海贝在风中持续喧哗：你办到了，我办不到，哦是的，你行。

我想继续和我的制怒娃娃纠缠，但事实恰好相反，我摁下了号码，那代表我昔日的家。记住号码是一点儿问题也没有。我真希望是帕姆的答录机来接电话。但是，未能如愿，竟是她本人接的，听来气喘吁吁的。“嘿，琼尼，感谢老天爷你打回来了。我要迟到了，还指望我们三点一刻的——”

“不是琼尼。”我说。我伸手摸到瑞芭，不假思索地把她拽回我的膝头。“是埃德加。你大概得取消三点一刻的约会了。我们有些事需要好好谈谈，非常重要。”

“出什么事儿了？”

“我么？没事儿。我很好。”

“埃德加，我们能不能晚点再聊？我得去做头发了，已经迟到了。我会在六点前回家的。”

“是关于汤姆·赖利的。”

帕姆那头传来了一阵沉默。大概持续了十秒。就在那十秒钟里，海波上的金光稍稍变暗了。伊丽莎白·伊斯特雷克记得她读过的艾米丽·迪金森的诗句；而我在琢磨，她是否也记得维切尔·林赛①。

“汤姆怎么了？”帕姆到底还是问了，语气泄露出警惕，很慎重的警惕心。现在我非常确定，她已经将和发型师的约会抛到脑后了。

“我有理由相信，他可能企图自杀。”我把电话塞在耳朵和肩膀当中，腾出手来抚摸瑞芭的头发。“你知道什么情况吗？”

“我怎么……我怎么……”她好像被打闷了，也喘不上气来，“看在上帝的分上，我怎么会……”她攒下了一点力气，逮住机会就表示愤

---

① 维切尔·林赛（Vachel Lindsay，1879—1931），美国诗人，生于美国伊利诺伊州首府斯普林菲尔德，二十世纪二十年代在诗坛崭露头角。他的诗作风格简朴，抒情意味浓厚，节奏感强。

慨。我猜想，在这种情况下这还算容易办到的。“大好的日子，你打个电话来就为了让我跟你说汤姆·赖利的精神状况？我以为你已经有所好转了，但看来无非是美好的愿望——”

“和他上过床应该让你颇有洞见。”我的手没进瑞芭的人造橘色头发里，手指攫住发丝，好像要把靴子眼里的绳带抽出来似的。“难道，我这句话也说错了？”

“发什么神经！”她几乎开始尖叫，“你需要帮助，埃德加！要么给卡曼医生打电话，要么就在佛罗里达找个大夫，马上就去！”

愤怒——并驾齐驱的另一种直觉是：我马上就要语无伦次了——突然消失了。我放松了抓住瑞芭的手。

“冷静，帕姆。这事儿不是关于你。也不是我。是汤姆的事儿。你有没有看到他抑郁的征兆？你一定看到过吧。”

没有回答。但也没有挂断电话。我可以听到她的喘息声。

好半天，她才说：“好吧，好的，是的。我知道你从哪儿听来的。戏剧女王小姐，对吧？我估计伊瑟也跟你提到了马科斯·斯坦顿，在棕榈滩那会儿。哦，埃德加，你明明知道她是个大嘴巴！”

听到这里，愤怒如回火涌来，眼看着要爆发。我伸出手，一把抓住瑞芭软绵绵的肚子。我在心里说：我办得到。这也和伊瑟无关。帕姆？帕姆只是害怕了，因为我突然问到这些事，让她措手不及。她又害怕又光火，但我可以控制情绪。我必须稳住。

以前有过几次，我很想杀死她，往事就不说了，但如果现在她就在佛罗里达屋，和我在一起，我恐怕还会试一把。

“不是伊瑟跟我说的。”

“你发够疯了吧，我要挂了——”

“我唯一不知道的事就是：他们两人之中，谁说动你在胸前刺了一朵玫瑰。小小的玫瑰。”

她哭出声来。低低一声，但已足够了。接下来又是一段沉默。仿佛黑色在涌动。然后，她的喊叫冲出了口：“小婊子！她看到了，然后去跟你说！你只可能从她那里听说！好吧，那说明不了什么！什么也证明不了！”

“我们不是在法庭上，帕姆。”我说。

她没回答，但我可以听到她的喘息。

“伊瑟确实怀疑那个叫马科斯的家伙，但她对汤姆的事儿一无所知。如果你跟她说，会伤透她的心。”我停了停，又说，“而那，会让我心碎。”

她在哭，“去你妈的心。去你妈的。我真希望你死了，你知道吗？你是个撒谎、偷窥的浑蛋，我希望你已经死了！”

至少我对她不再有相同的愿望了。感谢上帝。

海面上炙热红铜般的反照越来越深重了。现在，橙色也悄然混迹其中。

“你知道汤姆的精神状况如何？”

“不知道。另外，更正你的资讯：现在我和他没有不轨关系。要说有，也是过去了，总共持续了三周时间。已经完了。我从棕榈滩回来后就跟他说清楚了。原因很复杂，但基本上是因为他太……”她猛地煞住话头，唐突地改了口，“一定是她跟你说的。梅琳达不会，就算她知道也不会说，”又突然怨毒地说下去，“因为她知道你都对我干了什么！”

说真的，这真让人惊讶，因为我没兴趣和她纠缠那件事。我的兴趣全都在别的事情上。“他太怎样？”

“谁太怎样？”她哭了，“上帝啊，我真是恨死了！你这种审问！”

好像我喜欢似的。“汤姆。你刚才说，基本上是因为他太什么，然后就不说了。”

“太情绪化了。他悲喜无常，说变就变。今儿高兴，明儿郁闷，再过一天又高兴又沉闷，特别是，假如他没有——”

她又煞住了车。

“假如他没有吃药的话。”我帮她说完了。

“是，好吧，我又不是他的心理医生。”她的语气里没有哪怕一丝急躁；我很确定，那是膳食补充剂“蓝天使”的功劳。上帝啊。每当需要她坚强的时候，我的结发妻子总能坚强面对，但我觉得那种未加批准上市的药品是个新改变，是我的车祸带给她的改变。我心想，帕姆的伤残就在于此。

“我受够了心理医生那套狗屎屁话了，埃德加。只要一次，一次就好，我想遇到一个真正的男人，而不是每天吞服八颗魔力药丸的主儿。

‘现在不行，等我感觉不那么火大了你再来问我吧。’”

她在我的耳畔狠狠吸鼻子，而我等待雁叫般的哽咽声。果然。她一如往常地哭；毕竟，有些事是不会改变的。

“去你妈的，埃德加，因为你毁了我美好的今天。”

“我不介意你和谁上床，”我说，“我们离婚了。我只想挽救汤姆·赖利的生命。”

这一次她更大声地尖叫起来，我不得不把话筒挪远一点。“我不用对他的生命负责！我们玩完儿了！你没有听漏重点吧？”随后的一句声音轻了点（也轻不到哪儿去），“他甚至不在圣保罗。他在游艇上呢，和他妈妈，还有快乐的兄弟在一起。”

刹那间，我恍然大悟，或是自以为如此。仿佛我飞越万水千山，俯瞰到了一切。也许，就因为我曾经试图自杀，一直提醒自己要把这事儿策划得天衣无缝，好像一次事故。倒不是图巨额保险费，而是怕我的宝贝女儿们顶着众所周知的恶名度过余生——

那就是答案，不是吗？

“告诉他，你知道了。他一回来就告诉他，你知道他在计划自杀。”

“他干吗信我的话？”

“因为他确实在计划。因为你了解他。因为他有心理痼疾，或许还认为他后背贴着**图谋自杀**的标语到处溜达呢。告诉他，你知道他一向不爱按时服抗抑郁药物。你确实知道，对吧？陈述事实而已。”

“是的。但以前，我让他吃药也没用。”

“那你有没有跟他说，如果他不能正常服药，你就会告发他？暗中告诉每个人？”

“没有的事，而且现在我也不会这么干！”她听起来胆战心惊的，“你以为我想让圣保罗所有人都知道我和汤姆·赖利睡了吗？知道我和他有染？”

“那么，让圣保罗所有人知道你关心他的病状，听来是不是好一点？难道这他妈的有什么难堪吗？”

她沉默着。

“我只想让你去安慰安慰他，等他回来——”

“你只想！对！你整个一生都基于你只想怎样怎样！跟你这么说吧，

埃迪，如果这事儿对你来说真是头等大事，那你自己去面对他！”尖声利嗓再次爆发，但这一次，还有些许恐惧隐藏其后。

我答：“解铃还须系铃人，或许你对他还有影响力。包括——也许吧——包括救他命的能力。我知道这很让人惊慌，但你脱不了身。”

“不，我能脱身。我这就挂。”

“如果他自杀成功，我不确定你余生是否能摆脱良心的谴责……但我肯定你会有一年寝食难安的苦日子。两年，说不定。”

“我不会有犯罪感。我问心无愧，安睡到天亮。”

“对不起，小熊猫，我不相信你。”

“小熊猫”是个古老的昵称，我已经很多年没用了，我也不知道它突然从哪儿冒出来的，但这又让她崩溃了。她又开始哭。这次的哭声里已没有愤慨了。“你为什么非得是这么个浑蛋呢？为什么你不能让我一个人清净些？”

我受够了。只想吞两片止痛药。或许还该爬上床，痛哭一场，我不知道。“告诉他，你知道了。告诉他，去看心理医生，还要按时服药。听着，最重要的是——告诉他，如果他自杀了，你就会告诉每一个人，头一个就告诉他母亲和兄弟。让他明白，不管他汤姆看起来多精神，大家都会知道，那实际上是自杀。”

“我做不到！不行！”她听来是如此绝望。

我思忖片刻，下定决心要把汤姆·赖利的命完全交付给她——只需顺着电话线交代她就行。在埃德加·弗里曼特的职业生涯里，从没有放手之说，但埃德加·弗里曼特也显然没想过，自己会花那么多时间画夕阳。或是和娃娃玩扮家家。

“你决定吧，小熊猫。如果他已经不在乎你了，说不定这一切也只是徒劳，但——”

“哦，他在乎的。”她听起来比先前更无助了。

“那就告诉他，他必须重新开始生活，不管喜不喜欢，都要重振旗鼓。”

“老好人埃德加啊，还在掌管一切，”她无力地说道，“甚至远在小岛王国也能发号施令。埃德加你这个老家伙。怪物埃德加。”

“这么说很伤人啊。”我说。

“真逗。”她说完便挂了。我在沙发上又坐了一会儿，看着夕阳更通明鲜艳，而佛罗里达屋里的空气变得更凉了。以为佛罗里达没有冬天的人都大错特错了。一九七七年萨拉索塔曾下过一英寸深的雪。我猜想，无论何地都有寒冷之时。我和你打赌吧，地狱里也会下雪，不过我不保证雪花会凝结。

2

翌日，刚过午后，怀尔曼就打来电话，问我是不是还想邀请他看画。想起他承诺（毋宁说是威胁）会实话实说，我便有所疑虑，但还是让他今天下午就来。

我摆出了自认为最佳的十六幅画……尽管在我眼里它们都好像很蹩脚，摆在寒冷的一月午后那明爽的阳光下。卡森·琼斯的速写仍在我卧室壁橱的最上格。我把它取下来，夹在一张纤维板上，摆在了画列之初。和别的油画作品相比，彩色铅笔看上去很寒酸，很单薄，也毫无疑问比别的画都要小，但我依然认为它拥有别的画所缺乏的某种特质。

我考虑过，要不要把红袍人的画也拿出来，但终是没有。我不知道为什么。或许只是因为它让我不寒而栗。就像是用来代替它似的，我摆出了《Hello》——铅笔速写的油轮。

怀尔曼开着嗡嗡叫、绘着黄色动感细条纹的闪亮小车来了。他不用摁门铃。我就在门口迎接他。

“朋友，你的面色可不太好，”他说着进了屋，“放松点。我不是医生，这儿也不是诊疗室。”

“我没法不紧张。如果这是一栋大楼，而你是房屋质量检测员，我都不至于紧张成这样，但——”

“但那是你的上半辈子。”怀尔曼说，“这儿，一切都是新的，还没跌跟斗的新生活。”

“那得视跟头的大小而定。”

“说得真他妈对。既然扯到了上辈子，你有没有给你太太打电话？把你和我讨论过的事儿说了吗？”

“说了。你想巨细无靡地听我复述吗？”

“不用啦。我只想知道，你们谈得是否尽兴舒坦？”

“自打我在医院醒来后，我和帕姆的谈话就没一次舒坦过。但我很肯定，她会和汤姆谈的。”

“那我猜谈得还不赖喽，宝贝儿，一九九五年。”现在，他已经走进屋，好奇地东张西望。“我喜欢你打理这地儿的风格。”

我忍不住笑起来。我甚至没把“禁止吸烟”的标签从电视机上撕下来。“我让杰克给我弄了台健身自行车，搁在二楼了，那是新的。你以前来过这儿吧，我想？”

他冲我神秘一笑，“我们都来过这儿，朋友——这儿比职业足球场大不了多少。彼得·斯陶伯，大约一九八五年。”

“什么意思？我听不懂了。”

“我已经为伊斯特雷克小姐效力十六个月了，当中还遇到弗兰克飓风来袭，我们去圣彼得斯堡住了几天，短短几日，却别扭极了。不管怎么说吧，鲑鱼角——请原谅我，浓粉屋——的前一个租客只住了两周就拍拍屁股走了，其实他们的租约有八周呢。要么是他们不喜欢这栋屋，要么是这栋屋不喜欢他们。”怀尔曼抬臂装僵尸，又假装飘飘荡荡地走在起居室亮蓝色的地毯上。幽灵特效不错，但被他的衬衫折损了不少，那件衣服上绘满了热带小鸟和鲜花。“那之后，不管谁走在浓粉屋里……都是独自行走！”

“雪莉·杰克逊。”我接上了，“管它什么年代的作品。”

“对！管他呢，怀尔曼赢了一分，或者该说，我们半斤八两。那么，浓粉屋！”他展开双臂，做了个环抱四周的动作，“瞧瞧，家居装潢被誉为二十一世纪租屋的典范，符合佛罗里达的流行式样！外加二楼崭新的赛贝斯克健身自行车，还有……”他斜斜地瞥了一眼，“我是不是侦察到一个露西芭比小娃娃坐在佛罗里达屋的沙发上呀？”

“那是瑞芭，愤怒自控女王。我的心理医生朋友克尔玛给我的。”不对，名字不对。我那条消失的胳膊突然疯狂地痒起来。我打算去挠，结果挠在了仍未康复的肋骨上，这种差错起码有一万次了吧！“等一等，”我说着向瑞芭看去，她正瞪着海湾美景。我办得到，我心里说，就像你想把钱藏起来不给政府时，会找一个可靠的地方。

怀尔曼在耐心等待。

我的手臂痒。截去的那条手臂。有时候想画画的那条胳膊。那它是又想画了吗？我想，它准是想把怀尔曼画下来。怀尔曼和一碗水果。怀尔曼和一把枪。

别胡思乱想了！我心里说。

我办得到。我心里说。

你把钱藏在海外银行，这样政府就拿不到了，我心里在想，拿骚。巴哈马。鳄鱼岛[①]。对了，想起来了。

“卡曼，”我说，“我的医生叫卡曼。卡曼把瑞芭给了我。亚历山大·卡曼。”

“好极了，现在我们的难题解决了，”怀尔曼说，“让我们去看艺术品吧。”

“如果算艺术品的话，”我说道，撑着拐杖带头走上楼梯。上到一半，突然想到什么，我停下脚步，“怀尔曼，”我没有回头看，“你怎么知道我的健身自行车是赛贝斯克牌的？”

他沉默了片刻，接着说：“我只知道这个牌子。你能不能继续上楼啊，还是说，要我帮个忙，踢踢你的屁股？”

听起来有模有样，其实假得离谱，我接着走楼梯时，心里在说，我认为你在撒谎，可你猜怎么着？我认为你知道我知道。

3

我的作品靠着小粉红的北墙而列，下午的阳光明媚，提供了充沛的自然光。怀尔曼慢慢地边走边看，我在他身后审视它们，他会时不时停下来，甚至朝后退几步，反复研究某幅画，我只觉得，这些画不值得被这么重视。伊瑟和杰克都赞许过，但一个是我的亲生女儿，另一个是我花钱雇来的帮手。

等他走近画列最后的彩色铅笔画时，怀尔曼蹲坐下来，小臂搁在大腿上，双手垂在两腿间，他盯着它看足有三十秒。

“觉得——”我开口了。

“嘘——”他说，我便又忍受了三十秒的沉寂。最后，他站起来。裤子的膝部鼓起来。他转身面对我，双眼看起来非常巨大，左眼仿佛被点

① 想到 Cayman（鳄鱼）这个词，埃德加就想到了 Kamen（卡曼）的名字。

燃了。水——不是眼泪——正从内眼角流出来。他从牛仔裤后袋里掏出手帕，抹去那痕迹，姿态自然得就像你每天十几二十次会做的小动作。

“天哪。”说着，他走向窗前，把手帕塞回了裤袋。

“什么天哪?”我问，“为什么说天哪?”

他站在那儿，远眺窗外，“你不知道它们有多棒，对吗?我是说，你当真是一无所知。”

“很棒吗?”我问。我从没觉得这么缺乏自信。“你说真的吗?”

“你是把它们按照创作顺序摆放的吗?”他问我，但仍看着海湾。我所熟悉的满嘴戏谑的怀尔曼仿佛消失了。我不禁想到，我刚刚听到的这个声音或许和某个陪审团曾经听到的更相似……令人不得不相信他是法庭上的律师。“是这个顺序，对吗?我是说，最后那两张明显要比别的早得多。”

我想不通自己的画怎么可能有“早得多”之说，毕竟我来这儿画画才不到两个月；但当我扭头再次审视时，发现他说得很对。我没有刻意把画作按照时间顺序摆放，完全是下意识的，但时间前后一目了然。

“是的，”我说，“从最早的，到最近的。”

他指的是最后四张画——我已经把它们归入“夕阳复景”系列。其一，我在夕阳上加画了鹦鹉螺，其二我加画了一张CD，封套上印着**美瑞思**[①]（夕阳的红光从盒中央的圆孔射出来），其三加画的是一只我在沙滩上找到的死海鸥，只不过，被泡得如翼龙般庞大。最后一张，加画在夕阳上的是浓粉屋下的海贝，取材于一张数码相片。画这张时，我感到很有必要、也颇为冲动地又加上了几朵玫瑰。浓粉屋周围并无玫瑰，但我的新朋友Google送了我好多图片。

“最后这组画，”他说，“有谁见过吗?你女儿?”

“没有。这四张是她走了之后画的。”

“给你打工的小伙子呢?”

“也没有。”

“不用问也知道，你从没让她看到你画了她的男朋——”

“上帝啊，当然没有！你开什么玩笑?”

---

① 即Memorex，美国著名的消费电子产品品牌。

“不，当然没有。那张画蕴含力量，而且很显然还是急促草就的。至于其余那些画……”他笑了。我突然意识到，他兴奋起来了，于是我的情绪也高涨起来。不过，也要提高警惕。要记住，他曾经是个律师，我对自己说，他不是艺术评论家。

“这些剩下的画嘛……”话还没完，他又忍不住咯咯笑起来。他在大房间里绕了一圈，迈上了自行车，下意识显露出神气自如的身手，那让我艳羡又嫉妒。他把双手插进灰色长发，抓了一把又拉起来，好像在给大脑做伸展运动。

最后，他走回我的面前，正对着我，“听着，过去的一年里，世界把你折腾得够惨，我知道那会耗去不少精气神儿，自我形象的老气囊快被挤扁了。但你别跟我说，你一点儿没觉出这些画的好来。”

我记得我俩如何从疯笑中平息下来，阳光透过破伞布在小桌上洒下些许光斑。那时，怀尔曼曾说，我明白你熬了怎样一段苦。而我回答说，对此我严重怀疑。我现在一点儿也不怀疑了。他真的明白。随着前天的这段记忆而来的，是一阵赤裸裸的欲望——不是饥，而是痒——我想把怀尔曼画下来。肖像和景物的组合，水果、枪支和律师。

他用一根粗钝的手指肚拍拍我的面颊，“地球呼叫埃德加。请回话，埃德加。”

“啊，收到，休斯敦，”我听到自己说，“埃德加收到呼叫。”

“那你怎么说，朋友？我撒谎了吗，还是说了实话准备等死？你画这些的时候，有、还是没有——感到它们是出色的杰作？”

“有，”我说，“我感到自己很了不起，名垂青史。”

他点点头，“这就是最简单明了的艺术真谛——优秀的艺术品总能让艺术家本人感觉良好。至于观赏者，卖力的观赏者，真正能看出深意的人——”

“就是你，”我说，“你的定语加得够长啦。”

他没笑，“只要艺术品是杰作，观赏者也愿意敞开心扉去看，就会有情感的共振爆发。我感受到了那股爆发，埃德加。”

“太好了。”

“你得信我。等斯高图的那家伙看到这些画时，我敢说他也感受得到。事实上，我敢为此打赌。”

“这些画真的不算什么。等你回过神再看，会觉得只是把达利回锅炒了炒罢了。”

他一手搭在我肩膀上，引我走向楼梯。“对此，我不予置评。同样，我也不打算和你讨论一个事实：你显然是通过某种诡异的残肢幻视心灵感应，画下了你女儿的男朋友。我真的希望我能看到有网球的那幅画，但可惜啊，没了就没了吧。”

“摆脱了也好。”我说。

“但你必须非常小心，埃德加。杜马岛这地方对……某种类型的人非常有影响力。它会放大某种人的能量。像你这样的人。”

“那你呢？”我问。他没有马上回答，所以我指了指他的脸，“你这只眼睛又水汪汪的了。”

他掏出手帕，擦了擦。

“想不想跟我说说，你经历了什么事？”我问，“为什么你不能读书？为什么看画久一点会让你变得很古怪？”

许久，他都一言不发。贝壳在浓粉屋下却有千言万语。一阵浪推来，它们说：水果。下一阵浪推来，它们又说：枪。来来回回一直如此。水果，枪，枪，水果。

“不行，”他说，“现在还不能说。但如果你想画我，那没问题。尽情画吧。”

“你能看透多少？怀尔曼？我脑子里想的事？”

“不太多，”他说，“朋友，你的运气比较好而已。”

“如果我们离开杜马岛，你还能读出我的想法吗？比方说，如果我们在坦帕市的哪家咖啡店里？”

“哦，我大概会觉得被什么刺痛了一下。”他笑了，“尤其是在这儿待了一年多之后，吸收了……你知道，光线。”

“你愿意陪我去画廊吗？斯高图？”

“朋友，就算你用全中国的好茶来换，我都不愿错失这个良机。”

4

那一夜，暴风雨降临，倾盆大雨狂下了两个小时。闪电频频照亮海面，劲浪冲击着屋下桩木。浓粉屋痛苦呻吟，但稳稳矗立。我发现一件有趣的事：当波涛有点疯狂、大浪滚滚而来时，海贝就消声了。海波把它们全部高高托起，令它们无法交头接耳。

电闪雷鸣犹如狂欢派对，我在气氛鼎沸到最高潮时走上二楼——自觉有点像弗兰肯斯坦博士在高塔里创造魔鬼生物——我把怀尔曼画了下来，用的是一支普普通通的维纳斯牌黑色铅笔，直把笔画秃为止。再用红色和橙色画出了碗里的水果。背景里，我画上了一扇门，并把瑞芭画在门口，她站着望他。我猜想，卡曼肯定会说，瑞芭代表我在这幅画的世界里的存在。或许是，或许不。最后一笔，我捡起维纳斯牌天空蓝，为她呆滞的眼睛上色。这便完成了。弗里曼特的新杰作横空问世。

雷声渐渐稀落，闪电在海湾上空结结巴巴地道别，这时候，我一直坐着观看这幅画。画里有怀尔曼，坐在桌边。我绝不怀疑，坐在那里的他，也是坐在他上辈子的终点。桌上放着水果碗和一把手枪，枪要么是用来练习打靶的（那时候他的眼睛还没问题），要么是为了保家自卫，或者二者兼有。我用简笔勾勒出那把枪，为了增添险恶的凶兆，又轻轻描出汗腻的痕迹。画中的那间屋空空荡荡的。不知何处，有一台钟发出滴答的声音。不知何处，也在那间屋里，还有一台冰箱在嘶嘶作响。空气里，花香凝重。那种浓香很可怕。那种声响则更骇人。行军般的钟的步伐。引擎声持续不断，冰箱在没有妻儿的世界里持续制造冰块。很快，桌边的男子就会闭上双眼，伸出手，从碗里摸出一样水果。如果是橙子，他就上床睡觉。如果是苹果，他就要把枪口对准右太阳穴，扣动扳机，让剧痛不已的脑子四迸五裂。

摸到的是苹果。

5

第二天，杰克开着一辆借来的带篷货车出现在门前，还带来了很多软布，用来包裹画布。我告诉他，我在沙滩那头的大房子里交到了新朋友，他也会跟我们一起去画廊。“没问题。”杰克兴致勃勃地说着，正提着一辆便利手推车走上二楼的小粉红，“车足够大——哇哦！”走上楼梯顶，他突然叫起来，停下了脚步。

“怎么？”我问。

“这些都是新作吗？一定是吧。”

“是啊。”斯高图画廊的南努兹先生吩咐说要精选出六七幅作品，不超过十幅，所以我取了中间值，挑出了八张画。其中四张就是昨晚让怀尔曼震动的那一组。“你觉得怎样？”

“老大，这些画太棒啦！”

很难怀疑他的真诚；以前，他从没叫过我老大。我又攀上两级台阶，用拐杖头戳戳他的屁股，“让让路。”

他让到一边，拖上小推车，这才让我走完通往小粉红的最后几步路。他仍在盯着画看。

“杰克，斯高图的那家伙真的不赖吗？你知道不？”

“我老妈说他很不错，对我来说，有这句话就足够了。”也就是说，我心想，对我也该足够说明问题了。恐怕也只能如此了。“她没跟我说其他的合作者——我猜应该还有两个合伙人吧，但她说南努兹先生很好。”

杰克帮了我大忙。我很感动。

“可要是他看不上这些画，”杰克的话还没说完，“那他就是个大傻瓜。”

“你真这么想吗，嗯？”

他点点头。

怀尔曼欢快的喊声从楼下传来，“叮咚——叮咚！我来报名参加旅行考察团。我们还走不走啊？谁拿了我的名卡？我是不是该带个午餐便当？”

6

本来以为会见到一个秃顶瘦高、棕色瞳孔、眼神锐利、一副专家派头的男人——就像意大利演员本·金斯利，结果，四十多岁的达里奥·南努兹却是胖乎乎的，他彬彬有礼，而且头发茂密。不过，我对眼神的猜测倒是八九不离十。那双眼睛绝对有百里挑一的犀利劲道。当怀尔曼小心翼翼地解开我带去的最后一幅画《海贝上长出的玫瑰》时，我看到这双眼睛瞪圆了——虽然一闪而过，但你可以看出来。八幅画靠在画廊后墙上一字排开，那堵墙已奉献给了斯黛芬妮·沙查特的摄影和威廉·贝拉的油画的展览。我心想，我再修炼一个世纪也达不到人家的水平啊。

但，确实有过一瞬间，我的画让他两眼放光。

南努兹从第一幅一直看到最后一幅，然后再从头来一遍。我不知道那到底是好事还是坏事。我不得不羞愧地承认，在此之前，我这辈子从未进过哪家艺术画廊。我扭头想去问问怀尔曼的意见，可他已经退后，正在和杰克悄悄地说着话，他们俩的目光都聚焦在研究我的画作的南努兹身上。

我还发现，不只是他们在看。一月底是佛罗里达西海岸精品店的旺季。大约有十几个漫无目的的客人在这家规模甚大的斯高图画廊里闲逛（后来，南努兹使用了更为尊敬的术语来称呼他们："潜在艺术赞助人"），看着沙查特拍摄的大丽花和威廉·贝拉笔下盛美有余、却也有点像旅游明信片的欧洲风情画，还有几尊狂热的凸目人形雕像，刚才拆封画作时我太紧张了，都没注意到还有这样的雕塑在身边，其创作者名叫戴维·格斯特。

一开始，我以为是那些爵士音乐家、疯狂游水者、喧嚣都市景象的雕塑吸引了午后休闲的观众。有些人会瞥上一眼，但更多人连看也不看。他们注视的只是我的画。

有个男人肤色通红，佛罗里达当地人会称之为"密歇根晒后妆"：要么是说肤色死灰近白，要么就是指这种熟龙虾的红色，他腾出手来拍拍我的肩，另一只手则和他太太十指交缠。他问我："你知道这些画是出自哪位艺术家之手吗？"

"是我。"我嗫嚅地答道，脸腾地红起来。就算让我坦白花了整整一周去下载林赛·罗翰[①]的照片也不至于让我这么面红耳赤。

"你真棒啊！"他太太热情洋溢地插了一句，"你会办个展吗？"

现在，他们都把目光对准了我。那感觉……就像被观瞻的新品种河豚，任人揣测寿司筵上会不会加上这种新食材。当然，我说的是河豚的感受。

"我不知道会不会站出来。展出，我是说。"我感到热血滚滚不断地涌上脸颊。增加的，是源于羞愧的热血，那不是好事儿。愤怒的血，则会更

---

① 因为出演《贱女孩》（*Mean Girls*）而一炮打红的美国偶像歌手，因生活糜烂混乱而被公视为问题少女。

糟。但凡怒火四溢，我只会对自己下狠招儿，但这些人都将一无所知。

我张开嘴，想滔滔不绝，却又紧闭双唇。慢慢来，我在心里说，早知道如此，该把瑞芭带着。看到一个折磨洋娃娃的艺术家，大概这些人反而会觉得我很正常吧。好歹，他们经历了安迪·沃霍尔的年代。

慢慢来，我办得到。

“我的意思是，我刚入这行，不知道有怎样的程序。”

别再自欺欺人了，埃德加。你知道他们感兴趣的重点是什么。不是你的画，而是你空荡荡的袖管。你是独臂英雄艺术家。干吗说那么多废话？直接叫他们滚蛋不好吗？

那么做就太荒唐了，当然了，可是——

如果画廊里的人没有站在我周围，我很可能就失控了。本来在沙查特小姐的花卉摄影前驻足的人们都被单纯的好奇心吸引来了。这群人看来很眼熟：我在数百个建筑工地上见过相同神色的路人凑在防护墙的洞眼旁。

“我来告诉你所谓的程序。”密歇根晒伤妆旁的另一位男士说道。他有个大大的啤酒肚，鼻头上有一丛酒糟花儿盛放，穿着一件长长的热带风情花衬衫，长得都快垂到膝头了。他的白鞋倒是很配梳得一丝不乱的白发。“很简单。只有两个步骤。第一步，你告诉我那幅画想卖多少钱。”他指的是《海鸥和夕阳》，“第二步，我开支票。”

这群人哄堂大笑。达里奥·南努兹没笑。他朝我招招手。

“对不起。”我对白发男人说。

“价码见涨啊，我的朋友。”有个人对酒糟鼻说道，笑声又起。酒糟鼻也跟着笑，但看起来只是皮笑肉不笑。

我留意着这一切，恍如身在梦中。

南努兹微笑地看着我，然后转向为艺术掏钱的潜在主顾们，他们仍围着我的画在看。“女士们先生们，弗里曼特先生今天不是来出售作品的，只是来听听专业意见。请尊重他的隐私权和我的专业地位。”不管那些术语说的是什么，我心想，都让人头大。“我提个小建议吧，我们到办事区商谈片刻，诸位能否继续观赏正在展览的作品？奥柯意女士、布鲁克斯先生和卡斯特拉诺先生将非常愿意解答诸位的疑问。”

“我的专业意见是，你应该赶快把这个人签下来。”说话的是一位面容冷峻的女士，灰发朝后梳成髻，显得饱经沧桑却风韵犹存。这下子，当真有人鼓起掌来。我只觉梦幻又深重了几分。

有个眉清目秀的年轻人从后排挤上来。大概是南努兹唤他来的，但我真的不知道是怎么唤来的。只见他们轻声快语了几句，那年轻人便取出一大卷标签纸，银色的 NFS 字样浮凸在纸带上。南努兹揭起一张，在第一幅画前弯下腰，又犹豫了一下，略带责备地看了我一眼，“这些画未经任何形式的保护。”

“呃……没有吧，”我说。我的脸又涨得通红。“事实上……我都不知道那是什么意思。”

“达里奥，你经手的这位是典型的美国初民，”冷艳的女士说道，“如果他画画的时间超过三年，我就请你到佐利亚吃顿大餐，外加一瓶好酒。”她转过那张备受摧残却依然高贵美丽的脸，看着我。

“到时候，如果有什么需要你写，玛莉，”南努兹说道，“我会亲自给你打电话的。”

“我等着。”她说，“我甚至都不打算问他的名字——瞧见没，我可是个乖女孩。”她朝我妩媚地摆摆手指，转身挤出人群。

“根本也不用问嘛。”杰克在一旁说，可想而知，他是对的。我已经在每幅油画的左下角签上了名字，就像我在上辈子中的所有支票、发票和合同上签的名一样，清晰，整洁。埃德加·弗里曼特。

7

南努兹在画的右上角贴好了 NFS 贴纸，那俨然是文档标号的位置。接着，他让我和怀尔曼进他的办公室详谈。他让杰克也一起去，可他想留在展厅里看画。

进了办公室，南努兹问我们要不要咖啡，我们婉言谢绝了，他再问我们要不要水，我们要了。我还顺便要了两片泰诺胶囊。

“那个女人是谁?”怀尔曼问。

“玛莉·爱尔。”南努兹答，“她是夕阳海岸艺术界的重要角色。她出版一本免费投放的艺术报纸，叫作《林荫大道》。旅游旺季出双周刊，淡季出月刊。根据圈子里某些自作聪明的人的说法，她住在坦帕——睡在棺材里。本地艺术新星一向是她的最爱。”

“她看起来相当强势。”怀尔曼说。

南努兹耸耸肩，说：“玛莉人不坏。她帮过很多艺术家，一直在这个圈子里忙活。在我们居住的这个小镇，她因此而成了重要人物——在很大程度上——尤其在艺术品交易市场里。”

“懂了，”怀尔曼说。我很高兴有人比我听得明白。“她是个掮客。”

“不只是掮客，”南努兹说，“她算得上是某种艺术普及讲师。我们乐于恭维她。当然，如果我们办得到的话。”

怀尔曼点着头，“佛罗里达西海岸的艺术品市场很繁荣。玛莉·爱尔深谙其道，也愿意推波助澜。所以，如果街那头的幸福艺廊可以出售猫王埃尔维斯在天鹅绒上用通心粉完成的画，标价一万美元，玛莉就会——”

“她会把他们攻击得毫无招架之力，”南努兹说，“我们和那些假充内行的艺术专家不同——他们穿黑衣服、用小手机，你一眼就能认出来——我们不会为了钱出卖一切。”

“说出真心话了？”怀尔曼发问时没什么笑容。

“差不多吧，”他说，“我要说的是，玛莉理解我们的处境。我们出售好货，大多数画廊都是，也经常有杰作出手。我们尽全力发掘并栽培新晋艺术家，但有些顾客太有钱了，那未必是好事。我可以举几个典型的例子，诸如考斯坦泽先生，总是到处挥舞支票簿；还有那些牵着宠物犬来看画展的女士们，那些狗的染色都得匹配她们的时髦新衣。”南努兹笑开了花，露出了牙，我愿意和你打赌，那些富有的顾客们从没看过他这么纯粹的笑容。

我听得入迷。对我来说，这是另一个世界。

“玛莉每看一场新展览，都会写点评论文章，她差不多把所有画展都跑遍了，请相信我，不是所有评论都是胡乱吹捧的。”

“但大多数是吧。”怀尔曼说。

“那当然，因为大多数展出本身就很优秀。她看到了哪些杰作，不大会写在文章里，因为这算是旅游区不成文的规则，但好画呢？她会介绍。那种画任何人都可以买下，挂在家里，而且不带一丝胆战心惊的尴尬就能指着它说‘这是我买的’。”

我觉得，南努兹刚刚为平庸之作下了一个绝妙的定义——同样的原则，我也在成百上千的建筑设计作品中见识过；但我依然保持缄默。

“玛莉和我们一样，对新星艺术家很感兴趣。弗里曼特先生，以后，你或许也会有兴趣和她谈一次。这么说吧，不妨就在您的画展之前。”

“你有兴趣在斯高图办个画展吗？”怀尔曼问我。

我口干舌燥，舌头都润不湿双唇。于是，我啜了一口水再说：“那不是颠三倒四了嘛。”我顿住了，给自己几秒钟缓一下，又喝了一口水。“对不起，我的意思是，本末倒置了。我来这里是想听取您的意见，南努兹阁下。您是专家。”

他的双手握在胸前，现在则伸向我。他的座椅发出吱吱咯咯的响声，在小房间里听来十分嘈杂。但他微笑着，笑得那么温暖人心。笑意也点亮了他的双眸，令眼神越发令人信服。我看得出来，在卖画方面他是把好手，但我不认为此刻他是在推销。他探身越过书桌，握住我的手——用来画画的那只手，我仅剩的那只左手。

“弗里曼特先生，您太抬举我了，但在我们家，只有父亲才被称为奥古斯丁阁下大人。我更喜欢您称我先生。至于您的画，是的，它们很棒。鉴于您入行的时间，实际上，这些画算得上非常出色。甚至比出色还要好。”

“好在哪里呢？”我问，“如果它们算是好画，究竟好在哪里呢？”

“真实，”他说，“闪现在笔触所及的每一处。”

“但绝大部分画的只是夕阳啊！我加进去的那些……”我抬起手，又垂下来，“只是些小花招罢了。”

南努兹爽朗大笑，“你已经学到这种损人术语啦！打哪儿学来的？读了《纽约时报》的艺术评论版？听了比尔·奥瑞利的脱口秀？还是两者兼有？”他指了指天花板，“电灯泡？就是小花招！”又指了指他的胸口，“心脏起搏器？也是小花招！”双手往半空一挥。走运的魔鬼都有双臂可以挥舞。“抛掉那些阴险的词汇吧，弗里曼特先生。艺术该是希望之地，而非怀疑。你对自己的怀疑来自经验不足，这并非什么可耻的事。听我说。你愿意听吗？”

“当然，”我说，“我来这儿就是为了听取意见。”

“当我说到真实，我真正所指便是美。”

“约翰·济慈。”怀尔曼说，“《希腊古瓮颂》。众所周知，别无他求。

老派头，却仍是金玉良言。”

但南努兹没搭他的话。他倾身向前，正视着我，“对我来说，弗里曼特先生——”

“埃德加。”

“对我来说，埃德加，真相等同于一切艺术的终极意义，也是唯一可堪评定的标准。”

他微笑了——略有自卫意识的一抹微笑，我觉得是。

“我不想就艺术思考过多，你看得出来。我不想妄加批判。我不想去参加研讨会，听人念讲稿，或在鸡尾酒会上讨论讲稿——尽管，在我的工作日程中经常被迫去完成这些事。我想做的无非是在目睹艺术的瞬间揪心跪拜。”

怀尔曼放声大笑，把双手伸到头顶，“是的，上帝！我不知道外面那家伙是不是揪着心臣服艺术，但他显然时刻揪住支票簿不放！”

南努兹说：“在他心里，我相信他也有所臣服。我认为他们都有。”

“事实上，我也有。”怀尔曼说，此时，他不再笑了。

南努兹继续把视线聚在我脸上，“别提花招什么的了。在这些画中，你所追求的意境已得到率真而完美的呈现：你在寻求一种途径，对最司空见惯、最陈腐无趣的佛罗里达主题进行再创造，尤其是那热带风情的夕照。你一直在为自己另辟蹊径，以免落入窠臼。”

“是的，大致如此。所以我模仿了达利——”

南努兹挥挥手，“外面的那些画根本不像达利的。埃德加，我也不想和你探讨艺术学派的问题，也不想言必称什么主义。你不属于任何一种艺术派别，因为你对那些一无所知。”

“我只懂建筑。”我说。

“那你为什么不画建筑呢？”

我摇摇头。我本可以跟他讲，我从未有过画建筑的念头，但那可能会涉及真相，亦即我失去的右臂从未有过画建筑的冲动。

“玛莉说得对。你就是美国初民。这么说没什么不好。梅西奶奶[①]

① 梅西奶奶（Grandma Moses，1860—1961），八十岁画画出名，一百零一岁去世时，完成了大约一千六百幅画作。

曾是美国初民。杰克逊·波洛克[1]也是。关键是，埃德加，你有天赋。”

我张开嘴。闭上。只是想不出该说什么。怀尔曼又帮了我。

“谢谢他，埃德加。”他说。

“谢谢您。”我说。

“别客气。如果你真的决定办画展，埃德加，请优先考虑斯高图画廊。在棕榈大道所有画廊中，我会给你最高价。这是我的承诺。”

“你开玩笑吧？当然，我是先来这里的。”

“当然，我也会给合同把关的。”怀尔曼露出唱诗班男童的微笑。

南努兹也以笑容回应他，“你应该这么做，我也欢迎你的指正。你会发现，要把关的内容挺多呢：斯高图画廊为首席艺术家预备的标准合同有一页半。”

“南努兹先生，”我说，“我真不知道该怎么谢你。”

“你已经谢过啦。”他说，“我扪心自问——剩下的那半拉心脏——已臣服于你的艺术。你们走之前，我还有件事要交代。”他从书桌上找出一摞便条纸，写了点什么，撕下来交给我，酷似医生给病人开处方。倾斜的手写体也活脱脱像是处方上才能看到的字眼：力克媒介剂。

“媒介剂是什么东西？”我问。

“一种防腐剂。我建议你先学着用纸巾浸好，再铺到完成好的画作上去。只需薄薄一层就行。干燥二十四小时后，再铺上第二层。那样，你的夕阳会在几个世纪里保持明亮新鲜。”他庄重地看着我，令我只觉心要跳到嗓子眼里。“我不知道是不是真的能保持那么久，但说不定有效。谁知道？大概会吧。”

8

我们在佐利亚吃了晚餐，正是玛莉·爱尔提到的那家餐厅。我让怀尔曼给我要了瓶波旁酒，在餐前上。这是我车祸后第一次正经喝酒，酒劲上来倒是很滑稽。世界万物好像都变得更亮、更锐利，最后好像全然浸在日光和色彩之中。门、窗，乃至穿行的侍应生的肘尖……一切物件

① 杰克逊·波洛克（Jackson Pollock，1912—1956），二十世纪美国有影响力的抽象画家。

的边边角角都变得犀利无比，足以把空气割出口子，任凭某种更黑更厚的气氛像黏稠的糖浆那样从伤口涌出。我点的旗鱼美味极了，绿豆嵌在牙缝里，香醇的脆皮布丁有厚厚的奶油，简直吃不完（不吃完又太可惜）。席间，我们三人聊得兴高采烈，笑声此起彼伏。纵是如此，我还是希望晚餐能尽快结束。我的头仍在痛，跳动的感觉已滑到了后脑勺（活像在酒吧间玩的保龄球，一球击出），但主街上水泄不通的交通堵塞已有所缓解，堵在车流中的人摁响车喇叭，气势汹汹的，每一声听来都没好气。我想回杜马。我想看到海湾黑沉沉的远流，聆听海贝在我身下低语，而我能躺在床上，让瑞芭靠在另一只枕头上。

等侍应生过来问我们是否需要咖啡时，杰克差不多在唱独角戏了。酒劲上头的我清醒而亢奋，一望便知，我不是这张桌上唯一想换地方的人。餐馆幽暗的灯光照在怀尔曼晒成红褐色的皮肤上，很难分辨出他失了多少血色，但我认为，失色不少。而且，他的左眼又开始流水了。

“直接买单吧。”怀尔曼说着，勉强地笑了笑，“抱歉，我打断了庆祝餐会，但我想回去，看看女主人情况如何。如果你们没意见的话。”

“我没问题。”杰克说，“吃完免费晚餐，然后及时赶回家看《体育中心》直播，再美妙不过。”

杰克去取租车时，我和怀尔曼在停车库门口等候。这儿的光线亮堂多了，但照亮的情形却让我不得不担心这位新朋友：车库灯光下，他的面色几乎都发黄了。我问他是不是还好。

“怀尔曼好得跟画儿一样，”他说，“但是，伊斯特雷克小姐这几晚闹腾得不得了。要她的姐姐们陪她玩，要她的爹地抱抱她，要这要那没完没了。据说那是满月时犯的病。毫无逻辑可言，但确实如此。月神黛安娜放射出特定波长，只有饱受折磨的脑瓜才能调准频道。既然已是下弦月了，她马上就能消停地睡几夜。那意味着我也能睡安稳觉了。但愿如此。”

“那就好。”

“如果我是你，埃德加，我会好好考虑画廊这事，多想几天更好。也得继续画。你一直是勤劳的小蜜蜂，但我怀疑你有没有足够的画要——”

他的身后有一堵瓷砖墙。他摇摇晃晃地往后倒。要不是有那堵墙，我敢说他一定会跌倒在地。波旁酒的后劲消退了一点，但我依然高度兴奋，看得到当他失去平衡时双眼的动静。右眼朝下看，好像要检阅鞋子，而充满血丝、水汪汪的左眼却翻上去，只见眼白，不见瞳孔。我没时间去想所见是否可能发生——双眼不可能同时向截然相反的两个方向转动。或许对健康的人来说，这样的事情是不可能的。怀尔曼似乎要滑倒了。

我抓牢他，“怀尔曼？怀尔曼！”

他甩了一下头，又看看我。两眼都直勾勾看着我。只不过，左眼盈盈闪泪，布满血丝。他掏出手帕，抹了把脸，然后大笑起来，“我以前听说过瞎说几句就把别人催眠了的事，可是把自己说晕呢？这可是头一回，真好笑。”

“你不是在打盹。你……我不知道你怎么了。”

“别傻了，小鬼头。”怀尔曼说。

“我没胡扯，你的眼睛刚刚很滑稽。”

“那就是俗称：要睡着了的时候，朋友。”他又回到了惯常的模样，露出怀尔曼专利所有的嘲笑：头一扬，眉毛一挑，嘴角漾出圈圈笑纹。但我认为，他很清楚我在说什么。

“我得去看医生，做个检查。”我说，“MRI什么的。我对卡曼保证过的。要不要一起去？买一送一。”

怀尔曼还靠在瓷砖柱上，这时却直起身来。“嘿，杰克的车来了。好快啊。埃德加，快快快——去杜马岛的最后一班公车发车啦。”

9

归程中又有一次，也更严重，但杰克没看到——他忙着在凯西岛路上开车呢，我甚至也能百分百肯定，连怀尔曼自己也没发觉。我问过杰克，能不能不走塔米亚米观光道——那是佛罗里达西海岸最闻名、也最俗气的一条主街，换一条更窄的近道，穿街走巷就更好。我说，我想看看海面上的月亮。

“开始有艺术家的怪癖了，朋友。”怀尔曼在后座上说，他把腿在座椅上伸直平放。看来，他不是那种在安全带问题上较真儿的人。“我猜，下一步你就该戴贝雷帽啦。”他故意夸张地发音，听来就像芭蕾猫。

“操你妈，怀尔曼。”我说。

“我东操操西操操，”怀尔曼用伤感回忆的语调说，“要说操得好，还是你妈最棒。”说完，他便陷入了沉默。

我望着月亮的倒影在右边的黑水面里逡游荡漾。那真是一种催眠。我暗忖，可能画下这景致吗，坐在货车里望出去，月亮在动，像颗银子弹浮在水面上。

就在我留意月影在海面上如幽冥飘动、兀自胡思乱想（说不定马上就要瞌睡了）时，怀尔曼的反应却让我一惊。刹那间，一个疯狂的念头闪现在我脑海里，我认为他在后座打手枪，因为他的大腿显然一开一合，臀部上下起落。我偷偷瞥一眼杰克，凯西岛路左一个大弯、右一个急转，他正全神贯注地开车呢。何况，怀尔曼坐在杰克的正后方，即便在后视镜里也看不到。

我扭过头去看。怀尔曼不是在手淫。怀尔曼不是在睡觉，也没有在梦中生龙活虎。怀尔曼在发癫痫。无声无息的，或许不是什么大病，但那就是癫痫无疑；弗里曼特建筑公司的头十年里，我雇用过一个癫痫症患者当绘图员，见过这种病症，也能一眼认出来。怀尔曼的躯体上下颠动约有五英寸，臀部一会儿绷紧一会儿松弛。双手搁在腹部战栗不停。就连双唇也在上下拍打，仿佛在咂吧什么绝世好味。双眼的动静就跟刚才在车库外时一个样。在时隐时现的星光下，一只眼翻上、一只眼下垂的诡异姿态是我根本不能用语言描绘的。唾沫顺着左侧的嘴角流溅出来；左眼也像泉眼一般泪流不止，全都流进他那纷乱的鬓角里。

癫痫大约持续了二十秒，然后就消失了。他眨眨眼，眼珠子回到各自的正常位置。如此，他安静地待了一分钟。也许有两分钟。然后，他看到我在看他，说：“真想再干掉一杯酒，或来个花生蛋糕，不过我猜再喝一杯应该是不可能的了吧，嗯？”

“如果你保证自己半夜能听到她的铃声，我想是这样。”我说，同时希望自己的语气没有异样。

“前头就是去杜马岛的桥啦，”杰克对我们说，“就快到家啦，伙计们。”

怀尔曼坐起身，伸展了一下，“这天够累也够值，睡前没遗憾啊，孩子们。我大概是老了，嗯？”

10

腿虽然僵直难忍，我还是爬下了货车，站在他身边，看着他打开大门旁的小铁盒，露出里面颇具艺术性的安全密码键。

“谢谢你和我一起去，怀尔曼。”

“别见外，”他说，“你要再谢我，朋友，我就要对准你的大牙来一拳。抱歉，只有这招儿了。”

“很高兴听到预警。”我说，“谢谢你实话实说。”

他笑着拍拍我的肩头，“我喜欢你，埃德加。你有型有款，还喜欢讨好我。”

“多感人啊。我都快哭了。听着，怀尔曼……”

我本该告诉他，刚才他出了什么状况。话到嘴边，结果，还是决定缄口不言。我不知道那个决定是对还是错，但我确实知道，他可能还有漫漫长夜要熬，要陪伊斯特雷克小姐折腾。而且，我后脑勺的头痛也丝毫未减。我决定改变策略，再次让他考虑就诊之事，反正我已经答应医生了，一人去和两人去都一样。

“我会考虑的。”他说，“想好了就跟你说。”

“好，但别让我等太久，因为——”

他扬起一只手，让我打住，此刻已没了笑容。“够了，埃德加。今晚就说到这儿，好吗？”

“好。”说着，我看着他走进去，再回到货车上。

杰克开了广播，播放的是背教徒乐队的歌。他把音量扭小，我便说：“不用，没事儿的，大声放吧。”

“真的？”他又把音量调大，调头上路，“了不起的乐队啊。你以前听过？”

“杰克，”我说，“这是六十年代的乐队啊。丹尼斯·德扬？汤米·肖恩？你这辈子在哪儿过的？山洞里吗？”

杰克心虚地一笑，“我喜欢乡村乐，甚至更老的品种。跟你说实话吧，我是鼠帮[1]那派的。”

---

① 鼠帮（Rat Pack）是由弗兰克·辛纳特拉等人组成的乐队，几位乐手常一起喝酒寻欢，故俗称“鼠帮”。他们最为人称道的是身穿西装，领带松松拉低，懂得享乐的钻石王老五形象。

杰克·坎托里和迪恩、弗兰克混在一起，联想到的这画面让我困惑——这一天里，已经困惑太多回了——这一切是否真的发生过？我也在想，我怎么会记得丹尼斯·德扬和汤米·肖恩是六十年代的歌手呢？何况肖恩写的歌正在货车的喇叭里大声播放。要知道，我连前妻的名字都常常想不起来。

11

起居室电话答录机上的两盏小红灯都在闪：一个说明我有留言，另一个说明录音磁带已满。但“新留言”窗口显示只有一条。我觉得那似乎是个预兆，与此同时，头痛的位置朝前额滚动了一点。会给我打电话、并喋喋不休用光磁带的人无外乎两个，我能想到的只有帕姆和伊瑟，不管是谁，只要我摁下播放键就不太会有好消息传来。要说“我一切都好，有空时给我打个电话”用不了五分钟。

明天再说吧，我想，一个潜藏在我的精神机制里（或许是新生的）、我从不认识的懦弱的声音还想要进一步逃避，撺掇我把留言一删为快，听也别听。

“说得对极了，”我说，“不管是谁，下次再打来时，我可以跟她说，啊，是我的狗吞了答录机。”

我摁下播放键。每当我们明知会发生什么时，往往会抽到一张意想不到的百搭牌，此时我也一样。来电者既不是帕姆也不是伊瑟。答录机里传来颤颤巍巍、喘声如雷的嗓音，显然是伊丽莎白·伊斯特雷克。

“你好，埃德加，”她说，“我希望你今日下午大有收获，又和怀尔曼度过愉快的晚上，就像我和……唉，我忘了她的名字了，但她很讨人喜欢……我们今晚也过得很愉快。我也希望你注意到了，我还记得你的名字哦。我很钟爱自己清醒的那部分记忆。我把它们当宝贝般爱护，但那也令我很悲伤。就像身在滑翔机上，随风而起，飞上天空，俯瞰大地的迷雾。有那么一会儿，你把一切都看得清清楚楚……可与此同时，你也知道风会止，滑翔机又会沉到迷雾里去。你明白吗？”

我明白，很好。现在，我的情况已有好转，因为我已认清了自己身处的新世界：无意间会犯荒唐的口误，记忆会四散破败，如同暴风过后花园里东倒西歪的家具。在这个世界里，我曾用拳打他人来企图沟通，我真正拥有的两种情感似乎就是恐惧和暴怒。这种障碍可以短暂逾越（恰如伊丽莎白所言），但之后，你很难再巩固信念，因为现实薄如蝉翼，虚无缥缈。世界的蛛网背后？只是混沌、疯狂。或许，这才是真正的真相，真正的真相是红色的。

“说我说得够多啦，埃德加。我打电话来是要问你个问题。你是为了挣钱而创造艺术的人吗？换言之，你信仰为了艺术而艺术的观点吗？我确信上次见面时我问过你一次——差不多能肯定——但我不记得你的回答了。我相信，一定是为了艺术而艺术，要不然杜马也不会召唤你的。但如果你在这儿久留……”

明显的焦虑潜入她的话音。

“埃德加，我肯定你会是个非常好的邻居，这我不怀疑，但你必须有所预警。我想，你有个女儿吧，我相信她来拜访过你。来过吧？我好像记得她朝我招过手。是个漂亮的金发姑娘吧？我可能把她和我姐姐汉娜搞混了——我会的，我知道——但就这件事而言，我相信我没记错。如果你要待下去，埃德加，你绝对不能再邀请你女儿上岛。不管在任何情况下，都不可以。对女儿们来说，杜马岛不是安全之地。”

我站在那儿，低头盯着答录机看。不安全。上一次，她说的是不幸运，至少我记得是。两种说法一样吗？不一样？

“还有你的艺术创作。要谈谈你的画。”她听来有点歉意，还有点喘不上气来。“我一般不喜欢跟艺术家说该做什么；真的，谁也不能够对艺术家指手画脚，不过……亲爱的……”她突然咳嗽起来，老烟枪慢条斯理却咯咯不断的咳法，“我不喜欢直说这些事……甚至也不知道该如何直言不讳……但或许，我可以对你提个建议，埃德加？作为一介只赞赏艺术创造者的老妇？可以允许我说吗？”

我等着。答录机里静悄悄的。我以为磁带到头了。海贝在我脚下喃喃轻语，仿佛在分享各自的秘密。枪，水果。水果，枪。接着，她继续说。

“如果斯高图或阿凡尼达的经营者有意展出你的画，我要建议、强烈建议你答应下来。这样，别人也能欣赏到，当然，最主要的是，让它们离开杜马，尽你所能，越快越好。”她深吸一口气，我能听得一清二楚，听来就像妇人准备一鼓作气干完累人的家务活。而且，她听来也似乎彻头彻尾地失去了理智，迷失在彼时彼刻。“别让画积攒下来。这就是我给你的建议，纯属好意，绝无任何……任何私人目的？没错，这就是我要说的。让艺术作品在这里积压，就好像放任电力积蓄在电池里。如果你那么做，电池就会爆炸。”

我不知道那是真还是假，但我听懂了她的意思。

“我没法告诉你为什么会那样，但事实就是如此，”她继续说……而我突然产生一番直觉，觉得她在扯谎。“当然，如果你相信艺术只是为了艺术本身的利益，画画就是人生重要的一部分，不是吗？”现在，她的声音近乎哄骗。“就算你不需要卖画维生，那就当是分享……把它们奉献给世界……艺术家理应关心这类事情，是不是？奉献？”

我怎么知道什么事对艺术家才最重要？我今天才刚知道：画完画要刷一层什么保护物质。我只是……南努兹和玛莉·爱尔怎么叫我来着？美国初民。

电话里又停歇了一会儿，接着：“我想我该打住了。我已经把我那份儿说完了。如果你还要待下去，埃德加，还望你三思吾言而后行。我也期盼你能来为我念诗。很多很多诗，我盼着呢。那是我的精神盛宴哪。好了，该说再见了。谢谢你听我这个老太婆叨唠。”停了一拍，她说，“桌子在渗水。一定是。我很抱歉。”

我等了二十秒，然后三十秒。我刚要断定她忘了挂好电话而预备摁停止键时，她又说起话来。这次只说了七个字，和桌子漏水之说一样毫无缘由，却也一样让我起了一身鸡皮疙瘩，后脖颈毛发倒竖。

“我父亲是潜游人。”伊丽莎白·伊斯特雷克说道。每个字都说得无比清晰。然后，电话清脆地咔嗒一声挂断了。

“没有新留言，”电话里的机器声开始说话，“录音磁带已满。”

我低头盯着答录机，想要擦去这段录音，又改了主意，决定保存下来，以后放给怀尔曼听。我脱了衣服，刷了牙，上了床。然后躺在黑暗里，感受脑袋里悸动的疼痛，此刻，在我身下的海贝们将她说的最后一句话悄悄重述，一遍又一遍：*我父亲是潜游人。*

八　全家照

1

生活的调子慢了下来。这种事时常发生。水要开了，可就在沸腾前的瞬间，上帝之手——或是命运之手，或仅仅是巧合——调低了温度。我和怀尔曼提过一次，他说周五那样的日子好比在生活里上演一出肥皂剧，给足你一切即将到达高潮的幻觉，可到了周一，老一套又会周而复始。

我以为他会跟我去就诊，看看他到底得了什么病。我以为他会告诉我为何要举枪自尽，而一个人又如何能从那种事件中走出来。答案似乎是："读小字很困难，还会诱发癫痫"。或许他还会跟我解释，他雇主的脑瓜是怎么想的，为什么老是强调让伊瑟远离本岛？而我的终极任务是要探究埃德加·弗里曼特的人生下半场会有什么亮点，我可是伟大的美国初民啊。

其实，满心所想无一实现，至少就眼下而言。生活变化多端，有时会以爆炸收场，但在肥皂剧和真实生活之间，大爆炸总会需要一根长长的导火线。

怀尔曼确实答应跟我去看医生，"把脑瓜检查一下"，但要等到三月份。二月份太忙了，他说。下周末之前，冬季租客都会陆续搬入伊斯特雷克小姐的房产，他称之为"月事"，好像那些人不是租客，而是月经。第一批候鸟客是怀尔曼最不喜欢的人。从罗德岛来的戈弗雷一家，怀尔曼（我也有样学样）称呼他们为"恶犬家的乔和丽塔"。每年冬天他们都来住十周，住在距伊斯特雷克庄园最近的那栋楼。警告外人留意园内的斯塔福德郡猎犬的牌子就在大门外挂着，伊瑟和我都见过。怀尔曼说恶犬乔以前是戴贝雷帽的特种兵，听他的口气就知道那意味着什么。

“德瑞斯可先生都不敢下车送邮包。”怀尔曼提到的是那位胖乎乎、喜洋洋的邮递员，联邦邮政系统在凯西岛南部和整个杜马岛的代理人。此刻，我们正坐在恶犬家宅门前的锯木架上，再过一两天，戈弗雷一家就要到了。碎贝铺的车道闪着潮湿的淡粉色。怀尔曼刚刚打开了喷水器。“不管是包裹还是信件，他只是往邮箱脚下一扔，鬼喊一声，然后头也不回地直奔杀手宫。我怪过他吗？不，不，怨不得他。”

“怀尔曼，关于就诊——”

“三月，朋友，而且在上半月。我保证。”

“你只是在拖延。”我说。

“我没在拖延。一年里我只有一季忙碌，就是现在。去年我还不知深浅，但今年我会做好充分准备。今年可不能再出什么岔子了，因为今年的伊斯特雷克小姐没法管事儿。至少，恶犬一家是回头客，包伽廷一家也是，好歹算是知根知底。我喜欢包伽廷一家子，有两个小孩。”

“没有女儿？”我问，想到伊丽莎白在女孩和杜马岛的问题上所持的偏见。

“没，两个都是男孩，都该在额头上敲个章，上面写：**生米煮成熟饭，请勿重女轻男**。另外四栋租屋的客人都是头一回来。我只希望别有谁夜夜摇滚、日日派对，可万一真这样，我有什么法子？”

“是不太妙，可你起码得指望：他们没把活结的 CD 带来。”

“谁是活结？活结是什么？”

“怀尔曼，你不会想听他们的重金属乐的。尤其是在忙得一团糟的时候。”

“还没一团糟。怀尔曼只是在解释杜马岛的二月状况，朋友。我得罩住所有大事小事紧急事，诸如包伽廷家的男孩们吃果冻噎住了，恶犬家的丽塔问到哪儿才能给她外婆找台电风扇？那个老太太肯定又得被塞在最偏僻的卧室里，憋屈一星期。你以为伊斯特雷克小姐能搞定？我在墨西哥瓜达拉哈拉参加过死亡节的游行，拖着满街走的木乃伊都比恶犬老奶奶的气色好。和她说话，基本上只会听到两句台词。一是好奇的疑问：‘你给我拿曲奇饼干来了吗？’，二是干巴巴的祈使句：‘给我拿条毛巾来，丽塔，我刚刚放了个屁，屁里有屎。’”

我忍不住哈哈大笑。

怀尔曼用运动鞋在碎贝地上画，脚尖下变出一张笑脸来。我们的身影斜长地落在身后，落在铺砌得光滑平稳的杜马岛路上。在这儿，路还算好，再往南去就有天壤之别。“要是你还关心电风扇那事儿，我可以给你个答案，丹的风城。店名不错吧？跟你这么说吧：我其实很喜欢解决这些日常琐事，化解小小危机。在杜马岛上，我能让很多人快快乐乐的，比起在法庭上那可多了去了。”

但你把人们从你不想讨论的话题上引开的技法尚未生疏，我心想，便又说：“怀尔曼，让医生检查一下你的眼睛、拍拍你的脑壳用不了半小时——”

“你错了，朋友，”他耐心地说，“一年中的这个时候，看个咽喉痛都起码得耗上两小时，否则根本看不到密室里的医生真人。还得加上一小时的车程——平常是一小时，现在就得更长，因为外地来的候鸟们像苍蝇一样乱转，不知道要去哪儿。所以，你说的事儿至少需要大白天里的三个钟头，我实在耗不起。一会儿要去 17 号见空调修理工……再去 27 号察看计量器……要是有线电视工人来，肯定会先来这儿。”他指了指路那头的房子，39 号。“托莱多城来的年轻人们租下了那栋屋，一直要住到三月十五号，为了装宽带还额外加了七百美元，我连啥叫宽带都不知道。”

“未来之波，那就是宽带。我懂。杰克给我安好啦。奸杀掳掠的未来之波。”

“好家伙。阿洛・格斯里，一九六七年出品。”

“电影是在一九六九年，我记得。”我说。

“管它是几时，奸杀掳掠的未来之波万岁！反正我是不得清闲……再说了，埃德加，你明明很清楚那不只是拍拍脑壳、让老大夫打着手电筒照照眼睛那么简单。那只是个开头罢了。”

“但如果你需要——”

“眼下，我还挺好。”

“当然，这显然是为什么我每天下午给她读诗的原因嘛。”

“补充一点文学知识对你没坏处，你个该死的野蛮人。”

“我知道没坏处，而你也知道，你是在改变话题。”我心想——早就不是第一次了——怀尔曼始终对我说“不”，却不会令我光火，自我成年后，遇到这种人的次数几乎屈指可数。他有说不的天赋。有时我想，原因在于他；有时又觉得，是车祸改变了我自己；有时则觉得二者皆有。

“我可以阅读，你知道的，”怀尔曼说，“快速瞥一眼，足够看明白啦。药瓶上的标签，电话号码，诸如此类。我会去就诊的，所以，你给我放松点，让典型强迫症状立刻消失，让世界回归正常吧，老天爷啊，你准能把你老婆逼疯。”他瞄一眼我空荡荡的身体右侧，又说道，“哎呀，怀尔曼是不是踩到地雷了？”

“那你准备好了吗？谈谈你头上的圆形疤痕？朋友？”

他咧嘴一笑，“精彩的反攻！精彩！请接受我的道歉。”

“柯特·科本，”我说，“一九九三年前后。”

他眨眨眼，“九三年？我本来想说九五年的，不过摇滚乐早就把我甩在后头了。怀尔曼老了，大实话最伤人心。至于癫痫那档子事……抱歉，埃德加，我不相信那是真的。”

当然，他信。我能从他双眼里看出实情。但还没等我张口，他就从锯木架上跳下来，指着北方叫起来，“瞧！白色货车！有线电视军团挺进山庄啦！”

2

当我把伊丽莎白·伊斯特雷克在答录机上的留言播放给他听时，怀尔曼说毫无头绪，这时候我相信他。他始终认为，她对我女儿的关心和她去世多年的姐姐们有关。至于她不想让我在岛上积攒画作，他真的摸不清路数。用他的话说，一点儿线索也想不出。

恶犬家的乔和丽塔搬来了；动物园的无情吼叫也开始了。包伽廷家也搬来了，我经常在沙滩上遇到那对男孩在玩飞盘。他们和怀尔曼描述的差不离：强健，英俊，懂礼貌。小儿子约有十一岁，大儿子快十三了吧，从体形上看，用不了多久他们就会在高中拉拉队女孩们的咯咯笑声中成为被觊觎的目标，搞不好现在已经是了。他们总愿意带我玩儿，趁我散步时，让我扔一两回飞盘，大儿子杰夫总是高喊加油术语，“哟！

弗里曼特先生，扔得真好！”

一对夫妻开着跑车，搬进了浓粉屋南边的那栋屋，每到鸡尾酒时段，托比·凯思让人郁闷的乡村歌曲就会飘荡到我的耳畔。我宁愿他们放的是活结的重金属。托莱多城来的四个青年会打沙滩排球、尝试捕鱼，要不就开着他们那辆高尔夫车在沙滩上转悠。

用忙碌一词真的无法形容怀尔曼现在的状况，他简直像个苦修僧。还算走运，因为他找得到帮手。有一天，杰克帮他把恶犬之家卡住的草坪洒水器修好了。一两天后，我帮他把托莱多四访客陷在沙堆里的高尔夫车拖了出来，作为回报，他们去取了六罐啤酒给我，结果车子又差点儿被海浪卷走。我的臀腿仍未痊愈，但剩下的左臂是使得上劲的。

不管臀腿是好是坏，我坚持伟大的沙滩长途散步。有些日子里，傍晚前会起雾，先是隐没辽远的海湾，渐而隐没岛上的房屋，我会在那时候吃些止痛药，药瓶渐渐空下去了。但大多数日子里我不用吃药。整个二月里，怀尔曼鲜有时间坐在沙滩椅里品绿茶，但伊丽莎白·伊斯特雷克总在厅里待着，她基本上天天都能认出我是谁，手边通常也会备一本诗集。凯乐的《好诗》已不见踪影，取而代之的是她最珍爱的几本藏书。我也很喜欢。默温、赛克斯顿和福斯特的诗，哦天啊。

二月和三月里，我自己也常读书。把前些年里读过的书加起来也没现在的多——长篇小说、短篇小说之外，还有三本大部头的非虚构著作，关于美国如何陷入伊拉克战局（简而言之，中间名是W，副总统是鸡巴，所以才会这样①）。但精力主要花在绘画上。每天下午和晚上，我都一鼓作气地画到底，直到强有力的左臂也快举不动为止。沙滩，海岸，静物，夕阳，夕阳，还是夕阳。

但导火线继续在郁燃。温度降低了不少，但并未熄火。接下去要出现的还不是“布朗糖果事件”，那只不过是众所周知的一件。而且，要等到情人节。但你一想到二者的巧合，实在会觉得无比讽刺，简直骇人听闻。

骇人听闻。

---

① 乔治·布什总统的中间名是W。

3

ifsogirl88 致 EFree19
2月3日 10:19am

亲爱的老爸，听说你的画得到了一致好评，实在太棒了！万岁！：）如果他们真的提出让你办画展，我会立刻赶到飞机场，搭第一班飞机，穿上我的“小黑裙”莅临现场！（我真的有一条小礼服，你信不信？）现在我该去用功读书了，因为——这可是个秘密哦！——我想在四月春假开始时给卡森一个惊喜。蜂鸟团那时该到田纳西和阿肯色了（他宣称，巡游进展无比顺利）。我在考虑，如果中期考得好，我可以在孟菲斯赶上他们，要不就是在小石城。你觉得怎样？

伊瑟

我对浸信会蜂鸟团的种种疑虑并无消减，在我看来她这是在自讨苦吃。但如果她对他贸然行事，说不定反而对她好，长痛不如短痛。所以——祈祷上帝我没做错——我给她回了信，说那主意还挺有趣的，前提是她先搞定学业。（我不能对深爱的女儿信誓旦旦地说，花一星期和男朋友待在一起吧！那是个好主意，哪怕这位男友已有强买强卖推销《圣经》的浸信会友相伴，你也该去陪他。——那岂不是扇自己一个大嘴巴？）同时我也提到，把这个计划告诉她妈妈可能不太好。这句话，立刻得到了回应。

ifsogirl88 致 EFree19
2月3日 12:02am
我最亲爱的老爸：你以为我丧失理智了吗？？？

伊

不，我没这么想……但如果她到了小石城，发现她亲爱的男高音和某位女低音正在颠鸾倒凤，她准会成为全天下最不开心的“如果如此”女孩。然后，订婚和所有的一切也会被她妈妈知道，帕姆就会对我本人的心智丧失问题发表长篇大论，对此我毫不怀疑。在这一点上，我已扪心自问多次，基本上能判定自己头脑清醒。事情一旦涉及孩子们，你会发现自己反反复复做些古怪的权衡，只希望到头来每一次都有好结果——决策好，孩子们也好。为人父母就得有点“哼个小曲儿，假装没事儿”的能耐。

然后是珊迪·史密斯，房地产中介人。伊丽莎白在我的答录机上说，我肯定是信仰艺术只为艺术的人，要不然杜马岛就不会召唤我。我想从珊迪那儿得到确凿的答案：唯一对我有召唤力的，只是一则照相纸宣传册，大概向美利坚合众国所有腰包鼓鼓的潜在租赁人发放过。说不定还向全世界投放呢。

得到的回复并不如我所想，但如果我说自己大吃一惊那也是扯谎。毕竟，这一年来我的记忆力不咋的。也因此有一种奢望：总是期待事情会按照特定的方式发生；而一旦开始回忆，我们都会要老千。

SmithRealty9505 致 EFree19

2 月 8 日 2:17pm

亲爱的埃德加：得知你很喜欢那里，我非常高兴。就你提出的问题作答，鲑鱼角的宣传册并非我给你的唯一资讯，我一共给你寄了九份详细的租赁信息，分布在佛罗里达和牙买加。我记得，你只对鲑鱼角表示有兴趣。事实上，我还记得你说：“不用跟对方讨价还价，成交就好。”希望对你有帮助。

珊迪

我把这封信连看两遍，接着喃喃自语：“成全这交易，这交易也成全你，朋友。”

现在，其他的宣传册我都想不起来了，只记得鲑鱼角的那份。外面的文件夹是明亮的粉色。浓粉色，你大概会这么说吧，吸引我目光的字样并非鲑鱼角这三个字，而是屋名下方的金色浮凸字：**海湾岸边，你的秘密隐修地**。或许是这句话召唤了我。

好歹，大概就是它吧。

4

KamenDoc 致 EFree19
2月10日 1:46pm

埃德加：好久没听到你的消息了，印度聋子对浪人也这么说（请原谅，我只会说冷笑话）。艺术创作进展如何？说到MRI，我建议你给萨拉索塔纪念医院的神经学研究中心打个电话。号码是：941-555-5554。

卡曼

EFree19 致 KamenDoc
2月10日 2:19pm

卡曼：多谢举贤。神经学研究中心，听来太他妈一本正经了！不过我马上就去预约。

埃德加

KamenDoc 致 EFree19
2月10日 4:55pm

说马上，就要马上。趁你还没发癫痫，快去吧。

卡曼

“趁你还没发癫痫”，他是用戏谑的网络腔调来写的，附有一个便捷的表情符号：圆圆的笑脸加一排大牙。见识过怀尔曼在货车后座的阴暗角落里兀自弹跳、眼珠左上右下，我可没心情发笑。但我明白，若不费九牛二虎之力，我就算连拉带拽也没法让怀尔曼在三月十五日之前去体检，除非他碰巧在这段时间里中了大彩，癫痫大发作。当然了，怀尔曼并不是亚历山大·卡曼的病人。严格来说，我也不是，但他依然为我的事费心，我很是感动。一冲动，我摁下“回复”键，写道——

EFree19 致 KamenDoc
2 月 10 日 5:05pm

卡曼：没有癫痫。我很好。画得天昏地暗。我把一些画拿去萨拉索塔的一家画廊，有个当家的看了一眼。我想，他愿意让我办个展。如果他当真，而我也同意，你愿意来捧场吗？看看冰天雪地老家来的熟面孔，该是很棒的事。

埃德加

写完这封信，我本想关机，去给自己做个三明治，但还没等我欠身离座，新邮件的提示音就响了。

KamenDoc 致 EFree19
2 月 10 日 5:09pm

定好日子，我一定去。

卡曼

关机时我在微笑。眼角也湿润了。

5

之后的一天，我和怀尔曼去超市给 17 号楼的（开跑车、听烂乡村音乐的那对儿）买了一只新的水斗塞子，又去五金店给恶犬们买了些塑料护栏。怀尔曼不需要我帮忙，他显然不需要我一瘸一拐跟着他在超市里闲逛，但那天阴雨连绵，我不想待在岛上。我们在奥菲丽娅餐厅用了午餐，在摇滚乐话题上争论一番，那倒是很开心的。等我回家时，答录机上的红灯在闪。这回是帕姆。“打给我。”说完，她就挂了。

我打了，但打之前我开机上网——我这么说，很像在忏悔，做一番懦弱的告白——我链接到当天的明尼阿波利斯《星闻讲坛报》主页，点击**讣告版**。快速扫视那些姓名，确定了汤姆·赖利不在其中，可我心里很清楚，那证明不了什么；他或许在深夜把自己结果了，还来不及上早报新闻。

帕姆睡午觉时常把电话设置成静音，来电就会落入答录机系统，那我就能轻松很多。但这天下午显然不同。我听到了帕姆的声音，柔和，但不暖人心。“你好。”

“是我，帕姆。回你的电话。”

“我估计你出去晒太阳了，”她说，“这儿在下雪呢。下雪天，能把人冻成冰棍。”

我放松了点。汤姆没死。如果汤姆已经死了，我们不可能有这种寒暄闲情。

“事实上，我这儿也很冷，还下雨。”我说。

“好。我祝你得支气管炎。汤姆·赖利今早来过，把我叫做爱管闲事的臭婊子，往地上扔了一只花瓶，然后就冲了出去。我觉得我该高兴才对，因为他没把花瓶往我身上砸。”帕姆开始哭，雁叫般地哽咽，又大笑起来，吓了我一跳。是苦笑，倒也幽默得惊人。“你觉得，特异功能会告诉你，我何时能把眼泪流尽吗？”

“发生了什么？告诉我，帕姆。”

“别再说了。再给我打电话，我只会挂掉。你尽可以去骚扰汤姆，亲自问他发生了什么。也许，我就该逼你那么做，对你有百利而无一害。”

我举起手，按了按太阳穴：拇指摁左边，食指和中指摁右边。仅靠一只手就能掌握那么多梦、那么多痛，真是让人惊异啊。更别提那么多直来直去、神出鬼没的怒气了。

“告诉我，帕姆，求你了。我会听的，也不会发火。”

“好了伤疤忘了疼？等我一下。”话机被撂下的沉闷声传来，大概是在厨房流理台上。我听到远处的电视里含含糊糊的话语，然后就听不见了。她回来了，“好吧，现在安静了，我能好好思考。”又传来一声哽咽般的动静，她又擤了擤鼻子。等她再开口已十分镇静，声音里一丝哭腔都没有了。

“我让玛拉一看到他回家就给我打电话——玛拉·德瓦齐亚，住在他家对门。我跟她说，我很担心他的精神状况。没必要独自守着这事儿，对吗？”

“是的。”

“所以就来了！玛拉说她也一样——她和本都为此担忧过。她说他喝酒喝得太多，这是其一；其二，常常愁眉不展地去上班。不过，她说他出发去度假时还挺精神的。真不可思议啊，那么多邻居有目共睹，他们甚至都算不上他的密友。本和玛拉不知道……我们的事，当然，但他们非常清楚的是，汤姆一直很抑郁。”

是你以为他们不知道，我没说出口。

“不管怎么样，长话短说，我请他过来。他进屋时的眼神……那种表情……好像他以为我好像有意……你懂的吧……”

“哪儿下车就哪儿上车。”我说。

“是我说，还是你说？”

“抱歉。”

“好吧，你说得对。你显然总是对的。我想请他进厨房喝咖啡，但我们走到客厅就停住了。他想吻我。”她的话语中带着挑衅的傲气，我允许他……吻了一下……但显然他还想要更多，我就把他推开，说我有话要说。他说，一看我的姿态就知道要谈的不是好事，但无论我说什么，都不会像我当时说再也不见面时那样伤他的心。这就是你们男人——可世人都说我们女人才记仇。

“我说，我们不再见面、不再约会，并不代表我不再关心他。然后我就说，好些人跟我提过他的行为有点怪异——不像原来的他——我分析下来，是因为他没有定期服药克制抑郁，所以就担心起来。我说，我想到了，他打算自杀。”

她停了一会儿，再继续说。

“他来之前，我从没想过要这样一股脑儿地脱口而出。但说来也好笑——他一走进门，我几乎就能肯定这是真的，当他吻我时我已经确认无疑了。他的嘴唇很冷，很干。那就像……在亲吻一具尸体。”

“肯定是。”我应声答道，想去挠右臂。

“他的神色一下子紧张起来，我是说，整张脸都绷紧了。每一丝皱纹都撑开，嘴巴抿得都快看不见了。他问我怎么会冒出这种念头。然后，还没等我开口，他就说那是屁话。我是引用他的原话，但那种话根本不像是汤姆·赖利说的。”

一言中的。以前那些年里，我认识的汤姆绝不会口吐脏字，哪怕你挥拳揍他也不会。

“我不想跟他提起别人——尤其不能提起你，否则他肯定认为我疯了，也不能提及伊瑟，因为我怕他会跟她说——”

“我跟你说过了，这和伊瑟根本没——”

“安静。我快说完了。我只是说，那些谈论他举止古怪的外人们并不知道他第二次离婚后是怎么熬过来的，不知道他需要吃药，而且从五月份开始就不吃了。他说吃了那些药就会变笨。我说，如果他以为像鸵鸟一样深藏不露就能混过去，那他就错了。然后我说，如果他对自己下手，我会告诉他的母亲和兄弟，那是自杀，而那会让他们伤心欲绝。那是你的主意，埃德加，很管用，我希望你因此而骄傲。就是那时候，他砸烂了我的花瓶，冲我喊：多管闲事的臭婊子。明白了吗？他苍白得像张白纸。我敢说……”她哽咽一下，隔着万水千山，我都能听到她的喉咙中艰难往下咽的声音。“我敢说，他那样子只能说明，他已经把一切安排好了。”

“我不怀疑。”我说，“你觉得他现在在干什么？”

“我不知道。我真的不知道。”

“也许，我最好打个电话给他。”

“也许你还是不打为好。也许他发现我们背着他讨论过，反而会把他推下悬崖。”她又用怨毒的口吻加上一句，“那时候，就该是你负罪难眠了。”

我没想到这种可能性，但她说得对。汤姆和怀尔曼在某个方面是很相像的：都需要帮助，但我都没法拖动他们。有句老话跳进我的脑海里，或许恰当，或许不：你能教娼妓认字看书，但你无法代替她思考。或许怀尔曼可以告诉我，语出何人，以及年代。

“说起来，你到底是怎么知道他要自杀的？”她问，“我想知道，看在上帝的分上，在我挂电话前你必须告诉我。我完成了分内事，你就该告诉我。”

来了，这是她以前没问过的难题；她一直耿耿于怀，想知道我是如何发现她和汤姆有一腿的。好吧，怀尔曼并不是全天下唯一口吐莲花的人，我老爸也有些存货，他有一句说的是：谎言圆不尽，实话来帮忙。

“车祸后，我一直在画画，”我说，“你知道的，”

“然后？”

我把那些画都跟她说了，棕榈滩的马科斯，还有汤姆·赖利。也说了我在互联网上搜索到的资讯，关于残肢幻视。最后说到我亲眼看见汤姆·赖利站在二楼楼梯口，这儿就是我现在的工作室，我说他浑身赤裸，只留睡裤，一只眼不见了，只留血肉模糊的空眼窝。

等我说完，电话那头只有长时的静默。她终于开口时，语气里带了前所未有的警惕：“你真的相信那个吗，埃德加——随便哪一件事？”

“怀尔曼，住在沙滩那头的家伙……”我住嘴了，纯粹因为暴怒制止了我，而非无话可说。也不一定。难道我打算告诉他，住在沙滩那头的家伙偶尔会有心灵感应，所以他相信我？

“沙滩那头的家伙……怎么了，埃德加？”她的声音沉稳而轻柔。车祸后第一个月左右，我就辨得出这种语气了，弦外之音是：埃德加触犯美军条款第八条而被解除军籍。

“没什么”。我说，“不相干的。”

“你需要给卡曼医生打电话，把你的新想法都告诉他。”她说，“关于你的超能力。别发电邮，直接在电话里说。算我求你了。”

“好吧，帕姆。”我感到极其疲倦，更别提有多挫败、多气愤了。

“什么好吧？”

“好吧，我听到你说的了，响亮又清楚。没有任何被误解的可能。打消那个该死的念头吧。我只是想救汤姆·赖利的命。”

她没有作答。也没有对我曾熟悉的汤姆作任何理智的解释。我们就这样不了了之。挂电话时我在想：好心没好报。

或许，她也是这么想的。

6

我又气又乏，不知所措。阴霾的天气也不帮忙。我想画画，但画不出来。我下楼去，拿起一本速写本，很快发现自己又开始像多年前接电话时那样乱涂乱画：大耳朵的卡通什穆。我一时恨起，想把本子扔得远远的，电话铃刚好响了。这次是怀尔曼。

“你今天下午过来吗？”他问。

“当然。”我说。

“我还以为下雨——”

“我打算窝在车里。反正我不想缩在这儿。”

“好。但不用计划诗歌朗诵会。她犯迷糊了。”

“厉害吗？”

“我认识她以来最厉害的一次。信号中断，神思飘浮，糊里糊涂。”他深呼吸一次，透过电话线听来酷似大风吹。“听着，埃德加，我真不愿意这么说，但你能不能在这儿陪她一会儿？四十五分钟，最多了。包伽廷家的桑拿室出毛病了——该死的加热器——过来修理的伙计要告诉我哪儿是总开关之类的。当然，还要签他的工作单。”

“没问题。”

“你真是白马王子。亲死你的香肠嘴。”

“干你一百回，怀尔曼。”

“耶，每个人都好爱我，这是我的诅咒。”

“帕姆给我来电话了。她和我朋友汤姆·赖利谈过了。”考虑到他们之间发展到了这一步，很奇怪我还能称汤姆为朋友，但，管他呢。“我认为，她相信他准备自杀了。”

“那挺好啊。为什么我觉得听来还有下文呢？”

“她想了解我怎么知道的。”

“不是怎么知道她和这小子乱搞，而是——”

“我怎么能在一千五百公里之外未卜先知猜到他抑郁得要自杀。”

“哈！那你怎么说的？”

“当时没有好律师在场，我只能照实说。”

“然后她觉得你是个小疯子[1]。”

“不，怀尔曼，她认为我是个超级大疯子。”

“有区别吗？”

“没有。但她会好好想想的——照我说，帕姆是美国奥林匹克思考团队的主力选手，你最好信我——而我担心，我干的好事会在小女儿面前曝光。”

“我猜想，你太太是想找个替罪羊。”

“这个猜想挺靠谱的。我了解她。”

“那可就糟了。”

“那会搅得伊瑟的世界天翻地覆，可她不该被打扰。在她和梅琳达的生活里，汤姆一直都是个好叔叔。”

“那你就必须说服你老婆，你真的是亲眼看见，而你的女儿和此事毫无牵连。”

“可我怎么能说服她呢？”

“要不，你跟她说些你绝对没法知道的事情？关于她的小秘密？”

“怀尔曼，你疯了！我没法操控那种事发生！”

“你怎么知道你不行？朋友，我不得不挂电话了——听起来，伊斯特雷克小姐的午餐刚刚砸到地板上。我们待会儿再见？”

“好的。”我说。我打算说再见的，但他已经挂了。我也放好电话，回想我把帕姆的园艺手套放在哪儿了，印着**手拿开**的手套。如果我找得到，怀尔曼的主意倒也不算太疯狂。

我满屋子找，却一无所获。大概我画完《福利之友》之后就扔掉了吧，但我不记得这么做过。我现在什么都想不起来了。只知道画完后我再也没见过它们。

7

那天下午，怀尔曼和伊丽莎白称为“瓷亭”的房间里荡漾着令人忧伤的亚热带冬季天光。现在，雨下得更大了，重如鼓点般一阵阵打在窗上和墙上，大风也刮起来，把围绕杀手宫的棕榈树丛吹得哗啦啦直响，

---

① 原文为西班牙语。

也搅得墙上的光影翻腾不定。自从我第一次来这儿后，还是头一回看到长桌上的瓷人们凌乱无章；没有了舞台造型，只是一群人、动物和建筑的混合。一头独角兽和一个黑脸人并肩站在倾覆的学校大楼旁。如果今天的桌景也有剧情可讲，那准是部灾难片。塔拉庄园式的宅邸立在“甜蜜欧文”曲奇饼干桶上。怀尔曼已经解释过了，如果伊丽莎白吩咐我做什么，我该如何应对。

老太太坐在轮椅里，身体朝一边歪，眼神空洞地俯瞰玩具桌上的一团糟，平日里，那个小世界总是很整洁的。她穿着一条蓝裙子，和脚上大号的蓝色查克·泰勒款的匡威鞋几乎是一个颜色。她萎靡瘫软地坐靠一边，船形的领口也歪向一边，露出象牙色的内衣肩带。我不禁思忖，早上是谁把她打扮成这样的，她自己还是怀尔曼？

一开始，她的言语还算有条理，用正确的名字称呼我，询问我身体可好。怀尔曼去包伽廷家时，她跟他说再见，还让他记得戴帽打伞。都挺好。但十五分钟后，当我把茶点从厨房端出来后，情况就变了。她正瞅着一个角落，我听到她在悄悄说话：“回去，回去，苔丝，你不属于这儿。让那大男孩走开。”

苔丝。我听过这个名字。我发挥自己的发散性思维，寻找记忆里的关联点，果然摸到了切入点：报纸的头条标题是**她们走了**。苔丝是伊丽莎白的姐姐，双胞胎之一。怀尔曼跟我说过的。我想起他说：估计她们都淹死了，便觉不寒而栗。

“拿给我。”她说着，手指曲奇饼干桶，我照做了。她从口袋里掏出一个包在手帕里的小瓷人。她把饼干桶的盖子打开，用狡猾又迷乱的眼神瞧了我一眼，再把小瓷人扔了进去，落进空罐里时，发出“嘣”一声响。她摸索着，想要把盖子盖上，我想帮忙，她却把我的手拨开。然后，她把它递给我。

“你知道该怎么办吗？”她问，“那个……那个……”我听得出她脑海里的挣扎。词语和你捉迷藏，话到嘴边就溜走。嘲笑她吧。我可记得别人嘲笑我时，我是如何怒火中烧的，所以我宁愿等待。“他，有没有告诉你该怎么做？”

“是的。”

“那你还等什么？把这婊子拿走。”

我抱着饼干桶，走到网球场边的小水池旁。鱼儿欢快地跃出水面，它们比我更喜欢下雨天。长椅旁有些小石块，恰如怀尔曼所说。我小心翼翼地扔了一块石头进去，不想砸伤哪条鲤鱼（“你大概不会相信她听得到扑通一声，可她的耳朵尖着呢”，怀尔曼这样对我说的）。然后，我抱着饼干桶，以及依然在其中的小瓷人，回到大屋里。但我没有走入瓷亭，而是直接去了厨房，揭开盖子，取出包在手帕里的小人。这个举动不在怀尔曼交待的紧急情况处理守则之列，但我很好奇。

那是个女人的瓷像，但脸部被削掉了，只剩一片碎屑，空白的脸。

“谁在那儿？”伊丽莎白尖叫起来，吓得我原地跳起来，差点儿把脆弱的瓷像跌落在地。一旦失手，它必定会在瓷砖地上分身碎裂。

“是我，伊丽莎白，”我朝瓷亭的方向喊了一声，把瓷像搁在流理台上。

“埃德蒙？还是埃德加，唉，你到底叫什么？”

“是埃德加，没错。”我走回了瓷亭。

“你把我吩咐的事儿处理妥当了吗？”

“是的，夫人，我办妥了。”

“我吃过点心了吗？”

“吃过了。”

“那好吧。”她叹了一口气。

“你还想要点别的吗？我想我可以——”

“不用了，多谢你，亲爱的。我肯定火车马上就要到了，你知道的呀，我不喜欢吃得饱饱的上火车。我总是会坐反座，吃饱了肯定会晕车。你看到我的饼干桶了吗，甜蜜欧文的曲奇罐？”

“我想是在厨房里吧。要我拿来吗？”

“这么潮湿的日子里就不用啦，”她说，“我以为我让你把她扔进池子里了，池水管用，但我改主意了。这么潮湿的日子，看起来没必要了。慈悲不是出于勉强①，你明白的，恰如甘霖从天降落。”

“自天堂。”我把这经典老话说完。

“对呀，对呀。”她挥挥手，好像这个补充无关紧要。

---

① 语出莎士比亚《威尼斯商人》。

“你怎么不摆你的小瓷人了，伊丽莎白？今天他们全都混成一团了。”

她瞥一眼长桌，一阵强风突然猛烈刮来时，又抬头看了看窗，“妈的，”她说，“我真他妈想不通。”转而又用深深的怨恨说，“他们都死了，只留下我来干这事。”我真没想到她能有这么恶狠狠的语气。

她记忆失调、语词疏漏乃至爆出粗口，这可能会让别人厌恶透顶，但我决不会；我太理解了。或许，仁慈是强求不来的，芸芸众生如你如我靠着这种信条生生死死，但是……仍会有这种事等着我们去忍受。是的。

“他根本就不该碰那东西，但他不知道呀。”她说。

“什么东西？”

“什么东西，”她重复我的话，点点头，“我要等火车。我要在大男孩来之前离开这地方。”

之后，我俩都陷入沉默。伊丽莎白闭上眼睛，坐在轮椅里打起盹来。

为了给自己找点事情做，我起身离座——那把椅子要放在绅士俱乐部里才相衬，探身凑近长桌。我捏起一个小男孩和一个小女孩，看了看他俩，再放到一边。我抓了抓不存在的那条手臂，研究眼前毫无头绪的一团乱景。抛光橡木桌上，至少共有一百个小瓷人。或许两百。其中，有一尊女子瓷像，头戴一顶过时的小帽——牛奶女工小帽，我心想——但我也不想要她。帽子不对头，况且，她也太年轻了。我接着找，找到一个长发女子，头发上刷了漆色，她就好多了。头发长了点，也太黑了，但——

不算黑，因为帕姆总去美容院，又称，中年危机时的青春之源。

我攥着这尊小瓷像，真希望我能有栋房子安置她，再有本书给她读。

我想把小瓷人挪到右手——相当自然而然，因为我的右手就在那儿，我能感觉得到——她当的一声落在桌上，没有跌碎，但伊丽莎白的眼睛睁开了，“妈的！火车来了吗？是不是火车叫？拉汽笛了？”

“还没，”我说，“你为什么不再睡一会儿呢？”

“哦，你会在二层楼梯平台上找到它。”她说，好像我刚刚问了她什么，然后又合上眼睛，“火车进站了就叫醒我。我真讨厌火车站。留神大男孩，那个婊子操的可能在任何地方出现。”

“好的。”我说。右臂奇痒难受。我探手去掏口袋，希望记事本就在袋里。不在。我把它落在浓粉屋的流理台上了。但这让我想到杀手宫的厨房。我搁曲奇罐的流理台上也有一摞记事贴。我匆匆回到厨房，一把抓过便贴，咬在齿间，几乎是一路小跑回到瓷亭，并已经把我的圆珠笔从前胸口袋里拔出来了。我坐进扶手靠背椅里，飞快地把小瓷人画下来，此时狂风卷雨鞭打在窗玻璃上，伊丽莎白靠在桌子对面的轮椅里，嘴巴微张地打着盹。风雨中的棕榈树影投在四面墙上，犹如蝙蝠翻飞。

我画着画着，没用多久，突然意识到：我正在把痛痒倾泻于笔尖，把它从我的体内倾倒到画纸上。我正在描画的女子是瓷偶，但她也是帕姆。那个女人就是帕姆，同时她也是这尊瓷人。她的头发比我上次见她时长了些，披散在肩头。她正坐在

（焦黑，朋友）

椅子里。什么椅子？摇椅。我离开前，从没在那个家里见过这种椅子，但现在有了。她身边的桌子上放着什么东西。一开始我都不知道那是什么，但它从笔尖下慢慢显形，变成了一只盒子，上面印有文字。甜蜜欧文？你是说甜蜜欧文？不，是老奶奶牌的。我的圆珠笔又在桌上画了什么，在盒子旁边。燕麦曲奇。帕姆的最爱。当我看着它时，笔尖又勾勒出帕姆手中的书。看不到书名，因为角度不对。现在，我手中的笔正在窗户和她的脚之间添画线条。她说是下雪天，但现在雪已经停了。线条代表着阳光。

我以为这幅画已经画完，但显然还有两样物事没画。圆珠笔移到画纸的左边，添上了电视机，笔触快似闪电。新电视，和伊丽莎白的超薄平面一样。那下面——

笔尖骤停，落出我手。奇痒消失了。我的手指根根僵硬。长桌对面的伊丽莎白已从打盹变成了沉睡。很久以前，她或许年轻又美丽。很久以前，她或许是某个年轻人的梦中佳人。现在她在打鼾，没剩几颗牙的嘴朝着天花板。如果真有上帝，我认为他需要再加把劲。

8

我知道图书室和厨房里都有电话分机，而图书室离瓷亭更近。我相信，不管是伊丽莎白还是怀尔曼都不会小气到不让我打一通长途电话到明尼苏达。我摘下电话，又握在胸前冷静了片刻。骑士盔甲旁的墙上挂

着一组古董兵器，被天花板上几盏漂亮的射灯照亮：长枪筒的前膛枪，看似出自于革命战争时期，还有燧发手枪，温切斯特卡宾枪，还有一把大口径短口手枪，若搁在内河赌船上会更显相得益彰。而悬在卡宾枪上方的，便是我和伊瑟初见伊丽莎白那日她攥着的小玩意儿。两边各有四支，摆放成颠倒的V字。你不能称之为弩箭；它们太短了。好像只有“箭枪”是正确的称呼。箭头锃亮，看来非常锋利。

我心想，你要用这玩意儿，准能把人伤得极惨。然后又想到：我父亲是潜游人。

我把这些想法赶出脑子，拨通了从前家里的电话。

9

“嗨，帕姆，还是我。”

“我不想再和你说话了，埃德加。该说的都说完了。”

“不见得。但这次会很简短。我有位老妇人要照看。她正在睡觉，但我不想离开她身边太久。”

帕姆到底还是好奇的，“老太太是谁？”

“她叫伊丽莎白·伊斯特雷克。八十多岁了，她已有了阿尔茨海默症的前期表现。她的首席陪护正在帮某些人解决桑拿室的故障，我就过来帮忙了。”

“你想在工作日志的好人好事栏里挣颗小金星吗？”

“不，我打电话来是想向你证明，我没有疯。”我带来了我的画，现在正把话筒夹在肩膀和耳朵中间，这样才能拿起画看。

“你干吗这么介意？”

“因为你认定这一切都是伊瑟泄露的，但不是那样。”

“我的上帝啊，你真是不可理喻！如果她从圣达菲打电话来，说她鞋带断了，你一定会飞过去帮她系上一条新的！”

“我也不喜欢你认为我在这边完全丧失了理智，而我没有。所以……你在听吗？”

那头只有沉默，但沉默已经够好了。她在听。

“你刚刚冲完澡出来，十分钟，顶多十五分钟的样子。你穿着家常服，头发披在肩膀上，所以我这么推断。我猜想你依然不太喜欢吹风机。”

“你怎么——”

“我不知道怎么知道的。我打来电话的时候，你坐在一把摇椅里。那肯定是离婚后你新买的。边看书边吃曲奇。老奶奶牌的燕麦曲奇。现在太阳已经出来了，照进了窗户。你有了一台新电视机，平面的那种。”我停了停，“还有一只猫。你养了一只猫。正趴在电视机下睡觉。”

电话那头只有死寂。在我这头，大风呼啸，雨打玻璃。我正想问她是不是还在电话旁，她就开口了，阴沉的声音听来一点儿也不像是帕姆。我本以为她已经伤够我的心了，可我显然是错了。“别再偷窥我的生活了。如果你曾经爱过我——就别再窥探我了！”

“那就别再责怪我。”说这话时，我的声音嘶哑，几乎破不成声。突然，我想起伊瑟准备回布朗大学时，站在三角洲航机楼外的热带烈日下仰头看着我说，你真该过得好些，有时候我都怀疑你是不是真的相信这一点。“这种事发生在我身上，又不是我的错。车祸不是我的错，这也不是。并不是我要这样的。”

她尖叫起来：“难道你认为是我的错吗？”

我闭起眼睛，暗自祈求，随便怎样都好，但求不要以暴制暴。“不，当然不是。”

“那就离我远点！别再给我打电话了！别再吓我了！”

她挂断了。我依然站在那里，话筒搁在耳旁。一段沉默过后，响起响亮的咔嗒一声。随后便是杜马岛所特有的鸟鸣声，今天听来特别沉闷，或许因为小鸟都在雨水下。我把电话放好，站在那里盯着盔甲看。“兰斯洛特爵士，我认为一切进展得非常顺利。”我说。

没有回答，正是我应得的。

10

穿过盆栽摆列两边的廊厅，我回到瓷亭，看到伊丽莎白还在睡，脑袋倾斜的角度还是原样。刚才我还被她尽显老态的鼾声所震惊，现在倒觉得有抚慰人心的奇效；否则，你甚至会以为她断颈坐死在这里了。我想了想要不要叫醒她，决定让她继续睡。无意间，我朝右边瞥了一眼，看向宽宽的主楼梯，突然想到她说过，哦，你会在二层楼梯平台找到它。

找到什么?

或许又是一句胡言乱语，但我也没别的事可做，便迈入廊厅，雨点啪啪地落在玻璃天顶上。要是在简朴人家里，这条带顶棚的小径大概决不会有廊亭的美名。我走上了宽宽的楼梯。离二楼还有五个台阶时，我停下脚步，凝视片刻，再缓慢地往上走。果然有东西可看：一幅巨大的黑白照片镶在窄边金框里。后来，我问怀尔曼，一九二几年的黑白照片怎么可能放到这么大?起码有五英尺高、四英尺宽，并且一点都不模糊。他说，大概是用哈苏拍的，那可是人类历史上最精良的非数码相机。

照片里共有八个人，站在白色沙滩上，墨西哥海湾便是辽阔的背景。男子高大英俊，大约四十多岁，身穿一套黑色泳装：吊带汗衫，游泳裤，看似当今篮球运动员们的贴身内衣。在他的左右两边站着五个女孩，最大的女孩已到青春年华，最小的那对儿同是一头黄发，面容近乎一个模子里刻出来的，让我不禁想到早年读过的鲍勃西双胞胎的故事。这对孪生姐妹手拉着手，穿着一模一样的游泳服，下摆是镶花边的小裙子。空出来的那两只手里都抓着腿脚摇晃、系着围裙的碎布娃娃，也让我不禁想起瑞芭……空洞笑脸之上黑漆漆的纱线头发一定是**红色的**。那男子准是约翰·伊斯特雷克，毋庸置疑，而勾住他臂弯的第六个小女孩尚在学步，最终将变成楼下打鼾沉睡的干瘪老妇。白人一家之后，还站着一个黑人妇女，大约二十二岁，头发扎在方巾里。她提着个野餐篮，手臂肌肉鼓起，从这个不容忽视的细节来看，篮子一定很重。她的前臂上套着三个银手镯。

伊丽莎白在微笑，伸出胖乎乎的小手，指着拍摄这张全家福的人，且不管是谁。别的人都没有笑，尽管男子的嘴边似有若无隐着一丝笑意，因为他有胡子，很难说他是不是在笑。年轻的黑人保姆绝对是一脸严峻。

约翰·伊斯特雷克一手拉着学步女童，另一只手里抓着两样东西：一是潜泳面罩，二是我在图书室墙上见过的箭枪。在我看来，问题该是这个：到底是不是伊丽莎白穿越了迷雾，以足够清醒的意识将我引上二楼，来到这里?

我没来得及想得更深，楼下前门便被打开。“我回来了!”怀尔曼高声说道，“任务完成了!现在谁来一杯?”

如何作画（五）

不要害怕实验；寻找你的缪斯，让她引你向前。随着天赋渐强，伊丽莎白的缪斯变身为诺问——奇异的说话玩偶。或许只是她这么想。随着时间推移，她发现自己犯了错——就在诺问的声音变样时——那已经太晚了。但一开始那准是非常美妙的。觅到自己的缪斯，总是美妙无比的。

比方说，蛋糕。

扔到地板上去，诺问说道，扔到地板上，莉比！

因为她可以扔，她便扔了。她把南·梅尔达做的蛋糕甩到了地板上。在地板上溅开了花！哈！南·梅尔达站在那儿，双手搁在腰下，气坏了。

事情发生时，伊丽莎白有过羞愧吗？羞愧，并有一丝恐惧吗？我想是的。

我知道她是。对孩子来说，恶作剧停留在想象里通常才更有趣些。

不过，还有别的把戏可以耍。别的实验。直到最后，那是一九二七年……

在佛罗里达，所有不合时令的飓风都被叫做“爱丽丝”。那纯粹是个玩笑话。但那年三月里，尖啸席卷海湾的那场飓风真该被定名为“伊丽莎白飓风”。

娃娃凑在她耳边说的悄悄话，一定就像晚上吹在棕榈树叶间的风。或像退涌的海水在浓粉屋下从海贝间窸窣穿流。在小莉比昏昏欲睡时悄声细语。告诉她，画一场大风暴一定很好玩。还不只是风暴。

诺问说，还有秘密的东西。大风暴会让你发现埋葬的宝藏。爹地会愿意找来看看的东西。

就这样耍完了把戏。画一场风暴，那只让伊丽莎白有点小兴趣；可讨好爹地？那就是不可抗拒的好主意。

因为爹地那年很生气。对阿黛很生气，欧洲旅行结束了她都不愿意回学校。阿黛不在乎见什么门当户对的人，也不想去正统的成年舞会。她被她的恋人爱莫瑞迷得神魂颠倒……而在爹地看来，他根本不配。

爹地说，他不是我们这类人，他是赛璐珞领[1]。阿黛说，他就是我喜欢的类型，不管他是什么人。爹地气得暴跳如雷。

还有更折磨人的争吵呢。爹地对阿黛发火，阿黛也对爹地发火。汉娜和玛丽娅也对阿黛发火，因为她找了个帅男友，比她年纪大，却比她地位低。大家都发火，把双胞胎吓坏了。莉比也吓坏了。南·梅尔达一遍又一遍对苔丝和洛洛抱怨，说，要不是为了她俩，她早就回杰克逊维尔的黑人社区去了。

伊丽莎白把这些都画下来了，所以我才能看到。

事情终于到了爆发点。阿黛和她那不般配的小伙子私奔去了亚特兰大，爱莫瑞在那儿得到了一份工作，能在竞选人办公室里上班。爹地气疯了。两个大刻薄鬼刚从布莱顿学校回来度周末，听到他在书房里讲电话，对什么人说，要把爱莫瑞·包尔森捉回来，用马鞭抽满全身。就连她也不会放过！

他还说，不，上帝作证，听天由命，她自掘坟墓，那就让她在里面安睡吧。

随后，风暴就来了。爱丽丝。

莉比知道它来了。她感到风在涌起，吹得每一丝炭火熄如死灰。风暴真的来袭时，急雨狂落，狂风像火车汽笛那样尖利呼啸，把她吓得够呛，好像她吹了吹口哨，想唤来一条小狗，结果却来了条大灰狼。

但等风平浪静、云破日出时，每个人都好好的。比好好的还要好，因为在爱丽丝飓风过后，阿黛和她那不相称的小伙子暂时被遗忘了。伊丽莎白甚至听到爹地和夏宁顿先生清理前院的烂摊子时哼起了小曲，爹地开着红色的小拖拉机，夏宁顿先生把吹倒在水里的棕榈树和折断的枝叶全都扔进车斗里，跟在爹地后头。

---

① 指穷人，因为穷人才用赛璐珞制成的衣领，脏了能擦洗。

娃娃说起了悄悄话，缪斯讲起了故事。

伊丽莎白边听边画，每天都把魔女岩画下来，那就是诺问悄悄说过的埋宝藏的地方，现在它已经露出来了。

莉比央求爹地去看看，求啊求啊求啊。爹地说不，爹地说他累坏了，院子里的活儿把他累得腰酸背痛。

南·梅尔达说，有时候下水游游会让您舒坦些的，伊斯特雷克先生。

南·梅尔达说，我会带上野餐篮，带上小姐。

南·梅尔达还说，你知道她现在变了，如果她说那儿有什么东西，那或许……

于是，他们沿着沙滩，去了魔女岩——爹地穿的游泳衣已经不太合身了，伊丽莎白和双胞胎跟着南·梅尔达。汉娜和玛丽娅在学校里，阿黛……还是不要提她了罢。阿黛处境堪忧。南·梅尔达带上了红色的野餐篮。里面装着午餐、给女孩们预备的遮阳帽、伊丽莎白的画具，还有爹地的弩箭手枪，以及几支配套用的鱼叉。

爹地套上鳍肢，在翡翠汤里涉水走到齐膝深，说，水真冷！莉比，最好别耗太久。告诉我奇妙的宝藏在哪里。

莉比说，我会告诉你的，但你要保证把瓷娃娃给我？

爹地说，只要有娃娃，全都是你的——抢救宝藏，应该有赏。

缪斯看到了，女孩画出来了。所以他们的未来也就定好了。

九　布朗糖果

1

过了两夜，我第一次画了船。

开始时，我将其命名为《女孩和船》，然后改成《女孩和船 No.1》，其实这都不是真正的名字；画的真名该是《伊瑟和船 No.1》。相比于发生在“布朗糖果”身上的事，船系列甚至更能让我在要不要展出画作的问题上铁了心。只要南努兹想办画展，我就办。不是因为我在谋求莎士比亚所谓的“泡沫声誉”（这句，我是欠怀尔曼的），而是因为我开始理解，伊丽莎白所言是正确的：最好不要让作品堆积在杜马岛上。

船系列画都很棒，大概能称得上杰作。我画完那些画时确实有这种感觉。同样，它们也是强力的苦药。我想我画第一张时就很清楚了——就在情人节的闲暇时分，就在媞娜·加里波第生命的最后一夜。

2

那个梦并不算是噩梦，但太逼真了，我无法用语言描述，只能在画布上捕捉到几分神似。不是全部，只是一些画面罢了。或许也足够了。那是夕照时分。那个梦，以及随之而来的那些梦境，总是夕照时分。辽远的红光充溢西方，向上渐次转为橙色，再褪成诡谲的绿色，直入云霄直至天国。海湾近乎死寂般沉静，只有最微小、最滑润的卷浪如轻微的呼吸拂过海面。在夕阳炫目的反光下，那看起来就像是个巨大的眼窝，贮满了鲜血。

从如许背景里凸显出的轮廓是三桅弃船。腐烂的船帆歪斜悬挂，火红的光芒便从破洞和损缝中透射出来。船上无人存活。你只需看一眼就会知道。船上弥漫着某种不可言明的危险感，仿佛这船曾携带瘟疫，船员全部感染致死，空留这具由巨木、麻绳和帆布拼成的腐败尸体。如果有一只海鸥或鹈鹕飞越其上，肯定会坠落在甲板上，羽翼燃烧——我记得当时有过这种感触。

一艘小划艇飘浮在四十码外。有个女孩坐在上面，背对着我。她的头发是红色的，但头发是假的——没有哪个活生生的女孩会有那样纠结如麻的纱线头发。泄露她身份的其实是那条裙子。格子图案，印着**我赢，你赢**的字样，一遍一遍重复着。伊瑟四五岁的时候就有一条这样的裙子……大约正是我在杀手宫二层楼梯口见到的全家照里双胞胎女孩的年纪。

我想要喊，提醒她别靠近弃船，但我做不到。我很无助。无论如何，那似乎也不要紧。她只是坐在可爱的小船里，荡漾在温和的红色波浪上，穿着伊瑟的格子裙，目视前方。

我从床上翻滚下来，刚好是残肢所在的右侧着地。我痛得大叫，翻身坐起来，听着屋外的海浪声声，听着地板下温柔的海贝低语。它们告诉我身在何处，却无法慰藉我。我赢，它们说，我赢，你赢。你赢，我赢。枪，我赢。水果，你赢。我赢。你赢。

消失的右臂火烧火燎。如果不让那疼痛停止，我会疯掉，办法是有，但只有一种。我走上二楼，像个疯子一样画了整整三个小时。我的桌上没有可供描摹之物，窗外见不到任何物事。我一样也不需要。全都在我脑子里。画画时，我突然觉察到：所有的画都奋力指向那里。不是小船上的女孩，她不是必需的；她或许只是增添吸引力的配角，好比勾连现实的切入点。我一路要追寻的是那艘船。船和夕阳。回想起来，我意识到这真是讽刺极了：《Hello》——我来到这里的第一天就画的铅笔画——竟然最接近答案。

3

大约三点半时，我重新倒回床上，一直睡到九点。醒来后觉得一身轻快，好像荡涤了一番，焕然一新。天气也很好：万里无云，比上星期暖和多了。包伽廷一家正准备回北方，但临走前两个男孩还和我痛快地玩了一把飞盘。食欲高涨，疼痛指标降低了不少。我感到自己又活在了正常人中间，真是太美好了，哪怕只有一小时也好。

伊丽莎白的病症也消失殆尽。她摆弄小瓷人时，我给她念了好几首诗。怀尔曼也在家，进过瓷亭一次，气色好得很。那天，全世界的感觉都好极了。后来我才突然想到，当我念到理查德·威尔伯关于洗衣妇的诗《爱将我们带到世界万物面前》时，乔治·“糖果”·布朗大概就在同时诱拐了十二岁女孩媞娜·加里波第。我挑中这首诗是因为偶尔在那天的报纸上看到：这首诗有望成为今年情人节最受欢迎的礼物。加里波第被诱拐的过程刚好被录了下来。根据录影带的记录，案发的准确时间是下午三时十六分，那当口，我差不多刚好抿了一口怀尔曼的特制绿茶，并摊开威尔伯的诗——我是从互联网上拷贝下来的。

十字街商场后面的码头区安装了闭路摄像头。我估计是为了监视偷窃案。但他们看到的却是一个孩子的生命被窃走了。她自右到左进入镜头，穿着牛仔裤的苗条女孩，背着一个小包。大概，她打算回家前先在商场里猫一会儿。这盘录影带在电视节目里反复播放，让人心神难安，你可以反复看到他从一个坡道上现身，抓住了她的手腕。她抬起小脸看着他，显然问了他什么。布朗点头以示回答，便拉着她走。一开始她没有反抗，但接着——就在他们即将在邓普斯尔特店门口消失前——她试图甩开他的手。他依然紧紧抓着她，然后消失在摄像头的视野里。根据地方警察的尸检报告，那之后不到六个小时，他就把她杀了。从她尸体上可怕的痕迹来看，那几个小时对一个小女孩来说一定太过漫长，可她没有伤害过任何人。那几个小时，一定感觉像无穷无尽。

敞开的窗户外面，清晨空气都被天使清洗一新。理查德·威尔伯在《爱将我们带到世界万物面前》中这样写道。可是，不是这样啊，理查德，不是的。

洗净的只有床单而已。

4

包伽廷一家走了。戈弗雷家的数条恶犬对他们吼叫，以示道别。几个“开心女仆”工作人员进了包伽廷一家待过的房屋，里里外外打扫了一番。戈弗雷家的恶犬对她们吼叫，以示问好（以及道别）。媞娜·加里波第的尸体在威尔克小联盟球场后的沟渠里被发现，腰部以下赤裸，像袋垃圾一样被丢弃。她母亲在第六频道露面时哭得撕心裂肺。包伽廷一家被金特纳一家取代。托莱多的小伙子们撤离了39号，三个欢快的老太太从密歇根来，搬了进去。老太太们笑口常开，每次见到我或怀尔曼路过时，当真说“哟—哦！”我不知道她们怎么会开启刚装好的无线宽带，但我第一次用无线信号和她们玩在线拼字游戏时，可把我爽死了。老太太们下午散步时，戈弗雷家的恶犬总是叫个不停，好像它们永远不嫌累。一个在萨拉索塔EZ汽车美容店打工的男人给警方打电话，说媞娜·加里波第诱拐案录影带中的男子很像和他搭档洗车的工人，那家伙叫乔治·布朗，每个人都叫他“糖果”。那人说，布朗糖果在情人节那天下午二时三十分下班，第二天早上没返工，声称自己身体不适。EZ汽车美容店和十字路商场只隔一个街区。情人节后第二天，我走进杀手宫的厨房，发现怀尔曼坐在桌边，后仰着脑袋，浑身抖得像筛子。当他平息下来时，他对我说感觉很好。我告诉他他看上去并不好，他却让我把鬼点子都留给自己要，那种粗暴的语气一点儿也不像他。我伸出三根手指，问他看到多少。他说三。我伸出两根，他说二。我决定放弃，但也不是没犹疑。我再次放弃。说到底，我不是怀尔曼的看护人。我画了《女孩和船No.2》和《女孩和船No.3》。第二号作品里，小船上的孩子穿着瑞芭的波尔卡圆点蓝裙子，但我依然非常肯定，那还是伊瑟。而在第三号作品里，更是毋庸置疑。她的头发变回了玉米穗的金黄色，那是我记得最清楚的颜色，她穿了件海军领的宽松上衣，领口有蓝色花边，我也记得相当清楚：有天周六，她在我们家后院里从苹果树上掉下来，摔断了臂骨，那天穿的就是这件衬衣。在第三号作品里，船体有些倾斜，我能看到写在船头的船名，但只是褪色的前面几个字母：PER。我猜不透后面的字母会是哪几个。那也是约翰·伊斯特雷克的弩箭手枪出现的第一张画。箭枪搁在小船的座位上。二月十八日，杰克的一个朋友过来帮我修好了几件出了毛病的租赁家具。戈弗雷家的恶犬聚成一团朝他猛吼，好像在说：假如包在嘻哈风格大裤子里的屁股蛋痒痒得想被谁咬一口，那就欢迎他随时过来玩儿。警察提讯了布朗糖果的妻子（她也叫他糖果，每个人都叫他糖果，在他折磨并杀害媞娜·加里波第前，或许还让她叫他糖果），问他情人节下午的去向。她说他可能病了，但他不是在家里病的。他直到那晚八点前后才回家。她说他给她带了一盒巧克力。她说他最懂得哄人高兴。二月二十一日，听乡村音乐的那一对儿开着跑车走了，要回到踏着靴子跳舞的北方去。没人搬进他们住过的房子。怀尔曼说那是候鸟不再南飞的标志信号。他说这种信号在杜马岛总比在别处来得更早些，这儿没有一家餐馆，没有一处旅游景点（甚至连座唬人的鳄鱼园都没有！）。戈弗雷家的恶犬永不休止地吼，仿佛在叫嚣：冬季度假游高峰或许会重现，但事情显然不像它们想的那样。踏靴子开跑车的人离岛的同一天，萨拉索塔的警察带着搜查令出现在布朗糖果家门口。根据第六频道的报道，他们获得了一些证物。一天后，39 号的三位老太太再一次让我长了见识；我玩“三词连分”时从未那样绞尽脑汁，但好歹知道了，原来 qiviut 也是一个词。等我到家打开电视时，第六频道打着“特别新闻”的横幅，循环反复地播报着：布朗糖果已被逮捕。根据“知情人士”所言，在布朗家搜到的物证中有两件内衣，其一已被证实沾有血迹。DNA 测试报告将于次日公布。布朗糖果却没有等待。第二天，所有报纸都引用了他对警方说的原话，“我喝多了，干了蠢事。”这就是我清晨喝橙汁时读到的内容。报道上附有那张众所周知的图片，在我眼里，它就像肯尼迪在达拉斯遇刺现场照片一样眼熟。照片上，糖果紧紧拽着媞娜·加里波第的手腕，她仰头看他，面带疑问。电话铃响了。我没看是哪里的号码就接起来，说了声哈啰。我的心思牵挂着媞娜·加里波第。是怀尔曼打来的。他问我能不能去庄园待一会儿。我说，当然可以，便准备说再见，然后恍然意识到，我听到了别的声音，不是他的语气有异样，而是语气之外、更深层的异样。我问他是不是出了什么事。

“我的左眼好像失明了，朋友。”

他大笑一声。笑声古怪，带着迷茫。

“我早知道这一天会来，但它真来了倒也挺震惊。我猜我们醒来时都会有这种感觉——”他发出战栗似的喘息，“你能过来吗？我想叫海港私人护理中心的安妮玛莉来，但她有约外出了，那么……你能来吗，埃德加？求你了？”

“我马上就到。挂了吧，怀尔曼。待在原地别动，挂了吧。”

5

我自己的视力好几周来都没出问题。车祸造成部分间接视力丧失，以往向前一瞥就能看清的东西，现在需要把头偏转向右才能看清，好在视力并未减退。爬上租来的雪佛兰车座时，我在想，假如血红色又开始潜入视野……或是我有一天醒来时发现什么都看不见，我的世界化为一个黑洞，那我该怎么办？这也让我思忖，怀尔曼怎么能笑得出来。哪怕只是一声轻笑。

我记起他说过，自己要外出的话，有时会拜托安妮玛莉·惠瑟尔照看伊丽莎白，而她今天刚好有约外出，这时候，我的手刚搭上迈锐宝冲浪板式的车把手。我又急忙返回屋内，打通杰克的手机，祈祷他一定要来接电话，而且能到岛上来。他接了，也说能来。主队又加盟了一员干将。

6

那天早上，我胆战心惊地头一回驱车离岛，跻身于塔米亚米观光道上北行的车水马龙。我们要赶去萨拉索塔纪念医院。今天怀尔曼的抵抗不堪一击，被我顶了回去，然后我给伊丽莎白的医生打了电话，医生推荐我们去那儿诊疗。现在，怀尔曼倒是一个劲儿地问我好不好，问我是不是能开车，要不然，最好让杰克带他去看病，而留我陪护伊丽莎白。

“我很好。”我说。

“得了吧，你吓得要死。我看得出来。”他的右眼转向我的方位，左眼也想跟上来，无奈没成功。充满血丝的眼睛有点朝上翻，泪水无缘无故地溢满眼眶。“朋友，你会吓得尿裤子吧？”

“不会的。况且，你听到伊丽莎白怎么说了——要是你没法把自己搞定，她准会抄起笤帚把你扫地出门。”

他本无意让“伊斯特雷克小姐”知道他出了问题，但她刚好拄着助步器走进厨房，听到了他和我的通话。而且，她对怀尔曼的小秘密有所了解。这事儿在我们之间从未提过，但那是明摆着的。

“如果他们要你住院——”我开始劝。

“哦，他们肯定会提，那他妈是他们的本能反应，但我是不会住院的。如果他们治得好，那就另当别论。我去医院只是为了听哈德洛克对我说：这不是持久性的血栓，而只是暂时现象。”他微笑，但面无血色。

“怀尔曼，你他妈的是不是有毛病啊？”

“别着急上火，朋友。这几天你画了什么啦？”

“现在还提那个做什么。”

“哦，亲爱的，”怀尔曼说，“瞧瞧，不只是我被别人问烦了。你知道吗，每年冬天，塔米亚米观光道上四分之一的常客都会遇上一次交通事故？当真如此。按照我那天在广播里听到的新闻，休斯敦天文馆大小的小行星撞地球的概率也没——”

我伸手打开广播，说：“我们干吗不听点音乐呢？”

“好主意，”他说，“但不要该死的乡村音乐。”

那一刻我还没反应过来，然后才想起最近刚刚离岛的靴子户。我调到本地区播放的最吵人、最死磕的摇滚电台，它自称“骨头频道”。拿撒勒乐队正声嘶力竭地吼着那首《狗毛》。

“啊，‘呕在你鞋上’，疯狂摇滚。”怀尔曼说，“老兄，现在总算有人说人话了。”

7

那天真够漫长的。你躺倒在履带式现代医疗器械上的任何一天都会显得漫长，尤其是在一家人满为患的城市中心医院里，老年人、时常病恹恹的冬季游客到处排队。我们做完检查已是傍晚六点了。院方确实想让怀尔曼住院观察。他拒绝了。

我的时间大都耗在炼狱般的等候室里，那儿的杂志都是过刊，椅垫薄得硌屁股，电视永远高高地钉在角落里。我坐在那儿，听着人们忧心忡忡的交谈和电视里的废话，好像在比谁更无聊；隔一会儿就走出等候室，到可以打手机的区域，用怀尔曼的手机给杰克打电话。她还好吗？好极了。他们先玩巴棋戏，再重新摆设瓷偶城。第三次电话里，他说他们吃着三明治在看奥普拉。第四次通话，她已经睡觉了。

“跟他说，她睡前上完厕所了，”杰克说，“到目前为止还没更多需要。”

我跟他说了。怀尔曼很高兴听到这一条。而传送带仍在缓慢推进。

三间等候室，一间在住院部外面，怀尔曼就是在那儿拒绝医生的，甚至连张表格都不愿填——大概是因为他没法看（我把必需选项都填上了）；另一间在神经科外面，我在那儿碰到了赫伯特·普林西比，伊丽莎白的医生哈德洛克声称他是萨拉索塔城里最好的神经科大夫。普林西比没有否认这一点，也没说不好意思。最后一间等候室在二楼，那是大型奇妙设备之家。但怀尔曼在此做的检查并非我特别熟悉的磁共振，他走到紧里头的 X 光室拍了照，在我的想象里，那间屋子准是积满灰尘，是这个时髦年代里被人遗忘的角落。怀尔曼把他的玛莉奖章交给我，留下我独自纳闷：为什么萨拉索塔最出色的神经科大夫会求助于如此过时的科技呢？谁也没空来点拨我。

三间等候室里的电视都调到了第六频道，让我反复看到那幅画面：布朗糖果的手锁定媞娜·加里波第的手腕，她抬起小脸看他，表情外的潜台词凝固在镜头里，不管是谁，但凡有起码半拉正直感，都清楚那意味着什么。你告诉你的孩子们，遇到陌生人时一定要非常非常小心，陌生人可能意味着危险，他们或许相信你的话，但好人家出来的孩子也同样打小就相信，他们生来就是安全的。所以，那双眼睛是在说，*当然，先生，告诉我该怎么做*。媞娜的眼神在说，*你是大人，我是小孩，所以你该告诉我你想要什么。大人们教过我，要尊重长辈*。而那双眼睛说得最明白的台词却是，*我从没受到过伤害*，那么一想，你准会心疼死的。

我不认为那无休无止循环播放的画面能将其后发生的一切解释清楚，但或许起到了什么作用？没错。

当然有用。

8

终于把车开出车库、向南开上观光道时，天都黑了，我们径直返回杜马岛。一开始我几乎没去想怀尔曼的事，只是一门心思开车，不知怎的，我老觉得这次会把运气用完，那我们就会出车祸。直到过了通向午休岛的岔路，路上的车少了，我才放松下来。当我们开到十字街商场时，怀尔曼说：“停车。”

“要买什么？GAP 的外套？拳击手乔的内衣？还是来两件带口袋的 T 恤衫？”

“别耍小聪明，只管靠边停。停在路灯下。”

我瞄准一盏路灯停下车，熄了火。即便停车场里的车半满，这儿还是有点让我毛骨悚然，布朗糖果就是在另一边的卸货码头区劫走了娼娜·加里波第。

“我想，这次我可以说了。”怀尔曼说，“你值得我掏心掏肺。因为你一直对我很好。而且很多事也能为我着想。”

“说下去，怀尔曼。”

他的双手摆在一只薄薄的灰色文件夹上，那是他从医院带出来的。他的名字写在标签上。他翘起一根手指让我住嘴，但没有看我——目光笔直向前，对着商场最靠近我们这边的碧欧百货商店。“我想现在就讲。你同意吗？”

“当然。”

“我的故事就像……”他看向我，转瞬变得兴奋起来。左眼依旧充血充泪，但至少现在能和右眼一样对准我了。“朋友，你看过那种喜气洋洋的大新闻吗，说哪个家伙买彩票赢了两三百万美元劲球彩？”

“谁都见过。”

“他们让他走上舞台，给他一张大支票，纸板做的假支票，然后他会说些语无伦次的傻话，但那还挺好的，在那种场合里语无伦次最应景了，因为那么多数字竟然都对得上，巧得实在令人他妈的发指。巧得离谱。在那种情况下，你能说的最通情达理的话莫过于‘我要去该死的迪士尼乐园’。说到这里，你能听懂吗？”

“到这里，是的。”

怀尔曼又扭头去看进出碧欧百货的顾客，那儿就是布朗糖果偶遇娼娜·加里波第的地点的正后方，然后他用痛苦和悲伤毁灭了她。

“我也赢了头彩。只不过，不是褒义的用法。事实上，我要说那是全天下最恶劣的一份霉运。上辈子，我在奥马哈是从业律师，为一家名叫‘法尔汉姆、杜林和瓦伦’的律师行打工。机灵鬼们——我猜我也是一分子——常常给公司起绰号：‘干你老母再干你再忘掉’。那其实是家很不错的企业，正大光明的。我们做正经生意，我的职位也不低。那时候，我是个单身汉，三十七岁，那是我人生中的幸运时段。后来，马戏团到镇上来了，埃德加，我说是货真价实的马戏团，有大猫表演和高空杂技。大多数表演者都是外籍人，一向如此。高空杂技团演员和家人都是墨西哥人。马戏团有个会计，叫朱莉亚·塔福勒斯，也从墨西哥来。除了管账目，她还兼任空中飞人们的翻译。”

喊她的名字时，那人用的是西班牙语发音，听来就成了——胡莉亚。

“我没去看马戏表演。怀尔曼偶尔看场摇滚秀而已；他可不看马戏。但彩票概率又出现了。每隔几天，马戏团里的文职人员都要伸手探入一只高帽子，抽签，看谁去买零食：薯片配酱汁，咖啡和苏打水之类的。有一天，就在奥马哈，朱莉亚抽中了那张有记号的小纸片。当她买完东西，穿过超市的停车场去取小篷车时，一辆载货卡车高速闯入停车坪，撞上了一排购物车——你知道那些车都是叠成一溜儿吧？”

“是。”

“好。嘭！小车飞出去三十码，撞到了朱莉亚，撞断了她的腿。车子从她视野的死角蹿出来，她连闪躲的机会都没有。刚巧，有个警察在旁边停车，听到了她的惨叫。他叫来了一辆救护车。还给卡车司机做了一次呼吸测试。他呼出的指标是 1.7。”

“算醉吗？”

“是的，朋友。在内布拉斯加州，1.7 的意思是：你不用攒够两百美元罚款，直接被判醉酒驾驶。朱莉亚听从了给她治疗的急诊室大夫的建议，找到了我们。当时在‘干你老母再干你再忘掉’公司总共有三十五名律师，朱莉亚的个人伤害案可能落在任何人手里。结果落到我这里。你看出来了吗，滚球上的数字一个接一个对上了。”

“是的。”

“我不但当了她的代理人，还当了她的新郎官。她赢了那官司，得了一大笔赔偿金。随后，马戏团离开了那个城镇，他们总是这样，打一枪换一个地方。但这次，他们的一名女会计没有一起走。我需要告诉你，我们有多么相爱吗？”

“不用了，”我说，“每次你提到她的名字，我就能听出来。”

“谢谢你，埃德加，谢谢。”他坐在那儿，不断点着头，双手搁在文件夹上。然后，他从后袋里拽出一只鼓鼓囊囊的旧皮夹。我不明白他怎么能在这么一块岩石上坐得安稳。他翻到皮夹里放照片和重要证件的夹层，抽出一张相片，那女子黑发、黑眼，穿着白色无袖上衣，看似三十岁上下。她是个美女，让人屏息凝神、心跳骤停一拍的那种。

“我的朱莉亚，”他说道。我想接过照片，他却摇摇头，又挑中另一张。我真怕看到那张。但当他递给我时，我还是接住了。

那是个缩小版的朱莉亚·怀尔曼。同样的黑发，拢住一张苍白、完美的小脸蛋。同样的深黑色眼眸。

“埃斯梅拉达，”怀尔曼说，“我的另一半心肝儿。”

“埃斯梅拉达。”我心想，从这张相片里望出来的眼睛和那张新闻照片里仰头看向布朗糖果的眼睛几乎一模一样。但或许所有小孩的眼睛都差不多。我的手臂痒起来了。早就扔进医院焚烧炉里烧成灰的那条手臂。我去抓，抓到了肋骨。一如往常。

怀尔曼把两张照片都拿回去，亲吻每一张，那匆忙而诚挚的神情令人不忍卒睹，再放回透明夹层里。他费了些工夫才对准，因为双手抖个不停。而且，我猜想，他在视力方面依然有问题。“其实你根本不用去看小滚珠上的数字，朋友，如果闭上你的眼睛，你可以听到它们一个一个滚到位：咔嗒、咔嗒、咔嗒。有些人就是够走运，哦耶！”他用舌头弹了一下上牙膛，在车厢里，那声响大得吓人。

“埃斯三岁时，朱莉亚签了一份兼职工，那个团体名叫‘找工作，解决移民问题’，办公室设在奥马哈的市中心。她帮助西班牙语移民找工作，不管他们有没有绿卡，也帮助想获得户籍的非法移民者走上正道。只是一间小店面的办公室，低成本运作，但他们做了许多实打实的工作，比那些游行啦、标语啦更实际。这当然是怀尔曼谦卑的看法。”

他把双手摁在眼窝上，深深地吸气、重重地呼出。然后任由手掌砰地跌落在文件夹上。

“出事时，我在堪萨斯城出差。朱莉亚每周一到周四去上班。埃斯去幼稚园。一家很不错的幼稚园。我本可以把那家幼稚园告到破产——让老板娘上街讨饭去——但我没那么做。因为即使在悲恸中我也能理解，发生在埃斯梅拉达身上的事也可能落在别的孩子头上。那都是中头彩的概率，明白吗？我们曾经和一家凡尼斯公司打过官司，我本人也参与了那次起诉，原告方的小宝宝躺在婴儿床里，抓住了拉绳，吞了下去，窒息而死。父母告赢了商家，得到了赔偿，但他们的宝宝已经死了，就算没有那根绳子，也会有别的什么东西出现。迷你玩具车。狗牌上的名卡。玻璃弹珠。”怀尔曼耸耸肩，“埃斯吞下去的就是玻璃珠。她在做游戏的时候把它塞进了嘴，窒息而死。”

“上帝啊！怀尔曼，我真难过！”

“他们把她送到医院的时候她还活着。幼稚园的女老师给我和朱莉亚都打了电话，话都说不利索，快疯了。朱莉亚在工作室里就泪流满面，冲上车，疯了一样开车。距医院三个街区时，她和一辆奥马哈公共事业部的卡车迎面撞上。立刻身亡。而我们的女儿在二十分钟前咽了气。你替我拿着的那个玛莉奖章……是朱莉亚的。”

他沉默下来，并继续沉默下去。我不能打破那种沉默；听完这种故事，什么话也讲不出。到头来，还是他先开口了。

“只不过是劲球彩票的另一种版本。五个基础号，加上那些至关重要的附加号。咔嗒、咔嗒、咔嗒、咔嗒、咔嗒。然后，咣当一声，恭喜发财。我想过这种事会落在我身上吗？没有，朋友，想都从没想过，上帝为了我们无法想象的事情而惩罚我们。我的父母双亲央求我去看心理医生，有一阵子我还真去了，在两场葬礼后的八个月里。像只被线拖住的气球飘荡在这个世界上，飘在我自己的头顶上，我厌倦了那种感觉。”

“我明白那种感受。”我说。

“我知道你懂。我们搭了不同的班车，你和我，但都到地狱里报过到，也都逃过了一劫。我想是吧，尽管我的脚后跟还在冒烟。你呢？”

“一样。”

“精神病医生……是个好人，但我没法和他谈。有他在，我就语无伦次；有他在，我总会发现自己在咧着嘴傻笑。我一直指望有个漂亮妞儿穿着泳装抱着给我的大纸板支票跑出来。观众们看到了都会鼓掌。最后，一张大支票就真来了。我们结婚时，我办了份人寿险。埃斯出生后，我又加了保金。所以我当真是中了头彩哦。特别是，还得加上朱莉亚在超市停车场里被撞伤时获得的赔偿金。就是它让我们走到了这一步。”

他拿起薄薄的灰色文件夹。

“自杀的念头一直都在，转啊转啊，离我越来越近。最初诱惑我的是，或许朱莉亚、埃斯梅拉达都在彼岸，等着我紧追其后……但她们不会永远等下去。我不是虔诚的教徒，但我觉得会有死后的生活，起码有这个可能性，我们在死后继续存活……你知道，就像……我们自己。当然……”一丝冷漠的微笑浮现在他唇边，“大多数日子里，我只是极其抑郁。我的保险箱里有把枪。A22。埃斯梅拉达出生后，我买下它是为了保护家人。有天晚上，我带着枪坐在厨房餐桌旁，然后……我相信你已经知道这部分内容了，朋友。”

我抬起一只手摆了摆，做出或许是，或许不是的手势。

“我坐在空荡荡的家中，空荡荡的餐桌旁。有只碗里盛着水果。我闭上眼睛。把水果碗转了两三圈。我对自己说，如果摸到苹果，我就要把枪举起来，对准太阳穴，结束我的生命。如果是橘子，那就……我就拿着自己的头彩大奖去迪士尼乐园。”

“你听得到冰箱的电动机声。”我说。

“说得对，”他一点儿不惊讶地说，“我听得到冰箱……电动机声，还有制冰器的响动。我伸出手，摸到了苹果。”

“你作弊了吗？”

怀尔曼笑了，“问得好。如果你是说我有没有偷看，答案是否。如果你是说我记住了碗里水果的摆放位置……”他耸耸肩，“天知道？不管怎样，我摸到的是苹果：亚当的堕落，我们的原罪。我不用咬一口或是去闻；手一碰到表皮我就知道了。所以，没有睁开眼睛——也没有给自己机会去三思——我拿起枪，对准了太阳穴。”他用我已没有的那只手模仿那个镜头，拇指弯曲，食指对准长长的灰发时刻遮掩的圆形疤痕。“我最后的念头是，‘至少我不用再听冰箱的动静了，也不用再把里面的佳肴领头人牌的派吃完。’我不记得有枪声。无论如何，整个世界变白了，那就是怀尔曼上辈子的终结点。现在……你喜欢听幻觉幻听的屁话吗？”

“是的，请讲。”

“你想看看是不是和你的情况相符，对吗？”

“是的。”这时我想到一个问题。挺重要的一个问题，或许。“怀尔曼，以前你有过这种突发性的心灵感应……接收到怪异的讯息……不管你想怎么命名定性吧……在你上杜马岛之前？”我在想莫妮卡·格尔斯坦的狗，甘道夫，想到自己似乎用被截去的手臂掐死了它。

“是的，有过两三次，”他说，“有空时我会告诉你，埃德加，但现在我不想让杰克陪伊斯特雷克小姐到这么晚。别的因素暂且不考虑，她也会开始担心我的。她是个可心人儿。”

我本可以说，杰克也是个可心人儿，他也会担心我们的，但这些都没有说出口。我只是让他继续讲。

“你经常觉得置身于一片红色，朋友，”怀尔曼说，“我不认为那是一种先兆，准确地说，那也不完全是一种想法……只有当它带出什么想法时才是。有过三四次，我从你那儿接收到的既是一个词，也是一种颜色。至于你的问题，是的，离开杜马岛时也有过一次。就是我们在斯高图的时候。”

“我被一个词儿卡住的时候。”

“你有吗？我不记得了。”

“我也不记得了，但我肯定是那时候。红色是我启动记忆的秘诀口令。一触即发。从瑞芭·麦克英泰尔的歌名到各种各样的事情。我几乎是无意中发现这个机关的。或许也是别的什么的开关。每当我忘记什么时，我会……你知道的……”

“发点小脾气？”

我想到自己如何扼紧帕姆的脖子。如何用力地想要掐死她。

“是啊，”我说，“你可以这么说。”

“唔。”

“嗯，我觉得红色肯定泄露出来，污染了我的……精神外衣？可以这么说吗？”

“差不多。每次我感到红色包围了你，是在你里面，我就想到把一颗子弹打入自己脑袋后醒来时看到的情景，整个世界都是深红色。我以为自己在地狱里，地狱不就该是那副模样吗，永恒的最深最暗的猩红色。”他停了停，“然后我意识到，那只是苹果。就在我眼前，距离瞳孔大概一英寸。苹果在地板上，我也在地板上。”

“我被诅咒到地狱了。”我说。

“没错，一开始我就是这么想的，但那不是诅咒，只是个苹果。‘亚当的堕落，我们的原罪’，我大声地喊出这句话，然后又说，‘水果碗’。我记得每一件事，也记得据说是之后九十六小时里发生的每一件事。每一个细节都清清楚楚。”他大笑一声，“我当然知道，我记住的某些事并不属实，但我照样记得毫厘不差。那一天，没有办法用交互讯问法来验证我的话，更没人关心我看到老杰克·法尔汉姆的眼睛、鼻子和嘴巴里钻出浑身是脓血的蟑螂。”

“我头痛得要死，但等我从苹果或地狱的震惊中回过神来时，我就感觉挺好了。那是凌晨四点。过去了六个小时。我躺在一摊已经凝结的血泊里。血像果冻一样凝结在我的右脸颊上。我记得自己坐起来说‘我是肉冻里的花花公子’，并使劲去想，肉冻算不算果冻。我说，‘水果碗里没有果冻’。说得那么有理智，好像要通过一场心智健全测试。我开始怀疑有没有朝自己开枪。似乎更像是我在餐桌旁睡了一觉，只不过是以为朝自己开了一枪，然后跌落椅子，砸伤了脑袋。血是从头上冒出来的。事实上，考虑到我好端端走来走去、自言自语，这种推断几乎是肯定的。我让自己说点别的。说出母亲的名字。结果我说出口的是，‘钞票种地，地主快回’。”

我点点头，很激动。我也有过类似的经历，不止一次，而是多得数也数不清，都是我从昏迷中醒来后发生的。坐在焦黑上，坐在朋友上。

“你愤怒吗？”

“不，很平静！撞到脑袋了，我想迷糊一阵了也是可以理解的。但紧接着，我看到了地板上的手枪。我把它捡起来，闻了闻枪口。那味道是毫无疑问的，刚刚开过火。那味道辛辣又刺鼻。但是，我仍然坚信自己是睡着了、倒地撞到头，直到我走进洗手间，看到太阳穴上的伤洞。边缘焦黑的小圆洞。”他又笑了，就像别人突然想到自己干过的蠢事——比方说，忘了打开车库门，却径直倒车，撞了上去。

“这时，我才听到最后一个滚珠落定的咔嗒声，埃德加，劲球号码的小滚珠！我也明白了，我好歹是要去迪士尼乐园了。”

“或者一个类似的仙境，”我说，“天啊，怀尔曼。”

“我试图洗清伤口上的焦黑粉屑，但用洗脸毛巾去擦实在太疼了。就像用坏牙齿去咬东西。”

我猛然间想通了，为什么他们不给他做MRI，而是X光。子弹还在他的脑袋里。

“怀尔曼，我能问点别的吗？”

“行啊。”

“人的视觉神经是不是……我不知道怎么说……和双眼反位?”

“确实是。”

“这就对了，所以你的左眼才完蛋了。就像……”一瞬间的工夫，那个词儿又溜得没影了，我攥紧了拳头，追上了，“就像对冲伤。”

“我猜是吧，我击中了自己愚蠢的右半脑，但毁的是我的左眼。我在伤口上贴了邦迪。吃了几片阿司匹林。”

我大笑起来。实在忍不住。怀尔曼也微笑着点头。

“然后我就上床去，打算睡觉。好像身在铜管乐队里，勉强自己去睡。整整四天，我没睡着。我觉得自己大概再也睡不着了。我的思绪好像以每小时四千公里的时速飞转。和那感觉一比，可卡因简直就像赞安诺[1]。我甚至没法安稳地躺一会儿。试了二十分钟，然后跳起来，放一张墨西哥流浪乐队的专辑听。那已经是早上五点半了。我在健身脚踏车上又花了三十分钟——朱莉亚和埃斯去世后，我还是第一次骑那玩意儿，然后冲个澡，去上班。

“后来的三天，我是欢快的小鸟，我是神速的飞机，我是超级大律师。同事们从担忧我到害怕我会出事，再到害怕我本人——越来越神志不清，还把西班牙语和某种法国教士用语混杂一气地用，但有目共睹的是：那些天里我把成堆的文件处理掉了，只有极少数报告又返回了公司。我查过。藏在隐蔽的大办公室的公司合伙人和战壕里的律师们携手同盟，一致认为我精神崩溃了，从某种角度说，他们没错。是我的某个器官精神崩溃了。好些人千方百计劝我回家，但都没成功。戴恩·奈特利是我在公司里最铁的哥们，那时候也百般无奈地恳请我让他带我去看医生。知道我是怎么跟他说的吗?”

我摇摇头。

“‘玉米在田里，交易马上就定。’我记得一字不差啊！说完，我掉头就走。确切地说，我几乎是蹦着走了。走路对怀尔曼来说太慢啦。我熬了两个通宵。第三天晚上，保安要护送我离开，我从他的气势推断出，他是铁了心要赶我走。我告诉他，刚硬的阴茎拥有成千上万毛细血

---

① 一种抗焦虑药物。

管，却没有一丝顾虑。我还告诉他，他是肉冻里的花花公子，而他老爸很恨他。”怀尔曼垂眼看着文件夹，沉思了几秒，“关于他父亲的那句话一针见血，我认为。事实上，我知道那句话能让他哑口无言。”他拍了拍太阳穴上的伤疤，“诡异电台，朋友，我有诡异电台。

“第二天，我被王国里的最高统帅杰克·法尔汉姆召见。他命令我休一次长假。不是要求，而是命令。杰克认为‘我不幸的家庭剧变’发生没多久，而我回公司上班未免太快了。我对他说，那么说傻透了，我已经没有家庭可以剧变了。‘你就说我老婆孩子吞了烂苹果吧，’我对他说，‘说呀，你个白头发老董事，早晚都要被虫子从里到外吃掉。’蟑螂就是这时候开始从他眼睛鼻子里爬出来的。还有两只从他的舌头底下钻出来，爬过他的下嘴唇时溅出一堆白沫顺着下巴流。

“我尖叫起来。还朝他扑过去。他桌上有紧急按铃，我都不知道妄想危险成癖的怪老头有这么一手，但要不是有那玩意儿，我可能就把他杀了。而且，他也跑得很快，真让人刮目相看。我是说，他在办公室里就能加速跑，埃德加。准是多年网球和高尔夫的锻炼成果。”他默默回想当时的情景，又说，“不过，我年轻又疯狂，仍然占上风。等临时凑成的那伙救兵冲进来时，我的手已经扼住他了。十来个律师齐心合力才把我从他身上拽走，而我已经把他那件保罗·斯图尔特的外衣撕成了两半。从上到下。”他缓缓地摇着头，“真该让你听听那婊子养的是怎么鬼哭狼嚎的，你也该听听我的吼声。你能想象出来的最疯狂的吼声，包括谴责——用尽吃奶的劲道喊出来的——谴责他对女士内衣的变态爱好。就像对保安说父亲的事儿一样，我认为那也是一针见血的。有趣吗，不？不管真疯假疯，不管有没有法律意识，反正，那就是我在‘干你老母再干你再忘掉’律师行的职业生涯的句号。”

“我为你难过。”我说。

“别啊，最好还是别。”他用公事化的腔调说道，“律师们把我扭送出了他的办公室，那儿一片狼藉。之后我就发作了，最厉害的一次。要不是现场有个律师助理以前受过医疗培训，我大概会当场暴毙。事实上，之后我昏睡了三天。嘿，我需要睡眠。所以现在……”

他打开文件袋，递给我三张 X 光照片。不如 MRI 拍出来的大脑切片照那么清晰，但就算我是个外行，怎么说也是久病成医，大致能看懂眼前的图片。

“就是这个，埃德加，很多人不承认律师有大脑，但这玩意儿存在。你自己有没有这种照片？”

“这么说吧：如果我想填满一本剪贴簿……”

他咧嘴坏笑，“可谁想有这么一本枪击事件X光照片剪贴簿？你看到圆头子弹了吗？”

“看到了。你准是这么握枪的……”我举起手，指尖向下倾斜，形成很低的角度。

“八九不离十。而且那肯定该算是一发哑弹。开火的力道足以让子弹打穿我的脑壳，并导致弹道的角度更锐利。它埋入我的大脑后就在那儿扎根了。但在扎根之前，子弹已经造成了某种……我不知道该怎么……”

“冲击波？”

他的眼睛一亮，“说得太对了！只不过脑浆的质地比水要稠，更像牛肝。”

“伊哟……真美妙。”

“我知道。怀尔曼口才呱呱叫，他承认。子弹造成了向下的冲击波，那引发了浮肿并压迫了视神经。那儿，就是视觉神经转换系统在大脑中的位置。你看出这事儿荒唐在哪儿了吗？我对自己的太阳穴开枪，不但活了下来，还让子弹导致安装于此的设备失灵。”他指了指右耳上方的骨缘，“而且问题越来越恶化，因为子弹仍在移动。起码比两年前深入了四分之一英寸。说不定更深。我不需要哈德洛克或普林西比通知我；我自己就能从这些片子里看出来。”

“那就让他们动手术，怀尔曼，把子弹取出来。杰克和我可以保证伊丽莎白的安康，一直等到你回……”他却在那儿把头摇得像拨浪鼓。“不要？干吗不要？”

“太深了，没法动手术，朋友。所以我才不让他们收我入院。你以为我不住院是因为我有万宝路男子汉情结吗？才不是。我想求死的日子已经结束了。我依然怀念妻子和女儿，但现在我有伊斯特雷克小姐要照顾，我也开始爱上了这个岛。还有你，埃德加。我想知道你的故事会有怎样的结局。我为自己的所作所为感到过遗憾吗？有时是，有时不。后悔时，我就提醒自己去想，我那时和现在不一样，是两个人，我必须切断和旧我的藕断丝连。那个人太伤心、太迷失了，他真的不能为所有悲剧负责。现在是崭新的人生，我尝试把这些问题视为……好吧……先天不足。”

“怀尔曼，这未免太怪异了。”

“怪异？那就想想你自个儿吧。”

我想了。我曾经扼住妻子的喉咙，然后全部忘掉，浑然不觉。我现在和一个洋娃娃同床共枕。我决定对自己持保留意见。

“普林西比医生想收我做病人，只是因为我是一宗有趣的案例。”

“你怎么知道。”

“我就是*知道*！”怀尔曼压抑着激动，“自从我对自己下手之后，起码遇到过四个普林西比这样的医生。他们相似得令人惊恐：聪明绝顶但无法与人沟通，无法设身处地投入情感，真的很像约翰·麦克唐纳写过的反社会典型，顶多只差一两个级别。普林西比没法在我身上动刀，就像他同样没法给这个位置长了恶性脑瘤的病人动手术。要是肿瘤，他们起码还能试试射线。但一颗推进中的子弹才不会听从射线的摆布。普林西比知道这一点，但他鬼迷心窍。让我住进病房，给我点伪善的希望之光，看起来也没啥错，他可以到病房问我，如此这般是否疼痛……然后，等我死了，或许还能凑份学术报告出来，挂着他的名衔。然后，他就能去坎昆，躺在沙滩上喝冰镇红酒了。”

“太损人啦。”

“不是和那些普林西比眼神里的潜台词一样嘛——他们那才叫损人。我只要瞅一眼就想扭头逃跑，趁我还跑得动。我就是这么干的。”

我摇摇头，释怀吧。“那，接下去会怎样？”

“你干吗不接着开车呢？这地方开始让我心惊肉跳了。我刚反应过来，那个变态就是在这儿拐走小女孩的。”

“我们开进来的时候我就该告诉你的。”

“就算藏在你心里也一样。”他打了个哈欠，“上帝啊，我累死了。”

“是压力大，不是乏。”我前后看了看路，倒车又上了塔米亚米观光道。我还是没法相信我竟然在开车，但有点喜欢上这种感觉了。

“接下去，前景不会灿烂。我吃够了多虑平和佐格灵，多得都能噎死一匹马，那些抗癫痫药物很管用，但那天晚上在佐利亚，我知道自己有麻烦了。我试图否认，但你也知道人们怎么说的：否认事实让法老淹死，却让摩西解放了以色列之子。”

“呃……我认为该是红海。还有什么药能吃吗？有没有药力更强的？”

“普林西比确实摆弄过处方单，但他想给我钮若汀，我头都没回就走了。”

“因为你还有工作。”

“对啊。”

“怀尔曼，如果你瞎得跟蝙蝠似的，对伊丽莎白也没好处啊。”

足有一两分钟，他没吭声。这条路上现在已经没别的车了，我们的前灯照出一片空旷。他说，“很快，眼盲就会成为最不起眼的小问题。”

我冒险扭头瞥了他一眼，“你是说，这颗子弹会让你死？”

“是的。”话语中没了戏剧性，反倒更让人信服。“埃德加？”

“什么？”

“在结局发生之前，趁我还有一只眼管用，我想多看看你的画。伊斯特雷克小姐也想看看。她让我来征求你的同意。你可以用车把一些画拉到杀手宫——你开车技术还挺赞的。”

转向杜马岛的岔路口就在前头了。我打开了信号灯。

“我来告诉你，我经常在想什么，”他说，“曾有过的绝世好运已经转向掉头了。没有什么概率数据能帮你确定这种事，但有些预感你就是甩不掉。你明白？”

“明白。”我说，“还有，怀尔曼？”

“我在听呢，朋友。”

“你爱上了这座岛，但你也认为这座岛有问题。这地方到底怎么了？”

“我不知道毛病出在哪儿，但确有隐情。你不也这样想吗？”

“我当然这么想。你知道我的想法。那天，伊瑟和我打算开车沿着岛路开到头，结果我俩都病了。她的情况比我还严重。”

“她不是唯一一个，根据我听到的传闻。”

“还有传闻？”

“噢，有。海滩还行，但内陆……”他摇了摇头，“我觉得，那可能是某种地下水污染。那也让花卉草木像混账一样疯长，哪怕这儿的气候根本不适宜植物，就连养块草坪也得每天灌溉，否则养不活。我不明白。但最好是离那儿远点。我认为，尤其是对年轻女士，她们以后还得生孩子呢，要生就得生好宝宝，没有先天不足。”

我没有什么刁钻问题要问了。后来的一路上我什么也没说。

9

回忆中，那年冬天我自己的一些事都很清晰，二月里我们回到杀手宫的那晚也同样如在眼前。两扇铁门大开着。坐在大门中央轮椅里的正是伊丽莎白本人，与那天我和伊瑟南行探险中途撤回时看到的情景一模一样。那晚，她没有带箭枪，但又一次穿上了两件套毛衣（还披了件老式高中生夹克模样的外衣），大号球鞋照样伸在不锈钢踏脚板外，在雪佛兰前灯的照耀下，蓝色球面近乎黑色。放在她身边的是助步器，站在助步器旁边的是杰克·坎托里，手里擎着一支大手电。

她看到车过来了，便挣扎着要站起来。杰克先是凑上前扶她坐回去，后来见她是当真的，便把手电放在石子地上，搀着她站起来。此时，我已把车停靠在了门边，怀尔曼打开了车门。雪佛兰的头灯把伊丽莎白和杰克照得恍如舞台上的演员。“不，伊斯特雷克小姐！”怀尔曼喊道，“别站起来！我会把你推进屋的！”

她不理他说什么。杰克帮她撑在了助步器上，她便踏着沉重缓慢的脚步朝我们走来。这时候，我已经从驾驶座里费劲地爬下来了，一如往常，要把右边的伤臀拖下来伸展一下。当她甩开助步器，朝他伸出双臂时，我正站在引擎盖旁。她臂弯上的皮肉软绵绵的毫无生气，车灯强光照得那份苍白活像一团生面，但她的双脚却大大撑开，动作明白无误。饱含夜晚芬芳的轻风吹起她的白发，我看到她的疤，很老的一块疤——就在她右脑边，凹下去的一小块，可我竟然丝毫不惊讶。那和我自己的疤几乎如出一辙。

怀尔曼绕过打开的车门，在原地站了一两秒。我想，他是在做决定，该接受安慰、还是与此同时给予慰问？接着，他用熊一样的姿势走近她，摇摇摆摆，把头放低，长发遮住双耳，垂荡在面颊前。她抱住了他，拉低他的脑袋，搁在她那干瘪的胸前。不管那是不是个拥抱，她左右摇摆了一阵，我警觉起来，但很快她就站直了，我看到节瘤鼓凸、被关节炎扭曲的双手开始抚摩他的后背，而他也拱起了背脊。

我朝他们走去，有一点犹疑。她的双眼转向了我，清亮极了。那不是追问火车几点到的女人，不是说自己他妈的困惑极了的那个女人。脑体中的所有电路都扳回到了“正常运转”的开关。至少，暂时正常。

“我们都很好，”她说，“你可以回家休息了，埃德加。”

“可是——”

“我们都会没事儿的。”用她一节一节鼓起的手指抚摩着他的后背。用无尽的温存抚摩着。“怀尔曼会把我放在轮椅上推进屋的。一眨眼就进屋了。对不对，怀尔曼？”

他点点头，依然靠在她的胸前，没有抬头，也没有发出声音。

我又想了想，最终决定如她所愿。“那好吧。晚安，伊丽莎白。晚安，怀尔曼。走吧，杰克。”

助步器上附有一个小架子，杰克把手电筒搁在上面，瞄了一眼怀尔曼——依然站在那里，头埋在老太太的胸前，然后绕进打开的车门，坐上了我的车。“晚安，夫人。”

“晚安，年轻人。你是个没耐性的巴棋戏玩家，但有前途。埃德加？”她冷静的目光越过怀尔曼的脑袋和拱起的背，直视我，“现在的水流更急了。很快会有激流。你感觉到了吗？”

“是的。”我说。我不知道她在说什么。我明白她在说什么。

“留下来。请留在岛上，不管发生了什么。我们需要你。我需要你，杜马岛需要你。等我又要意识不清的时候，你要记住我说过的话。”

“我会记住的。”

“去找南·梅尔达的野餐篮。在阁楼上，我很肯定。是红色的。你会找到的。东西在里面。”

“什么东西，伊丽莎白？”

她点点头，“是的。晚安，埃德加。”

无须多言我就明白了，当下的意识又从她眼前溜走了。但怀尔曼会把她带进屋的。怀尔曼会照顾她。到他无能为力时，她也会照顾他们两个。我看着他们站在拱门下的石子路上，站在助步器和轮椅中间，她用手臂揽住他，他把头依偎在她胸前。这个记忆，清晰无比。

清晰无比。

10

开车让我紧张，独处良久后突然在人群中过了一天，二者都让我精疲力竭，但倒头就睡也不太可能。我查了电子邮件，两个女儿都发来了当日公报。梅琳达在巴黎染上了咽喉炎，病倒时还不忘自我安慰。伊瑟发来一个链接地址，指向北卡罗来纳州阿什维尔城的《市民时报》。我点击进去，看到有关蜂鸟团的一篇绝妙评论，他们在第一浸信会教堂露了脸，虔诚演绎了哈利路亚大合唱。还有一张照片，卡森和一个非常俊俏的金发姑娘在合唱团最前列，嘴巴大张，彼此凝视。标题如是说：**卡森·琼斯和布里奇特·安德森联袂献唱《您的艺术多么伟大》**。嗯哼。我的"如果如此"女孩写道："我一点儿也不嫉妒。"嗯哼，嗯哼。

我给自己做了腊肠奶酪三明治（在杜马岛上三个月了，我始终没吃腻大腊肠），然后上楼去。看着《女孩和船》系列，实际上是《伊瑟和船》。想着怀尔曼问起我这些天在画什么。想起伊丽莎白在答录机上给我的漫长留言。她声音中的紧张情绪。她说过，我必须提高警惕。

我突然做了一个决定，飞快地下楼去，只要不摔倒，那就再快点。

11

不像怀尔曼，我并没有随身带着我那鼓鼓囊囊的巴克斯顿老钱包；通常，我把信用卡、驾驶证和几张钞票放在前胸口袋里，这就算完事了。钱包锁在起居室书桌抽屉里。我把它取出来，在一摞名片里找到**斯高图画廊**的那张，五个小金字作成了浮雕效果。现在打电话过去肯定不是工作时间，倒也正中下怀。等达里奥·南努兹说完一长串介绍语，"哔"一声响起，我说："您好，南努兹先生，我是杜马岛的埃德加·弗里曼特，在夕阳里画入海贝、花草的那个……"稍作停顿，我本想说"家伙"，又觉得在他听来会不妥，"那个艺术家。您说起过可以帮我举办画展。如果您还有兴趣，可否给我打个电话？"报上号码后我挂了电话，这才感觉好一点。至少，感觉自己似乎办了件正事。

我从冰箱里拿了罐啤酒，打开电视机，想着上床前也许还能在HBO频道找部好电影看看。屋下的海贝发出的声响让人心神安宁，今晚，它们的交谈颇为文雅，细声细语。

但海贝的声音立刻被一个男人的说话声完全淹没了，他站在灌木丛中，手握麦克风。第六频道。当下的明星人物是法庭指派给布朗糖果的辩护律师。这段讲话大概是在怀尔曼拍摄脑部照片的时候摄录的。律师看起来有五十岁，头发往后拢成马尾，但没有装腔作势的感觉。他看上去、听上去就像是被收买了。他对记者说，他的当事人将向法官供呈精神失常的证据以恳请法官判其无罪。

他说，布朗先生有药瘾和性瘾，对色情杂志欲罢不能，是个精神分裂患者。没扯到在冰淇淋和《这才是地道音乐》合辑面前毫无抵抗力什么的，但是，当然，陪审团名单还没有最终定下来。除了本地第六频道，我还看到挂有 NBC、CBS、ABC、FOX 和 CNN 的话筒。媞娜·加里波第就算赢了拼写比赛或科学竞赛，也不会引起这么广泛的报道效应，但被先奸后杀呢？你可就是全国上下无人不知的大人物喽，多了不起。每个人都知道谋杀你的男人把你的内裤藏在他的衣柜抽屉里。

“他诚实袒露了自己的诸多瘾症，”律师说，“他的母亲和继父都嗑药成瘾。童年时代就饱受家庭暴力，被无数次毒打、乃至性虐待。他曾数度进入精神疾病诊疗所。他的妻子是个好心肠的女人，但她自己也有精神方面的困扰。他本来就不该在街头出现。”

他面对镜头。

“这是萨拉索塔的罪行，而不是乔治·布朗个人犯下的罪。我为加里波第的夭折痛心疾首，也为加里波第的家人流泪。”——他把毫无泪痕的面孔对准摄像机，好像要证明这个矛盾——“但将乔治·布朗的余生囚禁在斯达克城监狱无法挽回媞娜·加里波第的生命，更无法杜绝精神崩溃的病人因体制的漏洞而得以在公众场合自由行动、无人监管的状况。以上就是我的陈述，感谢您收看，现在，请允许我——”

他掉头就走，不管记者们吵吵嚷嚷的提问，如果我这就关掉电视或立刻换个频道，事情可能就到此为止了——至少，会有所不同。可是我没有那么做。我看着第六频道切换到演播厅画面，主持人说道：“罗耶·波尼尔是法律改革的先驱人士，曾经打赢近十场理论上绝无胜算的无偿公益官司，波尼尔说他将不遗余力在庭审时反对播放以下画面，由碧欧百货后方的保安摄像头所拍摄。”

于是，那天杀的玩意儿又开始了。孩子自右到左进入镜头。布朗从一个坡道上现身，抓住了她的手腕。她抬起小脸看着他，显然问了他什么。就是这时候，我消失的残肢骤然狂痒起来，仿佛有一群蜜蜂蜇了上来。

我大叫起来——既出于惊讶，也因为剧痛——滚到地板上，把遥控器和盛着三明治的盘子都掀翻到地毯上，死命狂抓那根本不存在的东西。或者说，是我无法抓挠到的东西。我听见自己冲它嘶吼，让它停止，求它别痒了。但显然，只有一种办法能让它消停。撑着膝盖跪起来，我连爬带抓地向楼梯而去，膝盖一使劲，刚好磕坏了遥控器，但也把画面转到了乡村音乐频道。阿兰·杰克逊在唱《音乐巷的谋杀犯》[①]。第二次抓着扶手爬上楼梯时，我感到右手存现。我真的可以感觉到汗津津的手掌抓在木头上，而没有如烟雾鬼影般飘过去。

也不知怎么爬到了楼梯顶，我蹒跚地站起来，挥动前臂，把所有灯都打开，跌跌撞撞几乎是小跑到画架前。画架上有好多张已完成的《女孩和船》系列。我看也不看就把它们全拨到一边，砰的 声放下空白的新画布。我的呼吸混着高热般的呻吟。汗珠顺着发尖往下坠。我抓过一块擦布，倒搭在肩头，就像女儿小时候在肩头搭块毛巾给她们拍出饱嗝时那样。我抓了一支画笔咬在嘴里，抓了第二支夹在耳后，再抓过第三支，但又放下它，改成一支彩色铅笔。从笔尖落在画布上的那一刹那开始，右臂的奇痒便开始缓泄。直到午夜前才画完，痛痒也彻底消失。只不过，那并非只是一幅画，这次是一幅巨作，画得真棒，我敢拍着胸脯自夸。真的太棒了。我真是他妈的天才画家。画面上，布朗糖果的手环锁在媞娜·加里波第的手腕上。画面上，媞娜用那双黑色大眼睛抬头看着他，天真无邪，甚至能让人恐慌。我把她的五官神色刻画得如此逼真，她的父母若瞥上一眼，肯定想去自杀。但他们永远看不到这幅画。

不行，这幅不行。

我的画几乎是那张照片的精准翻版，二月十五日之后，每份佛罗里达报纸都起码登过一次，说不定全美国的大部分报纸上也都登过。但有所不同，关键性的不同。我肯定，达里奥·南努兹将视之为里程碑式的

---

① 这里说的是阿兰·杰克逊翻唱的一首经典乡村歌曲（“Murder on the Music Row”）。音乐巷在田纳西州首府纳什维尔的西南城区。

杰作——美国初民埃德加·弗里曼特不屈不挠冲破陈腐窠臼，奋力改造布朗和媞娜，鬼斧神工终成正果——但南努兹也永远看不到这幅画。

我把画笔全部掼入洗笔筒。油彩蹭到我的手臂上，直到手肘都是（还蹭上了我的左脸颊），但清洗自己绝不是当务之急。

我饿坏了。

有汉堡肉，但还没解冻。杰克上周从莫顿商店里挑来的烤猪肉也冻得结结实实。目前仅剩的腊肠储备刚刚已经做成了晚餐。不过，还有一盒配有水果酸奶的特K麦片没开封。我在麦片碗里倒了一些，但以眼下的饥饿程度来看，那一碗不过是杯水车薪。我没好气地把它拨到一边去，力道大得令它从面包盒里弹出去，再从煤气炉上方的碗柜里取出一只搅拌色拉用的大碗，把整包麦片都倒进去。将半夸脱牛奶冲下去，麦片浮了起来，再加入七八勺满得冒尖儿的糖，然后就埋头大啖，只停下一次，为了添加牛奶。我把那一整碗都吃光后，拖着疲惫的身躯往卧室走去，半途发现电视机里还在播放乡村牛仔音乐，便把它关掉。我摊手摊脚一头栽倒在床罩上，却发现自己和瑞芭眼对眼互看着，而海贝，正在浓粉屋底下低沉轻语。

你干了什么？瑞芭问，这次又干了什么坏事，死男人？

我想说，没什么，但词儿还没出口，我就睡着了。况且，我知道得更多。

12

电话铃把我吵醒。我摸了两次才摁对了答话键，含含糊糊地发出像是“你好”的咕哝声。

“朋友，快起来，过来吃早餐！”怀尔曼兴高采烈地嚷嚷着，“牛排加鸡蛋！庆典大餐！”停了停，又说，“至少有我在庆祝。伊斯特雷克小姐又在云里雾里了。”

“我们庆祝什——”说到一半我就恍然大悟，还能有什么值得庆祝呢？我一下子坐起身，把瑞芭都颠到了地板上。“你的视力恢复了？”

“恐怕没那么好，但确实有好消息。这事儿值得整个萨拉索塔普天同庆啦。是布朗糖果，朋友。早班警察发现他在狱中死了。”

那种痒，刹那如闪电刺痛我的右臂，而且，那是红色的。

“他们怎么说的？”我听见自己在问，“自杀？”

“不知道，但自杀或自然死亡都有可能，他这一死，可给佛罗里达省了一大笔钱，那对可怜的父母也不用痛不欲生地忍受庭审过程了。过来吧，陪我热闹热闹，怎样？”

“我得换衣服，”我说，“还得洗洗。”我看看自己的左臂，各种颜色都涂抹在上面。“我昨晚儿熬夜了。”

“画画？”

“不，狂揍帕米拉·安德森。”

“很遗憾，你的美梦幻想权已被正式剥夺，埃德加。昨晚我也把维纳斯女神狂揍了一顿，她现在有两条胳膊啦。别耽搁太久。你的蛋想怎么烧？”

“哦。炒。我半小时就到。”

“好咧。我得说，你听上去对我的号外新闻可不怎么兴奋哟。”

“我还没醒过来呢。总体来说，我不得不说，我很高兴他死了。”

“领取号码，到餐厅排队。”说完，他就挂了。

13

遥控器坏了，我只能手动操控电视机，真是古老的技术啊，好在我还没忘。第六频道。永远围绕媞娜的画面已被新秀布朗取代，现在的新闻全部围着他的照片转。我把音量调到震耳欲聋的地步，一边在洗手间刮掉皮肤上的颜料，一边收听。

乔治·“糖果”·布朗显然是在睡梦中死去的。一名警察在接受采访时说：“我们从没碰到那么能打呼噜的人，也老开玩笑说，狱友们光是为了这就能把他杀掉。”一位医生说，看情况有点像睡眠窒息症，其并发症会导致布朗死亡。他说这种死因在成年人身上很稀罕，但也不是绝无仅有。

睡眠窒息症，在我听来那是个好理由，但我认为，我才是那致命的并发症。把颜料洗得差不多了，我就上楼去小粉红，看一眼半夜挑灯夜战而出的“巨作”。我想，总不会真像我蹒跚下楼吃掉一整盒麦片前所以为的那么无与伦比吧——怎么可能？毕竟是仓促而画。

但它却是好得没话说。画中有媞娜，穿着牛仔裤和洁净的粉色衬衫，背着小包。画中也有布朗糖果，也穿着牛仔裤，手抓着她的手腕。她仰脸看他，嘴巴微微开启，仿佛真的在问——你想要什么，先生？他低头看着她，纯黑色的双眼里恶意尽显无遗，但他的脸上别无他物，因为别的五官都不存在。我没有画上他的嘴和鼻。

那双眼睛下面，我的布朗糖果是一片完美的空白。

十　泡沫声誉

1

刚坐飞机到佛罗里达时，我穿着厚厚的兜帽夹克，那天早上我徒步跛行从浓粉屋走向杀手宫时，又把它穿上了。很冷，从海湾吹来猎猎疾风，海水在空荡荡的天空下犹如生冷断钢。要是我知道那将是我在杜马岛上挨过的最后一个冷天，说不定还会挺带劲……也或许不会。我已经丧失了愉快地忍受寒冷的本领。

总之，我几乎不知自己身在何处。我把帆布袋搭在肩上，因为带着它走在沙滩上已成了我的第二天性，但我从未把哪枚贝壳或别的零碎装进去。我只是拖着沉重的步子、拖着伤损的坏腿往前走，却几乎毫无感觉，我听着大风呼啸灌耳，却没有真的去听，望着鹬鸟在浪间忽隐忽现，其实根本没有看见它们。

我在想：我杀了他，就像杀了莫妮卡·格尔斯坦的狗一样毫无疑问。我知道那听来太荒诞，但——

但那听起来不像胡扯。那根本不是胡扯。

我停止了他的呼吸。

2

杀手宫的南侧有一个玻璃房。一面窗墙对着过盛的热带树木，另一面对着钴蓝色的海湾。伊丽莎白坐在轮椅里，早餐盘搭在扶手上。认识她以来，我第一次看到她被捆在座椅上。托盘上有几摊炒鸡蛋和几块吐司，看起来就像咿呀学语的小娃娃吃的饭。怀尔曼甚至要用吸管杯喂她喝果汁。屋角里的台式小电视调在第六频道。仍然是布朗，无休无止。

他死了，第六频道还要鞭尸。他显然不该有什么好下场，但这种播报依然让人憎恶。

“我认为她吃得差不多了。”怀尔曼说，“我去给你炒两个鸡蛋、烘一下吐司，你陪她坐一会儿吧。”

“欣然从命，但你不用费事做我那份儿。我画到很晚，画完了又吃了一点。”一点。当然。出门前我还看到厨房水池里有只大空碗。

“不费事的。你的腿今早怎样？”

“不坏。”这倒是实话。“你呢，老伙计？”

“我很好，谢谢。”但他看起来很疲累；左眼依然红通通、水汪汪。“用不了五分钟。”

伊丽莎白已经神游天外了。我把吸杯递给她时，她只吸了一小口，便扭过头去。她的脸是那么苍老，在无情的冬日日光下显得一脸困惑。我心想，我们仨可真是凑成了举世无双三重唱：高龄老妇，大脑里埋着圆头子弹的昔日律师，截去一肢的昔日建筑商。三人的右脑壳上都有重创留下的伤疤。电视里，布朗糖果的律师——也是昔日律师了——正在呼吁全面深入调查。伊丽莎白正闭着眼睛，大概在代表萨拉索塔全体居民发表意见，干瘪的身体缩缩垮垮，前胸完全靠束缚带撑起来，她就那样睡着了。

怀尔曼带着足够我俩吃的鸡蛋回来了，我竟又吃得津津有味，真让人诧异。伊丽莎白开始打鼾。有一件事是很确凿的：如果她在睡眠中窒息，绝不会成为年轻的亡者。

“耳朵上漏了一点，朋友，”怀尔曼说，用他手里的叉子点了点耳垂。

“嗯？”

“颜料。在你的耳垂上。”

“哦，”我明白了，“这儿那儿都是，得花几天才能全部洗净。这次挥溅得挺厉害。”

“半夜三更的你画什么呢？”

“现在我不想提那个。”

他耸耸肩，点点头，“你越来越有艺术家腔调了。开窍啦。”

“别惹我。”

“我表露敬意，你却只听得到挖苦，太伤人心啦。”

“抱歉。”

他摆摆手，“吃你的蛋吧。长成强壮的大块头，像怀尔曼那样。”

我吃我的蛋。伊丽莎白打鼾。电视里吵吵嚷嚷。现在，在演播厅里的是媞娜·加里波第的阿姨，比我的女儿梅琳达大不了多少。她正在说，上帝坚信由佛罗里达州惩戒罪人的动作太慢了，便亲自出面讨伐“那个魔鬼”。我心想，朋友，说得在理，只不过下手的人不是上帝。

“把那该死的嘉年华表演关掉。”我说。

他关了电视，然后神情凝重地望着我。

“你大概说对了，艺术家腔调。我已经决定了，把我的东西放到斯高图展览，只要南努兹那家伙还想要。”

怀尔曼露出微笑，轻轻拍了拍手，那样才不至于把伊丽莎白吵醒。“太棒了！埃德加追求泡沫声誉！干吗不要呢？干吗他妈的不去求名呢？”

“我不是为了追求虚名，”我说，忖付着那是不是完全属实。“但如果他们和我签约，你在工作之余还能不能腾出时间来帮我打理？”

他的笑容黯淡下去。“如果我还在，我当然愿意，但我自己也不知道还能撑多久。”他看到我的表情，又举起双手作投降状，“我还没开始演唱《死亡二月》呢，但请你问自己一个问题，我的朋友：我还是照料伊斯特雷克小姐的合适人选吗？以我目前的状况来说？”

因为那是我不想触及的话题——这个清早不行——我便问道：“打一开始，你是怎么获得这份工作的呢？”

“这事儿重要吗？”

“说不定。”我说。

我一直在想自己是如何来到杜马岛的：原以为是我选择了一处休憩地，而现在渐渐开始相信，其实是这地方选择了我。我甚至还困惑过——通常是躺在床上、听着海贝低语的时候——那场车祸是不是真的是一次事故？当然是事故，一定是，但我依然能轻而易举地找到我和朱莉亚·怀尔曼之间的共同点。起重机撞了我；她撞上了公共事业部的大卡车。当然，也肯定会有人愿意告诉你，在墨西哥玉米面豆卷上看到了耶稣的脸。我对那些人绝无半点恶意。

“好吧，”他说，“要是你想听详细的完整版，那还是省省吧。我讲故事是很花心力的，但眼下，我累得都快油尽灯枯啦。”他郁郁地看一眼伊丽莎白。或许还有那么点羡慕。“昨晚我睡得不太好。”

“那就讲个精简版。”

他一耸肩。刚才还快活高昂的兴致就像啤酒杯上的泡沫一样隐去。魁梧的肩膀向前塌，前胸仿佛被压得下陷。

“杰克·法尔汉姆给我‘放了长假’之后，我决定搬到坦帕，因为那理论上离迪士尼乐园最近。只不过，等我到了坦帕，已经厌倦了无所事事地混日子。”

“你肯定会的。”我说。

“我还感到，救赎已在待命。我不想去达尔富尔或新奥尔良找家小门店做公益事业，尽管也曾动过那种脑筋。我觉得，或许劲球彩的数字球还在什么地方蹦跶，还有一颗小球会从玻璃管里掉出来。最后的号码。”

“是啊。”我说。冰凉的手指滑过我的脖颈。非常轻微。“还有一个数字没有开。我懂那种感觉。”

“是，阁下，我知道你懂。我做好准备要去做好事，希望生活能再次平衡。因为我感到那需要平衡。有一天我在坦帕《讲坛报》上看到一则广告：‘招聘，陪护老妇兼管数栋小岛度假租赁房产。应征者必须递交符合高额报酬和福利的履历和推荐书。该职务极富挑战，贤才必会收获颇丰。必须有财产担保。’那好吧，我有财产担保，也喜欢那个调调。伊斯特雷克小姐的律师安排和我面试。他告诉我，之前担任此职位的夫妇已回新英格兰去了，因为某一方的父母遭遇了灾难性的事故。”

“所以你得到了这份工作。那——”我指了指他太阳穴那儿。

“没跟他说。他已经够起疑的了——很困惑，我想应该这么说，为什么一个奥马哈的从业律师想花一整年时间照顾老太太的衣食起居，大多数日子里还要忙着打理空房子——但伊斯特雷克小姐……”他伸出手，轻抚她骨节鼓凸的手。“我们第一眼就对上了，是不是，亲爱的？”

她只是打着呼噜，但我看到了怀尔曼的表情，又觉得仿佛有冰凉的手指滑过我的后脖颈，这次不再轻微，而是确凿。那感觉令我明了：我们三个能聚在这里，是因为某些东西想要我们来。这份明了并不是基于我成长、立业所接受的寻常逻辑，但那是一定的。这儿，在杜马岛上，我是另一个人，唯一需要我遵循的逻辑就在我的神经末梢。

“我理解她的世界，你知道，”怀尔曼说。他轻叹着拿起手帕擦擦眼睛，仿佛手帕也很沉重。“等我到了这儿，我跟你说过的那一切疯狂热病似的症状都不见了。我完全平静下来，成了一个在碧海蓝天下晒太阳的灰发男人，匆匆忙忙瞄一眼报纸不会犯头痛。我始终坚守一个最基本的信条：我还有债要还，有事要做。我会搞清楚那是什么事，然后完成它。之后我就无所谓了。伊斯特雷克小姐没有雇佣我，并不是真的雇佣；她收容了我。我初到这里时，她不是这个样子的，埃德加。她爽朗，风趣，傲慢，风情，反复无常，总有这样那样的需求——我心情不好的时候，她要么恐吓我、要么逗我乐，总能让我心情好起来，而她也总愿意那么做。”

“听上去，她都忙得冒烟了。”

“她是在冒烟，她抽烟呀。换成别的女人，到了这个地步早就彻底瘫在轮椅里了。但她不会。她要把自个儿撑在助步器上，拖着沉重的步子在这间有空调的博物馆里走啊走，还要去外面庭园里……以前，她甚至还喜欢打靶，有时候是用她父亲的一支老手枪，更多时候是用那支箭枪，因为反冲力小点，也因为她说她喜欢那种声音。你见过她拿那玩意儿，真的很像教父的新娘。”

“那是她给我的第一印象。”我说。

“我立刻就喜欢上她了，也慢慢爱上她了。朱莉亚以前管我叫‘我的伴侣[①]’。我和伊斯特雷克小姐在一起时老想到那个昵称。她就是我的‘我的伴侣’。当我以为我心不再时，她就帮我把心神找回来。”

“我得说，你撞大运了。”

“或许是，或许不是。跟你这么说吧，离开她变得越来越难。再来个新陪护，她该怎么办？新来的人不会知道她喜欢在清晨的木栈道尽头喝咖啡……也不会知道要假装把那该死的饼干桶扔到锦鲤池里……而她不能再解释了，因为现在她已经陷到云里雾里了。”

他转向我，形容憔悴，不止有一丝疯狂。

“我会把每件事都写下来——我们的整套规矩，从早到晚。那是我

① 原文为西班牙语。

的任务。而你，要监督新的陪护照单全做。答应吗，埃德加？我是说，你也喜欢她，不是吗？你不想看她受到伤害。还有杰克呢！说不定他可以来试试。我知道这么开口不太好，但——”

他突然想到了一个新点子，并为之震动。他站起来，盯着外面的海水。他瘦了。紧绷在颧骨上的皮肉泛着油光。头发打着结，成团垂在耳后，很需要清洗一下。

“如果我死了——我也会死的，我会像布朗先生一样睡着睡着就死了——你必须接管这里的一切，直到房地产商找到新住户为止。这不难办到，你就可以在这里画画。这儿的光线多棒啊，不是吗？光线棒极了！”

他有点吓着我了。“怀尔曼——”

他原地转了一圈，现在，双眼烁烁闪亮，左眼似乎透过一层厚厚的血网看出来。“快答应啊，埃德加！我们得好好计划一下！如果我们不安排好，他们会把她装车拖走，塞进什么人家里，而她过不了一个月就会死在那儿！一星期！我知道的！所以你快答应啊！”

我想，他可能说得对。我也想到，如果我不能当场分担一些他的压力，他可能又会在我眼前发癫痫。所以我答应下来。然后，我说：“你会活很久的，比你想的要久得多啊，怀尔曼。”

“可不是嘛。但我还是要把一切都写下来。以防万一。”

3

他又一次提出要用高尔夫车送我回浓粉屋。我对他说，走着回去就很好，但不介意喝完一杯鲜橙汁再走。

现在，我和任何人一样喜欢鲜榨的佛罗里达柳橙汁，但我也要承认，那天早上的橙汁背后藏有更深层的企图。他留我在靠近沙滩的杀手宫玻璃房小接待室里等候。他把那里当作自己的办公室，但我也不太清楚这个阅读不能超过五分钟的男人是怎么处理日常信笺文件的。我猜想，伊丽莎白大概会帮他，这让我很感动，在自己的健康状况变糟之前，她肯定帮了他很多。

进来吃早餐时，我就扫视过这间屋，发现那薄薄的灰色文件夹搁在合拢的笔记本电脑上，怀尔曼这阵子肯定很少用电脑了。我把文件夹打开，从三张X光照片里抽出了一张。

“要大杯还是小杯？”怀尔曼的大嗓门从厨房传来，都快把我吓死了，那张照片差点儿失手掉落。

“中杯的最好！”我也大嗓门回答，一边把X光照片卷起来，放进我的帆布袋里，再把文件夹合上。五分钟后，我又拖着脚步走在了沙滩上。

4

我不喜欢偷朋友的东西——哪怕只是一张X光照。也不喜欢缄口避谈我对布朗糖果所做的事，那显然是我干的。我是可以告诉他的，既然已经说过汤姆·赖利的事情了，他肯定会信我。就算ESP魔力没有跳出来，他也会信我。事实上，那便是麻烦所在。怀尔曼不傻。如果我能用一张画把布朗糖果直接送进萨拉索塔的太平间，说不定也能为昔日的律师先生做一次连医生们都束手无策的脑部手术。但如果我做不成呢？最好别盲目乐观……或许你可以，但我的心已把期望值调得太高了。

等我回到了浓粉屋，屁股疼得都快哭爹叫娘了。我把兜帽夹克塞进衣橱，吃了两片复方羟氢可待因，看到答录机上的灯在闪。

来电人是南努兹。他很高兴接到我的电话。他说，绝对错不了，如果其余的画作都和他那天看到的画具有同等水准，斯高图画廊非常高兴、也非常自豪地出任我个展的赞助者，画展可以在复活节前举办，因为过了节冬季游客都会回北方去。他是否可以有幸和他的合作人一起到我的画室参观，看看其他已完成的作品？他们很乐意起草一份合同让我先过目。

真是好消息——令人激奋，但这事儿似乎发生在别的星球，发生在另一个埃德加·弗里曼特身上。我把这条留言保存下来，然后带着偷来的X光片上楼去，半路又停下。小粉红好像不对劲，因为画架不对劲，空画布和油画颜料也不对劲。这次不该用那些。

我又一瘸一拐走回大大的起居室。咖啡桌上放着一沓“手艺人”牌画纸和几盒彩色铅笔，但它们也似乎不合适。截去的右臂微弱而暧昧地痒起来，而这是第一次，我想我大概真的能够做成这件事……只要我找出正确的媒介，能让信息直白泄出。

我突然想到，媒介（medium），这个词也可以指代能将灵界信息转达到尘世的灵媒人。这念头让我哑然失笑。事实上，还有一点紧张。

我走进卧室，一开始都不知道自己要找什么。然后我看到了衣橱，便明白了。一星期以前，我让杰克带我去采购，没有去十字街商场，而是圣阿芒德环路上的一间男子服装商店，我买了六件衬衫，从上到下系着扣子的那种。伊瑟小时候，总管那种衬衫叫“大人衬衫”。衬衫仍在玻璃纸包装袋里。我把包装撕开，挤出小钉子，又把几件衬衫塞回衣橱，任它们堆成一团。我不想要衬衫。我要的，是里面的纸板。

那种明晃晃的白色矩形纸板。

我在苹果笔记本电脑包的口袋里找到一支油性笔。以前我很讨厌这种笔，味道难闻，又很容易留下污迹。但这次，我喜欢它画出的饱满线条，似乎在强调它们自身的、绝对性的存在感。我带着纸板、油性笔和怀尔曼脑部的 X 光片走出卧室，进了佛罗里达屋，那儿的光线明亮又铺张。

消失的右臂上的瘙痒越来越剧烈了。但现在的感觉是，它更像是我的老朋友了。

我没有医生们用来夹 X 光片和 MRI 扫描片的专用灯箱，但佛罗里达屋的玻璃窗墙完全可以担当此任。甚至不需要胶带或贴条。我可以把 X 光片夹在玻璃和不锈钢贴边之间。好了，世人所谓不存在的东西就在我眼前了：律师的大脑。它飘浮在湾流的背景中。我盯着它看了一会儿，也不知道看了多久——两分钟？四分钟？透过底片，碧波就在灰色褶皱间流淌，我被那情景深深地迷住了，幻想着那些沟沟壑壑的灰质是如何把水波变成了云雾。

圆头子弹是个小黑点，稍有些裂痕。看起来有点像一条小船。飘荡在翡*翠汤*中的一叶扁舟。

我开始画。我打定主意要画出他的大脑，要画得毫厘未伤，要画得没有子弹，但结果似乎不止如此。我继续画，添上了水波，你瞧，因为这画面似乎正需要水。或者说，消失的右臂需要。又或者，二者根本就是一体。只需有个海湾入画的念头，便能心想事成，画得相当成功，因为我真的是个天赋高超的浑蛋。这画只用了二十分钟：飘浮在墨西哥海湾中的一颗人脑。还挺酷。

也挺恐怖的。我肯定不想用这个词来形容自己的画，但这是无法避免的。我把X光片拿过来，和画作对比，科学证明子弹存在，艺术证明子弹不存在，我猛然意识到，个中奥妙我早该看出来了。就在我开始画《女孩和船》系列之后就理应领悟。之前所画的不起作用，只是因为那是神经末梢的动作而已；而画起作用，是因为人们知道所见之景源自天赋以外的地方，从某种程度上说，他们真的知道。杜马岛上的画，传达的是恐惧，我难以遏制这种感觉的滋长。恐怖等待发生。回归到废弃腐船。

5

又饿了。我做了个三明治，在电脑前吃完。电话铃响起时，我正在关注蜂鸟团的动态，他们实在让我放不下心。是怀尔曼。

“我的头不痛了。”他说。

“你总这样和人打招呼吗？”我问，“我是不是该等待你下一通电话过来，开口就说，我刚把肠子拉出来了？”

“别以为我在打哈哈。从我枪击自己再从餐厅地板上醒来后，头痛就没停止过。经常就像背景噪音，有时候会像地狱里的新年钟声一样敲啊敲，但总在痛。可是呢，半小时前，它突然不痛了。我正在给自己做咖啡，头就不痛了。我简直没法相信。一开始，我以为自己死了。我一直都在生死界绕着圈走，就等着疼痛回来，等着那种像麦克斯韦尔的银锤子那样重击而来的疼痛，可没等到。”

“列侬·麦卡尼，”我说，“一九六八年。别跟我说这次我又说错了。”

他什么也没说。但也没沉默多久。但我能听到他的呼吸声。最后，他说：“你干了什么，埃德加？告诉怀尔曼。告诉好爹地。”

我想过要跟他说，我没做什么坏事。又想到他会检查X光照片文件夹，然后发现少了一张。我还惦记着我吃的三明治——已负伤、但还没身亡。“视力呢？有什么变化吗？”

“没有。左灯依然不亮。根据普林西比所言，它算是亮不起来了。这辈子也甭想了。”

该死的。可是，难道我心底里不是很清楚活儿还没做完吗？今天早上用油性笔在纸板上的匆匆描画和前一晚狂风急雨般的挥毫泼墨根本无法同日而语。我累了。我今天不想再做什么了，只愿坐看大海，看着太阳沉到浩瀚的翡翠汤里，什么该死的东西都不想再画了。但这画的是怀尔曼啊。怀尔曼，天杀的。

“你在听吗，朋友？”

“我在，”我答，“今天晚一点，你能让安妮玛莉·惠瑟尔过来帮几个小时的忙吗？”

“为什么？要干吗？”

“那样你就能坐着当模特，让我画幅肖像，”我说，“如果你的眼睛还看不见，我猜想，我就需要画怀尔曼真人了。”

“你真的做了什么，”他压低了声音，“你已经画过我了？根据记忆？”

“查查你的X光片。”我说，“四点左右到我这儿来。我想先睡个午觉。还有，记着带点吃的来。画画会让我饿。”我本想修正一下，是画某种类型的画。但我想自己说得已经够多了。

6

我不知道能不能睡着，但终于是睡了。闹钟在三点把我叫醒。我上楼，到小粉红，检查了储备的空白画布。最大的尺寸是五英尺长、三英尺宽，我就挑中了这张。还调整了画架，将支柱拉到与画布同宽，再把画布固定好。那一片空白，就像竖起来的白色棺材，搅动出胃里的一丝兴奋，也撩拨出右臂的瘙痒。屈指，握拳。我看不见右手，但可以感觉到那五根手指在一张一合。我能感觉到指甲戳进掌肉里了。那些指甲，都很长。它们从车祸后就开始生长，却没办法去剪。

7

怀尔曼迈着大狗熊一样的步态，拖拖沓沓从沙滩走过来，鹬鸟们在他身前飞来飞去。这时候我正在洗画笔。他穿了毛衣和牛仔裤，没穿外套。气温回暖了。

他在前门口大喊一声哈啰，我在二楼大喊一声作回答。楼梯上到一半，他便看到了画架上那张大画布。“哦我的老天爷啊，朋友，你说画个肖像，我还以为是个小头像呢。”

“计划是那样的。”我说，“但恐怕不会那么写实了。我已经做了一些改进。你来看看。”

偷来的X光片和油性笔速写画都放在工作台的底层夹子上。我把它们递给怀尔曼，然后又在画架前坐下。等待中的画布已不再是空白无物了。自上而下的四分之三处已被我淡淡画出一个矩形。我是用衬衫纸板压在画布上，用二号铅笔沿着边缘画出的。

怀尔曼足有两分钟一言未发。他的目光在X光片和我的速写画之间反复游移。然后，用低得几乎听不见的声音说道：“我们这是在干什么呀，朋友？这是怎么回事儿呀？”

“我们什么也没干。”我说，“还没开始干呢。把衬衫纸板给我。”

“就是这个吗？”

“是的。小心点。我需要它。我们都需要。X光片已经不需要了，怎么着都无所谓。”

他把纸板上的画递给我，那只手的动作不太稳。

“现在，你走到成品画那边去。看向最左边的那幅画。角落里那幅。”

他走过去，看向角落，又退缩起来。“老天爷啊！你是什么时候画的？”

“昨晚。”

他把那画拿起来，对着照进大窗的充沛光线端详起来。他看着媞娜，她仰头看着没有嘴巴、没有鼻子的布朗糖果。

“没有嘴巴，没有鼻子，布朗死了，案子结了。”怀尔曼说道，声音低得近乎耳语。“上帝耶稣啊，我真不喜欢扮演朝你脸上踢沙子的沙滩玛丽莲。”他把画放回去，绕着它走……蹑手蹑脚的，生怕脚步踩重了它就会爆炸。“你怎么想的？你着了什么魔？”

“这问题真他妈绝了。”我说，“我差一点就把它收起来，不让你看了。但是……考虑到我们已经到了这个地步……”

“我们到了哪个地步？”

“怀尔曼，还用我说吗？”

他的身体摇晃了一下，仿佛拖着伤腿的人是他；也出汗了，阳光照得他一脸油光。他的左眼仍然是血红一片，但或许不是怒火的那种红。当然，这可能只是我一厢情愿的期许罢了。“你能成功吗？”

“我可以试试。”我说，“如果你想让我试一把的话。”

他点点头，脱去了毛衣。“那就来吧。”

“我想让你站在窗边，那样，日头开始下沉时，光线就会漂亮又强烈地照在你脸上。厨房里有把凳子，你可以拿来坐。你让安妮玛莉代班多久？”

“她说可以待到八点，也可以伺候伊斯特雷克小姐用晚餐。我带了番茄肉酱烤宽面条，够我们俩的份儿。等下我把面条放进你烤箱里，设定在五点半。”

“好的。”反正，面条烤好的时候，阳光也会消失。我可以拍几张怀尔曼的数码相片，钉在画架上，再照着相片画。就算我是个快手，但我已能预计到这将是个漫长的工程——至少要花好几天。

怀尔曼带着板凳回到二楼来时，脚步突然顿住了。“你在干吗？”

“你觉得我在干吗？”

“在好端端的画布上挖出一个大洞。”

“罚你面壁。”我把切下来的矩形画布放在一边，又捡起画有飘浮在海水中的大脑的那张纸板，嵌在画布上。“来帮我把这块粘好。”

“你什么时候想出这招儿的，哥们？”

“我没有想。”我说。

“你没有？”他正透过画布中的方洞看着我，就像成百上千个在建筑工地上凑在洞眼上偷看的人，那是我上辈子常见的景象。

“没。好像有什么东西告诉我该怎么做。你到这边来。”

在怀尔曼的帮助下，剩下的预备工作只花了几分钟。他把那张纸板填进了方洞。我从前胸口袋里摸出一管艾尔莫黏胶，黏在交接处。等我再绕到画布前，发现效果好极了。总之，在我看来一切都妥当了。

我指了指怀尔曼的前额。“这是你的脑子，”我说着，又指了指画架，“这是你在画里的脑子。”

他一脸茫然。

“我是开玩笑呢，怀尔曼。”

“我没听懂，”他说。

8

那天晚上，我俩像足球运动员一样狼吞虎咽。我问怀尔曼，看东西的时候是不是感觉好点了，他无奈地摇摇头。“我的左半世界仍然是黑乎乎的一片，埃德加。真希望我可以跟你说情况大有改观，但没办法啊。”

我把南努兹的留言放给他听。怀尔曼哈哈大笑，作出挥拳出击的动作。很难不被他这个乐天派打动，欢欣、愉悦、几近幸福。“出道喽，朋友——这显然是你的新人生啊。我都等不及要看你登上《时代》封面啦。”他抬手划出一个方框形，仿佛要在半空画出一个封面。

“这件事儿，只有一点让我烦心，”我说……然后又不得不笑出声来。其实，让我烦心的事有一大堆，包括眼下正在做的大工程，事实是：我浑然不知要把自己带入何等境地。“我女儿可能想来看。就是来过这里的那个女儿。”

“那又怎么了？大多数人还巴不得呢，能让女儿们观赏自己晋升为专业艺术家。最后一块烤面条，你要吃吗？”

我们将它分食而尽。我取了较大的那块，摆了摆艺术家的谱儿。

“我盼着她来。但你的女雇主发过话，杜马岛不是女儿们待的地方，我多少有些相信。”

“我的女雇主罹患阿尔茨海默症，症状越来越明显。坏消息是，她抬手都找不到自己的屁股在哪儿。好消息是，她每天都能认识新朋友，包括我。”

“她说过两遍，女儿们的事，而且那两次都没有犯糊涂。”

“说不定她是对的，”他说，“也可能是她脑子里那只小蜜蜂飞个不停，让她胡思乱想、信以为真，毕竟，她有两个姐姐死在了这个岛上，当时她才四岁。”

“伊瑟吐了，一路吐在车门上。当我们回到浓粉屋时，她难受得都快走不动路了。”

“可能只是吃坏了肚子，大太阳底下，东西都容易变质。听着——你不想冒险，我尊重你的想法。所以，你要做的就是把两个女儿安排在一间好酒店里，有二十四小时客房服务，门卫收小费比鸡啄米还勤快。我推荐丽兹卡顿。”

“两个？梅琳达不会——”

他吃完了最后一口，把刀叉往旁边一搁。“你把事儿想歪了，朋友，好在有怀尔曼，他是心存感恩的浑蛋——”

“还没什么事儿需要你感恩呢——”

“——会帮你拨乱反正的。因为我受不了眼看着一堆又一堆烦恼偷走你的幸福。我的老大爷上帝啊，你应该高兴才是。你知道吗？佛罗里达西海岸有多少人巴不得在棕榈大道的画廊里办个展？”

“怀尔曼，你刚刚说老大爷上帝？”

“别偷换主题。”

“他们还没有正式给我办展呢。”

“他们会的。他们要带草拟合同来这儿洽谈不是为了说屁话和笑话。所以你要听我说，现在。你在听吗？”

“当然。”

“个展的时间一定下来——你放心，肯定会办的——你就要有个新星艺术家的范儿，人们指望你抛头露面，你就好好亮个相。接受采访，就从玛莉·爱尔开始，再扩展到报纸、第六频道。如果他们想拿你的截肢做文章，那再好也不过了。”他又在空中划起了方框，“埃德加·弗里曼特，太阳海岸艺术界新星崛起，从悲剧中涅槃重生！”

“朋友，你给我在这儿涅槃吧。”说着，我抓了一把胯下之物。但我实在忍不住要笑。

怀尔曼对我的粗鲁举止毫不关注。他说得都刹不住车了。“你那条消失的胳膊会被镀上金的。”

“怀尔曼，你实在是个愤世嫉俗的杂种。”

他认为我是在称赞他，点点头，宽容地摆摆手。“我会亲自当你的律师。你选画，南努兹做顾问。南努兹安排展览诸事，你来指手画脚。听上去不错吧？”

“应该是吧，是啊。如果事情能这么办当然不错。”

“事情就是会这么办。还有，埃德加，最后要说的也是最要紧的，你要给你在意的每个人打电话，邀请他们来看画展。”

“可——”

“要的。”他边说边点头，“每个人。你的心理医生，你的前妻，两个女儿，汤姆·赖利那家伙，帮你做康复的那个女人——”

“卡迪·格林，”我说着，不禁发起呆来。“怀尔曼，汤姆不会来的。

绝无半点可能。帕姆也不会。琳在法国，得了链球菌咽喉炎，看在上帝的分上。”

怀尔曼继续忽视我的话，“还有个律师，你提到过的。”

“威廉·博兹曼三世。布仔。”

“请他来。哦，当然，还有你的父母。你的兄弟姐妹。”

“我父母都去世了，我是独子。布仔……”我点点头，“布仔倒是会来的。但你别这么叫他，怀尔曼，别当面叫。”

“叫另一个律师布仔？你以为我是蠢货吗？”他想了想，“我对着自己的脑瓜开了一枪，却没能把自己杀死，所以你还是别回答这个问题了。”

我倒也没多想，因为我正在想别的。我这才明白，自己是要为新人生开一场精彩的大派对……人们可能会来捧场。这念头既让我兴奋，又让我畏惧得望而却步。

“他们可能都会来的，你知道，”他说，“你的前妻，满世界跑的女儿，自杀的会计。想想吧——好大一群密歇根暴徒。”

“明尼苏达。”

他耸耸肩，摆摆手，言下之意：管他们哪里来的，对他来说都一样。就一个内布拉斯加人来说，这实在有点目中无人。

“我可以包下一架飞机，”我说，“湾流公司的飞机。再包下丽兹酒店的一层楼。要玩就玩大的。干吗他妈的不呢？”

“说得对，”他一脸窃笑，“来真格的，让饥肠辘辘的穷艺术家看傻眼。”

“对。”我说，“在窗户上挂条大横幅，上面写：**‘为极品松露效力！’**”

我俩放声大笑。

9

杯盘都搁进水池里，我让他回二楼，不用太长时间，让我拍几张数码相片就行——毫无魅力可言的大特写。我这辈子拍过一些好照片，但都出于偶然。我讨厌相机，而相机们似乎也很了解。拍完后，我说他可以回家替下安妮玛莉了。外面天都黑透了，我让他开我的雪佛兰。

“还是走走吧。新鲜空气对我有好处。”他指了指画布，说，“我可以看一眼吗？”

“其实，我认为还是不看为好。”

我以为他会抗议，可他只是点点头，下了楼，但那几乎是一路小跑，步履间跳跃出新的轻盈节奏——这显然不是我的想象。他走到门口，又说：“记得一大早给南努兹打电话。要趁热打铁。”

“好的。你也记得给我打电话，如果情况有什么变化……”我伸出溅满颜料的手指了指他的脸。

他歪嘴一笑，“肯定第一个告诉你。就眼下来说，头不痛了，我已经很满足了。”笑容收敛起来，“你肯定不会再痛了吗？”

“我什么保票也打不了。”

“是啊，是啊，这就是人类的处境，不是吗？但我还是要谢谢你勇于尝试。”出乎我的意料，他拉起我的手，吻了手背。尽管唇上有的是硬胡碴，但吻得倒很绅士。然后道别，走进了暗夜，只剩下湾流的叹息和屋下海贝的轻语。接着，第三种声音也响起。是电话铃。

10

伊瑟打来的，想煲煲电话粥。是的，她的学业进展顺利，是的，她感觉很好——事实是，很棒——是的，她每周都给母亲打一个电话，也和琳通电邮。在伊瑟看来，琳的链球菌感染症恐怕只是自说自话。我说，对她的宽容豁达深表震惊，她便大笑。

我告诉她，现在有个机会让我在萨拉索塔一家画廊里办展览，她兴奋地尖叫起来，我不得不把听筒挪开，躲开高分贝。

“爹地，实在太棒了！什么时候？我能去吗？”

“当然，只要你想来。”我说，“我打算邀请每一个人。”在说出这句话之前，我甚至尚未下定决心。“我们想在四月中旬把它办出来。”

“该死！那时候我本来计划去追赶蜂鸟团的路线。”她停下来，想了想，又说，“我两边都能去。自己多跑点路就成。”

“你觉得可以？”

“是的，当然可以。你只需把日子告诉我，我保证出现。”

泪水刺痛了我的眼睑。我不知道有儿子是什么感觉，但我肯定不会像有女儿这样贴心。“宝贝，我很感动，谢谢你。那你觉得……你姐姐有没有可能会来？”

“你要问我，我认为她会的，”伊瑟说，“看到你的成就能让那么多人激动兴奋，她准会乐疯的。会有关于你的新闻报道吗？”

“我的朋友怀尔曼认为肯定会有的。独臂艺术家，诸如此类。”

“但你真的是很棒啊，爹地！”

我谢过她，又把话题转到卡森·琼斯身上。问她有没有他的消息。

“他挺好的。”她说。

“真的吗？”

“当然——干吗这么问？”

“我不知道。只是觉得从你声音里听出了一点点不安。”

她可怜巴巴地笑了几声，“你太了解我了。事实上，他们现在每到一处都会成为焦点——好评如潮传千里。合唱团本来计划五月十五日就终止巡演，因为有四位演唱者接下去还有别的任务，但票房经纪人又找来了三个新人。布里奇特·安德森都快成大明星了，也已把亚利桑那州的实习牧师计划推延了。那还挺幸运的。”说到这里，她的声音干巴巴的，好像是我不认识的女人说的。“所以，巡演不会在五月中旬结束，相反，延长到了六月底，在中西部也定了演出，最后一场会在旧金山的考厄宫。辉煌时刻，嗯？”下面是我的反问，用了当伊瑟和琳还是小女孩时在车库里上演“芭蕾超级秀”时的语气，但我不记得当时有如此悲伤、夹带讽刺的口吻。

“你担心那家伙和这个布里奇特……？”

“没有！”她立刻反驳，又笑起来，“他说她歌喉动人，能和她同台演唱是他的幸运——他们现在有两首合唱曲目了，以前只有一首——但她为人浅薄，趾高气扬的。还有呢，他希望她能砸点小钱，否则他宁可自己出血，你知道，他不想和她合用一支麦克风。”

我等着。

“好吧。”伊瑟终于说了。

“什么好吧？”

“好吧，我是很担心。”停顿，“有点吧，因为他每天都和她在一辆巴士上，每晚都和她登台演出，而我在这里。”停顿，而且很长时间。“而且我和他通电话时，他听起来好像和以前不一样了。差不多……但不是很一样。”

“那可能是你的想象。”

“是的。有可能。但不管怎么说，如果会有什么事发生——没事，我肯定没什么的——但是万一有事，最好是发生在现在，总比……你知道……我们那个之后要好。”

“是的。”我说，心想，这真是成年人世界里才有的伤心。我记得自己偷偷翻出他们手挽手站在路边的合影，用已经消失的右手去触摸照片，然后冲上楼去，残肢腋下夹着瑞芭疾步走到小粉红。那好像已是很久以前的事了。“笑脸王子”曾写下：我爱你，南瓜宝宝！但不知为何，那天用维纳斯彩色铅笔（好像也是很久以前）画的画却像是在挖苦“爱情不朽”这种想法：穿着网球小裙的小女孩，望着浩瀚的海湾。网球散落在她脚边。更多的网球漂浮在卷卷而来的浪头间。

那个女孩是瑞芭，但也是伊瑟，还有……还会是谁？伊丽莎白·伊斯特雷克？

这想法有点漫无边际，但我觉得，是她。

现在的水流更急了。伊丽莎白说过，很快会有激流。你感觉到了吗？

我感觉到了。

“爹地，你还在吗？”

“在。”我说，“宝贝，你要好好的，好吗？别把自己搞得晕头转向。我在这儿的朋友说过，到最后我们都会因自己的忧虑而殚精竭虑。我多少是相信这种说法的。”

“你总能让我的感觉好起来，”她说，“所以我才打电话嘛。我爱你，爸爸。”

“我也爱你。”

“有多爱？”

她这么问有多少年了？十二年？十四年？无所谓，我总会记得答案。

“百万千万，还有一份爱藏在你的枕头下。”我说。

等我道了晚安、挂了电话，我开始想，如果卡森·琼斯伤害到我女儿，我会把他杀了的。这想法让我微微一笑，兀自揣度世间有多少父亲曾有过这种念头、下过这种决心？但在所有的父亲里，涂抹几下画笔就能把漫不经心伤女儿心的求婚者杀死的，恐怕只有我一个。

11

第二天，达里奥·南努兹和一位合作伙伴就来了。那人叫做杰米·吉田，是个日裔美籍版的道连·格雷。南努兹的捷豹停在门前车道上，他下了车，穿着一条褪了色的直筒牛仔裤，而印有韩日美女嘻哈乐队头像的T恤褪色更重，黑色长发被湾流轻风吹起，看上去只有十八岁。等他走到人行道尽头快进屋时，又好像变成了二十八岁。当我们握手、面对面直视时，我看到他眼角和嘴角的细纹，瞬间他又年近半百了。

"很高兴见到你，"他说，"画廊内外至今都在津津乐道你上次的拜访。玛莉·爱尔又来了三次，询问我们何时与你签约。"

"进屋说吧，"我说，"沙滩那边，我们的朋友怀尔曼打了两次电话给我，问我有没有在他不在场的情况下签合同。"

南努兹笑了，"我们不是干欺骗艺术家的行当，弗里曼特先生。"

"埃德加，记得吗？你们愿意先来点咖啡吗？"

"先看画，"杰米·吉田说，"再喝咖啡。"

我深呼吸一下，"好的。请上二楼。"

12

我把怀尔曼的肖像盖起来了（仍是轮廓模糊的草图，脑体在四分之三处悬空飘浮），媞娜·加里波第和布朗糖果的那幅画被藏进了楼下衣柜里，不见天日（和《福利之友》和红袍人像放在一起），但剩下的画作都已展露在外，靠墙而立。现在的画已能围满两面墙，第三面墙也占了大半；共有四十一幅，包括《女孩与船》系列中的五张。

直到他们的沉默让我再也忍受不了时，我主动打破寂静，"多谢指点我使用力克媒介剂。很管用。要用我女儿们的话说就是：酷毙了。"

南努兹好像没听到。他顺着一个方向往前看，吉田和他反向。谁也没问起画架上盖着白布的大画；我猜想，那大概是他们那行的基本礼仪吧。我们身下，海贝喃喃。不知何处，很远很远，有辆滑水艇嗡嗡响。我的右臂有点痒，但很轻微，深藏不露，那是在告诉我，它想画画，但还可以等——它知道，画画的时机总会来的。就在太阳下山之前。我会先参考夹在画架两边的数码相片画，然后就会有什么东西来接手，一路画下去，海贝的碾磨声会越来越响，钴蓝的海湾也会渐渐变色，从桃色变成粉色再变成橘色最后就成了**红色**，那就好了，那就妥了，一切的一切都会安妥。

南努兹和吉田在小粉红门口、也就是楼梯口会合了。他们寥寥数语交换了意见，又一起朝我走来。吉田从牛仔裤的后袋里抽出一个商务信封，正面印有“**斯高图画廊草拟合约**”的齐整字样。“给，”他说，“请转告怀尔曼先生，为了展出您的画作，我们愿意接受任何合理的条款修改意见。”

“真的吗？”我问，“你肯定？”

吉田没有笑，“是的，埃德加，我们向您保证。”

“谢谢您，”我说，“谢谢你们二位。”当视线从吉田转向南努兹时，我看到他在笑。“达里奥，真的万分感激。”

达里奥环视画作，笑了一声，抬起双手又放下，“我认为，表达谢意的应该是我们，埃德加。”

“这些画的明晰度让我过目难忘，”吉田说，“还有它们的……我不知道该怎么说……我认为该说是……洞彻世相。这些画面会令观赏者心悦诚服，但也不会吞噬观者的感受，令其麻痹。另外，让我惊诧的是您的神速。您就是决堤之口。”

“我不明白你的意思。”

“大器晚成的艺术家通常被形容成决堤之口，”南努兹说，“倾囊而出般汹涌地创作，仿佛是为了弥补失去的时光。不过……几个月内就完成四十幅……几个星期，实在是……”

你们还没看到幼女杀手的那幅呢，我心里说。

达里奥的笑中并没有幽默的感觉。“千万小心，别把这地方焚毁，好吗？”

“好的——烧毁可就糟了。既然我们已经达成了共识，我可以把部分作品储藏在你们画廊吗？”

“当然可以。”南努兹说。

“太好了。”我很想尽快就把合同签了，不管怀尔曼如何看待这份契约，只愿把这些画撤出杜马岛……我担心的可不是火灾。起步晚的艺术家或许普遍会倾囊而出，但四十一幅画在杜马岛上实在太多了，至少超出常态的三倍。我感觉得到它们在这间屋里活生生存在着，酷似钟形罩里的电流源。

当然，达里奥和杰米也感受到了。那些该死的画会有如此强有力的感召力，这也是部分原因。它们的魔力会传染。

13

次日清晨，我加入怀尔曼和伊丽莎白在杀手宫木栈道尽头的咖啡早餐。现在，我除了阿司匹林之外，别的药都不吃了，伟大的沙滩漫步已不是艰辛挑战，而是纯然的乐趣。尤其是天气暖和起来之后。

伊丽莎白坐在轮椅里，早餐馅饼凌乱地摊在盘子里。看起来，他已经想办法喂她喝了点橙汁和半杯咖啡。她愣愣地凝望大海，带一种严苛拒绝的表情，在这个清晨，与其说她像黑手党头头的爱女，倒不如说更似济民号上的布莱船长。①

“早上好，我的朋友，”怀尔曼说，又对伊丽莎白说，“这是埃德加，伊斯特雷克小姐。他过来吃早餐。你不想打声招呼吗？”

“老鼠头屎尿多。”她说。我想大概说的是这句。不管怎样，她是对着海湾说的，海面仍是深蓝一片，宛如沉睡未醒。

“还没缓过来，我明白。”我说。

“不。她刚刚沉下去，等会又会浮上来，但至今为止，她从不会一蹶不振。”

“我还没有把我的画带来让她看。”

“现在带来也没用。”他递给我一杯咖啡，“来，自己招呼自己，别客气。”

我把草拟合同的信封递给他。怀尔曼拆开信封时，我转向伊丽莎白问道：“今天晚一点，你想听几首诗吗？”

---

① 济民号（H.M.A.V.Bounty），一七八七年八月五日，英国海军任命威廉·布莱上尉为济民号的船长，开始以西印度群岛为终点站的航程。布莱船长经常当众批评他的手下，加上天气恶劣，航程险阻重重，船员怨声载道，暴发了一场海上叛变，大副带领船员将布莱船长和他十八名忠心的船员放逐到一艘救生艇上漂流。他依靠优异的航海技术，在四十一天后到达了印尼帝汶岛，成为英国航海史上的壮举。

没有回答。她只是无情面目，紧锁双眉，凝望大海。布莱船长要命令手下把谁捆在船桅上一通猛鞭恶打了。

说不出是为什么，我又问："伊丽莎白，你父亲是个潜游人吗?"

她慢吞吞地扭过头来，将苍老的目光投向我这边。上唇微启，像狗在咧嘴笑。那一瞬间，我只觉是另一个人在看着我，尽管倏忽即逝却感觉漫长。甚至不是一个人。而是某种实体，披挂着伊丽莎白·伊斯特雷克苍老、苍白、绵软无力的皮肉，就像套一只袜子。我的右手猛地握紧，早已不存在、却又长得过长的指甲又一次掐进早已不存在的掌心里。然后，她又回头去看海，同时又无意识地伸手在盘子里摸啊摸，直到指尖碰巧捏到一块馅饼皮，而我开始称自己为神经过度紧张的白痴，这儿，毫无疑问有某种诡异的力量在运转，但并非每一片阴影都是个鬼魂。

"他是。"怀尔曼漫不经心地回答我，把合同铺开，"约翰·伊斯特雷克就是现实生活里的里克·布朗宁——你知道的吧，五十年代扮演黑湖怪物的大影星。"

"怀尔曼，您真是富含垃圾资讯的自流井。"

"是吗，那我岂不是很酷?她的老爹不是在店里买下那支弩箭手枪的，你知道吗?伊斯特雷克小姐说那是他定做的。大概应该放在博物馆里才对。"

但我不在乎约翰·伊斯特雷克的箭枪，现在不行。"你是在看合同吗?"

他把它搁在盘子里，看看我，迷惑不解地说："我在试呢。"

"左眼如何?"

"没变化。可是，嘿，没理由失望啊。医生说过——"

"就算帮我个忙。把你的左眼遮起来。"

他照做了。

"你看到什么了?"

"你啊，埃德加。一个丑八怪。"

"是啊，是。现在遮右眼。"

他照做了。"现在只有一片黑色。不过……"他停了停，"大概不那么黑了。"他又放下手，"我说不准。这些天来，我没法把现实和希望区分开。”他使劲地摇摇头，甩得头发都飞起来，再用掌根砰砰敲了敲前额。

“放松点。”

“你说得倒轻巧。”他沉默地坐了片刻，从伊丽莎白手里取出那片馅饼，喂给她吃。直到馅饼安全无恙地消失在她嘴里，他才转身对我说：“我去拿点东西，你能陪陪她吗？”

“乐意得很。”

他迈着轻快的步子走上了木栈道，留下我和伊丽莎白。我想喂她再吃几口剩下的馅饼，可她嚼了嚼就吐在了我手里，让我想起自己七八岁时曾养过一只小兔子，回忆闪回，我想起它叫做希屈先生，但为什么叫这个名字却想不起来了——回忆真是滑稽，不是吗？她的嘴唇很柔软，虽然没有牙齿，但不会讨人厌。我把她两侧的头发向脑后的圆髻捋顺，白发纤细，也很干涩。这个清晨，肯定是怀尔曼帮她梳洗穿戴的，也包括尿布，因为她这种状态下肯定无法自理。我不禁思忖，当他扣上扣子、绑好护带的时候会不会想到埃斯梅拉达；梳起这个圆髻时又会不会想到朱莉亚。

我又捡起盘子里的一块饼。她顺从地张开嘴……但我犹豫起来。“红色野餐篮里有什么东西？伊丽莎白？阁楼上的那个篮子？”

她好像在思考，使劲地想，然后说：“老浸渍管。”迟疑了一下，又耸耸肩，“随便哪个浸水筒阿黛都想要，妈的！”然后咯咯笑起来。

她像女巫那样笑，听得我胆战心惊。我把剩下的馅饼喂给她，一块接一块，没有再问什么。

14

怀尔曼带着一台袖珍录音机回来了。递给我时，他说：“我真不愿意麻烦你把合同录下来，但我必须这么做。还好这鬼东西只有两页长。如果你方便，今天下午就录好给我吧。”

“没问题。如果我的画真能卖出去几幅，你会有分成，我的朋友。百分之十五。法律咨询费和天才挖掘费都包括了。”

他坐在椅子里往椅背上一倒，放声大笑，同时又有点叹息。“上帝啊！我以为自己这辈子不会再背了，可就在这当口，突然摇身一变成了他妈的天才经纪人！请您原谅我的粗俗用语，伊斯特雷克小姐。”

她根本没听见似的，只是神情凝重地望着最远、最蓝的海平线尽头，那儿有一艘油轮梦幻般向北驶向坦帕。那一下子就攫住了我的心神。海湾里的船，对我就会有这股神奇魅惑力。

我强迫自己把注意力转回来，对怀尔曼说：“这件事由你全权负责，所以——”

“你都瞎扯什么呀！”

“——所以你必须随时待命，像个男子汉那样上阵厮杀。”

“我可以拿百分之十，那已经太多啦。答应吧，朋友，要不我们就从百分之八开始谈。”

“好吧。那就十。”我伸出手，在伊丽莎白满是碎屑的早餐盘上方和他握手。我把小录音机揣进口袋里。“你也要及时与我联系，如果有什么变化……”我指了指他红色的左眼。确实不像以前那么红了。

“那是当然。”他拿起了合同。上面落了些伊丽莎白的馅饼屑。他用手掸了掸再递给我，又倾身向前，垂手在两膝间，越过伊丽莎白胸前的大托盘盯着我看。“如果我再拍一次 X 光片，会拍出什么模样？圆头子弹会变小？还是，不见了？”

“我不知道。”

“你还在画我的肖像吗？”

“是的。”

“别停手，朋友。请你不要停。”

“我没打算收手，但也不要把期望值定得太高，好吗？”

“不会的。”他又突然想到了另一件事，诡谲的是，竟然和达里奥提到的忧虑惊人的相似，“如果闪电劈中了浓粉屋，连画带屋都烧光了，你觉得会发生什么状况？你觉得我会怎样？”

我摇摇头。我不愿设想那种场面。但我在琢磨，要不要问问怀尔曼我能否到杀手宫的阁楼上找寻某只野餐篮（那是**红色的**），但我决定还是不开口了。我肯定篮子在那里，至于篮子里面有什么，我就没太大把握了。杜马岛上有古怪的东西幽游逡巡，我有充分理由相信，那不会是什么美好的东西，而我不想对它们有所动作。我让它们清净，说不定它们也会放我一马。我会把大部分画作运出本岛，以卫护这里的美丽和平静；也可以卖，只要有人想买。看着它们离开，我决不会痛心疾首。画的时候我对它们充满激情，但一旦画完，它们对我来说就毫无意义了，就像以前我会把大脚趾两边的半圆形硬皮扯掉，以免在八月盛夏的建筑工地上行走时它们在工作靴里硌我的脚。

《女孩与船》系列让我有些踌躇不定，不是因为特别钟爱，而是因为那一组画还没完成；那些画活生生的，如同血肉之躯。我或许会把它们展出，也可能稍后出售，但现在我打算把它们搁在原地，就放在小粉红里。

15

走回浓粉屋后，海平面上一条船也见不到了，画画的欲望暂时消停了。我掏出怀尔曼的小录音机，把合同样本读了一遍，录好。我不是律师，但我在上辈子见过、也签过法律文件，这事儿再简单不过了。

那天傍晚，我带着录音机和合同又去了杀手宫。怀尔曼正在做晚餐。伊丽莎白坐在瓷亭里。目光咄咄有杀气的苍鹭——非一般的家庭宠物——立在走廊外面，用苛责的神情瞥进来。白日将尽，夕阳光照满这间屋子。不过，不全是日光。瓷偶镇上混乱不堪，人偶和动物在这儿那儿随意跌倒，建筑物分散在竹面长桌的四个角落里。支柱撑起的大豪宅甚至完全底儿朝天了。伊丽莎白坐在桌后的椅子里，仍然是一脸布莱船长的表情，似乎在考验我敢不敢把每一样玩物都重新放好。

怀尔曼在我身后突然说起话来，把我吓了一跳。“只要我把它们按照以前的某种样式重新放好，她就把它们全部拨乱推倒。她已经把好些瓷人儿砸到地上，都摔烂了。”

“这些东西有价值吗？”

“有些算古董吧，但那真的不是问题所在。当她清醒时，她认得每个瓷偶。认得，也钟爱它们。如果她缓过神来，问我皮普波在哪儿……或是煤炭翁在哪儿……我只能告诉她，她把它们砸烂了，那她就会伤心一整天。”

“如果她缓过神来。”

“是的。没错。”

“我想这就回去，怀尔曼。”

“要画画？”

“计划是如此。”我转向一片混乱的长桌，“怀尔曼？”

“在呢，伙计。”

“为什么她这样的时候就要把它们搅成乱局呢？”

“我想……因为她受不了看着它们齐齐整整，而她不行。”

我刚想转身，他却把手搭到我肩膀上。

“我希望你刚才没有看到我。”他说，几乎无法控制声音的起伏，“我有点失态了。如果你想走海滩回去，那就走前门，从庭院里绕出去。你能绕一下吗？”

我绕了。等我回到浓粉屋，便开始画他的肖像。一切都很顺利。我想我该说：进展非常好。我可以看到他的脸就在画面中，呼之欲出，亟待露面。没什么特殊，但感觉很好。没什么特殊状况发生时，总是最佳状态。我很开心，我记得这一点。我很平静。海贝喃喃。右臂在痒，但低沉柔缓。面向海湾的大窗成为一个黑色的方框。当中，我下楼吃了个三明治。打开收音机，听骨头频道里的歌：J. 盖尔在唱《抓住你的爱》。盖尔没什么特别的，但很了不起，是上帝赐予摇滚乐的奇才。我在怀尔曼的脸上加了些玫瑰色。现在，那是一个幽灵了。如鬼魅之影冥冥浮现于画布上。但那是个无害的幽灵。如果我转身，怀尔曼不会像汤姆·赖利那样站在楼梯口的同一个位置，而在沙滩以南的杀手宫里，怀尔曼的左半边世界仍是一片黑暗；那便是我所知的一切。我在画。收音机播放着摇滚乐。在乐声之下，还有海贝喃喃。

画到某个时刻，我停下来，冲了澡，上了床。没有梦。

当我回顾自己在杜马岛上的时光时，二月和三月里我专注于怀尔曼的肖像，那似乎是最美好的一段日夜。

16

次日早上十点，怀尔曼打来电话时，我已经坐在画架边了。“我打扰你了吗？”

“没事儿，”我说，“我正好可以休息一下。”那是谎言。

“我们今天早上很想你。”停顿，“好吧，你知道。是我很想你。她……”

“明白。”我说。

“合同很讨人喜欢。没什么叽叽歪歪的要改。那上面说，你和画廊对半分，但我要把数字再敲定一下。如果销售额达到二十五万，就不能再五十对五十的分账。收益一旦过了那个数额，就按六四开，你赚更多。”

“怀尔曼，我绝对不可能靠卖画赚到二十五万！”

“我倒希望他们也这么想，朋友，所以我还要提议卖到五十万时，升至七三开。”

“还要让佛罗里达小姐给我打手枪，”我心虚地说，“把这条也记上。”

“记下喽。还有一点是关于一百八十天的协约终止期。应该是九十天的。我觉得这一点不会带来大麻烦，但我觉得挺有趣的。他们是怕纽约哪家大画廊猛扑过来，把你挖走呢。”

“合同上还有什么需要我搞明白的？”

“没了，我觉得你迫不及待想回去画画了。我会和古田先生联系的，把这几条改动一下。”

“你的视力有改观吗？”

“没有，朋友。真希望我说有啊。但你还是去画画吧。”

我正要把电话移开耳边，他又说道：“今天早上你有没有碰巧看了新闻？”

“没有，压根儿就没打开过电视。怎么了？”

“地方验尸官说布朗糖果的死因是充血性心力衰竭。没什么，我只是觉得你大概想知道。”

17

我在画。画得慢也比不画要好。怀尔曼的脸庞围绕着飘浮在海湾里的大脑浮现出来。那是比夹在画架两边的照片里的怀尔曼更年轻的怀尔曼，但也不错；我渐渐不再频繁参照照片了，到了第三天，我就把照片都取下来了。不再需要。不过，我的绘画方式估计和大多数艺术家们差不多：好像那是一种常规工作，而非痉挛般阵阵发作的神速疯癫挥笔舞墨。我边听广播边画，频道已固定在了骨头频道。

第四天，怀尔曼给我带来一份修改好的合同，嘱咐我签字。他说南努兹想给我的画拍照，制成幻灯片，好在三月中旬萨拉索塔的赛尔拜图书馆举行的讲座上放映，也就是我的画展开幕前的一个月。怀尔曼说，会有来自坦帕和萨拉索塔地区的六七十位艺术赞助者出席这次演讲会。我说好，然后签了字。

达里奥是下午来的。等他一张张拍照的时候，我有点不耐烦，想赶快回去工作。我们基本上是在闲聊，我问他，赛尔拜图书馆的讲座由谁主讲。

达里奥挑起眉毛看着我，好像我在说笑话。“全世界对你的作品最熟悉的那个人，”他说，“那就是你呀。”

我瞪着他，“我不能做讲座！我根本不懂艺术！”

他挥臂指了指那些画，杰克和两个斯高图的兼职帮手会在下周把它们装箱运到萨拉索塔。我估计，它们会被留在柳条箱里，搁在画廊后面的仓库里，直到展览举办前才被取出来。“这些画和你说得可大不一样啊，我的朋友。”

“达里奥，那些人都是识货的！他们都上过专业课程！我打赌他们大多是艺术专业的，看在上帝的分上啊！你想让我怎么办，站到讲台上说声呸？”

“这倒很像杰克森·波洛克谈起自己作品时的表现。他喝醉了就常这么说。而那让他成了大富翁。”达里奥走向我，一把抓住我的残肢。这让我大为吃惊。很少有人愿意触碰截肢者的残臂；好像在内心深处，他们相信截肢手术也会传染。“听着，我的朋友，这些都是很重要的人物。不仅仅是因为他们有钱，还因为他们对新艺术家兴趣高涨，而且每个人都起码认识三个有同好的朋友。讲座之后——你的讲座之后——坊间传闻就会开始广为流传。那种传闻几乎总会产生魔法般的效应，也就诞生了所谓的‘传说’。”

他停下来，摆弄了一下照相机的背带，笑了一下。

“你需要做的，无非是谈谈你是怎么开始画画的，怎样成长——”

“达里奥，我不知道我是怎么成长为画家的！”

“那就这么说好了。随便说点什么！你是个艺术家呀，看在上帝的分上！”

我便打住话头，由他去了。看起来，这场颇有威胁感的讲座还很遥远，而我现在只想送他出门。我想回去听骨头频道，把画架上的盖布一把扯掉，回到《怀尔曼目视西方》的那幅画中去。想听不入耳的实话吗？这幅画已经不再关乎什么假想性的魔法诡计了。它已然成了它自身的魔法。对它，我已经变得相当自私，任何随之而来的物事——玛莉·爱尔应许过的专访，讲座，画展——似乎都不在我的前景里，而是远远飘忽于我之上。就像海里的一条鱼看待湾流上方的雨水那样。

三月的第一个星期里，一切都在日光下进行。不是夕阳，而是日光。看日光如何灌满小粉红，似乎要把它托举到半空。那一周也是伴着广播音乐进行的，奥曼兄弟、莫里·哈切、雾帽唱着那些经典老歌。从J.J. 卡尔《唤我轻风》的第一句开始："这是另一首你喜欢的摇滚乐老歌；搭车去到百老汇"，直到我关掉收音机，洗净画笔，听见屋下海贝的动静。那一周属于我看到的幽灵鬼脸，属于一个尚未见过杜马岛的年轻人。有一首歌——我想是保罗·西蒙唱的吧——唱到这么一句：*如果我从未爱过，我就永不会哭泣*。那就是这张脸。不是一张真实的脸孔，并不能算真实，但我正在把它画成真的。它围绕着飘浮在海湾中的大脑生长起来。我不再需要照片了，因为这是我熟知的一张脸。这张脸来自回忆。

18

三月四日，天很热，但我不想开空调。画画时我只穿了一条运动短裤，可汗水还是顺着脸庞和体侧流淌下来。电话铃响了两次。第一次是怀尔曼。

"最近我们在这边见不到你啦，埃德加。过来吃晚饭吗？"

"我想还是算了吧，怀尔曼，谢谢邀请。"

"画画，还是腻味了我们在杀手宫的社交小圈子呀？难不成全都说中了？"

"就是因为画画。我快画完了。你的视力有啥进展吗？"

"左灯仍然不亮，但我买了一只眼罩戴起来，那样就能用右眼看了，一口气能看十五分钟呢。这就是一大跃进，我想我欠你一份情。"

"你欠不欠我，我还不知道呢，"我说，"这和我给布朗糖果和媞娜·加里波第画的画不一样。和我太太以及……她的朋友们那种画，也不相同。这一次可不是儿戏。你能懂吗，我说的儿戏？”

“我懂，朋友。”

“但如果有什么变化，我想马上就会发生了。如果什么也没发生，至少你会有一张肖像画，画里的你或许会像二十五岁时那样。”

“你逗我玩儿呢，朋友？”

“没有。”

“我自个儿都记不得二十五岁时的模样啦。”

“伊丽莎白怎样？有好转吗？”

他叹了一口气，“昨天早上她好像有好转的苗头，于是呢，我把她安置在小亭子里，那儿不是有张小桌子吗？我管它叫‘瓷人城’，结果她把一套华伦道夫芭蕾舞女演员砸到了地上。一共八个小人儿，全砸碎了。当然，都是独一无二，无可取代的。”

“真遗憾。”

“去年秋天我根本没想到情况会演变到如此糟糕的地步，而上帝啊，因为我们无法想象的事情而惩罚我们。”

十五分钟后，第二通电话又来了，我烦得把画笔扔向工作台，满肚子火气。那是杰米·吉田。但听到他那激情昂扬的话语，确实很难恼怒下去。他看过了快照，并称那些画“能让每一个人五体投地”。

“真是太好了，”我说，“演讲时我就跟他们说，‘平身’……然后就走出去。”

他哈哈大笑，好像这是有史以来最滑稽的笑话似的，接着又说，“我打电话来主要是想问问，有没有哪些作品是你不想出售的——我们需要标上‘非卖’的标志？”

一番轰鸣从窗外传来，听来就像一辆载重超级大卡车驶过木板桥。我望向海湾——根本没什么木板桥——意识到自己听见的是自西方而来的滚滚雷声。

“埃德加？你还在吗？”

“我在，”我说，“假设有人要买的话，除了《女孩和船》系列，别的你都可以卖。”

“啊！”

“听上去，这个啊代表的是失望。”

“我还打算购入一幅作为画廊馆藏呢。这个系列的第二号作品让我久久难忘啊。”根据合同条款，他可以半折买下我的画。不赖哦，小子，我父亲大概会这么说吧。

“那个系列还没完工呢。或许，等该画的部分都画完了，你可以买。”

“还有很多部分要画吗？”

等我看清船头上那该死的幽灵船的名字，我就会画个不停的。

要不是西面的雷声滚滚而来，我大概会把这句心里话喊出来的。“时机到了，我才能确定。现在我要说不好意思，我——”

“你正在工作，真是抱歉。我得让你接着去画。”

收了线，我思忖了一番，到底还要不要接着去画呢。但是……距离终点已经很近了啊。一鼓作气的话，我可能今晚就能完成这幅画。而且，我似乎有点中意在雷声咆哮于海湾之上的时候挥笔作画。

上帝在帮我，这念头令我一惊，近乎浪漫。

于是，我打开广播，接电话时我把它关了。播放中的是玫瑰轴乐队，倾尽全力般嘶喊着进入高潮，“欢迎来到丛林”。我抓起画笔，夹在耳后。又拿起第二支画了起来。

19

巨雷在交叠中密密层层，雨云的底层恍如巨大的黑色平底船，中间则渐变为淤青般的紫黑色。闪电时不时地劈亮其间，乌云滚雷又像是颗不安分的大脑，动足了坏脑筋。海湾失去了本来的颜色，变得死气沉沉。夕阳被压抑成微弱的黄色光带，后来索性消失了。阴沉的暗影充盈在小粉红屋内。每逢闪电乍现，收音机便噼里啪啦响一阵噪音。我停笔良久，终于还是把它关掉，但没有扭亮电灯。

画到何时，我已不再是我？我记不真切了……到了今天，我甚至无法肯定，那东西是否真的令我不再是我；或许是，或许不是。我只知道，画到某一时刻，在日光最后的残影和间歇乍现的闪电光里，我低头看见了自己的右臂。残肢是晒黑的，其下的截肢却是死白死白。肌肉松松垮垮地垂着。没有疤痕，没有缝线，只有黑白两色的分界线，而那界线之下，瘙痒隐伏，如同烈火将熄未灭。紧接着，又有一道闪电劈开，却没有再照出那条手臂，本就不该有那条手臂——至少，在杜马岛上不该存在，但痒痛仍在那里，那样难忍，令你巴不得立刻大咬一口什么才解馋。

视线回到画布上的那一刹那，痒痛即刻灌入那个方向，就像在决堤之口倾泻而出，那狷狂暴怒又降临我身了。天越来越黑，暴雨滂沱浇在岛上，我不禁想起马戏团表演中，遮住双眼的刀客挥刀掷向美丽的姑娘，她四肢伸开地缚在旋转木盘上，我想我是大笑了，因为我也像是遮住双眼地在画，差不多就是那样的盲黑。闪电时隐时现，怀尔曼跃入又跳出视野，那是二十五岁的怀尔曼，在认识朱莉亚之前、在拥有埃斯梅拉达之前的怀尔曼，在中头奖之前。

我赢，你赢。

强烈的闪电劈开浓云黑夜，将我的窗户照成紫色泛白，一阵呼啸翻卷的大风仿佛顺着那道电流飞来，卷着狂雨撞向玻璃，我心想（在我的头脑里尚有一些角落能分心）：如此强劲的风力下，玻璃窗准会破裂吧。头顶上仿佛炮弹炸响。屋下的海贝呢喃早已变成骨音磋磨，仿佛一堆死物在互诉秘密。以前我怎么没听见呢？死物，是啊！一艘船曾来到这里，一艘满载死人死物、挂着腐败船帆的幽灵船，而它在此卸下了活生生的死人。它们就在这栋屋下，风暴将它们唤醒、重生。我看得到它们在推挤骨骸般的海贝，要破土而出，死白的面孔上凝结腐肉、绿色毛发和鸥鸟的眼睛，它们在彼此身上蠕动爬行，在黑暗中密语不休。对啊！因为需要弥补太多消息，它们迫不及待要问询世事，谁知道下一次令它们活过来的暴风雨何时来到呢？

但我依然在画。我在恐惧和黑暗中画，我的手臂上下挥动，有那么一会儿，我好像真的在亲手指挥这场暴风雨。我实在停不下来。就这样到了某一个时刻，《怀尔曼目视西方》完成了。是右臂向我宣告的。我把名字缩写 EF 涂在左下角，又用双手把画笔一折为二，断笔掉落在地板上。我脚步不稳，跌跌撞撞离开画架，大声疾呼，不管什么事情正要发生，请赶紧停止吧！果然，它会停止的，显然会有终结时刻；画作完成了，现在显然能停止了。

我走到楼梯口向下看，楼梯尽头有两个小东西在滴水。我心想：苹果，橘子。我心想：我赢，你赢。闪电又猛然照亮，我看到了两个小女孩，大约六岁，显然是双胞胎，显然是伊丽莎白·伊斯特雷克那溺毙的姊妹。裙子紧紧贴着她们的身体。头发紧紧贴着她们的脸颊。她们的脸就是死白色的恐怖。

我知道她们是从哪里来的。她们从海贝堆里爬出来了。

她们走上楼梯，手拉着手，朝着我走来。滚雷在头顶上方千米处炸响。我想嘶声尖叫，但喊不出口。我心想：我没有看到这些。然后又想：我正在看呢。

“我办得到。”一个女孩说道。她用海贝的声音在说。

“红色的。”另一个女孩说道。她用海贝的声音在说。现在她们走到楼梯中间了。湿湿的头发贴在脑袋两边，她们的头几乎是骷髅。

“坐在焦黑上，”她们一起说道，就像唱诗班的女孩在吟诵韵文……但她们是用海贝的声音在说话。“坐在焦黑上。”

她们用那可怕之极、鱼肚般的手指来摸我了。

我昏倒在楼梯口。

20

电话铃在响。这真是个电话之冬。

我睁开眼睛，摸索着床头灯，指望灯光能立刻亮堂起来，因为我刚刚做了这辈子最可怕的噩梦。但手没有摸到灯，却碰到了墙。那一瞬间，我蓦然发现自己的脑袋扭曲成怪异的角度，正痛苦不堪地抵在那堵墙上。雷声翻滚——但业已微弱疏远；现在的雷正在远去，但足以唤回每一秒惊恐万分的清晰记忆。我不在床上。我在小粉红。我昏倒了，因为——

我猛然瞪大双眼。臀部倒在梯台上，可双腿歪向了阶梯。我想起了两个溺死的女孩——不，不止是她们，那一瞬间的印象完整无损，尽是鲜明的惊恐——便奋力站起来，完全顾不上臀部的伤痛。我的注意力全部集中在楼梯口上方的三个电灯开关上，但即便手指摸上开关，我的心里依然在想：没用的，暴风雨肯定把电源毁了。

但电灯真的亮了，瞬间便把工作室和楼梯间的漆黑扫荡一空。也是在那个瞬间，我看到了楼梯底部的沙和水，一时间惊惶无措，但灯光能照到很远，足够让我看清楚：前门被大风吹开了。

肯定是被风吹开的。

起居室里的电话响了几声便转换到了答录机。我在录音机里邀请来电者在蜂鸣声后留下口信。来电者是怀尔曼。

“埃德加，你在哪里？”我尚在晕头转向的惶恐阴影里，分不清他的语气是兴奋、惊慌还是害怕。“给我电话，你需要立刻给我回电！”便挂了。

我走下楼梯，每次只走一级，活像七老八十的人，并且让灯光开道：起居室，厨房，两间卧室，佛罗里达屋。我甚至摸着黑把两间浴室的灯也打开了，唯恐又看见什么冰凉潮湿、裹着海草的东西。没什么了。灯光全部点亮后，我才放松下来，也立即意识到自己又饿得发慌。快饿死了。自从开始画怀尔曼的肖像后，我还是第一次有这种感觉……但是，当然啦，最后一锤已定音。

我停在敞开的门口，观望暴风雨后的一片狼藉。只有沙和水，雨水从天花板的木蜡上滴下来，那是我的房东以前用来保持柏木光泽的。门阶下已是泽水之国，本来铺着地毯的几格台阶如今只是一片湿。

我不会承认自己是在寻找足迹，不会。

我去厨房做了个鸡肉三明治，靠着流理台狼吞虎咽。再从冰箱里抓取一罐啤酒，让吃得快噎住的自己舒服点。三明治吃完后，我又把前一天剩下的沙拉一扫而空，稀疏的菜叶飘浮在纽曼法式沙拉酱里。然后，我走到起居室给杀手宫打电话。铃声刚响一下，怀尔曼就接起来了。我想骗他说刚才人在屋外，看看暴风雨让这栋屋吃了多少苦，但事实证明，当怀尔曼给我电话时，我身在何处根本无关紧要。他又哭又笑的。

“我看见了！就像以前一样！左眼清楚得跟铃铛似的！我真不敢相信，可是……”

“慢点说，怀尔曼，我几乎听不清你在说什么。”

他没有放慢语速。或许他慢不下来。“暴风雨最猛烈的时候，我的坏眼睛突然疼起来……疼得你根本无法想象……烧红的铁丝……我以为我们被雷击中了呢，所以帮帮我啊上帝……我摘下眼罩……结果就看到了！你明白我在说什么吗？我能看见了！”

“是的，”我说，“我明白。那可太好了。”

“是你干的吗？是你，是不是？”

“大概。或许。我帮你画了一幅画。我明天带给你。”犹豫了一下，我又说，“我会好好照顾它的，朋友。我认为画一旦完成，发生什么事都不重要了，但我以前还认为克里会击败布什呢。”

他狂放大笑起来，“哦，精辟，我听明白了。画起来很难吗？”

我回答不上来，一个闪念又让我警觉起来，“暴风雨让伊丽莎白难受了吗？”

“哦，伙计，难受坏了。打雷闪电总会把她吓着……但这一次嘛……她很惊怕。尖叫着姐妹们的名字。苔丝和洛洛，就是一九二几年淹死的那对姐妹……不过现在已经好了。你还好吗？是不是很难画？”

我望向前门和楼梯间的地板上那些散落的沙子。显然没有脚印。如果我以为自己看到了更多沙子，那一定是天杀的艺术家的想象力吧。“有点。但现在都过去了。”

我希望那真的过去了。

21

我们又聊了五分钟……或者该说只有怀尔曼侃侃而谈。不如说，是语无伦次。最后，他说不敢上床睡觉。他怕醒来又发现左眼失明了。我告诉他，我认为他没必要担心，并祝他晚安，便挂了电话。而我担心的是，半夜醒来会发现苔丝和劳拉——对伊丽莎白来说，她就是洛洛——分别坐在我的床两边。

她俩之中，或许还有谁把瑞芭抱在湿漉漉的膝上。

我又喝了一罐啤酒，上楼去。我低着头走近画架，眼光直盯着脚尖，然后猛然抬头去看，假装不经意间瞥到那幅肖像。半心半意——尚且理智的一半心——只想看到那幅画已被毁于一旦，颜料从地狱里肆意飞溅到早餐盘上，只希望暴风雨肆虐、唯一的光照来自剧烈闪电时，我信手涂抹、甩向画布的颜料块会将怀尔曼的面容模糊。但余下的那一半心却了悟一切。那一半心分明知道，我是在别的光亮下画完了它（恰如盲眼刀客依靠直觉控制抛掷的飞刀）。那一半心知道，《怀尔曼目视西方》已经大功告成。毋庸置疑。

从某种角度说，那算得上我在杜马岛上的最佳杰作，因为那基本上是我的理智之作——我记得很清楚，直到最后一刻爆发之前，《怀尔曼目视西方》始终画于日光之下。那是用意志力一点点画成的。幽明浮现于画布中的那张鬼脸已经变成了一张可爱的脸庞，年轻、沉静，而且脆弱。黑发柔软。嘴角浮起一丝笑容，同样，绿色瞳孔里也漾着笑意。眉毛又粗又帅。额头宽阔，犹如一扇窗，将万千思绪向墨西哥湾敞开。在那个可以透视的大脑里，没有子弹。说不定，我也轻而易举地取走了某个动脉瘤或恶性肿瘤。完成这项杰作让我付出了高昂的代价，但确有所值。

暴风雨渐远渐弱，雷声苟延残喘地移向佛罗里达的狭长内陆。我想我可以睡觉了，只要我愿意，还能开着床头灯睡；瑞芭永远不会向谁告密的。我甚至可以把她夹在断肢腋下一起睡。我以前也这么干过。怀尔曼恢复视力了。尽管这一事实在彼时彼刻似乎并不是重点所在。重点似乎是，我终于画出了了不起的杰作。

是我的。

我想我可以想着这一条，去安睡。

如何作画（六）

保持重点突出。这是好画和庸俗之作的区别所在，如果只是把世界万物堆积在画面上，那就不成其为好画。

说到聚焦重点，伊丽莎白·伊斯特雷克是个魔鬼；还记得她如何一笔一画地把自己画回这个世界来的吗？当栖在诺问体内的声音对她谈起宝藏时，她把所有注意力集中在这一点上，并把散落于湾流海底沙床中的宝藏尽数画出。等暴风雨过去，一切显露出水面时，入口便会离海面很近，近到阳光肯定能在日正中午时照出灿灿反光——光芒准会自寻路径，投射到海面上。

她想请求她的爹地。她想给自己的无非是瓷娃娃。

爹地说，只要有娃娃，全都是你的——抢救宝藏，应该有赏，上帝应该为此帮助他。

她在他身旁涉水而行，海水浸到了她肉鼓鼓的小膝盖，她手指那里，说道，就在那儿呢，游过去踢几下，直到我喊停。

她站在原处，他则继续往海里走，等他向前游去、把他的身躯扎进翡翠汤时，鳍状肢在她的眼里活像一条小小的平底船。后来，她会把这情景画入画中，就照这种印象画。他拿起面罩，在水里荡了荡，再套上脸孔。将通气管的呼气口咬在唇间。摆动鳍足，脸孔沉下水面，他就这样游进了阳光下的蓝色大海，身体一起一伏，光斑也灿灿起伏，能把玻璃面罩照成金子般的颜色。

这一切我都知道。伊丽莎白画了一些，我也画了一些。

我赢，你赢。

她站在海里，水浸没膝头，胳膊下夹着诺问，她望啊望，直到南·梅尔达担心回潮会把她卷走，才喊她回到被他们唤作“黑影滩”的沙滩上。然后，她们一起站着等。伊丽莎白高声喊，让约翰停下来。她们看到他第一次下潜时鳍足向上翻拍。他潜下去该有四十秒，然后海面的平静被再次扰乱，从通气管的呼气口冒出很多泡泡。

他说，要是下面啥也没有，我就惨了！

可当他向小莉比游回来后，却一次又一次地拥抱她。

我就知道有。我画出来了。近旁的毛毯上放着红色野餐篮，箭枪就躺在篮盖上。

他又出发了，回来时抱着古董玩意儿，满满登登抱在臂弯里，姿势怪异地抵着前胸。后来，他会用上南·梅尔达去市集时挎的大篮子，放一块铅锤进去，就能让篮子轻松下沉。再后来，会有一张照片登在报纸上，约翰·伊斯特雷克露着微笑，身旁铺满了好些被抢救而出的好东西——“宝藏”，还有他那天资非凡、最懂得聚焦重点的女儿。但照片里没有瓷娃娃。

因为瓷娃娃是很特殊的。只属于莉比。那是她的赏金。

是那个娃娃般的东西逼得苔丝和洛洛去死吗？也是它生造出了大男孩？那时的伊丽莎白和瓷偶之间究竟有了多少瓜葛？谁才是艺术家，谁才是白纸一张？

有些问题，我永远得不到让自己满意的答案，但我已经画出了自己的画，当涉及其艺术性时，我知道那已足以诠释尼采：如果你集中意志力，聚焦之物也必将以你为焦点。有时候，无需誓言或条件。

十一　杜马视界

1

第二天早上，一大清早，怀尔曼和我就站在沙滩上，海水拍打着我们的脚踝，冻得能让人弹眼落睛。是他先走进海水里的，而我也毫不质疑地跟进。一句废话也没有。我俩都手握咖啡杯。他穿着短裤；我迟疑了好一会儿，才把长裤卷到了膝盖上。在我们身后，木栈道的头上，伊丽莎白懒散地窝在椅子里，阴郁地望着海平面，花白头发飘荡在脖颈上。早餐没怎么动，依然放在她面前。她吃了几口，再把剩下的掰碎乱放。她的头发散着没梳，被来自南方的暖风吹起。

海水向我们涌来。一旦适应，我便爱上了波浪那丝绸般的质地：第一浪让我觉得瞬间失去了二十磅体重，犹如启动了神奇减肥魔法，回浪又将陷在我脚趾间的沙了卷走，精巧的小漩涡微微刺痒我的脚底。身后七八十码开外，两只肥肥的鹈鹕滑翔而过，勾勒出清晨的一缕风景线。然后，它们收拢双翼，像两块石头一样落下地。一只两爪空空，另一只却已搞定了早餐。甚至就在鹈鹕飞起的那一瞬，也能看到小鱼消失在它的大口里。着实是古老的芭蕾，但至今看来也不失美妙。南方的内陆上，绿色植物莽乱张扬，另一只鸟“哦—哦！哦—哦！”直叫，一圈圈地盘旋着。

怀尔曼转身面对我。他不似二十五，但自我们相识后，此时的他显得最年轻。左眼里没有一丝血红色，那种“我行我素、哪怕看错方向”的症状也消失了。毫无疑问，那是在看我；目不斜视。

“任何事，只要我能办到的，”他说，“不管是什么。我这一生。只要你开口，我都愿意赴汤蹈火。你说，我做。这是一张空白支票。你明白我的意思吗？”

“明白。”我说。至于潜台词，我也很明白：当别人给你开空白支票时，你必须永远不去兑现。这不是所谓想出来的结论。有时候，领悟力会绕开大脑，直抵你的良心。

“好吧，那就，”他说，“我只想说这些。”

我听见了鼾声。我扭头去看，看到伊丽莎白的下巴已经垂到了胸前。一只手里还半握着一片吐司。头发在脑袋周围飞舞。

“她好像瘦了。”我说。

“元旦过后她已经掉了二十多磅了。我给她做大号‘安全牌奶昔’——我保证，他们是这么叫的——每天一次，但她总是不愿吃。你怎么样？只是努力工作才让你这副模样吗？”

“什么模样？”

“好像巴斯克维尔的猎狗刚刚啃下了你左边的屁股蛋子。如果是因为加班干活，或许你应该歇歇手、活络活络筋骨。”他又一耸肩，“‘这是我们的观点，欢迎您不吝赐教’，就像他们在第六频道上说的那样。”

我站在那儿，感到波浪将我托起又放下，琢磨着该怎样告诉怀尔曼。该告诉他多少。答案好像不言自明：要么全说，要么一字不漏。

“我想，最好还是让你知道昨晚的状况。但你得先答应我，听完后别把穿白大褂的招来。”

“说定了。”

我便告诉他，如何在黑暗中完成了肖像画。再告诉他，我看到了自己的右臂和右手。接着又看到了两个死掉的小女孩站在楼梯上，自己却昏了过去。等我说完，我们已经慢步走出海水，走回了伊丽莎白打鼾的地方。怀尔曼开始清理她的食盘，将没用的碎屑扫进一只塑料袋里，他是从她轮椅扶手下的袋子里抽出来的。

“没别的了？”他问。

“这些还嫌不够？”

“我只是问问。”

“没别的了。我睡得很香，像个宝宝，一觉睡到早上六点。然后我把你——把你的那幅画——搬到车后箱里，开车到了这儿。顺便问问，等你做好心理准备看——”

“随时都可以。你心里想个数吧，从一到十。”

“干吗？”

“逗我玩玩嘛，朋友。”

我想了个数字，“好了。”

他沉默了片刻，远眺海湾，然后说道：“九？”

“不对。是七。”

他点点头，“七。”手指在前胸打鼓般敲了片刻，又任其垂到膝间。“昨天，我还能说出答案。今天就不行了。我的心灵感应——小小刺痛——不见了。算是挺公平的交易。怀尔曼重返往日，怀尔曼要说非常感谢。”

“你要说的重点是什么？或者说，有重点吗？”

“我有。重点在于，你没疯，如果你担心那个的话。在杜马岛上，伤痕累累的人似乎是特殊族群。当他们不再是伤痕累累时，他们也就不再特殊了。我，我已经痊愈了。你仍然是伤者，所以你还是特殊的。”

“我不太清楚你的结论会是什么。”

“因为你努力要把一件简单的事搞复杂。朝前看看，朋友，你看到了什么？”

“海湾。也就是你说的‘翡翠汤’。”

“那你画得最多的是什么？”

“海湾。夕阳下的海湾。”

“那画画是什么？”

“画就是看，我想是这样。”

“不用猜就知道。那在杜马岛上，看又是什么？”

就像小孩子踌躇着背诵课文，不确定是不是正确，我说道：“特殊的看？”

“对。那你怎么想呢，埃德加？昨晚到底有没有死去的小女孩在那儿呢？”

我顿感一阵寒战，“也许她们真的在那儿。”

“我也这么想。我认为你看到了她姐姐们的鬼魂。”

“我很怕她们。”说这话时，我声音压得很低。

“埃德加……我不认为鬼魂会伤害谁。”

“或许在普通的地方不会伤害普通人。”我说。

他点点头，倒像很不情愿似的，“也对。那么，你打算怎么办呢？”

“我不打算走。我在这儿的事儿还没完呢。”

我不计较画展——泡沫盛名。而是更多。只是，我不知道除此之外还有什么。尚且还不知。如果我非得尝试诉之言语，那一定会是些愚蠢至极的话，活像写在幸运饼干里的那些玩意儿。包含命运一词的那种玩意儿。

“你想搬到这里住吗？和我们住一起？”

“不。”我想那只会让情况恶化，也说不上为什么。况且，浓粉屋才是我的地界，我已经深深爱上了它。“不过，怀尔曼，你愿不愿意找点老资料？关于伊斯特雷克一家，尤其是关于那两个女孩的？既然你又能看东西了，或许可以在互联网上掘地三尺……”

他抓紧我的手臂，“我会像个婊子养的那样深挖到底的。说不定你也一样可有斩获。你会接受玛莉·爱尔的采访，对吗？”

“是的。他们把采访安排在所谓的讲演会之后的那周。”

“问问她关于伊斯特雷克的事。搞不好能撞大运呢。伊斯特雷克小姐在年轻时代可是个赫赫有名的艺术赞助者。”

“好的。”

他握住沉睡的老妇人身下的轮椅把手，转了个方向，让她面向庄园里那些橘色的屋顶。“现在，让我们去看看我的肖像吧。我好想看看当年的自己啊，那时候，我还认为杰瑞·加西亚①能拯救世界呢。”

2

我把车停在庭院里，紧挨着伊丽莎白·伊斯特雷克那辆越战时期的银色梅赛德斯-奔驰。我从卑微的雪佛兰里取出画作，举立起来让怀尔曼看。当他站在那儿静静端详时，我突然有种奇怪的感觉：我真像个裁缝，站在男装店的镜子旁，我的顾客很快就会告诉我，喜欢我为他定做的西服，或是遗憾地摇摇头，说那根本不合身。

南方很远处，也就是我视其为杜马丛林的地方，那只鸟又警鸣般嘶

① 杰瑞·加西亚（Jerry Garcia，1942—1995），吉他大师，感恩乐队的主唱。

叫起来，“哦—哦！”。

最终，我实在无法忍耐了，“说点什么，怀尔曼。随便说点。”

“我说不出来。无言以对。”

“你会无言？不可能吧。”

但当他把视线从肖像上挪开时，我意识到那是真的。他的模样就像是刚受了当头一棒。直到那时我才明白，就算我所做的一切能够感染他人，怀尔曼在三月那个清晨的反应却无人能及。

最终将他彻底唤醒的是一声声尖利的拍打。是伊丽莎白。她醒了，狠狠拍着餐盘。“烟！”她高喊着，“烟！我要抽烟！”似乎，终究还是有什么事物能逃脱阿尔茨海默症的迷雾。她的大脑里渴求尼古丁的那部分从未衰竭。她会抽烟抽到死。

怀尔曼从短裤裤兜里掏出一包“美国精神”牌香烟，抽出一根放在唇间，点燃后再递给她。“要是我让你自己点烟，你会不会把自个儿烧着呀，伊斯特雷克小姐？”

“烟！”

“这种回答可真不来劲儿，亲爱的。”

但他还是递给她了，不管有没有阿尔茨海默症，她老道地夹住烟，深深吸入一口，再任烟雾从鼻孔里喷出来，然后便舒服地窝进椅子里，不再像船板上的布莱船长，而是变成阅兵台上的富兰克林·罗斯福。她只需要在齿间塞个香烟夹，当然，首先需要有一口牙。

怀尔曼转回来再看画。“你不是真要把这幅画送出手吧，是不？你不能那么做。这是不可思议的杰作。”

“是你的了。”我说，“别和我争。”

“你必须把它放进个人画展里去。”

“我不知道那是不是好——”

“你自己也说过，画一旦完成，对画中对象的影响力便告终结——”

“是啊，大概是。”

“对我来说，大概就足够了，斯高图也比这栋房子来得保险。埃德加，这幅画太值得展出了。该死的，它需要被人们亲眼见识一下。”

“这是你吗，怀尔曼？”我是真的好奇。

“是。也不是。”他又站着多看了片刻，随后转向我说，“这是我想要的模样。或许以前我就是这样，在最好的年华里的那么几天。”又不情不愿地加上一句，“我最理想主义的时候。”

之后片刻，我们都默默无语，只是看着那幅画，而伊丽莎白像呜呜叫的火车一般吞云吐雾。一辆老掉牙的呜呜小火车。

怀尔曼说：“埃德加，有很多事情我都想弄明白。自从来到杜马岛，我的问题比上床前的四岁娃娃还要多。但有件事我从不疑惑，那就是，为什么你想要待在这里。如果我也能画出如此杰作，我也想永远待在这儿。”

“去年此时，我等电话时还在便签纸上乱涂乱画呢。”我说。

“这话你说过。跟我说说，朋友。看着这个……再想想你拿起画笔后完成的那些作品……你愿意改写过去吗——夺去你手臂的那场车祸？假设你办得到，你愿意改变吗？”

我想到在小粉红画画时，骨头频道大力播放大块头们捣鼓的硬核摇滚。我想到了不起的沙滩漫步。甚至想起先前包伽廷家的男孩们和我玩飞盘时喊着“哟，弗里曼特先生，扔得真好！”。接着，又想起在医院病床上醒来，感到从未有过的火烧火燎的热烫，思绪又曾如何变得七零八落，又有多少次甚至记不起自己的名字。愤怒。糊里糊涂的意识（在杰瑞·斯宾格上演恶搞秀的时段里），肉体的那部分 AWOL①。我曾经一哭就停不下来。

“我愿意把这段人生改回去。”我说，“诚心所愿。”

“唔，”他说，“我只是有点好奇。”再转身拿走伊丽莎白的香烟。

她立刻伸出双手，活像被夺走玩具的婴孩。“烟！烟！我的**烟**！”怀尔曼用拖鞋底踩灭烟屁股，随后片刻她又安静下来，尼古丁瘾得到了满足，香烟自然就被遗忘了。

“我把画搬到前厅去，你陪她待一会儿，好吗？”

“当然好，”我说，“怀尔曼，我只是说——”

“我懂。你的手。痛苦。你的太太。我问了个愚蠢的问题。显而易见。先让我把这幅画放在妥当的地方，好吗？下次杰克过来，让他开车到这儿来。我们要把它包裹得严严实实，他才能送到斯高图去。但把它

① absent without leave 的缩写，原是网络用语，意为“擅离职守”。

送到萨拉索塔之前，我得先在包装外面到处写满‘非卖’标志。如果你把它给我了，这个宝贝儿就是我的了。谁也甭想瞎搅和。”

南方的丛林里，那只鸟又忧心忡忡地高叫起来：“哦—哦！哦—哦！哦—哦！”

我想再跟他说点什么，解释一下，但他急急忙忙进屋去了。况且，那本来就是他的提问。他提的愚蠢问题。

3

第二天，杰克·坎托里就把《怀尔曼目视西方》带去了斯高图，达里奥刚把它从纸板箱里取出来便迫不及待地给我电话。他声称从未见过如此高妙的杰作，还说他想把它和《女孩和船》系列作为个展的主题作。他和杰米都相信，这些画作不予出售的消息将激发广泛的好奇。我对他说，这么办很好。他问我是否准备好讲演内容了，我回答说在考虑。他说那也不错，因为请柬尚未发出，这一活动已然掀起了坊间热议和“非同一般的兴趣”。

“更何况，我们还会发送 JPEG 图片到我们的观众的电子邮箱里。”他说。

“太好了。”我说，但其实感觉并不太好。二月的头十天里，一股奇怪的慵懒弥漫全身。那倒并未影响到工作；我又画了一张夕阳画，以及《女孩和船》系列的新作。每天早上，我都背着包走在沙滩上，盼着找到一些海贝，或是任何可能被冲上岸的有趣垃圾。我发现了好些啤酒罐和苏打水罐（大多数都被洗刷得又白又滑，仿佛得了健忘症），几只避孕套，一把小孩玩的塑料激光枪，还有一条比基尼内裤。但一只网球也没看到。我和怀尔曼坐在破遮阳伞下喝绿茶。我耐心地哄伊丽莎白吃下吞拿鱼三明治、通心粉沙拉，把美乃滋酱涂得厚厚稠稠；还得连哄带骗地劝她用麦管喝下“安全牌奶昔”。有一天，我们坐在木栈道她的轮椅旁，把她那双苍老的大脚上不知从何而来的黄色硬茧磨掉。

而我没有做的事情，便是为我该做的“演讲”起草样稿，达里奥打电话来说讲演会改在公共演讲厅了，那儿能坐下两百人，我听着这消息，不免奉承了自己几句，但那唐突的回复丝毫没有显示出我已经浑身冰凉。

两百人，意味着四百只眼睛，全都齐刷刷盯着我。

我没有做的事情还有写邀请函，为四月十五日和十六日在萨拉索塔丽兹卡顿大酒店预订房间，预订湾流公司的专机把一群叽叽喳喳的亲朋老友从明尼苏达州接过来。

认为他们中有谁会愿意来看我瞎涂瞎画的成果的念头，开始显得荒谬起来。

埃德加·弗里曼特，一年前还在圣保罗市城建委员会为了楼盘地基测试打桩争执不休，现在竟要在一群地道的艺术赞助商面前做一次艺术演讲？怎么想都觉得太疯狂。

还是那些画看起来更真实，不过，画画……上帝啊，画画的感觉太美妙了。当我在夕阳西下时站在小粉红的画架前，脱掉衣服，只剩运动短裤，再打开骨头频道，看着《女孩和船 No.7》以诡谲的速度从白色画布里浮现出来时（恍如什么东西从雾堤中隐隐而出），我就顿感彻头彻尾的清醒、鲜活，绝对是在正确的时间、正确的地点的一个正确的人选，恰如完美落袋的那颗球。幽灵船又露出了一些新的端倪；露出的名字成了“珀尔塞（PERSE）”。灵感一闪，我上网 Google 了这个词，搜寻结果竟然只有一条——大概也算得上世界纪录了吧。珀尔塞的原意是暗紫、灰蓝，也是英格兰一所私人学校的名字，男校友都被称为“老珀”。网上资料没有提及这所学校拥有一条同名船，不管是三桅还是几桅，都没有。

最后的这幅画中，船上的女孩穿着一条绿裙子，背带交叉在她赤裸的脊背上，而笼罩她全身上下、并漂浮于死气沉沉的海水上的，全都是玫瑰。那画面惹得人心烦意乱。

漫步沙滩时，吃午餐时，喝啤酒时，无论有怀尔曼作伴还是独自一人，我都很快乐。画画时，我也很快乐。不止是快乐。当我在画时，甚觉充实，享受着醍醐灌顶般的彻悟，在我到杜马岛以前，我从未用如此本质的方式去领悟世界。但当我想到斯高图力推的新人画展以及相关的无数琐事即将走上正轨，我的理智就进入了一级戒备状态。那可不止是怯场，而是彻头彻尾的惊惶。

我开始忘记事情——譬如：点开达里奥、杰米或斯高图画廊的爱丽丝·奥柯意发来的电子邮件。要是杰克问我，眼看就要在赛尔拜图书馆的格尔巴特视听礼堂“干我的大事”了，我是不是很兴奋？我就会告诉他，哦耶，没错，紧接着让他到鱼鹰镇加油站把雪佛兰灌饱，然后就能把他刚刚问我的话忘个精光。怀尔曼问我有没有和爱丽丝·奥柯意谈过该如何把画作分组悬挂，我就会建议玩一场网球，因为伊丽莎白似乎很喜欢看这种热闹。

然后，距离演讲会只有一周了，怀尔曼说他想给我看点东西，是他为我准备的。一些手工艺品。“或许你可以站在艺术家的角度给我点建议。”他是这么说的。

条纹遮阳伞的阴影下（杰克用电工用的胶带把伞面上的裂口黏合了），放着一只黑色文件夹。我打开一看，像是那种铜版纸广告手册。封面上是一幅我的早期画作，《槐米的夕阳》，其专业感令我颇为惊讶。复制印刷的小图下还写着：

亲爱的琳：这是我在佛罗里达的成绩，虽然我知道你忙得很……

忙得很下面有一个小箭头。我抬头看看怀尔曼，他正面无表情地观望着我。在他身后，伊丽莎白呆呆地遥望海湾。我不知道自己是对他越俎代庖的举动感到愤怒，还是因此而如释重负。老实说，二者兼有。但我不记得曾告诉过他，有时候我会叫大女儿“琳”。

“你想用什么字体都行，”他说，“照我看，这种字体太女孩子气了，但我的合作者挺喜欢。另外，每一份请柬上的名字称谓都可以改，这是当然啦。你在模板上改一下就行。这就是用电脑干这种活儿的美妙之处。”

我没答话，只是翻到下一页看。左边印着《夕阳中的巫草》，右边则是《女孩和船 No.1》。图片下的文字是：

……我衷心希望你能出席我的个人画展，开幕式定于四月十五日晚七时至九时在佛罗里达萨拉索塔的斯高图画廊举办。我已为你订下头等舱位，敬请搭乘法航22号航班，十五日早上八时二十五分飞离巴黎，十点十五分到达纽约；转乘三角洲航空496号航班于十五日午后一时二十分飞离纽约肯尼迪机场，四时三十分抵达萨拉索塔。将有豪华轿车接机，将你送至丽兹卡顿酒店，十五日至十七日的房间已为你预定。

下面又有一个小箭头。我抬头看向怀尔曼，一脸困惑。他还是摆着那张扑克脸，但我能看到他的右额上有根血管在轻跳。过了一会儿，他说："我知道我越了界，咱俩的交情可能玩完了，但总得有人干这事啊，我已经看明白了，你反正是不打算出手了。"

翻到下一页，又是两张炫目的复制图：《海螺贝的夕阳》在左边，未命名的信箱速写在右边。那是非常早期的一幅画，用维纳斯彩色铅笔画的，但我很喜欢木制信箱旁盛开的花朵——用鲜明的黄色和黑色画出的蟛蜞菊，而且，即便被翻拍成小图，这幅彩色速写看起来仍很不错，好像画画的人早就知道自己将大展身手。或者说，开始意识到了。

这页的文字很简短。

如果你来不了，我也很能理解——巴黎可不近呀！——但我热切期盼你的到来。

我很生气，但我不笨。是得有谁出手干这事。显然，怀尔曼已经主动揽下这活儿了。

伊瑟，我心想，准是伊瑟帮了他一把。

我原以为在打印小册的最后一页还会看到某幅画的复制图，但没有画了。我在最后一页看到的，深深刺伤我心，令我又惊又爱。梅琳达一直是我的难题，我的问题女孩，但从未因此而少爱她半分，这种感受在那张黑白照片里尽显无遗。照片的两只角都皱巴巴的，正中央还有一道折痕。它如此陈旧，却也颇有道理，因为站在我身边的梅琳达大概只有四岁。也就是说，这张照片至少有十八年的历史了。她穿着牛仔裤、牛仔靴，还有一件西部风格的小衬衫，戴着顶草帽。我们是不是刚从快活山庄回来？她经常在那儿骑马，那匹小马是英国设德兰种，名叫糖糖？我想是吧。不管是不是，我们在照片里并排站在人行道上，背后就是我们早年在布鲁克林公园附近贷款买的商品房。我也穿着洗白的牛仔裤，白衬衫的袖子卷到上臂，头发像抹了油般向后梳得光溜溜的。我的一只手里捏着一罐谷带啤酒，还带着一脸的笑。琳的一只手勾在我的牛仔裤兜里，也是一脸爱意地仰着头——那样的爱啊！真让我喉头发紧，眼眶发热。我笑起来，但就像你差一丁点儿就要热泪迸出时的模样。在这张照片下写着：

如果你想知道还有谁要来，可以给我打电话：941-555-6166，或致电杰罗姆·怀尔曼：941-555-8191，也可给你母亲打电话。她会和明尼苏达大军一起南下，顺便说一句，也会在酒店里和你碰头。

希望你能来——不管怎样都爱你，骑小马的小女孩——

爹地

我把那封信、也算是本宣传册或说邀请函合上，静静地坐了一会儿。我不太信任自己，不晓得开口会说什么话。

“当然，那只是粗略草拟的。”怀尔曼试探性地对我说。换言之，那一点儿也不像平日的他。“如果你不喜欢，我马上就丢掉它，再做份新的。没闯祸，就不算犯规。”

“你不是从伊瑟那儿弄到这张照片的。”我说。

“不是她，*朋友*。是帕姆在她的老相册里找到的。”

忽然之间，一切都说得通了。

“你和她通过几次话了？*杰罗姆*？”

他惊得一缩身子，“这可有点伤人啦，但或许你有权利这么做。大概有五六次吧。起先，我告诉她你在这儿有点麻烦，你的身边有很多人——”

“真你他妈的！”我怒吼道，觉得被人耍了。

“很多人将很多希望和信任寄托在你身上，更不用说金钱了——”

“我完全有能力承担斯高图那些人投进去的钱——”

“闭嘴。”他说，我从没听过他用这样不近人情的口吻对我说话，也不曾看过那样的眼神。“你不是浑蛋，*朋友*，所以别装得像个浑蛋。你可以承担他们的信任吗？如果他们向客户承诺推出的新星艺术家既没有在演讲会上露脸，也没在画展上现身，你可以补偿他们的名誉吗？”

“怀尔曼，我可以参加画展，只是这该死的讲演——”

“他们又不知道！”他也吼了一嗓子。原来他吼起来这么有底气，果然能在法庭上把人震慑住。伊丽莎白没有被惊动，倒是几只鹬鸟扑啦啦飞起，在水边撩起一阵褐云。“他们有一种很滑稽的想法，觉得你四月十五日那天根本不会到现场，搞不好还会把那些画一揽子全带走，在油水最旺的旅游时节留下一间间空荡荡的展厅，你知不知道？他们每年四分之三的业绩都是这时候赚的。”

“他们没道理那么想。”我说，可脸孔情不自禁地涨成一块烧红的砖。

“没道理？换成上辈子的你，会怎么看待这些举止，朋友？签了约的水泥供应商到时候不露面，或是管道公司接下你新工地的活儿，开工时却连人影儿也不见，你当真，我不知道，当真会对这样的人抱有信心？你会相信他们的那些借口？”

我一言不发。

“达里奥给你发电邮征询你的决定，可石沉大海。他和其他人都打过电话给你，听到的都是模棱两可的答复，‘我在考虑呢’。如果你是詹米·维斯[①]或代尔·齐胡里[②]，他们才不会担心呢，但你不是那些大腕儿啊。说得直白些，你不过是走在大街上的无名氏。所以，他们把电话打给了我，我也尽力而为——毕竟，我是你他妈的经纪人，但我不是艺术家，他们也不是，不完全是。我们就像一群手忙脚乱的司机，要运送一个不懂事的婴儿。”

“我明白了。”我说。

“我怀疑你是不是真的明白。”他叹了口气，又长又重。“你说那只是怯场，害怕当众演讲，但你可以把画展撑下来。我相信，你心里多少是相信自己办得到的，可是朋友啊，我要说的是，我认为你私心里根本不想出席斯高图画展在四月十五日的开幕式。”

“怀尔曼，那只是——”

“胡说？是不是？我给丽兹卡顿酒店打电话，问有没有一位弗里曼特先生预订了四月中的房间，人家回复我说，没有，没有，一间也没有。所以我深吸一口气，鼓足勇气联系了你的前妻。她的名字已经不在

① 詹米·维斯（Jamie Wyeth，1946— ），美国著名现代派画家。
② 代尔·齐胡里（Dale Chihuly，1941— ），美国著名玻璃艺术家。

电话簿上了，但你的房产经纪人给了我号码，因为我对她说，事情有点紧急。随后我就发现，帕姆仍然在关心你。她真的很想给你打电话，亲口告诉你，但她很怕你会发火。”

我无言地瞪着他。

“自我介绍完毕，我们立马就进入第一项议程，亦即：让帕姆·弗里曼特明白，再过五周，她前夫的大型艺术个展就要开张了。第二，她给航空公司打了电话，才知道她前夫在预订专机事宜中也放了鸽子，怀尔曼呢，就提着电话等，充分利用刚刚恢复的视力玩起了填字游戏。于是我们继续讨论下去，关于埃德加·弗里曼特是否打心眼里决定，大展时候一到，他只管大闹天宫，一跑了事？这些可都是我荒废的青春期里常用的字眼。”

“不对，你们全都搞错了。”我说，但这些话软绵绵的，听起来毫无说服力。“只是所有这些组织事宜逼得我快发疯了，我……你知道的……我只是想往后拖延罢了。”

怀尔曼依然神色严厉。如果此刻我正站在证人席上，恐怕早就被吓得眼泪汪汪屁滚尿流了；法官便只能宣布休庭，让法警拖地板，或者顺便也把我擦擦干净。“帕姆说，如果你把弗里曼特公司建的楼从圣保罗市的天际线里去掉，那座城市便会退回到一九七二年德梅因的模样。”

“帕姆言过其实了。”

他没理睬我。“你是想让我相信，能经营那么庞大的企业的家伙反倒搞不定几张机票和十几间酒店客房？更何况，他只需张张口、吩咐办公室职员就行？他们都巴不得听命于他呢！”

“他们不……我不……他们不能……”

“你要发火了吗？”

“不是。”其实我是。老朋友般的愤怒又回来了，期盼能挑动语气、再抬高嗓音，让我像骨头频道里的玫瑰轴乐队那样号叫出来才作罢。我抬手，用手指点住右眼上方，就在那儿，头痛正在酝酿风暴。今天我不会再画了，全是怀尔曼的错。就该怪怀尔曼。有那么一瞬间，我希望他的眼睛是瞎的。不止是一只眼，而是双眼全盲。我也突然意识到，我可以那样子画他。如果怒火狂泻的话。

怀尔曼看到我的手在揉额头，这才松了口。“听着，她联系的大多数人都已经口头答应会来，当然，他们很乐意来。你的老部下安齐尔·斯劳卜尼克对帕姆说，他会给你带一大罐腌菜。她说，听上去他都快激动死了。”

“不是腌菜，是醋渍蛋。”我说着，大块头安齐尔那张宽阔、扁平的笑脸此刻似乎近在眼前。安齐尔，在我手下工作足有二十多年，最后，一次严重的心脏病爆发才让他退出职场。安齐尔，不管我向他提什么要求，哪怕看似蛮横无理，他总是回应说，*老板，我去办*。

“帕姆和我把航班的事全安排妥当了，”怀尔曼说，“除了从明尼阿波利斯–圣保罗机场起飞的客人，还有从别的地方飞来的。”他拍了拍那本手工打印的小册子，“这里提到的法航和三角洲航空的航班都已经订好了，你女儿梅琳达真的已经确认过了。她知道接下来该怎么做。伊瑟也是。她们只是在等待，等你正式邀请她们。伊瑟想要给你打电话，可帕姆让她再等等。她说这事儿必须等你自己定夺，不管在你们的婚姻里她办砸了哪些事，*朋友*，在这一点上她完全正确。”

“好吧，”我说，“我全都听你的。”

“好。现在我想和你谈谈演讲的事儿。”

我不禁发出呻吟。

“如果你在讲演会现场溜溜走，开幕式晚会就会让你加倍难受——”

我面带怀疑地看着他。

“怎么？”他问，“你还不信？”

“溜溜走？”我问，“*溜溜*？这是他妈的什么玩意儿啊？”

“溜之大吉，逃跑呗，”他好像在为自己辩护，解释道，“英国俚语。参见伊夫林·沃的《军官和绅士》，一九五二年。”

“你的脸请参见我的屁股，”我说，“埃德加·弗里曼特，当下今日。”

他挥手弹了我一下，好像在说，我们又和好了。

“是你把画发给帕姆的，对吗？你给她发送了 JPEG 的小图。”

“是我。”

“她有何反响？”

“她惊得都傻啦，*朋友*。”

我默默地坐着，努力设想帕姆惊傻的表情。我想得出来，但想到的那张被惊喜和困惑照亮的脸庞是多么年轻啊。已有好些年头我无法再让她惊成那样了。

伊丽莎白打起盹来，但头发还在脸颊上飘，她用手指去拨拉，好像在被昆虫骚扰。我站起来，从轮椅扶手下的袋子里取出一根橡皮筋——那儿总存着这玩意儿，五颜六色的——再帮她扎了个马尾辫。我也曾给梅琳达和伊瑟扎过辫子，回忆甜蜜而又苦涩。

“谢谢，埃德加。谢谢你，我的朋友。”

“我该怎么讲呢？”我问。我的手掌还搁在伊丽莎白的头发两侧，感受着发质的光滑，就像很久以前女儿们用香波洗发后那样；当回忆以最强烈的姿态出现时，老动作就会困扰我们，徘徊不去，反而令我们的肉体变得像鬼魂。“我该怎么去说绘画的过程呢？至少有一部分是超自然力？”

这就是心结。脱口而出了。所有麻烦的根源。

可怀尔曼非常沉稳地说：“埃德加！”

“埃德加怎么了？”

这个婊子养的竟然大笑起来，“如果你照实说……他们会相信你的。”

我想开口驳倒他。但我想到达利的画。想到梵高的妙不可言的杰作，《星空》。甚至想到安德鲁·维斯的画作——不是《克里斯蒂娜的世界》，而是画作内部的细节：留白的空间里，光线既充实又古怪，仿佛同时来自两种方向。我又闭紧了嘴巴。

“我不能告诉你该说什么。”怀尔曼说，“但可以给你些参考，就像这个。”他把那本小册子，或者说是邀请函递给我，“我可以给你个模板。”

“那还挺有用。”

“是吗？那就好好听着。”

我便开始听。

4

“哈啰？”

我坐在佛罗里达屋的沙发上。心怦怦地狂跳。这种电话，谁都经历过几次吧，一方面期待第一次就能打通，以便把事情搞定；同时又希望打不通、没人接，这样你就可以正当延息，把难题、甚至是痛苦的谈话拖延一会儿。

今天我抽中了一号签。铃声响了一下，帕姆就接了。于是，万般祈望缩成一个小小要求：但愿这场谈话比上次轻松些。事实上，是比前几次都要轻松才好。

“帕姆。我是埃德加。”

“你好，埃德加。”她很谨慎地说，“你好吗？”

“我……挺好。很好。我刚刚和我朋友怀尔曼谈了一会儿。他把你俩合做的邀请函给我看了。”你俩合做。听上去不太友善，甚至有点像阴谋，可还能怎么说呢？

“是吗？”语气里，听不出她的真实情绪。

我深呼重吐一口大气。怀尔曼说过，上帝最恨懦夫。当然他也说过别的。“我打电话来是为了说谢谢。我一直表现得很操蛋。你愿意出手相帮，那正是我需要的。”

接下来是好长一段沉默，我不得不怀疑她已经悄悄地挂了电话。可她终于还是开口了，“我还在，埃迪——我只是需要时间从震惊中回过神来。我都不记得上一次你向我道歉是什么时候了。”

我这是道歉吗？好吧……不去管了。大概多少也算吧。“那，我同样很抱歉。”

“我也欠你一声对不起，”她说，“那么，我们就算扯平了吧。”

“你？你为什么非要向我道歉？”

“汤姆·赖利给我打电话了。就是两天前。他恢复吃药了。用他的原话来说，他打算恢复用药，再去‘拜访一下’，我猜是说拜访他的心理医生，他打电话来是为了感谢我救了他的命。你有没有接到过这样的道谢电话？”

“没有。”事实上，我最近也刚接到某人的电话，感谢我拯救了他的视力，因此我很理解她的言下之意。

“真是难得碰到这种事啊。他的原话是这么说的，‘如果没有你，我现在已是死人了’。而我不能告诉他应该谢你，那未免也太疯狂了。”

这就像，肚子上紧紧勒了一根皮带，突然解套松开了。有时候，事情会有好结果。有时候真的有。“那很好，帕姆。”

“我也和伊瑟通了话，关于你的画展。”

“是的，我——”

“其实，和伊瑟和琳都通了话，但当我和伊瑟聊起来时，故意把话题扯到汤姆身上，我一听她的口气就知道了，她对于我们的事儿一无所知。在这一点上，我也误会你了。当时我真是丑态百出……”

我猛然醒悟，她是边哭边说，不禁有点着慌。“帕姆，听我说。”

“我在很多人面前丑态百出，自从你离开我之后。”

我没有离开你！我差一点就喊出声来。就差那么一点。惊险极了，激出我一脑门的汗。我没有离开你，是你提出离婚的，自作聪明的伍婆（该说是巫婆）！

幸好，我说的是：“帕姆，别说了。”

“但这真的太难以置信了，甚至你打电话告诉我那些事儿之后，我还是没法相信。你知道，你说中了我的新电视。还有蓬蓬球。”

我刚想问蓬蓬球是什么，又即刻想到了那只猫。

“不过，我有所好转了。我又开始去教堂了。你会相信吗？还有心理医生。我每周见她一次。”她顿了顿，又一股脑儿地说下去，“她很棒。她说，谁也无法关闭连通过去的门，只能予以修正和改善，然后继续往前走。我明白，但我不知道该怎样补偿你，埃迪。”

“帕姆，你不欠我任何——”

“我的心理医生说，事情并不在于你怎么想，而是我怎么想。”

“我明白了。”现在的她听起来很像过去的帕姆，看来，她大概真的找对了医生。

“后来，你的朋友怀尔曼给我电话，告诉我你需要帮助……他就把那些画发给了我。我都等不及想看原作了。我是说，我早就知道你有些天赋，因为以前琳病得厉害的那一年，你就画了那些小人书——”

“我画过？”我记得梅琳达有一年生大病；接二连三地得传染病，攒到最后还有一场痢疾恶狠狠地发作，搞不好是抗生素吃太多引起的，那次，她在医院里住了整整一星期。那年春天她掉了十磅体重。要不是有暑假——还有她A等生的聪明才智——她或许得重读一年。但我不记得自己画过什么小人书。

“小鱼弗雷迪？大螃蟹小卡拉？胆小的小鹿唐纳德？”

小鹿唐纳德胆子小，系个铃铛轻轻响，小心翼翼朝前跑，可是……

“不记得了。”我说。

“安齐尔觉得你应该试试，把小人书拿去出版，你不记得了？可是这些画……我的上帝啊。你以前知道自己能画得这么优秀吗？”

“不。大概是住在法伦湖的那会儿，我才有了画画的念头，但一旦提笔画起来，倒比我预料的要顺利。”我想到《怀尔曼目视西方》和没有嘴巴和鼻子的布朗糖果，觉得自己刚刚说了一句本世纪最保守的评语。

“埃迪，你愿意让我负责发送邀请函的事吗？就按照我做的那个样板？我可以做些具体修改，再把文辞润色一下。”

“小——”差一点要说小熊猫，“帕姆，我不想麻烦你。”

“我想帮上忙。”

“是吗？那好吧。”

“我会写完请柬，电邮给怀尔曼先生。你可以先过目一遍，再让他打印出来。他可真是稀有宝贝啊，你的怀尔曼先生。”

“是啊。”我说，“他绝对是人才。你们俩联手，准保把我治得乖乖的。”

“我们已经联手了，不是吗？”她听上去神采飞扬的，“你需要的。不过你还得为我做一点事。”

“什么？”

“你必须给女儿们打电话，因为她们等得都快抓狂了。尤其是伊瑟。好吗？”

“没问题。还有，帕姆？”

“怎么了，宝贝？”我相信，她是下意识说出昵称的，不假思索，也不知如何收住话音。啊，很好，当我远在佛罗里达喊出她的熊猫昵称，然后在一步步向北的途中逐渐降了温时，她大概也有同感。

“谢谢了。”我说。

“千万别客气。”

我们道别、收线时才十点三刻。那年冬天，只有在小粉红的傍晚到夜间，时间才会眨眼飞逝——站在画架前，我会深思西天的色彩怎么会流转得那么快；而早上把拖得没法再拖的电话一一打遍时，时间竟过得如此缓慢。就像吞下苦口良药，一片又一片，我也得拨打一通又一通电话。

我瞪着搁在膝头的无绳电话，骂道："操死你，死电话。"然后又开始拨号。

5

"斯高图画廊，我是爱丽丝。"

多么甜美悦耳的声音啊，早在十天前我就该熟悉了。

"嗨，爱丽丝，我是埃德加·弗里曼特。"

"是，埃德加？"甜美转变为谨慎。以前她就用这种口气和我说话的吗？难道我完全没注意？

"能耽误您一两分钟吗，我想商讨一下讲演会上用的幻灯片的标号顺序。"我说。

"当然，埃德加，我当然愿意。"很明显，语气舒畅起来，如释重负。这让我觉得自己像个英雄。当然，也像只过街老鼠。

"您手边有记事本吗？"

"那还用说？万事俱备。"

"好的。简单地说，我们需要按照创作时间来排序——"

"可是我不知道每张画的创作时间，我一直想告诉你来着，可——"

"我知道，所以现在就把具体时间都告诉你，不过，爱丽丝，听着：第一张幻灯片不需要打日期，那该是《海贝上长出的玫瑰》。你明白了吗？"

"《海贝上长出的玫瑰》，我记下了。"只见过我一次的爱丽丝似乎很高兴我们在谈正事了。

"接下来，是铅笔素描。"我说。

我们就这么谈了半个小时。

6

"喂？哪位？"①

① 原文为法文。里克说的话以及他和梅琳达对谈话中的楷体字都是法语。

过了好几秒，我都没说话。法语让我有点晕乎。事实上，是年轻男子的法语让我有点晕头转向。

“喂？喂？”有点不耐烦了，“谁呀？”

“呃，我大概打错电话了，”我说，好像自己不仅是个捣乱的浑球，还是个只会说美国话的笨浑球。“我找梅琳达·弗里曼特。”

“没错，你打对电话了。”话筒被挪开了，“梅琳达！是你父亲，我想是吧。”

话筒咣当一声被放下了。刹那间，我看到了一幅卡通图景——非常清晰，非常不合情理，很可能是帕姆提及我给生病的女儿画卡通小人书引发的——巨大的臭鼬戴着贝雷帽，鼎鼎大名的卡通名人：佩佩乐佩由先生正神气活现地在我女儿的套间（巴黎那些卧室与起居室合二为一的公寓，是这么说的吗？）里昂首阔步，白条纹的尾背弯出几道波纹。

梅琳达慌里慌张地跑来接电话，“爹地？爸爸？一切都还好吧？”

“一切都好，”我说，“刚才是你的室友吗？”这是句玩笑，但她那一贯的、毫无特征的沉默让我领悟到，什么叫做哪壶不开提哪壶。“没什么大不了的，琳，我只是——”

“——哎呀我真傻，”很难分辨她是被我逗乐了，还是恼火了。电话很清晰，但还没清晰到那个地步。“事实上，他是。”潜台词便毋庸置疑了：想要挑毛病了吗？

我当然不想在鸡蛋里挑骨头。“好，我很高兴你交到了朋友。他有没有戴贝雷帽？”

她咯咯笑起来，可算让我心里的石头落地了。和琳开玩笑，你不可能预先知道哪一句会起效，因为她的幽默感很情绪化，就像四月午后那般时晴时雨。她高声喊起来，“里克！我爸爸……”后面有些话我没听清，“……贝雷帽。”

一声男人的轻笑传来。唉，埃德加，我心里说，隔着千山万水你也要让他们隔着走廊喊话，你是个超级大浑球。

“爹地，你一切都好吧？”

“很好。链球菌感染好了吗？”

“好多了，谢谢。”

“我刚刚和你妈妈通过电话。你们会接到由我这场画展发出的正式邀请函，但她说你肯定会来，我真是太激动了。”

“你激动？妈妈给我发了些图片先睹为快，我都等不及要飞过去！你什么时候学会画画的呀？”

这个问题能让我纠缠个把钟头。“就在这儿。”

“太不可思议了。别的画都这么棒吗？”

“你得过来自己判定。”

“里克可以去吗？”

“他有护照吗？”

“有啊……”

“他能保证不取笑你老爸吗？”

“他对前辈非常尊敬。”

“只要机票没卖空，你也不介意两人合住一屋——我估计那不成问题吧——他当然能来。”

她用那尖细的嗓音叫起来，几乎让我的耳膜发颤，但我没有移开电话。我已经很久、很久没听到琳·弗里曼特这样兴奋地尖叫了。“谢谢，谢谢，爸爸——太棒了！”

“很高兴认识里克。或许我会偷走他的贝雷帽。好歹我现在是艺术家了。”

“我会转告他的。”她的语气渐渐有了变化，“你和伊瑟通过话了吗？”

“还没，为什么这么问？”

“你跟她通话时，别提里克要去，好吗？留给我亲自告诉她。”

“我可没打算传八卦。”

“因为她和卡森……她说她跟你说起过他……”

“是说过。”

“嗯，我非常肯定，她和他闹别扭了。伊瑟说她觉得‘一切都结束了’。我这是照搬她的原话哦。里克倒是不吃惊。他说你永远都不能信任一个当众祈祷的人。我只知道，她听上去有点长大了，不再是以前我那个婴孩妹妹了。”

你也是啊，琳，我心里说。我想起她七岁时的模样，病得一塌糊涂，帕姆和我都心慌意乱，以为她会夭折，但谁也不敢说出口。那时候，梅琳达总是瞪着大大的黑眼睛，苍白的小脸蛋，头发稀稀拉拉。有一次我甚至想到了《棍子上的骷髅》，并痛恨自己竟然有这种联想。更让我痛恨自己的是，在心里最隐秘的最深处，我知道自己想过：假如两个女儿之一必须忍受疾病之苦，那由她、而不是伊瑟来承担，我会高兴的。我一直试图让自己相信，我对女儿的爱是同等的，但那并不是事实。或许，对某些家长来说——我觉得对帕姆是——不偏心的爱是可能的，但我自己始终做不到。那么，梅琳达知道吗？

当然，她知道。

"你有没有好好照顾自己呀？"我问她。

"是的，爹地。"我几乎能看到，她边回答边翻白眼呢。

"接下去也得这样，你要保证安全抵达佛罗里达。"

"爹地，"停顿，"我爱你。"

我笑了，"有多爱？"

"百万千万，还有一份爱藏在你的枕头下。"她说，好像在哄小孩。那也没错。我又坐了片刻，望着外面的海面，无心地揉了揉眼睛，继而满心希望：接下去的这通电话是今天的最后一桩任务。

7

此刻已到中午，其实我不太希望逮到她在电话机旁。我认为她会和朋友们出去吃午餐。可是，偏偏和帕姆一样，铃响一下她就接了。她说"哈啰"时很紧张，怪得很，直觉告诉我：她以为来电者是卡森·琼斯，要么是来请求她再给一次机会，要么就是费一番口舌为自己开脱。解释一遍还不够，他得再三努力。我没去证实这番直觉是否属实，但那时，我不需要打破砂锅问到底。有些事是真是假，你就是知道。

"嘿，'如果如此'女孩，你干吗呢？"

她的声音立刻变得欢快了，"爹地！"

"亲爱的，你好吗？"

"我很好，爹地，但不如你好——我有没有跟你说过，那些画太棒了？我是说，我亲口对你说过吗？"

"你说过。"尽管独自一人，我还是忍不住咧嘴笑了。她说话的声音或许像琳一样成熟，但第一声试探性的"哈啰"之后，她又回到以前的老样子了，还是我的小伊瑟，欢声笑语，像可乐瓶里的泡沫那样兴高采烈。

“妈妈说你犹豫不定，但她打算和你在岛上交的新朋友联合起来，非把你说动不可。我爱死这主意啦！听她的口气，就像以前一样！”她停下来喘口气，再开口时显然就没那么冒失了，“呃……也不完全，但多少是有点像过去。”

“小软糖，我明白你的意思。”

“爹地，你实在太了不起了。不只是康复，还杀了个漂亮的回马枪。”

“好一番恭维，我得用多少糖果才能报答你呀？”

“成千上万喽。”她说着，咯咯笑起来。

“还打算出其不意地去蜂鸟团探班吗？”我努力克制声调，好像只是好奇罢了。不能显露出我格外关注二十岁未满的小女儿的爱情生活。

“不去了，”她说，“已经完了。”只有四个字，区区四个字，但我能从中听到一个不同以往的、成熟的伊瑟，或许在不远的将来，这个伊瑟就会自如地穿着连身内衣和职业套裙，噔噔踩响八英寸跟的高跟鞋，或许还会把头发紧紧束在脑后，提着手提箱而非背着 GAP 双肩包，自信地走在机场大厅。不再是“如果如此”女孩了；你可以把“如果”从这个版本里划掉。但女孩依然如故。

“所有的，还是——”

“那还要再看看。”

“我不想当个探子，宝贝。只是当爹的都很好奇——”

“——想知道，当然，当爹的都想，但这次我帮不了你了。目前，我所知的一切只是我还爱着他——至少我认为我爱——也很想念他，但他必须做个决定。”

到了这个节骨眼，帕姆肯定会穷追不舍地问下去：*在那个同台合唱的女孩和你之间作出决定？*而我问的是：“你吃了吗？”

她忍不住哈哈大笑起来。

“回答我的问题，伊。”

“吃得像只大肥猪！”

“那你现在为什么没出去吃午饭？”

“有一大群同学准备去公园野餐，这就是原因。还得带上学习笔记和飞盘。我负责带奶酪和法棍面包。而且我要迟到了。”

“行。只要你继续吃就好，别当鸵鸟埋头瞎想。”

“吃得好，才能想得妙。”她的声音又变了，变成了成熟版。这生硬的转变着实令人不安。“有时候我躺下来却睡不着，就会想到你在那里。你会失眠吗？”

“有时候会。现在不太多了。”

“爹地，和妈妈结婚，是你犯下的一个错误吗？还是她的错？或者说，那只是一次偶然事故？”

“那不是事故，也不是错误，而是二十四年的好光景，还得到了两个漂亮可爱的乖女儿，而且我们还能和和气气地交谈。那不是个错误，伊瑟。”

“你不想改变吗？”

怎么总有人问我这种问题。“不。”

“如果你能回到过去……你愿意吗？”

我没有立刻回答，但停顿得不长。有时候，没时间去挑挑拣拣，没工夫去想哪个才是最佳答案。有时候你只能给出真实想法。“不想，宝贝。”

“好吧。但我很想你，老爸。”

“我也想你呀。”

“我也经常想念以前的日子。事情不会像现在这样复杂。”她停住了。我本可以说点什么——我想的——但终究还是沉默着。有时候，沉默是金。“爸爸，人应该享有第二次机会吗？”

我想了想自己的第二次机会。想我如何从一场杀身之祸中存活下来。看起来，我所做的也不止是瞎晃悠。我深深体会到了感恩之情。“永远都该。”

“谢了，爹地。我真想马上见到你。”

“再等几天就能见了。你很快就会收到正式请柬。”

“好的。我真的要走了。爱你。”

“我也爱你。”

她挂了之后，我握着电话机又呆坐片刻，听着空无一声的寂静。“成全每一天，也让每天成全你。”我说完，拨号音跳出了，我决定再打一个，反正也逃不了。

8

这次，爱丽丝·奥柯意接电话时好像活泼多了，没那么多顾虑了。我想，这种改变还是不错的。

“爱丽丝，我们从没讨论过，画展的标题吧？”我说。

“我一直在揣测，你大概是想把它叫作‘海贝上长出的玫瑰’，”她说，“那很好，很深情。”

“是的，”我说，眺望着佛罗里达屋外的远景。海面就像耀眼的蓝白色瓷盘，我不得不眯缝着眼去看。“但那不算太准确。”

“那我想，你一定想到了更精彩的主题吧。”

“是的，我想称之为‘杜马视界’。你觉得怎样？”

她几乎是即刻地回答道：“我觉得这名字琅琅上口。”

我觉得也是。

9

浓粉屋的冷空调开得呼呼响，可印有“迷失维京岛”字样的T恤衫还是被汗水浸湿了，近日徒步到杀手宫的往返漫步都比这事儿更轻松。我累坏了，耳朵也因靠在电话机旁太久而发烫，血管跳动。我为伊瑟感到不安——一旦孩子们长大，天黑了也不用打电话回家报告行踪，洗手间的门插得紧紧的，父母通常都会如此担忧，但我同时也因有所介入而感到满意，就像以前在工地上遇到棘手问题并妥善解决时那样。

我倒不是太饿，但仍然剜了几勺吞拿鱼沙拉，铺在生菜叶上，配着一杯牛奶咽下肚。我喝全脂奶——对心脏无益，但有助骨骼生长。我觉得那纯属瞎掰，帕姆肯定会这么说。我一打开厨房里的电视机就看到布朗糖果的妻子把萨拉索塔市告上了法庭，上诉的缘由是公务员疏忽职守导致其丈夫死亡。宝贝儿，祝你这回有好运，我在心里念叨。当地的气象学家说，今年的龙卷风季节会比往年来得更早。而魔鬼射线队则在一场友谊表演赛中以大比分惨败给了红袜队——大男孩们，欢迎来到真实的棒球世界。

我想了想，要不要来点甜品？冰箱里有杰尔奥布丁，有段时间被称为“单身男人的最后一条天堂捷径”。但终究还是把盘子放进了水池，一瘸一拐地走进卧室，指望睡个午觉。我想过要设定闹钟，但又懒得去拨弄；顶多就是眯一会儿吧。就算真的沉睡过去，一两个小时后夕阳也会照进小屋西侧、反照到卧室窗户，肯定能把我唤醒的。

想得挺好，可一躺下就睡到了晚上六点才醒来。

10

晚餐就别想了；我甚至没考虑要做。身下不远处的海贝正在喋喋不休：*画呀，画呀。*

我上楼，去小粉红，就像个梦游人，只穿着短衬裤。我打开骨头频道，把《女孩和船 No.7》支在墙边，又把一张崭新的画布搭上画架，尺寸不及《怀尔曼目视西方》那么大。消失的右臂在发痒，但这已经不像以前那样让我手足无措了；事实是，我几乎开始期待那种感觉了。

鲨鱼帮在广播里唱《挖》。一级棒的歌。一级棒的词。*生活不止是爱和快乐。*

我记得很分明，整个世界仿佛都在等我去开启，也记得吉他尖叫、海贝呢喃时，我感到有多少能量奔腾穿过我的身体。

我为了掘宝来到这里。

宝藏，是的。战利品。

我画到太阳下山，画到月亮在海面上投下白亮亮的光膜，画到连月光都流逝了。

画到第二夜。

画到第三夜。

画到第四夜。

《女孩和船 No.8》。

你想玩，就该付出代价。

就我如决堤之口。

11

达里奥一身笔挺西服，茂密的头发从前额朝后归顺地梳得光溜溜的，这情景比格尔巴特视听礼堂里交头接耳的满座宾客更让我恐慌，那儿的灯光调得半明半暗……只有中央舞台上的演讲台被聚光灯照得光辉耀目。事实上，达里奥自己也非常紧张，上台时差点儿把发言用的卡片掉在地上，这更是把我吓得不轻。

“晚上好，我是达里奥·南努兹，”他说，“本次活动的策展人之一，也是棕榈大道斯高图画廊的经纪人主管。更重要的是，这三十年来，我始终是萨拉索塔艺术社区的一员，当我谈及美国缺乏纯艺术社团时，有些人可能会称之为巴比特派①的市侩俗见，还望诸位海涵。”

这段开场白立刻引来观众们的热烈掌声，怀尔曼后来说，那些座上宾或许知道莫奈和马奈的区别，但显然丝毫不知乔治·巴比特和约翰·包比特②之间还有悬殊。可站在后台入口的我根本没注意到这些，我在忍受着只有主讲人才会经受的炼狱般的煎熬，等着介绍人缓缓念完循序渐进的开场白。

达里奥把第一张卡片插到最后，又差一点儿把整一摞卡片抖到地上，拢好纸，定定心，他再望向观众席。“我简直不知从何说起才好，好在我只需抛砖引玉，实在让我如释重负，因为真正的天才在任何地方都会像金子一样闪光，无需他人多言。”

那就是说，他打算用接下去的十分钟来引荐我，而我则站在后台，唯一的手里死死攥着一张皱巴巴的演讲稿。好多响当当的名字如游行中的彩旗一一掠过。有几个是我知道的，譬如爱德华·霍珀③，萨尔瓦多·达利。其他的人我就闻所未闻了，像是伊夫斯·坦圭④，凯·塞齐⑤。陌生的名字越多，我就越觉得自己是个冒牌货。我很害怕，而且不再停留在心理上，甚至也延伸到下腹肠胃，仿佛被钳住般绞痛起来。我觉得自己需要吸氧，但似乎更该担心屁滚尿流。这还不是最糟的呢。先前预

---

① 巴比特式（Babbittry）为低级、庸俗、夸夸其谈的商人或市侩的代名词，源自美国第一位诺贝尔文学奖得主刘易斯一九二二年的作品《巴比特》（*Babbitt*），书中主角乔治·巴比特是美国中西部中产阶级典型，以追求“广告描绘的生活方式”为成功的标记，自满而崇尚物质。这类人物主宰着当时美国的商业、教育、艺术、道德各领域。

② 约翰·包比特（John Bobbit，1967—　），一九九四年因被妻子砍下生殖器而成为美国媒体热点人物。

③ 爱德华·霍珀（Edward Hopper，1882—1967），美国画家，以质朴和现实主义的风格而闻名，最著名的作品是《周日清晨》和《夜鹰》。

④ 伊夫斯·坦圭（Yves Tanguy，1900—1955），法裔美国超现实主义画家，其作品包括《不确定的可分性》和《棋具》。

⑤ 凯·塞齐（Kay Sage，1898—1963），美国著名超现实主义画家、诗人。

备好的每个字眼都从脑海中飞走了，只记得第一句话，那倒是十万分的合时宜：我叫埃德加·弗里曼特，我不知道自己怎么会站在了这里。我原以为这句话会逗得满堂人咯咯笑。但现在我明白了，不会有人发笑的，但那至少是句大实话。

达里奥唠唠叨叨高谈阔论，胡安·米罗[①]怎么怎么，布列东的超现实主义宣言怎么怎么……与此同时，昔日的建筑承包商吓得战战兢兢，直冒冷汗的手心里攥着他那张可怜巴巴的演讲稿。我的舌头好像铁块般僵死了，似乎只能哇哇喊，却无法柔软伶俐地吐出能让人听懂的语词，更何况要对着这两百位艺术专家——其中不乏资深的学者，还有很多他妈的教授呢。最糟糕的还不是口舌，而是我的脑子。空空如也，只待无谓的、强烈的愤怒来填充：词句躲躲闪闪，愤怒却总是不请自来。

“好了！”达里奥愉快地表示介绍已近尾声，却在我狂跳不已的心中搅出新一轮恐慌，又即刻输送到可悲的下腹，纠结成剧烈的绞痛。这可倒好，上头是惊恐后的一片空白，下头是紧憋的屎尿，多可爱的组合啊。“十五年来，斯高图画廊第一次在春夏旺季主动吸纳新星艺术家，我们也从未在引入某位艺术家时抱以如此高昂的兴趣。我相信，您即将欣赏到的幻灯片、即将聆听的演讲都将成为最好的解答，让您领会我们为何如此激情高涨。”

此刻，他的停顿是为了夸大戏剧效果。我分明感到一滴毒汗迸出眼角眉梢，便伸手去抹。举起的那只手仿佛重达千斤。

“女士们，先生们，有请埃德加·弗里曼特，他曾久居明尼阿波利斯-圣保罗，现今暂居杜马岛。”

掌声响起，仿佛万炮齐鸣。我命令自己临阵脱逃，也命令自己当即昏倒。但什么都没发生。我像个梦中人——绝不是什么美梦——走上了讲台。世间万物突然变慢了。我看到座无虚席、却又无人在席，因为他们全都起立鼓掌了，那是在向我致以最高致敬。穹顶高高在上，飞翔半空的天使对下界俗事无动于衷，我多希望自己也是他们中的一员啊。达里奥站在讲坛旁，伸手指向我的方向。他紧张地伸出了右手，伸

---

① 胡安·米罗（Joan Miro，1893—1983），西班牙画家、雕塑家、陶艺家、版画家，超现实主义的代表人物。

错手了，我也只能在情急之下扭过左手，和他别扭地反握一下。讲稿被夹在我俩手掌之间，然后，呲啦一声被扯成两半。我心里嘀咕着，瞧你干了什么啊，浑蛋；那一瞬间，我真害怕心里话冲口而出，经由麦克风放大，让满屋子人都听见。达里奥把我孤零零留在讲坛后，我这才惊觉聚光灯是多么明亮。也方才看到麦克风插在不锈钢活动支杆上，顿觉那酷似一条眼镜蛇，从舞蛇人的竹篮里缓缓盘旋升出。我也看到了不锈钢表面、玻璃杯边缘以及摆放在旁的依云矿泉水瓶身上都有强烈的反射光斑。我注意到掌声渐渐稀疏下来；有些人已重新落座。他们在等我开始。只是，我无话可说。就连那句开场白也消失得无影无踪。他们会继续等，沉默也会继续延长。很快就会有人尴尬地干咳两声，再然后，窃窃私语就会嗡嗡而起。因为他们都是浑蛋。只是一群徒有其表的傀儡，伸着橡皮脖子。如果我真的能发出声音，也只能是一连串暴怒的污言秽语，像个罹患抽动障碍症的病人在发飙。

我可以招呼他们即刻播放第一张幻灯片。也许我可以这样迂回地遮掩一下，听任画面将我带入感觉。我只能希望有人来救场。我看向讲稿，发现那张皱巴巴的纸不仅被撕破了，还被掌心的汗洇得字迹模糊，简直都分辨不清涂鸦为何。这张破纸、连同精神压力，让视觉和脑体间的联络彻底短路了。那么，第一张幻灯片是什么来着？是信箱的速写？还是《槐米的夕阳》？我几乎都能肯定，想到的这两幅画都不是。

现在，所有人都坐下了。掌声的余音也消失了。该是美国初民开口号叫的时候了。倒数第三排，靠走廊的座位上坐着那个聒噪的婊子玛莉·爱尔，似乎翻下了扶手附带的桌板，摊在膝上。我用眼光搜寻怀尔曼。是他说服我非来不可的，但我实在不争气。我只能用眼神，为即将发生的一切向他道歉。

我会坐在第一排，他说过的，正中央。

果然。杰克、我的家务总管胡安妮塔、杰米·吉田和爱丽丝·奥柯意都坐在怀尔曼的左手边。右边靠过道的是——

坐在过道旁的人只可能出自幻觉吧。我眨眨眼，但他仍在那儿。一张大脸盘，黑黑的，很冷静。那么大的身躯把视听礼堂的绒布座位撑得满满登登，似乎只能拜托牛仔帮忙才能把他拽出来。那个人，正是亚历山大·卡曼，斜睨的眼神透过巨大的玳瑁眼镜望着我，似乎比以前更像一尊微缩版的神。肚腩太肥大，以至于大腿都看不到了，但稳稳搁在硕大肚腹上的，是个扎着丝带的礼品盒，大约三英尺长。他看到了我惊讶的表情——毋宁说震惊更确切些——便打了一个手势，不是普通的招手，而是怪异、慈爱的敬礼仪式：手指点眉，再点唇，再摊开手掌伸向我。我能看到他苍白的掌心。他朝我笑，仿佛现身于格尔巴特礼堂第一排、并坐在我的朋友怀尔曼身边是天下最正常不过的事情。宽阔的嘴唇无声地说出四个字：你办得到。

如果我打这一秒起豁出去，如果我运用操练过的联想记忆法，大概是办得到。

我想到了怀尔曼——具体说，是目视西方的怀尔曼——便想起了开场白。

我朝卡曼点点头。卡曼也颔首回复。接着，我望向观众席，看到他们都是普通的人类。所有的天使都悬浮在我们头顶，正飞向黑暗。至于魔鬼，大概都藏在我的臆想中吧。

“大家好——”我说出话来，却被麦克风里爆出的巨响吓得往后一缩。观众们笑起来，那并没有让我光火，但一分钟前就肯定会。那只是笑声而已，并且出于善意。

我办得到。

“大家好，”我重新开头，“我叫埃德加·弗里曼特，我或许不太善于干这事儿。上辈子，我从事建筑业。我知道自己干那个很在行，因为接过不少工程。在目前这段生活中，我画画。但从没人跟我讲过，画画也需要公开演讲。”

这次，笑声更自然了，也更柔和了。

“我本想开场就说，我不知道自己怎么会一路走到这里，但其实我知道。那很好，因为那是我必须承认的事实。你们会发现，我对艺术史、艺术理论，乃至艺术评价一无所知。你们中的某些人大概认识玛莉·爱尔吧。”

这句话引得一些人咯咯笑，仿佛我刚说的是，你们中的某些人大概听说过安迪·沃霍尔吧。被我点到名的那位女士则环顾四周，一副志得意满的模样，背也突然挺直了。

“我第一次把几幅画带去斯高图画廊时，爱尔女士也看到了，并称我为美国初民。我心里有点不悦，因为我每天早上都换洗内衣裤，每晚睡前也都刷牙——”

人群中又迸发出一阵笑声。我的双腿恢复了知觉，原来它们不是水泥做的，既然如此，也就可以拔腿而逃，但我已经不想跑，也不需要跑了。他们或许会讨厌我的画，但那不要紧，因为我不讨厌他们。让他们笑吧，让他们嘘吧，就算表露不屑（或遮掩的哈欠），都不要紧，只要他们想那么做就好；等这场活动结束，我就能回去画更多的画了。

如果他们喜欢我的画呢？结局也一样。

“但如果她的意思是，我在干自己不明白的事，也不能用言语表述自己，因为从来没人教过我该用什么术语或理论，那她就是完全切中要害。”

卡曼频频点头，看起来很满意。上帝作证，就连玛莉·爱尔本人也是这种表情。

“因此，这就是结果，我之所以能站在这里，是因为我走出了前世，越过了一段连通往昔和今朝的桥梁，才走进了我的今生。”

卡曼悄无声息地拍了拍那双肉乎乎的大手掌。那让我感觉良好。有他在，我就像有了定心丸。如果没有他，我真不知道会发生什么，但肯定会如怀尔曼所说——丑得很。

“但我必须少说几句，因为我的朋友怀尔曼说过，每当我们开始回忆就会耍老千，我相信那是真的。说得太多，你就会发现自己……唔……怎么说……在讲述自己希望拥有的过去？”

我朝第一排看，便看到怀尔曼在点头。

“是啊，我相信是这样的，那只是你希望有的过去。所以，简而言之，事情是这样的：我在建筑工地上遭遇了一次车祸。很严重。一辆起重机撞到了我的小货车，也撞到了我。我失去了右臂，也几乎失去了生命。我结过婚，但婚姻破裂了。我真的走到人生谷底了。现在回首，我就能看得更清楚；我只知道，自己感觉糟透了，糟到底了。而另一位朋友，他叫亚历山大·卡曼，有一天他问我，还有没有什么事能让我感到幸福？那让我很……”

我停下来。卡曼从第一排的座位里专注地凝视我，长长的礼品盒稳稳地搁在他看不见的膝头。我记得那天是在法伦湖，他带着破旧的手提箱，深秋透着寒意的阳光射进玻璃窗，在地板上投下长长的斜纹。我记得自己在考虑自杀，条条大路——收费公路、二级高速，乃至没人记得的荒僻小路——都通向黑暗。

沉默正在延续，但我已经不怕了。我的观众们也似乎不介意。神思游走，这很自然。我可是个艺术家呀。

“幸福——至少是我所感到的幸福——是长久以来我都不曾细想过的概念，”我说，“我慎重考虑如何养家，办起了自己的公司，也想过，不能让为我工作的同事们失望。我也琢磨过怎样获得成功，怎样去争取，主要是因为有那么多人以为我会失败。然后，车祸突如其来。一切都改变了。我发现自己没有——”

我用双手在暗中摸索，搜肠刮肚寻找恰当的字眼，哪怕他们只能见到独臂单手。或许，还能看到断肢在用别针别住的袖管里抽搐。

“我没有退路。就眼看着幸福……”我一耸肩，“我对我的朋友卡曼说，我以前画过，但好久没画了。他建议我重拾画笔，我问他为什么，他说因为我需要保护，以抵抗漫长黑夜。当时我不理解他的话。现在就明白多了。常言道，黑暗降临，但在这里，黑夜是渐渐升起。太阳下山后，黑夜就从海湾上升起。目睹那样壮观的景色，让我惊叹不已。”

同样，我也为自己滔滔不绝的口才惊叹不已。我的右臂非常安静。好像只是一截残肢，遮在用别针别住的袖管里。

“我们可以把所有灯光调暗吗？包括照着我的灯？有劳了。”

爱丽丝亲自跑到后台，一秒钟也不耽误。照着我的聚光灯立刻暗成微亮。视听礼堂安全地笼罩在昏暗中。

“越过了连通自己两种人生的桥梁，我发现，无论我们怀抱怎样的期待，美总在变化中。但这算不上是原创的想法，对吗？真的，只是陈词滥调……就像佛罗里达的夕阳。但那恰好就是真相，真相就该被说出来……如果你可以用新办法表述的话。至于我，我想用画来表达。爱丽丝，我们可以开始放映幻灯片了吗？”

图像即刻显影在我右边的大屏幕上，九英尺宽，七英尺高：三丛巨大的玫瑰从深粉红色海贝铺成的沙床上长出来。粉色很深，因为海贝都在屋下，在屋子的阴影里。观众们深吸气的声音很短促，却像一阵疾风。我听见了，也知道不只是怀尔曼和斯高图画廊的内行人在倒吸冷气，而是所有看到图像的人。他们窃窃私语的样子，仿佛突然见到了出乎意料的奇景异象。

随后，他们齐声鼓掌。掌声大约持续了一分钟。我站在原地，紧紧抓着讲坛的左侧木柱，听着掌声雷动，惊得头晕眼花。

余下的讲演花了二十五分钟，但我记不全了，好像在梦里指导了一场幻灯片秀。我一直在等，等自己从医院病床上醒来，赤热难当，剧痛欲绝，吼叫着要更多更多吗啡。

12

梦游感持续到演讲会后在斯高图举办的接待会。第一杯香槟（细长的杯子比顶针箍粗不了多少）刚吞下肚，第二杯就塞到了我手里。素不相识的人接踵而来，向我敬酒。有人连叫带嚷“听，快听！”还有人在高喊“艺术大师！”我扭头四顾，想看到新朋友们，却一个也没见到。

倒不是说没时间东张西望。祝贺之词好像没完没了，既恭贺我的画展开幕，也恭祝幻灯片演讲圆满完成。但是，起码，我尚不需要招架哪位来客对我的绘画技艺发表批评或攻击，因为原画（外加几张用彩色铅笔画的速写）全都藏在大厅后的两间大屋子里，锁得紧紧的，保护得好好的。而且，我还找到了避免被热情群众压垮的独家秘籍：如果您是独臂残疾人士，那就得让您仅存的爪子始终攥着只培根焗虾。

玛莉·爱尔过来问，采访约定是否还作数。

“当然，”我说，“尽管我不知道还能告诉你什么，我想，今晚我已经一吐为快了。”

“噢，我们会有些新话题的。”说着，手里的香槟酒杯划了一道弧线，趁四处游走的侍应生经过时放进托盘里，同时，还从一九五〇年代式样的猫女眼镜框后飞给我一个媚眼。她要不这样倒还不算讨人厌。“后天，先生，我们很快会再见的。①”

“说定了。”话虽这么说，我真想告诉她，如果她要坚持说法语，那采访的事儿就得等到我扣上马奈贝雷帽再说了。她挥手作别，临走前还吻了吻达里奥的面颊，然后便消失在迷人芬芳的三月夜色中。

---

① 原文为法语。

杰克也朝我走来，一路上还不忘拦截下两杯细如管箫的香槟。我的家务总管胡安妮塔也跟着他，穿着一套粉色套装，显得利落又时髦。她取了一串虾，但谢绝了香槟。他把第二杯酒递给我，等我把最后一口虾肉都吞下去，才举杯和我碰杯。

“祝贺，老板，您震惊全场！”

“谢谢，杰克。好听的话不嫌多。”我将香槟一饮而尽（每个细杯子里只能装一口酒），又转身对胡安妮塔说，“你今天绝对是艳压群芳。”

“恭喜您，埃德加先生，”她说着，瞥了一眼周围，“这些画都很漂亮，但您的画更好看。”

“谢谢。”

杰克又拿了一串虾递给胡安妮塔。“可以抽空和您说几句话吗？”

“当然。”

杰克把我拉到格斯特那惹人注目的雕塑旁。“刚才，卡曼先生问怀尔曼，是否可以等礼堂宾客散尽后再离场，恐怕会晚点到这儿。”

“是吗？”这让我有点吃惊，“为什么？”

“他花了大半天在路上，他说自己和飞机的头部相处得不太好。”杰克咧嘴一笑，“他对怀尔曼说，一整天都坐在大人物的位置上，现在很想平稳地下来。”

我不禁哈哈大笑。同时也很感动。对于卡曼这种身材的人来说，利用公共交通长途旅行可不容易……现在我才想到，在那些可恶的飞机上，他连上厕所都会很艰难，连坐下去都会出问题。站着小便？大概还行，刚好能挤下。但坐在便桶上？想也甭想。他根本弯不下腰。

“反正呢，怀尔曼觉得应该让卡曼先生舒坦一下。他说你会理解的。”

“再理解不过了。”我说着，扬手让胡安妮塔过来。那身粉色套装大概是她衣橱里最上等的藏品了，可独自站在翩翩穿流的文化商人们中间，她显得孤零零的。我拥抱了她，她也抬头朝我微笑。我好说歹说才让她放心地取了一杯香槟喝（我想说，那只是一小杯而已，便用了pequeño这个词，却让她咯咯直笑，估计是用错了？）就在那时，怀尔曼和卡曼才走进来。卡曼还怀抱着那只礼品盒，穿越人群看到我时，眼神一亮——那让我感觉棒极了，比几轮掌声、乃至立起吹口哨都有效。

我从路过的侍应生手上的托盘上拿了杯酒，走过人群，递到他手里。接着，尽力伸长我的手臂，揽住他那宽厚的身躯，尽我所能地完成一个地道的拥抱。他也回以热情的拥抱，一使劲，我那愈合不久的肋骨都快疼得嗷嗷叫了。

“埃德加，你气色真好。我太高兴了。上帝多么仁慈啊，我的朋友。上帝真好。”

“你也很好。”我说，“你怎么会碰巧出现在萨拉索塔呢？是怀尔曼叫你来的吗？”我转向条纹遮阳伞下的战友，“是不是你干的？打个电话过去，问卡曼愿不愿意担任我讲演会的神秘嘉宾？”

怀尔曼摇摇头，“我是给帕姆打过电话。朋友，我当时都慌了神啦，因为我明知越俎代庖会让你光火的。她说过，车祸后，你谁的话也不听，但卡曼说的你能听进去。所以我也给他打了电话。我从没想过他会因为那通小留言就千里迢迢赶来，但……你瞧，他来了。”

“我不仅亲自捧场，还帮两位令嫒给你带了份礼物。”他说着，把盒子递给我。“可惜的是我没有时间专程购物，只能在存货里挑挑拣拣。恐怕你会失望的。”

我突然明白了那礼物是什么，顿感口干舌燥。不管怎样，我先把盒子夹在断肢下，扯掉丝带，撕开了包装纸。我甚至没发现，是胡安妮塔在帮我捧着它。盒子里面还有一只窄窄的卡纸盒，在我眼里，那酷似婴孩的小棺材。当然，还能像什么呢？盒盖上印着标签：多米尼加共和国出品。

“很漂亮啊，医生。”怀尔曼说。

“其实，我没空置备更好的礼物。”卡曼答。

他们的话音渐渐飘远。胡安妮塔移走了盒盖。于是，瑞芭仰面看着我了，这一次她穿着红裙子，而不是蓝裙子，但波尔卡小圆点的图案却依然如故；黑色玛莉珍妮淑女鞋也照样闪闪发亮；毫无生气的红头发和蓝眼睛也一样在说：哦哦哦，你个死男人！我一直都躺在这儿呢！

卡曼的声音似乎还在遥远的地方飘，“是伊瑟打电话给我的，她提议送个娃娃。之后，她姐姐也给我打来电话。”

当然是伊瑟了，我心想。我听得见画廊里持续的嗡嗡闲谈声，那就像浓粉屋下面的海贝声。我的脸上还挂着哦天呀，瞧这多漂亮的面具，可要是谁那时戳戳我的后背，我准会尖叫起来。伊瑟是来过杜马岛的，还经过杀手宫前的那条路往南行。

尽管卡曼是个精明人，但我相信他不觉得这礼物有什么不妥，何况他长途旅行，远不是最好状态。而怀尔曼呢，正微微歪着头看着我，皱起了眉头。就在那时，我已能确信，卡曼医生再懂我心，也不及怀尔曼了。

“她知道你已经有一个了，”卡曼说，“她觉得凑成一对儿更好，能让你想起两个女儿，梅琳达也很赞同。不过，当然了，露西是我——”

“露西？”怀尔曼问道，取出了娃娃。她的粉色棉腿在晃来晃去。她的空洞双眼直勾勾地朝你看。

“她们都很像露西尔·鲍尔[①]，你不觉得吗？我把她们送给一些病人，当然，他们也会给自己的娃娃取新名。埃德加，你给你的娃娃取了什么名字？”

顷刻间，脑海中又泛起昔日那种惨淡的浓雾，我先要去想朗达，罗宾，瑞切尔，坐在朋友身上，坐在该死的焦炭上。然后才想到：那是红色的。

“瑞芭。”我说，“和那个乡村歌手的名字一样。”

“你还留着她吗？”卡曼问，“伊瑟说你有。”

“哦，是的。”我说，想起怀尔曼描述过的劲球彩摇奖：咔嗒、咔嗒、咔嗒。现在，我能听见了。完成《怀尔曼目视西方》的那个夜里，曾有一对访客光临我的浓粉屋，幼小的避难者在暴风雨中寻求庇护。伊丽莎白溺死的姊妹，伊斯特雷克家的苔丝和劳拉。现在，我明摆着要在浓粉屋收留一对双胞胎了，可是，为什么？

因为有些东西已经出手了，那就是为什么。有些东西探出手，并把这主意装进我女儿的脑袋里。这就是摇奖中的第二次咔嗒、掉落在篮兜里的第二个小球。

“埃德加？”怀尔曼在问，“你还好吗，朋友？”

“还行。”我说着，笑了笑。整个世界恍如回游重现，光影万变。我强迫自己从胡安妮塔手里接过娃娃，她正满脸困惑地盯着娃娃看。这很

① 露西尔·鲍尔（Lucille Désirée Ball，1911—1989），好莱坞著名喜剧女演员。

难，但我做到了。“谢谢了，卡曼医生。亚历山大。”

他一耸肩，摊开双手。“要谢就谢你的两个女儿吧，尤其是伊瑟。”

“我会的。谁想再来一杯香槟？”

大家都想润润嗓子。我把新娃娃放回盒子里，暗自作了两个保证：第一，决不让两个女儿知道这天杀的玩意儿把我吓得不轻。第二，两姐妹——我是说活着的两姐妹——绝不、永不能同时踏上杜马岛。但愿我能阻止这种情况发生。

这个诺言，我说到做到了。

十二　另一个佛罗里达

1

“好了，埃德加，我想我们快完事了。”

大概她从我脸上读取了什么未言之辞，因为玛莉笑了。“采访真有这么痛苦吗？”

“不。”我答道，不算违心，尽管有关绘画技巧的若干问题让我有点不自在，但真的不算痛苦。我将技巧归结为：先观察事物，再倾泻到绘画中。那就是我的窍门。受到了何种影响？我该怎么说？光。总会涉及光线，我喜欢看的画里有光，我喜欢画的画里也有光。光照耀出物事的表面，也似乎能暗示内在所有，仿佛光会自拓其路，直达内外。但那听起来实在不专业；在我想来，简直就像白痴所言。

“好了，”她说，“最后一个问题：总共有多少幅画？”

我们正坐在玛莉·爱尔的寓所里，位于戴维斯岛。这个时髦城区堪称坦帕的高尚地段，在我看来俨然是全世界艺术装饰的首府。起居室宽敞而又空荡，一头摆放了沙发，另一头是两把优雅的靠背椅，没有书架，也没有电视机。晨光会照在东墙上，也会照亮墙上那幅戴维·霍克尼[①]的大幅油画。玛莉和我坐在沙发上，各占一边。速记本搁在她膝上，身旁的沙发扶手上还放着一只烟灰缸。我们中间，摆放着一台大大的银色伍伦萨克磁带录音机，准有五十年历史了，但转轮仍能悄无声息地运转。德国工艺，太厉害了。

玛莉没有化妆，但唇上亮亮的，涂了润唇膏。头发随意地扎在脑

① 戴维·霍克尼（Dave Hockney，1937—　），美籍英国画家、摄影家，同时也是一位蚀刻家、制图员和设计师。

后，松松散散，让人感觉既慵懒又优雅。她抽英国欧维尔牌香烟，时不时啜一口酒，那活像是从爱尔兰沃德福特酒桶里直接倒出来的苏格兰威士忌。她问我要不要喝酒，我说更希望来杯水，她似乎很失望。她穿的家居服是手工定制的纯棉货。那张脸老朽又沧桑，却也性感，或许《邦尼和克莱德》在电影院上映的年代才是它最青春美好之时。但那双眼睛依然摄人心魄，就算鱼尾纹延伸漫开，眼睑上也皱纹层叠，甚至没有彩妆予以掩盖，那仍像索菲娅·罗兰的眼睛。

“你在赛尔拜展示了二十二张幻灯片。其中有九张是铅笔素描。很有意思，但很小。还有十一幅油画，其中有三张都是《怀尔曼目视西方》：两张是局部特写，一张是全景。所以，我要问，还有多少张画？下个月在斯高图的画展上，你一共会展出几幅？”

“这个嘛，”我说，“我还说不准，因为我现在还一直在画，但我想至今大概有……二十多幅。”

“二十。”她轻轻地、不带任何表情地说，“二十多幅。”

她那么看着我，让我非常不舒服，便侧了侧身。沙发吱呀轻响。“我想，画展中该有二十一幅，可以确定。”当然喽，还有些画是不能算进去的，譬如《福利之友》，或是《布朗糖果无法呼吸》，以及红袍人的速写。

“换言之，总共超过三十幅。”

我默算了一下，又不自然地扭动了一下。“差不多吧。”

“而且你根本不知道这有多么让人惊异。我可以从你的表情里看出来，你不知道。”她站起来，把烟灰缸拿到沙发后的垃圾桶里倒清，再站到霍克尼的画下，双手插在昂贵的便裤口袋里。那幅画上有一栋正方形的屋子，一个蓝色的游泳池。池畔有位早熟的妙龄少女，身穿黑色双肩带泳衣，丰满的胸部和长腿都晒成古铜色，头发乌黑。少女还戴着墨镜，两个镜片里都映着一斑小太阳。

“这是真迹吗？”我问。

“货真价值，”她没有转过身看我，“泳衣女郎也是真人。玛莉·爱尔，坦帕的吉杰特[①]，约为一九六二年。”说完，她转向我，面色很难

---

① 吉杰特是美国小说《人小主意大》里的女主人公，作者弗雷德里克·科纳尔（Frederick Kohner，1905—1986），讲述了一个少女和冲浪伙伴的故事。

看。“把录音机关掉。采访结束了。”

我按下了停止键。

“我想让你听我说，你愿意吗？”

“当然。”

“有很多艺术家在一幅画上耗费几个月心血，效果却不及你的作品一半感人。当然，也有通宵狂欢、浪费大好清晨的一些人。但你……你像个流水线工人一样炮制出这些画，像个杂志排版工，要不就是……我都不知该怎么说……漫画家！”

“我从小生活在崇尚勤劳苦干的环境里。自创公司时，我的工作时间比现在长得多，因为再好的员工也抵不上一个勤奋的老板。”

她颔首表示同意，“不是对每个人都行得通，但你认定了这条金科玉律，那就真的是无上真理。我明白。”

“我只是把那种……你懂，那种信条……搬到了现在所做的事情上。那就好了。该死，不止是好，而是好极了。我打开收音机……就好像进入了恍惚的出神状况……然后就开始画……”我脸红了，“我没想过要打破世界纪录什么的……”

“那我当然知道。”她说，“告诉我，你用图块对应法吗？”

“图块（block）？”我知道这个词在橄榄球赛中是阻拦的意思，除此之外就毫无头绪。“这是什么意思？”

“算了，当我没说。在《怀尔曼目视西方》里——这幅画实在令人叹为观止，顺便夸你一下——那个大脑，你是如何设置细节的？”

“我拍了一些照片。”我说。

“我肯定你用了照片，亲爱的，但当你准备好画那幅肖像时，你是怎么部署那些极富特色的细节的？”

“我……呃，我——”

“你用了‘第三只眼法则’吗？”

“三只眼法则？我听都没听说过。”

她宽容地朝我一笑，“为了在客体双眼间找到正确的空白，画家常常需要在两只真眼睛当中假想出、或甚至设置第三只眼睛。譬如说他的嘴，你是借由双耳的位置来保证它处于居中点吗？”

“没有……就是说，我不知道原来应该是这么画的。”现在，脸上的红潮肯定遍及周身了。

“放松点，”她说，“我不是在暗示你应当追随一套又一套艺术专业课程教授的狗屎规则，更何况，你已经如此辉煌地彻底打破了那些陈腐规矩。只不过……”她摇了摇头，“去年十一月开始画，至今就有三十幅画？不不，时间还没那么长，因为你不是从油画入手的。”

“当然没那么长，我还必须先得买够绘画用品才行。”听我这么一说，玛莉笑得前仰后合，都笑成了咳嗽，最后只能用一口苏格兰威士忌压下去。

“如果一个人快被压死，然后三个月里就能画成三十幅画，”她缓过气来，便又说，“我大概也该去找辆起重机。”

“你不会想要的。”我说，“相信我。”我站起来，走到窗前，俯瞰阿达利亚大街。“你这儿的风景可不一般啊。”

她也走过来，我们一起往外看。街对面人行道旁的咖啡店和七层小楼简直像从新奥尔良直接空运来的。或者，甚至是从巴黎。一位女郎漫步走在人行道上，吃着法国面包式的零食，红裙的荷叶边轻快地旋舞。不知何处，还有人在演奏蓝调吉他，每一个音符都玲珑剔透。“告诉我，埃德加，你从这儿眺望风景时，是以艺术家的眼光、还是昔日建筑商的眼光发现让你感兴趣的物事？”

“两者兼有。”

她笑了，“说得好。戴维斯岛完全是人工建筑所成——来自一个男人头脑中的想象，他叫戴维·戴维斯。他就是佛罗里达版本的盖茨比。你听说过他吗？”

我摇摇头。

“这只能证明，盛名如浮云。在咆哮的二十年代，戴维斯在太阳海岸是个神一样的人物。”

她挥臂一揽，仿佛要把楼下密集的街道尽收怀中；骨瘦如柴的手腕上，镯子叮当直响；不知何处，但不太远，有一口教堂的大钟敲响了午后两点。

“是他在西尔斯布鲁河口的沼泽地里建造起整个城市。是他说服了坦帕城德高望重的老前辈，把医院和电台搬到了这里，那时候，广播电台可比医疗保险更要紧。他建起的漂亮公寓楼是人们见都没见过的，甚至连公寓楼的概念都闻所未闻。他建起了酒店和噱头十足的夜总会、俱乐部。他也四处撒钱，娶了一位美如天仙的选美小姐，离婚，再复婚。那时候他已是身家数百万——当时的一百万比今天的一千两百万都值钱。他有个密友，恰好就住在杜马岛。约翰·伊斯特雷克。觉得耳熟吗？”

“当然。我见过他女儿了。我的朋友怀尔曼负责照顾她。”

玛莉又点了一根香烟。“戴维和约翰，两人都富得流油——戴维在房地产领域做投机买卖，约翰有好多工厂。但戴维好出风头，如果把他比作孔雀，约翰就更像是朴素的褐色鹪鹩。什么人什么命，你知道孔雀的下场吧，是不是？”

“雀翎被人拔光？”

她猛吸了一口，烟喷出鼻孔时，她又张开手指替我把烟挥去。“先生，您说得再对不过了。一九二五年，佛罗里达州土地监察局出手了，就像往肥皂泡里砸了一块砖。现在你从这里望见的大部分土地都是戴维·戴维斯投资的。”她挥了挥手，示意那些曲折街巷、粉色建筑都包括在内。“一九二六年，戴维斯在各行各业的投资高达四百万美元，收回来的大概只有三万。”

我也曾有过骑虎难下的窘迫经历，用我父亲的话来说：财力过度膨胀便会到达一个临界点，逼得你不得不开始诳骗债权人，并在财务报告上做手脚。但我还不至于那么惨，即便在弗里曼特公司初建时那些绝望的日子里也没有。但我能体会戴维·戴维斯的感受，他准是万念俱灰，生不如死。

“他自己的债务还清了多少？能还上吗？”

“一开始，他撑住了。那些年，美国境内的很多地域都在蓬勃发展。”

“你了解的还真多啊。”

“太阳海岸的艺术是我的激情所在，埃德加。但太阳海岸的历史则是我的兴趣所在。”

“我懂了。那么，土地监察局没把戴维斯整垮。”

“短时间里是没有。在我想来，他肯定趁牛市时抛出了股票债券，才能填补第一轮亏损。朋友们也帮了他一把。”

“伊斯特雷克？”

“约翰·伊斯特雷克是最慷慨仗义的天使，还数次帮戴维运送走私酒，大概都藏在岛上了吧。”

“他真那么干了？”我问。

“我是说，大概。那是另一个时代，另一个佛罗里达。只要你在这儿多住一会儿，就能听到千奇百怪的禁酒时期地下酒买卖的传奇故事。不管有没有走私酒，要是没有伊斯特雷克相帮，戴维斯肯定会在二六年倾家荡产。约翰不是花花公子，从不像戴维斯和他别的朋友那样去夜总会或妓院，但他从一九二三年起就是鳏夫了，照我的猜想，老戴维或许会在老朋友寂寞时帮他找个姑娘，不止一次。但到了二六年夏天，戴维债台高筑，欠了太多太多，就算老朋友力挺，也救不了他了。”

“所以，他在月黑风高夜消失了。”

“他消失了，但不是在月黑风高时。那可不是戴维的风格。二六年十月，伊斯飓风将他的毕生心血席卷一空，之后不到一个月，他就起航去欧洲，带了一个保镖和一个新找的漂亮姑娘，她是马克·赛奈特泳衣美人。姑娘和保镖都到了欢乐巴黎，但戴维·戴维斯没有。他在航行中失踪了，没留任何痕迹。”

“你跟我说的是真实事件吗？”

她抬起右手，摆出男童子军的敬礼姿势——只是夹在食指和中指间的香烟轻轻袅袅破坏了些许气氛。“绝无虚言。二六年十一月，告别仪式就是在这里举行的。”她指向两栋粉色艺术装饰风格大楼之间，海湾远景夹在其中，波光粼粼的。“至少有四百人出席，我认为，其中很多是得过恩宠的那种女人。约翰·伊斯特雷克是发言者之一。他抛了一只鲜花花环到海里。”

她叹了一声，气息飘到我面前。我不怀疑这位女士能克制饮酒，也相信她早已习惯了微醺，因而不至于在这个下午酩酊大醉。

“毋庸置疑，伊斯特雷克痛失好友，伤心极了。”她说，“但我敢说，他肯定更庆幸自己能躲过伊斯飓风的劫难。我打赌，出席告别仪式的人都这么想。他要能预知六个月后的事，肯定会往海里抛下更多花环吧。不是一个爱女，而是一双啊。我觉得该说三个才对，如果你把大女儿也算上的话。要是我没记错，她跟老爸工厂里的一个领班，私奔去亚特兰大了。不过，那比不上两姐妹双双丧生海底的打击更大。上帝啊，那准能让人伤心欲绝。”

“**她们走了**。”我说，想起怀尔曼摘引的报纸头条。

她用犀利的眼神盯着我，“也就是说，你也做足功课了。”

“不是我，是怀尔曼。他对自己效力的女主人很好奇。我认为他不知道伊斯特雷克家和戴维·戴维斯的关系。”

她似乎若有所思，“我甚至怀疑，伊丽莎白自己还记得多少？”

“这阵子她连自己姓啥叫啥都忘了。”我说。

玛莉又瞥了我一眼，继而从窗前走开，去拿烟灰缸，掐灭了香烟。“阿尔茨海默？我听到些传言。”

“是的。”

“真该死，听到这消息我很难受。很多戴维·戴维斯故事的精彩细节都是她跟我说的，你知道。过去的好时光啊。我们以前老见面，转来转去就能碰到她。大多数住过她那栋鲑鱼角的艺术家我也都采访过。对了，你给它起了别号，是不是？”

“浓粉屋。”

她笑了，“我就知道你起的名儿会很可爱。”

“有多少位艺术家住过那栋屋？”

“很多。他们到萨拉索塔或凡尼斯做讲座，或许还会暂居一段，画些画。不过，住在鲑鱼角的画家们画得很少。伊丽莎白的大部分客人在杜马岛都像是在度免费的假期。”

“她为他们免费提供住所？”

“对，是免费的。”她露出几分讽刺的笑意，“萨拉索塔艺术委员会为他们提供生活津贴，伊丽莎白通常负责解决住宿——浓粉屋，也就是昔日的鲑鱼角。但你没享受到这个待遇，对吗？或许下一次吧。更何况，你确实是在那里工作的。我可以报出六七位艺术家，都住过你的小屋，却连笔都没润过。”她走向沙发，脱下眼镜，抿了一口酒——该说是一大口。

“伊丽莎白有一幅达利的速写，就是在浓粉屋画的。”我说，“我亲眼所见。”

玛莉顿时两眼放光，“哦，是的，没错，达利。达利非常喜欢那里，但也待得不长……不过离岛以前，那个婊子养的浑蛋对我吹毛求疵的。你知道他走后伊丽莎白跟我怎么说的吗？”

我摇摇头。我当然不知道，但很想听听。

“他说那里‘太丰富了’。埃德加，这种说法会让你有什么联想吗？”

我一笑，“在你看来，伊丽莎白为什么要把浓粉屋作为艺术家度假屋？她一直都是艺术赞助者吗？”

她似乎很惊讶，“你的朋友没告诉你吗？或许他也不知道。根据本地传说，伊丽莎白自己就是一位传奇画家。”

“本地传说，这话怎么讲？”

“有种说法——我认为几乎就像神话——说她是个神童。很小的时候，她就能画得非常传神，可突然间就封笔了。”

“你没问过她吗？”

“当然问了，傻小子。向人提问就是我的工作。”现在，她的脚步有点打飘了，索菲亚·罗兰式的眼睛显然已经充满血丝。

“她是怎么说的？”

“没有那回事儿。她说，‘能画的，就画。不能画的人，好比我们，玛莉，就扶持那些能画的。’”

“我觉得这说法很地道。”我说。

“是的，我也赞同。”玛莉说着，又从沃德福特大酒桶里啜饮一口。“可有一个问题，那就是，我不相信那是空穴来风。”

“为什么不相信？”

“我不知道，只是不信。我有个老朋友叫安吉·温特伯恩，曾是坦帕《讲坛报》的情感问题专栏作家。有一次我碰巧和她聊起这段传闻。大概就是达利大驾光临太阳海岸的那段时间，一九八〇年左右。当时我们在酒吧里——那个时代我们不是在这个酒吧，就是在那个酒吧——无意间谈到民间传闻是如何诞生的。作为辩论时的证据，我提到，据说伊丽莎白曾是儿童版的伦布朗；安吉呢——她死了好久啦，愿上帝赐她安息——说她不觉得那是虚构的传说，她认为真有其事，至少有原型。她说她在哪张报纸上读过相关报道。”

“你查过吗？”我问。

“我当然去查了。我不会把一切都写下来，”她朝我抛了个媚眼，“但我很喜欢把所有事情打探清楚。”

“有何收获？”

“什么也没有。《讲坛报》上没有，萨拉索塔或凡尼斯的报纸上都找不到。所以，那大概真的只是没来由的传说。该死的，大概所有那些有关她父亲把戴维·戴维斯走私的威士忌藏在杜马岛的故事也都是瞎编的。可是……我可以打赌，安吉·温特伯恩的记忆力很好。而且，我当面问伊丽莎白时，她的神色也似乎有问题。”

“什么样的神色？”

“好像在说：我不会告诉你的。但那都是陈年往事了，很多酒都在地下流通，你现在没法再问她那事儿了，不是吗？除非她的记忆力还没你说的那么糟。”

“是很糟，但她或许会清醒过来的。怀尔曼说她以前就反反复复，时好时坏。”

“那就让我们期待吧，”玛莉说，“你知道的，她是世间罕有的人物。佛罗里达到处都是老人，否则也不会有‘天堂等候室’的美名，但只有极少数老人是在这里土生土长的。太阳海岸的伊丽莎白所记住的——曾经记住的——是另一个佛罗里达。不是我们现在看到的这个匆匆忙忙的度假胜地，也没有四通八达的收费公路和圆球形的体育馆，这里也不是我从小印象中的佛罗里达了。我的回忆里是约翰·D. 麦克唐纳德时代的佛罗里达，想当年，萨拉索塔的人们都熟识街坊四邻，坦帕–迈阿密公路还是低级夜总会区。想当年，人们常去教堂，回到家呢，会在自家游泳池里找到鳄鱼，或是在垃圾桶里发现野山猫。”

她真的是酩酊大醉了，我方才意识到……但这不影响她言谈的有趣的程度。

“佛罗里达的伊丽莎白和她的姐姐们生长的年代，印第安人刚被赶跑，但白人先生们还没完全巩护……巩固权势。那时候的杜马岛和你现在住的小岛可有天壤之别啊。我看过一些照片。棕榈树覆盖着勒颈无花果树、裂榄木和陆地沼泽松；有些湿地里还长着橡树和红树。低矮的切罗基豆和光滑冬青铺盖在地面上，而现在呢，那些该死的丛林都不见了。海滩是唯一亘古不变的东西，还有海，那当然了……像裙裾一样翻舞。那时已经有岛北头的吊桥了，但岛上只有一栋屋。”

“那些树靠什么生长？”我问，“你知道吗？我是说，四分之三的岛屿都被植物掩盖了。”

她好像没听到我的话，“只有一栋屋，”她重复道，“坐在那儿隆起的小丘地上往南看，那番壮丽的风景啊，你只能在查尔斯顿或墨比尔①的豪宅旅游团中才能有幸看到。有大柱子和一条碎石铺的车道。朝西看，你看得到壮阔的海湾；朝东看，就能将佛罗里达海岸美景尽收眼底。其实也没什么好看的，只有凡尼斯。凡尼斯村。昏昏欲睡的小小村落。”她发觉自己有点口齿不清了，便振作精神，“对不起，埃德加。请原谅。我不是每天都醉成这样的。真的，你不妨将我的……兴奋……视为对您的一种恭维。”

“我明白。”

“搁在二十年前，我肯定会不遗余力地把你勾上床，决不会把自己灌成醉鬼。说不定十年前也一样。可如今呢，我只能希望自己没把你吓跑，乃至以后也不敢见我。”

“我还没那种荣幸。”

她大笑起来，笑声苍凉却也欢快。“那我就盼着和你早日再见了。我把你折腾了一下午。现在……”她用单臂揽住我，引我走向门口。隔着衣衫我也能感到她硬邦邦的身体，瘦骨嶙峋，却热得发烫。她的步态倒是依然稳健，“现在，我想该释放你了，也该让我自己睡个午觉。必须承认我得睡一觉，真让人遗憾。”

我走到客厅，又折回去，“玛莉，你有没有听伊丽莎白提起过孪生姐姐去世的事？她那时大概四五岁。这么惨痛的伤心事，她应该能记住了。”

“从来没有。”玛莉说，“一次也没说过。”

2

大厅门口外一溜儿排开十几把椅子，刚好摆在狭长而阴凉的阴影里，午后两点一刻的日头下，显得挺舒服的。六七个老人坐在那儿，望着阿达利亚大街上的车水马龙。杰克也在，但他没呆望来往车辆，也没观赏翩然而过的女郎。他向后靠在粉色的灰泥墙上，正在看《丧葬科学

① 查尔斯顿是美国弗吉尼亚州的城市，墨比尔是阿拉巴马州西南的一座城市，位于墨西哥湾北海岸。

之傻瓜指南》。他一见到我便站起来，让我也能一眼找到他。

“在这个州，选这行够明智。”我边说，边扬扬下巴示意那本书，封面上有个科学怪人，两只眼睛装饰成了Google标志。

“迟早都得选一行嘛。”他说，“但看你最近的势头，我不认为这一行还能兴旺下去。”

“你可别咒我。”我说着，摸了摸口袋，想确认自己有没有带上阿司匹林的小药瓶。带了。

“事实上，”杰克说，“这正是我想去做的工作。”

“你等会儿有什么要紧事吗？”我问，跟在他身边跛行走下水泥人行道，一暴露在阳光下就觉得酷热难当。佛罗里达西海岸是有春天的，但来得快去得也快，只够喝杯咖啡的光景，便急忙迎头北上担当重任去了。

“我没事儿，但你四点钟约了萨拉索塔的哈德洛克医生。我想，不堵车的话我们刚好赶得上。”

我搭住他的肩膀，“那不是伊丽莎白的医生吗？你在说什么呀？”

“体检。老板，据说是你自己延后体检日的呀。”

“其实是怀尔曼。”我咕哝了一声，抓了抓头发，“是讳疾忌医的怀尔曼。我从没让他替我定日子。你可是我的证人啊，杰克，我决不会——”

“不是他，他说你肯定会这么说的。”杰克说。他拖着我继续往前走。“走吧，走吧，我们现在上路，就不会赶上高峰时段了。”

“谁？如果不是怀尔曼约的，还会是谁？”

“您的另一位朋友。黑人大块头。伙计，我真喜欢他，他酷毙了。”

我们走到了雪佛兰车前，杰克为我打开了副驾座车门，但我只是站在那儿呆呆看着他，仿佛遭了晴天霹雳。“卡曼？”

“对，就是他。他和哈德洛克医生在演讲会后的招待会上谈了谈，卡曼医生刚好提到，你承诺要做的体检一直没做，他有点担心，哈德洛克医生就自告奋勇帮你做一次。”

“自告奋勇。”我说。

杰克点点头，在灿烂的佛罗里达阳光下灿烂地微笑着，年轻得不可思议，胳膊下夹着一本淡黄色封面的《丧葬科学之傻瓜指南》。“哈德洛克医生对卡曼医生说，他们千万不能让一位崭露头角、至关重要的天才画家出什么意外。正经地说，我也举双手赞同。”

“谢你一万遍，杰克。”

他笑起来，“你别逗了，埃德加。”

“我可以认为自己也酷毙了吗？”

“是啦是啦，你的酷是骨灰级。上车吧，趁现在过桥我们就不会堵车了。”

3

果然，我们准点到达哈德洛克医生位于贝尼瓦街的办公室。根据弗里曼特的办公室等待原则，你必须在约定时间上再加三十分钟才能见到真正约见的对象，但这次却让我大吃一惊。前台小姐十分钟后就喊到我的名字，带领我走入一间令人愉悦的诊疗室，左边墙上贴的海报描绘了浸在脂肪中的心脏，右边的海报则显示了一瓣如经炭烧般的肺。正视前方，能看到一张视力检测表，哪怕我只能看到第六行小字，那也感觉不错了。

一个护士走进来，在我舌头下插入一支体温计，并搭了脉搏，接着在我手臂上绑了测血压用的布箍带，充气，细看读数。我问她情况可好，她露出公式化的微笑，“还行。”接着就开始抽血。做完这些，我得去厕所用塑料杯接尿，拉下拉链时我在心中暗骂卡曼。独臂人当然可以提供尿样，但潜在危机显然要大得多。

回到诊疗室时，护士已经不在了。她留下一个文件夹，上面有我的名字。文件夹旁还有一支红笔。残肢突然一阵刺痛。我想也没想就拿过笔，放进了裤袋里。我的衬衫口袋里夹了一支蓝色圆珠笔。我取出蓝笔，放在刚才红笔所在的位置。

等她回来，你该说什么？我默默自问，笔仙进来过，决定换个颜色？

还没等我想出答案——也没想通我为什么要偷窃红笔，基恩·哈德洛克便走进来，向我伸出手。他的左手……也就是我的右边。当他身边没有那位留着山羊胡的神经科医生普林西比时，我发现自己还挺喜欢他的。哈德洛克六十岁上下，矮矮胖胖，留着牙刷毛式的白胡子，临床检查的礼仪也很到位，让人舒适又放心。他让我脱下外裤，仔细检查我的右腿和体侧。他在很多部位摁下手指，问我疼痛的程度。他还问我服用哪些止痛药，可当我回答说吃阿司匹林就行时，他却面露惊异之色。

“接下来我要检查你的截肢部位，”他说，“可以吗？”

“当然可以。你不用紧张。”

“我会尽力的。”

我坐着，把左手放在赤裸的左腿上，往前看着视力检测表，他则单手握住我的肩膀，再用另一只手托住我的残肢。第七行字似乎是AGODSED。我不禁纳闷：一个神，会说什么？①

声音似乎从很远很远的地方传来，我感到有些压力。“疼吗？”

“不疼。”

“好的。不，不要朝下看，请保持直视前方的姿势。你感觉到我的手吗？”

“嗯哼。在上面。有压力。”但没有刺痛感。怎么会痛呢？不复存在的那条手臂想要笔，而那支笔已经在我口袋里了，所以，现在它又安心沉睡了。

“现在呢，埃德加？我可以叫你埃德加吗？”

“没问题。还是一样的位置。有压力。很轻微。”

“现在你可以看了。”

我转头去看。他仍一手扳住我的肩膀，但另一只手垂下。根本没有靠近残肢。“啊哟，猜错了。”

“没关系，截肢后的肢体有幻觉，这很普遍。我只是惊讶于痊愈的速度。而且没有疼痛感。一开始我捏得可用劲儿呢。一切都很好。”他又托住断肢，往上推。“这样会疼吗？”

有点疼——感觉迟钝、隐约，还有点模模糊糊的发热。“有一点。”我说。

“要是这也不疼，我反而要担忧了。”他松手了，“再朝前看着视力表，好吗？”

我照他吩咐直视前方，决定将至关重要的第七行字定为AGOCSEO。

---

① 前面提到的视力检测表第七行的字母AGODSED，让埃德加联想到A God Said，意为：一个神说。

这样就说得通了，因为这些字母拼凑不出什么词句。

“我用几只手指点着你，埃德加？”

“不知道。”根本感觉不到他在触摸我。

“现在呢？”

“不知道。”

“现在？”

“三只手指。”他都快摸到我的锁骨了。我突然想到——疯狂一念，却十分固执——如果我正处于绘画的癫狂态，准能感觉得到他的手指，随便何处，随便几指。事实上，就算他把手放在残肢下的空气里，我也能感觉得到。而且我认为他也能感觉到我……结果就不用说了，肯定能把这位好好大夫吓得尖叫着冲出诊疗室。

他继续检查，从我的腿到我的头。他听了听我的心音，看了看我的瞳孔，还干了很多医生们拿手的小动作。等他把能干的事都忙完了，便让我穿上衣服，到大厅尽头的办公室里见他。

他的小办公室很招人喜欢，东西堆得满满的。哈德洛克坐在桌子后，背靠椅背。有一面墙上挂了些照片。我猜想，有些是医生家人，而另一些显然不是：和乔治·布什一世握手，和毛瑞·博文齐[1]握手（在我的名人辞典里，他俩在智力上不相上下），还有一张是他和伊丽莎白·伊斯特雷克的合影，她竟是那么神采飞扬，漂亮得令人窒息。他俩都握着网球拍，我也认出了那个网球场——杀手宫里的。

“我想象得出来，你很想马上回到杜马岛，让臀部放松些，是不是？”哈德洛克问，“每天这时候准会疼吧，我也敢说，刮风下雨时就会疼得像《麦克白》里的三个女巫一齐施法。如果你想要我开些维柯丁或普克赛——”

“不用，我吃阿司匹林就够了。”我好不容易才戒掉那些强力药，我不想现在重蹈覆辙，不管疼不疼。

“你的康复太让人震惊了，”哈德洛克说，“我想，你不需要我来告诉你，你有多幸运，余生不用坐在轮椅里，转得头晕眼花。”

“我能活下来就已经感谢上天眷顾了。”我说，“看样子，你没觉得

① 毛瑞·博文齐（Maury Povich，1939—　），美国著名电视节目主持人。

有何异样？”

“血液和尿样报告还没出来，但我可以说，你状态很好。如果你担忧还有什么症状，我可以安排X光照你的右侧伤口和头部——”

“我没有任何忧虑。”我有症状，确实令我担忧，但照X光是无法指明症结的。也可能，是多处症结。

他点点头，“我仔细查看你的断肢，是因为你没有安装人造假肢。我原以为是因为你的伤口很敏感，也可能因为有感染征兆。但现在看来，一切都好。”

“我想……我只是还没准备好用假肢。”

“很好。岂止是很好呀。想想你完成的杰作吧！我不得不说，东西没坏就别去修。你的画……非同一般啊。我非常期待能到斯高图的画展上目睹真迹。我会带太太一起去的。她兴奋极了。”

“太好了，”我说，“谢谢你。”听来有点平淡，至少在我自己听来好像不够激动，但我仍然想不通该如何回复这么多热烈的赞赏。

“没想到你竟是出钱租鲑鱼角的房客，这很让人悲伤，也很讽刺。”哈德洛克说，“你大概也知道了，多年来，伊丽莎白一直把那栋屋当作艺术家专用休憩地。后来她病了，才允许那栋屋列入租赁地产名单，尽管她再三强调，不管谁租，都必须签三个月以上的长约。她不想让春季游客在那儿开狂欢派对。不能在萨尔瓦多·达利、詹姆斯·巴马①等艺术大师们养精蓄锐的地方。”

“我决不会因此责怪她的。那是个极其特殊的地方。”

“是的，但在那里住过的艺术家中，只有极少数创作出了不同凡响之作。谁料到，随后迎来的‘房客’——曾在明尼阿波利斯建筑业叱咤风云的企业家——在车祸后来此疗伤，并且……啊，伊丽莎白一定心满意足了。”

“在建筑业界，我们称过度恭维为‘扣水泥高帽子’，哈德洛克先生。”

“请叫我基恩，”他说，“可听过你演讲的人都不会觉得我是在吹捧。你就是个奇迹。我真希望伊丽莎白能在现场。她肯定会盛装亮相的。”

---

① 詹姆斯·巴马（James Bama，1926—　），美国超现实主义画家，以美国西部风情人物为主题。

“或许她能参加开幕式。”

基恩·哈德洛克非常缓慢地摇摇头，“我怀疑她去不了。她拼着老命和阿尔茨海默症抗争，但到了时候，疾病总会轻而易举地获胜，譬如多发性硬化，还有癌症。不是病人太弱，那只是一种自然现象。一旦症状开始加剧，通常以暂时性记忆丧失为标志，倒计时就开始了。我担心伊丽莎白的大限已到，真让人难受啊。我一眼就看出，也相信演讲会现场的每个人都已发现，兴师动众的场合让你很不自在——”

“真是明眼人。”

“——但如果她在，她就会帮你享受那种氛围。我认识她都快大半辈子了，所以可以这样告诉你，她会愿意监管一切，包括每一幅画该挂在画廊的什么位置。”

“真希望我早点认识她。”我说。

“她很了不起。她四十五岁时，我二十岁，我俩搭档混双，赢了高船岛网球锦标赛冠军。那时我刚好休学年假回来。那座奖杯，我至今都珍藏着。我猜想她也保留着奖杯。”

这让我想起了别的收藏品——你会找到的。我很肯定——但还来不及细想彼时情境，又突然想到了另一件事。相对来说，就是眨眼之前的事。

“哈德洛克医生——基恩，伊丽莎白自己有否画过？油画或是素描？”

“伊丽莎白？没有。”他笑了。

“你说得很肯定。”

“是的。我问过她一次，记得非常清楚。那是诺曼·洛克威尔来此演讲的时候。他没有住你的小屋，而是丽兹酒店。诺曼·洛克威尔真是个神人啊！”基恩·哈德洛克摇摇头，笑意更浓了，“上帝啊，那场面可热闹啦，艺术委员会宣布‘周六晚邮报’先生驾到时，大呼小叫闹成一片。那是伊丽莎白出的点子，她喜欢那种能掀起轩然大波的噱头，她说他们大概会填满本希尔格里芬体育馆——”他看到我一脸茫然，便修正说，“就是佛罗里达大学。‘只有鳄鱼队才能存活的沼泽地’？”

“如果你说的是橄榄球，我从头到尾只知道维京队和帕克斯队。”

“回到正题，就在洛克威尔掀起观众骚动的时候，我问起她自己的画艺。顺便插一句，他的画果真销售一空；不止是在格尔巴特，中城区也一样。伊丽莎白开怀大笑，说她只能画出木棍儿般的小人儿。事实上，她打了个比喻，用的是运动术语，大概这让我想到了鳄鱼队吧。她说自己就像那些富有的大学赞助人，只不过她的兴趣点不在于赞助橄榄球队，而只是纯艺术。她说，'宝贝儿，如果你当不成运动员，那就赞助运动员；如果当不成艺术家，那就喂饱他们，照顾他们，确保他们水深火热时还有个地方可以投靠。'但要说她自己的艺术天赋？绝对是没有的。"

我很想告诉他，玛莉·爱尔的朋友安吉·温特伯恩是怎么说的。但我的手碰到了口袋里的红笔，便决定不说了。我知道，自己只想尽快回到杜马岛，只想画画。《女孩和船 No.8》是该系列里最嚣张的一幅，尺寸最大，画面也最复杂，眼看就快完成了。

我站起身，伸出手，"谢谢你为我费心了。"

"别客气。如果你改主意了，想要开点强劲的止痛药——"

4

通往杜马岛的吊桥拉起，以便某位富翁的水上大玩具驶进海湾。杰克坐在雪佛兰的驾驶座上，欣赏着在前甲板上晒日光浴的绿色比基尼美女。广播调在骨头频道，刚刚播完一则代理经销摩托车的广告（骨头频道里，摩托车销售广告最多，也有很多抵押借贷的金融服务），便插入谁人乐队的歌：《魔力巴士》。截肢骤然抽痛一下，然后，开始痒了。瘙痒慢慢地向下蔓延，慵懒缓慢，却隐伏得很深。非常深。我把音量调大一度，探入口袋取出偷来的笔。不是蓝色，不是黑色；而是红色的。在夕阳光线里欣赏了片刻，用拇指推开笔套，又四处摸索起来。

"要我帮你找东西吗，老板？"

"不用。盯着更年轻的宝贝儿吧。我自己就行。"

我翻出一张"改装车大赛指定汉堡"的免费赠券，上面写着"你得吃！"。我把券翻到背面，便成了一张白纸。我画得飞快，根本容不得半点思考。那首歌还没完，我就画好了。小小的图画下面，还有五个字母。那张画很像上辈子的我边打电话和人砍价（通常是和白痴）时的随手涂鸦。五个字母组成一个单词：PERSE（珀尔塞），我那神秘幽灵船的名字。只不过，我不确定你会怎么念。我可以把重音放在后面一个 E

上，听起来更像是 Persay（珀赛），但我觉得这么读也不对。

“这是什么？”杰克凑过来看，然后自问自答。“红色小野餐篮。挺可爱的。这钱包（Purse）是什么意思？”

“你把它读成 persie 了。”

“那我还是相信你的读法吧。”吊桥下的栏杆升起了，杰克发动汽车，直奔杜马岛。

我端详刚画的红色小野餐篮——你大概把这种柳条边的玩意儿叫作‘累赘’[①]吧——只觉得万分眼熟。然后意识到这种眼熟并不是因为我亲眼见过它，而是这幅画所表示的“语汇”本身是我熟悉的。去找南·梅尔达的野餐篮，我载着怀尔曼从萨拉索塔纪念医院回岛的那夜，伊丽莎白这么说过。那也是我最后一次见她神志清醒，现在我全想起来了。在阁楼上，是红色的。还有：你会找到的。我很肯定。还有：东西在里面。然而，我刚一追问，她就无法回答了。她的神思又溜走了。

在阁楼上，是红色的。

“当然是咯，”我说，“一切都是。”

“你说什么，埃德加？”

“没什么。”我瞪着偷来的笔，说，“只不过是彻底想明白了。”

5

《女孩和船 No.8》是该系列的最后一幅，我几乎能确定。它真的已是完成态，我却仍然站在斜长的夕阳光影里凝视它，思忖着。衬衫已经脱去，铜斑蛇之路乐队在骨头里号叫。我在这幅画上花的时间比任何一幅画都要长——我突然意识到，那几乎相当于别的画所用时间的总和。它令人心绪难宁。因此，每次画完我都会用白布遮住它。此刻，当我希望自己能冷静、不带情绪地看看它时，才发现，心绪难宁一词根本不确切，这幅宝贝画他妈的能把人吓出病来。看着它，就像看着心智渐渐游离。

或许，这幅画是永远画不完的。显而易见，仍有空余之处可以画入一只红色的小野餐篮。我可以让它挂在珀尔塞号的船首斜桅上。去他妈

① Hamper 一词既指带盖的大篮子，也有累赘设备的意思。

的，为什么不呢？这天杀的画里已经堆满了人影和物事的细节。再画一样进去，总会找得到地方的。

一支画笔已经浸饱了血色的颜料，我伸手去拿时，电话铃也响了。如果我已经提笔，肯定是不会去接的，就让它去响。但我没有那么做。野餐篮只是一个花音，但我已经把主旋律复调都画齐了。于是，我把笔放回，再去接电话。怀尔曼听起来十分激动。

“埃德加！今天下午她清醒过一段。或许不能说明什么，毕竟我不能让期望值升得太高，但我以前见过这种反复。一开始先是明白了什么，然后又明白了什么，一阵接一阵地汇总起来，她就又变回她自己啦，至少清醒了一段时间。”

“她知道自己是谁了？知道在哪里了？”

“不是现在，而是半小时前，大约五点半开始好转，她知道自己是谁、身在何处，也知道我是谁。听着，朋友，她甚至自己点了香烟！”

“我保证向军医处处长报告。”嘴上这么说，我却在回忆。五点半。恰好是我和杰克在等吊桥降下的时候。也就是，我感到有画画的冲动的时候。

“除了香烟，她还有什么要求？”

“她要吃东西。但在那之前，她要去瓷亭。她想要她的小瓷人儿，埃德加！你知道她忘了有多久？”

其实我非常清楚。听到他为她的好转激动万分，我也很欣慰。

“不过，我把她送到瓷亭后，她又犯迷糊了。她四处看看，问我珀西在哪儿。她说她想要珀西，还说珀西要钻进饼干桶。”

我看着我的画。看着我的船。现在它是我的了，没错。我的珀尔塞。我润了润干燥得像皮革的嘴唇。就像我在车祸后第一次醒来时那样干燥。也像我记不得自己是谁的时候那样。你知道这有多古怪吗？记得自己在忘记。就像站在无数镜子中间，看到无数个镜子和自己。“哪一个瓷人叫珀西？”

“我他妈的怎么知道。每次她让我把曲奇罐扔进锦鲤池时，总是非要把一个女瓷娃娃放进去。通常都是脸孔被撬掉的那些牧羊女。”

“她还说了什么？”

“她想要吃的，我跟你说过了。西红柿汤。还有桃子。等她不再茫茫然盯着瓷娃娃看了，就又变得一脸迷糊了。”

是不是因为没看到珀西在那儿，她才迷糊？还是珀尔塞？或许……可是，即便她曾经有过一艘瓷船，我也从没见过。我不止一次地想到，“珀尔塞”这个名字很滑稽。你没法信它。因为它老是在变。

怀尔曼说：“那时候，她还说，桌子在漏水。”

“在漏吗？”

电话里沉默了几秒。然后，“我们是不是在讲笑话呀，关于怀尔曼弄坏了多少家具，我的朋友？”听起来，他不是很有幽默感。

“不，我只是好奇罢了。她怎么说的？具体点？”

“就是这么一句，‘桌子在漏水’。可她的瓷娃娃们都在桌子上，很结实的桌子，你也知道的，可不是水桌。”

“你冷静点。别死脑筋。”

“我使着劲儿让脑筋转呢，但我不得不说，你说起话来剑走偏锋，埃德斯特。”

“别叫我埃德斯特，听起来活像是福特古董车。你给她上了汤，她就……怎么了？迷糊了？”

“就是这么回事儿。还砸烂了一对瓷偶——一匹小马和一个牛仔女郎。”他叹了一声。

“她是在你上菜前还是上菜后说‘漏水’的？”

“之后，之前，有什么关系？”

“我不知道。”我说，“到底是前是后？”

“我想……之前吧，对，是在前。上菜之后，她基本上对一切都没兴趣了，包括第一百万次把甜蜜欧文扔进池塘里。我用她最心爱的杯子盛了汤，可她一把就推开了，热汤都溅到她可怜的老胳膊上了。好像她也没感觉到烫。埃德加，为什么你要问这些？你知道什么情况了吗？”他准是拿着耳机到处走。我听得出来。

“没什么。我纯粹是在暗中摸索，看在上帝的分上。”

“哦？你用哪条胳膊摸索的？”

这句话把我噎住了，但我们已是如此亲密的伙伴，撒谎就不够意思了，哪怕实话就像蠢话。“右边的。”

“好吧，”他说，“那好吧，埃德加。真希望我能明白发生了什么事，仅此而已。因为确实有点蹊跷。”

“或许是有点蹊跷。现在她怎么样？”

“在睡呢。而且我显然打扰你了。你在干活。”

“我没有，”我说，把画笔甩到一边去。“活已经干完了，我想我也该歇一阵子了。从现在起，到画展开幕，我只想散散步、捡捡贝壳。”

“多崇高的志向啊，但我认为你做不到。像你这样的工作狂，没门儿。”

“我觉得你错了。”

“好，我错了。反正也不是第一次了。你明天会过来探望我们吗？如果她又活过来了，我想让你也看到。”

“说定了。或许我们还能打几拍网球。”

“我没问题。”

“怀尔曼，还有件事。伊丽莎白以前画过画吗？”

他放声大笑，“天知道！我问过她一次，她说她只能画木棍儿般的小人。她还说，自己对纯艺术的兴趣跟那些富有的大学赞助人热衷于赞助橄榄球队或篮球队没什么差别，她开玩笑说——”

“如果你当不成运动员，那就赞助运动员。”

“一字不差！你怎么知道的？”

“这句话不新鲜了。”我说，“明天见。”

我挂了电话，呆立片刻，望着海湾夕阳燃烧如炬，可我没有想画的欲望。那句话，和她对基恩·哈德洛克说的一模一样。我还敢肯定，如果再问别人，一次两次甚至十多次，还会听到同样的逸闻：她说她只能画木棍儿般的小人；她说，如果你当不成运动员，那就赞助运动员。可是，为什么？因为诚实的女人会偶尔搞错事实，但不露马脚的撒谎者却从不会擅改其言。

我没有问过他红色野餐篮的事，但我让自己相信，不问也没关系；如果它在杀手宫的阁楼里，那么，明天会在，后天还会在那里。我对自己说，有的是时间。当然，我们不是一直这么哄骗自己的吗？我们无法想象时间飞逝而尽，上帝会因为我们无法想象的事情而惩罚我们。

我用近乎嫌恶的眼神看着《女孩和船 No.8》，把盖布蒙上去。我终究没把红色野餐累赘篮加画在船首的斜桅上；再也没有在那幅与众不同的画上添过一笔；那是我住进浓粉屋的第一张速写的最后一代子嗣，我终将命名为《地狱 No.8》的那幅画或许是我有生以来画得最精彩的作品，但出于某种诡异的缘由，我几乎把它忘记。直到画展开始。而那之后，我就再也忘不掉了。

6

野餐篮。

该死的红色野餐篮装满了她的画。

何其魅惑我心。

即便到了今天，四年后，我发现自己仍不能忘怀，依然在假设、在揣测：如果我把别的事都推得一干二净，坚持猎寻它，那会造成多大的改变？最终，它是被找到了——是被杰克·坎托里找到的——但为时已晚。

或许——我真的说不准　　什么也改变不了，因为某种能量在施力，对杜马岛、也对埃德加·弗里曼特施力。我可以说，正是那股力驱使我走到那一步吗？不。不是它令我到杜马岛的？不，我也没法如此定论。但当三月转向四月时，它已经开始攫获强力，甚而悄无声息地蔓延至更广更深之处。

那个篮子。

伊丽莎白的、大杀的野餐篮。

是红色的。

7

怀尔曼希望伊丽莎白渡过难关，但看起来没有希望。她毫无气力地窝在轮椅里，嘟嘟哝哝，时不时用苍老的鹦鹉般的破锣嗓嚷嚷着要烟抽。他雇下海港私人护理中心的安妮玛莉·惠瑟尔，每周来四次。多一个帮手或许能减轻怀尔曼的工作压力，但丝毫无助于消解他的忧愁；他伤心极了。

但那是我必须用眼角偷偷去瞥才能看出的端倪。四月的烈日热浪蜂拥而来。提到热浪……我正置身其中。

玛莉·爱尔的采访一经刊出，我就成了本地名人。怎么会不出名呢？艺术家就够惹眼的了，尤其是在萨拉索塔地区，曾经建筑银行大厦，然后弃商从画的艺术家就更容易出名。而天赋爆棚的独臂艺术家？那绝对是千载难逢的黄金热点新闻。达里奥和杰米帮我安排了一系列采访，还包括第六频道的一次视频专访。我现身于位于萨拉索塔的录影棚，头疼得稀里糊涂，像个傻子一样，还得了一枚印有“第六频道为您观测预报太阳海岸天气”的保险杠贴纸，真是莫大的殊荣，结果，我把它贴在了写有“恶犬”的木栅栏上。别问我为什么。

我也接受了佛罗里达旅游局的安排。那时候，怀尔曼光忙着让伊丽莎白吃东西了，她除了吞云吐雾外，几乎粒米不进。我还发现，自己竟可以每隔两三天就和帕姆在电话里讨论明尼苏达州的宾客名单，还要为从别的地方赶来的亲朋好友制定行程表。伊瑟给我打过两次电话。我认为她是强作欢笑，但也可能是我多虑了。我用委婉的方式探问她的恋爱进展，但每次都被她果断地中止。梅琳达也打来电话，问我戴几号的帽子，还有别的琐事。我问她干吗问这个，她却不肯说。等她挂了电话十五分钟后，我突然反应过来：她和她的法国男友真的打算给我买一顶该死的贝雷帽！便忍不住大笑一通。

一名驻坦帕的联合通讯社记者赶到了萨拉索塔，他本想来杜马岛，但我一想到有记者踏进浓粉屋，听着我现在昵称为海贝呢喃的声响便受不了。于是，采访改在斯高图画廊进行，其间，还有位摄影师为精心挑选的三幅画拍了照片，分别是《海贝上长出的玫瑰》《槐米的夕阳》和《杜马岛路》。采访时我穿着“凯西岛钓鱼屋”T恤衫、反戴棒球帽、短袖袖管里只有一截残肢的照片却传遍了全国报纸。从那以后，我的电话简直被打爆了。安齐尔·斯劳卜尼克来电，聊了二十分钟。说到一半，他说他老早就知道我藏了一手。我反问他：“藏了什么？”他答：“狗屎，老板。”我们便像神经病一样狂笑一通。卡迪·格林来电，我听她一吐为快，关于她的新男友（不太妙）和新策划的自助项目（妙极了）。我告诉她卡曼特意前来听演讲，也帮了我大忙。讲到最后，她哭起来，说她从没有过这么有胆量、反败为胜的病人。接着又说，等她见到我时，会命令我躺倒、给她做五十个仰卧起坐。那听起来才像我的老朋友卡迪嘛。但最出乎意料的是陶德·贾米森——不下二十次把我从人形碎肉堆里挽救过来的医生，寄来了一瓶香槟，还附有一张卡片：期待观赏你的杰作。

如果怀尔曼和我赌画展前我会不会提笔作画，他肯定输。没有采访之类的大动作时，我只是散步、阅读，或是睡觉。有一天下午，我和他坐在杀手宫木栈道尽头的条纹遮阳伞下品绿茶时，我还特意提到这事儿。那天，距离画展开幕已不到一周了。

“我很高兴，”他只是答，“你需要休息。”

“那你呢，怀尔曼？你最近如何？”

“不太好，但我会存活——葛洛利亚·盖诺，一九七八年。简而言之，很伤心。”他叹了一声，“我要失去她了。我总说她还会缓过来的，但那大概是在逗自己开心，我快留不住她了。这不像是失去朱莉亚和埃斯梅拉达，感谢上帝，但仍然堵得我心里难受。”

“我很遗憾，”我把手搭在他的手背上，“为她，也为你。”

“谢谢。”他眺望海波起伏，“我经常觉得，她根本不会死。”

“不会？”

“不会。我想海象和木匠[①]会来接她。他们会带她走，就像是带走那些信赖他们的小牡蛎。带她沿着海滩走下去。你记得海象是怎么说的吗？”

我摇摇头。

“‘我们把他们带到这么远，还让他们一路小跑，再如此捉弄他们似乎很可耻。’”他猛地抽出手臂挡在脸上，“瞧我呀，朋友，我在哭，就跟海象一样。我是不是很蠢？”

“当然不。”我说。

“我真恨啊，恨自己终要面对那个念头：她这一次会永远地消失，而她的灵魂却跟着海象和木匠沿着海滩越走越远，什么也没留下，只剩一堆软绵绵的皮肉还没彻底忘记如何喘气。”

我无言以对。他又用前臂抹了抹眼泪，再深深地猛吸一口气，说：“我细看了约翰·伊斯特雷克的生平故事，讲到他的女儿们如何溺亡，以及随后发生的事——记得吗，你曾经让我去查的。”

是我，但似乎是很久以前的事，也无关紧要。现在我思索的是：是

---

① 《海象和木匠》(“Walrus and the Carpenter”) 是路易斯·卡罗尔的一首诗，其节选用在了《爱丽丝漫游仙境》的第四章《镜中奇遇记》，讲述了海象和木匠骗取年幼的牡蛎一路跟随他们看风景、在沙滩漫步，最后把他们全都吃了。

什么想让我有这种感觉？

“我在互联网上搜索，找到好些本地报纸，还有一些回忆录是可以下载阅读的。其中有一份叫《航行与蜂蜡，诺科米斯的少女时代》——朋友，我绝对没和你开玩笑，作者是斯黛芬妮·韦德·格拉佛-米勒。”

“听上去有些年头了。”

“可不是嘛。她写道：‘快乐的黑奴们，一边摘橘子一边用甜蜜的歌喉颂唱简朴赞歌。’”

“那肯定是 Jay-Z 说唱乐火爆之前的事了。”

“又答对了。更妙的是，我还和住在凯西岛的克里斯·夏宁顿聊了聊，估计你肯定见过他。花里胡哨的怪老头，拄着疙疙瘩瘩的石楠木拐杖，走遍了每一个犄角旮旯，拐杖几乎和他一样高，他还总戴一顶大草帽。他的父亲是埃利斯·夏宁顿，也就是约翰·伊斯特雷克的园丁。根据克里斯所言，溺水事件发生后十天，正是埃利斯把玛丽娅和汉娜——伊丽莎白的两个姐姐——带回了布莱顿学校。他说：‘两个叽叽喳喳的小姑娘为小妹妹的死伤心欲绝。’”

怀尔曼把老头的南方口音模仿得惟妙惟肖，可我不知为何又想起了海象和木匠，身后跟着小牡蛎，一起走在沙滩上。那首诗，我只能清楚地记起一小段：木匠对牡蛎们说，这段旅程真愉快啊，但显然牡蛎们无法回答，因为他们都被吃了——一个没剩。

“你现在想听故事吗？”怀尔曼问。

“要看你现在有没有时间细说。”

“有的是时间。安妮玛莉的班要上到七点，不过事实上我俩经常一起忙活。我们为什么不进屋去呢？我有个文档给你看。内容不多，但有张照片很值得一看。克里斯·夏宁顿在他父亲的遗物箱里找到的。我跟他一起到凯西岛公众图书馆复印了一份。”他停了一下，又说，“是苍鹭栖屋的照片。”

“以前的照片，你是说？”

我们走上了木栈道，但怀尔曼停下了脚步，“不，朋友，你误会了。我说的是最初的那栋苍鹭栖屋。杀手宫是第二栋，大约建于小女孩们溺亡后的二十五年。那时候，约翰·伊斯特雷克曾有的两千万身家已经滚成了一亿五千万的大雪球。战争是好生意，快把你儿子投资进去。”

“反越战运动，一九六九年，”我说，“总是和一张海报前后脚地出现，海报上写着：女人需要男人，就像鱼需要自行车。”

“回答正确，朋友，”怀尔曼说。他扬手指了指我们南面的惊人茂密的丛林。“第一栋苍鹭栖屋就在那边，那时的世界年轻又新鲜，处处歌声飞扬。”

玛莉·爱尔浮现在我的脑海里，不是微醺微醉而是深深沉醉，她在说，*只有一栋屋，那番壮丽的风景啊，你只能在查尔斯顿或墨比尔的豪宅旅游团中才能有幸看到。*

“那屋子怎样了？”我问。

“据我所知，只有时光落在它身上，任其颓废。”他说，“约翰·伊斯特雷克放弃寻找孪生女儿的尸体后，也放弃了杜马岛。他谢过所有帮过他的人，收拾好所有家当，带着身边仅剩的三个女儿钻进劳斯莱斯——他确实有一辆——然后远走高飞。就像菲茨杰拉德没写的一部小说，这是克里斯·夏宁顿说的。他还告诉我，在伊丽莎白把他带回这里之前，伊斯特雷克一直没有释怀。”

“你认为，夏宁顿真知道什么隐情吗？还是说，那只是他信口说溜的一段传说？”

“*谁知道呢？*”怀尔曼停下脚步，朝杜马岛的南端一挥手。“那时候，丛林还没有疯长。你可以从大陆看到那栋豪宅，反之亦然。我调查下来的结果是，*朋友*，豪宅还在那里。且不管剩下了什么，都仍在原地伫立着腐败着。”他在厨房门前看向我，面无笑意，“那挺值得一画的吧，不是吗？干旱陆地上的一艘幽灵船。”

“大概吧，”我说，“大概是值得。”

8

他带我走进角落里有骑士盔甲的图书室，墙上依然陈列着博物馆级别的武器。桌上的电话机旁有一只文件夹，标记上写着**约翰·伊斯特雷克/苍鹭栖屋 I** 。他翻开封面，取出一张影印照片，上面的豪宅和我们立足的这栋大宅是如此相像，谁都不会认错——虽有本质上的差别，但二者就像亲生骨肉：构造一致，鲜亮的西班牙橘色瓷砖屋顶也一样，这种细节上的相似比比皆是。

现有的杀手宫包围在一座全封闭的高墙内，如隐世独居，唯一的开口便是大门——甚至还不是为销售员预备的。杀手宫的内部有庭院美景，却只有寥寥几个外人能尽情观瞻：除了怀尔曼，安妮玛莉——可怜的姑娘——只有一周来两次的园丁。这座宅邸好比是遮掩在无形衣衫中的美女胴体。

而第一代苍鹭栖屋却大不相同。和伊丽莎白的瓷偶城里的大厦一样，豪宅有很多宏伟的古典立柱，以及一条宽敞的迎宾道。显然还有一条宽阔的车道跟随其后，在看似两英亩大的草坪间穿过。但那不是玛莉·爱尔对我说的那种碎石车道，而是玫瑰色的碎贝铺成的。第一代大宅敞开胸怀，邀请整个世界进入其内。而其后代——杀手宫——却冷面严拒外部世界，让外人滚得越远越好。伊瑟见过那架势，我也见过，但那天我们只是路过时瞥了几眼。从那以后，我的视角就变了，理由很充分：我习惯了从海滩那边看到这里。不经意间，邂逅的是它不设防的后门。

第一代苍鹭栖屋的规模也更大，楼层更高，正面有三层楼，北面有四层，也就是说，其视角确实很高，恰如玛莉所言。若站在顶楼，一定会有壮观的三百六十度全景，能将海湾、内陆、凯西岛和东彼得岛一览无遗。真不错。但宅前草坪却凹凸不平，乱蓬蓬的，有些奇怪，宅园两侧如草裙舞娘般舞动的一排景观棕榈树间也有不少漏洞。我凑近了看，又看到上层的几扇窗被木板挡住了。屋脊的天际线看起来也怪异地失衡。我想了想才明白缘由。东侧有一顶烟囱。西侧也该有一顶才对，但什么也没有。

“这是他们离岛后拍的吗？”我问。

他摇摇头，“据夏宁顿说，这是一九二七年三月拍摄的，在小女孩们淹死之前，这儿的每个人都还快快乐乐的。你看到的不是荒宅，而是暴风雨席卷之后的惨相。爱丽丝干的。”

“谁是爱丽丝？”

“本地的飓风季节理论上是每年六月十五日开始，持续五个月。根据以前的讲法，在此季节之外的暴风雨都是爱丽丝。就像把爱丽丝卷入仙境的龙卷风。是句玩笑话。”

“你瞎编的吧。”

“才不是呢。二六年最厉害的飓风叫伊斯，完全绕开了杜马岛，但二七年三月的爱丽丝却是正面冲击，把这里刮得七零八落。然后又吹进内陆，在格雷兹入了海。损失惨重，如你所见——其实照片上的还只是冰山一角；飓风吹倒了很多棕榈树，击破了许多玻璃窗，把草坪连根掀起。但从长远角度看，这场风暴后患无穷，你至今仍能感受到。因为，似乎爱丽丝就是直接导致苔丝和劳拉溺毙的原因，也引发了其后的一切，包括你和我站在这里。”

“愿闻其详。”

“还记得这个吗？”

他从文件夹里取出另一张照片，那我当然记得。正是二层主楼楼梯口挂着的那张大照片。这张小得多，但也更清晰。伊斯特雷克全家照。约翰·伊斯特雷克穿着黑色连体泳衣，看起来就像专演好莱坞B级侦探片或丛林史诗的男演员。他抱着伊丽莎白，单手托住她胖鼓鼓的小屁股，另一只手里拎着箭枪和带通气管的潜水面罩。

“根据伊丽莎白所言，我估计这张照片拍摄于一九二五年。”怀尔曼说，“看上去，她大概两岁，三岁不到。阿德里安娜——”他指了指最大的女孩，“就像是十七岁，迈向三十四岁，你不这么觉得吗？”

确实。青春正茂的十七岁，即便罩在那件差不多把全身都遮得严严实实的该死的泳衣里，你依然看得出丰满的曲线。

“她已经满脸不悦，撅着嘴唇了，好像在说，我想去别的地方，”怀尔曼说，“我很想知道，她父亲得知大女儿跟着种植园经理私奔时是何等惊诧。我也想问问他，是不是又打心眼里替她的远走高飞而高兴。”他又模仿克里斯·夏宁顿的腔调说道，“跟着个扎领带还涂眼影的小伙子跑到了亚特兰大。”又戛然而止。我不禁为他默默感伤，爱女夭折，这话题仍是他心头的创伤，即便是八十年前他人的故事也一样会勾起心痛。“她和她的新郎回来过，但那次只是为了寻找妹妹们的尸体。”

我指了指神色严峻的黑人保姆，“这是谁？”

“梅尔达，或是提尔妲，或是别的什么妲，上帝拯救我们，这是克里斯·夏宁顿的原话。他父亲知道，但克里斯已经记不得了。”

“手镯很漂亮。”

他瞥了一眼，但没什么兴趣。“你说漂亮那就是漂亮。”

“约翰·伊斯特雷克说不定和她睡过觉。”我说，“说不定，这些手镯就是小礼物。”

“天知道喽！富有的鳏夫，年轻的美女——这种事天下皆知。”

我又指向黑人女仆双手怀抱的野餐篮，胳膊上的肌肉鼓起，说明篮子很重。你肯定会想到，如果只装了三明治，不该那么沉……但也许还装着一只整鸡呢。搞不好还有几瓶啤酒是为主人预备的，作为他当日潜泳后的小小奖赏。“你觉得这篮子是什么颜色？深棕色？还是红色？”

怀尔曼狐疑地看了我一眼，“黑白照片，不好说啊。”

“那跟我说说，暴风雨怎么会导致小女孩淹死的。”

他又翻开文件夹，递给我一张报纸复印件，图文并茂。“这是一九二七年三月二十八日凡尼斯《贡多拉船夫报》上的报道。我从网上找到原始材料的。杰克·坎托里给报社打了电话，找人复印了一份，发传真给我的。顺便夸一句，杰克太棒了。”

“人见人爱。”我应了一声，仔细研究起复印件上的照片。“这些姑娘都是谁？不——先别告诉我。他左边的是玛丽娅。右边的是汉娜。”

“满分。汉娜是有胸脯的那个。一九二七年，她十四岁了。”

我们默默看了一会儿照片。电邮的效果会好一点。复印件上总有恼人的纵向黑线条，令影像模糊而断裂。但标题却非常清楚：**风暴造福寻宝人，业余潜游者抱得财宝归**。其实照片本身也够清晰的了。伊斯特雷克的发际线向后退了几分。仿佛是欲加补偿，他原本像伴舞乐队指挥的小胡子却壮大了，现在很像海象。尽管他还是穿着那件黑色连体泳衣，但衣服似乎紧绷绷的……事实上，一侧腋下还鼓出肉来，尽管照片的分辨率不是很高，但我觉得自己没看错。显然，伊斯特雷克老爹在一九二五年到一九二七年间吃了不少猪排。如果不开始戒甜点、不去健身房流汗，他恐怕找不到B级动作片角色了。身旁的两个女孩不像她们的大姐有一双媚眼。你看着阿德里安娜，会想到干草垛里的骄阳午后，而你看着这两个姑娘，只会怀疑她们有没有做完作业。但她们显然有种忘乎所以的姿态，兴奋的神采简直力透纸背。当然会了。

因为，她们面前的沙滩上，摊着许多财宝。

“我看不清全文，内文都该死的糊了。”我抱怨起来。

“桌上有个放大镜，但我还是帮你省下头晕眼花的苦吧。”怀尔曼拿起笔，用笔尖指着照片里的细节。“这是只药瓶，那是颗滑膛枪子弹——伊斯特雷克在接受采访时是这么说的。玛丽娅手里拿的显然是只靴子……或者说是靴子的残余部分。紧挨着靴子——”

“一副眼镜。”我说，“还有……一条颈链？”

“报道里说，那是一只手镯。我不清楚到底是什么。我只能确定地说，是某种金属环，还长了很多脏东西。但大姑娘拿着的是一只耳环，这一点很明确。”

我扫了一眼报道文章。除了照片上显示的这些东西，伊斯特雷克还找到了数量庞大、花色各异的餐饮器皿……有四款被他称为“意大利风格”……一个三角火炉架……一盒齿轮（实在不明白所指为何）……还有未标尺寸的钉子。他还发现了半只瓷人。不是中国人，而是瓷做的人偶[①]。没有瓷人的照片，至少我在这份复印件里没看到。报道说，十五年来，伊斯特雷克一直在杜马岛西海域风蚀礁岩下潜泳，有时会钓鱼，有时只是为了消遣。他说他找到过各种各样的垃圾，但大都没什么意思。他说，爱丽丝（他是这么称风暴的）掀起一些不同往日的大浪，肯定掀动了礁岩内的海沙，令久藏其中的宝物翻卷而出，形成了他所谓的“垃圾堆”。

“他没说那是残骸。”我说。

“不是残骸。”怀尔曼说，“没有船。他没找到船，那些帮他打捞女孩尸体的几十人也没发现沉船。只有碎屑。如果真有沉船残骸，他们肯定早就发现了；岛西南端的海水只有二十五英尺深，也就是奇特暗礁留存至今的区域，直到现在，海水都很清澈。要是回到当年，准跟绿宝石玻璃一样透明。”

“有没有随之而来的推论？”

“当然有。最合理的解释是，大约一百年、两百年，或是三百年前，有艘船被暴风雨吹到这里，遇到暗礁而漏水，船体开始下沉。船员很可能把重物都扔下海，以求船能继续浮在水面上。风暴过后他们把漏洞修好了，又继续上路。这能很好地解释，为什么伊斯特雷克找到那么多零

---

① 这里用的 China 一词，有“中国”和“瓷器”两个义项，所以需要特别说明。

碎小物，但没什么特别有价值的东西。真正的财宝肯定还在船上。”

“那么，早在十八世纪、乃至十七世纪，船被风暴吹到这里，暗礁有没有可能撞断船的龙骨？”

怀尔曼一耸肩，“克里斯·夏宁顿说，谁也不知道奇特暗礁一百五十年前的地貌。”

我又细看摊放的战利品。不是最大、也不是最小的两个女儿在笑。爹地也在笑，他很快就得给自己买件新泳衣。我突然认定他并没有和保姆睡过觉。没有。就算是情妇也会告诉他，有报纸来拍照时不该穿那件老掉牙的丑衣服。她肯定会找个委婉的说法，但最真实的原因明摆在我眼前，即便过了这么多年、即便用我视力不佳的右眼去看，也能瞧得出来：他太胖了。只是他自己不觉得，他的女儿们也没有注意到。有爱的眼睛反而看不到真相。

太胖了。事情明摆着，不是吗？A 号已经穿不下了，需要 B 号。

“我很吃惊，他把自己找到的东西一一数来。”我说，“如果你今天碰巧遇到这种事，还跑去第六频道泄露天机，半个佛罗里达的人都会开着小车跑来，拿着金属探测仪找寻古西班牙的金币银币。”

“啊，但那是另一个佛罗里达啊。”怀尔曼说，我记起玛莉·爱尔也这么说过。“约翰·伊斯特雷克是个有钱人，杜马岛是他的私人领地。更何况，也没有古西班牙金币银币——只是些相对来说有点意思的垃圾，被一场疯狂的暴风雨吹上海面。他用了好几星期潜下海床，那些碎片残骸散得到处都是；而且，根据夏宁顿说，海水变得很浅；退潮时，你都可以趟着水走。当然啦，他说不定始终留心寻找着有价值的宝贝。他是有钱人，但我觉得，谁对财宝都难以抗拒。”

“是的。”我说，“我相信谁都忍不住。”

“他去寻宝探险时，那个保姆肯定跟他一起出海。留在家里的三个女儿也一起去：双胞胎和伊丽莎白。玛丽娅和汉娜要回布莱顿寄宿学校，大姑娘已经逃到亚特兰大了。伊斯特雷克和小娃娃们大概就会在海边野餐。”

“很频繁吗？”我有点摸清脉络了。

“经常。垃圾堆的货色多，说不定每天都去。他们从豪宅出来，走一条名叫‘黑影滩’的小路到海边。估计，有半英里吧。”

“一条小路，两个探险的小女孩可以独自走下去。”

“有一天，她们确实这么干了。也让每个人都心碎了。”他把几张照片放回文件夹里。“事情就是这样，朋友，我觉得这段逸事比小女孩吞下玻璃球更有意思，但悲剧就是悲剧，说到底，一切悲剧都很愚蠢。如果让我选，我每一次都会挑《仲夏夜之梦》，而不要《哈姆雷特》。任何双手稳健、呼吸均匀的笨蛋都能用纸牌搭成一栋楼，然后吹口气，将它夷为平地，但让人们开怀大笑？这需要天分。”

他沉吟片刻。

“发生在一九二七年四月那天的情况可能是这样的，苔丝和劳拉本该睡午觉，可她们决定起来，偷偷沿着小路走向海边，去黑影滩寻宝。或许，她们只想蹚水走一走，最多让水浸到膝盖，这是大人们规定的。有篇文章里曾提到，约翰·伊斯特雷克是这么说的，阿德里安娜也表示赞同。”

“婚后的女儿回娘家了。”

“是的。她和丈夫回来后一两天，搜寻尸体的工作无功而返，正式宣告结束。这是夏宁顿说的。不管怎样，双胞胎之一可能看到不远处有什么东西亮晶晶的在反光，便蹚水过去。然后——”

“另一个想去救她。”是的，我也能看到那幅画面。只不过，我看到的是琳和伊瑟很小的时候。她们不是孪生姐妹，但有三四年光景她们几乎形影不离。

怀尔曼点点头，“然后退潮流把她俩都卷走了。肯定是这么回事儿，朋友；所以尸体一直找不到。她们走得远，在大*碗翡翠汤*里飘向远方了。”

我开口想问退潮流的详情，却蓦然记起温斯洛·霍默的一幅画，浪漫的画面里有一股不容分说的强力。那幅画叫《回头浪》。

墙上的内部对讲机叫起来，把我俩都吓了一跳。怀尔曼连忙转身，手臂扫过桌上的文件夹，影印照片和传真掉得满地都是。

“怀尔曼先生！”安妮玛莉·惠瑟尔在呼喊，“怀尔曼先生，你在吗？”

“我在。”怀尔曼说。

“怀尔曼先生？”她激动不安，接着，好像自言自语般念道，“耶稣基督啊，你到底在哪里？”

“该死的按钮。”他嘟哝着，走向墙边柜摁响按钮，并不着慌。“我在。出什么事儿了？她跌倒了吗？”

“不！”安妮玛莉叫起来，“她醒了！而且她有意识了！她想见你！你能过来吗？”

“马上就到。”他转过身，朝我咧嘴一笑，“听见没，埃德加？快走！”他停了下来，“你在看什么呢？”

“这个。”我说，拿出两张伊斯特雷克穿着泳装的照片：一张是女儿们围绕他的，一张是两年后照的，身边只有玛丽娅和汉娜。

“现在甭管那个啦——你没听到她说什么吗？伊斯特雷克小姐清醒了！”他冲向房门。我把他的文件夹放在图书室的桌上，紧跟其后走出门去。我已经找到了关联点——多亏我花了几个月时间培养艺术观察力，奋发图强地催生艺术眼光。

“怀尔曼！”我喊了一声。他已穿过长过道，走上了几级阶梯。我尽可能快速地一瘸一拐，还是追不上他。他停下来等我，有点不耐烦。“是谁告诉他垃圾堆在哪里的？”

“伊斯特雷克？我估计他潜泳消遣时无意中发现的吧。”

“我不这样想——他很久没穿那件泳衣了。带着通气管潜泳或许是他二十几岁时的爱好，但我觉得一九二五年前后，吃大餐成了他最主要的娱乐项目。所以，谁跟他说的？”

安妮玛莉从走廊尽头的一扇门里走出来，脸上挂着一个呆呆傻傻、难以相信眼前事的笑容，令她好像看上去年轻了二十岁。

“快来，”她说，“真是太好了。”

“她——”

“是的。”抢先回答的，是伊丽莎白那粗粝的烟嗓，你不可能听错。“进来，怀尔曼，让我看看你的脸，趁我还认得。”

9

我和安妮玛莉在过道里等，不知道该干什么，便看看周围的小玩意儿，还有走廊另一头挂的弗雷德里克·雷明顿[①]的老画：骑马的印第安

① 弗雷德里克·雷明顿（Frederick Remington，1861—1909），美国艺术家和记者，以描绘美国西部生活的雕刻和油画而著称。

人。没多久，怀尔曼喊起我的名字。听声音就知道，他很着急，而且在哽咽。

房间里很昏暗。百叶窗都合上了。空调口在天花板上轻声嗡响。床边桌上有一盏灯，灯罩是绿玻璃的。那张床是医用款式，可随意摇升，她不用动就可以半坐起来。灯光柔和地照出她的轮廓，头发松散地披在粉色睡袍的肩头。怀尔曼坐在她身边，握着她的手。床头挂着一幅画的印刷复制品，也是这间屋里唯一的一幅画：爱德华·霍珀的《午前十一时》，画上一人独坐窗前，等待有什么变化发生；任何变化都好。

钟走动的滴答声响。

她看着我笑。我在她的脸孔上看到三种征兆，令我惊了又惊。第一，她瘦了那么多！第二，她累得不成人形！第三，她来日无多了。

"爱德华，"她说。

"不——"我刚开口，她却抬手（手肘下的皮肉仿佛松松垂在雪白的袋子里），我便愣了一下。因为，第四样征兆出现了，比先前更令我心头一震——假如刚才是用石块砸我，现在就是山崩地裂，我看到了自己。这就是人们在车祸后看到的我，当我竭尽全力把散失的意识拢进脑海时，那些曾如珍宝般的记忆却溃散成丑陋而脆弱的残片。我想起自己曾忘却娃娃的名字，便知道其后会怎样。

"我想得起来，"她说。

"我知道你行，"我说。

"是你把怀尔曼从医院带回来的。"她说。

"是的。"

"我好担心他们会让他住院，那我就孤单了。"

对此，我没有作答。

"你是埃德蒙吗？"她胆怯地问了一声。

"伊斯特雷克小姐，别太苛责自己，"怀尔曼轻柔地说，"这位是——"

"嘘，怀尔曼，"我说，"她办得到。"

"你画画。"她说。

"是的。"

"你画过船了吗？"

刹那间，五脏六腑犹有诡谲电流闪过，陷得不深，似乎骤现又骤散，在心田和肺腑间留下某种空白的缺失。我的双膝似乎要弯折。钉在臀骨里的钢针开始发烫，颈项却骤然变得冰凉。还有一股暖意，如微火刺肤，沿着那条不存在的手臂渐渐向上升腾。

“是的。”我说，“画了一遍一遍又一遍。”

“你是埃德加。”她说。

“是的，伊丽莎白。我是埃德加。你真棒，甜心。”

她笑了。我猜已经很久很久没人叫她甜心了。“我这脑子就像一块千疮百孔的大桌布，”她看向怀尔曼，“这比喻很滑稽吧？”

“你需要休息，”他说，“事实上，你得像木头一样沉沉睡。”

她惨淡一笑，“像根木头。是的。我想，自己醒来时还会在这里。再留一会儿。”她把他的双手捧到面前，再亲吻。“我爱你，怀尔曼。”

“我也爱你，伊斯特雷克小姐。”他说。他真好。

“埃德加？……是埃德加吧？”

“你觉得呢，伊丽莎白？”

“是，当然是。你要办画展了吗？在我最后一次……之前，我们就是这样处理那些东西的。”她垂下眼帘，好像假寐。

“是的，在斯高图画廊。你真的需要休息了。”

“很快就办吗？你的画展？”

“还有不到一周的时间。”

“你的画……船的画……都离岛了吗？在画廊里？”

怀尔曼和我对看了一眼。他一耸肩。

“是的。”我说。

“好。”她笑了，“那我就可以休息一下了。别的事都可以等……等到你画展之后再说。现在该是你享受的好时光。你会卖了它们吗？船的那些画？”

怀尔曼和我又对视一眼，他眼神里的话意很鲜明：别惹她着急上火。

“标注了非卖，伊丽莎白，就是说——”

“我知道非卖的意思，埃德加，我昨天没从橘子树上掉下来摔成白痴。”深陷在核桃般深纹中的双眼闪现出一丝微光，尽管那张脸庞正坠向死亡之渊。“卖了它们。不管有多少幅，你必须全都卖出去，不管你有多么舍不得。还要切断它们之间的联系，四面八方，卖到不同的地方。你明白我说的吗？”

“是的。”

“你会照办吗？”

我不知道能不能照办，但我认得暴怒涌起时的征兆，只需对照自身经验就能一眼看穿。于是我应允道，“会的。”到了这个节骨眼，只要能舒缓她的情绪，我甚至可以向她保证套上七里格之靴纵身跃上月球。

“就算那样卖光，它们也未必安全哪。”她用近乎可怖的低声念了一句。

“现在不说了，”我说，拍拍她的手，“别再想这事儿了。”

“好吧。画展之后我们再谈。我们仨。我会变得强壮点……头脑也清楚点……而你，埃德加，也更会警觉些。你有女儿吗？我隐约记得你有。”

“是的，她俩会和母亲一起住在内陆。住丽兹。已经安排好了。”

她笑了，但嘴角几乎立刻沉坠下去，仿佛她的嘴正在融化。“摇我躺下去，怀尔曼。我已在沼泽里待了……四十天、四十夜了……实在感觉……太累了。”

他把床摇平，安妮玛莉端着托盘进来，盘里有只杯子。不管杯里是什么，伊丽莎白都没机会喝了；她已经沉睡了。在她头顶上，全世界最孤单的女孩坐在椅子里，永生永世遥望窗外，长发遮住她的脸庞，赤裸全身，却穿了一双鞋。

10

我呢，那天晚上睡了很久。午夜刚过我就沉沉坠入梦乡。潮已退，屋下的窃窃私语也消退了。不过，我脑海中的低语却没有停止。

*另一个佛罗里达，*玛莉·爱尔悄声说道，*那是另一个佛罗里达。*

*卖了它们。不管有多少幅，你必须全都卖出去。*那是伊丽莎白，毋庸置疑。

*长大的*伊丽莎白。但我也听到另一个她，因为我必须捏造出那个声音，所以听见的其实是伊瑟儿时的语声。

*那儿有宝藏，爹地，*那个声音说，*你戴上面罩和通气管，就能找到*

宝藏。我可以告诉你到哪儿去找。

我画了一幅画。

11

黎明前我醒来，以为自己还能继续睡，但直到吞下一片闲置已久的复方羟氢可待因、再打了一通电话后才真的睡着。我吃了药，拨通斯高图的号码，等候转接答录机——在这个钟点，画廊里该是一个大活人都没有。艺术家们都不是晨起的鸟儿。

我拨通达里奥的 11 号分机，在听到哔一声后说："达里奥，我是埃德加。我改主意了，现在我决定把《女孩和船》系列都卖出去，好吗？唯一的条件是，必须卖给不同的买主，如果可能的话。多谢。"

我挂上电话回到床上。又躺了十五分钟，瞪着头顶的电风扇懒洋洋地转啊转，听着海贝在我身下聊啊聊。药力起效了，但我还没有犯困。接着便猜到了缘由。

我知道确切的缘由。

我又爬起来，摁下重拨键，听到答录机说话，再次摁下达里奥的分机号，再等到他的录音邀请我在哔一声响后留言。"除了第八号作品，"我说，"那幅依然是非卖品。"

为什么它是非卖品？

虽然我自认它好得有如神助，但这不是非卖的原因。甚至也不是因为我看着它时，就好像听到了——对我来说——心底里最阴暗角落里的滔滔不绝。真正的原因是，我感到在画它时，有什么东西能让我活下去，卖了它，就像是否认我自己的人生以及我为了收复生命而忍受的一切苦楚。

是啊，就因为这个。

"那幅是我的，达里奥。"我说。

然后我回到床上，总算睡着了。

如何作画（七）

牢记“所见即所信”，反而会令本末倒置。艺术是对信仰和期望的确凿捏造，无意义的意识延伸向深渊般的神秘境地，艺术所实现的世界无外乎一种欲盖弥彰。更何况——如果你都不信你所见的，还有谁会信服你的艺术创作？

宝藏浮出水面之后的困扰全都和信仰有关。伊丽莎白有汹涌澎湃的天分，但她只是个孩子——对孩子来说，信念需要给予。信仰是公认的才华的一部分。但孩童——即便是有天赋的孩童（尤其是天分高的神童）——无法完全掌控他们的才艺。他们的智慧仍在沉睡中，而沉眠未醒的理智会孕育出魔鬼。

这是我从未画下的一幅画：

一模一样的孪生姐妹穿着一模一样的套衫，只不过一个穿红衣，胸前字母是L；另一个穿蓝衣，胸前字母是T。小女孩手拉手跑在通往黑影滩的小路上。她们称其为“黑影滩”，因为那片滩涂始终沉在魔女岩投下的阴影中。她们圆圆的脸蛋上留着泪痕，但很快就会不见的，现在她们只是太害怕太紧张，乃至哭也哭不出来。

至此，如果你信这是真的，便能看到余下的故事。

一只巨大的乌鸦慢慢地从她们眼前飞过，头冲下，双翼展开。它用她们爹地的嗓音和她们说话。

洛洛跌倒，膝盖被贝壳蹭破了。苔丝把她拉起来。她们继续跑。她们并不是恐惧头冲下、会说话的大乌鸦，也不是害怕时不时从碧蓝转成夕阳红、再回到碧蓝色的天空；她们怕的是追在身后的那东西。

大男孩。

即使长着尖牙，它看上去仍然像莉比画过的那些滑稽的青蛙，但这一只要大得多，也更真实，真到足以投下一大片阴影；真到发出恶臭，每跳一步都撼天动地。自从爹地找到宝藏，她们就被各式各样的东西吓到过，莉比说她们夜里不能出门，甚至不能朝窗外看，可现在是大白天啊，身后的这东西却是那么真实，让你不信都不行，而且，它越来越近了。

第二次跌倒的是苔丝，洛洛拉她起身，慌忙中还向后瞥了一眼紧追她们的庞然大物。小虫绕着它飞舞，它时不时甩出舌头去舔食。洛洛看得到它鼓凸而呆滞的瞳孔，苔丝映在一只眼里，她自己映在另一只里。

她们冲到了沙滩上，跑得上气不接下气，现在她们除了下海，再也无路可走。不过，说不定还有一条生路，因为那艘船又回来了，那艘她们这几周来时常能看到的船。莉比说那艘船和她们表面看到的不一样，但现在它安安稳稳浮在海面，像白蒙蒙的梦境，而且——没有别的选择了。大男孩就快追到她们的脚后跟了。

大男孩从游泳池里冒出来时，她们刚刚在宅前草坪上的轮波波孩童屋里玩扮家家，扮的是阿黛的婚礼（今天轮到洛洛来演阿黛）。莉比常常在画板上涂涂画画，那样便能把这些丑陋恶心的东西赶跑，但莉比现在在睡午觉——这一阵子，她晚上总睡不好。

大男孩跳出了小径，跳上了沙滩，溅得沙子满天飞。鼓鼓的眼睛死死瞪住她们。薄薄的白肚皮里塞满了有毒的脏腑，向外鼓鼓而突。它的喉咙也在一起一伏。

两个小女孩对视着，手拉手站在沙滩上的小波波里，爹地说滚到最后的波浪就是小波波。然后，她们望向船，那船抛下了锚，收起了帆，亮晶晶地悠悠摇荡。看起来似乎更近了一点，好像移身过来，要救她们。

洛洛说，我们只能过去。

苔丝说，可是我不会**游泳**！

你可以狗刨！

大男孩大跃一步。她们听得到它落地时脏腑滚滚翻腾的声音，听起来就像一桶水里翻溅的湿垃圾。天空里的蓝色退隐了，好像放了血，突然变红了。然后，极其缓慢地，天空又恢复了蓝色。就是那种天。难道她们没见过这种天色吗？难道她们没在失魂落魄的莉比的双眼里见过吗？南·梅尔达知道；就连爹地也知道，就算他老不在家。今天他去了坦帕，当她们眼看着白里透绿的恐怖怪物快要扑到她们身上时，她们明白了，坦帕就像月亮背面那么遥远。她们孤立无援。

苔丝冰凉的手指抠进洛洛的肩膀里，退潮浪怎么办？

可洛洛摇摇头，有退潮浪反而好！会帮我们上船！

没时间再商议了。青蛙般的大怪物准备好再跳一步。她们明白，这不可能是真的，但又确实是真的。那东西会杀死她们。还是下海更好。她们转身，仍然手牵手，纵身游进翡翠汤。她们紧紧盯着向她们靠近的锚上细长的白锁链。她们肯定会被拖上船的，还会有人用船岸呼叫器联系苍鹭栖屋里的人。“换一对儿美人鱼给我们吧，”他们肯定会这么说的，“你以为有人想要她俩吗？”

退潮浪冲散了她们牵住的手。那太无情了，洛洛真的一度沉入海水，因为她挣扎得太用力。苔丝听到她呼喊了两次。第一次喊救命。然后，第二次已流露尢望放弃的口吻，喊着孪生姐妹的名字。

就在这时，反复无常、不可捉摸的退潮浪把苔丝径直送向船边，还把她高高托起。在那个魔法般的瞬间，她好像踩在冲浪板上，勉强算得上是狗刨的姿势也好像后劲十足的马达推着她往前冲。然后，就在一阵寒流滚来、缠住她脚踝的前一秒，她看到那艘船变成了——

这是我画过的画，不止一次，而是一遍又一遍地画过：

白色的船身并没有尽然消失，但它向内吸缩，就像血色从骇然的脸庞上飞速消逝。绳索扭动飞扯。亮闪闪的金属栏杆迅速钝哑。尾舱的玻璃窗向外暴凸。一堆破破烂烂的玩意儿出现在甲板上，从船首到船尾蜂拥而现。其实，它们一直都在那里，只是苔丝以前无法看见。现在，她看得到了。

现在，她相信了。

有活物从甲板下出来，顺着栏杆爬行，低头瞪着小女孩。那东西垂垂垮垮，披着一件带兜帽的红色长袍。头发、也或许不是头发，湿漉漉的裹在一张融烂的脸旁，丝丝缕缕随风飘荡。黄色的双手紧紧攥着栏杆上的碎裂朽木。随后，一只手慢吞吞地举起来。

朝那马上要走的女孩扬手。

那是在说，到我这儿来，孩子。

苔丝·伊斯特雷克濒临溺亡的边缘，想到：那是个女人！

她沉下去了。她有没有感到有双余温残留的手，那双刚刚死去的姐妹的双手，抓住她的小腿，把她拉下了更深的海水？

是的，当然，她当然感觉到了。

相信同样也是切身感受。

任何一个艺术家都会这么对你说。

十三　画　展

1

有朝一日，如果你活得够长、脑体零部件也都能正常运转，你就能牢记着此生最后一件妙事而活下去。这么说不是消极，只是符合逻辑罢了。我希望我的妙事额度还没有用完——如果我相信已用完，那活着也没什么好追求了——但美妙的事总要隔很久才能有。我清楚地记得最后一次，那发生在四年多以前，四月十五日的晚上，在斯高图画廊。具体时间是在七时四十五分到八点之间，棕榈大道夜色初上，微蓝暗染。我知道时间，因为我一直在看表。斯高图里已人满为患，甚至比法定限制人数还要多一点，但我的家人都还没到。当日白天，我已见过帕姆和伊瑟一次，怀尔曼也为我确认过梅琳达的航班会按时到达，但已经到夜里了，她们却都没出现。也没电话来。

我的左边有一个隐蔽的小间，吧台和八幅夕阳画都吸引了一大群人，本地音乐学校的三重唱正在丧乐版本的《我好笑的情人节》伴奏声中引吭高歌。玛莉·爱尔（手握香槟，目前还很清醒）正在对一小群聚精会神的观众详细解说某个艺术问题。我的右边则是一间大堂，安排了自助餐饮。一面墙上挂着《海贝上长出的玫瑰》和另一幅《我看到了月亮》；另一面墙上的是三幅杜马岛路的风景。我注意到，好些人用手机偷拍照片，尽管门边就有一枚三脚架标识，警示诸位：严禁拍摄。

杰米·吉田走过时，我对他提及此事，他点点头，似乎既不怒也不火，反倒有点茫茫然。"这儿好多人我都不认得，要么是没有在艺术展上打过照面，要么就是根本不认识。"他说，"如此规模的观展，我这辈子都没遇到过。"

“是坏事？”

“上帝啊，当然不是！可是，多年惨淡经营后，看到这种火爆场面真的蛮奇特的。”

斯高图的主展厅很大，对那天晚上而言显然是好事情。尽管小房间里有食物、酒水和音乐，但人们似乎都更偏爱到大厅来。《女孩和船》系列陈列在大厅的中心地带，用几乎隐形的细索悬挂在墙上。《怀尔曼目视西方》则在大厅最里头的墙上，整个画展里只有它和《女孩和船No.8》这两幅被我贴上了NFS标记；一幅是给怀尔曼的，另一幅，我就是不想卖。

“我们来给你提提神，老板？”安齐尔·斯劳卜尼克在我左侧，像以前一样，臂弯里揽着爱妻。

“不用，”我说，“我这辈子都没像现在这么清醒过，只是——”

有个男人向我伸出手，他穿的那套西服大概得花两千美元吧。“您好，弗里曼特先生，我是亨利·维斯迪克，萨拉索塔第一信托银行私人理财顾问。这些作品令人叹为观止，目眩神迷，在下佩服得五体投地。”

“多谢。”我说，心想他大概还要一口气说出**坚持到底就是胜利**吧！“太客气了。”

一张名片出现在他的指间。我就像观赏街头魔术师耍把戏。要是街头大师也能穿上阿玛尼西服，那就更像了。“任何事，只要在下可以效劳……我已经把电话号码全部写在背面了——家里的、办公室的，还有手机。”

“太客气了。”我重复一遍，实在不知道还能说什么，说真的，维斯迪克先生指望我做什么呢？给他家里打电话，再谢他一次？问他借笔贷款，用我的画做担保？

“稍后，我可以带内人过来介绍一下吗？”他问道，我在他眼里看到某种熟悉的神色。怀尔曼意识到我用画结束布朗糖果的生命时，就是这种神情，虽不完全像，但也差不多。维斯迪克好像对我有所畏惧。

“当然可以。”我说完，他一转身就不见了。

“以前你给这些家伙建造银行分行时，得拼着老命和他们纠缠才能让他们付清超支部分。”安齐尔说。他今天穿了蓝色西装，无论从哪个角度看，他都快撑爆那件衣服了。活像不可思议的绿巨人。“那时候，他只把你当个笨蛋，以为你要搅和他的好日子。现在他那样子看着你，好像你能拉出金屎条。”

“安齐尔，住嘴！”海伦·斯劳卜尼克喊出声来，并伸手去抢他手里的香槟。他却安然地把酒杯伸到她够不到的地方。

“跟她说，老板，我说的是事实。”

“我想，八九不离十吧。”我说。

而那种眼神，不止能从银行职员那里看到。还有女人们……天啊。只要我和她们目光交接，就能发现一种柔媚并思索的眼光，仿佛她们都在琢磨，我能不能用独臂揽住她们。这么想恐怕是有点疯狂，但——

有人从后面拍了我一把，差点儿把我推倒。要不是安齐尔眼明手快悄悄帮我稳住了手中的酒杯，香槟准会泼出去。我转身去看，原来是卡迪·格林，笑眯眯地看着我。她把康复中心抛掷脑后了，至少今晚是；竟然穿着一条绿莹莹闪光的超短小礼服，衬得曲线身材越发凹凸有致，而且穿着高跟鞋，几乎到我前额那么高。站在她身旁，如塔楼般高高在上的，正是卡曼，那双巨形大眼在玳瑁镜架后宽厚慈爱地望着我。

“天呀，卡迪！”我喊道，“要是你把我推倒在地，看你怎么办？”

“让你坐五十个仰卧起坐呗。”说着，她喜笑颜开，眼里也噙满泪花。“电话里不是跟你说了嘛。瞧瞧你呀，晒得好黑，真是个帅小伙！”泪水终于夺眶而出，她热烈地拥抱我。

拥抱过后，我和卡曼握了手。他的大手简直能把我的吞没。

“你的专机专供我这样的身材飞行。”他一说话，人们都扭头来看。他那低沉的嗓音酷似影星詹姆斯·厄尔·琼斯，就算念一则超市通告也会有以赛亚福音书的效应。“我的旅行舒服至极，埃德加。”

“严格地说，并不是我的专机，但一样多谢你，”我说，“你们俩——”

“弗里曼特先生？”

喊我的，是位迷人的红发女子，雀斑点点的酥胸在薄如蝉翼的粉色抹胸连衣裙里呼之欲出，甚至有挤破紧衫的危险。她还有一双绿色的大眼睛。和梅琳达年纪相仿。我还没能开口应答，她就伸出手，轻柔地拉住我的手指。

“我只想摸一下画出这些伟大杰作的手。”她说，“太震撼了，怪诞之极，上帝啊，您太了不起了。”她举起我的手，亲吻了一下，然后又摆放到她的酥胸上。隔着薄纱绸缎，我的掌心分明感到小硬石般的乳头。然后，她便消失在人群中了。

“这种美事经常发生吗？”卡曼问到，与此同时卡迪也在发问：“离婚对你有好处吧，埃德加？”说完，他俩对视一眼，爆发出朗朗大笑。

我知道他们在笑什么——埃德加晋升猫王埃尔维斯的光辉时刻——但我真的只觉古怪。斯高图的每一个房间都像海底溶洞，我意识到，自己可以按照这种思路画张画：在海底的小房间里，墙上挂满了画，看画的莘莘学子都是鱼男鱼女，海神尼普顿的三重唱乐队汩汩流出《章鱼花园》的高潮乐章。

实在太古怪了。我想念怀尔曼和杰克——他们仍没到场——但更迫切地想见到我的家人，尤其是伊瑟。如果他们在我身边，或许这个世界会更真实些。我忍不住瞥向门口。

“如果你是在找帕姆和女儿，我估计她们马上就会到了，”卡曼说，“梅琳达的礼服有点问题，出发前一分钟决定上楼去换一套。”

梅琳达，我心里说，当然会是梅琳达——

就在这时，我看到了她们，一行人穿过抻长脖子傻看画的痴情艺术粉丝群。在肤色棕褐的人群里，你一眼就能瞧出她们来自北方，并且与此地格格不入。汤姆·赖利和威廉·博兹曼三世——不朽的布仔——穿着黑西装跟在她们身后。她们停下脚步看了看早期的三幅速写，达里奥将这三幅联排摆放在近门口。第一个看到我的，是伊瑟。她高呼“**爹地**”，像艘鱼雷快艇斩穿人群飞奔过来，把她姐姐也拉在身后。琳则拖着一个瘦高青年作为护卫。帕姆招招手，也朝我走来。

我把卡曼、卡迪和斯劳卜尼克夫妇晾在一旁，香槟酒杯还在安齐尔手里。有人刚开口说，“打扰一下，弗里曼特先生，我想问问——”但我根本没去听。在那个瞬间，我只看到伊瑟生气勃勃的脸庞和欢欣满溢的双眼。

我们在**斯高图画廊隆重奉献《杜马视界》——埃德加·弗里曼特的油画和速写个人画展**的标语前碰头了。我注意到，她身上的那条浅灰蓝的裙子是我从没见过的，她把头发盘起，好像天鹅在炫耀曼妙长颈，成熟女子的气息扑面而来，令我惊叹不已。我也发现，自己突然对她涌起一股难以克制、无边无尽的爱，也感激她同样深切地爱着我。所有的爱尽在她眼眸。再然后，我就在拥抱她了。

过了一会儿，梅琳达和身后的小伙子才走到我们身边，他比她高出一大截，活像占领高空的直升机。我没有第二条手臂再去揽她入怀，但她可以，便一把抱紧我，亲吻我的脸颊，“晚上好①，爸爸，恭喜你画展成功！”

接着，帕姆也来到我面前。就是这个女人，不久前我还痛骂她是臭婊子。她一身藏青裤装配天蓝丝绸上衣，戴了一串珍珠项链。还有耳环，很衬她。漂亮的低跟鞋，同样很衬她。如果我能细看标签，会证实那全都是明尼苏达品牌货。她显然被人山人海的场面以及全然陌生的环境吓坏了，但脸上依然挂着鼓舞人的微笑，一如往昔。在我们的婚姻里，帕姆表现出很多特质，但从来都没有无望的表情。

“埃德加？”帕姆轻声叫我，“我们还是朋友吗？”

“你当然要相信这一点。”我说。我匆匆吻了她一下，却尽了独臂人的全力给她一个满怀的拥抱。伊瑟依偎在我一侧，梅琳达在另一边使劲挤，都快把我的肋骨压疼了，但我不在乎。我听到大厅里的观众不约而同鼓起掌来，掌声却仿佛很遥远。

“你气色真好，”帕姆在我耳边悄悄说，“哦不，该说太棒了，我都不知道在大街上遇到，我还能不能认出你。”

我退回一点，看着她，“你也非常精神啊。”

她笑了，脸也红了，曾经朝夕共眠，如今却好像面对陌生人。“化妆品万岁，遮掩千罪万孽。”

“爹地，这是里克·杜索。”梅琳达说。

“晚上好，恭喜您，弗里曼特先生。”里克用夹带着法语的英语说道。他捧着一只没有包装的白盒子，现在递过来了。“琳内和我给您的 un cadeau——小礼物？”

我知道 un cadeau 是什么，当然；他的异域腔调还给了我女儿一个新的昵称，这才是大发现。这比别的事情更能让我明白：她现在更像是他的，而不再是我的了。

我环视大厅，似乎大多数人都聚拢过来，要看我拆开礼盒。汤

① 原文为法语。

姆·赖利都快蹭到帕姆的肩膀上了。布仔紧挨着他。就在他们身后，玛格丽特·博兹曼摊开手掌，给了我一个飞吻。在她身边的是陶德·贾米森，救我命的好医生……还有两对叔叔阿姨……我以前的秘书，鲁迪·路德尼克……还有卡曼，当然，决不能漏掉他……还有他身边的卡迪。他们都到齐了，除了怀尔曼和杰克，我的亲朋好友都到了，我不禁费神去想：是什么事拖了他们的后腿？但眼下，那似乎是次要的。回想过去，自己从医院病床上醒来，糊里糊涂，只有无尽的痛楚清晰地陪伴我，而我现在环顾身边，惊讶一切竟可以如此天翻地覆地改变！所有这些人都在这一夜重返我的生活。我不想哭，但我肯定会哭的；我感到自己已经像张绵绵纸巾，就要在豪雨中消融。

“快打开看呀，爹地！”伊瑟说。我闻得到她的香水味，香甜而清新。

“打开！打开！”观望我们的人群有节奏地喊起来。

我打开了盒盖，拉出些白花花的包装纸，果然，看到的东西不出我所料……尽管我知道那出自一句玩笑，可现在已不再是玩笑了。梅琳达和里克从法国买给我的贝雷帽是猩红丝绒质地，摸上去光滑如绸。一定不便宜。

“太漂亮了。”我说。

“不，爹地，”梅琳达说，“漂亮还不够。我们只希望你戴着合适。”

我把帽子取出盒子，高高举起。围观的人们发出“哦——”的赞叹声。梅琳达和里克快乐地对视一笑。帕姆以前老觉得琳得不到我足够的关爱和肯定（可能她没错），此时却神采奕奕，满意地看了我一眼。帽子戴上了头顶，非常合适。梅琳达抬起手，帮我调整了一下角度，再面向观众，双手指向我，用法语说道：“大家瞧啊，一个伟大的艺术家！”人们热烈鼓掌，高呼万岁！伊瑟亲吻我，她又哭又笑的。我记得她白皙颈项的柔软，也记得她嘴唇的触感，亲吻落在我的下巴上。

我是全场焦点，亲朋好友围绕身旁。那儿有灯光、香槟和音乐。那是发生在四年前四月十五日的夜晚，在七时四十五分到八点之间，棕榈大道，夜色初上，微蓝暗染。这就是我的回忆。

2

我带着她们四处观看，汤姆、布仔和明尼苏达来的众人跟在后面。

到场的很多人肯定是头一回参加画廊活动，但都颇有礼仪，给我们腾出足够的空间独处。

梅琳达在《槐米的夕阳》前驻足，足有一分钟，再转向我，用近乎责难的口吻问："如果你一直以来都能这样画，爸爸，那以上帝之名，你为什么荒废整整三十年大好光阴去盖城郊扩建大楼？"

"天啊，梅琳达！"帕姆想打断她的提问，自己却出神地望着主厅，那儿挂着的是《女孩和船》系列。

"唉，这是事实嘛，"梅琳达说，"对不对？"

"宝贝儿，我也不知道为什么。"

"里面藏着这么大的天赋，你怎么可能不知道？"她穷追不舍。

我没有现成的答案给她，但爱丽丝·奥柯意救了我。"埃德加，达里奥问你能不能到杰米的办公室去？就几分钟？我愿意陪您的家人去主厅参观，您可在那儿跟她们会合。"

"好吧……他们有什么事儿？"

"别担心，他俩都是笑吟吟的。"她说着，自己也笑了。

"去吧，埃德加，"帕姆说完，又对爱丽丝说，"我早就习惯他被别人叫走了。我们结婚时，这就是生活的模式。"

"爸爸，画框最上端的红圈圈是什么意思？"伊莎问。

"亲爱的，那就是已售出的意思。"爱丽丝答。

我转身离去时瞄了一眼那幅《槐米的夕阳》……一眼就足够了，画框右上方确实有个红圈。这可是好事情啊——很高兴能确认：到场的人群不只是被独臂画匠的离奇人生吸引来的看客——但我仍感到心头一震，也不知道这种感觉算不算正常。我没法说清楚。我不认识别的可咨询的艺术家。

3

达里奥和杰米·吉田都在办公室里，还有位素不相识的男士。达里奥介绍说，那是雅各布·罗森布拉特先生，专为斯高图管账的会计。和他握手时，我的心往下一沉，因为我不得不反转手去握他的右手，他和许多人一样伸错了手。唉，但这毕竟是个右撇子的世界啊。

"达里奥，有什么麻烦吗？"我问。

达里奥在杰米的办公桌上放了只银色的香槟冰桶。厚厚的碎冰上斜插着一瓶“巴黎之花”。他们在画廊大厅里上的酒就够好的了，但再好也没这瓶上等货好。软木塞刚刚被拔出；绿色瓶口还泛着飘渺的冰气。“看这架势，还像是有麻烦吗？”他问，“我本想让爱丽丝把你的家人也都叫进来的，但办公室实在太小了。还应该站在这里的两个人是怀尔曼和杰克·坎托里。他们到底去哪儿了？我以为他们会一起来的。”

“我也这么想。你有没有打过伊丽莎白·伊斯特雷克家的电话？苍鹭栖屋？”

“当然打过。”达里奥说，“没人接，转到录音了。”

“伊丽莎白的护士也不在？安妮玛莉？”

他摇摇头，“只有答录机。”

我开始往坏处想，譬如萨拉索塔纪念医院。“我真不喜欢这个答案。”

“说不定他们仨正往这边赶呢。”罗森布拉特说。

“我觉得不太可能。她非常虚弱，气都喘不上来。就连助步器也没法用了。”

“我肯定情况会有好转的，”杰米说，“现在呢，我们该举杯了。”

“非得干一杯不可，埃德加。”达里奥又补了一句。

“多谢，伙计们，你们太有心了，我也很乐意和你们共饮一杯，但我的家人还在外头等，我想陪着她们把所有画看完，可以吗？”

杰米说：“很理解你急迫的心情，但是——”

达里奥打断了他，声音却很低缓，“埃德加，画展卖空了。”

我瞪着他说：“你说什么？”

“我们估计你还没来得及走一圈，那样，你会发现所有画上都有红点了。”杰米笑着说道，脸红红的，准是兴奋极了。“每一幅画、连同速写——只要是能出售的——已全都售出了。”

雅克布·罗森布拉特会计则说道：“三十幅油画和十四张速写。闻所未闻的奇迹啊。”

“但……”我突然变得笨嘴拙舌了，只能干瞪着达里奥转过身，从身后的书桌上端起摆着酒杯的托盘。酒杯和酒瓶一样，都是花开不败的造型。“但你们给《女孩和船 No.7》的标价是四万美金！”

罗森布拉特从朴素的黑西装口袋里掏出一卷纸，显然是从计数器上撕下来的。“油画售价总计四十八万七千美元，速写总计一万九千。总数已逾五十万。这是有史以来斯高图画廊举办的个人画展的最高纪录。惊人的壮举啊，恭喜您！”

“全部？”我耳语般怯怯地问了一声，连自己都听不清说了什么，却见达里奥把香槟酒杯放在我手里。

他点点头，“如果你决定售出《女孩和船No.8》，我相信光是那一幅就能卖出十万美元。”

“两倍都不止吧。”杰米说。

“向埃德加·弗里曼特致敬，祝光辉伟业前程无量！”罗森布拉特说着，举起杯。我们碰杯，一饮而尽，却根本不知道：所谓的光辉伟业在实效层面已然走到尽头。

朋友，我们走了一次好运而已。

4

回到大厅，我穿过人群向家人走去，一路微笑着，尽可能快地回应众人的祝贺。汤姆·赖利挤到我身边，“老板，这太不可思议啦，”他说，“但也有点鬼森森的。”

“我相信你是在夸我。”我说。事实是，和汤姆说话才有点鬼森森的，毕竟我最清楚自己对他做了什么。

“百分百是夸奖，”他说，“瞧，你去找你的家人，但我要走了。”说完真的转身要走，但我抓住了他的手肘。

“跟着我，”我说，“我们在一起，就能挡住所有陌生人来搭讪。要是我一个人，走到帕姆和女儿那儿大概就得九点钟了。”

他笑起来。老汤姆看起来还不错。自我们最后一次在法伦湖见面，他胖了几磅，我以前读过一篇文章，说抗抑郁药会有增重的副作用，男性患者尤其会。在他身上，多几磅肉是没问题的。眼睛下的空洞已经填上了。

“你最近怎样，汤姆？”

“我么……老实说……抑郁症。”他摆摆手，好像要挥走怜悯，哪怕我并未施舍。“这种病很操蛋，化学元素失衡，然后你就得乖乖吃药。那种药会扰乱你的思想——反正，会把我搞糊涂。我停了一阵子，但现在又吃上了，生活也改观了。要么是人造内啡肽对我起作用了，要么就是比利湖区的春天太迷人。”

“弗里曼特公司怎么样了？”

“账面上有盈余，但你不在公司就是不一样。我到这儿来，还想着说服你回去呢。可我一进画廊，知道你现在在干什么，就彻底明白了，让你再去造房子恐怕是没戏了。”

“我也这么想，真的。”

他指了指主厅里的那些画，“那些到底是什么，说真的？我是说，真不是盖的啊，因为——我不会对太多人承认——它们让我想起我没有吃药时脑子里的动静。”

“那都是不真实的幻象，”我说，“黑暗。”

“我懂黑暗，”他说，“你只想小心点，你猜黑暗里不会长出獠牙。因为真的会有。当你伸手去摸电灯开关，想把怪物赶跑时，又经常发现断电了。”

“但你现在好多了。”

“是的，”他说，“和帕姆很有关系。我可以跟你说吗？或许你已经知道了？”

“当然。”我只能在心里期待，他和我分享的内容里不包括帕姆高潮来临时经常压着嗓子闷笑。

“她富有洞见力，却不太友善，”汤姆说，“怪异而残酷的组合。”

我什么也没说……但并非因为认为他说错了。

“不久前，她和我聊了一小会儿，谈到要把自己的人生照顾好，可谓是一针见血。”

“是吗？”

“是的。而且看着她的表情，你会不由自主地觉得是在和自己对话，埃德加。我可能会去找你的朋友卡曼，约他和我聊聊。我先不打扰你了。”

女孩们和里克都站在《怀尔曼目视西方》前仰头观看，一边兴致勃勃地聊着。但帕姆却已走到一整排酷似电影海报的《女孩和船》系列画当中，而且，似乎很不安。准确地说，不是恼怒，只是心烦、困惑。她招呼我过去，等我走到她眼前，她一秒都没耽误。

“这些画里的小女孩是伊瑟吗?”她举手指着第一号作品,“一开始,我以为红头发小姑娘该是照着卡曼医生在车祸后给你的洋娃娃画的,但伊瑟很小的时候有过这种格子裙。是我在连裤童装部买的。还有这幅——”她又指向第三号,“我发誓,这条裙子是她刚上一年级时穿的,而且,她在赛车后那晚折断手臂时,也穿着这条裙子。”

好吧,你看到了。我记得骨折事件是去教堂回来后发生的。那只是记忆的集体舞里跳错的一小步。总还有更要紧的事情。譬如说,在评论家称为艺术杰作的这些烟雾弹面前,帕姆是唯一能看穿现实的人,她的立场是别人无法企及的,至少在我这个个案里是。从这方面说——也或许还有很多值得一说的方面——她依然是我的妻子。说到底,似乎只有时间才能宣布离婚判决。能判决的,只能是部分。

我把她扳向我。身边有一大群人,我猜想他们会以为我们在拥抱。说起来,也是部分属实。我注意到她圆睁的大眼,便凑到她耳畔轻声说。

“是的。坐在小船里的是伊瑟。我不是故意把她画在那里,因为我从来也没什么企图。在动笔前,我都不知道自己会画这些。只画出了背面,旁人不会知道是谁的,除非你说。我是不会说的。但——”我往后退了一步。她的眼睛仍瞪得大大的,双唇微启,好像在等待一个吻。“伊瑟怎么说的?”

“最怪的是这幅。”她拉着我的袖子,把我拖到第七号和第八号作品前。在那两幅画里,船上的女孩穿着吊带绿裙,交叉的背带映衬在裸背上。“她说你肯定有读心术,能猜透她脑子里的事,因为她在新港新闻邮购目录上订的裙子跟这条一模一样,而且就是今年春天。”

她扭头又去看画。我静悄悄站在她身边,任由她去看。

“我不喜欢这几幅,埃德加。它们和别的画不一样,我就是不喜欢。”

我想到汤姆·赖利刚刚说过,您的前妻富有洞见力,却不太友善。

帕姆把声音压到最低,“你没去了解什么不该知道的事吧,关于伊瑟的,有没有?就像你知道我——”

“没有。”我答,但《女孩和船》系列比先前任何时候都更令我不安。部分原因是它们一字排开张扬悬挂,诡异仿佛在叠加中变得更为剧烈。

卖了它们。伊丽莎白的观点一直很明确，不管有多少幅，你必须全卖出去。

我也能理解，她为何如此坚持。我不喜欢看到酷似自己女儿的人物坐在那条腐败的立桅船里，哪怕伪装在很久以前的孩童身形里。而且，帕姆只觉得迷惑忧虑，也令我相当惊讶。当然，这些画找不到机会对她施加作用力了。

自此往后，它们都不在杜马岛上了。

年轻人聚拢过来，里克和梅琳达手挽着手。“爹地，你真是个天才，”梅琳达说，“里克也这么说，对吗，里克？”

“对极了，”里克说，“我真这么想。我还打算过来……装得很有礼貌。可结果呢，却搜肠刮肚想不出更适合的赞誉美词，我只能说，太神奇了！”

“过奖了，”我又用法语说：“多谢。”

“我太为你自豪了，爸爸。”伊瑟说着，上来拥抱我。

帕姆翻了翻白眼，在那个瞬间，我本可以满足地回她一眼。但我只是把伊瑟揽在双臂里，亲吻她的头顶心。就在这时，玛莉·爱尔烟熏多年的破嗓突然从斯高图的门口传来，她用震惊、不可置信的语调高呼道：“莉比·伊斯特雷克！我真不敢相信自己该死的眼睛啊！”

而我是不敢相信自己的耳朵，可当聚集在门口闲聊、透透新鲜空气的铁杆艺术迷们接二连三鼓起掌来时，我终于顿悟了：为什么杰克和怀尔曼来得这么迟。

5

“什么事？”帕姆问，“出什么事了？”我走向门口时，一边揽着伊瑟，一边挨着帕姆；琳和里克也跟着如梦方醒的我。掌声渐起。人们都涌向门口，伸长脖子看。“谁来了，埃德加？”

“我在岛上最好的朋友们，”接着又对伊瑟说，“其中之一，就是路尽头的那位老太太，记得吗？事实证明，她不是教父的新娘，而是女儿。她叫伊丽莎白·伊斯特雷克，她非常可爱。”

伊瑟兴奋地两眼放光，“穿大号蓝色跑鞋的老太太！”

人群为我们让开路，很多人仍在不停地鼓掌，我便看到了那三人，在两张接待用的桌子以及桌上盛潘趣酒的大酒杯中间。我眼睛一酸，喉头一紧。杰克穿着泛蓝的灰西服，总是蓬乱不羁的头发理得服服帖帖的，那模样真像美国银行的小经理，要不就是职业介绍日活动上鹤立鸡群的七年级学生。怀尔曼推着伊丽莎白的轮椅，牛仔裤洗得泛白，没系皮带，上身是一件圆领白亚麻汗衫，衬得他晒过的皮肤更显黑。他的头发全部往后梳，我竟然第一次发现，他的五官如此俊朗，颇有哈里森·福特四十多岁时的风范。

但抢尽风头的是伊丽莎白，伊丽莎白引爆了如雷掌声，甚至那些根本不知道她是何方神圣的新一代观众也拼命鼓掌。她穿了一套黑色棉质套装，宽松有余，却极其优雅。头发挽在脑后的纱网里，网上的珠钉在画廊的射灯照射下如钻石般熠熠闪光。颈项间挂着一条金链，垂着一颗象牙雕刻的坠子。脚上也不再是弗兰肯斯坦式的大号球鞋，而是高雅迷人的深红色无带轻舞鞋。节瘤鼓凸的左手食指和中指间，夹着一支镶金雕银的烟嘴，插着一根还没点燃的香烟。

她左右看看，笑意满满。玛莉冲到轮椅前，怀尔曼耐心地停下来，让相对年轻的老妇尽情亲吻伊丽莎白的脸颊，又在她耳畔轻声密语。伊丽莎白边听边点头，也凑到她耳边悄悄回话。玛莉像只老乌鸦似的嘎嘎大笑，又环抱住伊丽莎白的胳膊。

有人从我身边蹭出人群。原来是雅各布·罗森布拉特，会计先生早已热泪盈眶，鼻头发红。达里奥和杰米跟在他后面。罗森布拉特蹲跪在她轮椅前，骨头突出的膝盖像手枪扳机一般嘎啦一响，他哭喊道："伊斯特雷克小姐！哦，伊斯特雷克小姐，我们有多久没见到您了啊，现在……哦，这惊喜实在太妙了！"

"瞧瞧你，雅克。"她说着将他的秃头拢在胸前，看起来就像怀抱一颗巨蛋。"跟博加特一样帅！"她看到了我……眨眨眼。我也挤了一下眼睛，但很难挂住欢笑的表情。她是那么憔悴，尽管一直在笑，却仿佛累得不成人形。

我抬眼，刚好和怀尔曼对视，他尽可能不让人注意地轻耸双肩，仿佛在说：*是她坚持要来的*。我转而去看杰克，他的表情也一样。

这时候，罗森布拉特正在口袋里使劲掏。最后取出一盒瘪瘪的火柴，盒子都快压扁了，好像刚从埃利斯岛上岸、偷渡美利坚合众国成功。他打开盒子，取出一根火柴。

“我还以为现在不允许在公共场所抽烟了呢。”伊丽莎白说。

罗森布拉特在克制自己的激动，连脖颈都红了。我觉得他都快爆炸了。他终于说出了口：“去他妈的禁烟规章，伊斯特雷克小姐！”

“**太棒了！**”玛莉用意大利语高喊一声，大笑着高举双臂，于是，又有掌声响起。而掌声到达高潮时，是罗森布拉特终于用颤巍巍的手擦燃了火柴，伸向伊丽莎白，而她也已经准备好了，烟嘴搁在了唇间。

“她到底是谁，爹地？”伊瑟悄悄地问，“我是说，除了住在你家巷尾的邻居，她还是谁？”

“报纸上说，她曾是萨拉索塔艺术界的一道风景线。”

“我不明白，为什么她就有权利让她的香烟来污染我们的肺。”琳说道，眉间已皱出一道纵纹。

里克则笑了，“哎呀，开心点，我们在酒吧不也是——”

“这儿和那儿怎么能比！”她打断他，眉头锁得更紧了，我心想，里克呀，你是个法国人，可要彻底摸透这位独一无二的美国小姐，你还有得好学哩。

爱丽丝·奥柯意在达里奥耳边说了几句，达里奥就从口袋里摸出一个口香糖小锡盒。他把薄荷糖都倒在手心里，再把盒子递给爱丽丝。爱丽丝又拿去给伊丽莎白，她谢过爱丽丝，然后把烟灰掸在里面。

帕姆观望着，都看呆了，好半天才转向我，“她认为你的画作如何？”

“我不知道，”我说，“她还没看过。”

伊丽莎白朝我招招手，“埃德加，可以跟我介绍一下你的家人吗？”

我便从帕姆开始，一直说到里克。杰克和怀尔曼也和他们握了手。

“打了那么多通电话，终于见得庐山真面目，我很高兴。”怀尔曼对帕姆说。

“我也一样。”帕姆一边回应一边上下打量。她肯定挺喜欢他的，因为她笑了——让她容光焕发的真诚笑容。“我们成功了，是不是？在他那儿并非易事，但我们办成了。”

“艺术从来都不是易事，年轻女士。”伊丽莎白说。

帕姆低头看她，仍然挂着宜人的笑容——我最初就是因为这种笑才爱上她的。“您知道有多久没人称呼我年轻女士了吗？”

“啊哈，可在我看来，您又年轻又美貌。”伊丽莎白说……难道她就是几天前陷在轮椅里扁着嘴嚼奶酪的那个老太太吗？看今晚，绝对很难相信。她是很疲惫，但仍然让人无法相信。“但没您的女儿们年轻美貌。姑娘们，你们的父亲——无论从哪个方面说——都是天才艺术家。”

“我们都很为他自豪。”梅琳达说着，帮她正了正项链。

伊丽莎白冲她笑了笑，又对我说道，“我想看看画，自己做个判断。埃德加，你可以纵容我吗？”

“欣然从命。”我说的是心里话，但也紧张极了，该死的。心里有另一个我害怕接受她的评价，害怕她会摇摇头，倚老卖老地抛出生硬的决断：不够深刻……色彩倒很丰富……显然充满能量……但或许还不够强烈。到此为止吧。

怀尔曼伸手去推轮椅的把手，可她摇摇头，“不——让埃德加推我，怀尔曼，让他做我的向导。”她把抽到一半的香烟拔出烟嘴，再碾灭在盒子里，令人惊叹的是，苍老的手指竟可以那么熟练而老道。“年轻小姐说得对——我们都受够了这乌烟瘴气喽。”

梅琳达心知肚明，脸涨得通红。伊丽莎白把小锡盒递给罗森布拉特，他微笑颔首地收下。从那以后，我一直在想：如果她当时能知道那是她人生中的最后一根烟，是否会愿意多吸几口？我知道这有点病态，但没办法，我真的想知道。

6

即便那些不知道约翰·伊斯特雷克唯一在世的爱女离群索居多年的人也都明白，名人到场了，当我推着轮椅走进挂着夕阳系列的小厅时，被玛莉·爱尔情感丰沛的惊呼吸引来的人群也全体转向。怀尔曼和帕姆走在我左边；伊瑟和杰克在我右边，伊瑟帮我稳住轮椅右侧扶手，确保它能照直前进。梅琳达和里克在我们后头，卡曼、汤姆·赖利和布仔在他们身后。我们三组人后头，便是浩浩荡荡的全画廊的观众。

我不确定临时搭建的吧台和墙壁之间是否够轮椅通行，走了才知恰好够宽。我小心翼翼地把轮椅推下窄窄的过道，庆幸至少能因此把大队人马隔在身后。

伊丽莎白突然喊道：“停！”

我立刻就停下来，“伊丽莎白，你没事儿吧？”

“就看一会儿，甜心——别出声。”

我们站在那儿，看着墙上的画。过了一会儿，她叹了一声，说：“怀尔曼，你带纸巾了吗？”

他有一条手帕，抖开递给她。

“到这儿来，埃德加，”她说，“让我看看你。”

我在轮椅和吧台间勉强挤到轮椅前，为此，吧台侍应生不得不把牢桌子，以免被我撞翻。

“你可以蹲下来点吗？这样我们才能面对面。”

我照做了。了不起的沙滩漫步果然卓有成效，坏腿也有了用武之地。她一手攫住烟嘴——有点傻气，却又很华贵，怀尔曼的手帕抓在另一手里。她的眼睛湿湿的。

“怀尔曼不能看字时，你给我读过诗。还记得吗？”

“记得，夫人。”我当然记得。那是多么甜蜜的插曲啊。

“如果我对你说，《说吧，记忆》，你就会想起作者，我想不起他的名字了，就是写《洛丽塔》的那个。对吗？”

我不知道她说的是谁。但我还是点点头。

“还有首诗。我不记得作者是谁，但开头是这样写的：‘说吧，记忆，我或许没有忘记玫瑰的香气，也不曾忘怀微风扬尘的声响；也或许能再次浅尝海水碧绿。’感动你了吗？是的，我看到了。”

攥紧烟嘴的手松开了。又慢慢伸出，抚上我的头发。骤然一念闪现，我惊觉（日后也将反复觉悟）只需这位老妇的亲手抚摸，就足以补偿我死里逃生时所有奋力挣扎之苦。被苍老消磨得不再柔顺的掌心。被疾病折磨得不再修长的手指。

“艺术就是记忆，埃德加。没有比这更简单的说法了。记忆越清晰，艺术就越杰出。也越纯净。这些画——伤透了我的心，又令它重生如新。知道它们都是在鲑鱼角完成的，你不知道我有多高兴啊。无论如何都高兴啊。”爱抚我头发的那只手略微抬起，“告诉我，你给那幅取了什么名字？”

“《槐米的夕阳》。”

“还有这些……怎么回事？《海螺贝的夕阳》从第一号跳到了第

四号？”

我笑了，“其实共有十六幅，一开始是用彩色铅笔画的素描。有一些陈列在外面，在门口。我挑了最好的几幅油画放在这里。我知道，都很超现实，但——”

“不是超现实，它们都是经典之作。任何傻瓜都看得出来。画里包含了各种元素：土地……空气……水……火。”

我看到怀尔曼的无声唇语：别把她累坏了！

“我们为什么不快速把其他画浏览一遍，然后给你拿杯冷饮？”我问她，现在怀尔曼满意地点点头，给我作了个 OK 的手势。“这儿很热，就算开着空调也没多少用。”

“好。”她说，“我是有点累。但是，埃德加？”

“怎么？”

“把船的画留在最后看。看完那些，我会真的需要喝一杯。或许能在办公室里喝。只要一杯，但要比可口可乐劲儿大点。”

“明白了。”我说，起身回到轮椅后。

“十分钟。”怀尔曼在我耳边轻声说，“不能再久了。我想在基恩·哈德洛克到场前送她出去。要是他看到她，准会吓得拉出砖头屎。而你也知道，砖头会朝谁扔来。”

“十分钟。”我答应了，又推着轮椅走进有自助餐饮吧的大厅。人们仍跟在我们后面。玛莉·爱尔记起了笔记。伊瑟腾出一只手来塞进我的臂弯，又朝我一笑。我也对她笑，但又有了在梦游的错觉。那种随时都会让你陷入梦魇的噩梦。

伊丽莎白仔细看过《我看到了月亮》和杜马岛路系列，但她看到《海贝上长出的玫瑰》时敞开双臂，好像要拥抱那幅画，那姿态让我起了一身鸡皮疙瘩。放下手臂后，她扭头看着我说，“那是精华所在。杜马的精华。在岛上住过的人永远无法彻底离开，这就是原因所在。”她又看向画，点着头，“《海贝上长出的玫瑰》。很正确。”

“谢谢你，伊丽莎白。”

“不对，埃德加——应该谢谢你。”

我回头瞥了一眼怀尔曼，看到他正和我上辈子里的另一位律师窃窃私语。他们似乎一见如故。我只希望怀尔曼别说漏嘴，把“布仔”的绰号喊出来。我转身再看伊丽莎白，她仍在端详《海贝上长出的玫瑰》，一边抹着眼泪。

“我爱这幅画。”她说，“但我们得往前走了。”

等她把自助餐饮厅里的油画和速写都看完了，她似乎自言自语地说：“当然，我早就知道有人会来。但我真没想到，会是画出如此强有力、又如此甜蜜作品的人。”

杰克拍了拍我的肩，倾身向前凑在我耳边说：“哈德洛克医生已经进楼了。怀尔曼想让你加快速度，如果可以的话。”

主厅——也就是《女孩和船》系列的展出地——恰是在通往办公室的路上，伊丽莎白可以进去喝一杯，再走货运通道离开画廊；也更适宜推轮椅走动。哈德洛克可以陪护她出去，如果他真的不放心。但我一想到要陪着她走过船系列，便不由自主地心慌，而此刻，让我畏惧的显然已不再是她的苛责。

“走吧，”她说，手上的紫水晶戒指在轮椅扶手上敲出清脆的响声。“让我们去看船吧。别犹豫了。”

“好的。”我推动轮椅，向主厅走去。

“你没事儿吧，埃迪？”帕姆低声问我。

“我很好。”

“你面色很不好。哪里不对劲吗？”

我只是摇摇头。我们现在走到主厅了。所有的画都挂在六英尺的高度；整个展厅显得近乎辽阔。墙上覆盖着粗纹的棕色装饰布，貌似粗麻质地，唯独《怀尔曼目视西方》那幅画的背景墙是空白的。我推着伊丽莎白一路走。轮子在淡蓝色地毯上悄无声息地滑动。身后的人群或许停止窃窃私语了，要不就是我的听觉自动屏蔽了杂音。我好像也是第一次见到这些画，如从一卷电影胶片里截取的连续静帧画面，看起来古怪异常。每一幅都比前一幅更清晰一点，聚焦更明确一点，但画面在本质上都保持一致，始终是我在梦里惊鸿一瞥初见的那艘船。也总是夕阳照耀，注满西面的光线永远是一摊剧烈的鲜红，如经锤打，血色溅穿海水，又染上了天空。船，是三桅木船的尸骸，恍如死人堆中飘出的某物似有若无漫浮其上。帆，毋宁说是破布。甲板荒芜。每一个角度都有恐怖之感，尽管无法用言语描述究竟是何物如此恐怖，你就是为孤零零坐在平板小船里的女孩担忧——穿着格子裙首度出现的小女孩，漂浮在深酒红色海湾里的小女孩。

第一幅画中，死亡船的角度不对，因而看不到船身上的名字。第二号作品中，角度略有调整，但小女孩（仍然披着带人造感的红发，穿着瑞芭的波尔卡圆点小裙）却挡住了船身，只露出一个 P 字。第三号，P 变成了 PER，瑞芭已显然变成了伊瑟，即使背对着观众也依然明显。约翰·伊斯特雷克的箭枪平放在小船里。

就算伊丽莎白认出了箭枪，她也没言语。我推着她慢慢沿着这排画走，船也仿佛在推进，变得越来越大、越来越近，黑色桅杆如手指一样慢慢迫近，帆布如死肉一般垂荡。天上的熔炉透过画面中的余白处炽烈闪耀。现在，船梁上的名字已是 PERSE 了。或许后面还有几个字母——空间足够了——但即便有，也隐没在黑影中了。在《女孩和船 No.6》中，船身已迫向小船，小女孩穿的像是蓝色汗衫，有黄色肩带环绕脖颈；头发变成了黄色偏橙；这也是一系列小船女孩中我唯一不能确定身份的一位。或许是伊瑟，因为其余几个都……但我很没把握。也是在第六号作品中，第一批玫瑰花瓣出现在海面上（还有一只鲜黄绿色的网球，上面有 DUNL 几个字母），船板上也突然多出许多奇奇怪怪、又虚浮无用的玩意儿：一面全身镜（映照出夕阳，结果却像注满了鲜血），一匹孩子玩的木马摇椅，轮船衣箱，还有一堆鞋子。这些物什同样出现在第七号和第八号作品里，并且又有新的玩意儿围在它们周围：前桅上靠着一辆小女孩的自行车，船尾堆着一些头饰，船身中部则立着一只大沙漏——同样映照出夕阳，也同样如注满鲜血，而非黄沙。《女孩和船 No.8》里，珀尔塞号和小船之间的海面上，飘浮着更多玫瑰花瓣。网球也更多了，至少有六七只。还有一只腐败的花环悬在木马摇椅的长颈上。我几乎都能闻到残花败叶的腐臭弥留在静谧的空中。

“我的上帝啊，”伊丽莎白喃喃自语，“她长得这么强壮了。”血色一度闪现在她脸庞上，却又转瞬即逝。她不再是八十五岁，看来已足有两百岁。

谁？我想问的，却没能发出声。

“夫人……伊斯特雷克小姐……您不能太累着自己。”帕姆说。

我清了清嗓子，“你能帮她拿杯水来吗？”

“我去，爹地，”伊瑟说。

伊丽莎白仍目不转睛地凝视《女孩和船 No.8》，“那些……那些战利品……你能认出多少来？”她问。

“我不知……我的想象……”我哑口无言了。第八号作品小船里的女孩不是战利品，但她是伊瑟。绿裙子，露背，交叉背带，对小女孩来说未免太性感了，但现在我知道为什么了：那是伊瑟最近刚买的新裙子，从邮购目录上订的，伊瑟不再是小女孩了。可是，网球仍然是我心头的谜团，镜子不能说明什么，头饰也一样。事实上我不知道倚在前桅上的自行车是媞娜·加里波第的，但恐怕是……不知为何，我的心里就是能肯定。

伊丽莎白的手搭上我的手腕，那手简直冰凉刺骨。“这最后一幅画上没有子弹。”

“我不知道你说——”

她更用力地抓住我，“你知道。你非常清楚我在说什么。画展大卖，埃德加，你以为我瞎了吗？我们见过的每一幅画的画框上都有红弹痕——包括第六号，我姐姐阿黛坐在小船里的那幅——可这幅上没有！”

我回头去看第六号，小船里的女孩是橘黄发色。“那是你姐姐？”

她不理睬我的问题。我觉得她不是没听见。她所有的注意力都压在《女孩和船 No.8》上了。“你打算干什么？拿回去吗？你真打算把它带回杜马岛？”她的声音在寂静的画廊里仿佛萦绕不去。

“夫人……伊斯特雷克小姐……你真的不能这么激动。”帕姆说。

伊丽莎白松弛的面孔上，只有双眼熠熠闪光。她的指甲深深抠进我腕上薄薄的皮肉。“然后想怎样？放在另一幅你已经动笔的新画旁吗？”

“我没有动笔——”或许我有？记忆又开始耍我了，每当有压力就时常会这样。如果此刻有人问我大女儿的法国男友叫什么名字，我说不定会说他叫雷内。画家马哥利特的名字。梦已倾颓。这儿就有一场噩梦，蓄势待发。

“新画的船上空无一人？”

我还没能回答上来，基恩·哈德洛克拨开人群，怀尔曼跟在后面，伊瑟又跟在他后面，手里握着一杯水。

“伊丽莎白，我们该走了。”哈德洛克说。

他拉住她的双臂。伊丽莎白挣脱开他的手，其后劲又把伊瑟送过去的水杯撞飞了，砸在一面空墙上。杯子碎了。有人尖叫一声，不可思议的是，还有个女人大笑起来。

“你看到木马了吗，埃德加？”她伸手去指，手抖得像筛子一样。指甲涂成了珊瑚红，大概是安妮玛莉涂的吧。“那是我姐姐的，苔丝和劳拉。她们最爱它了。不管走到哪儿都拖着那该死的玩意儿。她们淹死以后，那东西就放在轮波波外面，就是侧面草坪上的孩童游戏屋。我父亲不忍心再看到它。葬礼上，他把它扔进海里了。连同一只花环，当然了，挂在马脖子上的花环。”

寂静中，只有啜泣随着她的呼吸起伏。玛莉·爱尔目瞪口呆，停不住手的笔记算是记到头了，拍纸簿在垂下的手里已被忘却，另一只手抬起来，捂住了嘴巴。怀尔曼则指向一扇隐蔽的门，非常巧妙地藏在棕色亚麻布装饰墙里。哈德洛克点头应允。突然，杰克出现了，事实上，正是杰克操控了局面。“伊斯特雷克小姐，你马上就要出去了哦，”他说，“别担心。”他一把抓住轮椅把手。

“瞧瞧那条船后的波纹！”伊丽莎白冲我大喊一声，那便是她在众人面前的最后一次亮相。“看在上帝的分上，难道你看不到自己画了什么吗？”

我看了。我的家人也看了。

“什么也没有啊，”梅琳达说。她犹疑地望着办公室，那扇门在杰克和伊丽莎白背后合上了。“她的精神不太稳定，还是别的问题？”

伊瑟踮着脚尖，想再看一眼。“爹地，”她吞吞吐吐地对我说，“那些是脸孔吗？在水里的脸？”

“不是。”我答道，也为自己平静的语调深感震惊。“你看到的一切都是她灌输到你脑海中的。你们可以原谅我离开一会儿吗？”

“当然。”帕姆说。

“我可以充当助手吗，埃德加？”卡曼的男低音响起。

我笑了。我自己都意外，笑一笑竟还可以这么容易。看起来，震惊自有其目的。“谢谢，但不用了。她的医生正陪着她呢。”

我快步走向办公室门，克制住回头看的冲动。梅琳达没有发现；但伊瑟觉察到了。我猜想，那不是很多人能发现的，就算指给他们看也未必看得出来……大多人只会觉得是巧合、或是艺术家的神经质吧。

那些脸孔。

那些尖叫着、溺亡中的脸孔，在如血夕阳笼罩的船后水波中。

苔丝和劳拉就在那里，几乎可以肯定，但还有其他人，就在她们身下，就在红色褪成绿色、绿色又凝成黑色的海水里。

其中之一或许就是橘色头发、穿着老式样连体泳衣的女孩：伊丽莎白的大姐，阿德里安娜。

7

怀尔曼在喂她喝水，又好像是巴黎之花香槟，此时，罗森布拉特在她身边手足无措地绞着手指。办公室里挤满了人。这儿比画廊里更燥热，而且会越来越热。

“我请你们都出去！”哈德洛克说，“除了怀尔曼留下，别的人都请出去！不要耽搁！马上就走！”

伊丽莎白用手腕推开水杯，“埃德加，”她用沙哑的嗓音说道，“埃德加留下。”

“不，埃德加也要走，”哈德洛克说，“你已经兴奋过——”

他的手就垂在她面前，她一把抓住，紧紧捏着，看起来很用劲，因为哈德洛克的眼睛突然瞪大了。

“留下。”这一声很轻微，却掷地有声。

人们陆陆续续往外走。我听到达里奥在对外面的人群说，一切都没问题，伊斯特雷克小姐有点晕，但她的医生已经赶到她身边，她正在恢复。杰克就快出门时，伊丽莎白叫住他，“年轻人！”他一转身。

“别忘了。”她对他说。

他朝她一笑，调皮地敬了个礼，“不会的，夫人，我肯定不会忘。”

“我一开始就该信任你。”她说，看着杰克出去，又用更虚弱的声音道，“他是个好孩子。”仿佛力量正从她体内消逝。

“信任他做什么？”怀尔曼问。

“到阁楼里去找那只野餐篮。”她说，“楼梯口的照片里，南·梅尔达抱着的野餐篮。”她又责怪般地看了我一眼。

“对不起，”我说，“我记得你跟我说过，但我只是……我画画，然后就……”

“我没有怪罪你，”她的双眼深深陷入眼窝，“我早就该知道的。这就是她的力量。也是从一开始让你画画的那种能量。”她又看向怀尔曼，“还有你。”

“伊丽莎白，够了。”哈德洛克说，“我要带你去医院做些测试。我亲自监督给你输液。陪你休息——”

“马上就好，我的话就要讲完了。”说完，她露齿而笑，但笑得太厉害，毋宁说露出的是面目可憎的假牙箍。她调回目光，又看着我说，“妖精怪兽魔鬼，对她来说，只不过是游戏。我们所有的悲惨往事啊。而她现在又醒了。”她的手阴寒至极，搁在了我前臂上，“埃德加，*她醒了！*”

“谁？伊丽莎白，谁醒了？珀尔塞？”

她浑身战栗，倒向椅背，仿佛一阵电流刚刚穿透她身。我前臂上的那只手也攫紧了。珊瑚红色的指甲刺入我的皮肤，留下一排半月形的鲜红印痕。她张着嘴，这一次暴露出牙箍是因为咆哮，而不再是微笑。她的头猛然朝后一甩，我听到有什么东西断裂的脆响。

“*抓牢椅子！别让它翻倒！*”怀尔曼怒吼，而我做不到——我只有一只手，还被伊丽莎白死死攥住，动弹不得。

哈德洛克抓到了一只把手，轮椅没有直接后仰倒地，而是偏转方向溜滑起来，撞向了杰米·吉田的办公桌。此刻，伊丽莎白分明是在癫痫中抽搐，像具木偶一样在椅子里激烈地前后上下颠抽。束发珠网震松了，如连枷般抽打着头发，又在荧光灯照射下闪闪发光。她的双脚也在痉挛，一只深红色的无带鞋被踢飞。*天使们要穿我的红鞋呢*，我的心里冒出这种念头，而此时，鲜血就像台词一行行浮现，从她的口鼻里喷涌而出。

“*摁住她！*”哈德洛克喊着，怀尔曼纵身扑过来，压在轮椅扶手上。

是她干的，我在心里冷漠地说，*珀尔塞*，管她是谁。

“我摁住她了！”怀尔曼说，“拨911，医生，看在上帝的分上！”

哈德洛克赶忙绕到桌前，抓起电话，拨号，听着，又大骂起来：“操！怎么还是拨号音！”

我把话筒从他手里夺过来，“打外线要先拨9。”夹在耳朵和肩膀间的电话果然拨通了，话音沉稳的女士问我有何紧急状况，我答得上来。

而问到地址时，我傻眼了。我甚至连画廊的名字都想不起来了。

我把电话递给哈德洛克，绕着办公桌回到怀尔曼身边。

“上帝啊，”他说，“我早知道不该带她来，我就知道……但她死活要来。”

“她昏过去了吗？”我看到她瘫在椅子里，双目圆睁，但眼神空洞，呆滞地望着远处角落。“伊丽莎白？”没有反应。

“这是中风了吗？”怀尔曼问，“我从不知道中风会这样剧烈。”

“不是中风。有什么东西封住了她的口舌。带她去医院——”

“我当然会——”

“如果她说了什么，你要仔细听。”

哈德洛克的电话打完了。“医院那头已经准备好了。救护车马上就到。”他目光炯炯地瞪着怀尔曼，接着，又松弛下来，“哦，好吧。”

“哦，好吧？”怀尔曼问，“这算什么意思？哦，好吧？”

“那就是说，如果这样的事注定要发生，”哈德洛克说，“你认为她想置身何处？在家里、躺在床上？还是在充满最美好回忆的画廊里？”

怀尔曼艰难地吸气，浑身颤抖，又艰难地长长呼气，再点点头，跪倒在她身旁，开始梳理她的散发。伊丽莎白的脸上红一块白一块，还有浮肿，仿佛刚刚经历一次严重的过敏反应。

哈德洛克也弯下腰，把她的头颅往后放正，想减缓她那嘶嘶作痛的呼吸。没多久，我们就听到救护车警铃声由远至近而来。

8

画展开幕式继续进行，我也打算坚持到底，因为达里奥、杰米和爱丽丝为之付出了心血，更因为伊丽莎白。我想这应该就是她希望的。她会说，那是我如日中天的时刻。

不过，开幕式后的庆功宴我没参加。我找了些借口，又让帕姆和两个女儿，以及卡曼、卡迪和明尼苏达州的亲朋好友们全都按计划赴宴。望着他们走远，我突然意识到，自己还没有订去医院的车。就当我站在画廊门口琢磨爱丽丝·奥柯意走没走时，一辆老掉牙的梅赛德斯在我身边停下，副驾座的窗摇下来。

“上车，”玛莉·爱尔说，“是去萨拉索塔纪念医院的话，我可以捎你一程。”她看我面露犹疑，又乌鸦般地笑起来，“玛莉今夜只喝了几口，我向你保证，无论如何，晚上十点过后，萨拉索塔的出行车辆便几乎降到零点——老家伙们把威士忌和百忧解一起吞下肚，然后蜷在沙发上打开数字电视看比尔·奥雷利的脱口秀。”

我上了车。车门关上时一阵闷响，我紧张地发现，自己的屁股好像在不停往下陷，大概会当真落在棕榈大道的路面上吧。好歹，陷到一定程度就止住了。“听着，埃德加，”她说着，又迟疑了一下，“我还能叫你埃德加吗？”

“当然。”

她点点头，“可爱的人。我记不清楚上回告别时我们都说了些什么。有时候，我喝高了就会……”她耸了耸瘦骨嶙峋的肩膀。

“我们聊得很好。”我说。

“好。至于伊丽莎白……就不太好了。对吧？”

我摇摇头，不确定该说什么。街上几乎没有别的车，果然如她所言。人行道上更是人影也没有。

“她和雅克·罗森布拉特有过一段。还挺认真的呢。”

“结果呢？”

玛莉耸耸肩，“说不清。如果你非要我猜，我会说她更喜欢当自己的情人，不管和谁在一起都没法天长日久。但雅克从未忘怀。”

我记起他说去他妈的禁烟规章，*伊斯特雷克小姐*！又不禁去想他在床上是怎么唤她的。显然不会是“伊斯特雷克小姐”。但我的遐想只是徒劳伤怀。

“或许这样最好，”玛莉说，“她是摇曳不定的。如果你在她盛年时就认识她，埃德加，你肯定会明白，她绝不是心甘情愿相夫教子的传统女人。”

“真希望我能在她盛年时就认识她。”

“有什么事需要我为您的家人效劳吗？”

“不用了，”我说，“他们和达里奥、杰米还有明尼苏达州全体人士共进晚宴呢。如果来得及，我自己也会去——赶得上甜品就好；我也为他们定好了丽兹的客房。要是没变动，我会在明早和他们见面的。”

“很好。看上去，她们都挺好的。也都非常善解人意。”

帕姆确实比离婚前显得更加善解人意。当然，现在我蜗居在此专事绘画，也没再冲她大喊大叫，更不会挥舞黄油刀刺她了。

“我打算把你的画展吹捧到天上去，埃德加。这或许对今晚的你意义不大，但或许日后会有用的。那些画都太离奇了，非同寻常。”

“多谢您。”

前方的黑暗里，医院的灯光愈加分明。医院旁边就有一家华夫糕点屋。或许能为心脏科带去好生意吧。

“能帮我向莉比转达慰问吗，如果她还能听得了这些的话。”

“当然愿意。”

“我还有东西给你。在仪表盘下的抽屉里。马尼拉信封，看到没？我本打算留作下次采访的诱饵引你上钩，不过，去他妈的吧。”

我捣鼓不好老爷车仪表盘下的按钮，摆弄了一会儿，那扇小门儿才掉下来，活像死尸的下巴。除了马尼拉信封，里面还有好多玩意儿——地质考古学家完全能以此为基地，获取回溯至一九六五年的美国人生存样本。但信封是摆在最前面的，上面还有我的名字，打印的。

她把车停靠在医院门前，就着一盏**上下客不超过五分钟**指示灯的灯光，玛莉说：“准备好大吃一惊吧。我反正是惊过了。我有个老朋友是审稿编辑，是她帮我追查到的——她比莉比年纪大，但至今眼明耳聪。”

我翻下扣钩，抽出两张老报纸的复印件。“那个，”玛莉说，“是从一九二五年六月夏洛特港的《周鸣报》上找到的。应该就是我朋友安吉看到的那篇报道，我以前没搜到它，是因为我从没想过要到那么远的南方城市夏洛特港去找。况且，《周鸣报》在一九三一年就停办了。”

街灯昏暗，不足以让我看清第一份复印件。但光是标题和照片就让我看了很久。

“挺有意义的吧，对你？”她问。

“是的。我只是不知道为什么。”

“如果你想明白了，能不能告诉我？”

“好的。”我说，“玛莉，你大概都不会信，但……这是你绝不会发表的一个故事。谢谢你送我来。也谢谢你光临我的画展。”

“这两件事我都很乐意做。记得对莉比说我爱她。”

“我会的。”

但我没能转达。我已经见过伊丽莎白·伊斯特雷克最后一面了。

9

重症监护病房的当班护士告诉我，伊丽莎白还在手术室里。我再追问详情，她答说不太清楚。我只能环顾等候室。

“如果您在找怀尔曼先生，我相信他是去餐厅喝咖啡了。”护士说，“餐厅在四楼。”

“多谢。”我刚一迈步，又转回身问，“哈德洛克医生也是手术医生吗？”

“他不是。”她说，“但他也在手术室里观测。”

我再次谢过她，便上楼去找怀尔曼。我看到他坐在餐厅尽头的角落里，面前放着一只大号纸杯，简直跟二战时的迫击炮弹一个尺寸。除了几个护士和勤杂工散坐各处，只有神情紧张的一家人占据另一个角落，我们周围无人打扰。大多数座椅都倒放在桌上，穿着红色人造纤维工作服的清洁工疲乏地拖着地板，胸前吊着 iPod 的耳机线。

“你好，我的朋友，”怀尔曼招呼我，送出乏力的苦笑。他和伊丽莎白、杰克一起进画廊时向后梳平的头发颓败地掉落在耳畔，眼圈黑得很。“你干吗不给自己拿杯咖啡？喝起来像工厂废料，但保证能顶住眼皮不掉下来。”

“不了，谢谢。让我蹭一口你的就够了。”我的裤兜里有三片阿司匹林。我把它们全倒出来，用怀尔曼杯里的咖啡送下肚。

他皱起鼻头，“这下沾上你的细菌了。真恶心。”

“我有超强免疫系统。她怎么样？”

“不太好。”他面无表情地看着我。

“在救护车里她有没有缓过神？说了什么没？”

“说了。”

“什么？”

怀尔曼从亚麻衬衫的衣兜里拿出画展请柬，封面上印有《杜马视界》的主题语。他翻到背面，露出潦草记下的三行字，笔迹上下颠抖——准是在疾驶的救护车里写的，但我看得出来写了什么：

“桌子在漏水。”

“你会很想，但千万别。”

“把她浸回水里，让她沉睡。”

三行字都阴森诡谲的，但最后一行让我的皮肤上顿起战栗。

“没别的了？”我问，把请柬递回给他。

“她还喊我的名字，喊了好几遍。她认得我。也喊你了，埃德加。”

“瞧瞧这个。”我把马尼拉信封放在桌上，推到他面前。

他问我是从哪儿弄来的，我便告知原委。他说，那倒是得来全不费工夫。我耸耸肩。我倒是记起伊丽莎白曾经对我说的——现在的水流更急了。很快会有激流。好吧，激流已经到眼前了。直觉告诉我，这不过是巨浪的开端罢了。

伤臀感觉好了一点，深夜里惯常有的抽搐疼痛缓解成钝痛。世人常说，狗是人的最佳伴侣，但我会把好友票投给阿司匹林。我把椅子挪到怀尔曼身边，这样便能看到标题：**杜马岛孩童坠马后画艺勃发——她是神童吗？**照片就在标题下面，我已经很熟悉那人，也熟悉那件黑色连体泳衣了：苗条版的约翰·伊斯特雷克微笑着，怀里抱着一个微笑的小孩。那就是伊丽莎白，和全家照中的那个她年纪差不多，只不过，这张照片里的她对着镜头双手举起一幅画，头上还裹着白纱绷带。照片里还有一个女孩，比她大得多，没错，就是阿德里安娜，或许头发就是橘红色的——但一开始，我和怀尔曼都没注意到她。我们都在盯着约翰·伊斯特雷克看。确切说，也是盯着头上缠着绷带的小娃娃。

“我的天哪。”怀尔曼说。

那幅画，画的是一匹马越过马厩栅栏往外张望。它好像还在笑（笑得也不像马）。前景中有一个背对着我们的小女孩，金色发卷一绺一绺，正举着一只鸟枪大的胡萝卜，要喂给微笑的马吃。画面两边都有棕榈树，就像拢在舞台两边的幕帘。还有轻盈的白云朵朵飘在天空，一轮艳阳四射喜气洋洋的光芒。

那是孩子的画，但其中透露出不容置疑的高超禀赋。那匹马画得活灵活现，嘴角那抹笑显得十分狡黠。你可以把一打艺术系学生聚集在一间屋里，让他们画一匹快乐的马，我愿意和你打赌，没有一个能画得像这幅那么传神。那只大得离谱的胡萝卜也感觉不像是笔误，而是快乐的一部分，一份增强剂，一份美妙的类固醇。

“这可不是开玩笑啊。”我喃喃自语，把腰弯得更低、凑得更近去看……可惜，效果反而不好。我只能看到照片起码经过了四层干扰：照片本身不够清晰，新闻报纸对相片像素的折损，复印件对报纸原件的折损……还有时间对一切的消磨。如果我没算错，这张照片该有八十岁了。

“什么不是玩笑？”怀尔曼问。

“马的尺寸被夸大了。胡萝卜也是。甚至阳光也被强调了。这就是孩子眼里的快乐啊，怀尔曼！”

“这是愚弄大众。肯定是。她那时候才两岁啊！两岁的小娃娃甚至画不好木棍儿式的小人儿、再喊它们爸爸妈妈，可她能画成这样？”

“布朗糖果的事儿也是愚弄大众吗？那你脑袋里那颗子弹呢？已经没有了吧？”

他沉默了。

我指了指**神童**这个词儿。“瞧，他们甚至找对了术语。假如她是黑人家的穷小孩，你认为他们会怎么叫她？**怪异**的土著小孩，然后塞进杂耍马戏团。我也许就会那么做。”

“如果她是黑人家的穷小孩，也就根本不会从马车上摔下来，更找不到纸笔来画画。”

“那她——”我突然住嘴，眼光被模糊的照片再次攫住。现在，我看到了那个大女儿。阿德里安娜。

“怎么了？”怀尔曼问，语调里分明是在说，*又怎么了？*

“她的泳衣。你觉得眼熟吗？”

“我看不太清楚，只有上头一小部分。伊丽莎白举着她的画，挡住了一大半。”

“你能看到的部分呢？”

他狠狠端详了一阵，“真希望手边有个放大镜啊。”

“放大镜只会帮倒忙。”

“好吧，*朋友*，确实好像有点眼熟……但或许是因为你说了，我才这么觉得。”

“在《女孩和船》系列里，只有一个女孩我一直不能确认身份，就是第六号作品里小船上的那个姑娘，橘色头发，穿着蓝色连体泳衣，黄条纹的肩带环在脖子上。”我指了指玛莉·爱尔给我的照片复印件中的阿德里安娜。“就是这个姑娘。就是这件泳衣。我很肯定。伊丽莎白也是一眼认出来的。”

“我们这说的……是哪儿跟哪儿啊？”怀尔曼问道。他把复印件撇在桌上，还揉了揉太阳穴。我问他，是不是眼睛不舒服。

“不是。只是太……太他妈的……”他抬眼看着我，眼睛瞪得大大的，还依然揉着太阳穴。“她从该死的马车上掉下来，脑袋砸在了石头上，这篇文章里是这么说的。就在他们要把她转移到圣彼得的大医院时，她却在医生的诊疗室里醒来了。从此以后就有了痉挛症状。文章里说：‘痉挛在小伊丽莎白身上持续发生，尽管并不严重，似乎也没有留下永久性的伤害。’然后她就开始画画了！”

“事故肯定就是在拍完全家照之后发生的，因为她看上去几乎和那张照片里一模一样，可这时候的小孩长得飞快。”我说。

怀尔曼似乎没在听我说。“我们都在同一条小船里。”

我刚想问他此话怎讲，却又恍然明了，不必再问了。“是啊，先生。”

“她摔伤了脑部。我开枪射中了脑部。你的脑袋是被挖土机撞伤的。”

“起重机。”

他挥挥手，显然是觉得这没什么区别。那只手放下来，又攥紧了我唯一的手腕。手指很凉。“我有一肚子的问题，朋友。比方说，她怎么突然不画了呢？我为什么从来不画画呢？”

“她为什么停笔，我不能确定。或许她忘了——不想再提了——也可能故意撒谎，彻底否认。至于你，你的天赋在于感应力。在杜马岛上，感应力会升级为读心术。”

“这是瞎扯……”他的话不了了之。

我要等他说完。

“不，”他说，“不是瞎扯淡。但那也彻底消失了呀。想听答案吗，朋友？”

“当然。”

他用大拇指指向房间另一头面色凝重的一家人。他们又开始激烈讨论了，当爸的对着当妈的频频摇手。也可能是当姐姐的。“几个月前，我还能告诉你他们在争论什么。现在呢，我只能靠经验推断。”

“猜也好，说中也好，或许都来自同一个地方。”我说，“你愿意交换吗？用视力去换偶尔的脑电波震荡？”

“上帝啊，我不！”他讥讽而绝望地苦笑着环顾餐厅内外，还不住地点头，“我真不能相信我们正在谈这些，你知道，我一直在想，我会从梦里醒来，一切都会回到老样子，私人护理怀尔曼，各就各位。”

我看着他的眼睛说道：“回不去了。”

10

据《周鸣报》报道，小伊丽莎白在回家康复的第一天就开始埋头作画。她很快就上手了，“在她惊奇不已的父亲看来，她的画艺和高超技能每分每秒不断递增。”她先从彩色铅笔画起（“听来很熟悉吧？”怀尔曼问我），之后，迷惑不解的约翰·伊斯特雷克又从凡尼斯小镇上给她买了一盒水彩颜料。

马车事故后的三个月内，她基本上都在卧床休息，却实打实地画出了几百幅水彩画，其频率让约翰·伊斯特雷克和另外几个女儿都有点恐慌。（“南·梅尔达”是否有什么想法，报道里没有提及。）伊斯特雷克很想让她慢点画——遵循医嘱——却适得其反。不让她画画，她就会烦躁、哭喊、失眠、高烧骤起。小伊丽莎白说，她没法画画时，“头会很痛”。她父亲则说，她一旦画起来，“就像她喜欢画的马驹一样吃个不停”。报道作者名叫 M. 里克特，似乎觉得这一点很能让人怜爱。而这唤起了我自己狼吞虎咽的记忆，实在太熟悉了。

怀尔曼坐在我的右手边——假如我还有右手的话，我在第三遍看这份模糊的复印件时，基恩·哈德洛克推门而入。他穿的仍是参加画展时的粉色衬衫和黑领带，但领带已经拉松，衣领也解开了。他依然穿着淡绿长裤，鞋里露出绿袜子。头垂得很低。当他抬起头时，我看到一张大猎犬般的脸孔，拉得长长的悲伤的脸。

“十一时十九分。”他说，“真的没有生还希望了。”

怀尔曼把脸埋进双手里。

11

一点差一刻，我到了丽兹酒店，心力交瘁地一瘸一拐，并压根儿不想到那里去。我想回浓粉屋，回到自己的卧房。我想躺在床中央，把装饰枕推到地上时顺便把新娃娃也甩掉，只留下瑞芭，我想抱着她。我想躺在那里，瞪着慢悠悠旋转的风扇。更重要的是，我想伴着屋下海贝的轻语声入眠。

可是，我却要和这间酒店大堂打交道：人太多，音乐太吵（都这个钟点了鸡尾酒吧仍有钢琴演奏），更要命的是，灯光太亮。可我的家人都在这儿。庆功宴我就没去，早餐聚会我就不能再错过了。

我问前台要钥匙。他把钥匙连同一叠信封交给我。我一封一封打开看。大多是祝贺辞。但伊瑟的留言不一样：你还好吗？要是我早上八点没看到你，我会去找你的。严肃警告！

最后一封是帕姆写的。只有一行字：我知道她去世了。此外的万语千言尽在信封之中。那是她的房间门卡。

12

五分钟后我站在了 847 号房门外，手里拿着门卡。我把卡片凑近狭缝，又把手指朝门把挪，然后回头望向电梯。我在那儿傻站了足有五分多钟，精疲力竭乃至无法做出决定，如果不是听到电梯门打开、一群喝得醉醺醺的人大笑着鱼贯而出，我或许还会站更久。我担心那会是熟人——汤姆或布仔，大块头安齐尔夫妇，甚至可能是琳和里克。虽然我没有包下整个楼层，但订下了这一层的大多数房间。

我把门卡插进了卡槽。电子锁，你甚至不需要扭动把手。绿灯亮了，就在那群人的笑声顺着走廊逼近时，我溜进了门内。

我给她定了个套间，起居室很大。显然，这儿办过一场展前派对，因为有两张客房服务餐桌还在，盘子里还有剩余的夹鱼子面包片。我还看到两只——不，三只香槟酒冰桶。两只酒瓶底儿朝天插在桶里，已然壮烈牺牲。第三瓶似乎还活着，但也是苟延残喘。

这又让我想起了伊丽莎白。我看到她坐在瓷偶城的后面，就像《时代女人》里的凯瑟琳·赫本，而她说的是：瞧，我把孩子们都放在学校大楼的外头了！快来看啊！

爱之极，便成痛。这是怀尔曼的至理名言。

最亲近的人们曾坐在那里又说又笑，为我的勤勉和好运干杯豪饮——我肯定她们会这样做，但我想绕开那些椅子。看到最后那瓶香槟插在冰水里，我将它取出，对着映出萨拉索塔海湾的与墙齐宽的落地观景玻璃窗，独自说道：“向您敬酒，伊丽莎白。Hasta la vista，mi amada①。”

“amada 是什么意思？”

我转过身，帕姆正站在卧室门边，一身蓝色睡袍，我不记得以前曾看到过。她的头发披在肩上。自从伊瑟上中学后，她就没留过这么长的头发，一直到肩膀了。

“亲爱的，”我说，“我从怀尔曼那儿学来的。他娶过一个墨西哥女人。”

“娶过？”

“她死了。谁跟你说伊丽莎白的事儿的？”

“为你干活的那个小伙子。我让他一有消息就给我打电话。我很遗憾。”

我笑了。我想把香槟放回酒桶，却失手了。该死的，我没看清桌子。酒瓶落在地毯上，滚了出去。曾经，教父的女儿是个小女孩，双手抓着一幅微笑的马驹的画冲着镜头笑，摄影师大概是个戴草帽、系袖带的欢快小伙。接着，她就变成耄耋老妇，生命的最后一程是在轮椅里痉挛，抽搐得发网散落，在一间画廊办公室的日光灯下，眼看着最后一只发夹也跳飞。其间的岁月呢？白驹过隙，颔首挥手间已隔沧海桑田。到最后，我们都会坠向地板。

帕姆伸出双臂。一轮满月在落地大窗之外，而我在银色光影中见到她隆起的胸前那朵玫瑰文身。新鲜而陌生……但那酥胸还是我熟悉的。我太了解它了。“过来。”她说。

我走过去。伤臀撞到一台手推餐桌，我含糊地呻吟一声，最后两步是趺趺撞撞地栽进她怀里，心想，这真是美妙的重逢啊，我俩都摔倒在地毯上了，而且，我压在她身上。或许还会压断她一两根肋骨吧。显然是可能的；住上杜马岛后，我足足长了二十磅。

但她也很强壮。我忘了这一点。她撑住了我的重量，先靠在卧室门框上，再双臂揽着我站起来。我把自己那条胳膊环在她腰间，脸颊搭在

① 西班牙语，意为“再见，亲爱的”。

她肩头，只想嗅闻她的芳香。

怀尔曼！我醒得很早，和我的小瓷人们玩得好开心啊！

“来，埃迪，你累坏了。上床去。”

她搀扶我走向卧室。这间房的窗户小一点，月光也单薄些，但窗子敞开着，我能听到海水叹息不宁。

“你确定——”

“别说话。”

我肯定听过你的名字，但可惜，我想不起来了，现在老这样。

“我从没想过要刻意伤你。我很抱歉——”

她用两只手指封住我的唇，“我不想听你道歉。”

我们并排坐在床边，坐在月光下。“那你想要什么？”

她用一个吻回答了我。气息温暖，留有香槟甜香。有那么一瞬间，我忘却了伊丽莎白和怀尔曼、野餐篮和杜马岛。刹那间，世界只剩下我和她，就像过去那样。有两条手臂的过去。之后片刻，我就睡着了—— 直到第一线晨光滑进来。遗落的记忆不会总成问题，有时候——甚或经常——那就是答案。

如何作画（八）

要勇敢。别害怕画下隐秘的物事。没人说艺术总是微风和煦；有时候它会是飓风暴雨。纵是如此，你也决不能有半点犹疑，也不能改变路径。因为，如果你对自己撒大谎、犯下艺术大忌——确实是由你说了算——就会错过获取真相的良机。真相不总是美妙的。有时候，真相就是大男孩。

小家伙们说，这是莉比的青蛙。长牙齿的青蛙。

可经常比那更糟。就像那，穿着亮蓝裤子的查理。

或是，她。

这儿有一幅小莉比的照片，手指竖在唇间。她在说，嘘——。她在说，如果你说话，她就会听见的，所以，嘘——。她在说，坏事情会发生，头冲下飞、会说话的鸟群只是最先到来、也最不可怕的东西，所以，嘘——。如果你想跑，柏树林和裂榄木丛里就会跳出怪物，跳到路上把你抓住。甚至还有更坏的事情会在黑影滩下的海水里出现——比大男孩更坏，比蹿得特别快的查理更坏。它们都在水里，等着把你淹死。淹死还不够，不，不光是淹死。所以，嘘——。

但对真正的艺术家来说，真相会坚持到底。莉比·伊斯特雷克可以捂住她的嘴，但不会停下手里的画。

她只敢和一个人谈，只有一个地方可以让她说——只有在苍鹭栖屋的那个角落里，她的操控才会失效。她让南·梅尔达跟她去，并努力解释这件事是怎么发生的，解释天赋如何需要真相，可真相却从她手边溜走了。她尝试去解释，画画怎么会操控了她的生活，而她又怎么痛恨起爹地找到的那个小瓷人——和别的财宝一起找到的，小小的瓷偶女人，那就是奖给莉比的战利品。她想说清楚心底里最深的恐惧：要是她们不采取措施，那将死的就不止是双胞胎，她们只是先走一步。死亡，在杜马岛上不会有尽头。

她鼓足所有勇气（比婴儿大不了多少的小女孩啊，她一定有惊人充沛的勇气），说出了所有真相，哪怕听来如此疯狂。先从她制造了飓风暴雨说起，但那不是她想出来的——那是她的主意。

我觉得南·梅尔达相信她。因为她见过大男孩？因为她也见到了查理？

我觉得她都见识过了。

真相必须见天光，那就是艺术的基石。但那倒不是说，全世界都必须看 到。

南·梅尔达说，你的新娃娃现在在哪里？那个瓷娃娃？

莉比说，在我自己的宝贝盒里呢。我的心盒。

南·梅尔达说，她叫什么？

莉比说，她叫珀西。

南·梅尔达说，珀西是男孩的名字。

可莉比说，我又没办法。她就叫珀西。这是真的。她又说，珀西是条船。看起来挺漂亮，但其实不是。它是很坏的。南妮，我们该怎么办？

她们站在那个安全的角落，南·梅尔达想了又想。我相信她知道必须做什么。她或许没有艺术鉴赏力——玛莉·爱尔也没有——但我想她是真的知道。勇敢不是用来显摆的，勇敢只需要实际行动。如果真相太可怕，不该被全世界看到，那也可以再次把真相隐埋起来。事情就这样发生了。我肯定，这种事屡见不鲜。

我相信，每个了不起的艺术家都有一只红色野餐篮。

十四　红　篮

1

“先生，能和您分享泳池吗？”

那是伊瑟，绿短裤，绿色三角背心，光着脚，一脸素颜，睡眼惺忪。她把头发扎成脑后的马尾辫，十一岁她就那样扎头发了，要不是看到丰满的胸脯，我会以为她还是十一岁呢。

“随时欢迎。”我说。

她坐在我身边的泳池瓷砖台阶上。我们都浸到半身，我坐在“5”字上，她坐在“英尺”上。

“你起得真早。”我说，但这并不让我吃惊。伊瑟一直是我们四人里最活跃的一个。

“我在担心你。特别是当怀尔曼先生让杰克告诉我们那位和善的老太太去世了的时候。是杰克亲口说的。我们当时还在晚宴上。”

“我知道。”

“我很难过，”她把头倚在我肩头，“还是在你的大好日子里，我也为此遗憾。”

我伸出手臂揽住她。

“不管怎样，我只睡了两三个小时就爬起来，因为天好亮。我朝窗外一看，却看到我爸爸泡在泳池里，独自一人？”

“睡不着了。我只希望我没有吵醒你的妈——”我停下来，也意识到伊瑟又大又圆的眼睛盯着我。“你别想歪了，甜心小姐。那只是不折不扣的安慰。”

那不是纯粹的安慰，但我还没准备好和女儿探讨这事。或许和自己都还不行。

她往水里沉了一点，又突然坐直，略微侧过头来看着我，嘴角显然已浮起一丝笑意。

“不管你有什么希望，那都只是你的想法。”我说，“我建议你别瞎起劲。我一直很在意她，但有时人走得太远了就很难回头。我想……我很肯定，我俩的状况就是这样。”

她又看向平静的池面，嘴角的笑意渐渐消泯。我真不喜欢看到那情景，但或许，眼下这样最好。“好，听你的。”

这句话让我自由了，可以转入下一个话题。我不想谈，但我依然是她父亲，她在许多方面也依然是个未经世事的小孩。不管伊丽莎白·伊斯特雷克的死让我在这天早上多么感慨万千，对自己的处境多么困惑难解，我仍需履行为人父的职责。

“我要问你点儿事，伊。”

“好，问吧。”

“你没戴那只戒指，是因为不想让你母亲看到然后引发核爆炸吗？那我倒是能充分理解……还是说因为你和卡森——”

“我把它寄回去了。”她的语声平淡，好像没有感情。说完却咯咯笑了，也让压在我心头的巨石倏然滑落。“但我是用联邦快递寄的，还加了保险。”

“那……事情结束了？”

“嗯……永远不能说永不。”她的脚浸在水里，前后摇摆戏着水。“卡森不想结束，那是他说的。我对自己也不太确定。至少，在没面对面看着彼此时还不能确定。电话和电邮真的不是讨论这种话题的好方式。何况，我想看看我们之间的吸引力是否还在，如果在，那还有多少。”她的目光游移开去，有些焦虑。“没让你恶心吧，这种话？”

“怎么会，宝贝。”

“我可以问你一件事吗？”

“好。”

“你给过妈妈多少回‘第二次机会’？”

我笑了，“没离婚前？我敢说，起码有两百回吧。”

“那她给过你多少机会呢？”

“差不多一样。”

“你有没有……”她不说了，“我不能问你那种事。”

我看向水面，意识到一阵典型的中产阶级的潮红涌上我的脸颊，“因为这番谈话是在清晨六点的泳池里进行，救生员都还没上班呢；也因为我了解你和卡森·琼斯的症结所在；所以，你可以问。答案是：没有。一次也没有。但如果要我扪心自问，我必须承认，与其说我是正人君子，倒不如说我的桃花运比较衰。好几次都差一点发生，还有一次，真的像宿命从中作梗，才让我悬崖勒马。我相信，如果……没有发生那场车祸，我和你妈妈是不会离婚的。对于伴侣，还有比越轨更恶劣的冒犯，但称之为欺骗不是没道理的。一次失足，可以用人无完人来推托。两次越界可以归咎于人类的脆弱。但事不过三——”我耸耸肩。

“他说只有一次。”说得就跟耳语一样轻。踩水的动作渐渐慢下来，如在梦中一般漂浮起来。“他说，是她挑逗他的。最后么……你猜得到。”

当然。事情总是这样发生的。在小说里、电影里，总是一个套路。或许，在现实生活中也经常如此。听起来是为自己开脱，但不意味着事实也如此。

“是和他合唱的那个女孩？”

伊瑟点点头，“布里奇特·安德森。”

虚弱的微笑。

“我记得你不久前还跟我说，他必须做出选择。”

漫长的沉默，之后她说：“很复杂。”

总是如此。随便挑一个酒鬼去问吧，为什么被他老婆扫地出门？我保持沉默。

“他告诉她，他不想再见到她了。二重唱也取消了。这一点我很肯定，因为我在网上查过近期的演出报道。”说完，她的脸一红，尽管我没有因此责备她。换成我，我也会去查的。“乐团总监弗雷德里克先生威胁说，要让他打道回府，卡森对我说，他想走就能走，但他已经不再和那个该死的金发婊子合唱了。”

“这是他的原话吗？”

她被逗乐了，“他是浸信会教徒，爹地，我这不是在翻译嘛。不管怎么说，卡森立场坚定，弗雷德里克先生的态度也软下来了。对我来说，这就是他的鲜明表态。”

是的，我心里说，但他仍然是个自称笑脸王子的骗子。

我拉住她的手，“下一步，你怎么办？”

她叹了一口气。马尾辫令她像十一岁；叹息却像四十岁。“我不知道。心里很乱。”

“那就让我来帮你。你愿意听我的吗？”

“好的。”

“眼下，你要离他远远的。”说话时，我发现自己打心眼里希望她能这么做。还不止如此。当我想到《女孩和船》系列油画——尤其是坐在小船里的女孩时，我甚至想跟她说，不要和陌生人说话，吹风机插头要离浴池越远越好，跑步只能在大学体育场的跑道上，黄昏后坚决不能穿越罗杰·威廉姆斯公园。

她用探询的眼光看着我，我便赶紧集中注意力，说下去：“直接回学校——”

“我本想和你谈——”

我点点头，但捏了一下她的手臂，示意她我还没说完。“完成这学期的学业。拿到所有学分。让卡森完成他的巡演。先设定远景，然后再在一起……明白我说的吗？”

“是的……”她明白，但听上去并不信服。

“等你们再见面，记住，要尽量保持中立而客观的立场。我不想让你觉得尴尬，但这儿只有我和你，所以我还是要说。床，可不是客观的立足点。”

她低头去看划水的双足。我伸手把她的脸拨向我。

“在事情没解决之前，床就是战场。如果是我，在明确自己该站在哪一边之前，甚至都不会约他吃饭。你们可以在……打个比方……波士顿大学见面。坐在公园长椅上，两人把话说清楚。你自己要想清楚，并确认他也想清楚了。然后，再吃饭。看一场红袜队比赛。或是上床，如果你觉得该做的话。这么说只是因为，我不愿意去想你的性生活并不代表我认为你不该做爱。”

她哈哈大笑，让我如释重负。听到她的笑声，一个睡眼惺忪的侍应生进来问我们，是否需要咖啡。我们说要。等他去端咖啡，伊瑟才说：“好吧，爹地。指令收到。反正，我本来就打算告诉你，今天下午我就回学校。这个周末我有一次人类学预考，好几个同学组成了一个学习小组。我们自称为‘幸存者俱乐部’。”她紧张地看看我，“这样总行了吧？我知道你安排了好几日的活动，但现在，还有你朋友这事儿——”

“别担心，宝贝，我很好。”我吻了吻她的鼻尖，心想，如果我再凑近一点，她反而看不到我有多高兴——因为她出席画展而高兴，在清晨六点能单独聊天也让我高兴，而最让我欣慰的是：在今天太阳西沉前，她就会离杜马岛十万八千里。我估计她还来得及签出机票。“那，卡森呢？”

她大概静坐了足有一分钟，呆呆地摆动水里的双腿，然后站起身，托住我的胳膊，帮我站起来。“我想你说得对。我会跟他说，如果他真的严肃对待我们的关系，就必须等到七月四日。”

决心已定，她的双眼也变得明亮如昔。

“那样一来，我就可以先把这学期撑到底，外加一个月的暑假可以清醒头脑。也可以让他演完考厄宫的最后一场演出，外加足够的时间让他理清和金发美女的关系是否真如他说的那样终结了。亲爱的老爸，这样安排您可满意？”

“心满意足。”

“咖啡来了，”她说，“现在的问题是，还有多久才能吃早餐呀？”

2

早餐桌上没见到怀尔曼，但他为我们预订了早上八点到十点的湾岛观景餐室。我招待了二三十位亲朋好友。大多数人是从明尼苏达飞来的。那将是人们会在其后数十年间津津乐道的大事件之一，因为那么多熟面孔竟在异国风情的环境中聚首，也因为气氛微妙至极。

故乡来的哥们都很识相，一方面，新闻晨报证实了他们在画展上的感想，萨拉索塔《先驱论坛报》和凡尼斯的《贡多拉船夫报》上的评论都不吝赞誉，但也很短小。但玛莉·爱尔在坦帕《讲坛报》上的署名文章却几乎占据了整版，字里行间热情洋溢。她准是预先就完成了大部分。她将我描述为“美国最重要的天才画家、后起之秀”。要是我妈看到，准会说——她就算说好话也会惹人嫌——收收好，再加一角钱你就可以舒舒服服擦屁股了。当然，那是她四十年前的口头禅，那时一角钱比今天的一块钱都经用。

另一方面，他们也都知道伊丽莎白的事了。报上还没登出她的讣告，只有坦帕本地的报上有一则加了黑框的短文，和玛莉的艺术评论在同一个版面上，标题是：**知名艺术赞助人于弗里曼特画展中病倒**。内文很短，只有两段，指明了伊丽莎白·伊斯特雷克是长久以来活跃在萨拉索塔艺术界的重要人物，亦是杜马岛的常年住客，在抵达斯高图画展后不久突发癫痫，当即被送往萨拉索塔纪念医院。至于目前的状态，文章里没有提到。

明尼苏达州来的亲朋好友们都知道，在刚刚过去的那一晚中，我扬名天下，却有一位好友辞世。他们会偶尔说说笑话，爆发出笑声，又朝我瞥一眼，留意我是否介意。到了九点半，吃下去的炒鸡蛋好像沉在胃里的铁砣，我的头也痛起来了——差不多是一个月以来的头一回。

我向诸位致歉，起身上楼。我在房里留了一只小包，但昨夜没有睡在这个房间。洗漱套装包里有几片剃须刀，还有一片专治偏头痛的佐米格。如果头痛欲裂，吞下它也无济于事，但如果刚有苗头就及时服用，通常还管点儿用。我从吧台冰柜里取出一罐可乐，就着药吞下去，刚想离屋，却看到房间电话机上的灯在闪。差点儿就不管它了，可我突然想到，那或许是怀尔曼打来的呢。

结果留言竟有六七条。前面四条都是道贺，恍如落在锡皮屋顶上的小球，声声砸在我疼痛的脑海里。第四通电话是杰米打来的，我都等不及听完就摁下了 6 键，直接跳转到下一通。现在没心情听那些。

第五个留言，果然来自杰罗姆·怀尔曼。听上去，他又累又晕。“埃德加，我知道你早就定好了后几天的安排，要陪家人和朋友，我真他妈的不想问你这句话，但我们能不能今天下午在你屋里碰头？我们需要好好谈谈，我是说真的。杰克陪我在杀手宫这儿待了一夜——他不想让我单独守夜，这孩子简直太好了。我俩起得很早，去找她一直念叨的红色野餐篮，然后……好吧，我们找到了。就算迟，也好过永远不找，对吗？她想让你留着它，所以杰克把它送去浓粉屋。房门没有锁，而且，仔细听着，埃德加……有人进去过。”

接着，录音里只有沉默，但我听到他的呼吸声。

“杰克吓得不轻，你也得准备好接受打击，朋友。不过，你大概已经猜到什么了……”

哔一声响起，第六个留言自动播放。仍是怀尔曼，现在他气得要命，听上去反而更像他本人了。

“该死的录音怎么那么短！潘多拉的臭屁货！唉！埃德加，杰克和我马上要去威克斯勒修道院。那儿……”他停顿了一下，才能把话说完，“她想让那儿操办葬礼。我一点前会回岛。你进屋前，务必务必要等我俩到场。我决不想添乱，但你看到那个篮子，还有留在你二楼工作室里的东西时，我希望在你身边。我不喜欢装神弄鬼，但怀尔曼不愿意在这该死的谁都能听到的录音电话里说清原由。对了，还有一件事。她的某个律师打过电话来。在录音上留言说——当时我和杰克都在天杀的阁楼上呢，他说我是她的唯一继承人。”停顿一下，“又中头彩了，”又是停顿，“所有的东西都归我了。”再是停顿，“操死我吧。”

留言就是这些。

3

我摁下0键，转到酒店接线员。她让我稍等片刻，便报出了威克斯勒修道院丧葬厅的电话号码。拨通后，由机器人接听，报上一串着实令人震惊的、关乎死亡的服务项目（棺材展示厅，请按5）。我得等它说完，这年头，大活人开口总得排在机器后面，谨以蠢蛋大奖献给受不了二十一世纪的大蠢蛋们。等的时候，我在琢磨怀尔曼的留言。房子没锁？真的吗？车祸后，我的记忆力是不太可靠，但习惯是不会轻易改的。浓粉屋不属于我，父母从小就教育我，要格外留心地对待别人的东西。我非常肯定，我把房门锁好才走的。所以，如果有人进去过，为什么门不是被强力撞开的呢？

刹那间，我想到一身湿裙的两个小女孩——面容腐毁，嗓音恰似在屋下摩擦的海贝——便又战栗着拂去这一印象。她们只能是想象，难道不是显而易见吗？紧张过度的大脑制造出的幻景。而且，就算不是幻象……幽灵也无需打开门锁，不是吗？她们只需轻飘飘穿门而过，或是从地板上飘然浮出。

“……如果需要人工服务请按 0。”

上帝啊，我差点错失良机。我赶忙揌下 0，听到几段歌声，隐约唱的是“敬请等候”，然后，有人说话了，柔和的腔调倒很专业，好像那就能帮到我似的。我很想怒骂：是我的手臂在打电话！它就没有过体面的葬礼！再咣当一下挂断电话。冲动虽强烈，但我终于没吼，而是托起话筒，在右眼眉上揉了揉，然后问，杰罗姆·怀尔曼是不是在那儿。

“请问他代表哪位亡故者？”

噩梦般的景象在我眼前浮现：一屋子都是沉默的死者，而怀尔曼在说：法官大人，我反对。

“伊丽莎白·伊斯特雷克。”我说。

“啊，当然。”电话那头的人好像热心起来，暂时变得像真人了。“他和一位年轻友人刚走出去——他们得去准备伊斯特雷克女士的讣告，我相信是这样。我可以为您留个口信。您能等一会儿吗？”

我等了。“敬请等候”的歌声又开始了。等了好半天，承办掘墓的人才回来。“怀尔曼先生问你是否愿意和他，以及……厄……坎托里先生，如果可以的话，今天下午两点在您杜马岛的寓所里碰面？他还嘱咐您：‘如果你先到，就留在门外等。’您听清楚了吗？”

“是的。你不知道他什么时候回来吗？”

“不，他没说。”

我谢过他，挂了电话。就算怀尔曼有手机，我也从没见他带过，而且我也不会记得号码，但杰克有手机。我在钱包里翻了半天才找出记有号码的纸条。电话拨通了，铃响一声就转接到了语音信箱，这便是告诉我，要么对方关机了，要么电话坏了，杰克可能忘了充电，也可能忘交账单了。都可能。

杰克吓得不轻，你也得准备好接受打击。

你看到那个篮子时，我希望在你身边。

但我已经能猜到篮子里会有什么了，同样，我怀疑怀尔曼也不会吃惊。

不会太吃惊的。

4

明尼苏达的亲友团一言不发地坐在湾岛观景餐室的长桌旁，帕姆还没站起来，我就已猜到他们趁我不在时谈论了些什么。他们开了个会。

“我们就要回去了，”帕姆说，“具体说，是大部分人马上就走。斯劳卜尼克夫妇已经安排好了，趁这次南下去迪士尼乐园玩儿；贾米森夫妇要去迈阿密——”

“我们也跟他们一起去，爹地，”梅琳达插嘴说道，正挽着里克的胳膊。“我们可以从迈阿密直飞奥利[①]，比你订的回程票还便宜点呢。”

“我还付得起机票钱。”我说，但也笑了。我感到甜酸苦辣混合成奇特的感受：释怀、失望和害怕。与此同时，又分明感到那只攫紧脑筋的手松开了，并渐渐远去。就在那一瞬间，剧烈头痛的先兆消失了。可能是佐米格的药效开始了，但那玩意儿通常不会立竿见影，就算有咖啡因怂恿它快速起效也不会如此神速。

“今天早上有没有怀尔曼给你的消息？”卡曼低沉地问。

“有，”我说，“他在我的电话里留言了。”

“他怎样？”

好吧，说来话长，可不是吗？“他在着手……安排葬礼……有杰克帮忙……但他也挺难熬的。”

“去帮他吧。”汤姆·赖利说，“这该是你今天的活儿。”

“是，说得正是。”布仔也帮腔，“你自己也要节哀顺变，埃德加。眼下，你就别管我们了。”

“我给机场打过电话了，”帕姆说，好像我会反对，其实我不会。“湾流公司的飞机随时待命。酒店前台也会帮我们安排妥行程。让他们先去忙好了，我们不还有这个上午吗？问题是，我们干点什么呢？”

最终，按照我的原计划，我们去参观了睿林艺术馆。[②]

我还戴上了那顶贝雷帽。

---

① 法国北部城市名。

② 位于美国南部萨拉索塔市内的著名艺术博物馆，由睿林夫妇建于一九二七年。

5

午后较早时，我站在海豚航站楼的登机口和亲朋好友们道别了，握手，拥抱，亲吻，总嫌不够。梅琳达、里克和贾米森夫妇已经飞离本港了。

康复女王卡迪·格林以平素的凶悍风格亲吻了我，“好好照顾自己，埃德加。我爱你的画，但我更为你现在走路的姿势感到骄傲。你创造了惊人的康复纪录。我要把你当榜样，让那些哭哭啼啼的新病友们好好学学。”

“是你太强了，卡迪。”

“还不够强，”说着，她抹了抹眼泪，“事实上，我是个纸老虎。”

卡曼也倾身靠向我，“需要帮助的话，别耽误，只管联络我。”

“遵命，”我说，“你可是卡曼博士啊。”

卡曼笑了。真像是目睹上帝本人在朝你笑。“埃德加，我觉得你还不算完全康复。我只能希望一切都会走上正轨。你比任何人都该安全上岸，让不快乐的往事统统流逝，迎来闪亮的未来。”

我拥抱了他。单臂的怀抱不够圆满，但他的双臂足以弥补。

走在候机坪时，我在帕姆身边。等别人都登机了，我俩在梯脚下又站了片刻。她双手拉着我的手，仰头看着我。

“埃德加，我只能吻你的脸颊。伊瑟在看着呢，我不想给她任何误导。”

她吻了我，又说：“我很担心你。我不喜欢看到你眼圈边煞白。”

“伊丽莎白——”

她轻轻摇摇头，“是昨晚，但在她来画廊之前你就有那种神色了，即便在你最快乐的时刻也有。茫茫然的煞白一片。我不知道该怎么形容才更恰当。以前我只见过一次，是在一九九二年，差点错失大额尾付而丢了生意，你有过一瞬间这种表情。”

喷气机的引擎嗡嗡响起来，一股热浪把她的头发在脸旁吹乱，精心打造的沙龙卷发被吹得更显年轻、也更自然。“埃迪，我能问你点事吗？”

“当然。”

“你可以在任何地方画吗？还是说，必须在这里？”

“我想，哪儿都可以吧。但在别的地方，会有不同。”

她凝视着我，几乎像在祈愿。“还是那句话，换个环境或许是好事。你不能再有那种煞白的脸色了。我不是一定要劝你回明尼苏达，只是……或许可以，试试别的地方。你愿意考虑吗？”

“好的。”但在看到红色野餐篮之前，我是不会考虑的。还必须等到我去过岛南端之后，哪怕一次也行。我想，我应该能办到。因为上次病倒的那个是伊瑟，不是我。我的那份，只是车祸时的红色记忆闪回，以及幻觉中的痒痛。

“要好好的啊，埃德加。我不太清楚你现在变成了什么样，但仍有足够多的过去的你叫人深爱不已。”穿着白凉鞋的她双脚踮起——毫无疑问，那一定是为这次旅行专门买的新凉鞋，又在我胡碴未清的脸颊上留下轻柔一吻。

“谢谢你，”我说，“谢谢昨晚。”

“不需要说谢，”她说，“那很美好。”

她捏了捏我的手。然后走上阶梯，消失了。

6

我又站在了三角洲候机楼外面。这一次，没有杰克在身边。

“只有你和我，甜心小姐，”我说，“看起来，派对结束了，酒吧打烊了。”

接着，我看到她在哭，便伸臂揽住她。

“爹地，我真希望能留在这里，和你在一起。”

“回去吧，乖宝贝。好好考试，得个最高分。我们很快就能再见的。”

她把我拉近，忧虑地看着，“你会好好的吧？”

“是啊。你也要保重。”

“我会的，会的。”

我又抱紧她。“去吧，去办登机手续。买几本杂志。看看 CNN。一路顺风。”

“好的，爹地。这一切太神奇了。”

“你才神奇呢。”

她用足全力吻在我的唇上——大概，是为了弥补她母亲没有完成的吻吧——然后转身走进滑动门里。她回过身，又朝我挥挥手，隔着厚玻璃，她又好像比小姑娘大不了多少了。我用真心祈望，能把她看得再真切一些，因为，我将再也见不到她了。

7

我在睿林艺术馆又给怀尔曼留了两条信息——一通打到丧葬厅，一通打到杀手宫的录音留言里，我说，大概三点才能回到岛上，请他延迟一点再和我碰面。我还让他告诉杰克，如果他已经大到可以投票选总统、又和佛罗里达大学的女学生开派对，那就该管好他那只该死的手机。

我回到岛上时都快三点半了，但浓粉屋右侧的碎石停车坪上既不见杰克的车，也没有伊丽莎白的银色古董老奔驰，他俩却坐在门阶上，喝着冰茶。杰克还穿着那套灰西装，头发又回到平素乱蓬蓬的模样，西装里面还穿着一件“魔鬼射线”的T恤。怀尔曼是黑牛仔裤配白衬衫，领口敞着；棒球帽反扣在头上，写着嘲讽内布拉斯加人的俏皮话：剥玉米皮乡巴佬。

我停好车，钻出车门，伸展了一下腿脚，让伤臀尽量听话。他们都站起身朝我迎来，谁也没笑容。

“都走了，*朋友*？”怀尔曼问。

“除了我家简阿姨和本舅舅，别人都撤了。”我说，“他们是揩油高手，不榨干你最后一滴油，才不肯罢手呢。”

杰克干巴巴地勉强一笑，“谁家都有这种亲戚。”

“你怎么样？”我问怀尔曼。

“伊丽莎白的事，我还好。用哈德洛克的话说，那样反而挺好，我猜他说得对。她留给我将近一亿六千万，包括现金、保险和地产……”他摇摇头，“但事情不是这样的。有朝一日，或许我能奢侈地把玩一下巨额财产，但眼下……”

“眼下，有什么事正在发生。”

“是，*阁下*。而且非常诡异。”

“你跟杰克说了多少？”

怀尔曼好像有点不自在，“好吧，跟你这么说吧，*朋友*，一旦我开始讲，就怎么也找不到合适的位置收住话头。”

“他全都告诉我了。”杰克说，“他是这么声称的。包括他认为你如何让他重见光明，包括布朗糖果的事儿。”他停了停，“还有你见到的两个小女孩。”

“布朗糖果的事儿，你觉得如何？”我问。

“要我说嘛，真值得颁给你一枚勋章。萨拉索塔的市民说不定还会在纪念日游行里把你抛得高高的。”杰克把手插进裤兜里，“但如果去年秋天你跟我说，这种事不止是在奈特·沙马兰①的电影里出现，我肯定会大笑一通。”

“上周呢？”我又问。

杰克想了想。浓粉屋的另一边，海浪稳健地一波推一波。起居室和卧室下面，海贝肯定在交头接耳。“不会笑，”他说，“上周大概就不会笑了。埃德加，从一开始，我就觉得你不简单。你到了这儿，然后……”他把两手十指交叉，叠握在一起。我认为那很贴切。事情就是那样。就像两只手扣紧在一起。就算我只有一只手，我也知道那种感觉。

不是在这儿。

“你到底想说什么，兄弟？”怀尔曼问。

杰克一耸肩，“埃德加和杜马。杜马和埃德加。就好像他们一直在等待对方。”他面露尴尬，但也或许不是尴尬。

我跷起拇指，指了指浓粉屋，“我们进去吧。”

“你先告诉他我们找到篮子的事儿。”怀尔曼对杰克说。

杰克耸耸肩，“没什么；用了不到二十分钟。它就放在阁楼最里头的一个老柜子上。从通风口射进去的日光刚好照着它。就像它很想被你看到似的。”他瞥了一眼怀尔曼，他也点头同意，“不管怎么说，我们把它拿下来吧，到了厨房再打开看。它重得要人命。”

杰克谈起篮子的重量时，我不仅回忆起全家照中的梅尔达——管家兼保姆——曾用双手使劲抱着它，臂肌都鼓起来了。显然，那时候就很沉。

“怀尔曼让我把篮子送到这儿来，留给你，因为我有钥匙……只不

---

① 奈特·沙马兰（Night Shyamalan，1970— ），好莱坞导演、剧作家，作品包括《水中女妖》《神秘村》《天兆》《第六感》等。

过，有没有钥匙都无所谓。这地方没锁。”

“大门真的敞开着吗？”

“不是。我先是转动了钥匙，却发现把门锁上了。真的让我大吃一惊。”

“继续说，”怀尔曼说着，开始朝前走。“脱口秀好戏上演。”

进门处的硬木地板上，散着些许佛罗里达海湾沙滩的痕迹：沙子、小贝壳、几瓣槐米果皮、几株干枯的锯齿蓑衣草。还有足迹。那显然不是杰克的球鞋印，而是足以让我起一身鸡皮疙瘩的脚印。我认出了三组，一双大脚印，两双小脚印。小的那些是孩子才有的。三对脚印都是赤足留下的。

“你看出它们是怎样走上楼的吗？越走足迹越淡？”杰克说。

“看到了。”我说。可声音缥缈微弱，连自己听来都觉得遥远。

“我跟在它们旁边走，因为我不想踩乱痕迹。”杰克说，“要是我早知道——就是我们等你时怀尔曼对我说的那些事，我觉得自己恐怕连站都站不稳，别说走上去了。”

“我不会怪你的。”我说。

“可上面没有人，”杰克说，“只有……好吧，你会看到的。瞧。”他指引我去看楼梯边缘。共有九级梯阶在我们平视的范围内，反射的日光照在木板上，我看得到，尽管已非常淡弱，但确有一串小小的赤足印是与前一串反方向的。

杰克说：“在我看来，这很明显。孩子们上二楼，去了你的工作室，又走下来。大人在前门口等候，大概……是望风吧，虽然那是半夜三更，根本没什么风好望。你有没有设置过夜盗警铃？”

“没有，”我说，不太敢正视他的眼睛。“我记不住密码。我记在一张小纸片上，塞在钱包里，但每次进门都像是一场争分夺秒的比赛，我的对手就是墙上那该死的、会哔哔乱叫的警报器——”

“没事儿，”怀尔曼抓住我的肩膀，“这些夜盗没有偷东西，反倒留了点什么。”

“你真的相信伊斯特雷克小姐溺亡的姐姐们又来拜访你了，是不是？”杰克问。

“事实上，”我说，“我觉得是她们。”就在这个四月午后，成吨成吨的午后日光倾倒入屋，并反照在无边的海湾上，这种话听来愚蠢十足，但却不是痴人说梦。

“假如这是在《史酷比》漫画书里，最后肯定会揭晓：神秘访客是疯狂图书管理员。”杰克说，“你知道，千方百计把你吓得离岛而去，这样他就可以独吞财宝了。”

“那只是假如啊。”我说。

“假设这些小足迹真是伊斯特雷克家的苔丝和劳拉留下的，”怀尔曼说，“那大脚印又是谁的呢？”

我们谁也答不上来。

“我们上楼去吧，”最后，我只得打破僵局，“我想看看篮子里有什么。”

我们便向小粉红走去（没有踩在有足迹的地方——不是为了保护证据，只是，谁也不想踩在那上面）。那只野餐篮，活像是我用红笔画下的那只，那支笔还是在基恩·哈德洛克诊疗室里顺来的呢。它被搁在地毯上，但我的眼睛却先被画架吸引住了。

“你可以想象，我看到那个时，吓得连连后退，撒丫子就跑了。”杰克说。

我想象得出来，但我没有退却或逃逸的冲动。恰好相反。我被吸引，并连步上前，简直像被磁铁吸住的蠢螺丝。画架上支起了一块新画布，就在深夜时分——或许就在伊丽莎白生死一线之际，或许就在我最后一次和帕姆做爱时，也或许是我倚在她身边沉沉入睡的一刻——有一只手指伸向我的画布。谁的手指？我不知道。什么颜色？显而易见：红色。拖拉着横贯画布的字迹，全都是红色。带着责难的语气。几乎如同尖声喊叫：

我们的妹妹在哪里？

8

“拾得艺术。”我说话的声音都不像是自己的了，又粗粝又僵硬。

“那是什么玩意儿？”怀尔曼问。

“当然是……”字迹仿佛兀自在我眼前颤抖，我不由揉了揉双眼。“涂鸦艺术。斯高图的人会爱死这玩意儿的。”

“大概吧，可这充其量就是让人毛骨悚然的垃圾。”杰克说，“我恨它。”

我也恨。而且这是我的画室，天杀的，*我的*。我有租约。我把画布一把拿下画架，闪念间，还以为它会灼伤我的手指。当然不会，也没有烫伤我。毕竟，那只是一幅画布，还是我亲手绷的呢。我把它靠墙放，正面朝墙。“好点儿吗？”

“不瞒你说，真的好多了。”杰克说，怀尔曼也点点头。“埃德加……就算那些小女孩到了这儿……可是，幽灵能在画布上写字吗？”

“如果它们能移动占卜板上的笔尖，能在窗户雾气上写字，我估计也可以在画布上写吧。”我说，然后又勉强地加上一句，“但我不明白，幽灵为什么要打开我的前门，又为什么要把一幅画布搬上画架。”

“这儿本来没有画布？”怀尔曼问。

“我非常肯定，画架上什么也没有。空白的新画布都堆在角落里呢。”

“妹妹是谁？”杰克想知道这一点，“画上说的妹妹到底是谁？”

“肯定是伊丽莎白，”我说，“姐妹中，只有她唯一在世。”

“胡说八道。”怀尔曼说，“如果苔丝和劳拉身在万人景仰的彼岸，她们就不难找到伊丽莎白，一点儿困难也不会有；她就在这儿，在杜马岛住了四十五年，而且，杜马岛也是*她们*唯一熟悉的地方。”

“别的姐妹呢？”我问。

“玛丽娅和汉娜都死了。”怀尔曼说，“汉娜活到七十多，死在纽约州，我想是奥西宁吧；玛丽娅活到八十出头，死在西部什么城市了。两人都结过婚，玛丽娅还结了几次。这些不是伊斯特雷克小姐告诉我的，是听克里斯·夏宁顿说的。她经常谈起父亲，但很少提及那几个姐姐。她和约翰一九五一年搬回岛上住后，就切断了和其他家人的联系。”

我们的妹妹在哪里？

“那阿德里安娜呢？她怎么样了？”

他一耸肩，“*天知道*！历史把她吞没得一干二净。夏宁顿认为，寻找尸体的任务告终后，她和新婚丈夫大概就回亚特兰大了；他们没有出现在告别仪式上。”

“她大概把事故归咎于她爸爸吧。”杰克说。

怀尔曼点点头，“也可能，她只是不想在这儿逗留。”

我记得阿德里安娜在全家照中那幅表情：*我想去别处*，便心想，怀尔曼大概也注意到了。

“无论如何，”怀尔曼接着说，“她肯定也死了。如果她还活着，差不多都有一百岁了。在世的概率很低。”

我们的妹妹在哪里?

怀尔曼抓住我的胳膊，把我拽到他面前。他面色沧桑而憔悴。“朋友，如果有超自然的东西杀死了伊斯特雷克小姐，只为了封住她的嘴，或许我们应该吸取教训，离开杜马岛。”

“恐怕为时已晚。”我说。

“为什么?”

“因为她又醒了。伊丽莎白去世前这么说过。”

“谁醒了?”

“珀尔塞。”我说。

“谁?”

“我不知道。”我说，“但我认为，我们理应把她浸回水下，让她继续沉睡。”

9

当年崭新的野餐篮该是猩红色的，但经过了漫长岁月，仅仅褪了薄薄一层颜色，或许因为它大半辈子都被藏在阁楼里吧。我拎了拎把手。该死的玩意儿果真很重，唔……我猜足有二十磅。即便底端的柳条编得相当紧致，也被这重量压得往下沉坠。我把它放回地毯上，把细木拎手朝两边拉开，盖子翻转向后时铰链吱嘎轻响。

里面有彩色铅笔，绝大多数都已削尽，只剩短短的铅笔头。还有很多画，显然是神童在八十年前画下的杰作。那个小女孩，两岁时从马车上跌落，脑袋撞在石块上，苏醒后时有痉挛，并突然拥有了魔法般的绘画奇才。我知道这一切，哪怕映入眼帘的第一张并不像画作——严格地说，只是线条：

我把这张翻上去。下面露出的一张上画着：

此后，画图纸上的笔迹突然变成了画，画技跃进，骤显的老到几乎让人无法相信。除非，你刚好是像埃德加·弗里曼特这样的家伙——他本来只会简笔涂鸦，直到工地事故令他丧失右臂，令他头颅破裂，也几乎令他的生命终结。

她画了田野。棕榈树。海滩。一张巨大的黑脸蛋，圆圆的像只篮球，红嘴唇弯弯地在笑——大概是管家梅尔达吧，尽管画上这位梅尔达在超近距离的特写中好像只是个大孩子。然后，画中的动物越来越多——几只浣熊，一只乌龟，一头小鹿，一只美洲山猫——尺寸都很符合比例，但它们或是行走在水面上，或是在天上飞。我还找到一只苍鹭，栖息在她自小而居的豪宅的阳台栏杆上，鸟身细节画得相当精致。就在苍鹭之下，还有一只鸟是用水彩颜料画的，模样和苍鹭一模一样，但这一只正头冲下地盘旋在游泳池上。锐利的双眼瞪向画面外，瞳仁和池水的颜色完全一致。*她所做的不正是我最近的所为吗*，我暗自默想，毛骨悚然的感觉又开始蔓延周身。*尝试将普通物事进行再创造，如置于梦中，令万事万物呈现崭新面貌。*

如果达里奥、杰米和爱丽丝看到这些，会不会激动得情难自禁？我觉得肯定会。

还有两个小女孩——苔丝和劳拉，那还用说——带着南瓜灯一般的咧嘴大笑，那笑容真的从左耳根一直咧到右耳根。

又有一张，画上的父亲比身边的房子还要大——那一定是第一代苍鹭栖屋，他抽着一根粗如火箭炮的大雪茄。一朵烟圈环绕在他头顶的月亮上。

下一张，画上的两个小女孩穿着深绿色套衫走在一条土路上，书包稳稳地顶在头上，像非洲土著女孩头顶水壶那样。毫无疑问，这是玛丽娅和汉娜。在她们身后，有一排青蛙。仿佛是对透视感的挑衅，那些青蛙自近而远越来越大，而非越来越小。

下一张，便是伊丽莎白喜欢的《微笑的马驹》。其实还有十来张同主题的画。我一张一张看过，又翻回这一幅，指着那匹马说："这就是报纸上那张照片里的画。"

怀尔曼说："再往后看看吧，你还什么都没见识到呢。"

更多的马匹……更多的家人，用铅笔、炭笔或色彩欢快的水彩颜料予以各式表现，家人们的手几乎都画成连指手套的弧形，没有细画手指……然后，出现了风暴，泳池里的水掀起层层浪，棕榈树的大叶子被狂风扯破，像破旗帜一般在空中飞摇。

总共有一百来张画。她虽然还只是孩子，却已如决堤之口了。画风暴的，还有两三张……大概就是导致伊斯特雷克下海寻宝的那场"爱丽丝"，也或许只是一场电闪雷鸣的大风暴，很难确认……然后是海湾……又是海湾，但这一幅中的海湾上空，有海豚般大小的飞鱼在翱翔……又是海湾，一群鹈鹕的嘴里显映出一道道彩虹……海湾夕照……还有……

我翻阅画纸的手僵住了，呼吸也仿佛骤停。

相比于之前浏览的那些画，这一张特别简单，只有一艘船的剪影，映照在将逝的夕照里，捕捉到了日夜交替时分的光影特质，但极端简洁的构图才是其魅力所在。显然，入住浓粉屋的第一夜就画出同样场景的我当时也这样想过。这幅画里，有同样的桅绳自船首到塔尖，拉出悬荡的线条，只不过，在伊丽莎白那时候，会把船身上的高塔称为无线电报发射塔，但无论那是什么塔，绳索依然勾勒出鲜明的橙色三角形。这幅画里，也有同样颜色的光影自海平面上扬，从橘色渐变为蓝色。甚至，笼罩船身的晕色也几乎如出一辙，色彩的叠映好像是潦草的信笔涂抹，但也并非大意失手，令这艘船仿佛出自幻影，并将向北跋涉，只不过，她的叠色比我更浅淡一点。

"我画过这个。"我无力地说道。

"我知道，"怀尔曼说，"我见过。你命名为《Hello》。"

我继续往下翻，手指挖得更深了，在一大堆水彩画和彩色铅笔画中匆忙翻阅，也不知自己究竟在寻找什么。啊，对了，翻到画纸底部，我发现了伊丽莎白笔下的第一张珀西的画。但是，她把它画成漂亮的新船，三桅修长，白帆卷下，悠然飘浮在碧蓝的海湾里，天空中还有一轮伊丽莎白·伊斯特雷克专有的太阳：圆周旁射出长长的直线，一派喜气洋洋。画得非常优秀，若有一张卡里普索音乐 CD 就能成完美组合。

但和她别的画不一样，这一幅的感觉有点虚假。

“继续看啊，朋友。”

船……船……家人，四个人手拉手站在沙滩上，没有画手指，但都带着伊丽莎白笔下最常见的至乐笑容……船……豪宅，还有个头冲下的黑人马夫雕像[1]……船，优雅的白色通索孔……约翰·伊斯特雷克……

约翰·伊斯特雷克在尖叫……鲜血从鼻孔和一只眼里滚滚流出……

我瞪着这幅画，犹如被催眠了一般。那是孩子笔下的水彩画，但天杀的画艺精湛得令人无法置信，逼真地刻画了被恐惧、悲伤或二者混合的情感逼疯的人。

“我的上帝啊。”我说。

“还有一张呢，朋友，”怀尔曼说，“再翻一张。”

我把尖叫的男人翻到背面。干涸已久的水彩颜料像骨头一样发出轻轻的嘎嘎碎裂声。尖叫的男人下面，又是那艘船，但这一幅上已然是我的船了，我的珀尔塞。伊丽莎白是在夜里徒手画的，连画笔都没拿——我甚至能看到她指尖的灰黑色，古老的颜料打着漩儿永远凝固在那儿。这一次，她仿佛终于看穿了珀尔塞的伪饰。甲板已成碎木片，船帆残垂，千疮百孔。围绕船体的海面在月光下深蓝一片，月亮没有绽放出喜气的笑容，也没有光芒四射，就那样照射出从水下升起的骷髅臂手，无不滴着水在致敬。站在船头的是一个黯淡、松垂的身影，模模糊糊的，仿佛是女性，披着一身腐烂的衣物，似乎原本是斗篷或长袍，现在却是卷绕的裹尸布。那是红色的长袍，我的红袍女人，但这幅画上的她是正面的。头部只有三个黑漆漆的空洞投出恐怖莫名的凝视，而肆意的大笑从左耳根到右耳根，暴露的唇齿胡乱纠结在一起。那远比我的《女孩和船》系列更阴森骇人，因为它如迅雷般直抵你心底的恐惧，根本没有时间容你抵制。它是在说：这就是最威严的恐怖，这就是你最怕在深夜里找到的、静候你的恐怖。看它的脸在月光下扯裂出何样的诡

---

① 美国常见的一种庭园装饰，以前是穿着白色马术装的黑人雕像，现在也有白人雕像，大约半人高，通常是一手伸出，摆出牵马或打灯的姿势。有水泥制的，也有金属制的。

笑。看溺亡的魂灵对它何等俯首称臣。

“基督啊，”我抬头去看怀尔曼，“什么时候画的，你认为？在她姐姐们淹死之后——？”

“肯定是。这是她对待那件事的特殊方式，你不觉得吗？”

“我不知道。”我答。心里有一个我在努力回想自己的一双女儿，还有另一个我拼命克制自己不要去想。“我不知道一个孩子——任何孩子——可以画出这样的画。”

“民族记忆，”怀尔曼说，“荣格派的学士们会这么说吧。”

“可到底是为什么呢？为什么到最后，竟然会是我画出同一艘天杀的破船？还有，这同一个该死的*鬼东西*？只不过我画的是背面？荣格派对此有何高见吗？”

“伊丽莎白的画上没说那船叫*珀尔塞*。”杰克指出了这一细节。

“她顶多才四岁，”我说，“我怀疑这个名字大概没给她留下深刻印象。”我回想她之前的画——那些光鲜漂亮的新船俨然是弥天大谎，但她至少信过一段时日。“尤其当她看清它的真面目之后。”

“听你这话，好像真有此船。”怀尔曼说。

我口干舌燥。我去到洗手间，给自己倒了一杯水又大口吞下。“我不知道我信多少，”我说，“但我有辨清是非的经验，怀尔曼。一个人看到什么，那可能是幻象；两个人都能看到，那东西真实存在的可能性就加倍了。而伊丽莎白和我都看到过*珀尔塞*。”

“是在你的想象里吧，”怀尔曼说，“在你的*想象*里，你看到了它。”

我指了指怀尔曼的脸，“你见识过我的想象力有何壮举。”

他没话了，只是点点头，面色极其苍白。

“你说过‘她看清了它的真面目’，”杰克又说，“如果那张画里的船是真实存在的，那它到底是什么呢？”

“我想你是知道的，”怀尔曼说，“我相信我们都知道；想装傻他妈太难了。我们只是太害怕了，才不敢大声说出口。说吧，杰克，上帝最恨懦夫。”

“好吧，这是死神之船。”杰克说。在我窗明几净、日光充沛的画室里，他的话音毫无起伏。他把双手搭在头上，手指缓慢地抓进头发里，把发型抓得越发蓬乱。“但我跟你们说吧，伙计们——如果我活到头，等着我的是这玩意儿，我宁可自己没被生出来。”

10

我把厚厚一摞铅笔画、水彩画码放在地毯上，乐得让最后那两张消失在视野里。然后又看压在画下面、让野餐篮沉甸甸下坠的东西。

原来，那是箭枪军火库。我取出一支又短又硬的箭头。长约十五英寸，死沉死沉的。箭杆不是铝制的，而是纯钢质地——我都不能确定二十世纪二十年代是否已有铝制品了？箭头铸有三面刀刃，尽管光泽尽失，看起来却依然很锋利。我用指肚蹭了蹭，一滴血珠登时冒出来。

“你应该给伤口消消毒。”杰克说。

“确实应该。”我应了一声，把这柄利器翻转在午后烈日下，在墙面上反照出许多个跳动的光斑。短箭的丑陋中自有一种美感，在简捷好用的杀伤武器中，美丑的矛盾恐怕是很常见的。

“这在水里射不远，”我说，“这么重可不行。”

“你会大吃一惊的，”怀尔曼说，“这种枪靠弹簧和一个二氧化碳弹药筒发射。很有劲道。在那个时候，短程射击就足够了。海湾里到处都是鱼，就算近岸的海域里也是。如果伊斯特雷克想打几条鱼回家，近距离点射就行了。”

“我不太懂这类门道。”我说。

怀尔曼说：“我也不懂。她起码有一打箭枪，包括挂在图书室墙上的四把，但都和这些箭不一样。”

杰克进了次洗手间，拿来一瓶过氧化氢。然后，从我手中取走那只箭，把三刃箭头研究了一番。“这是什么材料？银？”

怀尔曼用手比画出一把枪，对准杰克说：“答案尚未公布，但怀尔曼认为你说到点子上了。”

“明白我的意思了吗？”杰克又问。

怀尔曼和我面面相觑，又都看向杰克。

“你们好一阵子没看电影了吧，”他说，“银子弹是专门用来猎杀狼人的。我不知道对吸血鬼是不是一样有用，但显然有人认为是可以通用的。或是有那种可能性。”

“如果你在暗示伊斯特雷克家的苔丝和劳拉是吸血鬼，”怀尔曼说，“她们从一九二七年到现在肯定饥渴难耐了。”他看看我，指望着我声援。

“我倒觉得，杰克说得有道理。”说着，我拿过那瓶消毒剂，把刚才被戳破的指尖浸在里面，再把瓶子上下摇了几次。

“真够男人啊。”杰克说着，龇牙咧嘴地扮鬼脸。

“这算啥，你要打算把这罐喝下肚才算真男人。”我的话音一落，杰克愣了片刻便和我一起放声大笑。

“嗯？”怀尔曼却问，“我怎么听不明白呀？”

“没事儿。”杰克说着，仍合不拢嘴。但很快他就恢复了严肃的表情。“埃德加，世上是没有吸血鬼的。可能有幽灵鬼魂，我跟你这么说吧——差不多每个人都相信有鬼，但像吸血鬼那种东西肯定是没有的。”他又好像突然想到了什么，眼睛一亮，“更何况，成为吸血鬼需要另一个吸血鬼帮忙才行。伊斯特雷克家的双胞胎是淹死的。”

我又把短箭拾起来，翻来覆去转着看，暗哑的箭头又在墙上反射出无数光斑。“不过，这很有启发。”

“确实。”杰克附和道。

“所以，你送野餐篮过来时，门被开了锁，”我说，“还有足迹。新画布是从一摞中抽出来再放上画架的。”

“你是说，真是发疯的图书管理员咯？朋友？”

“不是。只不过……”我的嗓子一哑，呛住了，赶紧喝了一口水，才能把话说完。“只不过，死人复活的结果未必只有吸血鬼。”

“你在说什么？”杰克问，“僵尸吗？”

我想到珀尔塞身上腐败不堪的帆布，“不妨说是死神的叛逃者。”

11

“你确定今晚要一个人留在这儿吗，埃德加？”怀尔曼问，“我可不觉得这是好主意。特别是，还有这堆老画作伴。”他叹了一声，“你已成功地让怀尔曼享受到顶级的心惊肉跳旷世忧情。”

此刻，我们坐在佛罗里达屋里，望着夕阳向海平面徐徐下滑。我为他们端上了奶酪和饼干。

“其实我也不敢保证这会有用。”我说，“就把我想成艺术世界里的枪侠吧。我是独自绘画的独行侠。”

杰克隔着一大壶刚泡的冰茶望向我，“你打算画画？”

“确切地说，是素描。那是我的拿手活。”我想起了那对园艺手套——一只印着“手”，另一只印着“拿开”，觉得素描应该就够了，更何况，我打算用小伊丽莎白·伊斯特雷克的彩色铅笔。

我扭身对怀尔曼说：“你今晚要去丧葬厅，对吗？”

怀尔曼看了看表，长叹一声，“对。从六点到八点。明天中午到下午两点还有一场公开告别仪式。五湖四海的远亲都会赶过来，冲着半路杀出来的遗产继承人龇牙咧嘴。那就是我。最终的下葬典礼安排在后天。葬礼将在鱼鹰镇的一神教大教堂举行，上午十点。之后便会在威克斯勒修道院火化。烧啊烧，烫啊烫。”

杰克作了个痛苦的鬼脸，“恶心人。”

怀尔曼点点头，“死就是恶心人的，孩子。记得我们小时候唱的儿歌吗？虫子爬进来，虫子爬出去，白脓就像剃须沫，哗哗流啊流。”

“经典。”我说。

“没错。”怀尔曼说着挑了块饼干，看了看，又没好气地扔回盘子。饼干弹跳着落在地板上。“疯了。这事儿整个就是疯狂。”

杰克捡起饼干，好像在犹豫该不该吃，然后将它弃之不理。或许在三思之后，他认定吃掉在佛罗里达地板上的饼干有损男人味。大概是吧。真男人的铁血法则有一大堆呢。

我对怀尔曼说道：“今晚你从丧葬厅回来时，顺道来看看我，好吗？”

“行。”

“如果我跟你说，我很好，你就直接回家去。”

“如果你正在和缪斯女神或是鬼怪幽灵谈天论地，我就不打扰你了。”

我点点头，因为他说得八九不离十。我又转向杰克说：“你呢，怀尔曼去丧葬厅的时候你会留在杀手宫，对吗？”

“当然，只要你们希望，我就待在那儿。”说这话时，他有点心神不宁，我也不想苛责他。那是栋大豪宅，伊丽莎白在那儿住了大半辈子，也是她的记忆最鲜活的地方。如果不能肯定杜马岛上的幽冥在别处晃荡，我也会心神不宁的。

“如果我给你电话，你就赶紧过来。”

“好的。里面的座机、我的手机都能打。”

“你肯定你的手机能正常工作吗？”

他好像有点不好意思，“之前只是没电了。我已经在车里充好了。”

怀尔曼说：“我希望我能懂你，埃德加，为什么你好像很想继续搅和这摊事呢？”

“因为事情还没了结。多年来都没有。这些年来，伊丽莎白非常安静地在此隐居，先是和她父亲，然后独居。她乐善好施，有很多朋友，她打网球，打桥牌——玛莉·爱尔告诉我的，更要紧的是，她扶持了太阳海岸的艺术界。直到年事已高，她一直过着平静而有益的人生，有很多钱，却没有恶癖，只是嗜烟如命罢了。然后，剧变发生了。中了头等大彩。这是你自己说的啊，怀尔曼。”

“你真的相信这一切背后都有推手吗？”他这么说，语气并非不信，而是敬畏。

“那是你相信的。”我说。

“有时候我信。但那不是我想要信的。有那么个推手……所及甚远……目光犀利，足以发现你……我……上帝才知道还有谁、或是什么……”

“我也不喜欢那感觉，”我说，但那并不全然是实情。事实上，我痛恨它。“我也不喜欢去想，或许有什么东西当真伸出手来，封住她的口舌，杀死了伊丽莎白——也可能是把她活活吓死的。”

“那你相信吗？研究那些画，你就能理出头绪？”

“多少会有些头绪吧，是的。至于到底有多少，我得试了才知道。”

“然后呢？”

“看情况。几乎可以肯定的是，得去岛南端走一遭。那儿有未竟之事。”

杰克放下茶杯，“什么未竟之事？”

我摇摇头，“不清楚。她的画大概会告诉我的。”

“只要你别晕头转向地发现自己回不上岸就好。”怀尔曼说，“那两个小姑娘就是这么送命的。”

“我知道。”我说。

杰克的手指指着我，“保重，真男人。”

我点点头，也指了指他，“真男人。”

十五　入侵者

1

二十分钟后，我坐在小粉红画室，膝头搁着速写本，野餐篮放在身边。正前方只见湾景，夕阳从朝西的落地窗外铺洒入屋。隔着两层楼，屋底的海贝呢喃声声。我已把画架弃之一边，再用一块毛巾毯蒙住溅满颜料的工作台。伊丽莎白遗下的彩色铅笔就放在那上头，每一支都削得尖尖的。曾经圆滚滚的铅笔没剩下多少了，也算得上是古董吧，但我觉得铅笔头就足够用了。万事俱备。

“胡扯吧你就。”我说。这种事，从来都没有万事俱备之说，我甚至还有点私心，期望什么事都别发生。不过，我觉得还是会有结果的。我相信，那就是伊丽莎白期待我找到她童年画作的原因。但红篮子里的这些画，她究竟还能记住几张？据我猜测，甚至在阿尔茨海默症搅乱她心智之前，她就把孩童时期的大部分事件都遗忘了。因为遗忘并不总是无意发生的。经常是意愿使然。

谁会愿意牢记曾让你父亲凄厉惨叫、直至流血的可怕物事？不如索性彻底放弃绘画。斩钉截铁。告诉人们你只能画出四肢如木棍的小人便最好不过，至于参与艺术圈活动，不妨就像大学球队的赞助商：如果你当不成运动员，那就赞助运动员。最好彻彻底底地将其置之脑后，直到老态龙钟时，任凭残存的意识不知不觉照料余下的琐事。

哦，昔日的才能或许也会部分残留——犹如旧伤留下的硬脑膜疤痕组织（就说是跌下马车导致的吧），或许，你不得不找些途径时不时地予以释放，就像挤压永远好不了的感染伤口，放出膨胀的脓液。因此，你对其他人的艺术创作感兴趣。于是，你就成了一位艺术赞助者。但如果那还不够呢？那么，你大概就要开始搜集瓷偶和瓷屋了。你要为自己搭建一座瓷质的小城。没有人会说，布置这种桌面舞台造型也是艺术，但显然那是富有创造力的，毋宁说是想象力的日常操练——尤其是其所制造的视觉部分，那就足以让它停歇下来。

让什么停歇？

当然喽，那种瘙痒。

天杀的痒死人的痒。

我抓了抓右臂，穿过它，第一万次抓到了自己的肋骨。我把速写本的封面翻上去，露出崭新的一页。

从空白的表面开始画。

它向我发出召唤，就像空白的纸面曾召唤她那样，对此我十分确定。

把我涂满。白色是指“记忆的缺失”，白色是无法记忆的颜色。动笔。露一手。画画。当你开始画了，奇痒就会退去。只需片刻，困顿便会平息。

请留在岛上，她曾说过，不管发生了什么。我们需要你。

我觉得那大概是实话。

我飞快地画起来。只有几笔。有点像手推车。也可能是车座，静静立在那儿，等待马匹出现。

“他们快乐地生活在这里。”我对空空荡荡的画室说，“父亲和女儿们。伊丽莎白从马车上跌落后开始画画，不应季节的飓风刮出了埋藏已久的残骸碎片，两个小女孩溺亡。然后，剩下的几人搬到迈阿密，麻烦事便不再有。可是，他们在近二十五年后回来时……”

在马车下，我写上**太平了**。停顿。在前面添上**又**。**又太平了**。

太平了，海贝远远地在地下轻声说，又太平了。

是的，他们曾经很好，约翰和伊丽莎白曾经过得很好。然后，约翰死了，伊丽莎白照样活得很太平。太太平平地参与艺术活动。太太平平地玩瓷偶。随后，不知何故，事情又有了改观。我不知道怀尔曼的妻女亡故是否也在改变中起了什么作用，但我觉得应该有。他和我相继来到杜马岛，我相信，肯定与其有关。任何逻辑都无法解释这种关联，但我就是相信。

杜马岛一度太平……然后怪事连连……然后又太平了很长一段时

间。可现在……

她醒了。

桌子在漏水。

如果现在的我要弄明白发生了什么事，必须先知道曾经发生了什么。不管是否有危险，我都必须这么做。

2

我把她的第一张画拿起来看，其实没画什么，只有一根含义暧昧的线条横贯纸面。我用左手拿着它，闭上双眼，假装用右手去抚摩它，就像曾对待帕姆的园艺手套那样。我试图幻见右手的手指沿着那根犹豫前行的曲线游走。我几乎能看到，但又觉得有点沮丧。难道我要这样把所有的画都摸一遍吗？就算保守估计，也起码有十二打吧。况且，我也没想让灵异信息泛滥，把我淹没。

别着急。罗马不是一小时建成的。

我想，让骨头频道随意地放点摇滚乐不会有什么坏处，说不定还能有所助益，站起身时，握在右手里的那张古老画纸也就飘落地板，这是当然，因为我没有右手。我弯腰把它捡起来，心想我刚才说错了，老话说的是，罗马不是一天建成的。

但梅尔达说不。

我顿然停下动作，画纸捏在左手里。起重机没有撞到的那只手。那是确凿的记忆吗？从画纸上浮逸而出的记忆，抑或是我凭空捏造的？仅仅是我急于求成的大脑捏造的？

“那不是一幅画。”我说着，凝视那条犹疑前巡的曲线。

不是，但它努力地想成为一幅画。

我回到座位上，屁股落下时发出砰的一声。那不能算是坐下，只是双膝一软。我看着那条线，又望向窗外。从湾景看回画，从画看回湾景。

她打算画出海平线。那是她的当务之急。

是的。

我重拾画本，从她的铅笔里随手抓起一支。只要是她的就行，什么颜色都无所谓。笔握于我手，感觉是那样粗大敦实。感觉恰好合衬。我画起来。

在杜马岛上，这才是我最擅长的事。

3

画笔勾勒出一个女童，坐在便盆椅上。头上绑着绷带，一手握着水杯，另一条胳膊则勾在她父亲的脖子上。他穿着跨栏背心，脸颊上还有些剃须沫。管家站在背景中，隐隐约约的。这幅画里，她没有戴手镯，因为她不是一直戴着的，但头巾裹在头上，在额前挽成结。南·梅尔达，在莉比心中最像母亲的存在。

莉比？

是的，他们都这么叫她。她也如此自称。莉比，小莉比。

“老幺小女。”我嘟哝了一句，把第一页翻过去。铅笔头虽然太短、太粗，在四分之三个世纪里都不曾有人使用，但它们是绝佳的工具，绝佳的通道。它又开始滑动了。

我又画出一个女童，在一间房里，身后的墙上出现了一些书，原来那是书房。爹地的书房。绷带依然缠在脑袋上。她坐在桌边，身上好像是件家常服。她的手里有了一支

（枪-笔）

铅笔。这些彩色铅笔中的一支吗？大概不是——那时候，她还没有彩色铅笔，但这不要紧。她已经找到了她的利器，她的焦点，她的本行。那让她多么饥饿啊！简直是狼吞虎咽！

她想，让我有更多画纸吧，求你了。

她想，我是**伊丽莎白**。

“她确实是把自己画回了这个世界。”我说着，从头顶到趾尖战栗激起，因为，难道我自己不也是如此吗？难道我没有做出一模一样的事吗？就在这儿，杜马岛上？

我还有很多活儿要干。那会是个筋疲力尽的长夜，但直觉告诉我，自己即将有重大发现，我所感到的不是惧怕——那时候还不是——而是咬牙坚持。

我弯腰拾起伊丽莎白的第三张画。再是第四张。第五张。第六张。画笔的滑动越来越快。有时候我会停一笔再接着画，但基本上根本无需

休止。画面正在我脑海中成形，现在，我无需把其理由原原本本写在白纸上，尽管我已洞若观火：伊丽莎白早已完成这项工作了，很久很久以前，就在她从夺命事故中侥幸脱险、康复疗伤的时候。

在诺问开口说话之前的那些快乐时日。

4

接受玛莉·爱尔采访时，她曾说，中年过后才发现自己画艺出众，那感觉肯定像是有人塞给我一把大马力豪华赛车的钥匙——譬如 GTO。我说是的，感觉差不多。说着说着，她又打了一个比方，说别人塞给我的钥匙还能打开一套家具齐备的屋子。说真的，该是豪宅才对。我说是的，感觉也差不多。如果她继续打比方呢？说那更像继承了一百万股微软公司的股票，或是当选中东某盛产石油（且和平）的酋长国的终身制统治者？显然，我也会点头称是，你赌好了。只管顺着她心意说。因为那些问题归根结底是她关心的。我能看到她提问时双眼闪现出渴求的神色，就像一个孩子意识到自己从未如此逼近美梦成真的瞬间：马上就能坐在周六日场马戏表演的露天看台上目睹高空飞人了！她是个评论家，当撰写的对象没有回报以热情时，许多评论家都会在失望中滋生出妒意、卑鄙和小心眼。玛莉可不是那样。玛莉依然钟爱撰写评论。她用玻璃水杯喝威士忌，也想知道小飞侠的小仙女不知从何处突然飞现、拍一下你的肩膀、你也有所感知是什么感觉——哪怕你已经年近五十，满脖子皱纹了，却突然获得了超能力，能一跃飞掠月球表面。因而，即便那感觉并不像突然得到赛车钥匙、或家具齐备的豪华房舍的钥匙，我还是会同意她的比喻。因为你也无法对别人说清楚那究竟是什么感觉。你只能绕着主题兜圈子，直到大家都疲惫不堪，可以倒头睡去。

但伊丽莎白早已明了，那是什么感觉。

那就在她的简笔素描里，然后，是水彩画。

就像你已经哑言无声时，有人给了你一条舌。甚而更多。更好。就像是，把记忆全都归还给你，而一个人的记忆就是一切，真的。记忆等同于身份。那就是你。哪怕是从第一根线条开始——那勇敢得不可思议的第一笔，展示出海湾和天际交融合一之处——她已经明白了，所看和所忆是不可互换的，并就此着手修复她自己。

珀尔塞还不在画里。一开始，并不在。

我很肯定这一点。

5

其后的四小时，我在莉比的世界里潜进潜出。那是美妙绝伦的世界，也令人惊惧。有时候，我会涂写下一些文字——*天赋总是饥饿，从你所知的东西开始画*——但大部分时候都在画画。绘画才是我们真正共享的语言。

我了解到，她的家人先是惊喜，再迅速厌烦起来。部分是因为这个女孩的画是如此多产，或许，更是因为她是他们的一员，她是他们的小莉比，而人们通常会有一种偏见：认定拿撒勒[①]没好事，难道不是吗？但他们的厌倦只会让她更饥渴地作画。她要寻找新的招数能令他们耸动，她要找到看世界的新方法。

她找到了。上帝助她。

我画下头冲下飞翔的鸟群，走在泳池水面上的动物。

我画下一匹马，大大的笑容咧在脸上。我认为，差不多就是这时候，珀尔塞进入了画面。只不过——

“只不过莉比不知道那是珀尔塞，”我说，“她以为——”

我把她的那摞画往前翻，差不多翻到最早的画，停在那张带着笑的圆圆黑脸蛋上。乍看时，我误以为那是伊丽莎白画的南·梅尔达，但我早该想到的呀——那是孩子而不是女人的脸。娃娃的脸。突然，我的手在那张脸旁写下诺问二字，笔力太大，乃至写到最后一笔时，伊丽莎白的淡黄色的老铅笔啪嗒一声断裂了。我把它扔到地板上，又抓起了另一支。

一开始，珀尔塞是通过诺问发话的，那样就不至于恐吓到她的小天才。还有什么比布娃娃更不可怕的东西呢？小小的黑人娃娃挂着笑，头上扎着红巾，就像伊丽莎白深爱的南·梅尔达。

娃娃突然开口说话时，伊丽莎白受到惊吓了吗？害怕了吗？我觉得不会。恐怕她只在绘画方面有超强的天赋，说到底，她不过是个三岁大

---

① 拿撒勒，传说是耶稣的故乡。

的小女孩。

诺问让她画这个、画那个，伊丽莎白——

我又抓起速写本，画出一块摔在地板上的蛋糕。在地板上溅得四分五裂。小莉比以为这种恶作剧是诺问的点子，但其实是珀尔塞的，是珀尔塞在试探伊丽莎白的能力。珀尔塞在她身上做实验，恰如拿我做实验，试图探明这次的新工具到底有多强大。

接下来，就是爱丽丝了。

因为她的娃娃低声细语地告诉她，那儿有宝藏，风暴会让它显露出来。

所以，那不是爱丽丝，根本不是。也不是伊丽莎白，因为她还没成长为伊丽莎白——无论对她家人还是她自己来说都还没有。一九二七年的大风暴实为“莉比飓风”。

因为爹地会喜欢找到宝物的。因为爹地需要想点别的事，别再——

“她为她铺好床，”自言自语的声音竟如此嘶哑，一点儿不像我自己，“让她睡在被窝里。”

——别再为阿黛发火了，跟着赛璐珞领爱莫瑞私奔的阿黛。

是的。回溯到一九二七年，这就是杜马岛南端的情况。

我画下了约翰·伊斯特雷克——只有冲天扬起的足鳍和通气管的末梢，还有一个模糊的身影。约翰·伊斯特雷克潜泳下海，去找宝藏。

他大概是不信的，但依然为了他的小女孩心仪的新玩偶潜泳下海了。

在一只足鳍旁，我写下：**抢救宝藏，应该有赏**。

画面一一浮现，越来越清晰，仿佛等待了这些年终于等到了解放的一天。脑海中有一个闪念稍纵即逝：从中亚洞穴中满墙的壁画到博物馆里的《蒙娜丽莎》，是否每一幅画（以及作画时所用的每一样工具）都藏有如此隐秘的记忆？画的始作俑者、画的制作过程，全都像 DNA 一样储藏在每一笔中？

游过去踢几下，直到我喊停。

我把伊丽莎白也画进去，画在她父亲身边，胖乎乎的小腿肚浸在海水里，胳膊下夹着诺问。莉比简直就是伊瑟带走的那幅画里的女孩，同样带着布娃娃，我已将其命名为《游戏结束》。

等他看到了那一切后，他抱我、抱我、再抱我。

我匆匆几笔就绘出约翰·伊斯特雷克在拥抱小女儿，面罩已经从头上扯下来了。野餐篮就在近旁，放在毯子上，箭枪压在篮盖上。

他抱我、抱我、再抱我。

画她，有人在悄悄对我说，画下伊丽莎白得到的奖赏。画下珀尔塞。

但我画不出。我害怕自己会看到的东西，也怕它会对我下手。

爹地怎样了？约翰怎样了？他明白了几分？

我在她的画中翻阅，找到约翰·伊斯特雷克鼻目流血、凄厉惨叫的那张。他已经很明白了。或许为时已晚，但他肯定领悟了。

那么，到底是什么样的事，落在了苔丝和洛洛身上？

还有珀尔塞，是什么掩住她的口舌那么多年？

她到底是什么东西？不是娃娃，这一点似乎已经可以确定了。

我本可以继续，画一张苔丝和洛洛沿着小路手拉手奔跑的画，那画面已经呼之欲出，但我开始从恍惚的半昏迷状态中苏醒过来了，并怕得要死。况且，我自认为对接下去的任务有充分认识了；怀尔曼可以帮我把剩余的部分推敲出来，对此，我相当有把握。我合上了速写本，放下了小女孩经年未用的棕色铅笔——如今只剩下一小截了。我感到极其饥饿。事实上，那是无法言喻的贪婪之感。但对我来说，这种绘画后遗症也不新鲜了，冰箱里有很多食物储备。

6

我慢慢地走下楼，各种各样的图景在头脑里飞旋——目光犀利的苍鹭倒身飞行，露出大笑的马驹，爹地脚上像船那么大的潜泳足鳍。我都懒得去开起居室的灯。没那个必要；到四月我就能摸黑从楼梯脚走向厨房了。住到现在，我已把这栋基座凸伸在水岸上的孤独小屋据为己有，不管发生了什么，我就是无法想象离开这里。在起居室里走到一半时，我停下了脚步，望向佛罗里达屋窗外的海湾。

就在那儿——在下弦月和无数星光的照耀下，距沙滩不足百尺，珀尔塞号坠锚停靠。帆已收拢，但绳索如蛛网，从古老的船桅上密密垂下。裹尸布，我心里说，那些就是它的裹尸布。船身起起伏伏，像早就死去的孩子身边烂透的玩具。甲板上空空荡荡，就我所见是如此——既无有生命的人形，也没有腐旧的遗留物。但谁知道甲板下会有什么？

眼看我就要昏厥了。可与此同时，我顿悟到了一点、也就是晕眩的原因：我已经停止呼吸了。我告诉自己要吸气，但那可恶的一秒里，什么也吸不动了。我的胸口仍像一本紧合的书那样瘪瘪的。最终，当胸口好不容易抬升了一点时，便嘶嘶作响。那是我发出的声音，挣扎着，想清醒地活下去。我把刚刚吸入肺部的那点空气又尽数压出，再吸入更多空气，随后嘶声便减轻了。微暗幽明之中，黑斑在我的视野里一度聚积，现在也减弱了。我指望那艘船也会同样淡去——那显然只能是幻觉——但它依然在那儿，大约一百二十英尺远，若在阳光下或许还会清晰一倍。随波浪上下摇晃，还从左到右地摆动。船首的斜桅就像竖起的手指，仿佛在说：哦，你个死男人，你要——

我使劲扇了自己一巴掌，力道很大，把左眼的泪都逼了出来，可那艘船还在原地。我蓦然领悟到，如果它当真存在于那儿，那么，杰克也能从杀手宫的木栈道上看到它。起居室另一头有一台电话机，但距离我站立之处最近的却是厨房里的分机。厨房还有另一个优势：电话上头就是电灯开关。我需要灯光，尤其是厨房里的灯，那些光线强劲的日光灯。我从起居室里撤出，但没有让视线离开那艘船，一到厨房就扬起手，用手背把三个开关一下子全拨上去。灯全亮了，珀尔塞从我的视野里消失——连同佛罗里达屋外的一切，只能看到日光灯明亮如昼、实打实的光芒。我伸手去摸电话，又僵住了。

我的厨房里有个人，就站在我的冰箱旁。他身上浸透水的褴褛破布可能曾是牛仔裤和某种被称为“船形平领衫”的上衣。从他的喉咙、脸颊、前额和前臂上生长出来的，显然是苔藓。头颅的右半边被压没了。残破的骨片从他稀疏的黑发间钻出来。他的一只眼——右眼——没了，留下的只是阴森的窟窿。另一只眼却仿佛异形，银色的质地丝毫不具人性，令人惊心丧胆。深紫色的双足赤裸着，肿胀着，挤压出踝骨的碎片。

它朝我笑，双唇咧开时也裂开了，黑漆漆的老牙床上暴露出两排黄齿。它抬起了右臂，就在那上头，我看到了一样东西，想必是来自珀尔塞的另一类遗迹。那是一只手铐。锈透了的古旧圆环扣在那东西的手腕上。铐的另一环则像放松的下巴那样敞开着。

那只解扣的环是为我预备的。

它发出一种缥缈的嘶声，或许那腐烂的声带只能发出这种动静。它向我走来，走在明晃晃的日光灯下，并在硬木地板上留下足迹。它投下了阴影。我听得到吱嘎声微弱一响，发现那东西还扎着一条浸饱水的皮带——烂透了，但眼下来说，仍然扣在腰间。

诡谲的麻痹感绵延至我全身。我的意识很清晰，却没法跑，哪怕明知那洞开的铐环有何意味，也知道那东西是什么：单枪匹马的征兵军。他会铐住我，带我去那边的三帆战舰，或曰纵帆船，或曰三桅船，或随便叫什么天杀的鬼名字。我也会变成船员中的一分子。我想珀尔塞号上或许没有男侍应生，但至少会有两个女童侍应生，一个叫苔丝，一个叫洛洛。

你必须跑。至少也该用电话砸他一下，看在上帝的分上！

但我动弹不得。我活像是被蛇催眠了的小鸟。我只能把麻木的腿往后移，向起居室倒退着挪动脚步，一步……再一步……第三步。现在我又身在黑暗中了。它已经走到厨房的门道里，白晃晃的日光灯透过它那潮湿、腐败的面孔照射下来，并将它的身影投在起居室的地毯上。它仍在诡笑。我想过要不要闭上双眼，祈祷它消失，但那肯定没有用；我都能闻到它的气味，酷似专攻鱼宴的餐馆后门外的垃圾桶。而且——

“该走了，埃德加。”

——它会说话，竟然。言词拖泥带水，但毕竟是能听懂的。

它迈前一步，也进了起居室。我僵直的腿脚也带我后退一步，却心知肚明：那是没用的，它进一步我退一步能管什么用呢？等它厌烦了这游戏，就会径直冲上来，将铁铐扣在我的腕子上，拖着我走；我会惨叫着被拖下海，拖入大碗翡翠汤，我在尘世听到的最后声响将是海贝在屋下的窃窃私语。接着，海水就会灌入双耳。

我又退了一步，甚至不确定自己是不是在向门走，只在心底祈愿，然后又挪动了一步……突然，一只手搭上我的肩膀。

我骇然尖叫起来。

7

“那鬼东西是什么？”怀尔曼在我耳畔轻声问。

“我不知道，”我说着，已然啜泣起来。带着恐惧的啜泣。“我知道，是的，我真的知道。怀尔曼，瞧一眼海湾。”

“我没法看。我不敢不看那东西。”

但门道里的那东西已经看到怀尔曼了——怀尔曼也像它一样，是从敞开的前门走进来的，但怀尔曼的到来就像约翰·韦恩的西部牛仔电影里的轻骑兵。它在起居室里走了三步，现在停下来了，头微微低下，手铐在伸出的手臂下摇来晃去。

“基督啊，”怀尔曼说，“那条船！画里的那条船！”

“走吧，”那东西说，“你和我们没关系。走吧，你可以活。”

“撒谎。”我说。

“跟我说点我不知道的吧。”怀尔曼说着，抬高了音量。他就站在我身后，洪钟般的嗓门差点儿喊破我的耳膜。“快走！你是非法侵入！”

溺亡的年轻人没有作答，但它应验了我的恐惧，突然加快了速度。一眨眼的工夫，它本来在起居室里才走三步，突然间却到了我面前，而我只能模糊地猜测它瞬间移动的距离。那气味——暴晒下的死鱼烂藻腐化成烂液——突然猛烈地扑面涌来。我感到它寒冰般的双手覆上我的小臂，便惊恐万分地号叫起来。不是因为那双手的冰凉，而是因为它们的柔软。它们是如此松弛！那只银眼直勾勾盯住我，好像要掘出我的脑浆，那一瞬间，仿佛有种纯粹的黑暗倾注进我的身体。接着，铐环锁住我的手腕，发出生硬而平淡的“咔嗒”一响。

“怀尔曼！”我惨叫起来，可怀尔曼不见了。他从我身后跑掉了，穿过大屋，尽可能地飞跑前冲。

那溺毙的东西已和我铐在了一起。它拽着我朝门口走去。

8

就在死人要把我拖过门阶时，怀尔曼冲回来了，手里拿着什么东西，看似一把钝刀。我还以为那是一支银头箭，但那纯属美好意愿，因为银头箭在二楼，和红色野餐篮放在一起。“嘿！”他说，“嘿，说你呢！没错，我在跟你说！婊子操的狗玩意儿！”

它的头突然拧向后方，快得就像蛇在攻击的瞬间。怀尔曼竟也几乎这么快。他用双手握牢那钝物，倾身扎向那东西的脸，命中目标，就在那右眼窟窿上方。那东西痛叫一声，尖利的声响刺穿我的听觉，犹如碎玻璃炸开我的大脑。我看到怀尔曼脚跟不稳，蹒跚向后；也看到他挣扎着拔出手中利器，又将它甩向前门沙地。扔掉也没关系了。先前显得那么确凿的人形之物旋成一团空缈虚幻，连同衣服以及所有的一切。我感到腕上的铐环也失去了坚实感。有那么一瞬间，我仍能看到它，接着，却只看到了水，滴在我的跑鞋上、地毯上。栩栩如生的魔鬼水手前一秒钟还在眼前，现在只剩下一大摊水迹。

我觉得脸上有黏稠温热的东西，伸手一抹，鼻子和上唇间已有血流。怀尔曼跌倒在一块擦脚垫上。我拉他站起来时，看到他的鼻子也在流血。还有一道血迹顺着他的左耳流到了颈项上。颈项正随着他的心跳剧烈起伏。

“基督啊，那种叫声！”他说，“把我的眼泪都震出来了，耳朵嗡嗡直鸣，跟他妈的丧钟似的。你听得见我说话吗，埃德加？”

“听得见。”我说，“你没事儿吧？”

“别的都好，只是在想，我刚刚看到一个死人从我眼皮底下消失了？”他弯下腰，从地上捡起钝物，还亲了一下，“感谢上帝赐予我们斑点之物。”他说着，又爆发出一阵大笑，“就算它们没斑点也行。”

那是支插烛台。本该插有蜡烛的那头看似发黑，好像不是刚刚触碰过又冷又湿的东西，反而是火烫之物。

“伊斯特雷克小姐名下的租屋里都有烛台，因为我们这儿老停电，”怀尔曼说，“我们那里有好多呢，但别的地方就不多，这栋屋里也没几支。但和别的小房子不同的是，这栋屋确实有一些从杀手宫里匀出来的烛台，恰好都是银质的。”

“所以你就记起来了。”我说。说真的，我甚感惊奇。

他一耸肩，又望向海面。我也是。月亮下什么都没有了，只有星光月光洒在海面上。至少，现在是这样。

怀尔曼一把攫住我的手腕。手指覆盖之处恰是铐环刚刚扣住的地方，我的心猛然一跳，“怎么了？”我真不喜欢看到他脸上又显出的新一轮惊恐。

“杰克，”他说，“杰克一个人待在杀手宫里。”

我们上了怀尔曼的车。刚才，被恐惧笼罩的我根本没注意到车灯亮灭，也没有听到这辆车悄悄停在我的车旁。

9

杰克安然无恙。伊丽莎白的几个朋友打过电话来，但最后一通电话是九点一刻打来的，也就是我们冲进门去的一个半小时前。怀尔曼淌着血，虎目圆睁，仍旧提着银烛台。但没有什么闯入杀手宫，杰克也没有看到那条船停泊在浓粉屋外的海面上。那时候，杰克吃着微波炉爆的玉米花，看着一卷老录像带，《贝弗利山庄警察》。

他听我们讲述了一切，惊得目瞪口呆，但没有不信；我必须提醒自己注意，这是个从小看《X战警》和《迷失》长大的年轻人。何况，这也与我们之前跟他说的一切吻合。等我们讲完，他从怀尔曼手里取过银烛台，仔细检查了尾端——像个灯丝爆裂的黑灯泡。

"它为什么不冲我来？"他问，"我孤身一人，完全没有心理准备。"

"我不想损伤你的自尊心，"我说，"但我认为，不管这出戏是谁导谁演，恐怕男一号都不是你。"

杰克正盯着我腕上通红的窄痕看，"埃德加，这就是——"

我点点头。

"该死的。"杰克低声骂。

"你琢磨出来是怎么回事儿了吗？"怀尔曼问我，"如果，是她派那东西来找你，她一定认为你是不二人选，要不也是最佳候选。"

"谁也没法猜透事情的全貌，"我说，"但我知道那东西在世时是谁。"

"谁？"杰克瞪大的双眼正盯着我。我们都站在厨房里，杰克还握着那柄烛台不放手。现在，他把它搁在了流理台上。

"爱莫瑞·包尔森。阿德里安娜·伊斯特雷克的丈夫。苔丝和洛洛失踪后，他们从亚特兰大赶回来帮忙，这应该是事实，但他们再也没有离开杜马岛。珀尔塞干的。"

10

我们走进瓷亭，那儿是我初见伊丽莎白·伊斯特雷克的地方。低矮的长桌仍在原处，但上面空无一物。光溜溜的桌面让我措手不及，仿佛在嘲笑生死无常。

“到哪儿去了？”我问怀尔曼，“她的瓷偶呢？瓷偶城呢？”

“我把所有东西都打包，放在夏季厨房里了。”他说着，含糊地随手指了一个方向，“没什么特别理由，只是……我只是不能……朋友，你想来点绿茶吗？还是要啤酒？”

我要喝水。杰克说他想来瓶啤酒，如果可以的话。怀尔曼返身去拿饮料，其实，他是迫不及待地奔进走廊，泪水夺眶而出。呜咽声传来，很响，很用情，是那种你无论如何也抑制不住的哭泣。

杰克和我面面相觑，又双双移开视线。我们什么也没说。

11

他在厨房里待了很久，远比拿两听啤酒和一杯水所需的时间漫长，但等他回来时，已经恢复了镇定。

“抱歉，”他说，“通常，我不会在同一个星期里遇到两次打击：失去所爱的人，用烛台砸向吸血鬼的脸孔。通常，要么是这件事，要么是那件事。”他企图漫不经心地耸耸肩，但装得不太成功，不过我赞赏他起码在尝试洒脱。

“它们不是吸血鬼。”我说。

“那是什么？”他问，“愿闻其详。”

“我只能告诉你们，她的画让我知道了哪些往事。你们必须记住一点，无论她天赋有多高，毕竟还只是个小孩。”我犹豫了一下，又摇摇头。“连小孩都算不上。顶多就是个大婴儿。珀尔塞……我觉得，你们可以认为珀尔塞是她的灵魂向导。”

怀尔曼啪啦一声启开啤酒罐，喝了一口，再倾身向前，“那你呢？珀尔塞，也是你的灵魂向导吗？她有没有增强你的能力？”

“当然有。”我说，“她一直都在测试我的能力能到何种限度，也一直在延展我的能力范畴——我肯定，布朗糖果就是因为这个原因而出现的。她挑拣出了我的强项。那就是《女孩和船》系列的由来。”

“那你画的别的那些画呢？”杰克问。

“基本上算是我的个人作品，我想是吧。但其中有一些——”我停顿下来，突然被一个恶念攫住了。我急忙把水杯放到一旁，差点儿泼出了水。“哦，上帝啊。”

“怎么了？”怀尔曼问，“看在上帝的分儿上，怎么了？”

“你得把你记电话的小红本拿来。马上。”

他去拿来电话簿，连同无绳电话一起给我。我呆坐片刻，电话搁在膝头，一时间不确定应该先打给谁。然后才想明白。但现代生活的规则之一就是：你最需要警察时，方圆十里内肯定一个警察都没有；比这条更加铁定的则是：你迫切需要一个真人时，总得先和答录机打交道。

我打通了达里奥的寓所电话，杰米·吉田的寓所电话，爱丽丝·奥柯意的寓所电话，结果全是答录机伺服。

“操！”我骂出声来，就当爱丽丝的声音在机器里说“对不起我现在无法接听电话，但——”时，我气愤地用大拇指摁下断开键。

“他们大概还在庆祝吧，”怀尔曼说，“*朋友*，悠着点，一切都会平息下来的。”

“我没时间悠着点！”我说，“妈的！操！操！”

他伸手摁住我，用安抚的口吻说道：“怎么回事，埃德加？有什么不对劲？”

“那些画都很危险！也许不是每一张都危险，但有些，肯定是！”

他想了想，又点点头，“好吧。让我们好好想想。最危险的几幅大概就是《*女孩和船*》系列，对吗？”

“是的。我肯定它们是危险的。”

“几乎能百分百肯定，那些画还在画廊里，等着被装框、船运。”

船运。仁慈的上帝啊。船。听到这个字眼就能让我不寒而栗。“我不能听之任之。”

“*朋友*，你不能任此事拖延，这才是你要做的。”

他不明白，我不是在拖延。只要珀尔塞愿意，随时都能呼风唤雨。

但她需要帮手。

我找到了斯高图的号码，拨通了。我心想，就算狂欢派对已过、就算已是夜里十一点一刻，大概会有人还在画廊里。可是，那条金科玉律果然颠扑不破，我又听到了答录机在说前言。不耐烦地等它说完，我再摁下 9，留言。

“听着，你们，”我说，“我是埃德加。我不想卖出任何一幅画，直到我告诉你们可以卖才能卖，好吗？一张、一幅都不行。只需压几天。随便用什么借口、编什么理由都行，但不许卖。我请求你们。这事非常紧要。”

我切断了通话，看着怀尔曼说：“他们会照做吗？”

“考虑到你已经充分展示了销售力？肯定会的。你刚刚打了一长串棘手的电话，现在我们能不能回到——”

“还没完。”我的亲朋好友们可能是最容易下手的对象，而且他们已经去了不同的地方，这实在让我放不下心。珀尔塞已经证明了她能把魔爪伸到很远的地方。而我已经搅进了这趟浑水。我想，她肯定很气我，或是畏惧我，也可能二者兼有。

我的第一个冲动就是打给帕姆，但我记得怀尔曼刚刚说过，我已独自打了一长串棘手的电话。我想不用怀尔曼的小红本，就试一次，靠自己那不可靠的记忆……强迫自己拨出一个号码，接通了。

总归又会听到他的答录机吧，我心里说。果然，但起先我并不知道那是录音。

“你好，埃德加。”那是汤姆·赖利的声音，但又不能算是。死寂般没有起伏的语气。我心想，*准是那些药害得他这样*……可是，在斯高图碰面时他还没有这种腔调。

“汤姆，听我说，你别插——”

但那声音径直往下说。死寂的声音。“她会杀了你，你知道的。你和所有的朋友。就像她杀死我那样。只不过，我倒还活着。”

我摇摇晃晃地站起来。

“*埃德加！*”怀尔曼慌忙问道，“埃德加，出什么事了？”

“别说话，”我说，“让我听。”

留言似乎讲完了，但我仍能听到他的喘息声。很慢、很浅地顺着明尼苏达的电话线传来。随后，他又说起来。

“死了反而更好，”他说，“现在我必须去杀帕姆了。”

“汤姆！”我冲着那条录音留言吼起来，“汤姆，*你醒醒！*”

“等我们都死了，我们就打算结婚。婚礼会在甲板上举办。她保证过的。”

“*汤姆！*”怀尔曼和杰克都围过来，一个抓住我的胳膊，一个稳住我的残肢，可我都没注意到。

接着：

“哔一声请留言。”

哔一声响过，线路里一片寂然。

我没有挂断电话，它是从我手中滑落的。我转身对怀尔曼说：“汤姆·赖利要去杀我太太。”紧接着，用仿佛不是我的声音说道：“他或许已经下手了。”

12

怀尔曼没有要我解释，只是让我给她打电话。我把话筒又搁在耳边，但想不起号码了。怀尔曼报给我听，但我手指僵硬，摁不下按键；血红色已泛上受过伤的那半侧视野，好几周来，这还是第一次旧伤复发。

是杰克帮我拨通了电话。

我僵立着，听着梦多塔高地寓所里的电话铃响，等待帕姆在答录机上冷淡又利落的录音——说她人在佛罗里达，但很快就会回电。帕姆已经不在佛罗里达了，还可能已经倒在厨房地板上的血泊中，汤姆·赖利就在她身边，也一样死了。这幻景是如此清晰，我几乎都能看到厨柜上的血迹、汤姆枯硬的手中握着刀。

铃声响了一下……两下……三下……再响一下就会启动答录机了……

“你好？”是帕姆。听起来，她好像没有呼吸。

“帕姆！”我喊出声来，“上帝啊，真的是你吗？回答我！”

“埃德加？谁跟你说的？”她好像被我喊懵了。可仍然没有呼吸声。也可能不是没有呼吸。那是我熟悉的帕姆的声音：有点闷声闷气，听来像是感冒，或是……

“帕姆，你在哭吗？”然后，我突然恍然大悟，“跟我说什么？”

“汤姆·赖利的事儿，”她说，“我以为是他哥哥打来的，没想到是你。也可能是他母亲——求你啊，上帝，别——”

“汤姆怎么了？”

“他回程时还好好的，”她说，“又说又笑，炫耀着他买的那幅速写，还和卡曼、还有其他人在飞机尾部打扑克牌。”现在她真的开始哭了，使劲吸气，听来像是线路里的剧烈电噪，她就在哽咽中断断续续地说。那声音很难听，但也很动听，因为那是活生生的。“他还挺好的呀。可是，今晚，他自杀了。报纸上大概会称其为车祸，但那就是自杀。那是布仔说的。布仔在警察局里有朋友，那个警察打电话跟他这么说，他再告诉我的。汤姆开车撞上了挡土墙，时速七十英里以上。没有刹车痕迹。事故是在二十三街发生的，也就是说，他大概是在来这里的路上。”

我都明白了，甚至不需要幻觉中的胳膊来告诉我。那就是珀尔塞想要看到的事，因为她很气我。气？还不如说，暴怒。可汤姆有过短暂的清醒片刻——勇气十足的片刻——所以才掉转方向开向了水泥墙。

怀尔曼在我面前急得直打手势，想知道情况。我转身避开他。

“小熊猫，他救了你的命。”

“什么？”

“我知道，一切都明白了，”我说，“他在飞机上炫耀的那张速写……是我的作品，对吗？”

“是呀……他很自豪……埃德加，你到底要说——”

“有名字吗？那幅画有名字吗？你知道吗？”

“叫《Hello》。他一直在说‘宝贝，看起来可不像是明尼苏达啊’……还像哑剧表演似的……”停顿，我没有插话，因为我在使劲想。接着她说：“是你那超能力吧，能知道很多事的那种能力，是不是？”

《Hello》，我在想。是的，当然了。我到浓粉屋的第一张速写，也是最有能量的画之一。被汤姆买走了。

天杀的《Hello》。

怀尔曼把电话从我手中拿过去，动作很轻，但很毅然。

“帕姆？我是怀尔曼。汤姆·赖利……？”他听她说，点着头。他的语气非常冷静，也极其抚慰人心。我听过他用这种语气对伊丽莎白说话。“好的……是的……是的，埃德加很好，我也很好，我们在这儿都不错。当然，很遗憾听到赖利先生的噩耗。但你需要为我们做点事，那很重要。我要用免提扬声器，让大家都听到。”他摁了一个键，我以前从没注意过还有这种功能键。“听得见吗？”

“是的……”她的声音很轻，但很清楚。而且，她控制好情绪了。

“埃德加的亲朋好友中间，有多少人买了画？”

她想了想，“家里人都没有买油画，这一点我很肯定。”

我轻舒一口气。

“我想他们多少是在希望——或许，说期待更准确——生日或圣诞节时，能……”

“我理解。所以他们什么也没买。”

“我没那么说。梅琳达的男朋友也买了一张速写。叫什么来着？《画画有什么错？》”

里克。我的心被揪紧了。“帕姆，是我，埃德加。梅琳达和里克是带着那张画走的吗？”

“带着画转乘那么多航班，还跨大西洋？不，他要求画廊配好画框后再运到法国。我觉得连她都不知道。那是用彩色铅笔画的鲜花。”

“也就是说，那张画还在斯高图。”

“是的。”

“你肯定，没有别的家族成员买过画吗？”

她想了足有十秒钟。令人极其痛苦的等待，终于等到她说：“没了。我能肯定。”我在心里默念：但愿你说得属实，小熊猫。“但斯劳卜尼克夫妇买了一张。《鲜花和信箱》，我肯定就是这幅。”

我知道她说的是哪张画。事实上，画名是《牛眼菊的信箱》。我以为那张是无害的，我想过，那张画或许纯粹是出于我的创作，但总觉得……

“他们没带着走，是吗？”

“没有，因为他们要先去奥兰多，再飞回明尼苏达。他们也要求画廊装框托运。”现在没有问题，只有回答了。她的声音听起来很年轻，像是和我结婚的那个帕姆，帮我收拾书房的那个，还没和汤姆有瓜葛的那个。“还有你的外科大夫——想不起他的名字了——”

“陶德·贾米森。”我下意识地脱口说道，如果停下来思考，恐怕反而想不起来。

“对，是他。他也买了一幅画，安排妥了装框托运。一开始，他想要《女孩和船》系列里的一幅，但已被别人订走了。最后，他挑中了海螺贝漂在海上的那幅。”

那就有点麻烦了。所有超现实的作品恐怕都潜伏危机。

“布仔买了两张速写，卡曼买了一张。卡迪·格林也想要的，但她说买不起。”停顿，“我想她丈夫可能赚得不多。”

如果她开口，我本该送她一幅的呀。我心里说。

怀尔曼又说：“帕姆，现在听我说。你有活儿要干了。”

“好的。”仍然有点瓮声瓮气，但基本上已恢复了平素的干脆利落。

“你得给布仔和卡曼打个电话。马上就打。”

“好的。”

“跟他们说，把那些速写都烧了。”

停顿片刻，她又接上话：“把那些速写都烧掉，好的，明白了。”

“我们一挂电话你就要打。”我插了一句。

“我说我明白了，埃德加。”语气里有一丝恼怒。

“告诉他们，我会补偿他们的损失，两倍于原价，或是给他们别的画，随便他们要哪张，但那些画都不安全。它们很不安全。你明白了吗？”

“是的。我立刻就去跟他们说。”到头来，她终于问了那个问题。“埃迪，是那张叫《Hello》的画杀了汤姆吗？”

“是的。你打完了再给我们回复。”

我把这里的电话报给她。帕姆好像又哭起来了，但重复号码时的声音很清晰。

“帕姆，多谢了。”怀尔曼说。

“是啊，”杰克也说，“多谢了，弗里曼特太太。”

我以为她要问还有谁在场，可她没问。“埃德加，你保证，女儿们都会安全无恙吗？”

“只要她们没带走哪幅画，就会安全。”

“好的。”她说，“你那些画真该死。我过会儿打回来。”

她就那么挂了，连再见也没说。

“好点了吗？”我收起电话时，怀尔曼问。

“我不知道，”我说，“我向上帝祈祷，但愿一切都好。”我用掌根揉了揉左眼，再摁了摁右眼。“但感觉没有好多少。感觉不踏实。”

13

我们静默了足有一分钟。怀尔曼先发问："伊丽莎白跌下马车真的是意外事故吗？你最靠谱的猜测是？"

我努力理清思绪。这件事也非常重要。

"我靠谱的猜测是，那确实是意外。等她苏醒过来，时而有健忘症，时而有失语症，天知道还有什么别的症状，都是脑部损伤引起的，但在一九二五年是无法诊断出来的。绘画，更像是她经历的理疗过程；她是个神童，其实她就是她自己第一项伟大的艺术创作。那位管家，南·梅尔达，也对此惊奇万分。报纸上就写过这一段，估计每个人边吃早餐边读到时都会惊叹不已……可你知道人们总是——"

"早餐时惊讶万分，午餐时就忘了个一干二净。"怀尔曼接茬说。

"耶稣啊，"杰克说，"如果我老了也变得像你俩一样愤世嫉俗，我要拒收成年证书。"

"小子，那正是耶稣赐予你的。"怀尔曼说完，当真哈哈大笑。豪爽的笑声显得很突兀，但终于有人笑出来了。真棒啊。

"每个人的兴致都渐渐消退了，"我说，"大概伊丽莎白也一样。我是说，还有什么人比三岁大的小娃娃厌倦得更快呢？"

"只有小狗和鹦鹉。"怀尔曼说。

"三岁时就才华横溢，"杰克说着，一脸困惑，"这是何等耸人听闻啊。"

"于是，她开始……呃……"我停下来了，一时间难以为继。

"埃德加？"怀尔曼静静地问，"还好吗？"

我不好，但我必须好起来。汤姆惨死只是个开头，如果我状态不好，后面的事更加难以想象。"只是，他在画廊里看起来气色很好啊。很好，你明白吗？像是重整旗鼓了。要不是她来捣乱——"

"我明白。"怀尔曼说，"朋友，喝口水。"

我喝了点水，强迫自己回到当务之急的问题上。"她开始试验。她从铅笔画转到手指画，再用水彩，我认为，一系列转变都在数周内完成。此外，野餐篮里还有些画是用自来水笔画的，我可以非常肯定地说，有几张用的是建筑用漆，我之前也想过要尝试。油漆干涸的时候会有——"

“这些就留到你上艺术课时再说吧，朋友。”怀尔曼说。

“好，好。”我又喝了几口水。我要言归正传。“而且，她也开始在不同媒介上做试验。但愿媒介这个词用得准确。有一天，她在流理台上用融化的冰淇淋画出了苔丝的脸。”

杰克倾身靠在流理台上，十指相扣，搭在壮实的大腿上，还皱着眉头。“埃德加……那不只是天蓝色的颜料吗？你真的看到了这些？”

“从某种角度说，是的。有时候就像亲眼所见。有时候更像是……有一股波浪从她的画里涌出，用她的彩色铅笔时也有同感。”

“但你知道看到的都是真事。”

“我知道。”

“她在不在乎画能否长久保存？”怀尔曼问。

“不在乎。画画这个过程更重要。她试了很多媒介物，然后开始尝试用现实来作画。改变现实。就是那时候，珀尔塞听到了她，我认为是，就在她开始胡乱摆弄现实之物的时候。听到了她的心声，珀尔塞就醒来了。醒来，并开始呼唤。”

“珀尔塞和伊斯特雷克找到的那些垃圾在一起，是不是？”怀尔曼问。

“伊丽莎白以为那是个娃娃。有史以来最好的娃娃。但她们无法合二为一，得等到她足够强壮了才行。”

“哪个她？”杰克问，“珀尔塞？还是小姑娘？”

“大概，两个都是吧。伊丽莎白只是个孩子。而珀尔塞……珀尔塞已经沉睡了很久。在海沙下面沉睡，五呼深处[①]。”

“真有诗意，”杰克说，“但我不知道你在说什么。”

“我也不知道。”我说，“因为我看不到她。如果伊丽莎白画过珀尔塞，她肯定把那画销毁了。她到了晚年开始搜集瓷偶，我觉得这一点很有启发，但或许只是巧合。目前我所知的就是，珀尔塞创建了一套和小孩沟通的模式，先是透过她的画，然后让她当时最心爱的布娃娃诺问说话。而且，珀尔塞开创了一种……呃，练习计划。我不知道还能用什

---

① 《五呼深处》(“Full Fathom Five”)，这是莎士比亚戏剧《暴风雨》中著名歌曲的标题，经常被引用。

么更好的说法。她说服伊丽莎白画一些事件，那些事就会在真实世界里发生。”

“那么，她和你也在玩同一套把戏。”杰克说，“布朗糖果。”

“还有我的眼睛。”怀尔曼说，“别忘了，画治好了我的眼睛。”

“我愿意相信，那幅是我自己画出来的，”我说……但真这样吗？“不过，还有别的事。大多数，都是微不足道的小事……把我的画当作水晶球……”我的声音越来越虚弱。我真不想往下说，因为那会把话题引回汤姆身上。本该被治好的汤姆。

“从她的画里还了解到什么，都告诉我们吧。”怀尔曼说。

“好的。不合季节的强暴风雨便是一个开端。是伊丽莎白把它召唤来的，或许借助了珀尔塞之力。”

“你在跟我开国际玩笑！”杰克说。

“珀尔塞告诉伊丽莎白残骸在哪里，她就去跟她爸爸讲了。在那些废物中……我们暂且就说，其中有一个瓷人，大概有一英尺高，是个漂亮女人的形象。”是的，我可以看到。细节看不清，但身形却可以看到。还有那对空洞洞的、没有瞳仁的珍珠眼睛。“那是伊丽莎白得到的奖赏，她的酬劳，它一旦离开水就能真的继续发挥效力了。”

杰克轻声细语地说道：“埃德加，那种东西，一开始是从哪儿来的呢？”

有一句话溜到我嘴边，我不知道它从何而来，只知道那不是出自我的意识：它们曾是古老的神祇；他们是王和后。我没有说出来。我不想听到它，就算在灯火通明的房间里也不想听，所以，我只是摇摇头。

“我不知道。也不知道那条船被风刮到这里时，船头飘扬的是哪国旗帜，大概是撞上了奇特暗礁，船底裂了，货舱里的东西才散失到海里。这些事，我都无法确认……但我想，珀尔塞有条船，是她自己的，一旦她摆脱海水，并和伊丽莎白·伊斯特雷克那超强的孩童思维卯上扣，她就有办法把它召唤来。”

“一条死人船。”怀尔曼的脸上露出孩子般的恐惧和迷惑。窗外，风吹叶摇，院子里的长枝阔叶兀自晃动，杜鹃花蕊频频点头，我们听得到海浪持续不断、慵懒的拍岸声。自从来到杜马岛，我就爱上了这种声响，现在也爱，但它也让今夜的我恐慌。“那条船叫……什么？珀尔塞福涅[1]？”

“随你吧，”我说，“我当然想过，珀西可能是伊丽莎白对她的称呼。那无关紧要；我们又不是在这儿讨论古希腊神话，而是某种更悠久、更畸怪的东西。也更，饥饿。这一点和吸血鬼很像。只不过，它们不是渴望鲜血，而是灵魂。至少，我是这么想的。伊丽莎白的新‘娃娃’没留太久，不超过一个月，上帝才知道那段日子里第一代苍鹭栖屋里过的是什么日子，反正好不了。”

“伊斯特雷克的银头箭就是那时候打造的吗？”怀尔曼问。

“我没法回答。还有太多事情我不知道，因为我所知的一切都是从伊丽莎白那儿获取的，可她比吃奶的娃娃大不了多少。我对她的另一半生活毫不知情，因为那时她已经不再画了。如果她记起小时候的——”

“她就会竭尽全力去忘。”杰克帮我把话说完了。

怀尔曼一脸沉郁，“到最后，她一路走到底，把一切都忘了。”

我却说道：“记得那些画吗？画上的每一个人都好像带着肆意的、精神错乱般的瘾君子的大笑？那就是伊丽莎白所做的，努力重建她回忆中的世界。珀尔塞出现前的世界。更幸福快乐的世界。她的孪生姐姐溺亡之前的那些日子里，她是个很害怕的小孩，但也怕得什么都不敢说，因为她觉得所有坏事都是她的错。”

“哪些事？”杰克问。

“我不太清楚，但有一张画上画了一个旧时代的黑人马夫雕像，倒立着，我觉得那就能代表一切。对伊丽莎白来说，在那些最后的日子里，每一件事都好像颠倒了，像倒立那样。”倒立的马夫雕像肯定还有别的寓意，我几乎能肯定，但又不知道是什么意思，或许现在也不是追查的好时机。“我认为，在苔丝和洛洛溺亡的前后，这个家里的人都像是被囚禁在苍鹭栖屋里的囚徒。”

“会不会只有伊丽莎白明白原委？”怀尔曼问。

“我不知道。”我一耸肩，“南·梅尔达大概知道一部分。也许，她了解了一些情况。”

---

① 珀尔塞福涅是希腊神话中的人物，她是得墨忒耳和宙斯的女儿，被冥神哈得斯劫持但被其母所救，从此以后每年在人间过六个月，然后在地狱过六个月。

“找到宝藏之后、溺亡事件之前，有哪些人住在那栋大屋里？”杰克问。

我思忖片刻，说：“我估计，玛丽娅和汉娜大概从寄宿学校回家过周末，一天或两天；伊斯特雷克本人在三月和四月间的某些日子里会离岛，处理生意上的事。那段时间里，肯定住在大屋里的人就是伊丽莎白、苔丝、洛洛和南·梅尔达。而且，伊丽莎白企图用画画的办法，把她的‘新朋友’赶出去，不让它出现。”我舔了舔干裂的嘴唇，“她用的是彩色铅笔，篮子里的那些。这就发生在苔丝和洛洛出事之前。或许就是前夜。让她们淹死，便是对她的惩罚，对吗？汤姆要杀死帕姆，也应该是对我的惩罚，因为我对不该管的事情太好奇。我的意思，你们都明白吗？”

“万能的耶稣啊。”杰克念叨着，怀尔曼则一脸苍白。

“我认为，那时候的伊丽莎白无法理解。”我想了想，又一耸肩，“见鬼，我都不记得自己四岁时能懂多少事。无论如何，那时候，她生活中最糟的事——除了从马车上跌落，我敢打赌，她甚至不记得那次事故了——大概就是从她爹地的膝前滚下来，或是因为想在梅尔达做的果酱蛋挞冷却前偷拿一块而被打了几下手心。但关于邪恶，她又能知道多少呢？她只知道*珀西*很调皮，*珀西*不是好娃娃，*珀西*是坏孩子，她总是不肯受摆布，还老是摆布别人，必须把她送走。所以，莉比坐下来，拿起彩色铅笔，画了几张画，对自己说：‘我办得到。如果我慢点画，画出最好的画，我就能把她送走。’”我停下来，手掌覆上双眼。“大致就是这样，但你们必须自己添油加醋。有可能，我把她的事和自己的记忆混淆在一起了。我的脑子越来越不听使唤了，愚蠢的鬼把戏越要越多了。”

“放轻松，*朋友*，”怀尔曼说，“慢慢来。她想靠画画把珀尔塞赶走，不让她再出现。这种事该怎么做呢？”

“画，然后擦掉。”

“珀尔塞不让她擦？”

“珀尔塞不知道，我几乎很肯定。因为伊丽莎白可以把一心要做的事隐藏起来。如果你问我怎么才能办到，我没法回答。如果你问我那是不是她自己的主意——四岁小孩独立思考的结果——”

“也不是不可信，”怀尔曼说，“从某个角度看，那恰好符合四岁小孩的思路。”

“不明白她怎么能瞒着珀尔塞这么做。”杰克说，“我是说……小孩？”

“我也不知道。”我说。

“不管怎样，那也没用。”怀尔曼说。

“没用。我认为她画了画，也确定她是用铅笔画的，画完再把整张画都擦掉。用这个办法或许能夺走某个人的命，就像我杀死布朗糖果那样。但珀尔塞不是人。那样做只能激起她的怒火。她夺走了伊丽莎白的姐姐，并且是她最喜欢的孪生姐姐，作为报复。苔丝和洛洛不是沿着小路去黑影滩寻宝的。她们是被驱使着去的。最终下了水，消失了。”

“但不是永远。”怀尔曼说。我知道，他想起了那对小脚印。更不用说在我厨房里的那东西了。

“不，”我只能同意，“不是永远的消失。”

风又吹起来了，这一次风力很猛，大屋冲着海湾的那一面墙发出一声巨响。我们都跳了起来。

“爱莫瑞·包尔森又是怎么被卷进去的呢？”杰克问。

“不知道。”我说。

“还有阿德里安娜，”怀尔曼说，“也是珀尔塞把她带走的吗？”

“我不清楚。”我说，“或许。”又不情愿地加上一句，“有可能。”

“我们还没有看到阿德里安娜，”怀尔曼说，“只有那个。”

“还没有。”我说。

“但两个小女孩淹死了，”杰克说，好像在试图把什么话挑明，“这个珀尔塞什么的把她们引诱到了海里。或别的什么里头。”

“是的，”我说，“或别的什么。”

“但当时有过一场大搜寻啊。海湾境内。”

“必须如此，杰克，”怀尔曼说，“大家都知道她们已经死了。夏宁顿就是其中之一。”

“这我知道，”杰克说，“我就是要说这个。所以，伊丽莎白和她爸爸还有管家都缄口不语？”

“还有别的选择吗？”我反问他，“难道让约翰·伊斯特雷克对四五十个自愿者说，‘邪恶巫婆夺走了我的宝贝女儿，大家去找邪恶巫婆？’要说实情，当时的他或许还一无所知。尽管到了某一天他会发现原委的。”脑海中，那幅惨叫的画面又浮现出来。惨叫，流血。

“我同意他们别无选择，”怀尔曼说，“但我想知道，搜寻结束后发生了什么。就在去世前，伊斯特雷克小姐说起过，要把她浸回水里，让她继续睡。她是在说珀尔塞吗？如果是，那样做又怎么可能有用呢？”

我摇摇头，“我不知道。”

“你为什么不知道？”

“因为剩下的答案都在岛南。”我说，“在苍鹭栖屋的老屋里，不管还剩下了什么，总之我认为珀尔塞是在那里。”

“那好吧。”怀尔曼说，“除非我们已准备好快刀斩乱麻速离杜马岛，否则，我看我们就应该去一趟。”

“考虑到汤姆已被害，我们甚至无法选择撤离杜马岛了。”我说，“我卖出了一大堆画，斯高图那些家伙们也不会永远暂存它们的。”

“把它们全都买回来。”杰克提出建议。其实我自己早就想到了。

怀尔曼摇摇头，“很多买家都不会愿意卖的，就算出原价的两倍都没用。而且，这样的理由也说服不了他们。”

对于这一点，谁也没有表态。

“但她在日光下就没那么强大了。”我说，“我建议九点出发。”

“我没问题。”杰克说着站了起来，“我会提早一刻钟到这里。现在我要过桥去，回萨拉索塔的家。”桥。这个字眼突然激起一个想法，并在我脑中迅速激荡起来。

“你可以住在这里啊。”怀尔曼说。

“谈过这些之后？”杰克抬了抬眉眼，“没门儿，老兄，我还是敬而远之吧。但我明天会到的。”

“全日装备要求长裤和皮靴。”怀尔曼说，“那儿的植物泛滥成灾，还会有蛇。”他伸手抹了一把脸，“看起来，明天我去不成威克斯勒修道院了。伊斯特雷克小姐的亲戚们只能互相龇牙咧嘴了。真遗憾……嘿，杰克。”

杰克已经朝门口走了，听到喊声又转过身。

“你不会碰巧也有一幅埃德加的大作吧？”

“呃……这个……”

“老实交代。小兄弟，忏悔对灵魂有益。”

“一张速写。”杰克说。他擦了擦脚跟，我想他一定是脸红了。“铅笔和墨水画的。在一张信封背后。一棵棕榈树。我……唉……有一天我从垃圾桶里翻出来的。抱歉，埃德加。是我不好。”

“没事儿，但要烧掉它。”我说，“等这摊事结束了，我大概会送你一幅啥的。”如果这事能了结的话，我心中默想，却没有说出口。

杰克点点头，“好的。你想搭车回浓粉屋吗？”

“今晚我和怀尔曼一起住这儿。”我说，“但我确实要先回一趟浓粉屋。”

“千万别，”杰克说，“别跟我说你去拿睡衣和牙刷。”

“才不是，”我说，“野餐篮和那些银头——”

电话铃响了，我们互相对视了几眼。我立刻就意识到，那准是坏消息；胃突然一沉，好像变成了升降机。又响了一下。我看着怀尔曼，但怀尔曼只是看着我。他也心知肚明。我接起来。

“是我。”帕姆，沉重的语气。“振作点，埃德加。”

只要有人说这种话，你就该试着系好精神上的安全带。但那其实也没什么用。大多数人的脑袋里没有安全带。

“尽管说。”

“我给布仔家打过电话了，把你的话转告给他。他开始不停地问，这也不奇怪，但我对他说，我赶时间，况且也没什么理由好讲，所以——简单来说——他同意你的要求。‘看在老交情的分上’，他是这么说的。”

下沉的错觉愈演愈烈了。

“然后，我打给伊瑟。我没把握能找到她，但她刚好进门。她听上去很累，但她回学校了，挺好的。我明天会和琳联系，等他们——”

“帕姆——”

“我正要说呢。和伊瑟讲完后，我打通了卡曼的电话。响了两三下就有人接了，我便开始喋喋不休地说。我以为自己是在和他通话。”她停了停，“但那是他兄弟。他说卡曼从机场回家时，半路进了一家星巴克。排队时心脏病突发。急诊医师把他送到医院，但那只是走个程序罢了。他兄弟说，卡曼是 DRT——当场死亡。他问我打电话有什么事，我说，现在已经无关紧要了。那样说可以吗？”

“可以。”我不认为卡曼买的速写会对他兄弟、或别的人造成什么影响。我想，它的任务已经完成了。“谢谢你。”

“也可能是巧合——他确实是个大好人，但也超重太多了，任何人瞥一眼他都看得出来。我希望这么说能算是安慰。”

“你说得有道理。”尽管我清楚，她说的巧合不成立。“我回头再和你说。”

“好的。”她犹豫了一下，“埃迪，保重。”

“你也是。今晚记得把所有门窗都锁上，把警报器打开。”

“我一直都是这么做的。”

她先挂了电话。大屋的另一端，海浪不断打破夜的宁静。我的右臂在痒。我在想：*只要找到你，我相信我会把你碎尸万段。阻止你造成伤害还在其次，更重要的是要让你封喉锁舌。*

当然，我不是在对失去的手臂说话，或是手臂顶端那曾经灵活的手，而是在对症结发话；症结所在，就是那红袍里女人形的东西，她利用我，好像我是某种该死的通灵写字板。

“怎么了？”怀尔曼问，“别让我们提心吊胆的，朋友，什么事？”

“卡曼。”我说，“心脏病突发。死了。”

我想起储藏在斯高图的所有的画，全部卖出的那些画。它们在那儿暂且安全，但到最后，金钱能使鬼推磨。那算不上是真男人的行为，而是操他妈的美国式的行为。

“走吧，埃德加。”杰克说，“我载你回去，再送你回这儿来。”

14

我不会说上楼去小粉红的过程平静无恙（我带上了银烛台，我们进屋后就一直戒备森严地举着），但什么事也没发生。唯一存留在那地方的幽冥便是海贝的嘈杂。我把那些画放回野餐篮里。杰克一把夺过提手拎下楼去。一路上，我和他形影不离，出来后还把浓粉屋的门锁上了。那样做多少还有点用。

开车回杀手宫时，我突然心生一计……或者说，又想起了先前的那个念头。我把尼康数码相机落在浓粉屋了，也不想回去拿了，但——

“杰克，你有没有宝丽来照相机？”

“当然有，”他说，“一次成像。我老爸说那才是经久耐用的老货色。干吗问这个？”

“明天你来的时候，我想麻烦你在凯西岛那边拍几张桥的照片。拍几张鸟和船的。行吗？”

“好……”

“再带几张吊桥本身的，尤其是起降机械。”

“为什么？你干吗想要那种照片？”

“我打算画几张吊桥，但没有起降器，”我说，“而且，我打算在听到喇叭响起、表示桥要吊起来、让船通过的时候画。马达和水压机不会真的消失，但如果运气好，我可以把它搞得一团糟，暂时不让任何人上岛来。至少，能阻断交通吧。”

“你当真？你真的相信可以让桥出故障？”

“考虑到它经常无缘无故就坏掉，应该挺容易的吧。”我又看了看黑夜中的海面，想到了汤姆·赖利，本该被救活的赖利。天杀的，他已经被救活了呀。“我只希望能画一夜安眠，给我自己。”

如何作画（九）

找出画中画。通常很难发现，但画中永远有画。你若与它失之交臂，就会错过整个世界。我比任何人都清楚，因为当我看着卡森·琼斯和我女儿时——笑脸王子和他的小南瓜，我以为自己很清楚正在找什么，却因此错过了真相。因为我不信任他？是的，简直太可笑了。事实是，我不会信赖任何声称非我女儿不娶的男人，我的伊瑟啊，她是我的心头肉。

在找到他俩的合影之前，我就发现了单独画他的那张，但我对自己说，我不想要独角戏，那对我没用处，如果我想知道他对我女儿的心意究竟有几分，我就必须用魔力右手触摸身为伴侣的他们两人。

你瞧，我已妄下论断了。错得离谱的妄断。

如果我先触摸第一张，真正去探究第一张——卡森·琼斯穿着双胞胎队的T恤，独自一人——很多事或许会有天翻地覆的变化。或许，我就能因此感受到，其实他没有害人之心。几乎肯定是这样。但我忽略了那张，视而不见。也从未自问为什么：如果他对她来说是危险的，我当时就把她画得孤零零的，眺望那些漂浮海面上的网球。

因为穿着网球裙的女孩就是她，当然是。我在杜马岛期间的画作中，几乎所有女孩都是她，甚至那些装扮成瑞芭、或莉比（和瑞芭是一回事）、或阿德里安娜的女孩也是。

只有一个女性人物除外：穿红袍的。

她。

触摸伊瑟和男友的合影时，我感受到了死亡——当时我不敢对自己承认，但死亡的预感切实存在。我消失的右手感受到了死的气息，如同山雨欲来风满楼。

我认定卡森·琼斯蓄意伤害我女儿的情感，所以，我才想让她离他远远的。但问题根本不在他身上。珀尔塞想让我停笔，当我发现了莉比儿时的画作和铅笔后，我相信她更是恼羞成怒，近乎绝望，因为她无法令我停止探究。但卡森·琼斯从不曾是珀尔塞挑中的武器。甚至汤姆都只是临时将就的权宜之选。

那张画就在眼前，但我做出了错误的假设，与真相擦肩而过：我所触摸到的死亡并不来自于他，而是笼罩在她身边。

内心深处，我大概也知道，自己错失良机了。

否则，我怎么画了那么多天杀的网球呢？

十六　游戏结束

1

怀尔曼给了我一片安眠药。那确实很有诱惑力，但我终究还是谢绝了。不过，我取了一枚银头箭带上床去，怀尔曼也学样。他那体毛丰沛的肚腩微微垂凸在蓝色拳击短裤腰带上，右手攥一支约翰·伊斯特雷克的独门利器，他的模样可笑极了，就像丘比特的真人模仿秀。风声比先前更强劲了；大风沿着豪宅四壁八面狂卷，在角落里尖啸。

“卧室的门要开着，对吗？”他问。

“一定。”

“夜里有异常状况，就扯开嗓门大喊。”

“休斯敦，指令已收到。你也一样。”

“埃德加，杰克应该没事儿吧？”

“只要烧毁那张小画，他就会安全。”

“两个朋友遭难了，你撑得住吗？”

卡曼，是他教会了我旁敲侧击地活用记忆。汤姆，是他告诉我不要放弃主场优势。他们两个遭难了，我能撑得住吗？

能，也不能。我悲恸而更震骇，同时，如果不承认自己也确实感到一丝隐隐的释怀，那我就太不老实了；很多时候，人类就是如此复杂的浑球。虽然他们和我如此亲密，但卡曼和汤姆刚好站在能把我彻底击垮的魔圈之外。魔圈里的那些人，珀尔塞还没染指。只要我们动作够快，我们的受害名单就会止于卡曼和汤姆。

“朋友？”

“是，”我仿佛从极其遥远的时空被他唤了回来，“我还好。怀尔曼，需要我帮忙就叫我，别犹豫。含蓄暗示可没用。”

2

我仰卧在床，瞪着天花板，银头箭搁在床边桌上。我听着海风有节奏地回旋，海浪有节奏地翻卷。我记得自己心里想的是：这将是漫长的一夜。随后，睡意便征服了我。

我梦到了小莉比的姐姐们。不是大刻薄鬼，而是双胞胎。

双胞胎在奔跑。

大男孩在追她们。

它有好多**尖牙齿**。

3

半梦半醒时，我的大半个身子都滑到了地板上，左腿还搭在床沿上，接着又昏昏睡去。窗外，风和浪继续咆哮。屋内，我的心也像拍岸的大浪在沉重地跳动。我看到苔丝在下沉——那些酥软、躁动的双手攫住她的小腿肚时，她便溺水无返了。那十足清晰的情境俨然是我脑海中的一幅可怕的画。

但是，让我心跳如锤的并不是梦境中的小女孩在青蛙样的怪物前逃命，也不是梦导致我从地板上惊醒过来，嘴里泛着金属味，每一根神经都好像在灼烧。事实上，当你从噩梦中惊醒过来、并惊觉自己遗忘了什么重要的细节——比方说忘记关炉灶，而房间里已经充满了煤气味时——心才会跳成那样。

我把左脚也拽下地，它砰一声砸在地板上，如有千针在刺。我龇牙咧嘴地揉了揉麻木的腿脚。一开始，完全像是在揉搓一块木头，但渐渐的又开始有知觉了。麻木感消失，但遗忘了重要事件的直觉却还在。

到底忘了什么？我对岛南之旅抱有很高的期待，指望去一次就能把这场令人作呕、痛恼不断的差事彻底了结。毕竟，最要命的障碍莫过于信念本身，只要我们明天不至于在佛罗里达的艳阳下连连倒退，我们就能冲破阻碍。有可能，我们会看到头冲下飞的鸟群，或许，我在梦中所见的巨大跳蛙般的怪兽会挡我们的路，但我也想到，那些把戏是如假包换的幻影——对付六岁小姑娘是绰绰有余了，但对成年男子未必行得通，尤其是配有银头箭装备的我们。

当然，我还会带着铅笔和画本上路。

我想，珀尔塞现在是怕我的，也畏惧我新掌握的本领。独自一人，尚未从濒死体验中彻底康复（事实上，仍有自杀倾向），我非但不是麻烦，或许还会很有用。因为，尽管埃德加·弗里曼特夸夸其谈，但并不真的拥有第二条命；埃德加只不过为他的残废身心换了个环境，从水泥森林挪到了棕榈树影下。但一旦我又有了朋友……看看我周围还有什么再伸手去……

那我就变得危险了。她到底在打什么主意？重获她在世间的地位——这是肯定的；但除此之外呢？我真的不知道。但她肯定觉得，对极具天赋的独臂画家要点恶作剧再好不过。我差点儿就把毒画卖到世界各地了，上帝啊！但现在的我已经和莉比一样，能和她针锋相对了。现在的我，是她第一个该阻止、然后消灭的阻碍。

“婊子，你晚了一步。”我喃喃自语。

怪就怪在这里，为什么我还是能闻到煤气味道呢？

那些画——尤其是最具杀伤力的《女孩和船》系列——全都好端端地锁在画廊里，也如伊丽莎白所愿，撤离本岛了。据帕姆说，除了布仔、汤姆和卡曼，我们的亲朋好友没有谁买了速写。我本该倾尽全力不让汤姆和卡曼惨死，但现在说什么都晚了，但布仔答应了要烧掉他的画，那还算好。就连杰克也没漏掉，还好他主动坦白了顺手牵画的小插曲。我觉得怀尔曼真是英明，还好他问了他。我只是奇怪他没问：我有没有把什么艺术品送给杰——

呼吸在屏息间仿佛凝固成了冰柱堵在胸口。现在，我终于知道自己忘记什么重要的事情了。现在，就在风声呼号的暗夜深处。我一直把注意力集中在该死的画展上，却没想过在此之前——我有没有把画给过别人。

能给我吗？

我的记忆仍是执拗阻滞，却有时会跳现彩色印片般明丽的画面，足以令我讶异。现在，又跳出了一幅画面。我看到伊瑟赤足站在小粉红里，穿着短裤和吊带背心。她站在我的画架前。我不得不让她让开，才能看到深深吸引住她的那幅画。那幅我甚至不记得如何画出来的画。

能给我吗?

等她闪到一边，我看到了穿着网球裙的小女孩。她以背示人，却是画面的焦点。一头红发表明她是瑞芭，我的小情人、上辈子的女朋友。但她也是伊瑟——小船上的女孩——也是伊丽莎白的大姐阿德里安娜，因为那条网球裙是她的，裙边打着精致的蓝色花褶。（我不可能知道得这么详细，但我就是知道；伊丽莎白——当时还只是莉比——的画唤起了无数回忆，这也是其中之一。）

能给我吗？我就是想要这幅。

毋宁说，有什么东西想让她想要这幅。

帕姆说，我打给伊瑟。我没把握能找到她，但她刚好进门。

围绕在布娃娃女孩脚边的全是网球。还有很多漂浮在微漾的波浪上，朝岸边涌来。

她听上去很累，但她还好。

她好吗？真的吗？我已将恶毒的画给了她。她是我的甜心宝宝，她要什么我都不能不给。我甚至为她给那张画命了名，只因她说，艺术家必须给作品命名。《游戏结束》，可现在这名字唤起的联想却像丧钟在当当鸣响。

4

客房里没有电话分机，我蹑手蹑脚地走出门去，手里还握着那柄银头箭。尽管我急于和伊瑟通话，但还是停下了几秒，瞥了瞥对门。敞开的门里，怀尔曼仰卧在床，像条搁浅的鲸鱼，发出轻轻的鼾声。他那把银头箭也放在枕边桌上，旁边还有一杯水。

我走过全家照，走下楼，来到厨房。这儿的风啸和浪声似乎比先前更响了。我抓起电话，听到……什么也没听到。

当然了。你以为珀尔塞会忘记电话吗?

我看了看话筒，看到小灯标出两条线路。也就是说，至少在厨房里，光光拿起无绳分机是不能拨打外线的。我默祷几句，摁下了标明一号外线的按键。祈祷有功，拨号音传出。我移动大拇指要拨号时才发现，自己记不起伊瑟的号码。我的电话本拉在浓粉屋了，而此刻，她的号码也不在我的记忆储存区。

5

拨号音继续，电话仿佛在拉警报。声音不响——我已把话筒放下，搁在了流理台上——但黑影幢幢的厨房，却能让我想起各式各样的险情。暴力事件发生，警车闻风而动；救护车奔赴伤亡现场。

我摁断了电话，低头沉吟，额头靠在了杀手宫庞大且冰凉的冰箱门上。眼前的磁贴上写着**肥胖是新潮苗条**。没错，死亡还是新生呢。磁铁旁还有一本带吸磁的便签盒，附吊着一支短短的铅笔。

我摁下一号线按键，拨出了411。自动接听的话务员欢迎我拨打查号系统，再问我要查询哪国哪州。我说，“普罗维登斯，美国罗德岛”，仿佛登台演出似的说得字正腔圆。至此，一切还算顺利，但机器人在伊瑟的名字上卡壳了，无论我发音多么标准、吐字多么缓慢都没用。它把我转接到人工话务员，她帮我查了查，其实我多少已经猜到她的结论了：伊瑟的号码没有登记过。我告诉话务员小姐，我要和我女儿通话，事情非常紧急。她说，我可以试试请求她的上级领导代我联系，确认无误后才能告诉我号码，但必须等到东部时间早上八时。我看了看微波炉上的时钟，才半夜两点零四分。

我挂了电话，合眼苦思。我可以把怀尔曼叫醒，问他的小红本里有没有伊瑟的电话，但令我万般煎熬的是：我总觉得那样会浪费太多时间。

“我办得到的。”我对自己这么说，却几乎毫无把握。

你当然可以，这是卡曼的声音，*你的体重是多少？*

我是一百七十四磅，成年男性普通体重是一百五十磅。我看到一串数字浮现在脑海里了：174150。这串数字是红色的。接着，五个数字转成了绿色，一个接一个的。我没有睁开眼睛就抓起那只短铅笔，在便签纸上写下：40175。

*接下来，你的社保号码是什么？*卡曼继续问我。

红色的数字在黑色中清晰地亮起来。其中四个数字相继转成绿色，我又按照次序把它们记在刚才的数列后。当我睁开眼睛时，纸上出现的是401759082，向下倾斜的笔迹仿佛醉后的涂抹。

没错，我认出来了，但还缺少一个数字。

没关系的，我脑海中的卡曼对我说，对挑战记忆的人来说，数字键盘电话犹如天赐之物。如果你能聚精会神，摁下已有的数字，就会轻而易举地摁下最后一个键。那是你肌肉的记忆力在起作用。

希望他说得有道理，我再次接到一号外线，摁下罗德岛的区码，再是 759-082。手指没有一丝犹疑。也摁下了最后一位数。远在普罗维登斯的某处，有一台电话开始响铃。

6

“嗯—喂？……谁……是谁？”

那一刹那我肯定自己猜错了号码。接电话的是女性，但听来比我女儿老。老很多，而且像是嗑了药。但我克制住自己，没冲口而出“打错了”并即刻挂断。她听起来很累，帕姆之前说过，但如果这真的是伊瑟，她岂止是累呀，简直是虚弱得要死。

“伊瑟？”

很长时间没有回答。我开始假定，远在普罗维登斯的那个不知名的人已经挂断电话了。我意识到自己在出汗，汗流浃背，自己都闻得到，活像树上的臭猴子。随后，对方又磕磕巴巴地重复了一句：

“嗯—喂？……谁……是谁？”

“伊瑟！”

没有回答。我感到她真的就要挂了。窗外，风声呼号，大浪拍岸。

“甜心小姐！”我大声喊起来，“甜心小姐！我看你敢不敢挂这通电话！”

终于有用了。“爹……地？”断句残词中恍然有一种惊奇。

“是，宝贝——是我，爸爸。”

“如果你真是我爸爸……”又停顿了良久。我仿佛能看到她在厨房里，赤着脚（就像在小粉红看着画中人偶和漂浮的网球时那样），头低着，头发垂在脸庞周围。神思涣散，或许濒临疯狂。这是第一次，我开始痛恨珀尔塞，也畏惧她。

“伊瑟……甜心小姐……我想让你听我说——”

“说出我的网名。”现在，那震惊的语调里分明又有了一丝狡猾。“如果你真是我爸爸，那就说出我的网名。”

我明白，如果我说不上来，她就会挂断电话。因为她已经被什么东西控制了。那东西在愚弄她、折腾她，在她周边设下了它的罗网。只不过，那不是什么“它”，而是她。

伊的网名。

一时间，我又忘了个精光。

你办得到，卡曼说，但卡曼已经死了。

“你不是……我爹地。”电话那头神思涣散的女孩又打算随时切断电话了。

发散思维。卡曼冷静地提出建议。

即便那时，我心里想，却不知道自己为什么这么想。即便那时，即便以后，即便现在，即便如此——

“你不是我爸爸，你是她。”伊瑟说。那种拖泥带水的拖腔，根本不像她。“我爸爸死了。我在梦里看到的。再——”

“如果如此！”我喊出来了，不再在乎会不会吵醒怀尔曼。根本没去想怀尔曼。“你是如果如此女孩！”

那头的沉默变得更漫长了。然后，“还有呢？”

头脑一片空白，太恐怖了。我继续发散乱想：阿丽西亚·琴斯，钢琴上的键盘——

“88，”我说，“你是如果如此女孩88。”

又是长时间的静默，简直永无止境。然后，她哭起来了。

7

“爹地，她说你已经死了。那种说法我信了。我梦到了，妈妈也打电话来说汤姆死了，所以我才会信。我梦到你很悲伤，走进了海水。我梦到退潮浪把你卷走，你淹死了。”

“我没有淹死，伊瑟。我很好。我向你保证。”

通话不太连贯，不时被哭泣打断。显然，我的声音多少稳住了她的情绪，但无法将她治愈。她总是心不在焉地转换话题；她提到了斯高图的画展，却仿佛是起码一周前的往事，还突然中断话头，说起她有个朋友因“太暴露”而遭到逮捕。这事让她放声狂笑，好像已经烂醉如泥。我问她“太暴露”是怎么回事儿，她又说没什么。她说那大概也是梦里的情形吧。现在她听起来又清醒过来了。清醒……但不对劲。她说，那个她是响彻她脑海中的一个声音，但也会从水池和马桶里冒出来。

我们说到一半时，怀尔曼走进来打开了厨房里的日光灯，再把他手中的银头箭搁在面前，在桌边坐下。他一言未发，只是听我讲电话。

伊瑟说她回到公寓的那一瞬间就开始觉得古怪——“阴森森的吓死人”，这是她的原话。一开始还只是恍惚迷离的感觉，但很快她就感到恶心了——就像我们沿着杜马岛路往南探险那天一样。晕眩恶心的感觉越来越强烈。还有女人的声音从水池里传出来，对她说，她父亲死了。伊瑟说，那之后她便出去散了会儿步，指望着新鲜空气能让头脑清醒点，但刚出门就觉得要赶紧回家才对。

“准是洛夫克拉夫特的恐怖小说看多了，那是英语高级阅读课程的任务。”她说，“我还一直觉得有人在跟踪我。那个女人。”

回到公寓后，她做了点燕麦粥，心想，吃点清淡的东西或许能让胃舒服点，但看到粥又会犯起剧烈的恶心——每一次搅动，她都似乎能看到里面有东西。骷髅头。惨叫的孩子的脸孔。接着，是一个女人的脸。她脸上的眼睛多得数不清，伊瑟说，就是在粥碗里的女人说她父亲死了，还说她母亲尚不知情，但等她知道了准会高兴得开派对。

“所以我去屋里躺躺，”她说，没意识到自己用的是孩提时代的用语，“就是那会儿，我梦到那女人说的都是真事，而你在梦里真的死了，爹地。”

我想问她，她妈妈是什么时候给她电话的，但我怀疑她是否还记得那通电话，反正也无所谓了。但是，我的上帝啊，难道帕姆没感觉到异常吗，只是乏累？难道我在上一通电话里还没跟她说明白吗？她聋了吗？当然不会只有我听得出伊瑟语调里有恍然失神之态，这所谓的“乏累”。不过，也可能帕姆打电话时她的状态还没现在这么糟糕。珀尔塞很强大，但这不意味着她施展法术不需要时间。尤其，隔着千山万水。

“伊瑟，我给你的画还在吗？画着小女孩和很多网球的？我命名为《游戏结束》。”

“这是又一件荒唐事。”她说。我留神地听，发现她在努力把话说得顺畅些，醉汉被交警拦下时也会这样装清醒。“我本想把它拿去裱框，但之前忙得没空去弄，所以我用一枚图钉把它钉在大屋的墙上。你知道的，那间厨房兼起居室。我在那儿给你倒过茶。”

“我记得。”其实，我从没去过她在普罗维登斯的公寓。

“在那儿，我能看到它……看着……但后来，等我回家时……嗯……”

“你要睡着了？跟我说话时别睡着啊！甜心小姐。”

“没睡着……”但她的声音却越来越轻弱。

“伊瑟！醒醒！你他妈的给我醒过来！”

“爹地！”她好像大吃了一惊，但也彻底醒过来了。

“那幅画怎么了？你回家后，出什么事了？”

“它跑到卧室的墙上去了。我猜，大概是我自己挪过去的——用的还是那枚红色图钉呢——但我真不记得自己这么做过。我想，大概是我想让它和我更贴近些。好笑吧？”

不。我一点儿不觉得好笑。

“爹地，如果你死了，我也不想活了。”她说，“我也想死。像……像……像玻璃弹珠那样硬邦邦！”说完她放声大笑。我想起怀尔曼的女儿，我笑不出来。

“仔细听我说，伊瑟。你要照我说的做，这事很重要，人命关天。你明白了吗？”

“明白，爹地。只要别花太长时间就好。我……”打哈欠的声音，“……太累了。既然我知道你平安无事，大概就能睡个好觉了。”

是的，她能安睡。睡在用红色图钉钉在墙上的《游戏结束》之下。然后，等她醒来，就会觉得这次通话也是梦里的事，现实依然是她父亲在杜马岛自杀了。

是珀尔塞干的。那个死巫婆。那个臭婊子。

暴怒回潮了，就在那一刻，仿佛它从未离开过我。但我千万不能让怒火搅乱思维；决不能在语气里有一丝泄露，要不然，伊瑟会觉得我是在对她发火。我把话机夹在耳朵和肩膀中间。然后伸出手，摸到水池龙头后的细长不锈钢水管。我用手掌死死地攥紧它。

“不用太久的，宝贝。但你必须先做完这件事，然后才能睡觉。”

怀尔曼坐在桌边，静静地看着我。窗外，海浪如重锤坠下。

“甜心小姐，你的公寓里有什么炉灶？”

“煤气啊。煤气炉。”她又大笑起来。

“好。把画拿来，扔进烤箱里。然后关上炉门，打开烤箱。选最高档。把那东西烧掉。”

“不要啊，爹地！”她再次清醒过来，惊讶得好像我刚才骂了粗口，甚至更严重。“我超爱那张画啊！”

“我知道，宝贝，但就是那幅画让你现在不舒服。”我又说了些别的，然后收声了。如果真是因为那幅画——毋庸置疑——那我也无需多费口舌。她会像我一样明白的。我攥着水管来回拧动，打心眼里希望攥在手心的是那婊子巫婆的喉咙。

“爹地！你真的以为——”

“我不是以为，是真的知道。伊瑟，听话，去把画拿来。我不挂电话。回来后，把它塞进烤炉，点火烧掉它。马上就去。”

“我……好吧。你等着。”

电话啪嗒一声被她放下了。

怀尔曼说：“她去拿了？”

我还没来得及回答，却传来一声脆响。冰凉的水柱喷出来，把我的手臂都淋湿了。我看到依然攥在手中的水管，又看了看断口参差不齐的截面。扳下的那截水管被我扔进了水池。水管的截肢里喷涌出哗哗的水流。

“我觉得她会听话的。”我停了停，又说，“对不起。”

“没事儿。”他跪到地板上，打开水池下的柜门，伸手越过垃圾桶和装垃圾袋的暗盒往里摸。他关掉了水闸，断管的井喷渐渐止住了。“你不知道自己有多大劲儿，朋友。也搞不好你很清楚。”

“对不起。”我又道了一次歉，但并不那么诚恳。我的掌心被划出了一道口子，但我感觉好多了。清醒多了。也猛然意识到，曾几何时，这根水管也可能就是我太太的脖子。怪不得她要和我离婚。

我们坐在厨房里继续等。灶台上方的时钟好像走得特别慢，一秒一秒往前蹭，一圈一圈推动分针缓移。断管里的水只剩了潺潺一条细流。接着，我听到了伊瑟的声音，很轻，“我回来了……我把它放……啊！”她冷不丁地尖叫一声。我分不清那是惊讶还是痛楚的语调。或许两者兼有。

“伊瑟！”我喊起来，“伊瑟！”

怀尔曼慌忙站起来，屁股撞在了水池边。他双手摊开瞪着我。我摇摇头——不清楚。现在，厨房里一点不暖和，我却分明感到汗顺着脸颊滑落而下。

伊瑟重新拿起电话时，我正在琢磨，接下去该怎么办——打给谁？她听来已是筋疲力尽，却也完全像她自己了。终于像她自己了。“大半夜的啊耶稣上帝。”

“出什么事了？”我不得不强忍住拔高嗓门的冲动，“伊，出什么事了？”

“烧了。它被火点燃，然后烧光了。我透过烤炉的门看着它烧没了。除了灰，啥也没剩下。爹地，我得先去找块邦迪。你说得太对了，真的有什么不对劲，那幅画真的、真的有问题。”她虚弱地笑了笑，“该死的东西不想到炉子里去。它竟然反折过来，还……”她颤抖着笑笑，“我愿意把这伤口想成是纸割伤的，但看起来可不像，感觉也不是划伤。就像是被咬了一口。我觉得，那幅画咬了我一口。”

8

对我来说，她人没事是最重要的。对她来说，我人没事才最重要。我俩都没事。这就是愚不可及的艺术家当时所想的。我告诉她，明天再给她电话。

“伊瑟？还有一件事。”

“我听着呢，爹地。”她的声音完全清爽无恙了，又能主宰自己了。

“去炉边看看。炉子里有没有灯？”

“有。”

“打开那盏灯。告诉我看到什么。”

“那你又得等一会儿了——这是卧室里的电话。”

这次等的时间比较短。她回来说，“灰。”

“好的。”我说。

“爹地，你别的画呢？都像这张一样吗？”

“这事我会管的，宝贝。改天再细说。”

“好吧。谢谢你，爹地。你仍然是我的大英雄。我爱你。”

“我也爱你。”

这就是我们最后一次通话，而我俩谁也不知情。我们从来都不知会发生什么，对吗？至少，我们在道别时互表了心意。我收到了她的爱。一句话而已，却意味深长。有些人的最后一次交谈就没这么好。后来的很多个不眠之夜里，我一直如此劝慰自己。

没这么好。

9

我身子一软，迈过怀尔曼，双手抱头俯在了流理台上。“看我这汗流得，像头猪。”

“大概和掰断伊斯特雷克家的水管有点关系吧。”

“真是对不——”

“再说一遍小心我扇你。”他说，“你做得很对。并不是每个男人都能救下爱女的命。相信我，我妒忌你。想来杯啤酒吗？”

“我会吐得满桌子都是。有牛奶吗？”

他在冰箱里看了一圈，“没有牛奶了，但我们有奶精。”

“那就给我一杯。”

“你是个病态的宝宝，埃德加。”说归说，他还是在果汁杯里倒了“一半一半”牌咖啡奶精，我一口吞进肚。然后我俩上楼去，走得非常慢，像远古雨林战士一样攥着各自的银头箭。

我回到客房，躺下，又开始干瞪天花板。我的手伤了，但问题不大。她的手也伤了；我是自己割破的。不知怎的，这两处伤很吻合。

桌子在漏水，我在想。

把她浸回水里，让她沉睡。

还有别的话——伊丽莎白还说过别的什么。我想不起来了，但我记得更重要的事：伊瑟已经把《游戏结束》放进烤炉里烧成灰了，但也因此被割伤了——或说被咬伤了。伤口在她的手背上。

应该让她消消毒，我在想，也应该帮我的伤口消消毒。

我睡着了。这一次，不再有巨大的青蛙出现在梦里警示我。

10

太阳升起后，我被砰然巨响惊醒了。风依然强劲，比昨夜更嚣张，已把怀尔曼的一把沙滩椅撞到了大屋的外墙上。或许，那把惹人发笑的遮阳伞也未能幸免，曾几何时，我们在伞下初识，分享冻饮——冰绿茶，非常清凉爽口。

我套上牛仔裤，把别的衣服都留在地板上，包括那把银头箭。我不认为爱莫瑞·包尔森会在光天化日下再次拜访我。走到怀尔曼的房间时，我又习惯性地看了一眼，其实早就听到他的鼾声了。还是仰卧，但这次，双臂左右摊开。

我下楼去了厨房，在断裂的水管面前摇摇头，昨夜用的果汁杯还在水池边放着，底部凝着奶精。我在橱柜里找出一只大杯子，倒满橙汁。橙汁罐是我从储藏室拿出来的。海湾上的风很猛烈，但挺暖和的，把我眉梢鬓角浸透汗水的头发往后吹。感觉很好，很舒心。我决定到沙滩上走走，在海边把橙汁喝完。

在木栈道上走到七成远，我停下了脚步，想抿一口橙汁。橙汁倒得太满了，走动中，泼洒出来落到了赤足上。我都没去留意。

海湾中，漂浮在向岸边扑来的一阵大浪上的，是一只亮绿色的网球。

*那不能说明什么。*我想让自己相信，却稳不住手里的水杯。*它足以说明一切，*一眼望见时我就心知肚明。我把杯子扔到海滨燕麦草丛里，撒腿跑起来——用那一年埃德加·弗里曼特特有的一瘸一拐的方式跑。

足足用了十五秒，我才跑到木栈道的尽头，也可能没那么久。就在那儿，我果然看到三只网球漂浮在浪尖上。六只。然后，八只。大多数都在我的右手边——朝北漂去。

我都顾不上看路，结果，从木栈道上踏空一步，跌在沙地里，双手挥舞着以求平衡身体。踏上沙地时我仍在跑，要是重心刚好落在没有受过伤的腿脚上就不会跌倒，可偏偏就是右脚着地。剧痛扭曲着向膝盖、臀部火速蔓延，我四肢摊开跌倒在沙地上了。距离鼻尖六英寸，便是一只天杀的网球，毛茸茸的绿毛浸透了海水。

球的一侧印着邓洛普的商标，字体黑漆漆的像是咒语。

我挣扎着站起来，放眼眺望海面。只有少数几只网球漂在杀手宫前，但北边远处，向着浓粉屋的方向，我看到的是一条浩浩荡荡的绿色漂游带——起码有百余只网球，乃至更多。

那不能说明什么。她已经安全了。她把画烧了，安全又舒坦地躺在

千百英里以外的公寓里。

“不能说明什么。”我说出声来。风吹头发，已不再和煦舒畅，而是冰寒刺骨。我一瘸一拐地朝浓粉屋走去，赤足踩进潮湿、结实又闪亮的沙地里。前面的鹬鸟群惊飞而起。涌上沙岸的小浪还时不时地推送一只网球到我脚边。现在，竟有那么多网球散放在浸在水里的硬板盒套上。随后，我看到有个板条箱大敞着，箱子上印着“邓洛普网球公司”和“工厂弃物”、“非罐装”等字样。围绕箱子的，便是在海浪上弹跳漂浮的网球。

我越跑越快。

11

昨夜我没有锁门，钥匙插在锁眼里。一进门看到留言灯在闪，我便用蹒跚的步态冲到电话机前。摁下播放键，冷冰冰的机器人用男声说，这条信息储存于清晨八时四十八分，也就是说，不足半小时之前。接着，帕姆的声音冲出来了。我埋下头去，只有遇到玻璃爆裂，你才会那样深深地埋下头，生怕尖利的玻璃碎片用如刃的锯齿边扎进你的脸。

“埃德加，警察打来电话，他们说伊瑟死了！他们说有个叫玛莉·爱尔的女人进入她的公寓，杀了她！她是你的朋友！佛罗里达的艺术同仁把我们的女儿杀死了！”她号哭起来，顾不上保持斯文姿态……接着又狂笑。那种笑声太恐怖了。我分明觉得，那些飞将而来的玻璃片深深刺入了我的脸孔。“你这个浑蛋，给我回电。回电好好解释。你说过她会安全的！”

哭声不绝，直到电话挂断。接着便只有僵死循环的拨号音。

我伸出手，摁下答录机的开关，这才让一切静下来。

我走进佛罗里达屋，望着依然在海面上漂流的那些网球。我觉得自己分身了，就像有另一个我在观望这个我。

死去的双胞胎在我的画室里留过口信——我们的妹妹在哪里？难道她们指的是伊瑟？

我简直能听到巫婆在得意地狂笑，看到她频频点头。

“你在这儿吗，珀尔塞？”我问。

风从纱窗里吹进来。海浪有节奏地匀速拍岸。海鸟在海面上飞翔，嘶叫。我看到沙滩上还有一只劈裂的网球板条箱，已经半埋在沙里了。海里的宝藏；*翡翠汤*里的废料。她是在观望我，没错。等着我走向崩溃。千真万确。她的——什么？守卫者？——或许在白昼里沉睡，但她不用。

“我赢，你赢。”我说，“但你觉得胜券在握了，是不是？聪明的珀尔塞。”

她当然聪明。她已经耍了我很久。我有个直觉，就在希伯来人还在埃及的热带丛林里孜孜求生时，她就已经很老了。有时候她沉睡，但现在醒了。

对她来说，也没有鞭长莫及之说。

我的电话响起来。我又走回去接电话，仍然感觉有两个埃德加在走，立地的肉身之上，还有另一个飘浮在埃德加的头顶。这次是达里奥。他听上去很生气。

“埃德加？你留的是什么鬼话？不许卖——”

“现在不行，达里奥。”我说，“别说了。”我切断电话，拨给了帕姆。现在我不用思索，号码便自然而然地出现；肌肉的记忆力彻底掌控了一切。我突然意识到，人类若只有这类记忆，大概会过得更舒坦吧。

帕姆冷静多了。我不知道她吃了什么药，但很管用。我们说了有二十分钟。她始终是边说话边抽泣，并时不时地控诉我，我毫无招架之力，她的愤慨渐熄，又回到迷惑不解、悲痛欲绝的情绪里。我摸索到了关键点，至少当时以为是。但还有一个关键点是我俩都忽略了的。智者曾说，看不见的敌人你就打不着；负责此案的警察是在电话里对帕姆介绍了情况，但他没打算告诉她，玛莉·爱尔把什么东西带去了我女儿的公寓。

除了枪——那就不用说了，一把贝雷塔。

“警察说她准是开车去的，几乎一路直奔没有停。”帕姆呆呆地说道，“她绝不可能带着手枪上飞机。她为什么这么干？又是因为一幅该死的画吗？”

“当然是。”我说，“她买了一幅画。我都没想到。完全把她忘了。没想到还有她。我担心的只是伊瑟那该死的*男朋友*。”

我的前妻用极其冷峻的口吻——哪怕那是虚假的药后反应，“是你干的。”

是的。是我。我本该想到，玛莉·爱尔肯定会买一幅油画的，起码会有一张速写；她也肯定会挑《女孩和船》系列的某一张——也就是最有毒害力的那些画。而且，她无需让画廊装框托运或暂时寄放，因为她就住在坦帕的中心地带。据我猜想，在她用那辆老爷奔驰车送我去医院的时候，那幅画大概就已经搁在后备箱里了。她会从医院直接回戴维斯岛上的寓所，那儿就有自动安保系统。该死的，那就是朝北开。

这些事，我猜也猜得到啊。毕竟，我见过她，知道她对我的画有何看法。

“帕姆，这个岛上有非常恐怖的恶事正在发生，我——”

“你以为我在乎吗，埃德加？包括干下这种事的女人？你害得我们女儿被杀了。我甚至都不想再跟你说话。我不想再见到你，我宁可挖出眼珠子也不愿意再看一眼你的画。你就该被起重机压死。”她的声音里透着一种蓄意的恶毒，“那才会有大团圆结局。”

静默了几秒钟后，我又听到了拨号音。我真想把电话机狠狠摔向对面的墙，但飘浮在上的埃德加对我说不。那个埃德加飘在我的头顶，他说，那样反而会让珀尔塞得逞。于是，我轻轻地放下电话，之后的一分钟里，我呆呆立在原地，身子摇来晃去，活生生的，可与此同时，我十九岁的女儿死了，不仅中枪，还被疯狂的艺术评论家拖进浴缸里淹死了。

我走出门去，步履缓慢。门就让它开着。现在，似乎也没有锁上的必要了。门外倚墙靠着一把扫帚，用来清扫人行道上的沙石。我看到它，右臂就痒起来了。我抬起右手，在眼前摊开。看不到它，但我握紧又松开时，我能感觉到肌肉的弹力，也能感到几只尖锐的长指甲抠入掌心的痛感。还有几只指端短短的，感觉很毛糙。准是折断了吧。鬼手的鬼指甲遗落在某处——或许就在二楼小粉红的地毯上。

“滚。”我对它说，“我不想再要你了，滚开，去死吧。”

那只手没有走。它不愿意。连着它的那条胳膊也不愿意，手痒，悸动，痛楚，它拒绝离我而去。

“那就去找我女儿，”我说着，眼泪哗哗流下。“把她带回来，你怎么不去了？把她带来给我。只要把她带回我面前，你想画什么我都会画的。”

什么也没有发生。我只是一个独臂男人，带着幻觉中的痛。唯一的幽灵是他自己的，就飘荡在他肉身之上，体察着这一切。

诡异的触感在我的皮肉上蔓延得愈来愈盛。不再仅有悲恸令我落泪，难受可怖、永远挠不到的痒痛也会逼得我哭。我操起扫帚，气得想把它一折为二，却一下子反应过来自己办不成这件事——独臂人无法把搁在膝盖上的扫帚折断。我又倾身靠在墙上，用健壮的左脚踩住它。这下踩断了，扫帚头飞了出去。我把断口尖利的扫帚柄举到眼前，对自己点点头。这还差不多。

我顺着房角往下走，走到沙滩上，意识深处还注意到浓粉屋下的海贝在大声喧哗，海水滚滚冲入那阴暗处，又急急退出。网球散落各处，俯拾皆是，当我走近浸透海水、却越发闪亮的包装盒时，突有闪念，想起了伊丽莎白对怀尔曼说的第三句话是：你会很想，但千万别。

“太晚了。”话音出口，我和头顶那个埃德加的连线就断了。他越飘越远，我也失去了意识。

十七　岛之南

1

接下去，我记得怀尔曼出现了，他扶我站起来。我记得自己走了几步才想起伊瑟死了，便又浑身瘫软，跪倒在地。最可耻的是，即使心都碎了，我竟然还在饿。饿得如狼似虎。

我记得怀尔曼扶着我走进敞开的前门，对我说那都是一场噩梦，因为我一直噩梦连连，而我对他说不，那都是真的，是玛莉·爱尔干的，玛莉·爱尔把伊瑟淹死了，就在伊瑟自己的浴缸里，听了这话他笑了，还说他明白了。有一个恐怖的瞬间，我信了他。

我指了指答录机，说，“播放留言”，便去了厨房。蹒跚着冲进了厨房。当帕姆的声音再次响起时——埃德加，警察打来电话，他们说伊瑟死了！——我正从盒子里掏出一人把迷你麦片直接往嘴里塞。一种古怪的感觉出现了，好像我已被制成切片，很快，就会有人把我放在显微镜下进行研究。另一间屋里，留言放完了。怀尔曼咒骂一声，又重放了一遍。我不停地往嘴里塞麦片。怀尔曼出现前，我在沙滩上的那段时光好像完全消失了。我的记忆里一片空白，就像车祸后从医院里醒来时那样。

我掏出最后一把麦片，全都塞到嘴里，囫囵吞下。麦片干糊糊地黏在嗓子眼里，那也没问题。那样很好。我就希望能被麦片噎死。我活该被噎死。但嘴里的东西最终全都滑下肚了。我拖着摇摇摆摆的身子回到起居室。怀尔曼正站在答录机旁，眼睛圆瞪。

“埃德加……朋友……上帝啊，这到底——？”

“有一幅画，”我说，还忍不住颤巍巍地摆动。既然肚里有货色了，我想要更多的特赦，哪怕只是倏忽即逝的片刻。只不过，那还不止是想要，而是迫切需要。我踢断了扫帚……然后，怀尔曼出现了。这段省略号里有哪些内容？我不知道。

我暗下决心，我不想去弄清楚。

“那些画……？”

“玛莉·爱尔买了一幅。我肯定是《女孩和船》里的。离开画廊时她是带着画一起走的。我们本该想到。是我本该想到。怀尔曼，我需要躺下来。我需要睡会儿。就两小时，好吗？然后叫我起来，我们去南端。”

“埃德加，你不能……听到这种消息，我可不想让你……”

我停下脚步，看了看他。尽管转过头去时，头沉得仿有千斤重，但我还是看定了他，“她也不想让我去，但这事今天必须了结。两小时。”

浓粉屋敞开的前门是朝东的，晨光明亮地照在怀尔曼的脸庞上，照亮了那深重的同情，我都不敢多看一眼。“好的。朋友。两小时。”

“与此同时，试着让每个人都远离这里。”我不知道他有没有听见这一句。这时我已经面朝卧室而去，语音也飘忽了。我倒身在床，看到了瑞芭。我思忖着要不要把她扔出屋去，就像考虑要不要扔电话。我没扔，反而把她拉过来，把自己的脸埋在她柔软无骨的身体里，哭起来。睡着时，我仍在哭。

2

“醒醒。”有人在摇我，“埃德加，醒醒。要是你现在还不起来，我们就来不及上路了。”

“我不知——我不能确定他能不能醒过来。”那是杰克。

“埃德加！”怀尔曼先是扇了我的左脸一巴掌，继而是右脸。两下都不轻。明亮的日光刺痛我紧闭的眼，在内眼帘里照出一片红色。我真想离这些干扰远远的——睁开眼就没好事——但怀尔曼不愿意放任我。“朋友！快起来！已经十一点过十分啦！”

这句话起效了。我坐起来，看着他。他正把床头灯举在我面前，我都能感觉到灯泡在发热。杰克站在他身边。伊瑟死了，我的小伊瑟！噩耗击中我的心，我却强迫自己忘却。“十一点！怀尔曼，我跟你说过，就两小时的！要是伊丽莎白的那些亲戚决定——”

“放松，朋友。我给丧葬厅打过电话了，告诉他们让那些亲戚不要上岛。我说我们三个都得了风疹，见一个人就传染一个。我还给达里奥打过电话，跟他说了你女儿的事。画廊里那些画都会暂时压下，至少现在不会发货。我怀疑，只有你有这种特权，但——”

“当然是。”我下了床，用手搓了搓脸。“珀尔塞不会再制造更多伤害了。”

“我很难过，埃德加，”杰克说，“真为你的女儿感到难受。我知道这没什么用，但——”

“有用。”我说，说不定迟早会有用的。只要我不断地说服自己；只要我不断地前进。车祸真的教会了我一个真理：前进的唯一办法就是前进。说服自己相信“我办得到”，哪怕你知道自己心有余而力不足。

我看到自己的衣物都齐整了，准是怀尔曼或杰克从杀手宫带来的，但要完成今天的任务，我还需要收在衣橱里的靴子，摆在床脚的慢跑鞋可不行。杰克穿着佐治亚巨人靴、长袖衬衫；还挺像样。

“怀尔曼，能弄点咖啡吗？”我问。

“我们还有时间吗？”

“必须挤出这个时间。我需要置备，但当务之急是要彻底醒过来。你们俩大概也该加点燃料吧。杰克，帮我穿靴子，好吗？”

怀尔曼去厨房忙了。杰克跪下来，帮我套好靴子，扎紧带子。“你知道多少情况了？”我问他。

“比我想要听的多。”他说，“但我不明白，什么都无法理解。在画展上，我和那女人——玛莉·爱尔——说过话。那时候，我很喜欢她。”

“我也喜欢，当时。”

“你睡觉的时候，怀尔曼和你太太通过电话了。她不愿意和他长谈，所以他又给另一个人打了电话，也是在你画展上见过的——博兹曼先生？”

“他们是怎么说的？告诉我。”

“埃德加，你真想——”

“告诉我。”悲痛欲绝的帕姆说得残缺不全，而且就是她说的那些我也记不清晰了——细节模糊为伊瑟浮在水漫边缘的浴缸里的图景，头发漂在水面上。那可能准确，也可能不准确，但那天杀的画面极其明亮，亮得不同寻常，遮蔽掉了所有别的内容。

“博兹曼先生说，警察没有找到武力冲撞进门的痕迹，所以他们认为大概是你女儿自己开的门，让她进屋的，尽管是在大半夜——”

“也可能，玛莉在楼下狂摁通话铃，直到别的人放她进大门。”消失的右臂在痒。很深层的那种痒，困顿的，几乎像梦魇中的痒。“然后她上楼去，摁了伊瑟公寓的门铃。可以这样假设：她假装自己是别人。”

“埃德加，你这是在推测，还是——”

“她假装自己是福音合唱团的人，再假设那个团叫蜂鸟好了；假设她在门外喊，卡森·琼斯出了意外。”

“谁是——”

“不过，她管他叫笑脸王子，这么说伊瑟就绝对会信。”

怀尔曼回来了。飘浮的埃德加也回来了。在佛罗里达杜马岛的灿烂阳光下，俯瞰的埃德加看到了尘世的物事。虽然不至于是万事万物，但也足够了。

“接着呢，埃德加？”怀尔曼问道。他的语气真轻柔。“你觉得接下去发生了什么？”

“让我们假设，伊瑟去开门，却看到一个女人用枪指着她。她觉得这女人面孔很熟，但她刚熬过一个可怕的夜晚，脑袋一时转不动了，她认不出她是谁——记忆卡壳了。也许记起来也没用。玛莉让她转过身，她只好转过身，于是……”我又开始落泪了。

“埃德加，老兄，别这样，”杰克说着，自己也快哭了。“这只是推测。”

“不是推测。”怀尔曼说，“让他说。”

“但我们干吗要了解得——”

“杰克……朋友……我们不知道我们需要了解什么。所以，让这个男人说完吧。”

我听着他们对话，但声音似乎离得很远。

“假设，玛莉先是在她转身后开了枪，”我抹去面颊上的泪，“假设，她开了好几枪，四枪，或是五枪。在电影里，一枪就能让你立刻升天。但在现实世界里，我怀疑没那么简单。”

“不。”怀尔曼嗫嚅道，显然，这场推测游戏最终变得巨细无靡。我的如果如此女孩遭到平射子弹多次枪击后，头颅裂成三瓣，留了很多很多血。

玛莉拖她走。血迹纵穿起居室兼厨房（烧画的气味很可能还在屋子里萦绕未散），再经过卧室和伊瑟用作书房的角屋之间的走廊。血迹一直延伸到走廊尽头的浴室，玛莉在浴缸里注满水后，把失去知觉的伊瑟推了进去，就像淹死一只孤苦伶仃的小猫一样把她浸在水里。等这一切都干完后，玛莉走进起居室，在沙发上坐下，朝自己嘴里开枪。子弹冲出了天灵盖，把她的艺术遐思连同很多头发泼溅到她身后的墙壁上。那是凌晨四点不到的时候。楼下的男人正苦于失眠，也显然听得出枪声，便报了警。

“为什么要把她浸在水里？”怀尔曼问，“我不明白这一点。”

*因为这是珀尔塞的手法。*我在心里默答。

“我们现在先不考虑这个，”我说，“行吗？”

他握住我仅剩的那只手，捏了一把。“行，埃德加。”

*只要我们能把这事了结，或许以后也无需考虑。*我心里是这样想的。

*但我画下了我的女儿。*我肯定。我把她画在了沙滩上。

我死去的女儿。我淹死的女儿。画在沙岸边，等待被海浪卷走。

伊丽莎白说过，*你会很想，但千万别。*

哦！伊丽莎白啊。

有时候我们别无选择。

3

我们在浓粉屋阳光灿烂的厨房里吞下浓咖啡，汗水立刻就浸出来了。我吃了三片阿司匹林，又多喝了一杯咖啡，接着，让杰克拿来两本“手艺人”画本，还吩咐他把楼上能找到的每支彩色铅笔都削尖。

怀尔曼把冰箱里的食物塞满了一只塑料袋，有胡萝卜块、黄瓜条、六罐装的百事可乐、三大瓶依云水、烤牛肉和一包杰克带来的太空鸡——真空包装仍未开封。

“食物本身对我一点儿吸引力也没有，”我说，“但我可能得画点什么。事实上，我确定我必须画。恐怕会燃烧很多卡路里，随车的食物就会用得上。”

杰克带着画本和铅笔下楼来。我一把抓过来，又派他上楼去找橡皮擦。我总觉得还需要更多——不总是这样吗？——但我一下子想不出来还需要什么了。我瞥了一眼时钟，已经十二点差十分了。

“你拍了吊桥的照片了吗？”我问杰克，“千万别说你忘了。”

“拍好了，但我觉得……风疹的说法……”

“让我看看照片。”我说。

杰克从牛仔裤后袋里摸出几张宝丽来照。他翻了一遍，选出四张给我，我把它们一一摆放在流理台上，像是在摊牌。我抓起一本手艺人牌便速写本，飞快地临摹照片上开启状态的吊桥下的齿轮和锁链——那么细的一小条。我画得一丝不苟，右臂继续轻痒：低沉困顿，蠕动蔓延。

“风疹的借口很棒，”我说，“大家都不会来。但还不够彻底。玛莉就会直奔伊瑟的公寓，就算有人跟她说伊瑟得了禽流——妈的！”我的眼睛又湿润了，笔下的细线若失之毫厘，现实便会谬以千里。

“放松点，埃德加。”怀尔曼说。

我看了一眼时钟。十一点五十八分。吊桥会在正午升起桥板；一贯如此。我眨眨眼，视野不再朦胧，便立刻重新投入速写。维纳斯黑铅笔飞快移动，升降机械装置也骤然成形。即便现在伊瑟已不在人世，目睹一样东西从无到有出现在纸面上——如同雾堤外渐渐出现的轮廓——仍对我有摄人心魂的魅力。为什么不呢？画就是避难所。

“如果她操控了谁来攻击我们，吊桥就会成为拦路虎，她只能让他们兜个圈子去东彼得岛的脚桥。”怀尔曼说。

我头也不抬地答说：“不一定。很多人都不知道阳光行道那条路，我认为珀尔塞也不可能知道。”

“为什么？”

“因为那是五十年代修建的，你跟我说的，那时候她还在沉睡。”

他琢磨了一会儿，又说：“你觉得她是可以被打败的，是不是？”

“是的，我信。或许杀不了她，但可以让她再次沉睡。”

“你知道怎么办吗？”

找到漏水的桌子，修好它，我差一点就说出来了……但说了也没用，讲不通。

“还不清楚。那栋大屋里还会有更多莉比的画。岛南的大屋。它们会告诉我们珀尔塞在哪里，并教我怎么办。”

“你怎么知道还有更多画？”

因为必须得有。我应该这么说，但就在这时，正午的钟鸣响起。岛路以北五百米开外，连通杜马岛和凯西岛的吊桥正在慢慢升起，那就是我们和外界唯一的北部通路。我在心中开始倒计时，默数二十——像孩提时那样数一个数字再念一遍“密西西比”。接着，我把画中最大的那枚齿轮用橡皮擦去。边擦边体会到一种奇妙的感受，仿佛正着手制作某样精细的珍品，是的，消失的右臂感觉到了，而眉宇之间也有同感。

“好了。”我说。

“我们现在可以出发了？”怀尔曼问。

“还不成。”我说。

他瞥一眼时钟，又看着我，“朋友，我还以为你赶时间呢。考虑到昨晚我们在这里的所见所闻，我知道我是要赶时间的。还有什么事？”

“我需要把你们俩画下来。”我说。

4

“我很乐意让你画一幅我的肖像，埃德加，”杰克说，“也肯定我老妈会乐翻天的——但我觉得怀尔曼说得对。我们真的得走了。”

“你去过岛南吗，杰克？”

“呃，没有。”

我知道他八成是没去过。但当我把画着吊桥的那页翻过去时，我看了看怀尔曼。登时发现，尽管此刻我没有心情追问，却仍有些事情我真的需要了解。“你呢？到南面的第一代苍鹭栖屋张望过吗？”

“事实上，没有。”怀尔曼走到窗边，望着外面。“吊桥还敞着口呢——我在这儿就能看到西半桥冲着天。到目前为止，一切顺利。”

我才不会那么容易被牵着鼻子走呢。“为什么没去过？”

“伊斯特雷克小姐反对。”他答，依然没从窗前转过身。“她说过，那儿的环境很恶劣。地下水、植物群落，包括空气都很恶劣。她说，二战期间，空军基地在岛南进行了空气测试，并毒化了岛的南部土壤，这大概就是大部分区域的植物异常茂盛的原因。她还说，那儿的毒橡[1]可能是全美国最厉害的——比青霉素发明之前的梅毒还厉害，这是她的原话。如果你接近那些植物，其后很多年都难以摆脱后遗症。这会儿看起来病好了，过阵子又复发了。那东西到处都是。她是这么说的。”

有点意思，但怀尔曼仍然没有正面回答我的问题。所以，我又问了一遍。

“她还声称那里有蛇，”他说着，总算转过身来。“我有恐蛇症。很小的时候，我参加露营团，有天早上醒来，发现和我共享一条睡袋的是条小奶蛇。它当真往我的汗衫下钻。喷了我一身毒液。我以为自己他妈的中毒了。这下你满意了？”

“是的。”我说，“你提到儿时恐蛇症，是在她跟你说岛南毒蛇横行之前吗？还是之后？”

“我不记得了。”他呆板地答了一句，又说，“大概是之前吧。我知道你在想什么——她不想让我去。”

我可没说，你自己说的，我想，嘴上却说：“我更担心杰克。毕竟，安全第一。”

“我？”杰克看起来吓了一跳，“我可没有什么恐蛇症。而且我也知道毒橡和毒漆藤是什么。我做过童子军。”

“相信我吧。”我说，开始画他的素描。画得很快，抑制住描绘细节的冲动……打心眼里说，我真的很想画。就在我画第一幅肖像时，从吊桥对岸传来了第一声汽车喇叭，听起来怒火冲天。

“我觉得吊桥又卡住了。”杰克说。

“可不。”我应了一声，依然埋头作画。

5

画怀尔曼我就更得心应手了，但我仍然需要和详尽描摹的冲动作斗争……因为当我投入工作时，痛苦和悲伤都会烟消云散。工作就像毒瘾。但恰如怀尔曼所言，日光有限，我不想和爱莫瑞·包尔森再次狭路相逢。我盼望着这事了结，等夕阳美景开始西沉大海时，我们仨就能离

---

① 又称太平洋漆树。这种灌木产于美国东南部和北美洲西部，人类接触后会长皮疹。

岛——远走高飞。

“好了。”我说。杰克是用蓝笔画的，怀尔曼是用耀眼的橙色。两张画都不算完美，但我认为已捕捉到了他俩的特征和神采。“就差一点了。”

怀尔曼呻吟起来，“埃德加！”

“不需要再画什么了，”我说，把速写本的封面合上，盖住了那两张画。“只需要对画家笑一笑，怀尔曼。但你微笑之前，先想一想让你感觉特别美妙的事物。”

“你当真？”

“真得不能再真了。”

他本来紧皱眉头……然后渐渐松弛。他笑了。一如往常，笑容让他整张脸亮堂起来，宛如新生。

我转向杰克，“现在轮到你了。”

我确实感到他是二者中更重要的角色，因而格外留心地审视他的微笑。

6

我们没有四轮驱动车，但伊丽莎白的私家老奔驰似乎是理想的替代品；那家伙就跟坦克一样。我们坐杰克的车先到杀手宫，停在大门内。杰克和我把车上的随身装备挪到奔驰 SEL500 里去。怀尔曼的任务是搬野餐篮。

“如果找得到，你进去拿点东西，”我对怀尔曼说，“喷雾杀虫剂，地道的手电筒。有这些玩意儿吗？”

他点点头，“花棚里有一支八节电池的大家伙，简直是个探照灯。”

“好极了。怀尔曼？”

他看了我一眼，仿佛在说*又怎么了？*其实他什么也没说，只是被激怒似的挑挑眉毛。

“箭枪？”

这下，他诡笑起来，“*遵命，长官。放心吧。*”

他进屋了，我便靠在奔驰车旁，望着网球场。最远的那扇门敞开着。伊丽莎白家的私养苍鹭就在那屋里，站在网边。那双犀利的蓝眼睛带着责难的眼神直勾勾盯着我。

“埃德加?”杰克用胳膊肘捅捅我,“你还好吧?”

我不好,很久以后都好不起来了。但是……

我办得到,我心里说,我必须办成这件事。她不会得逞的。

“很好。”我说。

“我不喜欢看到你这么苍白。你刚到这儿时就是这副模样。”说到后半句,杰克的声音都哑了。

“我挺好的。”我又说了一遍,伸手罩在他脖颈上。我突然意识到,除了握手,这或许是我第一次触摸到他。

怀尔曼出来时,双手拎着野餐篮的把手,头上还扣着三顶长舌帽。约翰·伊斯特雷克的箭枪夹在腋下。“手电筒在篮子里呢,”他说,“滴露杀虫剂,还有三副园艺手套,都是我在花棚里拿的。”

“太棒了。”我说。

“是。但已经一点一刻了,埃德加。要是我们真打算走,现在能出发了吗?”

我望着网球场边的苍鹭。它站在网边,像破钟上的指针般僵直而立,无情地望着我。那没有错;大体说来,这就是个无情的世界。

“是的,我们走。”

7

现在我有了记忆。虽然记得不尽完美,至今还经常搞混姓名、颠倒某些事发生的前后顺序,但对那天我们向岛南行进过程中的每一个瞬间都记忆犹新——就像第一部令我动容的电影,或第一幅令我屏息凝神的佳画(汤马斯·哈特·本顿的《雹暴》)。尽管一开始,我只有阴冷之感,无法融入身外之境,像个略感倦怠的艺术赞助者在二流博物馆里观赏某幅画。直到杰克在半截楼梯里找到那只娃娃,我才恍然大悟:我不是在观赏,而已身临其境。而且,除非能制止她,否则我们谁也无法回头。我早知她的力量强大;如果她能将魔爪伸到奥马哈或明尼苏达,将某些人玩弄于股掌之间,又抵达普罗维登斯完成残酷的杀戮,她当然是强大的。但我仍然低估了她。直到我们最终步入岛南端的那栋古屋,我才真正领悟到,珀尔塞是何等强悍。

8

我想要杰克开车，让怀尔曼坐在后座。怀尔曼问我为什么，我说我自有理由，心想不用多久事实就会应验我的预言。“如果我判断有误，”我又加了一句，“谁也不会比我更开心。”

杰克把车倒入岛路向南开去。只是出于好奇，我摁下了收音机开关。结果蹿出来的歌是比利·瑞·塞勒斯的《痛彻心扉》。杰克连连呻吟，伸手去摸旋扭，恐怕是想调到骨头频道。比利登时被一阵震耳欲聋的空噪音吞没了。

“老天爷啊，快关掉！”怀尔曼近乎哀叫起来。

我不想关，先把声音调低再说。可调节音量旋钮仿佛没用。要说有也有：噪音反而更大了。粗粝的嚓嚓声简直能钻进我的齿缝，趁耳膜还没震破出血，我赶紧把它关掉。

“怎么回事儿？”杰克问道，他已把车往路边丌，惊得两眼瞪大。

“这就叫恶劣的环境，不是吗？”我说，“空军基地六十年前遗留在此的小玩意儿。”

“很好笑。”怀尔曼说。

杰克又看了看收音机，“我想再试试。”

“悉听尊便。”说完，我把手捂在左耳上。

杰克摁下了开关。这回，噪音汹涌而出，透过梅赛德斯的四声道喇叭，听来更像是喷气式歼击机开足了马力。即便我的手掌捂着耳朵，巨响还是冲入了我的脑体深处。我好像听到怀尔曼在大叫，但又无法确认。

杰克又关掉广播，骇人的噪音立刻被切断了。“看来我们是没歌听了。”

“怀尔曼？还好吗？”隔着持续不断的低沉耳鸣，我自己的声音也好像很缥缈。

“活着呢，”他说。

9

杰克大概比病倒前的伊瑟多开了一点路，也可能没有。参天大树的掩映下，很难判定距离长短。路越来越窄，窄到只剩一条细带可通车，地表被密集的树根顶撞而隆起，坑坑洼洼。密不透风的巨树阔叶在头顶交叠，遮天蔽日，我们就像行驶在一条活生生的隧道里。车窗都已摇上，可即便如此，车厢里还是充斥着一股绿叶和沃土的丛林气味。

杰克出乎意料地开进一个大坑穴，证明了梅赛德斯老爷车的弹簧避震功能还算凑合。车子颠出低谷后，重重落在另一边的路面上，又突然一个急刹车。

“抱歉，”他说着，嘴巴颤抖起来，双眼瞪得极大，“我——”

对他的状况，我再清楚不过。

杰克摸索着推开车门，倾身向外呕吐起来。我本以为车里的丛林气味（我曾在杀手宫往南一英里的地方待过）已经够浓烈了，可车门打开后，扑面而来的气味陡增十倍，浓稠、旺盛而新鲜。但如此茂密的森林里，我却听不到任何鸟叫。唯一的声响，便是杰克在吐早餐。

然后他把午餐也吐了，最终返身靠在椅背上。他还觉得我看起来像雪鸟吗？太滑稽了，因为在那个春意盎然的四月午后，杰克·坎托里的脸色就像三月的明尼苏达州一样煞白。他好像不再是二十一岁的小伙子，而突然像有了四十五岁。伊瑟曾说过，肯定是吞拿鱼沙拉有问题，但问题不在于吞拿鱼。没错，问题的根源来自大海，但不是吞拿鱼。

“对不起，”他说，“我也不知道这是怎么了。估计，是这种味道吧——森林里的腐败气味——”他的胸膛剧烈起伏，嗓子眼里咕呃一响，又弯腰朝外去吐。这次，他忘了抓紧方向盘，要不是我抓住他的衣领把他拽回来，他会一头栽进自己吐出来的东西里。

他向后瘫靠，双眼闭上，脸上冒出冷汗，急促地喘着粗气。

“我们最好把他送回杀手宫，”怀尔曼说，“我不想再失去半小时了——该死，但我更不想失去他呀——这样子可不行。”

“在珀尔塞看来，这是完全对路。”我说。现在，我的伤腿几乎和手臂一样痒得厉害，简直像过了电。“这儿是她的私家毒区。你怎么样，怀尔曼？肠胃还好？”

“还行，但我以前的坏眼睛痒得钻心钻肺，脑袋里也嗡嗡直叫。也可能是天杀的收音机弄的。”

“不是收音机。杰克犯病，我俩却没事，这都是因为我们……这么说吧……我俩已有免疫力了。挺讽刺的吧，是不是？”

方向盘后的杰克呻吟起来。

“怎么才能帮帮他呀，朋友？什么招儿都好。”

“我也这么想。我希望这招能有用。”

速写本就摊在我膝上，铅笔和橡皮在我的腰包里收着。现在，我翻到杰克的那幅肖像，用橡皮擦去他的嘴，再把双眼的下弧线擦掉，从内眼角一直擦到眉梢。右臂的奇痒比之前又加重了几分，我对即将要做的事没有半点犹疑。在脑海里，我努力回忆在浓粉屋厨房里，我让杰克想象特别美妙的事物时露出的笑容；现在我则用子夜深蓝铅笔飞快地勾勒那抹笑意。三十秒都不到就画好了（双眼的线条真的是关键所在，当你真心在笑时，眼睛也一定在笑），但寥寥数笔却完全改变了杰克·坎托里整张脸庞的神色。

而且，还有意外收获。就在我画笑容的时候，我看到他在亲吻一个比基尼女孩。不，比看到更逼真。我甚至能感受到她光滑如丝的肌肤，乃至残存在她纤细腰身脊窝里的细沙，我能闻到她秀发上的香波芬芳，尝到她唇间似有若无的咸味。我甚至知道了她的名字：卡特林，而他叫她“凯特”。

我把铅笔放回小腰包，拉上拉链。然后轻轻问道：“杰克？”他双眼紧闭，面颊和前额上的冷汗还在，但我觉得他的呼吸已经平缓了。“现在感觉如何？好点了吗？”

“是的，”他说，眼睛没有睁开，“你干了什么？”

“好吧，就说是魔法吧——既然这儿只有我们仨，这样说大概没关系。我对你施了点小法术。”

怀尔曼探身过来，捡起速写本，仔细看看那幅画，点点头说，“我开始相信了，朋友，她真不该惹你。”

我说：“她不该惹的是我女儿。”

10

我们在原地等了五分钟，让杰克缓过神来。最后，他说感觉可以继续走了，气色也好多了。我在想，如果我们在水边走会不会遇到同样的问题。

“怀尔曼，你有没有看到过渔船在岛南端停泊？”

他回想了一下，“你知道的，我没见过。他们通常待在海峡靠近东彼得岛那边。是挺怪的，对吧？”

“不是怪，是太他妈的险恶了。”杰克说，“跟这条路一样。”路已经不成其为路了，只是一条沟。马尾藻和榕树的枝桠刮擦着徐徐前行的梅赛德斯车身，吱吱嘎嘎的声音让人毛骨悚然。这条路，被隆起的巨根拱得完全失去原貌，沙土又时不时下陷，很多地方还有大凹坑，我们只能磕磕绊绊地向内陆蜿蜒而去，现在又不得不开始爬坡了。

我们慢慢地往上蹭，一里一里地往上攀，任凭枝叶噼里啪嗒地抽打车身。我一直以为这条路已经彻底垮塌了，没料想那些植物树冠层叠覆盖，将它严严实实地保护起来，日晒风雨反而都奈何它不得，以至于这么多年下来，路竟然还在。榕树已让位于巴西胡椒树林，棵棵蓬勃葱茏，几乎让人透不过气来。就在这里，我们看到了第一批野生动物：一只巨大的美洲野猫在碎石路面上伫立了片刻，双耳折平，龇牙咧嘴，嘶嘶地恐吓我们，接着又纵身跃入树丛，没了影儿。再往前走一点，又见十几条肥鼓鼓的黑虫跌在挡风玻璃上，摔裂后喷溅出黏糊糊的内脏，无论雨刷和喷水器怎么使劲都无法清除干净，反而将残尸黏液刮得到处都是，我们仿佛是透过大瀑布的缝隙朝外张望。

我让杰克停车。我下车，打开后备箱，找出几块干净的抹布。戴上怀尔曼找到的手套，用抹布把挡风玻璃擦了擦，当然，我早就戴上了帽子。但目前看来，我敢说那不过只是毛毛虫；恶心人，但不是超自然物事。

“不错，”杰克透过摇下的驾驶座车窗说道，“现在我要把引擎盖打开，你检查一下——”他突然不说话了，瞪着我身后的什么。

我转过身。路已经缩减成了羊肠小道，大块的陈旧沥青散落四处，南美蟛蜞菊旺盛绽放，蔓延得近乎疯狂。就在花丛对面三十码远，有一排五只青蛙，个头都跟考克斯班尼犬的幼崽差不多。前三只蛙是刺目的鲜绿色，极其罕见，毋宁说在大自然中根本不存在；第四只蛙是蓝色的；第五只蛙本来大概是鲜红的，现在褪成了橘色。它们都在笑，但笑得僵硬而虚弱。它们跳得极其缓慢，仿佛差一点就没力气跳了。和那只山猫一样，它们跃进树丛中消失了。

“那些个蓝色的，是什么啊？”杰克问。

“鬼魂。”我说，“小女孩强大想象力的遗迹。它们蹦跶不了多久了，看得出来。”我钻进车里，“往前开，杰克。趁我们还能开车，赶紧走。”

他慢慢驱车往前推进。我问怀尔曼现在几点了。

“两点刚过。”

我们一直把车开到第一代苍鹭栖屋的大门口。我从没想过能一路开到底，却竟然成功了。树冠密叶最后一次合拢——灰色的寄生藤须缠绕交织在榕树和威忌州松间，但杰克驾驶的梅赛德斯灵巧地挤了出去，眼前豁然开朗，野生密林都被我们甩在了后面。到了这里，风吹雨打的摧残便显露无遗，柏油被冲刷殆尽，路的尽头无非是车辙交错的土路，但对这辆梅赛德斯来说已经很不错了，它颠簸地开上小丘，朝不远处两根石柱径直奔去。柱子足有十八英尺高，天知道有多粗，一道因年久失修而显得狂野不羁的篱笆顺着石柱两边延伸下去；仿佛粗壮的绿色手指，向下延伸，点中了山坡下浓密的森林。人门还在，但已锈迹深深，半开半闭。我觉得，梅赛德斯开不进去。

路的最后这一段夹在两排古老的澳洲木麻黄松中间，每一棵松都高得惊人。我抬头寻找头冲下飞行的鸟群，却一只鸟也没见到。事实上，也没有发现一只正常的鸟。但现在，我可以听到轻微的昆虫鸣叫声。

杰克把车停在门口，面带歉意地对我们说，“这位老小姐挤不进这条缝。”

我们便下车。怀尔曼停下来，特意看了看钉在石柱上的老铭牌，都已被青苔覆盖了。左边的牌子上镌刻的是**苍鹭栖屋**。右边则是：**伊斯特雷克**，姓氏下本还有一排小字，却好像已被刀尖刮去。或许一度难以辨认，但从金属上的刻痕里滋生出的青苔反而令原来的字迹凸显出来：**Abyssus abyssum invocat.**

“知道这是什么意思吗？”我问怀尔曼。

“我还真知道。是个警告，新科律师通过资格考试后就会得到这么一句训诫。翻译成俗语是：一步错，步步错。用大白话翻，那就是：地狱召来地狱。”他黯然地看了看我，又转向家族姓氏下的这句训言，“或许是约翰·伊斯特雷克永远离开这栋苍鹭栖屋时的判决词。”

杰克伸手摸了摸这行刮破的警言，若有所思。

怀尔曼则替他说出了感言，“判决词，先生们……我只是假借法律术语。走吧。日落时间是七时十五分，前后误差不超过几分钟，日光一眨眼就没了。我们要轮流提着野餐篮。那婊子玩意儿太重了。”

11

进了门后，我们没有径直迈向前，而是先把伊丽莎白在杜马岛的第一个家好好打量了一番。当即我的心就凉了半截。在我脑海深处有一条既定的线索：我们进屋、上楼、找到多年前伊丽莎白还被称为莉比时的卧室。在那儿，我那不在尘世的右臂——也就是常有“埃德加·弗里曼特的超能探宝手”美誉的那条胳膊——会带领我找到一只被人们落下的小衣箱（也可能是个不起眼的柳条箱）。里面会有画，那些遗失已久的画将告诉我珀尔塞在哪里，并解开“漏水的桌子”之谜。一切都必须在太阳下山前完成。

想法不错，但事与愿违：苍鹭栖屋的顶楼已不复存在。大屋建在不受遮蔽的山顶，多年来风吹雨打，屋顶以下的一大半都被某场飓风掀翻、卷走。底层还在，但也大半被卷入灰绿交杂的藤蔓植物里，就连门口的大柱子也被完全覆没。寄生藤从屋檐壁角悬垂而下，将大堂改造成了山洞。大屋周围散落着橙色的碎瓦，那便是屋顶的残余，像巨人的牙齿一样戳在野草葱茏的沼泽地里——那原本是秀丽的草坪。碎贝车道的最后二十五码完全被勒颈无花果树埋没。网球场、孩童屋的旧址也一样。网球场后头有个看似谷仓的建筑物，只见更茂密的藤蔓将其吞没，孩童屋残留下来的木板壁顶间也爬满了须叶。

“那是什么？”杰克指着网球场和大屋之间。好像一块巨大的黑色矩形肥皂在烈日下蒸腾。嗡嗡虫鸣基本上都是从那个方位飘来的。

“现在？我说它是柏油池。”怀尔曼说，“回到咆哮的二十年代，我猜想伊斯特雷克家称其为私家泳池。”

“那水，谁敢沾一下。”杰克说着，一耸肩。

泳池边围绕着柳树。其后又立着一棵异常魁梧的巴西胡椒木，还有——

“怀尔曼，那些是香蕉树吗？”我问。

“是，”他说，“大概还爬满了蛇。哎呀。瞧瞧西边，埃德加。”

苍鹭栖屋朝海湾的那一边如今只见野草、藤蔓和爬行植物纠结，却曾经是约翰·伊斯特雷克的草坪和海船间的过渡地带。海风轻盈宜人，视野开阔壮丽，我突然意识到，你在佛罗里达最难拥有的优势便是地理高度。在这儿，墨西哥湾尽收眼底，简直都能踩在我们的脚底下。东彼得岛在我们左边，凯西岛则消隐在右边蓝灰色的光霾中。

“吊桥还吊着呢。”杰克说着，好像很带劲，“这次他们的麻烦大了。”

“怀尔曼，”我说，“看那下面，顺着那条老路。你看到了吗？”

他顺着我手指的方向去看，“露出来的岩石？当然，我瞧见了。我觉得那不是珊瑚礁，但走近点才能说得清——怎么了？”

“请你暂时不要冒充地理学家，光看就行了。你看到了什么？”

他又看。他俩都扭头去望。还是杰克第一个看出来的。“人？”又立刻不带质疑地说道，“像人。”

我点点头，“我们只能看到前额、眼窝的上缘，这儿，还能看到鼻端，但我敢打赌，如果我们站在沙滩上还能看到嘴。或者貌似嘴巴的形状。那就是魔女岩。黑影滩就在下面，我有百分百的把握。约翰·伊斯特雷克就是在那里开始探宝行动的。”

“也是双胞胎淹死的地方。”怀尔曼跟上一句，“她们就是沿着这条路走下去的。只是……”

他静默下来。海风吹拂着我们的头发。我们都望着那条小径，隔了如许多年，它依然清晰可辨。顺着小路下海游泳的小脚印却不可能留下来了。苍鹭栖屋和黑影滩之间的小径本该在五年间就荡然无存，或许两年都不用。

“那不是小路，”杰克在尝试推测我的想法，“那曾经是条路。不是铺砌的，只是条土路，但都一样。从大屋到沙滩不过是十分钟的路，谁会想费事铺一条路呢？”

怀尔曼摇摇头，“不知道。”

“埃德加？”

“毫无头绪。”

“恐怕他在下面找到的东西不只是七零八碎的小东西。”杰克说。

“大概吧，不过——”我的眼角突然扫到什么动静——黑黑的一片——便扭头去看大屋。什么也没看到。

“怎么了?”怀尔曼问。

“没什么，大概神经过敏。”我说。

海湾吹来的轻风略微改变了风向，退向了南面。回风带来一股腐败气息。

杰克往后一缩，五官挤成一堆儿。“这是什么味儿啊!”

“要我猜，是泳池里的香水。”怀尔曼说，“杰克，我喜欢早上的泥土味。”

“是么，可现在是下午啦。”

怀尔曼不屑地瞥了他一眼，又看着我说，“朋友，你是怎么想的?我们走不走?”

我迅速地清点了一下：怀尔曼提着红色野餐篮；杰克的背包里都是食物饮料；我带着画具。如果伊丽莎白的画都被刮走屋顶的大风暴吹跑了（前提是真的有那些画），我也不知道该怎么办。但我们大老远地跑到这里，总得干点什么。伊瑟也会举双手赞同的，我打心眼里知道。

“是的。”我说，“我们走。”

12

我们走到勒颈无花果树覆盖车道的地方时，我又看到那片黑影了，在高高的野草丛里一闪而过，飘向大屋右侧。这一次，杰克也看到了。

“有人。”他说。

“我啥也没看到。”怀尔曼说。他放下野餐篮，抹了一把滴在眉梢的汗。“和我换换手，杰克。你拎篮子，我来背吃的。你年轻又强壮。怀尔曼老了，不中用了，都半截子入——操他妈的，那是什么东西!”

他从篮子边倒退一步，要不是我抓住他的腰，他准会后仰倒地。杰克惊恐万分地叫出声。

那个人乍现于草木丛中，又忽然蹿到了我们左前方。根本不可能在那里的——前一瞬间，杰克和我还瞄到他在五十码开外——但他确实就在那儿。那是个黑人，但又不是人。打一开始我们就没误认为那是活人。因为当他移动到我们面前时，他紧巴巴裹在蓝裤子里的双腿根本没有动弹过。甚至，连生长在他身边的那些繁密的勒颈无花果叶也纹丝不动，根本没有被他的行动所搅动。但他在咧着嘴笑；诡谲恶毒的眼珠子兴奋地滚动着。头上扣了尖顶帽子，顶端还有一颗扣子，不知为何，那扣子尤其吓人。

我觉得，要是我久久地盯着那顶帽子，它准能把我逼疯。

那东西闪进我们右边的草丛里不见了踪影，明明是个穿蓝裤子、五英尺半高的大男人，却在不足五英尺高的草丛里销声匿迹。简单的算术就能表明他不可能遁形其间，但事实就是如此。

过了一会儿，他——它——又出现在门廊里，像豪门贵族的扈从般朝我们咧着嘴笑，紧接着、毫无停顿的，他——它——又在楼梯脚显身，再一次闪入野草丛，自始至终都露着白齿冲我们笑。

帽子底下露出的笑。

它的帽子是**红色的**。

杰克转身就想跑。他神色惊惶，完全失了心智，不管不顾了。我松开抓住怀尔曼的手去抓他，如果当时怀尔曼也决定撒丫子跑，我想这场探险就到此为止了吧。说到底，我只有一条胳膊，无法同时阻止两个人。事实上我连一个也阻止不了，如果他俩打定主意要跑的话。

我也害怕极了，但从没想过要跑。怀尔曼呢，上帝保佑他，他站在原地，当黑人又突然出现在泳池和外屋之间的香蕉树林里时，他干瞪着眼，嘴巴都合不拢了。

我拽着杰克的腰带，把他拉回来。我没法扇他耳光——没有多余的手，所以我决定扯开嗓子喊：“那不是真的！都是她的噩梦！”

“她的……噩梦？”杰克的眼神里闪过领悟后的清醒。也或许只是一点点恢复的意识。我要帮他洗洗脑。

“是她做的噩梦，那就是她心目中的夜魔，不管那是什么，反正是天黑熄灯后让她害怕的东西。”我说，“杰克，那不过是另一个鬼。”

“你怎么知道的？”

“理由之一是，它像老电影一样闪啊闪。”怀尔曼说，“你自己看。”

黑人不见了，然后又出现了，此刻正在通往泳池跳水平台的锈迹遍布的梯子前。红帽子底下露出白齿。我看到，它的衬衫和裤子是同一种蓝色。不管它从哪里滑行到哪里，裤子里的腿总是曲成同一个角度，就像射击场里的假人模型。它又消失了，接着在门廊里重现。其后又出现在车道上，几乎就在我们的正前方。看着那东西能让我的心隐隐作痛，也令我恐惧……但只是因为她曾经为此而恐惧。莉比。

它下一次显身，是在留有两道车辙的小径上，通往黑影滩的小径；这一次，我们都能透过它的上衣和裤子看到阳光下的海湾。它闪了一下，消失在我们的视野里。怀尔曼突然歇斯底里地狂笑起来。

“怎么了?”杰克转身看着他，几乎凑到他眼皮底下了，“怎么了?”

“那是个该死的马夫!”怀尔曼说着，笑得更凶了，“黑奴马夫的雕像，搁在今天，那东西就是违法的。伊丽莎白的夜魔就是家里的马夫雕像!把原来的小雕像放大了三倍、甚至四倍!”

他还想说，可说不下去了。他弯下腰去，笑得那么凶，不得不双手撑着膝盖。我知道这是个笑话，但没法一起笑……不仅是因为我女儿刚刚死在罗德岛。怀尔曼笑成这样，是因为一开始他和杰克及我一样吓得魂不附体，说不定也和当年的莉比一样。可她为什么那么害怕呢?因为有人不经意间在她想象力过于发达的小脑瓜里灌输了错误的概念。我赌是南·梅尔达。大概她讲了一个睡前故事，为了安抚被伤症困扰的小女孩、甚至是失眠的小女孩。可惜，阴差阳错，睡前故事被误解了，还长出了**尖牙齿**。

蓝裤子先生和我们在路上看到的五只蛙也不太像。那些蛙都是伊丽莎白想象的，但没有恶意。可马夫雕像……或许最初是产生于小莉比被砸伤的头脑，但我总觉得，珀尔塞早在很久以前就为了达到她自己的目的操控了它。如果有人胆敢走到伊丽莎白第一代祖屋的区域内，就轮到它上场，不费吹灰之力就能把闯入者吓跑。大概，还能直接把人送到最近的精神病院去。

果然，这里还有些秘密可以挖掘，或许。

杰克紧张地瞅着那条小径——近看之下还挺宽，确实足够一辆手推车、甚至卡车通行，路是下坡的，看不到尽头。“它还会回来吗?”

“没关系，朋友，”怀尔曼说，“那不是真的。倒是那个野餐篮需要有人提。太需要了。该你了，壮小伙。”

“光是看看那东西就能让我神经失常。”杰克说，“你明白是怎么回事儿吗，埃德加?”

“当然。早年莉比的想象力可是非同寻常。”

“那后来呢?”

“她忘了怎样用它了。”

“上帝啊，”杰克说，“太恐怖了。”

“是啊。我想，那种遗忘是很简单的，但也就更恐怖。”

杰克弯下腰，提起篮子，又瞧了瞧怀尔曼，“里面装了什么？金条吗？”

怀尔曼抓过食物包，安然一笑，“我装了一点存货。”

我们继续沿着被疯长的植物吞没的车道往里走，并留神四顾，以防马夫雕像再次惊现。它没有再出现。走上门廊最高一级台阶后，杰克把野餐篮放在地上，长舒一口气。不料，从我们身后传来羽翼振动的声响。

我们转身，看到一只苍鹭落在车道上。很可能就是杀手宫的那只鸟，它曾立在网球场边，向我投来犀利的凝视。显然，此刻目光依然：蓝色锐目里看不到一丝怜悯。

“那是真的吗？”怀尔曼问，“你觉得呢，埃德加？”

“是真的。”我说。

“你怎么知道的？”

我可以指给他看，苍鹭投下了身影，但据我刚才观察，马夫雕像也有影子；可刚才一时讶异，竟没去留意影子的事。“我就是知道。走吧，我们进屋去。不用敲门。这不是友好拜访。”

13

“呃，这儿有个问题。”杰克说。

走廊上覆盖着厚厚一层寄生藤，密密的须叶悬垂下来，遮蔽了天光，但等我们的视力习惯了深重的暗影，却看到两扇门把上缠着一条又粗又锈的锁链。挂锁——不止一把，而是两把大锁——垂在锁链下面。链子从两边门柱上的挂钩中穿出来。

怀尔曼走上前，仔细查看了一下。“你看，”他说，“杰克和我可以把那些挂钩扳掉。它们插在那儿可有些日子了。”

“是有些年头了吧。”杰克说。

“或许可以，”我说，“但门本身也是锁着的，如果你们晃动锁链、拔钩子，就会惊动邻居。”

“邻居？”怀尔曼问。

我指了指头顶。怀尔曼和杰克顺着我的指尖往上看，这才发现我早就注意到的东西：一大群褐色蝙蝠倒挂沉睡，活像一张巨大的蛛网倒悬在我们头顶。我又朝脚下看了看，发现门廊不仅被植物覆盖，还积了厚厚一层鸟粪。这让我无比高兴：帽子算是戴对了。

我再抬头时，杰克·坎托里竟已经退到台阶最下层了。“没门儿，哥们。”他说，“叫我胆小鬼也好，叫我娘娘腔也好，随便怎么嘲笑我都行，反正我不去那边。怀尔曼怕蛇，我怕的就是蝙蝠。以前——”他要吐露原委，听来像是长篇大论，但一时间却不知从何说起。话没说出口，他反而倒退了一步。我则思忖起恐惧的怪诞性：鬼影般的马夫雕像没有完成（但只差一点）的任务，一群沉睡的蝙蝠却能办到。至少，对杰克有用。

怀尔曼说：“蝙蝠会传染狂犬病，*朋友*——你知道吗？”

我点点头，“我们应该去找销售员的进出口。”

14

我们沿着大屋墙边慢慢地寻找，杰克走在最前面，提着红色野餐篮。他的衬衫已被汗水洇成了深色，但一点恶心的症状都没有了。他本该又晕眩又呕吐的；或许我们都该如此。泳池散发的恶臭简直令人无法承受。高至大腿的野草割擦着牛仔裤；硬硬的马鞭草梗刺戳着脚踝。大屋是有窗的，但都太高了，杰克得站在怀尔曼的肩上才能看到里面。

“现在几点了？”杰克喘着粗气问道。

“几点？是你该走快点，*我的朋友*。”怀尔曼答，“你想换换手吗？让我拎篮子？”

“当然，”杰克没好气地说，这好像是我认识他以来第一次听到他发脾气。“然后你会心脏病爆发，我和我老板就得练练急救术。”

“你是在暗示我不中用了？”

“中用，但我依然认为你超重五十磅，很有可能犯心脏病。”

“别说了，”我说，“你俩都少说两句。”

“放下吧，小子，”怀尔曼说，“把那*该死的篮子*放下来，剩下的路我都包圆了。”

“不。你甭想。”

我的眼角突然瞥到黑影一闪，几乎都没想去看，还以为又是马夫雕像。这次，黑影沿着泳池边飞速移动，或是掠过臭虫嗡嗡、臭味哄哄的水面。真要感谢上帝，我终究是看了一眼，以求确证。

怀尔曼的男儿气概遭到了嘲讽，此刻正对着杰克怒目而视。“我要和你换。”

泳池中突然死水搅动，有一处黏腻鼓胀的肮脏水层动了起来，某个形体渐渐浮出污黑水面，跳上了四分五裂、野草滋生的水泥池台，还兀自抖动，像在散射脏物。

“不用。怀尔曼。我能行。”

一团恶心污浊的活物，还有眼睛。

“杰克，我最后一次警告你。”

接着，我看到了尾巴，并幡然领悟自己所见为何。

“我还要告诉你——”

“怀尔曼。”我摁住了他的肩头。

“不，埃德加，这事儿我办得到。”

我办得到。这四个字在我脑海里激起洪钟般的鸣响。我逼迫自己口齿清晰、语速缓慢地说出重点。

“怀尔曼，住嘴。这儿有一条鳄鱼，刚刚爬出泳池。”

怀尔曼怕蛇，杰克怕蝙蝠。可在我看到那庞大的史前恶兽从腐臭的老泳池里现身之前，我甚至不知道自己怕鳄鱼。它穿过水泥地上高耸的草丛（还把仅存的一张四脚朝天的草地休闲椅扫到一边）向我们靠近，再闪入最近的一株巴西胡椒木上蔓生出的藤蔓和野草间。我瞥见了它凸起而褶皱的后背，一只黑眼挤闭，大概是在眨眼，接着，只能看到它滴着污泥的背在微微颤动的绿植间时隐时现，活像三唔深处的潜水艇。它向我们迫近，可我提醒怀尔曼后就手足无措了。视野里浮现出灰蒙蒙的一片。我向后躲闪，背靠在苍鹭栖屋扭曲的破木板墙上。墙上热烘烘的。我靠在那儿，傻等着被十二英尺长、活在约翰·伊斯特雷克家上百年历史的泳池里的凶兽吞下肚。

怀尔曼总是雷厉风行。他从杰克手里一把夺过红色野餐篮，扔到地上，同时跪倒在旁边，揭开了一侧篮盖。他探手而出时，已握住了一把手枪，我只在动作影片里见过那么大支的手枪。野餐篮敞着盖、搁在面前，怀尔曼跪坐在高高的草丛里，双手把牢那支枪。我可以清楚地看到他的脸，当时、乃至今天也认为他的表情绝对平静……要知道，他是在面对比蛇更庞大的食人兽啊。他静静等待。

“开枪啊！”杰克尖叫起来。

怀尔曼依然等待。就在他前方，我又看到了那只苍鹭。它飘浮在半空，在网球场后面，在已被植物覆盖的工具屋上方，头冲下地飘浮着。

“怀尔曼？”我说，“打开保险了吗？”

“开了。”他含糊地应了一声，用大拇指扳动了什么东西。枪柄上端的小红点不再闪了。他的目光始终没有离开过草丛，那儿有了些微妙的动静。接着，草丛刷地被分开，鳄鱼朝他冲去。我在探索频道和国家地理杂志上见过鳄鱼，但完全没想到，那么粗短的四条腿竟能让它们那么飞速地冲杀。草叶将它面孔上的污泥扫除了大半，于是，我便看到了它满脸的邪笑。

“开枪！”杰克喊道。

怀尔曼开枪了。枪声响得骇人——恍如磐石隆隆滚动——结果也一样骇人。鳄鱼的前半个脑袋被轰没了，污泥、鲜血和生肉爆成一团污雾。但它没有放慢速度，相反，四条短腿在最后三十码中甚至加速冲刺。枝梗在它铁甲般的体侧脆生生折断，我听得一清二楚。

后座力令枪筒上扬。怀尔曼不慌不忙。我从未见过如此冷峻的他，那太让我惊叹了。当枪筒又下落到水平位置时，鳄鱼已冲到十五码之内。他又开了枪，第二发子弹将那凶兽的上半身轰到半空，白里透绿的肚皮尽露无遗。刹那间，它好像支在尾巴上跳着旋转舞，活像迪士尼卡通片里快活的短鼻鳄鱼。

“耶！丑八怪！”杰克又喊起来，“去你妈的！去你大爷的！”

枪筒又被后座力顶了上去。怀尔曼又一次任枪口上跳。鳄鱼砰然落地，侧身僵挺，露出了肚腹，粗短的腿抽搐不已，尾巴抽打着枝叶，也掀起了土块。待枪口又稳稳落下，怀尔曼再次扣动扳机，鳄鱼的中腹部应声爆裂。眨眼之间，它身下那片土地几乎完全从绿色变成了血色。

我仰头寻找那只苍鹭。不见了。

怀尔曼站起来，我这才看到他浑身发抖。他走近鳄鱼——没贸然踏入以尾为半径的危险区——又将两颗子弹射进那具残体。尾巴一阵痉挛，最终砸向地面；身躯也在抽动后不动了。

他转过身，朝杰克摆一摆颤抖的手中那把自动枪。“沙漠之鹰，点三五七。”他说，“穷凶极恶的希伯来人造出了老派大手枪——詹姆斯·麦克墨特瑞，二〇〇六年。篮子死沉死沉的，主要是因为装了弹药。我把我所有的弹夹都塞进去了。起码有一打吧。”

杰克走上前，使劲拥抱了他，又在他双颊前各吻一下。“只要你乐意，我可以提着篮子一路走到克利夫兰，绝无半句怨言。”

“至少你不用再负担枪的重量了。”怀尔曼说，“从现在开始，我要把这老姑娘紧紧拴在裤带上。”他装入一盒新弹夹，仔细地扣上保险，再把枪佩在腰带上。因为他的手仍在打战，试了两次才挂好。

我也走过去，亲吻他的双颊。

“哦，老天爷啊，”他说，“怀尔曼不再像西班牙人了。怀尔曼觉得自个儿变种为法国佬了。”

“你怎么碰巧有一支枪呢？”我问。

“这是伊斯特雷克小姐的建议，就在上一次坦帕街区毒贩火拼之后。”他看了看杰克，说，“你应该记得吧？”

“记得。死了四个人。”

“反正呢，伊斯特雷克小姐建议我搞把枪来，保家安身。我选了支大家伙。她甚至还和我一起练习打靶呢。”他笑了，“她很棒，也不在乎枪声，但她恨透了强大的后座力。”他又看了看血肉模糊的鳄鱼，“它的任务算是完成了。朋友，接下去怎么办？”

“绕到后门去，不过……你俩有谁看到那只苍鹭了吗？”

杰克摇摇头。怀尔曼也摇摇头，并且一脸迷茫。

“我看到了，”我告诉他，“如果我再看到……或是你们看到……我希望你能开枪，杰罗姆。”

怀尔曼扬了扬眉，但没说什么。我们继续走在荒芜的宅院里，沿着东侧深一脚浅一脚地前行。

15

看样子，从后门进入大宅并不难，因为根本没有后门了。大宅的东侧建筑基本上都消失了，或许是在同一场飓风中和屋顶那层一起被卷走了。站在原来的后门位置，可透过疯长的植株看到昔日的厨房和食品储藏室，我这才意识到，第一代苍鹭栖屋已只剩下了苍苔裹覆的门面。

“我们可以从这儿走进去，”杰克犹豫不定，“但我觉得走那种地板不太可靠。埃德加，你觉得呢？”

“我不知道。”我觉得非常疲惫。大概和鳄鱼短兵相接把我的肾上腺素用完了，但我又觉得事情没那么简单。那种疲惫，很像是挫折感。这里经历了太多岁月、太多暴风雨的考验，而一个小女孩的画是倏忽即逝的。“怀尔曼，现在几点了？拜托你，别瞎扯。”

他看了看表，“两点半。朋友，要不要进去？由你来定。”

“我不知道。”我重复了一遍。

“好吧，我要进去。”他说，“我杀了一条该死的鳄鱼才到了这里；起码要在老田园里看一圈才走。食品室的地板看起来还挺结实的，而且也最贴近地面。你俩也来吧，我们搭点废料就能爬上去了。那些梁柱都能用得上。杰克，你先上去，然后拉我一把。我们再一起把埃德加拉上去。”

我们便这么做了，上气不接下气，爬得满身脏乱，先到食品室，再进入大屋，我们好奇地东张西望，感觉像是穿越了时空，变作八十年前世界里的游客。

十八 诺问

1

陈年朽木、灰泥和发霉的布料在大屋里积沉。有一股隐晦的植物气味。有些家具还在，但已被时间摧残、被潮湿浸毁；客厅里的精美墙纸还残留着条条缕缕，如同一张古老而巨大的纸网，静默地从溃烂的天花板上垂下来。纸网之下的柏木地板上有一个弯曲下陷、深约一英尺的洞，死去的黄蜂僵挺在洞里。楼上，不知何处，传来滴水的声音，每次滴落，只有孤零零的一声响。

“如果有人趁着柏木和红木没有完全腐烂之前到这里来挖宝，光是这些木头就值一大笔钱。”杰克说。他弯下腰，握住一块弯曲变形的木板头，拽了拽。木板被拖出来后就断了——没有清脆的断裂声，却像太妃软糖一样软塌，只有一声闷响。一些蠹虫从木板下的矩形空洞里钻出来。还涌出一股潮湿阴森的气息。

“没有垃圾，没有抢掠，没人在这儿快快乐乐开派对，”怀尔曼说，“没有丢弃的避孕套，没有随意闯入的脚印，墙上也没有‘乔伊爱黛比’的喷漆涂鸦。我认为，自从约翰锁上门远走高飞之后，从没有人来过这里。我知道这难以置信——”

“不，”我说，“不是难以置信。岛南端的这栋苍鹭栖屋自从一九二七年起就属于珀尔塞了。约翰知道，因而写遗书时要求确保将这栋屋按原样保留。”我看了一眼正对大厅的那间屋。大概曾是书房。一张古旧的拉盖书桌立在一摊臭气熏天的脏水里。还有书架，但都是空的。“这是个坟墓。”

“那我们去哪儿找画？”杰克问。

“我不知道。”我说，“我甚至不……”过道里有一小块灰泥横着，我踢了一脚。我本想把它踢飞的，可那太陈旧，太潮湿了；我一踢就成了碎片。“我甚至不认为还有别的画存在。看到这里这副模样，我觉得不会有了。”

我再次环顾四周，吸着潮湿的雾气。

“你可能说对了，但我不信任你。”怀尔曼说，“因为，朋友，你在哀悼。那会让人身心俱疲。我是过来人，才会这么说。”

杰克进了书房，走在吱呀作响的潮湿地板上，慢慢靠近老书桌。一滴水落在他的帽檐上，啪嗒一声轻响，他抬头去看。“天花板在下陷，”他说，“楼上起码有一间浴室，说不定两间，当年，说不定屋顶上还有蓄水池，用来接雨水。我看到一根水管吊着。早晚有一天，积水会倾泻而下，你就得跟这张书桌说永别了。”

“不跟你说永别就好，杰克。”怀尔曼说。

“现在，我担心的是这儿的地板。”他说，“跟他妈的玉米粥似的。”

“那就快回来。”我说。

“马上。让我先看看这里面有什么。”

他拉开抽屉，一个接一个。“什么都没有。没有……还是没有……空的……”他停下来，“这儿倒有点东西。一张便条。手写的。”

“让我们瞧瞧。”怀尔曼说。

杰克小心翼翼地踮脚迈着大步，越过湿漉漉的地面，才把它递给他。我在怀尔曼身后，和他一起看。那是一张普通的白纸，笔迹潦草粗犷，像是男人的手笔：

约翰——你想要，就拿得到。这是最后一批好货，专门为你预备的，我的好哥们。“小香”不是最好的货，所以改名叫“管他呢”。单麦的还行，CC代表的是“普通牲口”(哈哈)。五小桶金。还有——如你要求的——蜂蜡里的两张桌。我只是撞撞运气，没指望太多，但这真的是最后一次。朋友，感谢你做的一切。等我摆脱泥潭，再见！

DD

8月19日，'26

怀尔曼指了指“两张桌”，说：“桌子在漏水。埃德加，这封信对你还有什么启示吗？”

有，但一时间我该死的记忆又犯病了，死活不愿给我线索。我办得到，我默念……想到旁敲侧击的记忆法。先是记起伊瑟在说，先生，能和您分享泳池吗？悲恸随之而来，但我听任心如绞痛，因为只有这一种办法。随后，脑海中浮现出另一个女孩倚在另一个泳池边。她有傲然双峰，修长美腿，穿着双肩带黑色泳衣。她，就是霍克尼笔下年轻时代的玛莉·爱尔，她自称为坦帕的吉杰特。然后……我全想起来了。长舒一口气，我才发现自己一直屏着气。

“DD 就是戴维·戴维斯。”我说，“在咆哮的二十年代，他是太阳海岸有钱有势的大名人。”

“你怎么知道的？”

“玛莉·爱尔告诉我的。”我说，心底里有个冰凉角落恐怕再也暖不起来，却会牢记这讽刺的逻辑；生活如轮转，只要你等得够久，它总会绕回最初点。“戴维和约翰·伊斯特雷克交情很深，显然也为他提供了大量好酒。”

“小香，”杰克说，“就是香槟酒，对吗？”

怀尔曼说：“杰克，猜得好，但我想知道桌子是什么，还有蜂蜡（cera）。”

“这是西班牙语，”杰克说，“你应该懂的啊。”

怀尔曼挑起眉眼，瞄了他一眼，“你想到了 sera——S 开头的。que sera[①] 里的 sera。”

“洛丽丝·黛，一九五六年。”我说，“未来并非我们所能见。”也是好事，我暗自感伤。“有一点我倒是很肯定，戴维没说错，这确实是他最后一次运私酒。”我指了指信上的日期：八月十九日。“这家伙在一九二六年十月起航去了欧洲，再也没回来。他消失在大海上了——玛莉·爱尔就是这么说的。”

“那蜂蜡呢？”怀尔曼问。

---

① Que sera sera 是经典电影《擒凶记》的主题歌，荣获二十九届奥斯卡最佳电影歌曲奖。歌名通常被译为《未来将怎样》。杰克在此的推测是不对的。蜂蜡（cera）和西班牙语无关，而是代表陶瓷（ceramic）。

“我们现在就去找答案。”我说，“但这事有点古怪——只有这么一张信纸。”

“有点怪，大概是吧，但也不算怪得离谱。”怀尔曼说，“如果你是个鳏夫，带着几个小女孩，你会带着走私犯的最后一张收条奔向新生活吗?”

我思忖了一下，觉得他说得有道理。“不……但我可能会烧毁，连同私藏的法国明信片一起烧光。”

怀尔曼一耸肩，“我们永远没法知道他销毁了多少犯罪证据……也许很少呢。偶尔和哥们喝几杯而已，相对来说，他的案底应该很清白。但是，朋友……”他的手搭上我肩膀，“这张纸是真的。我们确实找到了它。如果我们找得到这东西，或许还会有别的东西在等我们发现……多少有一点那感觉。这可能吗?”

“反正，这么理解也不错。那就瞧瞧吧，还有没有别的发现。”

2

一开始，好像根本不会有新发现了。我们把楼下的每一间房都搜查了一遍，什么也没找到，却差点儿出事：那间屋子以前肯定是餐厅，我的脚卡在了碎地板的夹缝里。怀尔曼和杰克很快就来救援，也好在踏空的是伤腿，我还有一条好腿能稳住自己。

到二楼以上去看，根本没希望。楼梯还在，但楼梯平台和一截破损的扶手后头，只能见到蓝天和一株高耸入云的棕榈树招摇的阔叶。二楼已是大部分残损，三楼则是彻底消失。看样子，我们只得走回厨房，利用勉强搭凑的脚手架爬回屋外，本次探险的唯一收获便是一封古老的便笺，列出一次私运酒水的清单。蜂蜡可能指代什么，我有点线索，但若不知道珀尔塞在哪里，这条线索也就毫无价值。

她就在这里。

近在咫尺。

否则，为什么要经历如此胆战心惊的一程才能抵达这里?

怀尔曼走在最前面，他突然停下了脚步，我便撞在他背上。杰克也没刹住脚步，野餐篮的粗把手撞到了我。

“我们得查查楼梯。”怀尔曼说，好像不敢相信自己会犯下如此愚蠢的纰漏。

“你说什么？”我问。

“我们得查查楼梯下面有没有哈-哈。我早该想到的呀！我准是糊涂了。”

“哈-哈是什么？”我问。

怀尔曼已经转过身了，“杀手宫的哈-哈是主楼梯从下往上数的四级台阶。她说，那是她爸爸的主意——万一着火了，那儿距离前门最近。里面有个上锁的盒子，现在里面没什么了，只有些老古董纪念品、几张照片，但她曾经把遗嘱和最值钱的珠宝首饰都藏在那里。后来她对她的律师说了。真是大错特错。他坚持让她把所有贵重物品转移到萨拉索塔的保险箱里去了。”

我们现在就站在楼梯脚下，身后是死黄蜂堆成的小山。老屋浓烈的腐臭包围着我们。他双眼放光地看着我，“朋友，她还把一些非常珍贵的瓷人藏在那个盒子里。”他立刻开始察看楼梯的残骸，除了蓝天和无谓的废墟，它不再通向别处。“难道你不认为……如果珀尔塞真的是像瓷人那样的东西，是约翰从海湾深沟里捞上来的……难道你不认为她就藏在这里，藏在楼梯里？”

“我认为，凡事皆有可能。但要小心，千万分地小心啊。”

“我敢拿任何东西跟你赌，这儿有哈-哈。”他说，“小时候学到的事，我们得再做一遍。”

他用靴子拨开死黄蜂——它们发出一声脆纸撩开的轻响——又跪在楼梯脚下。他从第一级台阶查起，再是第二级、第三级。当他摸到第四级时，说道：“杰克，把手电筒给我。”

3

珀尔塞不会藏在楼梯下隐秘的夹层里，我很容易说服自己——未免也太容易了——但我记得伊丽莎白曾把瓷人藏进甜蜜欧文曲奇饼干罐，也记得杰克从野餐篮里翻找出超大个的手电筒时我的心跳突然加快。他把一尘不染、锃亮锃亮的不锈钢手电筒递交在怀尔曼的掌心里，就像护士在手术台旁把器具递给主刀大夫。

怀尔曼摁亮手电，光柱在阶梯间扫射时，我看到一丝金光闪过：那是梯级那一头的小铰链。“好了，”他说，把手电筒递给杰克，“让光照在梯级边缘。”

杰克听从吩咐。怀尔曼则探手摸向两级阶梯中间的竖直挡板，那理应随着小铰链转动而推入、弹出。

“怀尔曼，等一等。”我说。

他转身看我。

“先闻一闻。”我说。

“你说啥？”

“闻一闻。告诉我，有没有潮湿的霉味。”

他凑近背后有铰链的梯级闻了闻，再转身对我说：“有点湿，大概吧，但这儿到处都有霉味，闻起来一个样。想要更确切的答案吗？”

“要非常慢非常慢地打开它，好吗？杰克，笔直往里面照。你们俩都要寻找水迹。”

“为什么，埃德加？”杰克问。

“因为桌子在漏水，她就是这么说的。如果你看到一个陶瓷容器——瓶子、水壶或是桶罐——那就是她。几乎可以肯定那东西破裂了，说不定早就大口敞开了。”

怀尔曼深吸一口气，徐徐呼出。“好。正如数学家所言，用零去除任何数，都将得到零。”

他用力抬了抬楼梯，但它纹丝未动。

“锁住了。我看到一条细槽……当年肯定有把小钥匙——”

“我带着瑞士军刀。”杰克说。

“等一下。”怀尔曼说，他指尖使出蛮力时嘴角扯向下方，太阳穴旁有根青筋凸显出来。

“怀尔曼，千万小——”

没等我说完，那把老旧而微小的锁便断了，想必它早就在经年尘埃中锈蚀了。竖直的梯级夹板飞了出来，扯断了那条小铰链。怀尔曼用力过猛，蹒跚地朝后退了一步。杰克抓牢他，我又用独臂笨拙地揽住杰克。大支手电跌落到地板上，但没有毁坏；明亮的光柱四处滚动，将那堆令人悚然的黄蜂干尸照了个分明。

“我的老天爷啊，”怀尔曼好不容易稳住了脚跟，“天啊，地啊，神啊。”

杰克捡起手电筒，照向梯级间的那个黑洞。

“是什么？”我问，“有东西吗？什么都没有？说话呀！”

“有东西，但不是瓷瓶，”他说，“是个金属盒子。看起来像糖果盒，但更大一点。”他屈身蹲下。

“你最好别——”怀尔曼说。

但他说得太晚了。杰克已经把手伸了进去，从指尖到手肘都淹没在暗洞里了。刹那间，我几乎坚信会有什么东西咬住他的手，吞到肩膀，死死将他往里拽，而他就会拉长了脸、爆出尖叫。但眨眼间他就立起身来，手里抓着一只心形铁皮盒。他把它递给我们。盒面上尘埃厚重，粉红脸颊的小天使几乎完全隐没其下。天使的下面还有一排老派手写体的字迹：

伊丽莎白的小宝贝

杰克带着质询的眼神望着我们。

“打开，”我说。现在我有八九成的把握：那不是珀尔塞。一时间颇为失望，却又如释重负。“你找到的，那就由你打开。”

“是画。”怀尔曼说，“肯定是画。”

和我想的一样。但偏偏不是。杰克从锈钝的心形铁盒里掏出来的竟是莉比的娃娃，而我看到诺问竟有种归家般的感觉。

噢噢噢，她的黑眼睛和猩红色的笑唇好像在说话，哎哟哟，我一直躺在里面呢，你个死男人。

4

她从盒子里冒出来，活像一具从墓穴里掘出的尸首，目睹此景，一阵骇人而绝望的恐怖如电流般刺穿我的身躯，始于心脏并四向散射，每一块肌肉都仿佛先被撬动，继而彻底瓦解溃散。

“埃德加？”怀尔曼一眼就看出来了，“没事吧？”

我无法自已，却仍要勉强支撑。最关键的是，那东西没有牙齿却咧嘴而笑。就像马夫雕像的帽子一样，那个笑容是红色的。也恰如马夫雕像的帽子一样让我深信，只要长久凝视，它就能将我逼疯。那个笑容好像在力证一点：在我的新生活中发生的一切都是幻梦一场，是我躺在某家医院的重症病房里的一场胡梦，纵有无数器械插绕在我残缺扭曲的身躯上，也不过是让我苟延残喘……或许这也不错，甚至是最好的可能，因为那就意味着伊瑟不会惨遭毒手。

“埃德加？”杰克上前一步，手里的娃娃离我更近，仿佛也在表达关切。“你不会晕倒吧，嗯？”

“不，”我答，“让我看看。”当他要把娃娃塞给我时，我赶忙拒绝，“我不想碰她。你把她举高点就行。”

他照我说的做，而我也立刻恍然大悟：为什么我会觉得似曾相识？为何竟有归家般的错觉？并非因为它和瑞芭以及她的新伙伴一样都是碎布娃娃，它们只是在这一点上雷同罢了。不是的。而是因为我曾见过她，在伊丽莎白的很多张画中见过她。一开始，我还以为画的是南·梅尔达。我想错了，但——

“这是南·梅尔达给她的。”我说。

“显然是，”怀尔曼附和道，“它准是她的最爱，因为她只画过它。问题在于，全家搬离苍鹭栖屋时，她为什么把它留在这儿？为什么要把它锁起来？”

“有时候，娃娃会失宠。”我正看着那张猩红色的笑唇，哪怕过了这么多年，依然红艳如血。红得像记忆的盲点，像你受伤、无法顺畅思考时记忆的藏身地。“有时候，娃娃也会吓人。”

“她的画能对你说话，埃德加，”怀尔曼晃了晃娃娃，又递回给杰克。“那她呢？娃娃会把我们想知道的事情告诉你吗？”

“诺问，”我说，“她叫诺问。我也希望她能，但只有伊丽莎白的铅笔和画才能和我说话。”

“你怎么知道？”

问得好。我怎么会知道？

“我就是知道。我敢打赌，怀尔曼，在我治好你之前，在你还有灵光乍现的时候，你本该能和她交流的。”

“为时已晚。”怀尔曼说。他在食品袋里掏了一会儿，找到黄瓜条，拿出来吃了两根。“那我们现在怎么办？难不成就这么回去？我相信，朋友，只要我们回去，就再也不会鼓起壮志豪情返回这里了。”

我认为他说得很对。而与此同时，傍晚也会迅速降临。

杰克坐在楼梯上，屁股搁在哈-哈上面的两三级上。他把娃娃放在膝头。日光从天顶倾泻而下，刚好笼罩住他和她。他们的组合具有古怪的召唤力，足以促成一幅可怕画作的诞生：年轻人和布娃娃。他抱着诺问的姿势让我有所感悟，但又不敢触碰那个念头。我见识很多，你个死男人。我全都看到啦。一切的一切我都了解。可惜我不是一幅画，你没法用幻手触摸我，这可太糟了，不是吗？

是。是太糟了。

“很久以前，我倒有办法让她说话。”杰克说。

怀尔曼一脸茫然，但我却好像听到咔嗒一声，那是齿轮扣紧、整装待发时才有的声响。我总算明白了——为什么他怀抱娃娃的姿势那么眼熟。

“用玩偶腹语术，是不是？”我希望自己是轻描淡写地说出这句话的，可心却开始怦怦狂跳。我幡然醒悟：在杜马岛的南端，许多事都是可能发生的，就算在光天化日下也一样。

“对啊。”杰克笑了，似乎有点不好意思，又有怀恋的神色。“我八岁时买过一本书，教你用腹语表演木偶戏。那本书几乎不离我身，主要是因为我老爸说那简直就是白花钱、打水漂，所以我放弃一切，攻读那本书。”他一耸肩，膝头的诺问也抖了一下，好像她也打算耸一耸肩。“学到最后我也成不了大师，但也够棒了，赢了天才竞赛的第六关。我老爸还把那枚奖章挂在他办公室的墙上呢。对我来说，那曾是意义重大的事。”

“是啊，”怀尔曼说，“老子望子成材，最想看到小子夺冠。”

杰克笑了，一如往常，整张脸庞都因笑容而熠熠闪光。他挪了挪身子，诺问也跟着挪动一下。“天大的好事，可不是吗？我是个很腼腆的小孩，是腹语术帮我变得开朗起来。和别人说话也变得更容易了——我会假装自己是莫顿。哦，莫顿是我的牵线木偶。莫顿是个聪明的家伙，见人说人话，见鬼说鬼话。”

“木偶娃娃都一样，”我说，“放之四海而皆准。”

“后来，上了中学，腹语和滑板比起来简直就像白痴的把戏，所以我就扔掉木偶了。我都不知道那本书后来去哪儿了。书名就叫《扔掉你的声音》。”

我们都沉默了。包围我们的大宅似乎闷在水里，连呼吸都是潮湿的。刚才，怀尔曼击毙了一条鳄鱼。可我现在几乎都不敢相信那是真的，哪怕枪声的回响还在耳膜里萦绕。

接着，怀尔曼开口了，“我想听听你的腹语。让她说：‘您好，朋友，我的名字叫诺问，而且，桌子在漏水。’”

杰克哈哈大笑，“是啊，可不。”

“不是开玩笑，我是认真的。”

“我做不到了。这种活儿，你有阵子不练，就忘了怎么玩儿了。”

以我自身的经验来看，他说得可能没错。对于你学到的技艺，记忆会滋生出三岔路。某一条路遵循“学过骑自行车就永远不会忘”的准则。但储存在前脑中的变化不断的创意性记忆却必须经常操练，拳不离手，曲不离口，要不然，技巧再娴熟也会轻易生疏，乃至丢个精光。杰克所说的腹语术便属于这一类。我没理由怀疑他的诚实——毕竟，那涉及创意另一个新人格，并同时抛弃自己的嗓音——但我还是忍不住说，“试试吧。”

“什么？”他抬头看着我。微笑着，也困惑起来。

“来吧，试一把。”

“我跟你说了，我不——”

“反正试试也没关系。”

“埃德加，就算我还能扔掉自己的嗓音，也根本不知道她说话该是什么声音啊。”

“没错，但你已经把她放到自己膝盖上了，这儿就我们仨，你就试试嘛。”

“那，好吧，”他吐了一口气，吹动了额前的头发。“你们想让她说什么？”

怀尔曼不动声色地说道：“为什么我们不听听她会说出什么呢？”

5

诺问安坐膝头，杰克又静静地坐了一会儿，他俩的头顶都沐浴在阳光下，楼梯上下和古老的大厅地毯泛起细小的尘埃，也在阳光下浮游环绕在他们面庞旁。然后，他换了换手势，一手捏住了布娃娃粗陋的脖子和布做的双肩，她便仰起头来。

“小伙子，你们好。”杰克说道，只不过，他尽量不让嘴唇动弹，于是，听来更像是小伙子，您好。

他甩了甩头，搅动了身边的浮尘。“等一下。”他说，“太烂了。”

“你有的是时间。”我说。我认为自己的语调还算冷静，可心跳分明比先前更激烈了。内心深处，我还在为杰克担忧。如果这样做有用，或许对他也就更危险。

他清了清嗓子，用空闲的那只手在喉头揉了揉。他就像个男高音要引吭高歌。我想，或许更像一只小鸟。蜂鸟福音演唱团。接着，他开口了，“小伙子，你们好。”音色自然多了，但——

“不对，”他说，“太屎了。听起来像个金发妞儿，麦·威斯特[①]之类的。再等一下。”

他又揉了揉喉头，并仰头望着洒下的明亮日光，我不确定他是否知道自己的另一只手——捏着娃娃的那只手——正在挪动。诺问先朝我看，又瞄了瞄怀尔曼，最后又定定地看着我。鞋扣做的黑眼睛。扎成缎带式的黑头发像瀑布一样垂在巧克力曲奇般的脸旁。一张大嘴，张成O型。噢噢噢，你个死男人，假如真有唇舌，便会有这样一声嗔骂。

怀尔曼紧紧攥住我的手。那手冰凉。

“小伙子们，你们好呀，”诺问说话了，尽管杰克的喉结有所起伏，但说到“们”时嘴唇却几乎动也不动。

“嘿！这次怎么样？”

“很好。”怀尔曼答，我不知道他竟然可以如此冷静地应答，“再说几句就更好了。”

“干这活，我能多拿奖金，是不是，老板？”

“当然，”我说，“时间和——”

“你什么都未画吗？”诺问瞪着又圆又黑的眼睛盯着我发问。真的是

---

① 麦·威斯特（Mae West，1893—1980），百老汇著名女演员，上世纪三十年代美国著名的女演员、歌手和剧作家。她是好莱坞第一个性感女明星，以提倡性解放而著称。

用鞋扣做的，我几乎能百分百确认了。

“我没什么可画的。”我说，“诺问。”

“我来告诉你能画什么。你的速写本呢？”现在，杰克看向另一边隐在阴影里的残旧客厅，呆呆的，眼神空茫。既不像有知觉，又不像无意识地发呆；他的表情就是如此模棱两可。

怀尔曼松开我的手，探入食品袋里去找那两本手艺人速写本。他递给我一本后，杰克的手也抖了一下，诺问就仿佛轻垂脑袋，看着我翻开封面，再拉开装有铅笔的腰包拉链。我取出一支笔来。

“勿对，勿对。用她的笔。”

我又拨开铅笔找起来，翻出一只莉比的淡绿色铅笔。它是仅剩的一只长度还够、能用手指勉强握住的笔。她准是不太喜欢这个颜色。也或许是因为杜马岛上的植株都是深绿色的。

“好了，现在做什么？”

“画我，在厨房里。再把我靠在面包盒上，那就好了。”

“你是说，在流理台上？”

“难道你以为我说的是地坎上？”

“我的天啊，”怀尔曼咕哝了一声。随着诺问说出的一字一句，杰克的语气和语音稳健渐变，此刻已完全听不出是他了。那这到底是谁的声音呢？在诺问最受宠的黄金岁月里，难道小女孩光靠想象就能创造出神秘的腹语术让娃娃说话吗？于是，我想到了南·梅尔达，现在我们听到的想必是她的声音的变种。

一旦动笔画起来，奇痒便从不存在的手臂上一泻而下，表明它的存在，也迫使它存在。我勾勒出诺问的形象，坐靠在一只老款的面包盒上；接着，又绘出她的双腿在流理台旁轻轻摇晃。之后，我毫无停顿、亦无迟疑地继续画，画出站在流理台旁的小女孩。在潜意识深处、亦即这些画的源头，我听到一个声音在告诫我：眼看着画要成形、却仍很薄弱的时分，千万别让犹疑和败笔打破魔咒的效应。女孩站在旁边仰头看。戴着围嘴的四岁小女孩。在画下小莉比的裙子前，我甚至无法告诉你围嘴是什么东西。可现在，她就那样站在厨房里，身边有心爱的娃娃，她仰着头看，站在那儿——

嘘——

——手指封住了嘴唇。

现在我画得飞快，铅笔前所未有地飞速擦动，我又把南·梅尔达添入了画面，这是她第一次走出老照片，双臂也不再用力拎着红色野餐篮。南·梅尔达俯身面向小女孩，五官落定，原来是在发怒。

不对，不是发怒——

6

害怕。

南·梅尔达是在害怕，怕得要死。她知道有什么诡谲之事正在发生，莉比也知道在发生什么，双胞胎也知道——苔丝和洛洛也都和她一样怕极了。就连傻乎乎的夏宁顿也知道不对劲。因此，他才尽可能远离这里，不想上岛，宁愿到内陆区的农场里干活。

先生呢？他身在岛上大宅时，心却被私奔到亚特兰大的阿黛搅成一团乱麻，乃至无法看清眼皮底下的事。

一开始，南·梅尔达以为眼前的情景只是自己的想象，整日价和小娃娃们在一起玩耍就会这样；当然，她并不是真的看到鹈鹕或苍鹭头冲下飞，当夏宁顿从诺科米斯带来两队人马、让小女孩们坐马车时，她也不可能真的看到马匹在冲她笑。她觉得自己明白，为什么小不点儿们都那么害怕查理；杜马岛上或许有神秘鬼怪，但查理不是。那是她犯下的错，尽管，她的本意是好的——

7

“查理！”我说，“他叫查理！”

诺问呀呀大笑，附和我的话。

我从食品袋里把另一本速写本也拿了出来——几乎是用扯的劲道——狠狠掀开封皮，蛮力无节制，封皮被扯成了两半。我在铅笔包里掏了一会儿，又找出一截莉比用过的铅笔头，黑色的。我想用黑色来画这幅剪影，笔太短，我只能用拇指和食指捏着。

“埃德加，”怀尔曼说，“刚才那一下，我以为自己看到了……就像是——”

“闭嘴！”诺问叫起来，“别去管那条胳膊！你马上就有东西看了，我说真的！”

我画得飞快，马夫雕像的形象泛出白纸，就像从浓雾中走出来。太快了，笔触随意而匆忙，但精华犹存：洞察世事的眼神，宽阔的大嘴，也许欢欣、也许歹毒的笑脸。我来不及给衬衫和裤子上色，但还是用正红色（我的）勾勒出了裤筒，再寥寥几笔添上那顶可恶至极的帽子。帽子一画完，你就能辨认出这张笑脸的真面目：噩梦。

“让我看！”诺问喊着，“我要看看你是不是画对了！”

我把画拿给娃娃看，她笔直地端坐在杰克的腿上，杰克则懒洋洋地靠在楼梯一侧的墙上，呆呆望着客厅深处。

“对咯，”诺问说，“就是他吓坏了梅尔达的小姑娘们。应该没错。”

“什么——”怀尔曼忍不住了，又摇摇头，“我跟不上了。”

“梅尔达也见过青蛙，”诺问说，“被姑娘们叫作大男孩的那只蛙。长牙齿的那只蛙。就是那时候，她把莉比堵在厨房里，让她开口。”

“一开始，梅尔达以为查理的那套故事只是小女孩们用来吓唬对方的，是不是？”

诺问又呀呀笑起来，但鞋扣做的眼睛透露出的只能是骇然。当然，那样的眼睛，你想让它们流露什么情感都可以，不是吗？“宝贝，你说对了。但当她亲眼看到草坪那头的大男孩要穿过车道、走进树林时……”

杰克的手动了一下。诺问的脑袋轻轻摇摆，暗示南·梅尔达的心理防线彻底崩溃。

我把画着马夫查理的那本速写塞到最下面，又回到厨房的那张画上：南·梅尔达低下头，小女孩仰着头，还用手比画着——嘘！——静静不动的布娃娃坐靠面包盒，目睹了这一切。“你看到了吗？”我问怀尔曼，“你明白了吗？”

“有点……”

“她出来时，糖心果就快做完了。”诺问说，“事情就到了这一步。”

“一开始，梅尔达以为是夏宁顿把查理搬来搬去，大概他只想开开玩笑——因为他知道三个小姑娘都特别怕它。”

“看在上帝的分上，她们到底为什么怕呢？”怀尔曼问。

诺问什么也没说，所以，我把不存在的右手搁在画中的诺问身上——靠着面包盒的诺问，于是，坐在杰克膝盖上的诺问开口了。如我所料。

“南妮没有坏心。她知道她们怕查理——各种坏事情发生之前就很怕，所以，她给她们讲了个睡前故事，想给她们壮壮胆。可事与愿违，反而让她们更怕了，这种事在小孩身上经常发生。后来，那个坏女人来了——从海里来的白皮肤坏女人——她让一切都变得更糟。她让莉比把查理画活，好像在跟她开玩笑。她还有好多别的恶作剧呢。”

我把莉比打着“嘘”手势的画翻过去，从我的腰包里抓出一支烧赭色铅笔——现在已经无所谓了，用我的笔也可以——又勾勒出那间厨房，还有一张桌。诺问躺在她身边，一条胳膊举在手上，好像在恳求什么。还有莉比，一身夏裙和惊慌神色只用匆匆几笔就描绘而出。还有南·梅尔达，从敞开的面包盒旁闪身而退，尖叫不已，因为里面——

“老鼠?”怀尔曼问。

“又老又瞎的大土拨鼠，”诺问说，“和查理一样，真的。她让莉比把它画在面包盒里，所以它就真的跑到盒里去了。玩笑。莉比很难过地道歉，但那个坏坏的水女人呢？哦—不—不。她从来不说抱歉。”

“伊丽莎白——莉比——不得不画，”我说，“是不是?”

“你心里最清楚了，”诺问反问，“不是吗?”

我最清楚。因为有了天分就会如饥似渴。

8

很久以前，有个小女孩跌落马车，撞伤了脑袋，却因祸得福。某些东西——某些女性——便能因而伸出魔爪，与她联络。随之而来的惊人画作便是诱惑，就像吊在渔钩上的美味。画中出现了微笑的马驹、彩虹色的蛙群。可是，一旦珀尔塞出来了——诺问怎么说来着？——糖心果就快做完了。莉比·伊斯特雷克的绘画天赋被她操控在股掌之间，成了她手里的利刃。只不过，确切地说，那已不再真的是她的手了。她父亲不知情。阿黛走了。玛丽娅和汉娜去寄宿学校了。双胞胎还不懂事。但南·梅尔达开始疑心……

我把前页画翻回来，盯着小女孩竖在唇前的指头看。

她听着呢，所以，嘘——。如果你说话，她就会听见，所以，

嘘——。坏事情会发生，更坏的事情也会等着你。海湾里的可怕东西，等着要吞没你，再带你上一条船，你会过上不生不死的日子。而如果我告诉大家呢？那么厄运就会一下子落在我们所有人身上。

怀尔曼静立在我身旁。只有眼睛在转动，有时看向诺问，有时看着我身体右侧时隐时现的苍白手臂。

“但有个安全的地方，是不是？”我问，“她可以在那里说话。是哪里？”

“你知道的。”诺问说。

“不，我——”

“你知道，你应该知道啊。你只是一时忘了。画下来你就会看到。”

是的，她说得对。依靠绘画，我才重塑了自己。从这个层面来说，莉比

（我们的妹妹在哪里）

和我是一家人。对于我俩，画画是我们记住如何记忆的唯一办法。

我翻到新的一页。“必须用她的铅笔吗？”我问。

“不不，不需要了。随便哪支笔都可以。”

于是，我在包里翻找出靛蓝色，不假思索地画下伊斯特雷克家的泳池——感觉就像放弃了思考，任由肌肉的记忆力摁下电话号码。笔下的泳池重现当年盛景，崭新、光明、注满了洁净的清水。这个泳池，就是珀尔塞力不能及之处，她也无法听到这里的动静。

我画下了南·梅尔达，胫骨浸在水里，莉比的腰线以下也在水里，诺问夹在她胳膊下，围嘴浮在水面上。而无数言语也从画笔下泉涌而出。

你的新娃娃现在在哪儿？那个瓷娃娃？

在我的宝贝盒里呢。心盒。

也就是说，它确实藏在那儿，至少藏了一阵子。

她叫什么？

她叫珀西。

珀西是男孩的名字。

莉比呢，坚定而确凿地说：我没办法。她就叫珀西。

那好吧。你说过，她听不到我们在这里说话。

我觉得是……

好。你说你不能让事情发生。但孩子，你听我说——

9

“哦，我的上帝啊，”我说，“那不是伊丽莎白的主意。从头到尾就不是伊丽莎白的主意。我们早该想到的啊。”

画上的南·梅尔达和莉比站在泳池里，而我抬起头来，隐隐约约地，突然意识到自己非常饿。

“你在说什么，埃德加？”怀尔曼问。

“除掉珀尔塞，那是南·梅尔达的决定。”我转身看着诺问，她依然端坐在杰克的膝上。“我说得对吧？”

诺问一言不发，我又用右手手指抚摩画中泳池里的人物。刹那间，我自己也看到了那只手，长长的指甲，以及完整的手掌。

“南妮不太明白，”诺问立刻就开口了，“但莉比很信任南妮。”

“她当然信啦，”怀尔曼说，“梅尔达差不多就是她妈妈。”

我曾幻视到伊丽莎白在房间里画画、再用橡皮擦去，但现在我明白了，那是在泳池边发生的。或许，甚至是在泳池里。因为，出于某种原因，泳池是安全的角落。起码，小莉比是如此坚信的。

诺问又说：“那样做没把珀尔塞赶跑，但显然引起了她的注意。我认为，把那婊子惹火了。”诺问的声音流露出了疲态，嘶哑极了，我看得到杰克的喉结仍在动。“我真希望那样做能奏效啊！”

“是的，”我说，“或许是有用的。那么……接下去呢？”其实我不用问也知道。尽管细节不详，但我知道。逻辑是残酷的，却也无法驳斥。“珀尔塞报复了，矛头指向了双胞胎。伊丽莎白和南·梅尔达都清楚是怎么回事儿。她们知道自己干了什么。南·梅尔达知道自己干了什么。”

“她知道。”诺问说。仍是女性的嗓音，但已越来越接近杰克的真声。不管魔咒鬼语从何而来，终究无法持续太久。“她一直忍着不说，直到先生寻着她俩的足迹找到了黑影滩——也直接走进了大海；但那之后，她再也忍不住。她觉得是自己害死了那对小女孩。”

“她看到船了吗？”我问。

“是那天晚上看到的。晚上看到那艘船你就不能不信了。”

我想起我的《女孩和船》系列，深知此话不假。

“先生打电话向治安官求助，说两个女儿失踪，或许已经淹死，不过，在那之前，珀尔塞已经对莉比言明真相了。然后莉比又告诉了南妮。”

布娃娃瘫软下去，像曲奇饼干似的圆脸好像在端详心形盒。我们就是从盒子里把她挖掘出来的。

“诺问，她把什么告诉南妮了？”怀尔曼问，“我听不明白。”

诺问沉默不语。我觉得，就连杰克也精疲力竭了，哪怕他只是静坐在那儿。

我替诺问回答他，“珀尔塞说，‘再想把我干掉，双胞胎就只当是餐前小菜了。再敢动我，我就要带走你的所有家人，一个接一个，把你留在最后。’是不是？”

杰克的手指动了动。诺问的碎布脑袋缓慢地点了点。

怀尔曼舔了舔嘴唇。“那个娃娃，”他说，“到底是谁的鬼魂？”

“怀尔曼，这儿没有鬼魂。”我说。

杰克呻吟了一声。

“我不知道他一直在干什么，*朋友*，但他的活儿快干完了。”怀尔曼说。

“是，但我们的还没完。”我摸了摸娃娃——曾经跟着天才画童到处走的小布娃娃。这时，诺问最后一次对我说话，声音里已混入了杰克的嗓音，仿佛他俩正想同时挤出来。

“不不，不是*那只*手——你需要那只手画画的。”

于是，我抬起曾把莫妮卡·格尔斯坦垂死的爱犬抱起来的那条手臂——六个月前，那是另一段人生、另一个宇宙里的我。我用那只手抓住伊丽莎白·伊斯特雷克的布娃娃，把她从杰克的膝盖上拿开。

“埃德加？”杰克说着，挺直了背脊，“埃德加，*见鬼了*，你到底怎么会——”

——*又有了右臂*？我猜他是想这么问吧，但也说不准；我没听他把话说完。我的眼里只有那对漆黑的眼睛，勾着红边的嘴唇中仿佛有个漆黑的无底洞。诺问。这些年来，她一直深埋在双重黑暗里——在楼梯下，也在铁皮盒里——等待倾诉所有秘密，就连鲜红的唇色也一直鲜艳如初。

你准备好了吗？她在我脑海里轻问，但说话的人不再是诺问，也不是南·梅尔达（我确信），甚至也不是伊丽莎白；那只是瑞芭。万事俱备，就等着画画了，你个死男人？你准备好见识余下的真相了？准备好看清一切了？

我没有准备……但恐怕不得不去看。

为了伊瑟。

“让我看你的画。”我轻念一声，那张红嘴便将我完全吞噬了。

如何作画（十）

做好准备，洞察一切。如果你期望有所创造——如果你期望，如果你能，上帝就会帮你——你怎敢犯下浅尝辄止的罪过？要深入挖掘，夺取战利品。无论多么伤痛。

你可以画两个小女孩——双胞胎——谁都画得出来。切勿因为余下的部分是场噩梦便就此罢笔。切勿忽略真相，那便是，她们正站在齐腰深的海水里，很快就会被海水吞没。有人在看——比方说，爱莫瑞·包尔森，他只需看便能看到，但太多人都没有准备好去看清眼皮底下发生的事。

当然，等他看到，已经太晚了。

他走下山坡去海滩，为了抽一根雪茄。他可以在后院、阳台抽烟，但某种强烈的冲动迫使他走下车辙深重的小路——阿黛称之为“酒鬼大道”——再走下陡峭的坡道，沿着沙滩走向海边。那股冲动告诉他，到了那里，雪茄的味道也会更美妙。他可以闲坐在海浪推上岸的断木上，眺望夕阳晚景，当橘红色淡化成橙色，星星便会蓝莹莹地显现。有个声音在提醒道，就算海湾有坏心眼，决意要把他钟爱的一双小妹卷走，以此为恭贺他新婚的大礼，海湾在如许柔光里仍会显得平静而美好。

不过，似乎不只是夕阳值得一看。还有一条船。一条古老、漂亮、修长的三桅帆船，白帆都已卷下。于是，他没有坐在残木上，而是继续往前走，干沙岸变成了又湿又结实的沙滩，他对映衬在夕阳中轻巧如燕的美船惊叹不已。风儿轻扬，好像在变小魔法，日光的最后一抹红艳似能穿透船身。

第一声呼喊传来时，他正在琢磨那奇妙的光线。呼救声像银铃敲响：爱莫瑞！

紧接着又是第二声：爱莫瑞，救命啊！有回流！退潮流！

就是这时，他看到了两个女孩，心也快跳出嗓子眼了，无法落回加倍狂跳的胸膛。还没点燃的雪茄从颤抖的指尖掉落在地。

两个小女孩，简直分不清谁是谁。她们穿着一模一样的上衣，哪怕日光渐淡，不足以让人分辨出色彩，他却看得分明：一件是红的，前胸印着L；另一件是蓝的，印着T。

退潮流！胸前有T字的女孩呼喊着，伸出双臂，向他恳求。

回头浪！胸前有L字的女孩也呼喊起来。

虽然她俩都不像是面临溺毙的危险，爱莫瑞也没有犹疑。他的欢喜心也不会让他犹豫的，他的心中万分确信，这俨然是一次奇迹般的好运：当他带着双胞胎从海里走出来时，那位财大气粗的岳父大人会立刻感恩戴德，对他的态度发生翻天覆地的巨变。而且，响彻他脑海的银铃声也在催促他快步向前。他要奋不顾身地去救阿黛的小妹们，要把失散在海里的孪生姐妹双双救回岸上。

爱莫瑞！那是苔丝，黑漆漆的眼睛在瓷娃娃般的白净小脸上……但她的嘴唇是红色的。

爱莫瑞，快来啊！那是劳拉，苍白的小手滴着水向他伸来，稀疏的卷发粘在白白净净的脸颊上。

他也高喊道，我来了，姑娘们！坚持住！

他迈进海里，水浸没胫骨，再是膝盖。

他高喊着，要挺住啊！他没去想，自己身高六英尺两英寸，而海水已浸没他的大腿了，可她们却能站在水里，好像水深齐腰。四月中旬的海水还很凉，当他能抓住她们时，海水已浸到了他的胸前，而当她们攫住他时，力道比任何一个小女孩都要大；此刻，和她们面对面，他便能看到她们眼中的银光闪耀，闻到她们的头发散发出死鱼般的咸腥腐臭，太晚了。他挣扎起来，欢欣鼓舞的窃喜、鼓励女孩和退潮浪抗争的高呼变成抗拒的腔调，继而又成了惊恐的尖叫，但到了这个地步，为时已然太晚、太晚。不管怎样，哭喊声没有持续很久。她们的小手眨眼就成了冰凉刺骨的爪子，深深掐入他的皮肉，把他往海里拖，海水灌进他的嘴巴，吞没了他的呼救声。他看到那艘船映照在夕阳最后一抹余韵之中，可是——他之前怎么会没看到呢？怎么会没看清真相呢？——他发现那是艘废弃已久的破船，灾祸满盈的恶船，死亡之船。那儿，有什么东西正在等候他，那裹尸布里的东西。如果他能嚎叫，他必会声嘶力竭，但现在海水涌入他的双眼，还有别人的手靠近了他的脚踝，那触感只能让他想到森森骨骸。有只魔爪扯掉了一只鞋，又拧了拧他的脚趾头……好像，在他慢慢下沉时，有人非要和他玩“小猪小猪要去市集”的游戏。

爱莫瑞·包尔森慢慢沉入了大海。

十九　一九二七年四月

1

有人在黑暗中高喊。听来像是让他别再叫了。接着传来一记响亮的掴掌声，黑暗被深红色徐徐照亮，先是一侧，再是另一侧。如一股血流冲入清水，红色翻涌而来，将黑色推翻。

“你下手太狠了。”有人在说话。是杰克吗？

“老板？嘿，头儿！”有人在摇晃我，那就是说，我还有一具身躯。大概是好事吧。杰克在摇晃我。杰克，姓什么来着？我可以想起来，但必须从别的线索入手。他的姓氏和天气预报频道里的谁很像——

晃得更厉害了。力道更大了。“朋友！你听得见吗？”

头撞在什么东西上，我这才睁开眼睛。杰克·坎托里跪在我的左侧，脸色紧张而惊恐。在我面前的，则是怀尔曼，他站着，弯腰向我俯着身，把我像杯鸡尾酒一样晃来晃去。布娃娃脸面冲下倒在我的腿上。我憎恶地咕哝一声，反手一拨将她赶跑——噢，你个死男人，如假包换。诺问落在那堆黄蜂干尸里，发出沙沙脆响。

突然间，她引领我如临其境的场面又重现了：地狱之旅。通往黑影滩的小路被阿德里安娜·伊斯特雷克称为“酒鬼大道”（这让她父亲暴跳如雷）。还有那片海滩，发生在那里的恐怖事件。泳池。蓄水池。

“他睁开眼了。”杰克说，“感谢上帝，埃德加，你能听到我说话吗？”

“是的。”我说。我的嗓子都喊哑了。我想要吃东西，但更想往火烧火燎的嗓子里灌点水。“渴死了——能帮我一下吗？”

怀尔曼递给我一大瓶依云水。我摇了摇头，“要百事。”

“你肯定吗，朋友？水大概——”

“百事。咖啡因。”那不是唯一的理由，但管用。

怀尔曼把依云水放回包里，递给我一罐可乐。可乐热乎乎的，但我一口气就吞下半罐，打出嗝来，又接着喝。我环顾四周，只能看到我的两位朋友和一段肮脏的走廊。那可不好。事实上，是太可怕了。我的手整个儿僵硬了，还在抽搐——现在，我显然又恢复成了独臂人，好像刚用这只手一刻不停地干了两小时的重活，那么，那些画在哪里？我害怕极了，生怕没了那些画，一切都会如惊醒后的梦消隐无踪。而我为了得到那条信息，几乎搭上了自己的性命。不只是性命，还有我的理智。

我挣扎着想要站起来。可刚才头撞上了墙壁，震起了脑颅内的一阵剧痛。“画在哪里？求求你们快告诉我！”

“放松，朋友，都在这儿呢。”怀尔曼让开，给我看那叠半旧的手艺人画纸。“你像个疯子一样画，一边画一边扯。我把画都收拢在一起了。”

“好吧。很好。我需要吃东西。我饿坏了。”这是如假包换的大实话。

杰克不安地移开眼神。当我把诺问从杰克腿上拿走让它被黑洞吞没时，前门走廊还被下午的阳光照亮，如今却已昏暗。天还没黑——还没有，我仰头时看到天空还是蓝色的——但显然白日将尽，黑夜将临。

“现在几点了？”我问。

“五点一刻。”怀尔曼答。他连表都没看，我便明白了，他一直在守着时间。“太阳会在一小时内下山。或早或晚。所以，如果它们只是在夜间出动——”

“我认为是这样。还有时间，但我还是需要先填填肚子。我们可以离开这片废墟了。这栋房子已经探够了。不过，我们或许需要一把梯子。”

怀尔曼挑了挑眉毛，但没有发问；他只是说：“如果有梯子，大概会放在谷仓里。那地方好像战胜了时光老人，事实上，保存得还不错。”

“那娃娃怎么办？”杰克问，“诺问？”

“把她放回伊丽莎白的心盒里吧，带着她一起走。”我说，“她应该有更好的归宿，该和杀手宫里伊丽莎白的遗物放在一起。”

“埃德加，下一站是哪里？”怀尔曼问。

“我会指给你们看的，但有件事要先确认。”我指了指他腰间的手枪，“那玩意儿上膛了吧？”

“你绝对放心。整整一盒新子弹。”

“如果苍鹭再现，我还是希望你把它打死。这是当务之急。”

“为什么？”

“因为它就是她。”我说，“珀尔塞一直在利用它监视我们。”

2

我们原路返回，走出废弃的大屋，看到傍晚的天色明爽而清澈。万里无云。夕阳斜斜西照，在海面上投下一道耀目的银色反光。大约一个小时后，光带就会黯淡下来，转成金色。但现在还没到时候。

我们沿着酒鬼大道的残迹深一脚浅一脚地往外走，杰克提着野餐篮，怀尔曼背着食品袋，握着那叠画纸。我带着画具。海滨燕麦草在我们的裤腿旁嚓嚓作响。长长的身影紧随我们背后，投向昔日豪宅的遗址。远远的，有只鹈鹕在前方看准了一条鱼，折起双翼飞速降下，如同一枚深水炸弹。我们没有看到苍鹭，也没有路遇马夫查理的雕像。我们走到丘顶，小路开始向下延伸，缓坡上的路已被侵蚀、浸泡得走了样。就在那时，我们看到了别的东西。

我们看到了珀尔塞。一尘不染的白帆收拢卷垂。在起伏不停的波浪上像钟摆一样左右摇晃。从我们站立之处，能看到右舷船身上的全名：珀尔塞福涅。船上静悄悄的，一个人影都没有，我保证那里确实没人——白昼时分，死者是死的。但珀尔塞不是死的。我们的运气不太好。

“我的上帝啊，简直像是从你的画里跑出来的。”杰克倒抽一口冷气。小路右侧有一条石凳，早已被茂密的灌木野草掩埋起来，不用心找根本看不到，就连平滑的座椅也完全被蜿蜒的藤蔓层层覆盖了。杰克目瞪口呆看着那条船，一步撞在石凳上。

“不，”我说，“我画的是它的真实面貌。你看到的却是它在白昼里的伪饰。”

怀尔曼站在杰克身旁，手搭凉棚遮住日光。接着，他转身对我说：

“东彼得岛上的人看得到吗？应该看不到，是不是？”

“或许有人也看得到。”我说，“绝症晚期的病人，大把吃药的孤僻抑郁患者……”这让我想起了汤姆。“但它是为我们显身的，不是为别人。我们要在今夜搭上这条船永离杜马岛。太阳一下山，这条路就会封锁。活死人大概都藏身在珀尔塞福涅，但丛林里还有别的东西。有些——好比马夫雕像——是伊丽莎白孩提时代的创造物。其余的，是珀尔塞苏醒后才被召唤来的。”我停了下来，明知自己不想往下说，但又不得不说明白。“我猜想，其余的那些会活起来，应该归咎于我。每个人都有他自己的噩梦。”

我想起了月光下探出的骷髅之手。

“所以，”怀尔曼嘴不饶人地说，“我们的计划是坐船离开，是不是？”

“是的。”

“抓壮丁？好像欢快的老英格兰人干的那档子事？”

“差不离。”

“我做不到。”杰克说，“我晕船。”

我笑了，在他身边坐下。“杰克，计划里并不包括出海航行。”

“好极了。”

“你能帮我把鸡肉袋扯开吗，再撕条鸡腿给我？”

他让我心满意足了。当我把一条又一条鸡腿吞下肚时，他俩都傻傻地看着我。我问，谁想分一块鸡胸吃，他俩都不要，所以我把鸡胸也吞了。吃到一半，我突然想起了女儿，血色尽失，死在了罗德岛。我继续吃，狼吞虎咽，中间还把油腻腻的双手往牛仔裤上擦。伊瑟大概会懂。但帕姆不会，或许琳也很难明白，但伊瑟？她可以。前方会有什么等着我？我很害怕，但我清楚，珀尔塞也很怕。要是她毫不担心，就不会千方百计阻挠我们跨进这片地域。如果她不担惊受怕，或许还会欢迎我们。

“时间都浪费啦，朋友，”怀尔曼说，“日光就快没了。”

“我知道。”我说，“我女儿也没了，永远地没了。但我还是饿。有什么甜的？蛋糕？曲奇？该死的布丁？”

没有甜品。我又灌下一罐百事可乐、几根浸过蘸酱的黄瓜条——我老觉得那看起来、吃起来都像蘸了糖的鼻涕条。好在头不再痛了。在黑暗中向我扑面而来的画面——这些年来一直藏在诺问的碎布脑袋里、等待曝光的陈年旧景——也渐渐褪色消失，取代而来的是我自己的版本。最后一次擦过手后，我把那叠粗暴揉扯过的画本又放在膝上，那是来自地狱的家族肖像画册。

“留神那只苍鹭。”我叮嘱怀尔曼。

他环顾四周，瞥了一眼空无一人、在微波荡漾的海面来回摇摆的小船，又转向我问道：“干吗不用箭枪对付那只大鸟呢？搭上一枚银头箭岂不是更好？”

“不行。苍鹭像她的坐骑，就好比人骑马。要是我们把银头箭浪费在苍鹭身上，她说不定还挺高兴呢。但她别再想为所欲为了。”我冷冰冰地一笑，“那位女士的嚣张气焰该到头了。”

3

怀尔曼让杰克起身，以便他扯下石凳上的藤条。然后，我们便坐在那儿眺望墨西哥湾和另一边的废弃豪宅，如同三位残兵败将，两个半百老男人，再加一个刚刚成年的大男孩。红色野餐篮和食品袋搁在我们脚边，大部分食品已被消耗。我估计，起码还有二十分钟，甚至半小时，可以让我一股脑儿地把事情告诉他们，然后还能剩下足够的时间。

希望如此。

“伊丽莎白比我更能和珀尔塞沟通。”我说，“远远比我的能力强。我不知道她怎么能忍受下来。她有了瓷娃娃之后，便能看到一切，不管她在不在场。她把一切都画下来了。但离开此地前，她把最恶毒的那些画都烧毁了。”

“就像画飓风的那张？”怀尔曼问。

“是的。我认为她畏惧于它们的能量，她的恐惧是合情合理的。但她把一切都看明白了。布娃娃还把一切都储存起来，就像通灵摄像机那样。大多数情况下，我只能看到伊丽莎白看到的情形，画下伊丽莎白画过的场景。你们听得懂吗？”

他们都点了头。

“就从这条小路说起吧，这儿曾经是条大道。从黑影滩通到谷仓。”我指了指那栋覆满藤蔓的古老外屋，刚才，我还指望能在那里找到梯子呢。“我觉得，常走这条路去珊瑚礁的走私犯不是戴维·戴维斯，但可以肯定，是戴维斯的合伙人之一，而且，从杜马岛偷运上岸、销往佛罗里达太阳海岸的私酒数量惊人。先从黑影滩运到约翰·伊斯特雷克的谷仓，再转移到内陆地区。大多数上等货会直接送到萨拉索塔和凡尼斯的几家爵士乐俱乐部，藏起来，算是帮戴维的忙。”

怀尔曼瞄了一眼渐近地平线的夕阳，又看了看表。“这事儿和我们眼下的处境有关联吧，朋友？我相信你不会平白无故说这些。”

“你说得很对。”我画下一只桶，顶部扣着大旋盖。在桶的一侧，我写下“桌”这个字，字母向下弯拱成半圆形；并在其下方写上“苏格兰”三个字，这次的字母向上弯，还是半圆形。字写得歪歪扭扭，我画画比写字强多了。“先生们，这是威士忌。”

杰克指了指“桌”和“苏格兰”围住的一个符号，模模糊糊可见是一个人形。那是用橘色铅笔画的，还有一只脚伸在身后。“穿裙子的小妞儿是谁？”

“那不是裙子，是苏格兰方格短裙。理论上，那就是苏格兰高地的标志。”

怀尔曼扬了扬浓密蓬乱的粗眉，“朋友学识渊博啊，真该颁个奖给你。”

“伊丽莎白把珀尔塞放进了这种威士忌小酒桶里，”杰克在沉吟，“可能是伊丽莎白，也可能是和梅尔达——”

我摇了摇头，“只是伊丽莎白。”

“这玩意儿有多大？”

我张开双手，比画出五英尺的距离，想了想，又扩张了一点。

杰克点点头，但依然紧锁双眉。“她把瓷偶放进去，把旋盖拧好。或是在桶口堵上了木塞。然后浸到水里，让珀尔塞沉睡。可是，老板，我实在搞不明白。她一开始召唤伊丽莎白的时候，就是在水底下啊，看在上帝的分上，还是在海底！”

“现在先别管那个。”我把画着酒桶的那页翻过去，又给他们看了下一张画。画上的南·梅尔达在大厅里打电话。头微倾，双肩前拢，哪怕只用了一两笔，却足以看出一九二七年的黑人女管家在使用客厅电话时有多么畏惧、多么惊惶，在那时的美国南部，黑人仆佣绝不可能堂而皇之地使用主人家的电话，即便是紧急状况下也不敢。

“之前，我们以为阿黛和爱莫瑞是在报纸上读到了新闻才返回杜马岛的。但亚特兰大的报纸大概根本无处得知佛罗里达有两个小女孩淹死。当南·梅尔达确信双胞胎生死不明后，她给在内陆的伊斯特雷克先生打了电话，通报了噩耗。然后，她也给阿黛和新婚丈夫的所在地打了电话。”

怀尔曼一拍大腿，“阿黛告诉南妮她会住在哪里！她当然会告诉她！”

我点点头，“新婚夫妇肯定赶上了当夜的火车，因为他们第二天天黑前就回到家了。”

“那时候，玛丽娅和汉娜也一定回来了。”杰克说。

“是的。一家人都到齐了。”我说，“那边的海……”我指向修长小船抛锚停泊的地方，它正在静候黑夜降临。“挤满了小船。搜寻尸体的工作起码延续了三天，其实人人都知道，那两个小女孩必死无疑了。我猜想，约翰·伊斯特雷克根本无心去琢磨，大女儿夫妇是如何得到消息的。那几日里，他一心只想寻找溺亡的孪生女。”

“**她们走了**。”怀尔曼喃喃说道，“太可怜了。”

我翻到了下一张画。三个人站在苍鹭栖屋的阳台上，挥着手；大宅前的碎贝车道上有一辆旅行用的大车慢慢驶向石柱大门和门外的太平世界。我也画上了散乱的棕榈叶和几株香蕉树，但大门口没有篱笆墙；一九二七年时，篱笆墙还不存在。

透过大车后窗，能看到两张苍白的椭圆形的小脸在向后望。我一一指着她们说道：“玛丽娅和汉娜，回布莱顿寄宿学校去。”

杰克说：“好冷漠啊，你不觉得吗？”

我摇了摇头，“说实话，我觉得不是。孩子们不会像成年人那样沉痛哀悼。”

杰克便点点头，“对。我想通了。但也很惊讶……”他陷入了沉默。

“怎么了？”我问，“为什么惊讶？”

“珀尔塞会让她们走。”杰克说。

“其实，她没有放过她们。只是让她们去布莱顿而已。”

怀尔曼指了指这幅画，“伊丽莎白在哪里？”

“无处不在，”我说，“我们正透过她的眼睛在看。”

4

“没剩几张了，但后面的情况都很糟。”

我把下一幅画展示给他们看。照样是匆匆几笔勾勒的，画中的男子背向我们，但我毫不怀疑：那就是在浓粉屋厨房里把冰凉手铐铐上我手腕的人，确切地说，是那个东西生前的背影。我们都低头看着他。杰克抬头看了看黑影滩——经年风吹雨打，如今只剩下细细一条沙带——又折回头审视这幅画。最后，他看着我。

“这儿？”他的声音低沉，“这幅画里的事，就是从这儿看到的？”

“是的。”

“这是爱莫瑞。”怀尔曼说着，指了指画上的人。他的语调比杰克更低沉。额头渗出汗来。

“是的。”

“在你房子里的那东西。”

“是的。”

他移了移手指，“那就是苔丝和劳拉吗？”

“苔丝和洛洛。是的。”

“她们……在干什么？蛊惑他下海？就像古希腊神话里的塞壬？”

“是的。”

“真有这种事啊。”杰克说着，仿佛终于明白了。

“真的有，也真的发生了。”我点头称是，“绝不能怀疑她的强大。”

怀尔曼举目望向天边，夕阳的下缘就快和海平线贴上。海面上的光带终于泛成了暗金色。“快点看完吧，朋友，越快越好。我们该干吗就干吗，然后离开这个该死的地方。”

“反正我也没更多事情可以讲了。”我说着，在一叠潦草得几乎难以辨认的画里翻找。“真正的女主角是南·梅尔达，可我们甚至不知道她姓什么。”

我把一张没画完的画给他们看：南·梅尔达，扎着标志性的头巾，眉头和脸颊上寥寥涂了几笔颜色，她正在前门廊里和一个年轻女子说话。诺问搁在旁边的桌上，所谓的桌子不过是六笔、顶多八笔细线勾出的椭圆形。

“瞧这儿，爱莫瑞消失后，她正在对阿德里安娜胡诌，说他突然被召回了亚特兰大，还是说他去坦帕买新婚惊喜大礼？我不知道。反正，她要让阿黛留在大屋里，顶多在周边走走。”

“南·梅尔达在争取时间。”杰克说。

“她只能做到这一步。”我指了指将我们和岛北部隔断的险恶丛林，那本来不可能存在的——起码得有一个团队的园艺师加班加点才能维持植物生长。“那片丛林，在一九二七年时还不存在，但伊丽莎白在这里，而且，她的天赋正值巅峰。我不认为有谁能成功地利用那条路离岛。从这儿到吊桥之间，珀尔塞究竟让伊丽莎白画出了多少东西，只有上帝才知道。”

“阿德里安娜就是下一个牺牲者？”怀尔曼问。

“然后是约翰。玛丽娅和汉娜紧随其后。因为珀尔塞想要搞死他们所有人——或许，只有伊丽莎白除外。南·梅尔达肯定知道，她顶多只能让阿黛多留一日。但一天就足够了。”

我让他们看另一张画。尽管画得更潦草，但依然可辨认出来，那是南·梅尔达和莉比，双双站在泳池的浅水区。诺问被搁在池台边，一条碎布胳膊垂浸在水里。诺问身边，有一只陶瓷大肚酒桶，大口敞开，桶身上的“桌”一词呈半圆形。

“南·梅尔达告诉莉比她必须怎么做。她对莉比说，不管莉比在脑海中看到了什么，也不管珀西如何大叫着命令她住手，她必须这么干……因为她会尖叫的，南·梅尔达说，如果她发现她们要干什么。她说，她们只能指望珀西发现得晚一点，那样她就无计可施了。然后，梅尔达说……”我停下了。西沉的夕阳越来越刺眼了。我必须说下去，但越来越艰难了。非常非常艰难。

“说什么了，朋友？”怀尔曼轻声问道，“她说什么？”

“她说，她也会惨叫的。阿黛也一样。她爹地也是。但她不能停，她说，‘孩子，决不能停手，要不然就前功尽弃。’”我的手突然从包里掏出维纳斯黑色，好像它自有主张似的，在泳池边的女管家和小女孩的肖像下加了几个字：

决不能停

泪水涌上我的双眼。手里的铅笔落进海滨燕麦草丛里，我伸手抹了抹泪。只知道，铅笔还在掉落之处。

“埃德加，银头箭是怎么回事？”杰克问，“你从没提过这档子事。”

“没有什么魔力箭枪，”我疲惫地答道，“肯定是多年后才出现的，也就是伊斯特雷克和伊丽莎白返回杜马岛之后。上帝才知道，是谁想出的这主意，不管是谁，也许都不能完全确定它为何显得那么重要。”

“可是……”杰克又皱起了眉头，“如果他们在一九二七年时没有银头箭……那么，怎么……”

“没有银头箭，杰克，但有很多水。”

“我还是不明白。珀尔塞从水里来。她就是水做的。”他抬头去望那条船，好像要确认它是不是还在原位。它仍在那里。

“对。但在泳池里，她的能力就无法生效。伊丽莎白知道这一点，但不明白这究竟暗示了什么。她怎么可能明白呢？她还是个小孩啊。”

“哦，妈的。”怀尔曼说着拍了下脑门，“游泳池。清水。那是个清水泳池。清水的反义词是咸水。”

我用手指指向他。

怀尔曼抓住画着陶瓷酒桶放在布娃娃边上的这张画，“桶是空的吗？她们用泳池的水把它灌满了？”

“毫无疑问。”我把画翻过去，又给他们看下一张。视角转换，几乎又和我们所在的位置重合了。海平线上，一轮新月如镰刀升起，月光在一艘烂船的破桅间闪动。但愿我永生永世都不要再画这条船了。海滩上，就在水边——

“上帝啊，太可怕了，”怀尔曼说，“就算我看不清楚它，可照样觉得它可怕。”

我的右臂在痒，在抽搐。火烧火燎。手往下伸，触碰到那画面，而我也愿永生永世都不要再看到那只手了……尽管，这个心愿恐怕不会成真。

“我可以替我们来看。”我说。

如何作画（十一）

不要放弃，坚持到底。我无法告诉你这是不是艺术的真谛，我不是导师，但我相信，自己努力要传达给你的一切都能用这八个字概括。有天分是极乐美事，但天分不会眷顾半途而废的人。但是，如果你的画作是诚心诚意的结晶，是来自思绪、记忆和情感乃至一切之总汇的神妙之处，你总有想罢手的一刻，那时候，眼光将黯淡无神，记忆将崩塌瓦解，痛苦就会终结。从那天画的最后一张画里，我悟到了这一切。画着海滩上的聚会的那张。那只是速写，但我认为，当你描绘地狱时，一幅速写足矣。

我从阿德里安娜开始画。

那一整天里，她为爱莫瑞急疯了，情绪剧烈波动，对他极端愤恨，又为他担惊受怕。她甚至想到，或许爹地一冲动，已经做出了什么不可挽回的事，哪怕她自己都觉得那不可信；悲伤已令他麻痹，自从搜寻宣告结束，他便茶不思饭不想。

太阳下山后，仍然没有爱莫瑞的踪影，你会觉得她会变得更心焦，但恰恰相反，她冷静下来，几乎还有点窃喜。她对南·梅尔达说，爱莫瑞肯定会回来的，她有十足的把握。她打骨子里相信，也听到脑海中有个声音在对她这么说，听起来就像一口小钟在敲。她认定那钟声就是人们常言的“女人的直觉”，而且你非得等结婚之后才会充分意识到直觉的存在。她也把这信念对南妮说了。

南·梅尔达点头笑了，但她仔细地端详起阿黛。这一天来，她一直在观察她。这女孩的男人已经永远离去了，这是莉比对她说的，梅尔达也信她的话，但梅尔达也相信，家族中其他的成员会被拯救……包括她自己也会幸存。

不过，这基本上要指望莉比了。

南·梅尔达上楼去看另外两个小女孩，一边上楼，一边抚摩左手腕上的镯子。那银镯子是她妈妈给她的，梅尔达每周日去教堂时都戴着它。或许，这就是她今天会把它从自己的宝贝盒里取出来的原因，她将手滑入镯圈，并尽力往上撸，让镯子紧紧贴在上臂，而不是松松垂荡在腕上。或许，她想借此感觉和妈妈更近些，并借取来自母亲的静默力量，也可能，她只是想和神圣的东西有所关联。

莉比在她的房间里，画着画。她画家人，包括已经死去的苔丝和洛洛。全家八个人（南·梅尔达也是家人，莉比觉得这是天经地义的）都站在海滩上，他们曾在那儿度过了无数快乐的时光，游泳、野餐、堆沙堡。现在，他们像纸偶人那样手拉手，脸上挂着大大的笑容。她似乎认定她可以把她们画活，可以仅凭她意愿的强大力量就把生命和幸福重新画回来。

南·梅尔达大抵相信这是可能的。这孩子非常强大。但是，重塑生命却是她力所不逮的。甚至大海也无法重塑真正的生命。就在南·梅尔达准备离去、留下莉比独自画画时，她看到了莉比的宝贝盒。从海湾里捞上来的那个瓷娃娃，她只见过一次，那是个小个子女人，裹着一件褪成粉色的袍子，最初肯定是浓重的猩红色吧，袍子上还有一顶兜帽，遮住了额头，也露出了几缕头发。

她问莉比，一切都好吗？她只敢问这么多，只能问到这个地步。如果盒子里那东西的卷发真的遮住了第三只眼睛——有魔力的千里眼——那就不能不留心一言一行。

莉比说，都好。我就画几张，南·梅尔达。

她忘了自己该做什么吗？南·梅尔达只愿她没忘。现在，她必须下楼去了，得看着阿黛。她的男人很快就会来召唤她了。

内心深处，她仍然难以相信正在发生的事；可与此同时，她又觉得自己的一生好像都在为这件事做准备。

梅尔达说，你会听到我喊你爹地。我一喊，你就要去泳池，把你留在那儿的那些东西捡起来。别让它们整夜留在外头，因为露水会打湿它们的。

她埋头画画，没有抬头。但她说了一句，竟让忧惧的梅尔达突然开心起来。不会的。我会带着珀西。那样天黑我也不怕。

梅尔达说，不管你带谁去，只需记得把诺问带进来，她还在外头呢。

她只来得及干这些，当她想着无所不知的千里眼，以及它会如何看穿她的想法时，她只敢说这么多。

梅尔达下楼时依然抚摩着银镯。她很高兴自己在莉比的房间里时能戴着镯子，哪怕那个小瓷女人被放进了铁皮盒。

她刚好看见阿黛的裙裾在后门廊尽头一闪而过，阿黛进了厨房。

时候到了。游戏该结束了。

梅尔达没有尾随阿黛进入厨房，而是顺着前门廊跑向先生的书房，并第一次——在她在此工作的整整七年里——没有敲门就跑了进去。先生正坐在书桌后，领带扯松了，领扣解开了，长裤的背带悬荡在身旁。他手里的折叠金框相架里是苔丝和洛洛的照片。他抬头看着她，这几天眼见着消瘦下来的脸上，一双泪眼红彤彤的。女管家未经许可就闯进来，他没有因此惊异；他仿佛超脱成了无喜无忧、更不会震惊的人，当然，事实很快就会证明，他并非如此。

他问，什么事，梅尔达·洛？

她答，您得立刻过去。

透过泪眼，他冷静而又因暴怒而显得愚蠢地瞪了她一眼，去哪儿？

她答，海滩。带上那个。

她指了指挂在墙上的箭枪，旁边还有几支短箭。箭头是钢的，不是银的，箭杆沉甸甸的。她当然知道，难道不正是她时常提着装有箭枪和短箭的篮子吗？

他说，你在说什么？

她答，我没时间解释。您得立刻去海滩，除非您想再失去一个。

他去了。他没问是哪个女儿，也没追问他为何要携带箭枪；他只是从墙上摘下武器，另一只手取了两枚箭，大步流星地走过敞开的书房门，先是走在梅尔达身边，继而又走到她前头。等他走到厨房，也就是梅尔达最后一次看到阿黛的地方，他开始全速奔跑，她也跑，可还是落在了他后头，她得用两只手抓着脚面上的裙子才行。他的麻木感突然中断了，突然像通了电一样跑起来，这让她讶异吗？不会的。因为，就算头脑被悲恸覆盖成一片空白，先生依然明白这儿有什么不对劲：事故一直在持续发生。

后门敞开着。夜风轻扬而入，把门又吹开了几分……真的是夜风。日光完全消隐。黑影滩上还有些许光亮，但在苍鹭栖屋里，黑暗已然笼罩下来。梅尔达跑出后门廊，见先生已经跑上了通往海滩的小路。他成了一个小小的身影。她四下张望，想找到莉比，但不用想也知道，她没看到她；如果莉比正在进行理应要完成的任务，那她就该在走向泳池的路上，怀里还应该抱着她的心形盒。

里面装着魔鬼的心形盒。

她跟在先生后面，在石凳那儿追上了他，小路也在此向下蜿蜒。他却站在那里，一动不动。西面，最后一缕夕阳成了黯然的橙色，倏忽即逝，但光线尚且足以让她看到阿黛站在水边，也看到涉水向她迎来的男人。

阿德里安娜喊着，爱莫瑞！喊声洋溢着喜悦，仿佛他消失了一年，而非仅仅一天。

站在僵立不动、目瞪口呆的男主人身边的梅尔达大吼起来，不要，阿黛，离他远点！但她知道阿黛不会听到她的警告。果然如此。阿黛朝她的丈夫跑去。

约翰·伊斯特雷克说，怎么——他只说了这么多。

刚从沉沦的悲恸中惊醒，他一口气跑了这么远，但此刻又麻痹了。是不是因为他还望见了两个身影，同样涉水朝沙滩走来？那水本该淹没她们的头顶，可她们竟能轻松地在水里行走？梅尔达觉得，原因不在这里。她相信，此刻的他依然凝视着大女儿，身影幽暗的男人走出了海水，用滴着水的双臂揽住了她，再把滴着水的双手扼紧了她的脖子，她那兴高采烈的欢呼骤变为剧烈的咳嗽，他便开始把她往水里拽。

海湾深处，珀西的黑船在静静等待，它在微波荡漾的海面上轻缓摇动，如同钟摆，但那摆动不像是暗合分秒，更像是以年月、乃至以世纪为单位在计时。

梅尔达抓住男主人的胳膊，十指紧紧扣住他的二头肌。她这一生都不曾这样对白种男人说过话——

去帮忙啊，你这个婊子养的！趁他还没把她淹死！

她用力拉他往前走。他便跟着。她不想等着看他是缓过来的，还是又僵住了，她也完全忘记了莉比；她只能一心想着救阿黛。她必须阻止假冒爱莫瑞的那东西把她拖进海里，也必须赶在孪生宝宝帮他下手之前救出她。

她喊着，松手！放开她！

她飞奔着跑到海滩，裙裾飞舞在身后。此时，爱莫瑞已把阿黛拖得几乎自腰部以下都没入水中。阿黛害怕极了，被扼得喘不上气来。梅尔达费力地朝他们走去，向那掐住新婚妻子喉咙的苍白尸体扑了过去。当梅尔达的左臂——戴着银镯的左臂——碰到他时，他凄厉地惨叫起来。惨叫声中如有气泡鼓动，仿佛他的嗓子里灌满了水。他像条滑鱼从梅尔达的手臂间溜走，她又用指甲去抓。腐肉被抠出来，令人作呕地漂浮在他们身旁，但惨白的伤口上却不见血。他的眼珠子在眼窝里滚动，活像月光下的死鱼眼。

他推开阿德里安娜，好和这个袭击他的凶女人搏斗，这个胳膊上箍着冰凉、恶毒的火圈的黑女人。

阿黛在哀嚎，不要，南妮，住手，你伤着他了！

阿黛拖着浸饱水的沉重衣裙凑上去，想把梅尔达拉开，至少要让他们俩分开。就在这个节骨眼，站在齐踝海水里的约翰·伊斯特雷克扳动了箭枪的弦。三刃箭射进了他大女儿的喉咙。她僵硬地一顿，挺直了脊背，钢箭头射穿了她的脖子，前面两英寸，还有四英寸挺出了脖颈——就在她的后脑勺下。

约翰·伊斯特雷克凄楚地尖叫道，阿黛！不！阿黛，我不是故意的！

阿黛听到父亲的喊声，转过身来，并当真朝他走去。这一切，南·梅尔达都看在眼里了。阿黛那已死的丈夫正使出全力要甩开她钳子般的手，但她不想让它逃脱；她想彻底了结这个可怕的活死人，或许，趁两个小姑娘还没走到跟前，这样做还能把她们吓跑。她还想到（到了这时候，她确实还能够思考），自己办得到这件事，因为她已经看到那东西湿乎乎的惨白脸孔上有一道滋滋作响的灼痕，她懂了：那是银镯的功劳。

她的银镯。

那东西向她扑来，褶皱的嘴角咧开，或是因为恐惧，或是由于暴怒。在她身后的约翰·伊斯特雷克正在呼喊女儿的名字，喊了一声又一声。

梅尔达咆哮怒斥，是你干的！爱莫瑞身形的活死人攫住了她，她任其摆布。

你！还有指使你的那婊子！她本想再吼出这句的，但它那毫无血色的双手已扼上了她的脖子，就像刚才封住可怜的阿黛的嗓子一样，她只能发出咯咯的声音。但她的左臂是无所拘束的，戴着镯子的左臂顿感充满了力量。她把左臂往后伸，再狠狠地朝前甩出一个大弧度，砸上了爱莫瑞那东西的脑袋。

效果惊人。那活物的头颅在重击下塌了一个洞，好像那硬壳只是不堪一击的软糖。但脑壳确实是硬的，没错；一片头骨的碎片粘连在爱莫瑞的头皮上，狠狠抽打在她的前臂上，划出了大口子，鲜血滴滴答答流进水里，染红了他们身边的海。

两条身影向她迫近，一个在她左边，一个在她右边。

洛洛喊着，爹地！银铃般的嗓子很好听。

苔丝也喊，爹地！救救我们！

爱莫瑞的活死人正欲摆脱梅尔达，他在水里挣扎，溅起水幕，再也不想和她有瓜葛。梅尔达伸出强有力的左臂，将拇指对准他的右眼戳了进去，指尖触到的东西阴森冰寒，仿佛压在石头下的蟾蜍内胆，并咯咯吱吱地被挤压出来。接着，她转身向后，当退潮浪使劲抽动她脚底的水流、想把她拽走时，她费力前倾地蹒跚前进。

同时她又抬起左手，一把揪住洛洛的脖颈，把她往后摁。"你别想！"她憋气咕哝着，洛洛则放声大叫，那又吃惊又痛苦的惨叫声……根本不像是从小女孩的嗓子里迸发出来的。梅尔达很清楚。

约翰大喝一声，梅尔达，住手！

他跪坐在水浪边，最后一波轻浪刚刚拂过他面前的阿黛。箭柄突兀而骇人地从她脖间翘出。

梅尔达，别伤害我的女儿！

她没工夫去听，但又特别惦记起莉比来——她为什么还不把瓷偶浸到水里？或许，她浸了也没用？难道，莉比称之为珀西的那东西制止了她的行动？梅尔达知道，这都有可能；莉比很强大，但莉比只是个小女孩。

没工夫想太多了。她伸手去捉另一个活死人，苔丝，但她的右手不像左手那么强大，因为没有银镯护卫，苔丝咆哮一声，咬了下去。梅尔达感到一阵刺痛，却没意识到两根半手指已被咬去，此刻已浮在惨白女孩身边的海面上了。肾上腺素急剧高涨，令她几乎没感到剧痛。

一轮新月如镰刀，悄悄升上了山丘顶。曾几何时，烈酒走私贩经常在那儿拖拉载满酒桶的平板车。此刻的月亮却在为这场噩梦投下更凄迷的银光。冷光铺洒，梅尔达看到苔丝转身看着她爸爸；看到她又扬起了双臂。

爹地！爹地，求求你，救救我们！南·梅尔达疯了！

梅尔达想也没想，侧过身，一把揪住女童的头发。她梳理清洗过千百次的头发。

约翰·伊斯特雷克尖叫起来，梅尔达，别！

就在他捡起刚才扔掉的箭枪，在刚死的大女儿身边的沙地里寻找剩下的短箭时，另一个声音响起。这一次，是从梅尔达身后传来的，从停泊在翡翠汤尽头的船上传来。

它在说，你真不该冒犯我。

梅尔达依然揪着苔丝活死人的头发（它连踢带挠，但她几乎感觉不到拳脚落在自己身上），她笨拙地在水里转过身，看到了她——在她的船上，倚栏而立，一身红袍。兜帽放下来了，梅尔达这才看清，她长得根本不像人类，她完全是异类，是人类无法理解的活物。月光下，她的脸苍白得惊人，又有一番洞穿世事的表情。

细长的骷髅手臂纷纷从水里升起，向她致敬。

夜风吹开她纠结如蛇绕的卷发；梅尔达看到珀西的前额中央还有第三只眼睛；也看到她在凝望自己，一切反抗的意愿就在倏忽间荡然无存。

可是，就在这时，这恶神女鬼猛地一转身，好像听到了什么东西或什么人踮着脚尖藏在她身后。

她吼道，什么？

接着：不行！把它放下！放下！**你不能这么做！**

但显然莉比可以这么做——也已经这么做了——因为船上倚栏而立的那东西摇摇摆摆，颤抖着成了水的模样……接着，化为完全的虚无，只剩月光银白。骷髅手臂也接二连三地匆忙收回水底。一切都消失了。

同样，爱莫瑞的活死人也不见了——消失了，但双胞胎却吼得撕心裂肺，因为被抛弃而备感凄凉。

梅尔达冲着男主人喊道，都好了！

揪着头发的那只手松了一下。她觉得它不会再害活人了，现在不会了，至少有一会儿不会了。

她喊着，是莉比！莉比成功了！她——

约翰·伊斯特雷克用尽气力吼道：松开我的女儿，你这个恶毒的黑鬼！

他第二次扳动了箭枪的弦。

你看到那支箭命中目标，刺穿了南·梅尔达吗？如果你看到了，这幅画也就完成了。

啊，上帝啊——画完了。

二十　珀尔塞

1

这不是厚积薄发的埃德加·弗里曼特艺术生涯里的最后一张画，而是倒数第二张。画上，约翰·伊斯特雷克跪在黑影滩，身边躺着死去的大女儿，镰刀一般的新月刚刚爬上他身后的地平线。南·梅尔达站在齐腿深的海水里，左右手各揪着一个小女孩；她们湿漉漉的脸孔向下低垂，恐惧和忿恨的表情已全然勾勒而出。这个女人的胸前插入了一支短箭。双手似乎在向箭柄摸去，同时，她难以置信地望着对面的男人——她是如此费力地想要保护他的女儿们啊，在夺走她生命之前，他还辱骂她是个恶毒的黑鬼。

“他惨叫了，”我说，“叫到鼻子流血。叫到他的一只眼也流出血。他没把自己叫得脑溢血，真是个奇迹。”

“船上一个人也没有，”杰克说，“至少，这张画上没有。”

“对。珀尔塞不见了。南·梅尔达的心愿果然成真了。海滩上的厮打分散了那婊子的注意力，为莉比争取了时间，把她浸回水里，让她沉睡了。”我指了指南·梅尔达的左臂，我用两笔弧线勾出形状，再加了一个小小的十字形，表示微弱的月光照在她身。“主要是因为有什么东西告诉她，要把母亲的银镯子戴上。银的，就像那些烛台。”我看了看怀尔曼，“所以，或许还有光明的一面，我们还有一点胜算。”

他点点头，指了指夕阳。再过一两分钟，它就将完全和海平线重合了，斜射向我们的光线也已变为黄色，再暗一分就会像纯金色了。“但天一黑，坏蛋们就要出来耍了。瓷偶珀尔塞现在在哪里？海滩这一幕后，它到底去哪儿了，你知道吗？”

“伊斯特雷克杀死南·梅尔达之后的详情我并不清楚，但知道个大概吧。伊丽莎白……”我耸耸肩，“她倾其所能，耗尽了体力，至少有一阵子缓不过来。彻底透支。她的父亲肯定听到她的呼喊了，兴许也只有这件事能让他恢复理智。他肯定想起来了，不管发生了多么可怕的事，他的苍鹭栖屋里起码还有一个小女儿。他甚至还会想到，三四十英尺之外，还有两个女儿，留下了一团糟，等着他收拾呢。”

杰克沉默不语地指了指天边，太阳正触到了海平线。

“我知道，杰克，但我们和她很近，比你想象的要近。”我翻过最后一张画。扭曲的几笔简直算不上是速写，但画上的那张笑脸独一无二，绝不可能认错。马夫查理。我站起身，让他们背对海湾和静候的小船，此刻它已成了金色背景中的黑色剪影。“你们看到了吗？”我问他们，“我看到了，来大屋的路上就看到了。我是说，真正的马夫雕像，而不是我们进来后看到的幻影。”

他们四下张望，怀尔曼说：“我没看到。朋友，要是它在，我认为我会看到的。我知道草很高，但那顶红帽子肯定一眼就能看到。除非是在香蕉树林里。”

“找到了！”杰克喊出声来，当真露出了笑颜。

“你怎么他妈的也看到了。”怀尔曼愤愤不平，又问，“在哪儿啊？”

“网球场后面。”

怀尔曼朝那边望了望，刚想说他还是没瞅见，却截住了话头。“我真是个浑蛋操的，”他说，“那该死的玩意儿头冲下，是不是？”

“是的。因为雕像没有真的腿脚可以站立，所以你只能看到方形的铁基座。查理就是标志物，朋友。但首先我们需要去一次谷仓。”

2

幽深的外屋完全被疯长的植物覆盖了，谷仓里黑漆漆的，闷热得很。我无法预料里面会有什么东西在等着我们，也没想到怀尔曼拔出了沙漠之鹰自动手枪——直到枪声响起我才恍然明白。

拉门是嵌在滑轨里的，滑轮已在经年累月的锈蚀中僵死了，两扇门隔着八英尺，却再也拉不开了。灰绿色的寄生藤如帘幕垂下，自上而下遮住了两扇门之间的空隙。

“我们要找的是——”我的话音未落，那只苍鹭突然拍打翅膀向我飞来，锐利的蓝眼睛射出恶狠狠的凶光，长脖子向前抻着，黄色的鸟嘴噼啪叩响。它一穿过门缝便加速飞来，我肯定它是瞄准了我的双眼而来。就在这时，沙漠之鹰怒吼一声，鸟眼的蓝色凶光顿时消失，一同轰飞的还有半拉脑袋，溅出一阵血雾。它仍然冲撞到我身上，但轻飘飘的，像一团空心乱麻，最后跌落在我脚边。与此同时，我的脑海里分明响起一声尖利、刺耳、充满怒气的咆哮。

不只是我听到了。怀尔曼向后一缩身。杰克放下野餐篮的拎手，慌忙用掌根捂住耳朵。咆哮声渐渐消失了。

“一只死苍鹭。”怀尔曼的声音有点颤抖。他戳了戳那堆羽毛，又把我靴子上的鸟毛拂去。“看在上帝的分上，千万别告诉鱼类野生频道。射杀这么一只鸟，大概要罚我五万美元，再坐五年牢。”

“你怎么知道的?”我问。

他一耸肩，“管他呢！你跟我说过，要是看到它就开枪。咱们可是血盟兄弟哇。”

“但你先把枪拔出来了。”

“大概就是梅尔达所说的那种直觉吧，她戴上了妈妈的银手镯，我掏出了沙漠之鹰。”怀尔曼一脸严肃地说，“没错，有东西在监视我们，但甭管那么多啦。你女儿惨遭毒手之后，我得说，我们该帮你一把。先把眼前的事干掉。”

“我会的，你只要枪不离手就好。”我说。

“哦，你就瞧好吧。”

“杰克?你能当场学学如何用箭枪吗?”

没有什么问题。我们有了一个箭枪能手。

3

谷仓内部相当阴暗，并不仅是因为隆起的山丘挡住了海湾和我们之间的天光。外面依然很亮堂，石板屋顶上也有足够多的裂缝能泻下日光，但蔓生植物将光线严严实实地挡在了外面。从我们头顶漫射下来的光线是浓重的绿色，让人很难放心。

外屋的中央区域是空的，只有一辆古老的拖拉机，笨重的车轴上一个轮子也没有了，但强力手电筒光在工具台区搜寻到了一些积满尘埃的旧工具，还有一把木梯杵在墙边。梯子脏极了，而且短得令人绝望。怀尔曼打着手电，杰克踩着光点一步步爬上梯子。他在第二个横档上蹦了蹦，我们都听到吱嘎一声，情况很不妙。

“别在上面蹦跶了，把它搬到门边去。”我说，“那是个梯子，不是个蹦床。”

“我没把握嘛，”他说，“佛罗里达的气候可不利于木梯的长久养护。”

“乞丐没得挑。”怀尔曼说。

杰克把它搬起来，从六级横档上掀下的尘埃和昆虫的干尸纷纷洒落，杰克的五官都挤到一处去了。“你说得倒容易。反正也不是你爬，就你那分量，一上去就得塌。”

“我是神枪手，小朋友，”怀尔曼说，“术业有专攻，各司其职吧。”他努力制造轻松的气氛，但声音紧绷绷的，面色也很疲惫。“还有别的瓷酒桶呢，埃德加？在哪里？我怎么没看到。”

“大概存放在后面吧。”我说。

我说对了。外屋紧里头大概有十来桶陶瓷制的低度威士忌。我说“大概”是因为很难证实。它们全都被砸成了碎片。

4

一大堆碎片，在大块白瓷片间夹杂着闪闪烁烁的碎玻璃。碎瓷堆的右侧有两辆上世纪的老式木制手推车，双双轮底朝天。左侧有把大锤靠墙而立，斧刃锈尽，手柄上长出了块块苔藓。

“有人在这儿开了场打砸派对啊，”怀尔曼说，“你怎么看？”

“大概吧，”我说，“有可能。”

我第一次思忖这个问题：她会不会最终击败我们？我们还有些日光可用，但时间比我预料的要短，更别说能让我们优哉游哉了。而现在呢……我们该把她的瓷偶淹在什么水里？该死的依云矿泉水瓶里吗？倒别说，这主意挺不赖的——瓶子是塑料的，根据环保主义者的言论，天杀的塑料可以永远保存下去。但是，瓷偶绝对没法从小瓶口塞进去。

“那么，我们有退路吗？”怀尔曼问，“老拖拉机的油箱？有用吗？”

把珀尔塞浸在老拖拉机的油箱里？这想法能把我的心凉透。那里大概只剩下了斑斓锈迹。“不行。我觉得那没戏。”

他准是听出了我语调里近乎惊慌的腔调，因为他紧紧握住我的手臂，说，“别急。我们会想出办法的。”

“当然，可怎么办呢？”

“我们把她带回苍鹭栖屋，就这么办。那儿肯定会有什么东西可用的。”

但风暴如何吹垮了称霸杜马岛南端豪宅的情景始终在我的脑海里挥之不去，如今，毋宁说那栋楼只剩下了门面。接着，我又想到，在那栋徒有其表的楼里我们能找到多少个可用的容器？何况只有四十多分钟了，再往后天就黑了，珀尔塞会派出着陆小分队，让我们再也不能多管闲事。上帝啊，我们竟忘了带最关键的物件——防漏的容器！

“妈的！”一边骂，我一边往碎瓷堆里踢，将一块块瓷片踢飞。“他妈的！”

“放松，伙计。踢也没用。”

对，没用。而且我发怒，她反而欢喜，不是吗？愤怒的老埃德加最容易摆布了。我尽力克制自己的情绪，但我办得到之类的咒语一点儿用也没有了。说到底，我只有这么一招。当你不能用愤怒以暴制暴时，你又该怎么办呢？你只能承认事实。

“好吧，”我说，“但我毫无头绪。”

“放松，埃德加，”杰克说着，露出微笑，“那件事好办。”

“为什么？你这话是什么意思？”

“那件事你就信任我吧。”他说。

5

我们站定，打量马夫查理的雕像，此时的天光已呈紫色。我突然想起老戴维·范·洛克的蓝调老歌里有一句莫名其妙的歌词：“妈妈买了一只鸡，还以为是只鸭；支起两脚，把它摆在桌上。”查理不是鸡也不是鸭，但他的两条腿当真支起来了，也没有穿鞋，小腿收拢在一块结实的黑铁底座里。不过，他的头掉了。脑袋砸穿了一方古老的苔藓藤蔓覆盖的木板。

“那是什么，朋友？”怀尔曼问，“你知道吗？”

“我很确定，这是个蓄水池。”我说，“希望别是个化粪池。”

怀尔曼摇摇头，“他不会把她们放在烂屎堆里的，不管他多疯多傻都不会。再过一百万年也不会。”

杰克看看怀尔曼，又看看我，年轻的脸庞上露出恐惧的表情。“阿德里安娜在这下面？还有南妮？”

“是的，”我说，“我还以为你搞明白了呢。但是最重要的是，珀尔塞也在下面。我认为这是个蓄水池的原因在于——”

“伊丽莎白准会坚持让那婊子葬身在水墓里的，”怀尔曼冷峻地说道，“注满清水的水墓。”

6

查理很重，盖住洞口的木板已被高高的野草掩埋，腐坏程度比木梯有过之而无不及。这是当然的；和梯子不同，木盖直接暴露在日晒雨淋之中。尽管天色越来越暗，我们却不知盖板下的池子有多深，故而仍要保持谨慎。最后，我总算把那尊麻烦的马夫雕像推到了一边，露出足够的余地，让怀尔曼和杰克抓住略微弯曲的蓝腿。我一边推，一边踏上腐朽的木头盖板；总得有人先踩上去，况且我也是体重最轻的一个。盖板在我的身下凹陷下去，漫长而恼人地吱呀作响，泛出一阵酸腐之气。

“快下来，埃德加！”怀尔曼大喊，同时杰克也高呼，“抓住！哦，妈的，要塌了！”

就在我的双足撤离下陷的盖板时，他们合力抓牢查理：怀尔曼抱着弯曲的膝盖，杰克抱住了腰。一时间，我认定它会掉下去，还会牵连他俩。但他俩努着劲喊了一嗓子，向后倒去，马夫雕像压在他们身上。它狞笑的脸孔和红帽子立刻被嗡嗡飞舞的甲虫掩盖了。有些虫子落在杰克扭曲的脸上，还有一只径直飞入了怀尔曼的嘴巴。他尖叫一声，吐了出来，登时跳了起来，一边还连连吐着口水、擦着嘴唇。杰克比他晚了一拍，但也在他身边忙活起来，手忙脚乱地转着圈，拂去飞到衬衫上的飞虫。

“水！”怀尔曼气得直吼，“给我水，有只飞到我嘴里了，我感觉得到它在我该死的舌头上爬！”

“没有水。”我说着，把手伸到如今已空空瘪瘪的食品袋里翻找。这时我跪坐在地，闻得到盖板的破洞里升腾而出的气味，我真不想离得那么近、闻得那么真啊。那就像新掘开的坟墓里发出的气息。当然，这本来就是一座墓地。“只有百事。”

“奶酪三明治，奶酪三明治配百事，不要可口可乐。”杰克说着，晕头转向地大笑起来。

我递给怀尔曼一听苏打水。他瞪着它好半天，一脸不可置信的表情，接着才拉开盖子喝了一大口，也吐出褐色带沫的一大口，然后再喝一口，再吐一口。再长饮四口，喝光了那听饮料。

“啊——好家伙，”他说，“你真够朋友，梵高先生。”

我正看着杰克，“你怎么看？我们能搬开盖板吗？”

杰克研究了一会儿，又跪下来，扯开粘在木板边缘的藤蔓。“能。但我们要先把这狗屎玩意儿消灭掉。”

“我们真该带根撬棒来。”怀尔曼说。他还在吐口水。我可不会埋怨他随地乱吐。

“有撬棒也没用，我觉得用不上。”杰克说，“木头烂得太厉害了。怀尔曼，帮帮我。”我在他身边屈下膝，可他说，“老板，不用麻烦你了。这活儿需要双臂真汉。”

怨怒油然而生——熟悉的感觉已迫在眉睫——但我用尽全力把愤怒压制下去。我看着他们绕着圆形木板忙活，光亮一点点地从天空淡隐，野草和藤蔓也一点点地被他们扯断。一只孤零零的鸟飞过，双翼竟是收拢着的。它头冲下，在滑翔。如果你看到这种情景，会觉得该去最近的精神病院检查检查。也许得待很长一段日子。

他俩面对面、顺着一个方向埋头干活，当他们基本上忙完一圈时，我说：“杰克，箭枪和短箭准备好了吗？”

他抬起头来，“是啊。为什么这么问？”

“因为，到底还是有活儿要干了。”

7

杰克和怀尔曼跪在盖板的一侧，我跪在对面。头顶上，天空泛出了靛蓝色，很快就将暗沉为紫色。“我来数，”怀尔曼说，“一……二……三！”他们合力拉，我使出全身的劲道用仅剩的左臂去推。还算有劲儿，因为我的左臂在杜马岛的几个月里练得相当强壮了。一开始，盖板似乎死活不肯动弹。紧接着，就朝着怀尔曼和杰克的那一边滑动了起来，露出新月形的黑洞——像黑色的笑容。那一抹笑渐渐变成半圆，最终成了满圆。

杰克站起来。怀尔曼也是。他又开始检查手上有没有虫子了。“我知道你觉得很难受，但我觉得没时间让你驱虱子了。”我说。

“指令已收到，但你没嚼过一只小贱虫，焉知我的感受。”

“老板，吩咐我们该怎么做吧。”杰克说。他不安地望着散发出腐臭味的地洞。

“怀尔曼，你以前打过箭枪，对吗？”

“是的，打靶。和伊斯特雷克小姐一起。我不是说了吗，我是咱们队里的神枪手。”

“那你来当保镖。杰克，你来打手电。”

我知道他不乐意，看他的脸色就知道了，但没选择了——只有把这事儿办了，才无需返回此地。而如果这事没办成，我们想回来也不成了。

至少，走人间寻常路重返此地是不可能了。

他捡起长筒手电，拨亮开关，将强烈的光柱照向地洞深处，又忍不住低声惊呼：“啊呀，上帝啊。”

那确实是个蓄水池，珊瑚石围的边，但在漫长的八十年岁月里，不知什么时候发生了地理变化，围边裂出了一个大口子——很可能是从最底下裂上来的——里面的水便渐渐渗漏出去。借着手电光，我们看到一条覆满青苔的水喉埋在八至十英尺深的地方，水喉直径约有五英尺。两具骷髅就在池底，身上的衣裙已成褴褛破布，她们相互依偎了整整八十年。飞虫密密麻麻，忙不迭地围住她们。白色的蟾蜍——昵称为“小男孩”吗？——在白骨上蹦来蹦去。一具尸骸边有一支短箭。第二支短箭的箭头仍然埋在南·梅尔达泛黄的脊骨上。

光柱摇摆起来。因为握着手电的年轻人在颤抖。

“杰克！不许在我们面前晕倒！”我严厉地说道，“这是命令！”

“我还行，老板。”但他呆呆地瞪大双眼，手电光背后的脸孔白得就像羊皮纸，就连手电光也仍然在颤抖。“真的。”

“好。再往下照。不，左边一点。再过去一点……就是那儿。”

那儿，就是一尊低度威士忌陶瓷酒桶，如今压覆在沉重蓬乱的苔藓下，看起来更像是个小山丘。有只白蟾蜍蹲伏其上。它仰头看着我，眼睛不怀好意地眨巴眨巴。

怀尔曼瞥了一眼手表，“我们还有……十五分钟，太阳就会完全沉下去了。多一分钟或少一分钟，所以……”

“所以，杰克把梯子从洞口放下去，我下去。”

“埃德加……我的朋友……你可只有一只胳膊。”

“她夺走了我女儿。她谋杀了伊瑟。你知道，这事非我莫属。”

“好吧。”怀尔曼看了看杰克，“剩下的问题只有一个了：防漏水的容器？”

“别担心。”他说着，搬起木梯，又递给我手电。“照着下面，埃德加。我需要两只手做这事。”

他小心地把梯子安顿好，仿佛用了一生般漫长的时间，好不容易他满意了，梯子的落脚点在南·梅尔达伸出的双臂（尽管青苔浓密，我仍辨得出那只银镯子）和阿黛的一条腿之间。梯子真的很短，最上头的横档不得不腾空，距离地面还有两英尺。那倒没关系；杰克可以帮我稳住梯子。我想要问他，用什么容器来装瓷偶？可还是没问。他似乎胸有成竹，我决定信他信到底。其实，我也已别无选择了。

我脑海中有个声音，非常轻微，恍如冥想，她说：现在住手，我就让你走。

“决不。”我说。

怀尔曼看着我，毫无惊异之色。“你也听到了，嗯？”

8

我用肚皮贴着梯子爬下了地洞。杰克抓着我的肩膀。怀尔曼站在他身边，手里握着搭上短箭的箭枪，腰带里还插着三支银头箭。手电筒搁在他俩之间的地面上，对着一堆连根拔起的野草和藤蔓射出一道雪白的光柱。

蓄水池里的恶臭太浓重了，我的胫骨微感刺痛，像是有什么东西疾速爬上我的腿。下梯前，我应该把裤管扎紧塞进靴筒里的，但现在折回去再来未免为时已晚。

“你踩稳梯子了吗？”杰克问，“踩到了吗？”

“还没，我……”话音未落，我的脚掌就触到了第一根横档。“踩到了。抓牢。”

“我已经抓牢了。别担心。”

你敢下来，我就要你死。

“那就试试吧，”我说，“我就是冲你来的，婊子，你就准备好接招吧。”

我感到杰克的双手更使劲地攫住我的肩膀，“上帝啊，老板，你确——”

“我确定。你只管抓牢。”

木梯上共有六七级横档。踩到第三级，杰克抓不到我的肩膀了，我也就半身进入了地洞。他把手电筒递给我。我摇摇头，“你来给我照明。”

“你没明白。不是为了照明，是为她准备的。”

我还是没明白他的意思，思忖了片刻。

“拧开电筒盖。取出电池。把她放进去。我会把水递下去的。”

怀尔曼毫不幽默地大笑，“怀尔曼喜欢这招，小朋友。”他又附身对我说，“那就去吧。管它婊子还是八子，把她浸在水里，我们和她的事儿就了了。”

9

第四级横档被踩断了。梯身倾斜，我掉了下去，手电筒仍然夹在断肢和肋之间，光柱先是笔直冲上黑漆漆的天空，又照亮了一块块覆满青苔的珊瑚石。我的头撞在石壁上，顿时眼冒金星。过了一会儿才反应过来，我正躺在一堆碎骨之上，并直视着阿德里安娜·伊斯特雷克·包尔森永恒不变的骷髅之笑。一只白蟾蜍从她苔色的牙齿间跳到我身上，我立刻用手电筒身去拍它。

“朋友！”怀尔曼喊起来，杰克也呼喊我，“老板，你没事儿吧！”

我的头皮上渗出血来，接着，一道热乎乎的血顺着脸庞流下来，但我觉得自己还好；毕竟，我在千湖之城受过更惨重的伤。尽管梯子歪向了一边，但仍然站着。我朝右一看，便是那青苔满覆的低度威士忌酒桶——我们艰辛跋涉而来，就是为了它。现在，桶盖上不是一只白蟾蜍，而是两只。它们看到我瞪着它们，便径直朝我脸上跳，眼睛鼓凸，嘴巴大张。珀尔塞肯定希望它们都有尖牙齿——就像伊丽莎白的大男孩，对此我毫不怀疑。啊，美好的旧日时光。

“我还好。”我应了一声，把蟾蜍赶走，再挣扎着站起来。骨头在我身下碎裂，身边到处都是。只不过……不对。骨头没有碎裂。她们的骨头太陈旧、太潮湿，因而不会脆生生断裂。那些骨头先是弯曲，再反弹。“把水扔下来。放在包里扔下来就没事，别砸着我的头就好。”

我看着南·梅尔达。

我对她说：我要摘下你的银镯子，但这不是偷窃。如果你就在近旁，就能看到我在做什么，我希望你把这看做一种分享。一种继承。

我把镯子从她的尸骨上褪下来，套进自己的左手腕，再举起手臂，任凭地心引力将它们带到最牢靠的栖身点。头顶上，杰克正脑袋冲下趴在蓄水池的洞口。“瞧着点，埃德加！”

包被扔下来了。我跌落时砸断的一根骨头戳进了塑料瓶，矿泉水滴滴答答涌出来。我又惧又怒大叫一声，赶忙拉开包看。只有一个塑料瓶被戳破了。另两瓶尚且无恙。我转身面对瓷桶，伸手探入厚厚的黏滑苔草之下，挪动了一下桶身。它不想动弹，但里面的东西要了我女儿的命，我铁了心要得到它。好不容易，桶身朝我挪了几分，与此同时，好大一块珊瑚石壁从桶身背面滑下来，砰然落在泥泞的池底。

我用手电光照着桶。原本贴墙的那一面只有一层薄薄的台印，能看到穿着方格裙的苏格兰人标志，欢舞时，他的一只脚伸在身后。我还能看到，弧形桶身上有一道锯齿状的裂缝自上而下。想必就是那一大块珊瑚石落下墙壁时砸出来的。莉比在一九二七年用泳池里的水灌满这只瓷桶，但自从石头砸裂桶身后，水就一直在往外渗漏，现在，水已快流干了。

我听见桶里有什么东西咔嗒咔嗒作响。

再不住手，我必要你死；若你就此罢休，我就放你自由。你，还有你的朋友们。

嘴角上扬，我兀自冷笑。当我扼住帕姆的脖子时，她是否见识过这种笑容？哦，当然了，她见过。“你真不该杀了我女儿。”

立刻住手吧，要不然，我连你另一个女儿也带走。

怀尔曼俯身喊话，语调里，已能听出赤裸裸的绝望。“金星刚刚出现，朋友。我觉得那是个恶兆。”

我抵着一面潮湿的石壁席地而坐，珊瑚石刺着我的后背，碎骨戳着我的大腿。逼仄的空间里，行动着实不易，更要命的是，我的屁股也痛得抽搐——还不至于惨叫，但也差不多了。我不知道自己还怎么能爬上木梯，但我愤怒之极，早已顾不得忧虑了。

“抱歉，甜心小姐。”我含糊地对阿黛言语一声，便把手电筒的长长把柄杵进了她只剩森森骨骸的嘴巴。接着，我用双手抱住了那只桶……因为双臂两手都出现了。我曲起健壮的左腿，用靴跟把碎骨朝两边踢开，再把桶身举到手电照出的光柱、翻飞的尘屑之中，并将它抵靠在屈伸而起的膝盖上，顺势将它挪下。顺着细缝，桶又吱嘎一声裂开几分，一股污浊的臭水顺势流出，但桶还不至于裂成两半。

珀尔塞在里面嘶叫怒吼，我再一次流起了鼻血。手电的光柱也变了。变成了红色。在深浓猩红的光晕里，阿黛·包尔森和南·梅尔达的尸骨恍如龇牙咧嘴，对我狞笑。我心甘情愿爬下这污秽的地喉，囿于青苔厚覆的四壁，茫然四顾时，分明看到许多脸庞：帕姆的……玛莉·爱尔的，当她用枪托砸向伊瑟的头时，那张脸已被狂怒扭曲……还有汤姆，扳动方向盘，以七十英里的时速飞车撞向水泥墙。

最糟的是，我还看到了莫妮卡·格尔斯坦在尖叫：你杀死了我的狗狗！

“埃德加，情况如何？”那是杰克的声音，如在千里之外。

我想起骨头频道的鲨鱼帮乐队，唱着《挖》。我想到自己曾对汤姆说，那个人死在他的货车里了。

那就把我放在口袋里，我们一起走，她说，我们一起扬帆远航，驶向你真正的新生活，全世界所有城市都将在你脚下。你会永生不死……我可以安排……你也将是本世纪最伟大的艺术家。人们会把你和戈雅相提并论。甚至达·芬奇。

“埃德加？”怀尔曼已难掩惊惶，“他们从海边上来了。我听到他们了。太不妙了，朋友。”

你不需要他们。我们不需要他们。他们不算什么……只是……只是船员罢了。

只是船员罢了。听到这话，红色的暴怒如潮退般在我的心田里骤灭，右手也渐渐再次消隐无影。但在右手彻底消失之前……在我失去愤怒、也失去该死的瓷桶之前……

“朋友不可弃，你个烂婊子。”我说着，又把桶抬到抽动不已、屈伸上抬的膝盖上。“朋友，决不能弃。”我使尽全力，把桶砸向瘦骨嶙峋的膝盖骨。是很疼，但远比我预期的要轻……到最后，事情总是这样的，你不觉得吗？“好朋友，更要永远在一起。”

桶不是被我磕裂的；它早有裂纹，此刻只是倾泻而出，大约一英寸深的泥浆哗哗倒在我的牛仔裤上，曾经满罐的清水只剩了这么点儿。随之滚落而出的，是那尊小瓷偶：穿着长袍、戴着兜帽的女人像。捂在长袍领口的那只手并不算是一只手，毋宁说，是只爪。我把这东西抓起来，但没时间细细研究了——它们已经上岸了，我也完全猜得到，它们将直奔怀尔曼和杰克而来——但仅凭几眼就足以见识珀尔塞惊人的美艳。确切地说，如果你能忽略那只爪，以及垂在兜帽下和眉眼上的发际间的第三只眼，那她的美就是毋庸置疑的。并且，这东西精致之极，几乎是半透明的。可当我想用双手把她扭断时，感觉却像在徒劳地扭钢棍。

“埃德加！”杰克尖叫起来。

“阻止它们！”我突然吼起来，“你们必须阻止它们！”

我把她塞进衬衣胸袋里，立即感到一阵暖热令人晕眩地穿透我的体肤。甚至还在隆隆低鸣。右臂是指靠不上了，它又消失了，于是，我得把一瓶依云矿泉水夹在断肢和体侧之间，才能拧开瓶口。又不得不笨拙地重复一遍，打开第二瓶水。

怀尔曼在我头顶上高呼一声，听来几乎是坚定不移的：“别过来！这是银头箭！我会用它来对付你！”

就算我坐在池底，对方的回话听来也十分清晰。“你认为，你来得及安上新箭射死我们三人吗？”

“爱莫瑞，不用那么麻烦。”怀尔曼答道。他好像正在对一个小孩说话，但语气一直是斩钉截铁的。我从没像此时那样爱他。他说：“你死了，我就心满意足了。”

现在，简单的时刻到了，可怕的时刻到了。

我开始旋动手电筒的电池盖。旋到第二圈时，灯光灭了，我一下子陷入伸手不见五指的黑暗。我把大号电池倒出来，再去摸索第一瓶依云水。手指小心翼翼地稳住了瓶子，再开始倒水，一切只能凭触感。我根本不知道手电筒里能装多少水，还以为一瓶水倒下去就会满出来。可我错了。当我伸手去摸第二瓶水时，肯定有一轮满月升起在杜马岛上。之所以这么说，是因为瓷偶人就在那时活了过来。

10

后来，每当我怀疑发生在蓄水池底的终结篇是否当真时，我只需低头看看左胸口交织网罗的伤疤。因为我出过车祸，浑身上下的伤疤就像交通图一样，只要看过我赤裸上身的人都会知道；但那道小小的白色纤维束藏匿在四通八达的嚣张纹路中，并不起眼。那是被一只复活的玩偶的利齿咬出来的。那颗利齿，咬穿了我的衬衣、我的皮肤，径直凿入其下的肌肉。

那颗利齿本想一路前进，咬穿我的心脏。

11

捡起第二瓶水之前，我差点儿把它打翻。主要是出于惊异，但也因剧痛骤发，况且，我喊出了声。我感到血涌而出，这一次，是在我的衬衫下，一路流淌到了腹部。她在我的胸袋里翻滚，连拧带绞地翻腾，她用牙凿进我的身体，剜我的肉，在肉里抠挖，越挖越深。我必须把她扯出来，用力撕下一片血迹斑斑的衬衫，连同她，也连同我自己的皮肉。瓷偶已不再有光滑冰凉的手感。现在，它变得火烫火烫，在我掌中扭曲挣扎。

“来呀！”怀尔曼在上面叫嚷，“来呀，你想过过招？”

她垂下尖如针的小瓷牙，刺进我的虎口里。痛得我惨叫一声。纵使我怒火冲天意志如钢，她仍可能逃脱，但南·梅尔达的银镯滑了下来，她因此而畏缩了一下，我的掌心深处能感到这一丝微妙的退却。她的一条腿刚好从我的中指和无名指间伸出。我把五指尽力并拢，夹住它。夹住她。她的行动迟缓下来。我不敢言之凿凿地说，那串银镯中的某段弧圈碰到了她——漆黑一片，瞄也瞄不准——但我有九成把握事情就是如此。

头顶上传来“嗖”的一声，那是短箭离弦的声响，紧接着便听到一声惨叫，尖利的余响简直能刺穿我的头脑，也遮掩了——甚至该说是覆盖了——怀尔曼的喊叫："杰克，过来掩护我！拿一支——"话音到此截断，只有我朋友们的闷声低语，以及那两个死了八十年的鬼女娃愤怒而阴森的狂笑。

敞着口的手电筒夹在我两个膝盖间，我不需要谁来告诉我：暗中最易出错，对一个独臂人来说尤其如是。我只有一次机会。事情到了这一步，更不宜延怠。

不！住手！别——

我把她扔了进去，结果几乎立竿见影：头顶上小女孩的怒笑变成凄厉的惨叫，仿佛她们突然又惊又怕。接着，我听到了杰克的声音。他听来歇斯底里，半疯半癫，但我这辈子都没听过比这更喜人的声音了。

"这就对啦！跑吧，快跑呀！趁你们那操蛋的破船还没起航，还没把你们甩下，快跑呀！"

现在，我面临了一个严峻的难题。唯一的一只手攥紧了手电筒，她就在里面……旋盖就在身边，但我看不见。我也没有另一只手可以四下摸索。

"怀尔曼！"我喊起来，"怀尔曼，你们在吗？"

之后的片刻漫长得足够播下惊惧的种子，再眼看着它开花结果。他答道："在呢，朋友，我还在。"

"没事儿吧？"

"有个姑娘抓了我一把，回头得好好消消毒，但大体无碍，对。总的来说，我们俩都还好。"

"杰克，你能不能下来？我需要帮手。"说完，别扭地屈着腿坐在碎骨尸骸中、还如同自由女神像高举火炬一般高举着手电筒的我开始放声大笑。

有些事，你肯定忍不住。

12

双眼已经适应了黑暗，辨得出一个深黑的人影仿佛悬在空中，自池口慢慢而下。那就是杰克，趴在梯子上。手电筒在我手中嗡嗡隆隆地跳动——很微弱，但确实是在跳动。我想象着一个女人沉溺在窄小的不锈钢盒子里，又极力驱除这幅画面。那太像伊瑟被害时的场景了，而被我囚禁起来的恶魔没有一丝一毫配和伊瑟比。

“有一档断了，”我说，“要是你不想跌下来摔死，就得万分小心。”

“我今晚不能死，”我简直认不出他那气若游丝、微微颤抖的声音，“我明儿还有约会呢。”

“恭喜。”

“谢——”

他踏空了。梯子一斜。在那一瞬间，我几乎肯定他会掉落在我身上，撞翻高举的手电筒。水会泼出来，她也会被泼出来，那就前功尽弃了。

“出什么事儿了？”怀尔曼在我们头顶喊着问，“到底出什么状况了！”

杰克靠在石壁上，稳住了身子。在即将跌落的紧要关头，他刚好伸手抓住了一块幸运珊瑚石。我还能依稀看到他的双腿在有节奏地往下探，就像下一级横档上的小活塞一上一下，接着便传来吱呀一声，轻微，无恙，他踩上了。“妈呀，”他呢喃着，“我的妈呀妈妈呀。”

“出什么事了？”怀尔曼差不多是在吼。

“杰克·坎托里经历险情，胆大心细，现已安全迫降。”我说，“现在请安静一分钟。杰克，你快下到底了。她就在手电筒里，但我只有一只手，我没法去捡盖子。你得下来，帮我找到盖子。我不介意你踩在我身上，但千万别撞到手电筒。好吗？”

“好——好吧。天啊，埃德加，我刚以为自己要摔得四仰八叉呢。”

“我也那么想来着。那就下来吧。但，慢一点。”

他下了梯子，第一脚踩在我大腿上——很疼，第二脚落在一只空依云水瓶上。瓶子被踩扁了。接着，他踩上了什么东西，发出湿乎乎的闷响，就像鞭炮的哑弹。

“埃德加，那是什么？”听起来，他都快哭了。“什么——”

“没什么。”我非常确定那是阿黛的颅骨。他的臀部到底还是撞上了手电筒。凉水洒在我手腕上。金属电池筒内的东西似乎被冲撞得翻了个身。在我的脑海里，分明看到一只可怖的黑中透绿的眼也转了过来，那颜色恰如日光将尽前一秒的幽深海水。它凝视着我最隐秘的思绪，审视着暴怒凌驾愤恨、上升为杀戮欲念的脑海深处。它看到了……接着放牙咬了下去。就像女人大口咬李子那样。我决不会忘记那种感觉。

“瞧着点，杰克——地方不大，这儿就像小型潜水艇。能多小心，你就多小心。”

“我都吓坏了，老板。我大概有点幽闭恐惧症。”

“做深呼吸。你办得到的。我们马上就能出去了。你带火柴了吗？”

他没有。连打火机也没有。杰克或许不反对周六晚上干掉六罐啤酒，但他的肺显然是禁烟区。所以，才会有恍如困在噩梦中的漫长的几分钟。后来，怀尔曼说那顶多只有四分钟，但对我来说起码有半小时。杰克跪在地上，在骨骸中摸索；起身，挪一步，再蹲下摸。我的胳膊举累了。手也麻木了。鲜血不断地从胸前的伤口流下，或许是因为血凝得太慢，不然就是血根本没有凝结。但状况最糟的是我的手。所有感觉渐渐尽失，没多久，我就觉得自己好像根本没举着手电筒，因为我看不见，又失去了触觉。臂肌乏累，血管剧烈跳动，几乎隐没了手里的持重感。尽管知道手里握的是什么，也知道这样做可能会让它跌落，我却仍然很想把手电筒在池壁上敲一下，确证我确实还举着它，但最终克制了这种冲动。我开始往坏处想，盖子准是掉进纠结的骨骸、埋没在碎骨堆里了，而杰克没有光亮肯定找不到。

“情况如何？”怀尔曼在喊。

“快好了！”我喊回一声。血滴进了我的左眼，一阵刺痛，我眨眨眼，把血滴挤开。我努力地去想伊瑟，我的“如果如此”女孩，却惊恐地发现竟然想不起她的容貌了。“小烦烦，稍等等，我们会想出办法的。”

“什么？”

“麻烦！小麻烦，再等等！你他妈的聋了吗，怀尔曼？”

手电筒倾斜了吗？我怀疑是倾斜了。水会顺着我的手流，可手麻了，我可能感觉不到。但如果它没有倾斜，可我想举正，那就会适得其反。

水流出来，她的头就会再次浮出水面，或早或晚，只是时间的问题。到那时候，一切都完了。你心知肚明嘛，对不？

我明白。我坐在黑暗里，独臂高举，怕得要死，什么都不敢做。血在流，人在等。时间已经被取缔了，记忆变得像幽灵。

“在这儿！”杰克总算找到了盖子，“嵌在某人的肋骨里了。等我来掏……到手了！”

“感谢上帝，”我说，“谢天谢地。”我看得见一个模模糊糊的身影，他就在我面前，单膝跪在我别扭地拱起的双膝间，身下就是一摊碎不成形的骸骨——曾经，那是约翰·伊斯特雷克的大女儿。我把手电筒慢慢伸过去，“把盖子拧紧。慢慢来，因为我不能再保证举得平稳。”

“多幸运啊，我有两只手呢。”他说着，一只手覆盖在我的手上，稳住水满到边的金属筒，再把旋盖拧上。中间他停了一拍，问我为什么哭。

“欣慰。”我说，“你继续。完成任务。赶紧。”

盖子拧好了，我从他手里接过密封好的电筒。装满电池的话，要比现在再重一点，但我毫不在意。我只关心一点：确保盖子拧对路、拧到最紧。好像确实是最紧了。我对杰克说，等他爬上去后让怀尔曼再检查一次。

“没问题。”他说。

“还要小心，别踩断别的横档。我还得靠它们爬出洞呢。”

“到了断的那档你就止步，埃德加，剩下的路，我们拖你上去。”

“好的，那我不告诉别人，迫降的时候你都快尿裤子了。”

听了这话，杰克爽朗地大笑。我望着他那深黑色人影攀上了木梯，大跨一步，越过了断阶。我有过片刻怀疑，小瓷偶的双手从里面旋开了筒盖——是的，尽管我明知清水已将她禁锢，却无法扼制不祥的联想。好在杰克既没有惨叫、也没有滚下木梯，提到嗓子眼的心总算放了下来。仰望上方，圆形的出口略显微明，他终于爬到了顶。

等他上到地面，站起身，怀尔曼便向下喊道：“轮到你啦，朋友。”

“等一下。你的小女朋友们走了吗？”

“跑啦。海员上岸休假已告结束。”

“爱莫瑞呢？”

“那你就得自个儿上来瞧啦。快上来。”

我又重复一句，“等一下。”

我头靠青苔湿润的珊瑚石壁，闭上双眼，伸出双手。我摸啊摸，终于摸到了圆圆的、光滑的东西。两只手指滑入了下凹的缺口，十有八九是一只眼窝。既然我能肯定阿德里安娜的头颅已被杰克踩碎——

我对南·梅尔达说道：*在这座岛的尽头，一切该结束的都结束了。*

这儿不太像是个坟墓，但是，亲爱的，你不用再留守此处了。

“我可以留着你的手镯吗？或许还会有用处。”

是的。我担心事情还没完。

“埃德加？”怀尔曼忧心忡忡地问，“你在跟谁说话？”

“真正制止她的人。”我答。

因为真正制止她的人没有告诉我她要不要收回自己的镯子，我就没摘下来，继而费力而痛苦万分地站起身。碎骨和板结苔藓的瓷片纷纷掉落在我的脚边。左膝——那条好腿——感到肿胀，紧紧箍在撕破的牛仔裤内。我的头嗡嗡作痛，胸口火烧火燎。梯子好像有一英里那么长，但我看得到杰克和怀尔曼趴在洞口，俯身等着拽我上去。但愿我能拖着这伤痕累累的残体攀到他们的手边。

我心想：今夜月色撩人，爬不出这个地洞我就赏不了月色了。

就这样，我爬上了梯子。

13

再过几天就是满月之夜，今天的月亮胖乎乎、黄澄澄的，自东边的天际升起，为杜马岛南端的繁盛密林和约翰·伊斯特雷克废弃老宅的东侧镀上一层暗金色的微光。就在这里，约翰和她的六个女儿，以及女管家曾经快乐地生活过，我猜，直到莉比从马车上跌落，一切才被改写。

月光也为覆满苍苔的古老尸骸镀上了暗金色，它倒在厚厚的野草堆里——那草是杰克和怀尔曼从蓄水池盖板旁拔下的。看着爱莫瑞·包尔森的尸骨，高中时代读过的莎士比亚戏剧突然浮出记忆，我大声念道：“五㖊深处，其父安眠……珍珠便是他的双眼。”

杰克一个劲儿地发抖，仿佛被湿冷的寒风裹挟着。他当真自己掐了自己一把。这一次，他自我控制得很好。

怀尔曼弯下腰，捡起一根污迹斑驳的瘦长臂骨。它响也没响一声就断成了三截。爱莫瑞·包尔森在*翡翠汤*里泡得太久太久了。一支短箭插在肋骨间。怀尔曼想把箭拔出来，但不得不先把箭头从泥地里拔出来才行。

“你来不及再搭一支箭瞄准，那是怎么赶跑地狱双生女的？”我问。

怀尔曼把短箭攥在手里，就像举着一把匕首。

杰克点点头，“对啊。我从他腰间拔了一支箭，照他的样做。但若是打持久战，我不知道能撑多久了——她们真的跟疯狗似的。”

怀尔曼把射杀爱莫瑞的那支箭重新插回皮带扣里，“说起持久战，我们倒是要好好想想，得给你的新娃娃找个妥善的安身之处啊。埃德加，你有什么主意？”

他说得对。不知怎的，我实在无法想象珀尔塞会在一支大功率手电筒里再藏身八十年。我甚至已经开始琢磨，电池筒和灯头间的隔板会有多薄。也想到那一大块掉落在桶身上、砸出致命裂缝的珊瑚石壁，只是巧合……还是说，经年累月的意念力终于赢得了持久战？或许，那就是珀尔塞版的越狱？用磨尖的意志汤勺挖穿狱室墙壁？

无论如何，手电筒已完成了历史使命。上帝保佑杰克·坎托里的实用主义精神。哦不，这样未免太小气了。上帝保佑*杰克*。

“萨拉索塔有个工匠，能定做银器，”怀尔曼说，“是个手艺高超的墨西哥人。伊斯特雷克小姐有——以前有过——几件他打造的银器。我觉得拜托他没问题，打一个防漏水的容器，能装下手电筒。那样，我们就有双重保险了，保险公司和橄榄球教练不总是宣扬‘双重保险，有备无患’嘛。会费点钱，但有什么要紧？只要遗嘱经过验证，我就会是个超级大富翁。*朋友啊朋友*，你不服都不行。”

“*中了头彩*。”我不假思索地附和道。

“可不，”他说，“中了*该死的头彩*。来吧，杰克，帮我把爱莫瑞踢到蓄水池里去。”

杰克面露难色，“好，不过我……我真的不想碰它。”

“我来帮他搬爱莫瑞，”我说，“你拿好手电筒。怀尔曼？动手吧。”

我们俩把爱莫瑞推到地洞里，再把我们尽可能找到的碎骨捡起来，全都扔下去。我依然记得他在黑暗中滚落新娘身边时，尸脸上那道石化般的、珊瑚石色的诡笑。而且，有时候，我还会梦到这个笑容。有的梦里，我听到阿黛和爱莫瑞在漆黑的地下呼唤我，问我愿不愿意下去陪他们。有的梦里，我真的会下去。有时候，我会任由自己落进黑暗腐臭的地洞，为我此生的记忆画上句点。

这种梦，会让我尖叫着惊醒，用那条早已不存在的手臂愤然拨开黑暗。

14

怀尔曼和杰克把盖板搬回原位后，我们便向伊丽莎白的梅赛德斯走去。那段路走得缓慢而痛苦，到最后，我真的不是在走了，而是一瘸一拐。仿佛时钟倒转，又把我带回了去年十月。我开始想念浓粉屋里的复方羟氢可待因了。我决定，要一口气吃三片。三片不仅能遏止痛楚；要是运气好，还能让我倒头睡上个把钟头。

两位患难之交都问我，要不要我把手臂搭在他们肩膀上。我拒绝了。今晚，这不会是我最后的一段路；我已经下定决心了。我尚未找到最后一块拼图，但我已经有想法了。伊丽莎白是怎么跟怀尔曼说的？你会很想，但千万别。

太晚了，太晚了。为时已太晚。

想法并不清晰。清晰的，只是海贝的声响。你可以在浓粉屋内的任何一个角落听到海贝，但如果想要听得真切，你真的必须走到屋外。那时候，那声音听来才更像言语。曾有那么多夜晚，我本该侧耳倾听，却把时间耗费在画画上。

今夜，我要专心地聆听。

我们走出了石柱标志的大门。怀尔曼驻足感叹："Abyssus abyssum invocat。"

"地狱招来地狱。"杰克说罢，也叹了一声。

怀尔曼看着我，"你觉得我们回家的一路会有麻烦吗？"

"现在？不会有了。"

"那我们在这儿的任务都完成了？"

"完成了。"

"我们还会再来吗？"

"不会了。"我说着，望了一眼废弃的古宅，恍如在月光下做着梦。它的秘密已曝光了。我突然想到，我们把小莉比的心形盒落在屋里了，或许，那反而是它最佳的栖身地。就让它留在那儿吧。"不会再有人到这里来了。"

杰克看着我，好奇，又有一丝畏惧。"你怎么知道的？"

"我就是知道。"

二十一　月光下的海贝

1

我们沿着原路返回，一路平安。令人作呕的气味仍在，但现在感觉好多了——或许因为起风了，自海湾而来的夜风荡涤了密林；或许更因为……现在的杜马岛就是好多了。

杀手宫庭院里的自动定时灯亮起来了，真美妙，在暗夜里熠熠闪烁。到了屋里，怀尔曼有条不紊地打开一间又一间屋的灯，大屋越来越亮堂了。最后，他把所有灯都开亮了，伊丽莎白住了大半生的大宅就像停泊在午夜港湾的豪华游轮。

杀手宫的灯光亮到极致后，我们轮流洗浴，一人进去洗，便把装满清水的手电筒交给另外两人保管，那架势活像交接警棍。始终都有人紧紧握着它。怀尔曼第一个去洗，接着是杰克，我是最后一个。洗浴完，我们互相查看周身，用双氧水为伤破之处消毒。我的伤势最厉害，最终穿上衣服时，我觉得全身上下都刺痛难忍。

就在我用单手费劲地套靴子时，怀尔曼脸色沉郁地走进客卧。“有一通电话留言，你得下楼去听听。坦帕警察局打来的。来，我来帮你。”

他单膝跪下，帮我系好了鞋带。看到他的白发增多，我丝毫不觉讶异……突然间，我心头一惊，伸手抓紧他的肩头，“手电筒！杰克有没有——”

“放心吧。他在伊斯特雷克小姐的瓷亭里坐着呢，那东西就在他腿上放着。”

不管怎样，我还是赶忙下楼。我不知道自己等着看到什么——房间空无一人，手电筒的盖子被旋开了，抛在地毯上的一摊湿迹里？或许，杰克还会变身乃至变性，变成头有三眼、手即为爪、从裂瓷桶里滚出来的老婊子。其实，他只是安安静静地坐在那儿，手捧电筒，看起来却颇为烦恼。我问他是不是还好，并盯着他的双眼察看。如果他有……异样……我相信自己能从他的眼神里看出来。

“我挺好的。但警察留的言……”他摇了摇头。

“好吧，让我来听听。”

自称为萨姆森警探的人说，他想和埃德加·弗里曼特，还有杰罗姆·怀尔曼通话，询问一些有关玛莉·爱尔的问题。如果弗里曼特先生还没动身赶赴罗德岛或明尼苏达，他特别想与他好好谈谈。萨姆森明白，他女儿的尸体即将运往明尼苏达下葬。

“我知道弗里曼特先生很哀恸，”萨姆森说，“我也相信我们要谈的内容实际上该由普罗维登斯市警方来问，但我们知道，弗里曼特先生不久前接受了爱尔的采访，访谈已在报纸上刊出了。我可以在电话里向你们转述普罗维登斯市警方最感兴趣的几个问题，只希望录音磁带不要转完……”磁带继续转下去，而我心头最后一块拼图安然落位了。

2

“埃德加，这太疯狂了。”杰克说。他已经说了三遍，越来越绝望。“完全是胡说八道。”他转向怀尔曼，“你跟他说！”

“*是有点疯*。”怀尔曼用西班牙语表示赞同，但我明白“*有点*”和“太”的区别，就算杰克听不懂也没关系。

庭院里，我正站在杰克的车和伊丽莎白的老奔驰之间。月亮升得更高了；风也更大了。海浪拍岸，涛声隆隆，想必海贝正在一英里之外的浓粉屋下探讨一切古怪离奇之事：*非常可怕的事*。“但我觉得，就算我说个通宵，也不见得能改变他的想法。”

“因为你知道我是正确的。”我说。

“*朋友，你大概是正确的*。”他说，“我跟你这么说吧：怀尔曼打算弯下他的老肥腿，为你祈祷。”

杰克看着我手中的手电筒，“就算你要去，也别带着那个啊。老板，请原谅我说话太直，但你带着这玩意走，实在是疯了！”

“我知道自己在做什么。”我说着，默祷上帝，但愿我说的是真的。

“你们俩都留在这里。别想暗中盯我的梢。”我把手电筒举高一点，指着怀尔曼，“要以你的名誉来保证。”

“好吧，埃德加。我的名誉不值一提，但我就以它发誓。更切实的问题是：你只吃了两片泰诺，真的能确保你走回浓粉屋吗？莫非你想像鳄鱼那样吓人地爬啊爬？”

“我保证昂首挺胸地正步走。”

“到了那边，要记得打电话过来。”

“我会打的。”

接着，他张开双臂，我上前一步与他拥抱。他吻了我的双颊。“我爱你，埃德加。你是条真汉子。要乖乖的像苹果哦[①]。”

“什么意思啊这是？”

他一耸肩，“保重。我猜是吧。”

杰克伸出手——左手，这孩子学得真快，但握手很快就演变为拥抱。他在我耳边轻轻说：“老板，把手电筒给我。”

我也在他耳畔低语：“不行。抱歉。”

我往后门走去，从那儿就能走上木栈道。恍如千年之前，我就在木栈道的尽头认识了大块头怀尔曼，他坐在条纹遮阳伞下，给我冰镇绿茶，多么爽口啊。他还说过：陌生的瘸子终于大驾光临。

此刻，瘸子要走了。我心想。

我转过身。他们都看着我。

“朋友！”怀尔曼喊了一嗓子。

我以为他会请求我回去，劝我再考虑考虑，说我们可以再商量一下。但我真是小看他了。

“上帝与你同在，我的勇士。”

我朝他挥手，最后一次，然后绕过了大宅的屋角。

3

于是，我最后一次踏上了伟大的沙滩之旅，痛苦不堪地一瘸一拐，就像第一次走在海贝俯拾皆是的沙滩上。但是，以前的我是在玫瑰色的

---

① 原文为西班牙语。

晨光中散步，世界停歇在宁谧之中，微波轻扬，褐云舒卷，只有鹬鸟在我面前翻飞。此刻却不同。今晚狂风呼号，滔滔大浪拍岸，倒更像赴死俯冲，决意要撞得头破血流。远处海天一色，却是冷钢色系，好几次，我以为自己用眼角瞥到了珀尔塞，但每次回首四顾，却什么都看不见。今晚，我行走的海湾沙岸上只有月光凛冽。

蹒跚前行的我手捧电筒，忆起和伊瑟曾经并肩走过这里。她问，这里是不是地球上最美丽的地方，我言之凿凿对她说不，还说，起码有三处比这里更美……但我想不起来那些地方叫什么名字了，只记得都非常绕口。记得最清晰的，莫过于她说的：我应该好好享受美景，享受宁静的好时光。用以治疗的好时光。

泪水流淌下来，随它去吧。我手里捧着手电筒，没法抹眼泪。所以，我就任泪奔流。

4

我还没看到浓粉屋，就先听到它的动静，屋下的海贝爆发出前所未有的喧嚣。我走近一点，又停下脚步。就在我的面前，星光被浮云遮蔽时，一片黑影显露出来。又缓慢蹒跚地走了四五十步后，月光渐渐披露了零星细部。所有的灯都暗着，就连我总是在厨房和佛罗里达屋里留的夜灯也没亮。有可能是大风引起的断电，但我觉得不是。

我突然意识到，海贝在用我熟稔的声音交谈。我真该早点明白，那就是我自己的声音。我是否一直都知道？我想是的。在某种程度上，大部分人都能辨识自己想象出来的声音，除非是真疯了。

当然，还有记忆的声音。记忆也有声音。随便问问哪个失去肢体的伤者、失去孩子的父母、失去夙愿美梦的失意人吧。随便问一个为错误的决定而自责不已的人吧，错误的决定通常都是在痛恨交加的瞬间（而那瞬间大多都是红色的）草率做出的。我们的记忆也会有声音。而悲伤的记忆总是喧哗躁动，犹如暗夜里挥舞的双臂。

我继续走，拖沓的伤腿在身后留下鲜明的足印。通体黑暗的浓粉屋越来越近了。它不像苍鹭栖屋，它没有被废弃，但今夜也有幽冥鬼行。今夜，这里有一个鬼魂在等待。或许，并不像幽灵那般缥缈。

大风涌来，我朝左看去，望着风之源。现在，那条船出现了，是的，没有灯光，没有声响，它扬起无数破败风帆，正在静候。

就要走了，我孤立月光下，海贝对我发声，距离我的小屋不足二十码。把往事一笔勾销——这是可能的，没人比你更清楚——然后就扬帆远航。把伤痛抛在九霄云外吧。只要你想玩儿，就要付出代价。知道最妙之处在哪里吗？

“最妙之处，就是我无需孤身远航。”我说。

风起浪涌。海贝呢喃。小屋下的黑暗里，那六英尺之下的尸骨水床中，浮现出一尊更暗的身影，并步入月光下。它垂头静立片刻，仿佛在思忖，接着径直向我走来。

她，开始向我走来。但那不是珀尔塞；珀尔塞已再次陷在水里沉睡。

伊瑟。

5

她没有走；我也没指望她走。她拖着脚步，艰难蹒跚。毕竟，她能移动已是奇迹——恐怖的奇迹。

和帕姆最后一次通话（你会说，那连“通话”都算不上）之后，我冲出了浓粉屋的后门，踢断了扫帚，我曾用它扫除邮箱门前小径上的沙。然后，我跌跌撞撞走上了沙滩，走到了又湿又硬、晶晶闪光的沙地。其后的事，我什么都不记得了，因为我不想去记。显然是。但现在我记起来了，现在我必须记起来，因为我亲笔制造的奇景现在就站立在我面前。那是伊瑟，但又不是伊瑟。她的脸浮现，模糊，变得不再像她。她的身形浮现，悄然溃散，继而又集合成坚实的人影。她一晃动，海滨燕麦草的碎枝散叶和一些贝壳就从她的脸颊、胸脯、臀部和双腿上掉下来。月光闪烁，令一只眼倏忽乍现，清澈得令人心碎，因为那是她的眼睛，又倏忽即逝，再忽而复现，在月光下闪着冷光。

这个朝我蹒跚而来的伊瑟，是用沙子做的。

“爹地。”她开口了，听来干枯，隐约有沙石摩擦之音，仿佛哪里卡着海贝了。我猜想，那是一定的了。

你会很想，但千万别，伊丽莎白早就说过……但我们经常难以自制。

沙做的女孩伸出手。大风吹来，吹落指尖细沙，那只手因而模糊，又细成了骨。又有细沙在她身边飞旋若舞，聚拢在她指尖，便又显得丰满。她的容貌闪动不已，就像站在快速飞过的夏日云朵下。那情景太神奇了……就像催眠。

“把手电筒给我。”她说，“然后我们就能一起上船去了。上了船，我就能恢复你记忆中的模样。其实……你什么都不需要记。”

海浪翻滚。星光下，波涛咆哮着一波接一波涌来。月光照耀，浓粉屋影下，海贝大声地说：用我的声音，自说自话，争辩不休。拿个朋友来。我赢。坐在朋友上。你赢。沙做的伊瑟就在我眼前，身披下弦月的银光，像魅影闪烁的天堂美女，她的身影变幻不定。现在，她是九岁的伊瑟；然后，成了十五岁的伊瑟，打扮好了，要去赴人生第一场真正的约会；接着，她又成了十二月里刚下飞机时的模样，无名指上套着订婚戒的大学生。站在这里的，是我最爱的人——是不是就因为这个，珀尔塞才杀了她？——她伸出手来，只想要手电筒。手电筒就是我的船祟，能在健忘的海上做一次漫长的航行。当然，健忘之说大概是谎言……但我们经常不得不碰碰运气。通常都会。恰如怀尔曼所说，我们总是自欺欺人，乃至以此就能维生。

“玛莉带了盐，”我说，“一袋又一袋的盐。她把盐都倒在浴缸里。警察想知道为什么。但即便说出真相，他们也绝不会相信的，是不是？”

她站在我面前，身后掀起一波大浪，巨响如雷。她站在那里，被风吹散，她身下、身边的沙又旋舞着重返人形。她站在那儿一言不发，手臂执着地伸向我手中的东西。

“在沙子上把你画出来，这远远不够。就算玛莉把你淹死，那也不够。她必须把你淹死在盐水中。”我低头扫了一眼手电筒，“珀尔塞告诉她该怎么做。她从我的画里钻出来，对她说。”

“把它给我，爹地。”变幻莫测的沙女说。她仍然伸着手。但若有风吹过，手就会变成爪。就算沙子再次聚拢，令指尖显得饱满，它还是时不时回显成爪。“给我，我们就能走了。”

我叹了一声。有些事终究是不可避免的。“好吧。”我朝她迈了一步。怀尔曼的另一句至理名言浮现在我脑海里，到最后，我们总是因忧虑而殚精竭虑。“好吧，我的甜心小姐。但你得用一样东西来换。”

“用什么换？”真像沙子刮在窗玻璃上的声音，她的声音就是海贝彼此碾磨的呻吟。但这也是伊瑟的声音。我的“如果如此”女孩。

“只要一个吻。”我说，“趁我还活着，能感受到你的吻。”我笑了。我的双唇毫无触感——早就麻木了——但依然能感到唇边的肌肉一动。微妙的牵动。“我猜想，会是沙之吻，但我会假装去想，你一直在沙滩上嬉戏。堆沙堡。”

“好的，爹地。”

她凑近我，诡异地移动变幻不已的沙身，她不是走，而是突然逼近过来，幻觉也因此彻底崩塌于无形。就好比将一幅画凑近眼睛，你就会眼看着画面——肖像、静物或风景——瓦解，归于几笔颜色，并大都有深嵌其中的画笔的纹路。伊瑟的五官消失了。我看到的只是在暴怒中旋转的沙和细小的碎贝，除此之外，再无形象可言。我闻到的只是盐水，除此之外，并无香肤秀发。

苍白的双臂围住了我。层层薄沙卷挟在风中。月光照穿了那具躯体、那双手臂。我举起了手电筒。它很短。而且，把柄是塑料的，而非不锈钢的。

“你送我一吻之前，大概想好好看一眼这个吧，”我说，“它是从杰克·坎托里的车内仪表盘里找到的。装着珀尔塞的那只手电筒锁在伊丽莎白的保险柜里了。”

那东西登时凝固了，与此同时，海湾深处刮来的大风撕去了它最后一点人形的伪饰。在那个瞬间，我看到自己面对的是个飞沙魔鬼。但是，我不能心存侥幸；这一天太漫长太艰辛了，我不想再冒什么险，更何况，如果我的女儿还在什么地方……对的，还在什么地方……等待安详的超脱，我就更不能贸然行事。我使出浑身的劲道，挥动手臂，手电筒紧紧攥在掌心里，南·梅尔达的银镯子顺着手臂猛地滑到腕上。我已在杀手宫的厨房水池里把它清洗过了，此刻，它清脆地叮当作响。

作为额外装备，我的腰间还插着一支银头箭，就在左臀上面，但我用不着它了。飞沙魔鬼由内而外、由下至上的爆裂迸射。一声饱含怒气和痛苦的惨叫刺入我的耳膜。感谢上帝，那叫声很短促，要不然，准能把我一劈两半。接着，什么都不见了，只有浓粉屋下的海贝的碰撞声，就在沙身慌忙崩溃的最后一秒，昏暗的星光照出了我右边的小沙丘。海湾再一次变得空空荡荡，只有镀银般闪亮的波涛一潮一涌，接续不断地推向海岸。珀尔塞消失了，如同从未出现过。

双腿一下子失了力道，我一屁股坐在了地上。搞不好，最后还是得像鳄鱼那样爬到家。反正，浓粉屋已经不远了。眼下，我只想坐在这里，聆听海贝呢喃。休息一下。过后或许有力气站起来，把最后二十码走完，进屋去给怀尔曼打电话。报个平安。告诉他，事情了结了，杰克可以过来接我。

但眼下，我只想坐在这里，聆听海贝呢喃，那不再像是我的声音了，谁的声音都不像。眼下，我只想独自坐在沙滩上，眺望着海湾，追忆我的爱女，伊瑟·玛莉·弗里曼特：出生时重六磅四盎司，说的第一个词是“狗狗”，还曾举着一张美术纸兴高采烈地奔回家，欢声喊道，“爹地！我画了一张画送给你！”画上，有一只大大的褐色气球。

伊瑟·玛莉·弗里曼特。

我将她深藏在记忆里。

二十二　六　月

1

我驾着小船驶到法伦湖的中央，然后关了马达。我们的船慢慢地向橙色标记靠拢，那是我先前留在那儿的。湖面上有几条游船来来回回地驶过，划破光滑如镜面的湖水，但没有帆船；那天，一丝风也没有。游乐场里有几个孩子在玩耍，野餐区也有三五个人，最靠近我们的环湖步道上也有一两个人影。但总体来说，作为一片城内的湖区，这儿已经算很空了。

怀尔曼戴着渔夫帽，穿着套头衫，完全没了佛罗里达的派头，看起来反而有点怪。他忍不住对此情此景大发议论。

“学期还没结束，”我说，“再过几星期，这儿就会热闹起来，到处都有船开来开去。”

他有点不安，“把她放在这儿，妥当吗？朋友？我是说，如果有谁来钓鱼，撒个网把她捞上来，那可——”

“法伦湖禁止渔网捕鱼。”我说，“垂钓的人也很少见。来这个湖的大都是观光客。会有人游泳，但都在近岸的区域。”我弯下腰，捡起萨拉索塔银匠制的圆筒。长约三英尺，一头的螺丝盖拧死了。里面注满了清水，而那只注满了矿泉水的手电筒就装在里面。珀尔塞被封存在双重黑暗中，睡在两层清水的覆盖之下。用不了多久，她就会越睡越沉。

“巧夺天工啊。”我说。

“可不是嘛。”怀尔曼附和着，欣赏夕阳在我手中转动的银筒上照出斑斓反光。“光溜溜的，也没什么能用钩子勾起来。不过，我还是觉得把它沉到加拿大边境的哪个湖里更让人放心。”

“那儿才真的有可能有人撒网捕鱼呢。”我说，“藏在眼皮底下才更安全，这思路不错。”

三个年轻女子穿着运动装驾船驶过。她们朝我们招招手。我们也招招手。有个女孩喊，“我们爱帅哥！”三人便笑作一团。

怀尔曼笑着朝她们挥手致敬，又转身接着问我：“这湖有多深？你知道吗？那个橙色小标记说明你知道喽？”

“别急，我会跟你说的。我做了点关于法伦湖的小调查——或许有点晚，我和帕姆买下紫苑巷的湖畔别墅已有二十五年了。平均深度是九十一英尺……但这里除外，这儿有个裂沟。”

怀尔曼的神色这才松弛下来，他把帽檐往后推推，“啊哈，埃德加，怀尔曼认为你宝刀未老——还是精得像狐狸。”

“或许是，或许不是，但那个橙色浮标之下，水深三百八十英尺。少说也有三百八。绝对比墨西哥海湾边的碎珊瑚石围的蓄水池强多啦，那顶多才二十英尺深。”

“阿门。”

“瞧你这样子，好像放心了吧，怀尔曼。”

他耸耸肩，“湾流公司的专机真不错，自由自在。没有站成一排的保安，没人翻你的随身小包，以防你把小罐的剃须沫改装成炸弹。这可是我这辈子第一次笔直朝北飞，甚至没在亚特兰大停一停。多谢啦……其实，现在的我好像也负担得起私人飞机了。”

“那我猜，你和伊丽莎白的亲戚们都谈妥了？”

“是啊。听从了你的建议。用大屋和岛北的地权抵换现金和保险。他们觉得可赚了一大笔呢。我都猜得到他们的律师在心里是怎么嘀咕的：‘怀尔曼是个律师，但现在成了委托人就笨得要死。’”

“原来，这条船上不只我是老狐狸。”

“所以，我最后拿到了八千万美元的流动资产。再加上大屋里的许多纪念品。其中包括伊斯特雷克小姐的甜蜜欧文曲奇饼干桶。那会让我记起，她一直试图告诉我什么，朋友？”

我想起伊丽莎白把各式各样的瓷偶塞进饼干桶，然后死活都要让怀尔曼把它扔进鲤鱼池里。当然，她一直努力想让他明白什么。

“她的亲戚们得到了岛北的地产，加上可供开发的潜在市价……唔，最多，大概值九千万？”

“那只是他们以为罢了。”

“是啊。”他附和一声，又面露忧郁，“只是他们那么想罢了。”我们沉默地坐了片刻。他把银筒从我手中拿过去。银筒上照得出我的脸，但有凸镜效果。我不介意看到自己的脸被扭曲，但最近我确实很少照镜子。倒不是因为老了不好看，只是我不想再关切弗里曼特老兄的眼神了。这双眼曾目睹的，已经够多了。

“你的太太和女儿怎么样了？”

“帕姆去加利福尼亚陪她母亲了。梅琳达回法国了。伊瑟的葬礼后，她陪帕姆住了一段日子，但后来就飞回法国去了。我认为她做得对。节哀顺变，该放手时就得放。”

“那你呢，埃德加？你能放下了吗？”

“我不知道。菲茨杰拉德不是有句名言吗？——美国人的生命中没有第二幕。”

“是啊，但他写这句话时已是个落魄的醉汉了。”怀尔曼把银筒放在脚边，倾身向前。“听我说，埃德加，好好听着。事实上，人生有五幕，不仅是美国人的人生——每一个完整活过一生的人都是如此。每一出莎士比亚的戏剧里也一样，无论悲剧还是喜剧。因为我们的生命就是由这些组成的——喜剧，还有悲剧。”

“对我来说，最近才有了点笑料可供消遣。”我说。

“是啊。”他应和着我，又说，“但第三幕戏会上演的。现在我打算去墨西哥，跟你说过的吧，是不是？我会住在美丽的小山村里，那地方叫作坦马祖卡勒。”

我跟着念了一遍。

“你挺喜欢念这个名字啊。怀尔曼看得出来。”

我笑了，“确实挺有韵律。”

“那儿有个酒店经营不下去了，我在考虑把它买下来。估计要赔上三年才能扭亏为盈，但我现在钱袋挺满的。我可能需要一个搭档，不过，他得懂得建造和维修。当然，如果你集中精力培养艺术情操……”

“我想你最清楚了。”

“那你给个话吧？让我们缔结财富之缘。”

“西蒙和加菲尔德乐队，一九六九年，”我答，“差不多就是那个时代吧。怀尔曼，我不知道。我现在还做不了决定。我还有一幅画要完成。”

“你确实得把它画完。不过，风暴会有多厉害？”

“不知道。但第六频道肯定会爱死它的。”

“不过，会有很多预警，对吧？毁点东西还成，但不能伤人。谁也不许死。”

“不会有人死的。”我赞同这一点，也希望能如愿，但一旦幻手如脱缰野马信手泼墨，所有的美好意愿都打不出保票。所以，我的第二人生里的艺术生涯必须终止。但最后这幅画必须完成，因为这将是我最后的复仇。不只是为伊瑟，珀尔塞还残害了很多人。

“你有杰克的消息吗？”怀尔曼问。

“差不多每周都打电话。他今年秋天会去塔拉哈西，到佛罗里达大学念书。学费我包了。而且，他和他母亲也会搬到夏洛特港的海岸边住。”

“也是你请客？”

“实际上……是的。”杰克的父亲因克罗恩氏病去世了，他和寡母的日子一直不好过。

“也是你的主意？”

“又猜对了。”

“也就是说，你认为夏洛特港够远，往南搬到那么远就够安全了。”

“我是这么想的。”

“那北面呢？坦帕如何？”

“顶多就是下暴雨。会有一次小风暴。规模很小，但很强大。”

“小爱丽丝的突袭。就跟一九二七年那次一样。”

“是的。”

我们面面相觑，静坐船中，观光船上的运动装女孩们又一次驶过，这次笑得更响亮，也更热情洋溢地朝我们挥手。年轻快活的姑娘们趁着夕阳西下，在湖面徜徉，还有美酒作伴。我们再次朝她们挥手。

等她们的船远了，怀尔曼说道：“伊斯特雷克小姐的远亲们用不着考虑为新地产获取建造许可证了，对吗？”

“我认为是不用了。用不着。”

他思忖片刻，点点头，“好。那就把整座岛送到海神的保险柜里去吧！我批准了。”他拿起银筒，转而去看橙色小浮标——标志着法伦湖中央的深沟所在地，又扭头看了看我，“朋友，想最后说点啥不？”

“是的，”我说，“就几句。”

“那就准备发言。”怀尔曼转身跪在膝上，将银筒伸向了湖面。夕阳照耀其上，我从心底里企盼，至少千年之内，别让它再见天日……但我总觉得，珀尔塞是个越狱高手，总会想出什么法子逃出湖面的。她以前就干过这种事，以后也不会罢手。就算远在明尼苏达，她也一定能找到*翡翠汤*在何方。

我将萦绕在脑海中已久的那四个字说出了口：“*永远沉睡。*”

怀尔曼的手一松。溅起的水花很不起眼。我们倚在船边，望着银筒慢慢地消失在视野里，下沉时，夕阳最后一次闪现在银色表面。

2

怀尔曼住了一晚，随后又住了一晚。下午，我们吃上等牛排，喝绿茶，谈山海经，只是不聊过往。后来，我送他去机场，他飞去休斯敦。他会在那儿租辆车，一路往南开。他说，要看看乡村美景。

我提议跟他一起走，做个伴儿，也安全些，但他摇摇头，“你不用盯着怀尔曼迈向新里程。埃德加，我们该在这儿说再见。”

“怀尔曼——”我开了口，却哽咽得说不下去了。

他伸手给了我一个拥抱，在我两颊结结实实地亲了两口。“听着，埃德加。第三幕该开演啦。你明白我说的吗？”

“明白。”我说。

“只要你准备好了，就南下墨西哥来找我。只要你想来。”

“我会考虑的。”

“一定要。*上帝与你同在，我的朋友；上帝永远保佑你。*”

“你也是，怀尔曼。你也是。”

我看着他走远，大大的手提袋松松垮垮搭在肩头。我突然无比鲜明地记起爱莫瑞袭击我的那晚，怀尔曼大喊*婊子操的狗玩意儿*，再把烛台往活死人的脸上砸去。他是那么威武。我希望他能回头，看上最后一眼……果然，他回头了。准是灵犀相通，我母亲准会这么说的。要不，就是有了直觉，那是南·梅尔达的讲法。

他看我还站在原地，便咧嘴一笑。“埃德加！成全每一天！”他高喊一句，周围的行人都被他吓一跳，扭头看他。

“也让每一天成全你！”我也喊。

他朝我招招手，笑着走进了候机厅。当然了，后来我真的南下去墨西哥，找到了他所在的小山村。尽管用他的话来说，在我心里他会永远活着——我也只会用现在时态去谈论他，但事实上，从此之后我再也没见到他。两个月后，在坦马祖卡勒的露天市集里为新鲜番茄讨价还价时，他因心脏病突发去世。我总以为我们还有时间相聚，但我们总是这样想，不是吗？我们总是自欺欺人，简直能以此维生。

3

回到紫苑巷，画架立在起居室里，那儿的光线最好。画布被一块毛巾盖住了。画架边的桌上除了油彩颜料，便是几张杜马岛的航拍照片，但我几乎都不去看；我会在梦里见到杜马岛，至今仍会。

我把毛巾掀开，扔到沙发上。这是我最后一幅画，前景画着浓粉屋，栩栩如生，令我几乎能听到屋下海贝随着潮涌声声碾磨。

两个红发布娃娃倚在一根房基柱旁，完美的超现实笔触。她们并排坐着。左边的是瑞芭。右边的是范西——卡曼专程从明尼苏达带给我的礼物。是伊瑟的主意。全士海湾——我住在岛上的那段日子里，海水总是碧蓝碧蓝的，于是，我在画上描出阴暗不祥的绿色。海面上，天空乌云密布，团团聚集在画布上端、乃至越出画界的地方。

我的右臂开始痒了，异常熟稔的强能之感先在我体内涌动，继而穿透了我，倾泻而出。我可以透过神……或者，该说是女神之眼看清我的画。我可以放弃，但不太容易。

画画时，我感到深深爱恋这个世界。

画画时，我感到完整而纯粹。

我只画了一会儿，便把画笔搁置一旁。我用大拇指尖把棕色和黄色调匀，再涂抹在沙滩上……哦，如此轻松……沙霾泛起，仿佛被一阵犹疑不定的风轻轻吹动。

杜马岛上，天色乌黑，六月的风暴欲来，一阵风卷拂而起。

如何作画（十二）

完成时，要知道；明白自己画完了，便要放下铅笔或油彩画笔。余下的，只是生活。

二〇〇六年二月——二〇〇七年七月

后　记

请恕我擅自虚构佛罗里达西海岸的地理状况及其历史。戴维·戴维斯确有其人，也确实神秘失踪了，但在此，他只是虚构小说中的一个虚构人物。

除了我，也没有任何人把佛罗里达不合时宜的飓风暴雨称作“爱丽丝”。

我要感谢我的太太，小说作家塔比莎·金。感谢她在书稿尚在起草阶段就耐心阅读，并提出宝贵的建议；“甜蜜欧文曲奇饼干桶”只是她闪光的灵感之一。

我还要感谢罗斯·多尔，我在医学界的老朋友，感谢他为我耐心解释了“布罗卡区”和“对冲伤”的医学原理。

同样，我也要感谢查克·维瑞尔，他以其一贯擅长的风格——兼具温文尔雅和冷酷无情——担任了此书的编辑。

泰迪·罗森鲍姆，我的挚友和文字编辑，在此谢过。

还有您，我的老朋友，我忠实的读者。总是要感谢您的。

斯蒂芬·金

缅因州班戈市